Personenregister

Lübeck:
Torben = jüngster Sohn des Kaufmanns Siegfried Voigtherr
Werner = Bruder von Torben, ist fünf Jahre älter
Sandra = Schwester von Torben, ein Jahr jünger
Siegfried Voigtherr = Hanse-Kaufmann
Maik = seit zwanzig Jahren Knecht bei den Voigtherrs
Roman & Stefan = Lehrlinge im Hause Voigtherr
Katja Ehlers = Tochter von Goldschmied Tom Ehlers
Mathias = junger Dieb und Bettler
Sascha und Tobias = Bootsbauer und Tagelöhner
Marco = Seemann
Karl Strache = Hansekaufmann und Freund von Torben
Ralf Huntenberg = Hansekaufmann
Tom Jagehorn = Auftragsmörder
Bruno Warendorp = Befehlshaber der Flotte der Hanse
Johann Steinhoff = Ratsherr Lübecks + Fernhandelskaufmann
Turan Al-Buri = Araber aus der Stadt Homs

Italien:

Gian Pazzi = Kaufmann aus Venedig
Guiseppe della Torre = Kaufmann aus Mailand

Elbing (Hafenstadt im Gebiet des Deutschen Ordens):

Sigurd Johannsen = Torbens Geschäftspartner

Visby auf Gotland:

Heinrich von Basthorst = Pirat und ehemaliger Adliger
Martin von Rundstedt =Pirat, Freund von Heinrich

Nowgorod:

Jaroslav Dolgoruk = Bojar
Ilka = seine Tochter
Mischa und Sergej = Jäger von Jaroslav

Inhaltsverzeichnis

1. Kapitel

März 1368 – auf der Ostsee

Torben stand am Bug einer der drei großen Koggen, die die Hansestadt Lübeck für den Kriegszug gegen Dänemark aufgeboten hatte. Vor drei Tagen hatten sie in Lübeck abgelegt. Seit sie die Trave verlassen und in die Ostsee eingefahren waren, spürte er wieder das vertraute Rollen der Dünung unter seinen Füßen.
Eigentlich sollte er beunruhigt sein, vielleicht sogar ängstlich. Noch nie hatte er an einem Krieg teilgenommen. Er wusste nicht, wie furchtbar es sein würde, wenn hunderte Bewaffnete aufeinander einschlugen und sich gegenseitig an die Kehle gingen.
Doch er war jung. Und so sehr er in sich hineinhorchte, die Aussicht schreckte ihn nicht sonderlich. Hämmernde Angst hatte er empfunden, als sie in den verschneiten Wäldern Nowgorods auf Wölfe gestoßen waren oder als sich nachts ein Bär ihrem Lager genähert hatte. Stattdessen fühlte es sich gut an, nicht mehr untätig zu sein. Er wollte nicht länger herumsitzen und auf einen Anschlag auf sein Leben warten. Schon bei dem Gedanken daran, spürte er wieder ein Ziehen im Bauch, wo ihm der schwarzgekleidete Attentäter eine Schnittwunde zugefügt hatte.
Viel wichtiger war es, dass er auf diesem Kriegszug für die Interessen seiner Heimatstadt Lübeck eintrat. Dies wurde von den Ratsherren der Stadt mit Wohlwollen betrachtet und konnte für seine Zukunft als Fernhandelskaufmann durchaus förderlich sein. Außerdem zahlte Lübeck jedem Freiwilligen einen ordentlichen Sold. Auch die Aussicht auf Beute lockte ihn, wie er sich eingestand. Vielleicht konnte er auf diese Weise endlich die erforderliche Summe von sechshundert Mark zusammenbekommen, die diese Piratenbrut für die Freilassung seiner Familie einforderte. Für ihn stand fest, dass er nicht ohne seinen Bruder und ihren Vater von diesem Kriegszug zurückkehren würde. Wie er das anstellen sollte, war ihm allerdings noch ein Rätsel.
Sein Magen kribbelte, wenn er an die Abenteuer dachte, die vor ihm lagen. Die Sonne schien und es war warm. Er hatte viele Seemeilen vor sich, ehe sie ihr Ziel erreichen würden, und bereits eine Menge Seemeilen hinter sich gebracht. Das half ihm dabei, seine Gedanken zu ordnen. Er selbst hatte nur wenige Bedürfnisse. Was brauchte er schon? Er würde sich mit allem abfinden, was als nächstes kommen würde. Was blieb ihm auch anderes übrig? Der Trank der

Verzweiflung war noch nie etwas gewesen, das ihm sonderlich geschmeckt hätte. So versuchte er die Möglichkeiten zu erkennen, die die Zukunft ihm bot.
Sein junger Wolf gähnte herzhaft und Torben strich ihm beruhigend über den Kopf.
Marco, Sascha und Tobias traten zu ihm und blickten gemeinsam gen Osten aufs Meer. Jeder Mann an Bord wusste, dass ihr erstes Ziel Hiddensee lautete, eine kleine Insel vor Rügen. Vor diesem dünn besiedelten Eiland sollte sich die Seestreitkräfte der verbündeten Hansestädte versammeln, bevor sie gemeinsam in die Meerenge Dänemarks zwischen Seeland und Schonen einlaufen würden.
„Wie lange noch?“, fragte Tobias nicht zum ersten Mal am heutigen Tage, während er ungeduldig von einem Fuß auf den anderen trat.
„Morgen, vermutlich noch weit vor der Mittagsstunde“, beruhigte ihn Marco, der sich auf der Ostsee am besten auskannte und prüfend die Nase in den Wind hielt.
„Morgen also“, erwiderte Tobias seufzend. „An Deck unserer Kogge drängeln sich bestimmt hundert Bewaffnete. Und unsere Kogge ist nur dreißig Schritte lang. Allmählich fühle ich mich hier eingepfercht wie in einem Fass voller Heringe. Sollte jetzt noch ein Sturm aufziehen, sinken wir mit Mann und Maus auf den Meeresgrund.“
Marco grinste gutmütig.
„Beruhige dich wieder und atme tief durch. Es ist keine Wolke am Himmel zu sehen und die See ist spiegelglatt. Bis auf den üblen Geruch so vieler ungewaschener Männer gibt es nichts, worüber du dir Sorgen machen müsstest.“
„Es wäre ja nicht das erste Mal, dass ich mit euch Schiffbruch erleiden würde“, erinnerte Tobias sie.
Sascha lachte gutgelaunt.
„Du kannst doch nicht das Wrack, mit dem wir nach Nowgorod aufgebrochen sind, mit unserer stolzen Kogge vergleichen! Das ist ein Unterschied wie Tag und Nacht.“ Er drückte den Rücken durch und stemmte seine kräftigen Hände in die Seiten.
„Ich bin hier der Bootsbauer und ich sage dir, du hast nichts zu befürchten.“
Tobias sah ihn zweifelnd an. Er hatte nicht vergessen, wie sie sich im vergangenen Herbst mit letzter Kraft ans Ufer gerettet hatten.
„Was macht dich so sicher?“, fragte er zweifelnd.
Sascha hatte den Blick auf den Horizont gerichtet, als müsste er scharf nachdenken.
„Ich kann dir schon nicht mehr sagen, an wie vielen Koggen ich mitgebaut habe. Bevor wir auf der kleinen Schiffswerft, auf der ich

arbeite, mit dem Bau einer neuen Kogge loslegen, verlangen wir immer Vorkasse. Das muss unser Besitzer so handhaben, denn das nötige Bauholz ist teuer und ziemlich knapp. Unsere Kunden sind meist reiche Fernhandelskaufleute, aber auch Adlige. Am meisten wundern diese sich immer, dass wir keinen Bauplan verwenden. Deshalb sieht auch keine Kogge wie die andere aus. Denn wir verlassen uns dabei ganz auf unsere Erfahrung und unser Können. Alles, was wir dann noch brauchen, sind Sägen, Hämmer und Hobel sowie gutes Eichenholz. Da hat jede Werft ihre eigenen Bezugsquellen. Wir kaufen das Eichenholz im Weserbergland. Es muss frisch sein, dann können wir es leichter mit Äxten und Beilen bearbeiten. Mindestens sechs Männer arbeiten immer gleichzeitig an einer Kogge. Und egal ob Wind oder Regen, wir arbeiten immer im Freien."

Er blickte Tobias an, der ihm aufmerksam zuhörte. Sein Vertrauen in die guten Eichenplanken unter ihren Füßen schien gerade ein wenig gestiegen zu sein. Sascha bemerkte, dass ihm auch einige der Söldner interessiert lauschten. Denn vom Bootsbau verstand niemand von ihnen etwas.

„Wir beginnen damit, dass wir einen mächtigen, gerade gewachsenen Eichenstamm aus dem Holzlager holen. Daraus fertigen wir mit unseren Sägen ein langes Brett für den Kiel. An den beiden Enden dieser Latte bringen wir zwei nach oben gerichtete Holzstücke an. Diese verbinden später den Kiel mit dem inneren Steven, den Balken, die vorne und hinten die Enden des Schiffs tragen."

Er begleitete seine Ausführungen mit erklärenden Armbewegungen und zeigte den Männern, was er meinte.

„Diesen Rohbau wuchten wir dann auf Holzböcke, die direkt am Ufer stehen. Als nächstes wird das Schiff beplankt. Wir geben ihm also eine Außenhaut. Währenddessen müssen wir immer wieder Bretter zurechtbiegen. Wenn das Holz zu trocken ist, bricht es leicht. Deshalb machen wir es nass und biegen es weiter. Neben uns steht dann immer ein Fass mit Teer, um damit die Astlöcher und Zwischenräume abzudichten. Weiter oben legen wir die Bretter so, dass sie leicht überlappen. Dann verbinden wir sie mit langen Nägeln. Pro Schiff ordern wir dreitausend Nägel von einem Schiffsschmied. Das ist eine mühsame Plackerei, denn je höher wir arbeiten, umso wackliger ist die ganze Angelegenheit. Anschließend montieren die Zimmerer Querstreben am Schiffsboden, um die Außenwand zu stabilisieren. Deshalb bricht eine Kogge auch nicht auseinander, wenn sie mal unsanft am Kai anlegt. Nach dem zweiten Plankengang ziehen wir mächtige Balken ein, die das Deck tragen. Dann wird noch eine zweite

Schicht Planken im Innern des Schiffs an die Außenhaut genagelt sowie am Heck eine eiserne Vorrichtung für das Ruder angebracht. Jetzt fehlt nur noch der schwere Außensteven, den wir mit großen Eisenbolzen ganz vorn am Bug anbringen. Zum Schluss schieben wir das wuchtige Schiff über eine Rinne langsam ins Wasser. Das ist für uns immer der spannendste Moment."
Er ließ seinen funkelnden Blick über seine Zuhörer wandern.
„Erst wenn die Kogge nach dem Stapellauf ohne zu sinken auf der Trave schwimmt, wissen wir, dass sich unsere Arbeit der vergangenen Monate gelohnt hat. Uns ist aber auch noch nie eine Kogge abgesoffen beim Stapellauf, da kann ich euch beruhigen. Schließlich wird noch das Kastell aufgezogen. Unter dem Kastell gibt es zudem noch eine Kajüte, wo der Kapitän schläft. Ihr Landratten müsst leider mit den Decksplanken vorliebnehmen."
Er sah sich grinsend um.
„Was ich vergessen habe: Natürlich wird auch noch das Bratspill an Bord gehievt. Das ist die große Seilwinde dort drüben, mit der das Segel gehisst wird. Dann wird der Mast aufgestellt und an diesem das große Segel der Kogge befestigt. Es besteht aus derbem Leinen, damit es auch Stürmen trotzen kann. Es wird an einem Querholz, der Rah, auf den Mast gezogen."
Er klatschte die Hände zusammen.
„Tja, und das war es auch schon. So eine Kogge trägt je nach Größe auch mal einhundert Kriegsknechte samt einiger Pferde und Ausrüstung. Es gibt also nicht den geringsten Grund, sich Sorgen zu machen", fasste er seine Worte zusammen.
Tobias hatte neuen Mut gefasst. „Dann werden wir unser erstes Zwischenziel wohl hoffentlich heil erreichen."
Plötzlich hellten sich seine Gesichtszüge auf.
„Vielleicht kann man auf Hiddensee sogar kurz an Land gehen und sich die Beine vertreten?", murmelte Tobias hoffnungsvoll.
„Damit würde ich nicht rechnen", schaltete sich ein Waffenknecht ein, der zusammen mit einem Kameraden neben ihnen an der Reling stand. Er trug einen Lederkoller und strich sich gedankenverloren durch den buschigen Bart.
„Bruno Warendorp ist ein Kommandeur, der viel Wert auf Disziplin legt. Wenn seine Soldaten sich auf der Insel verteilen, wird er lange brauchen, um alle wieder zusammenzurufen. Die Blöße gibt er sich nicht. Vielleicht haben wir ja auch Glück und die Flotte der Hanse ist schon größtenteils vor Hiddensee versammelt. Mich juckt es in den Fingern, mir meinen Sold zu verdienen."

Sein Kamerad, der einen Kopf kleiner als sein Gefährte war, dafür aber breit wie ein Fass wirkte, nickte zustimmend.
„Das dänische Königreich ist wohlhabend. Da gibt es bestimmt einiges zu holen."
Torben blickte skeptisch zu ihnen herüber. Das Wesen dieser Männer war ihm fremd. Als Kaufmann war er daran interessiert, dass Frieden herrschte. Doch insgeheim fühlte er sich ein wenig schuldig. Schließlich spekulierte auch er darauf, auf diesem Kriegszug sein Glück zu machen und endlich seinen Geldsorgen zu entkommen.
„Ich bin gespannt, wie viele Masten wir am Horizont erblicken werden", murmelte Marco mit verschränkten Armen.
Der größere der beiden Söldner spuckte über die Bordwand. Er mochte fast vierzig Jahre alt sein. Auch wenn er sein Geld mit dem Waffenhandwerk verdiente, wirkte er recht umgänglich.
„Vorhin bin ich an unserem Kapitän vorbeigelaufen. Er murmelte etwas von siebenunddreißig Schiffen. Eine solche Streitmacht habe ich noch nie auf einem Haufen gesehen."
„Hoffentlich", räusperte sich Torben. „Je stärker unser Aufgebot, umso schneller ist dieser Kriegszug wieder vorbei. Schließlich hat der erste Waffengang der Hanse gegen das dänische Königreich für uns mit einer vernichtenden Niederlage geendet. Wir sollten unsere Gegner also nicht unterschätzen. Die Dänen sollen gute Kämpfer sein."
Nachdenkliche Stille setzte ein. Der bärtige Söldner klang eindringlich, als er seine Stimme erhob.
„Jetzt macht euch mal nicht zu viele Sorgen", munterte er sie auf. „Ich bin Ranulf und der Mann neben mir ist mein Kamerad Fisker. Wir verdingen uns bereits seit fast zwanzig Jahren als Söldner und haben schon dutzendfach unser Leben riskiert. In diesem Krieg geht es nicht darum, mit stolzgeschwellter Brust gegen die feindlichen Soldaten zu marschieren. Ein wenig Feigheit ist nicht zu verachten, wenn man am Leben bleiben will. Niemand wird als Held geboren! Es ist ganz natürlich, dass ihr Angst habt, wenn es zum Kampf kommen sollte. Wenn feindliche Armeen aufeinander einschlagen, versucht jedermann mit heiler Haut davonzukommen. Aber wir sind eine gutbewaffnete Truppe und sollten dem Feind auch zahlenmäßig deutlich überlegen sein. Wenn unsere Kommandeure was taugen, wird das hier ein Kinderspiel."
Sein Kamerad nickte bekräftigend, während Ranulf ihnen zuzwinkerte. Seine Worte wirkten beruhigend auf Torben und seine Freunde, auch wenn sie dies niemals eingestanden hätten.

Sie verbrachten den Abend gemeinsam an die Bordwand gelehnt und tauschten Erzählungen aus. Auf jedem Schiff gab es einige Männer, die schon viel erlebt hatten und so gut zu erzählen wussten, dass sie ihre dichtgedrängten Kameraden mühelos in ihren Bann zogen. Ihr Kapitän wanderte zwischen ihnen umher und blieb immer mal wieder stehen, um zuzuhören.
Ein kahlköpfiger Söldner hatte die meisten seiner Gefährten um sich versammelt. Immer wieder wurde er von Lachsalven unterbrochen und mehr als einer dieser hartgesottenen Männer wischte sich lachend eine Träne aus den Augen.
„Vor zwei Jahren habe ich mein Schwert einem Adligen aus Mailand angedient. Drei Monate lang sorgte ich dafür, dass er ungeschoren seinen Geschäften nachgehen konnte und die Räuberbanden, die auf den Straßen ihr Unwesen trieben, lieber auf leichtere Beute warteten. Er zahlte nicht schlecht, aber ich fraß und trank ihm zu viel."
Dabei tätschelte er sich übertrieben den Bauch.
„Er hatte seine Frau dabei, die tagsüber sehr fromm tat und vor jeder Heiligenstätte stundenlang auf den Knien im Gebet versank. Aber kaum hatte sich ihr Mann abends mit schwerem Rotwein in den Schlaf getrunken, schlüpfte sie unter meine Decke. Ich kann euch sagen, sie war vieles aber keine verkniffene Betschwester."
Seine Kameraden schmunzelten beifällig. Das konnten sie sich lebhaft vorstellen.
„Natürlich strafte sie mich den darauffolgenden Tag mit Nichtachtung, so dass ihr Mann die ganze Zeit über keinen Verdacht schöpfte."
Er lachte heiser und sah sich im Kreis seiner Zuhörer um.
„Als der Adlige mich schließlich entließ, kehrte ich in eine Schankstube abseits des Weges ein, die kurz darauf von Räubern überfallen wurde. Die Spießgesellen trieben allerlei Unfug mit den wenigen Gästen. Zwei Kaufleute ließen sie über die Klinge springen, nachdem sie sie bis aufs Hemd ausgeplündert hatten. Das ist das Risiko, wenn man sich in fremden Gefilden aufhält."
Er hob ungerührt die Schultern.
„Da ich gegen die Übermacht allein nichts ausrichten konnte, hatte ich mich im Keller in einem halbleeren Weinfass versteckt. Die Halunken durchstöberten jede Ecke, aber mich fanden sie nicht."
Er grinste von einem Ohr zum anderen.
„Als ich mich in diesem edlen Tropfen versenkte, stieg mir der Wein bis zur Brust. Zwei Stunden später maß ich dann erneut nach. Da reichte mir der Wein nur noch bis zum Bauch. Ich muss sagen, ich

habe schon mit unbequemeren Unterkünften Vorlieb nehmen müssen."
Vereinzeltes Gelächter brach hervor.
„Wie ging es aus?", fragte einer seiner Kameraden.
„Der Wirt kam mit dem Leben davon. Er torkelte schließlich benommen in den Keller, um auf den Schreck einen tüchtigen Schluck zu nehmen. Als er sich dem Weinfass näherte, sprang ich daraus hervor. Ich muss wie ein Weingeist ausgesehen haben. Ihm blieb fast das Herz stehen."
Er untermalte seine Geschichte mit weitausholenden Bewegungen, so dass seine Kameraden ihn nicht aus den Augen ließen.
Erneut brachen die Männer in schallendes Gelächter aus, dass es selbst auf den anderen beiden Koggen zu hören war, die ein Stück entfernt in ihrem Kielwasser folgten. Dort reckten bereits einige Gestalten die Hälse, um zu sehen, was es dort vorn zu lachen gab.
„Jedenfalls bin ich später noch auf die Räuberbande gestoßen."
„Hast du es ihnen heimgezahlt?", wollte ein Söldner aus dem Baltikum wissen, der dem Sprecher kaum bis zur Brust reichte.
Dieser verzog das Gesicht zu einem überlegenen Grinsen.
„Das brauchte ich gar nicht", setzte er an. „Das hatte schon eine Truppe Soldaten der nächstgrößeren Stadt erledigt. Sie hatten kurzen Prozess gemacht und diese Schurken am Hals aufgeknüpft. Jetzt hingen sie links und rechts des Weges in den Bäumen und schaukelten im Wind, dass es eine Freude war. Ich konnte nur noch meinen Hut zücken und mich für den Rausch im Weinfass bedanken."
Die Menge lauschte neugierig.
„Ein heiteres Treiben, in das du da immer wieder gerätst. Das kann doch unmöglich alles dir passiert sein", meldete sich ein Zuhörer zu Wort, der den Geschichten des Mannes nun schon den ganzen Abend gelauscht hatte.
„Ich könnte dir noch stundenlang zuhören, denn du verstehst dich wirklich gut darauf, deine Geschichten zu erzählen. Aber ich bezweifle doch sehr, dass auch nur die Hälfte davon stimmt."
Der kahlköpfige, hagere Mann nippte an seinem Becher. Der Wein darin war auf Geheiß des Kapitäns mit so viel Wasser vermischt worden, dass die Männer nicht betrunken wurden und untereinander kein Streit ausbrach.
Dann blickte er dem Störenfried mit einem verschmitzten Grinsen ins Gesicht.
„Ich bin viel herumgekommen und habe schon einiges erlebt, das kann ich euch sagen. Aber wie schon mein Großvater zu sagen

pflegte: Wenn man eine gute Geschichte erzählen will, dann sollte man sie sich nicht von der schnöden Wirklichkeit verderben lassen."
Erneut flackerte Gelächter auf. Auch der Kapitän war heilfroh, solche Männer an Bord zu haben. Wenn man dichtgedrängt tagelang auf See unterwegs war, blieben Spannungen unter den Söldnern nicht aus. Da half es ungemein, für Ablenkung zu sorgen und gemeinsam zu lachen.
Torben fühlte sich zwischen diesen Männern recht wohl. Es war eine raue Truppe, aber sie hatten ein gemeinsames Ziel, das sie zusammenrücken ließ. Dabei fiel ihm auf, dass die wenigen Seeleute sich von den Söldnern fernhielten und am liebsten unter sich blieben.
Zwei von ihnen zwängten sich gerade vorbei, um einige Taue festzuziehen. Torben bemerkte, dass der kleinere von ihnen, ein stämmiger Kerl mit einem langen Zopf, aus einigen Rissen im Gesicht blutete. Als dieser es bemerkte, wischte er sich verstohlen das Blut ab und tuschelte dann mit seinem Kameraden. Trotz seiner Verletzungen schien er recht zufrieden zu sein. Wenig später lachten sie sogar dröhnend.
Da Torben nichts weiter mit sich anzufangen wusste, beobachtete er die Männer noch eine Weile verstohlen. Schließlich hatten alle Söldner den Befehl bekommen, der Besatzung möglichst nicht im Weg zu stehen und auch nicht mitanzupacken.
Als die Taue festgezurrt waren und das Segel sich mit Wind füllte, verschwanden die Männer wieder unter Deck im Frachtraum. Von dort stiegen schon bald anfeuernde Rufe zu ihnen herauf. Torben und Sascha tauschten einen neugierigen Blick.
„Was machen die Kerle da unten?"
Marco schüttelte den Kopf.
„Ich habe keinen blassen Schimmer. Gehen wir doch nachsehen. Alles, was für Abwechslung sorgt, ist mir willkommen."
Sie stiegen die schmale knarrende Treppe in den Frachtraum hinunter und sahen die Seeleute dicht aneinandergedrängt in der Ecke stehen. Einer ihrer Kameraden hatte sich auf die Knie herabgelassen, stieß blitzschnell den Kopf vor und klaubte mit den Zähnen etwas von den Planken auf. Ein ängstliches Fiepen ertönte.
Torben verzog das Gesicht. Er ahnte, was da geschah. Marcos Blick machte ihm deutlich, dass dieser es auch bereits erkannt hatte. Doch Sascha und Tobias drängten sich weiter nach vorne durch.
Ein paar Seeleute hatten ein provisorisches Viereck aus Kisten gebaut, in dem sich sechs Ratten tummelten, die die Männer zuvor im Rumpf der Kogge gefangen hatten. Die Viecher versuchten nun wild durcheinanderlaufend zu entkommen. Mittendrin saß der Seemann mit dem blutenden Gesicht, das an einen Hauklotz erinnerte. Gerade

hob er wieder triumphierend den Kopf. Mit seinen Zähnen hielt er eine Ratte fest im Nacken gepackt und schüttelte sie so heftig, dass ihr das Genick brach. Sogleich ließ er das tote Tier fallen und stieß einen Jubelschrei aus.
„Das war schon die Dritte, Heiner", rief er seinem Kameraden zu. „Noch eine und dein Geld gehört mir."
Die übrigen Seeleute umringten ihn und feuerten ihn lautstark an. Einer von ihnen hielt eine Handvoll kleinerer Münzen in seinen Händen. Das war wohl der Wetteinsatz, vermutete Torben.
Noch bevor der stämmige Mann einer weiteren Ratte den Garaus machen konnte, kam einer der Offiziere unter Deck.
„Was ist das hier für ein Geschrei? Das ist ein Schiff im Dienste Lübecks. Wir befinden uns im Krieg! Habt ihr das vergessen? Und jetzt hoch mit euch an Deck, bevor ich euch vor versammelter Mannschaft auspeitschen lasse!"
Sofort verstreute sich die Gruppe der Seeleute. Der stämmige Kerl wischte sich das Blut ab und machte das er wegkam.
„Ratten totbeißen? Wie kommt man denn auf eine solch dumme Idee?"
Tobias schüttelte angewidert den Kopf.
„Habt ihr euch den Kerl mal angesehen?", raunte Torben. „Den haben die Ratten ziemlich übel zugerichtet."
Marco winkte ab.
„Der Mann war schon vorher hässlich. Da kann eine Ratte nicht mehr viel kaputtmachen."
Sascha lachte.
„Stimmt. Der sah aus wie ein Zigeuner. Verschlagen und gefährlich. Nur dass er nicht die Zukunft voraussagen kann."
Schnell machten sie, dass sie wieder an Deck kamen. Dort ließen sie sich ihre Becher nachfüllen und stießen immer wieder mit einigen ihrer neuen Kameraden an. Als die Nacht hereinbrach und die ersten Sterne am Himmel leuchteten, kauerten sich die Söldner und die Männer der Besatzung an Deck unter ihre Decken. Viele von ihnen lagen so dicht beieinander, dass sie sich kaum umdrehen konnten, ohne ihre Nebenleute aus dem Schlaf zu reißen. Schon bald ertönte lautes Schnarchen.

Nach einer ruhigen Nacht, in der die leichten Wellen die Männer in den Schlaf gewiegt hatten, erklang aus dem Ausguck unterhalb der Mastspitze ein Alarmruf.
„Mastspitzen voraus!"

Sofort wurde es lebendig an Deck. Die Männer fuhren aus dem Schlaf und drängten sich schon bald am Bug zusammen. Über dem Wasser waberte morgendlicher Dunst und nahm ihnen die Sicht. Doch nirgends war ein Schiff zu erkennen. Die ersten Söldner murrten bereits, doch Marco beruhigte sie schnell.
„Aus dem Ausguck sieht man viel besser als wir von hier unten auf den Bootsplanken. Die Sicht von dort oben ist meist doppelt so weit. Wartet es ab, wir werden die Mastspitzen schon bald sehen."
Ihr Kapitän drängte sich unter Zuhilfenahme seiner Ellenbogen durch das dichte Knäuel der Söldner. Er hatte Marcos Worte gehört und nickte ihm anerkennend zu.
„Du bist schon zur See gefahren. Das erkenne ich sofort. Damit hast du diesen Landratten eine Menge voraus. Die Söldner sollten zu Gott beten, dass sich das gute Wetter hält. Sonst kotzen sie sich ganz schnell die Seele aus dem Leib. Von denen ist bestimmt keiner seefest."
Er musterte Marcos Kameraden abschätzend.
Marco grinste.
„Meine Gefährten haben schon bewiesen, dass sie einen ordentlichen Sturm wegstecken können. Im letzten Jahr sind wir mit einem schwimmenden Sarg in ein Unwetter geraten und abgesoffen. Haben es aber heil an Land geschafft."
Der Kapitän blickte sie mit neu erwachtem Interesse an.
„Ihr seid Freiwillige aus Lübeck, he? Keine Söldner, die sich für Geld verdingen und denen es gleich ist, gegen wen sie kämpfen?"
Die vier Freunde nickten.
„Ist das ein Wolf da neben dir?", fragte er Torben.
Torben nickte.
„Lange Geschichte."
Der Kapitän lachte und legte sein wettergegerbtes Gesicht in hunderte kleine Falten.
„In euch steckt mehr, als man auf den ersten Blick vermutet."
Dann wandte er sich ab und beobachtete geduldig den Horizont.
Nach einer längeren Wartezeit lief ein Raunen durch ihre Schar und die ersten Schiffe zeichneten sich am Horizont ab. Erleichterung machte sich breit. Der Kapitän wölbte die Lippen vor und atmete tief durch. Schon jetzt erkannte er ein Dutzend großer Schiffe.
„Dies sind nur die Koggen der Ostseestädte", ließ er die Söldner wissen. „Die Koggen aus der Nordsee sollen sich vor der norwegischen Küste versammeln und gemeinsam in den Sund segeln. Wir fahren ihnen dann entgegen."

Stumm verfolgten die Männer, wie sich immer mehr Schiffe aus dem Nebel schälten. Auf der Nachbarkogge, die noch größer war als ihre eigene, versammelte sich Bruno Warendorp mit seinen Offizieren. Er musterte die zahlreichen Schiffe und ein Gefühl der Genugtuung beschlich ihn.
Die Hanse war ein Handelsbund, dem nichts daran lag, in den Krieg zu ziehen. Doch Handel konnte man nur in friedlichen Zeiten betreiben. Wenn man sie dazu zwang, konnte die Hanse sehr wohl ein furchteinflößender Gegner sein, der auch vor militärischen Mitteln nicht zurückschreckte. Das sollte Waldemar IV., König von Dänemark, der die Hanse immer weiter provoziert und in ihren angestammten Rechten beschnitten hatte, schon bald zu spüren bekommen.
Anfangs wirkte die Flotte vor Hiddensee ein wenig ärmlich auf den Kommandeur dieser Unternehmung. Doch mit jeder Stunde wuchs ihre Zahl weiter an. Koggen aus allen Städten der Hanse tauchten auf. Aus Rostock segelten zwei gutgerüstete Schiffe heran, allein fünf weitere näherten sich in einem Verband, der aus den Städten Preußens stammte. Als Bruno Warendorp sich endlich einen Überblick über ihre versammelte Streitmacht verschafft hatte, blies er anerkennend die Backen auf. Er zählte siebzehn Koggen und eine große Zahl an schmalen Einmastern, die deutlich schneller segeln konnten, als die behäbigen Koggen. Auf den Decks drängten sich zahlreiche Bewaffnete aus allen Ecken Europas. Selbst Männer aus Italien, Spanien und dem Baltikum waren dem Ruf gefolgt und hatten sich anwerben lassen. Viele Handwerker und Kaufleute waren darunter. Überall blitzen Waffen im Sonnenlicht.
Bruno Warendorp sah Helme aufleuchten, als sich die Strahlen der Sonne in ihnen widerspiegelten. Brustharnische, Eisenhandschuhe sowie Arm- und Beinschienen, Schwerter, Streitäxte, Bögen und Armbrüste. Es war ein erhebender Anblick, der das Selbstvertrauen der Männer stärkte. Als die Schiffe dicht beieinander vor Anker gingen, lag der Geruch von Pferden schwer in der Luft. Manchmal überlagerte er sogar den Salzgeruch der Ostsee. Die Tiere nahmen viel Platz auf den Schiffen ein. Doch er hatte bewusst nicht auf sie verzichten wollen. Die Pferde sollten den Männern an Land im Kampf helfen und seinen Truppen Schlagkraft verleihen.
Jetzt wurde es laut auf den Schiffen. Die Männer riefen sich Neuigkeiten zu und tauschten Nachrichten aus. Wenig später setzten sich kleine Ruderboote in Bewegung und brachten die einzelnen Hauptleute der jeweiligen Hansestadtkontingente an Bord der Kogge, auf der sich Bruno Warendorp aufhielt. Dieser trat ihnen entgegen,

während sie versuchten auf den Planken Fuß zu fassen. Einige der Hauptleute kannte er bereits. Den Rostocker Anführer, Hendrik Körner, der zwei Koggen befehligte, begrüßte er gutgelaunt. Den alten Haudegen hatte er schon seit zwanzig Jahren immer mal wieder getroffen. Allen Anführern der einheimischen Kontingente war bewusst, dass allein Bruno Warendorp den Oberbefehl innehatte.
Die nachfolgende Besprechung währte nicht lange. Nun, wo sich die Koggen der Hansestädte der Ostsee vollzählig versammelt hatten, wollten sie keine Zeit verlieren. Die Anführer einigten sich, in welcher Formation sie segeln wollten. Sie glichen die Listen mit dem jeweiligen Aufgebot ab, um sich über ihre tatsächliche Stärke bewusst zu werden. Aber auf die Hansestädte war Verlass. Jede hatte ihre Zusage bis auf den letzten Mann eingehalten, so dass die Stimmung locker und gelöst war. Bruno Warendorp stellte noch einige Fragen zur Ausstattung der einzelnen Kontingente mit Waffen und Verpflegung. Auch hier war alles zu seiner vollsten Zufriedenheit vorbereitet worden. Die Hanse war ein Bund von Kaufleuten. Wenn sie eines konnte, dann organisieren.
Schon bald darauf lichtete die Flotte die Anker und segelte los, Kurs Nordwest. Der Lübecker Oberbefehlshaber lenkte die Schiffe in Richtung Öresund, mitten hinein ins Zentrum des dänischen Reichs – zum strategisch wichtigen Kopenhagen. Die Überfahrt war anstrengend. Gleich in der ersten Nacht regnete es und der Wind peitschte auf die Söldner nieder, die schutzlos an Deck ausharren mussten.
Torben lag fröstelnd unter seiner dünnen Decke und kuschelte sich enger an Don, seinen Wolf, den das Wetter nicht zu stören schien. Sascha blickte immer wieder argwöhnisch zur Kammer hinüber, die sich achtern auf dem Schiffsdeck erhob. Er wusste, dass dort die Besatzung der Kogge Quartier bezogen hatte. Sie war zwar eng, aber wenigstens waren sie dem Wetter nicht schutzlos ausgesetzt. Doch gegen Morgen waren die letzten Wolken abgezogen und nach Sonnenaufgang trockneten die Planken schnell. Von da an war das Wetter auf ihrer Seite. Bei wärmenden Sonnenstrahlen bestaunten sie von Deck aus die Kreidefelsen Möns im Südosten Dänemarks. Obwohl sie bereits in das Herrschaftsgebiet ihres Feindes eingedrungen waren, war das Meer vor ihnen wie leergefegt. Einmal wagten sich zwei kleinere Schiffe aufs Meer hinaus. Doch beim Anblick einer Kriegsflotte, die sich ihren Küsten näherte, verschwanden sie so schnell, wie sie gekommen waren.
Mit jedem Tag stieg die Anspannung des Oberbefehlshabers. Er hatte die Verantwortung für die gesamte Flotte. Erschwerend kam hinzu,

dass es keinerlei Seekarten gab, an denen sie sich hätten orientieren können. Immer wieder ließ Bruno Warendorp Männer der Besatzung mit dem Lot die Wassertiefe bestimmen. Wenn sie hier auf eine Untiefe aufliefen, war ihr Kriegszug vorbei, noch bevor er richtig begonnen hatte. Das Einzige, woran sie sich orientieren konnten, war mündlich weitergegebenes Wissen über Wegmarken, die am Küstensaum sichtbar waren.

Als die Flotte eine winzige Korrektur des eingeschlagenen Kurses einleitete, blickte Torben fragend zu Marco hinüber. Doch dieser zuckte hilflos mit den Schultern.

„Hier bin ich nie zuvor gewesen. Ich weiß genau so wenig wie ihr, welches der beste Weg wäre."

Bruno Warendorp aber ließ sich nicht beirren. Er war ein entschlussfreudiger Mann. Wenn er einmal das Risiko abgewogen hatte und zu einer Entscheidung gelangt war, ließ er sich nicht mehr davon abbringen. Natürlich wusste er, dass sein Auftrag immense Gefahren barg. Er sollte die Kontrolle über den Öresund erringen und die Privilegien der Hansekaufleute sichern. Diese enge Durchfahrt trennte die dänische Insel Seeland im Westen von Schonen im Osten. Durch diesen Sund verlief die Hauptschifffahrtsstraße zwischen Nord- und Ostsee.

Sein Plan war es, mehrere dänische Stellungen zu erobern und so die Kontrolle über die Meerenge zu erlangen. Nur wenn es ihm gelang, Kopenhagen auf Seeland und Helsingborg auf Schonen zu erobern, konnten die Schiffe der Hanse wieder ungehindert passieren.

Als sich an einem sonnigen Nachmittag eine Reihe Schiffsmasten am Horizont abzeichnete, ließ er die Flotte in Alarmbereitschaft versetzen. Doch dies diente nur der Vorsicht. Längst war er überzeugt, auf die restlichen Hansekoggen gestoßen zu sein, die aus der Nordsee herbeigeeilt waren. Seine Vermutung traf zu. Schon wenig später vereinten sich die Flotten zu einer beachtlichen Streitmacht. Voller Siegesgewissheit bog die Armada in den Sund ein und hielt auf Kopenhagen zu.

Noch bevor sie sich der Stadt näherten, versammelte er seine Hauptleute um sich. Es waren sieben Männer, die ihn neugierig musterten. Während ihm die Anführer aus Rostock und Hamburg freundlich zunickten, musterten die anderen Männern ihn schweigend. Einige hatte er noch nie zuvor gesehen. Mit dem Anführer der Hamburger tauschte er sich hingegen zweimal im Jahr aus, denn es gab viele Punkte, die die Interessen ihrer beiden Städte berührten. Doch mit weiter entfernt liegenden Hansestädten hatte er normalerweise nur wenig Berührungspunkte.

„Die Stunde der Wahrheit rückt näher", empfing er seine Hauptleute. „Wie uns zugetragen wurde, hat der dänische König sein Land überraschend verlassen und ist gen Süden gesegelt. Waldemar IV. verfügt über einige gute Kontakte zu deutschen und polnischen Fürsten. Bestimmt sucht er dort Verbündete, die ihm im Kampf gegen die Hanse zur Seite stehen sollen. Bisher scheint er mit seinem Anliegen wenig Erfolg gehabt zu haben. Umso wichtiger ist es daher, dass wir schnell zuschlagen und ihm keine Zeit für weitere Absprachen geben."
Er sah sich im Kreis seiner Getreuen um, die aufmerksam nickten.
„Haben wir Kopenhagen in unserer Hand, ist der Feldzug schon so gut wie entschieden. Daher werden wir unser Vorgehen sorgfältig planen. Der Hafen von Kopenhagen liegt geschützt hinter mehreren kleinen Inseln. Auf einer davon wacht eine Festung über den Schiffsverkehr. Die Dänen werden Wachen aufgestellt haben, um die Stadt zu warnen. Also müssen wir wie ein Unwetter über sie kommen und die Stadt so schnell wie möglich in Besitz nehmen. Je schneller das gelingt, umso weniger Blut wird fließen."
Er musterte den Rostocker Anführer.
„Hendrik, deine Schiffe werden zuerst anlanden. Schaff deine Männer schnell von Bord und führe sie mitten in die Stadt. Dort darf sich kein Widerstand gegen uns organisieren."
Hendrik Körner kratzte sich am stachligen Kinn.
„Das will ich gern tun. Aber wie wollen wir die Festung erobern? Wenn sie uns entdecken, werden sie die schweren Tore schließen. Dann sind sie erst einmal sicher vor uns."
Bruno Warendorp nickte schwer atmend.
„Das ist die Schwachstelle in unserem Plan. Sollte es so kommen, schließen wir die Festung ein und hungern sie aus. Wenn wir erst siegreich waren, werden wir schon mit ihnen verhandeln können."
Der Hamburger Anführer deutete auf einige Koggen, die sich am Ende ihres Schiffsverbands angegliedert hatten.
„Woher kommen diese Männer? Ich habe kein Stadtwappen gesehen."
Bruno Warendorp kniff die Augen zusammen.
„Das sind einige adlige Verbündete, die nicht wohlhabend genug sind, um eine eigene Flotte aufzubauen. Die Hanse hat ihnen zehn Schiffe gestellt und außerdem noch Geld für die Kosten des Feldzugs vorgestreckt. So konnten sie ihre Männer ausrüsten und weitere Kämpfer anheuern."
Die Hauptleute nickten beifällig. Geld hatte die Hanse schließlich genug.
Bruno Warendorp lächelte säuerlich.

„Das Geld ist sozusagen ein Vorschuss auf die Beute. Abgerechnet wird nach dem Krieg. Denn zu verschenken hat die Hanse nichts."
Anschließend beantwortete er noch einige Fragen und schickte die Männer dann auf ihre Schiffe zurück. Jetzt lag alles in Gottes Hand.

Am 2. Mai 1368 kam endlich die Hafenstadt Kopenhagen in Sicht. Das Halbrund einer Stadtmauer mit drei Toren tauchte vor der Flotte auf. Davor erhob sich ein steinerner Festungsturm. Bei seinem Anblick zog Torben fröstelnd die Schultern hoch. Zwar trug er ein Schwert gegürtet an seiner Seite. Aber das letzte Mal hatte er sich so verletzlich gefühlt, als in Nowgorod ein Mordanschlag auf ihn verübt worden war. Wahrscheinlich würden ihm in Kürze mehr als nur ein oder zwei Pfeile um die Ohren sausen. Er blickte sich aufmerksam um. Was er sah, war nicht dazu angetan, ihn mit Zuversicht zu erfüllen.
Zahlreiche Kämpfer drängten sich unruhig an Deck der vielen Schiffe. Sie überprüften ihre Waffen, Schwerter, Beile und Armbrüste. Einige waren sogar mit unhandlichen Schusswaffen ausgestattet. Die Ausrüstung war teuer und musste von jedem Kämpfer selbst gestellt werden. Schließlich durften nur Männer, die den Besitz von Handwaffen nachweisen konnten, überhaupt den Bürgereid der Hansestädte ablegen.
Torben stand eingezwängt zwischen seinen Freunden und beobachtete angespannt das Geschehen. Eine nervöse Unruhe hatte von den Bewaffneten Besitz ergriffen. Ihm fiel auf, dass die Koggen mit großen hölzernen Katapulten ausgestattet waren. Einige verfügten über gewaltige Armbrüste zum Schleudern und Schießen von Steinen und Pfeilen. Auf einer Rostocker Kogge konnte er sogar einen großen Rammbock auf Rädern entdecken. Alles wirkte sorgfältig geplant und so langsam bekam er seine Aufregung in den Griff. Jetzt stellte er fest, dass ihre Schiffe Fahrt aufnahmen und sich der Stadt immer schneller näherten.
„Müssten uns die Wachen nicht längst entdeckt und Alarm geschlagen haben?", knurrte Sascha mit rauer Stimme.
„Das haben sie längst", brummte Ranulf. „In diesem Augenblick wird dort drüben die Hölle ausbrechen. Seht mal genauer hin. Einige Leute rennen bereits tiefer in die Stadt hinein. Noch sind sie klein wie Ameisen und kaum zu erkennen."
Neben ihnen hatten Söldner ihre Hände in das Holz der Bordwand gekrallt. Einige murmelten Gebete. Jetzt kam es darauf an, die Überraschung auszunutzen und ohne Widerstand an Land Fuß zu fassen. Schon glitten die ersten Schiffe in den Hafen. Erfahrene

Seeleute rafften die Segel zusammen und bremsten die Schiffe. Am Bug ballten sich bereits die Bewaffneten, um an Land springen zu können.
Immer wieder wanderten viele Blicke zu ihrem Befehlshaber hinüber, der auf der Nachbarkogge den Anlandepunkt im Auge behielt und einen zufriedenen Eindruck machte. Bisher lief alles wie geplant.
Vor ihnen bahnte sich ihr Kapitän einen Weg durch die eng beieinanderstehenden Bewaffneten. Vor einer großen Gruppe Kaufleute und Handwerker, zu der auch Torben und seine Freunde zählten, stemmte er grimmig die Hände in die Hüften.
„Ihr wollt für eure Heimatstadt kämpfen? Jetzt habt ihr die Gelegenheit dazu!“, feuerte er sie lautstark an. Die Angesprochenen umschlossen ihre Waffen fester und sahen zu, wie vor ihnen bereits die ersten Kämpfer der Rostocker Koggen von Bord sprangen. Erste Trupps sammelten sich an Land und stürmten in die Stadt. Männer in Rüstungen eilten an ihnen vorbei. Von einigen Koggen wurden Dutzende Reitpferde von ihren Reitern an Land gebracht. Wenig später galoppierten die ersten Reitertrupps durch die Straßen und brachten wichtige Punkte in der Stadt unter ihre Kontrolle.
Torben ließ sich vom Sog der zweitausend Bewaffneten mitziehen. Von den Hafenanlagen aus brachen sie in die Gassen ein. Dort trafen sie auf verängstigte Bürger, die ihnen mit großen Augen entgegensahen. Torben eilte neben seinen Freunden einen schmalen Pfad entlang. Vor ihnen wirbelten die festen Schritte von Ranulf und Fisker den Dreck auf. Als rechts von ihnen eine Tür aufgerissen wurde, fuhr Torben herum. Er erblickte einen jungen Burschen, der ein rostiges Schwert in der Hand hielt, sich aber nicht traute, nach draußen zu treten. Noch bevor er zu einer Entscheidung gelangt war, tauchte neben dem Bengel ein älterer Mann mit grauen Haaren auf. Er verpasste dem Jungen eine heftige Ohrfeige und riss ihm die Waffe aus den Händen. Gleich darauf schloss sich die Tür wieder.
Torben schnaufte erleichtert und eilte weiter. An der nächsten Weggabelung näherten sich ihnen laute Schritte. Doch es handelte sich um eine Gruppe hanseatischer Söldner, die ihre Umgebung misstrauisch beäugten. So recht schienen sie dem Frieden noch nicht zu trauen.
„Seid ihr auf Widerstand gestoßen?“, fragte Ranulf sie.
Die Männer schüttelten den Kopf.
„Keine Spur. Hier gibt es kaum Soldaten. Die ganze Stadt ist nicht auf einen Krieg vorbereitet. Nirgends eine Spur von geordnetem Widerstand. Kopenhagen gehört uns! Nur die Festung am Hafen wehrt sich noch.“

Hinter ihnen folgte Warendorp mit einigen weiteren Hauptleuten, geschützt durch eine Gruppe Kämpfer.
„Viele dänische Adlige haben ihrem König keine Hilfstruppen geschickt. Sie haben wohl auf eine Schwächung ihres machthungrigen Königs gehofft. Umso besser für uns! Aber noch haben wir nicht gewonnen."
Er wandte sich an seine Hauptleute.
„Sucht Quartier für eure Mannschaften. Sie sollen sich in den Häusern einrichten. Aber lasst Wachen aufstellen. Ich will nicht vom Feind überrascht werden."
„Was soll mit den Bewohnern der Häuser geschehen?", fragte ein Mann, der einen Trupp Wismaraner Kaufleute anführte.
Einige Söldnerführer schüttelten vorwurfsvoll den Kopf. Auch Bruno Warendorp schnalzte abfällig mit der Zunge.
„Was glaubt ihr denn, Mann? Wir sind im Krieg. Ich habe mich um meine Leute zu kümmern. Was mit den Dänen geschieht, ist für mich von nachgelagertem Interesse. Und jetzt setzt meine Befehle um!"
Der Kaufmann rückte sein Schwert am Gürtel zur Seite, was ihn allerdings kein Stück militärischer wirken ließ. Dann kehrte er mit hochrotem Kopf zu seinen Leuten zurück. Die Anführer der Söldner grinsten spöttisch.
„Was unternehmen wir wegen der Festung auf der kleinen Insel Slotsholmen? Sie haben die Tore geschlossen und schießen auf jeden Mann, der sich den Mauern nähert", warf einer von ihnen ein.
„Störrische Dänen! Sie sollten allmählich einsehen, dass sie diesen Kampf verloren haben", erwiderte Bruno Warendorp. Dann wandte er sich dem untersetzten Söldner zu, der die Frage gestellt hatte.
„Nehmt euch eine Hundertschaft erfahrener Kämpfer und belagert die Festung. Schneidet sie von allem Nachschub ab. Keine Maus darf ohne unser Wissen zu ihnen durchdringen. Morgen versuchen wir mit ihnen zu verhandeln. Vielleicht können wir sie ja zur Übergabe bewegen, ohne dass Blut fließt."
Er rieb die Hände aneinander, während er nachdachte.
„Am Hafen lagen doch einige Fischerboote vertäut am Kai, wenn ich es richtig in Erinnerung habe, oder?"
Hendrik Körner nickte.
„Ein knappes dutzend Seelenverkäufer. Ob die meisten davon einen Sturm überleben würden, wage ich zu bezweifeln. Auf jeden Fall sind sie eine jämmerliche Beute."
Warendorp schmunzelte.
„Sie müssen keinen Sturm überstehen. Lass zwei oder drei davon von deinen Männern zur Hafenausfahrt steuern und dort versenken. Ich

will verhindern, dass feindliche Schiffsverbände Truppen anlanden können und uns überfallen. Denk daran, eine schmale Lücke zu lassen, damit wir wieder hinauskommen."
Der Rostocker grinste anerkennend. Es gefiel ihm, dass ihr Anführer so umsichtig handelte. Die Beratung zog sich noch über eine weitere Stunde hin. So vieles gab es zu bedenken. In den Straßen blieb es ruhig, so dass gegen Abend ein trügerischer Frieden einkehrte.

Nachdem die Eroberung der Stadt abgeschlossen war, ließ Warendorp ganze Straßen räumen, um Platz für seine Männer zu schaffen. Die Einwohner Kopenhagens murrten und einige Frauen vergossen Tränen, als sie ihr angestammtes Heim verlassen mussten.
Torben und seinen Freunden wurde ein Quartier in der Nähe des Hafens zugeteilt. Mit ihnen zogen ein halbes Dutzend weiter Kaufleute und Bürger der verschiedenen Hansestädte in das kleine Haus. Es würde eng werden, aber sie beklagten sich nicht. Unter ihnen war auch Sigurd, ein Kaufmann aus dem Hoheitsgebiet des Deutschen Ordens, mit dem sich Torben auf Anhieb verstand. Nachdem sie Verpflegung zugeteilt bekommen hatten, machten sie sich hungrig über ihre Ration her. Es gab Trockenfisch, Brot und für jeden ein Stück Käse. Dazu wurde verdünntes Bier ausgegeben.
„Habt ihr euch zusammen gemeldet, um eurer Heimatstadt zu dienen?", fragte Sigurd. Der schwarzhaarige junge Mann biss herzhaft in sein Brot. Auch wenn es mindestens zweit Tage alt, zusammen mit dem Fisch aber durchaus bekömmlich war.
„Wir vier", stellte Torben sich und seine Freunde vor. Diese rückten näher und schüttelten ihm die Hand. „Ranulf und Fisker", sagte er mit einem Seitenblick auf die beiden Söldner, „haben wir auf der Überfahrt von Lübeck kennengelernt. Sie sind erfahren mit diesen Kriegsdingen und haben aus irgendeinem Grund beschlossen, ein Auge auf uns zu haben. Wofür wir ihnen sehr dankbar sind."
Er zwinkerte ihnen zu und füllte ihre Becher nach. Die beiden schmunzelten leicht.
„Und woher kommst du?", fragte Torben den neuen Kameraden.
„Aus Elbing", erwiderte Sigurd. „Das ist eine recht bedeutende Stadt im Herrschaftsgebiet des Deutschen Ordens, keine fünfundzwanzig Meilen nordöstlich der Marienburg. Außerdem liegt Elbing nahe der Mündung des Nogat in das Frische Haff."
Torben dachte angestrengt nach.
„Wir sind daran vorbeigesegelt, auf unserem Weg nach Nowgorod im letzten Jahr", brummte er.
„Ihr wart in Nowgorod?", fragte Sigurd überrascht. „Ihr erscheint mir

recht jung für so lange Handelsreisen."
„Das erzählen wir dir ein anderes Mal", winkte Torben ab.
Sigurd zog die rechte Augenbraue in die Höhe.
„Ich kann es kaum erwarten. Gute Geschichten höre ich gern und diese verspricht spannend zu werden."
Er lockerte die Schultern und fand zu seinem ursprünglichen Gedanken zurück.
„Jedenfalls ist mein Vater auch ein Kaufmann der Hanse. Allerdings ist er der Ansicht, ich sollte erst einmal etwas leisten für meine Heimatstadt, bevor ich Ansprüche stellen dürfte. Der Name Sigurd soll vom römischen Kriegsgott Mars abstammen, daher hielt mein Vater es für eine gute Idee, wenn ich mich freiwillig zum Kriegsdienst melde und meiner Stadt und unserer Familie Ehre mache."
„Was für Geschäfte betreibt dein Vater im Osten?", fragte Torben mit echtem Interesse. Er erinnerte sich nur zu gut an Michael Winkler aus Reval, der mit Bernstein und vor allem mit Informationen gehandelt hatte, bevor er einem Mordanschlag zum Opfer gefallen war.
„Die Küsten im Herrschaftsgebiet des Deutschen Ordens sind bekannt für ihre großen Mengen Bernstein, die dort jedes Jahr angespült werden. Mein Vater verkauft ihn in Brügge an Händler aus italienischen Städten wie Mailand, Venedig oder Neapel. Oft nimmt er als Beiladung noch große Mengen Asche aus Riga mit, damit sich die Fahrten lohnen."
Torben war fasziniert. Er hatte bereits einige hübsche Bernsteine in den Händen gehalten.
„Wie verkauft er sie?", fragte er nach.
„Nach Gewicht", entgegnete Sigurd. „Die Steine werden in Fässer gefüllt und gewogen. Je nach Nachfrage ist ein guter Preis zu erzielen. Die Asche wiederum verkauft er Fassweise an Färber, die damit ihre Tücher behandeln. Leider ist damit kaum Geld zu verdienen. Dafür kostet die Asche in Riga aber auch so gut wie nichts."
Torben erinnerte sich, wie Michael ihm seine besten Bernsteine gezeigt hatte. Die Stücke hatten geheimnisvoll gefunkelt und das Sonnenlicht gebrochen.
„Bearbeitet ihr die Steine, bevor ihr sie verkauft?"
Sigurds Gesicht verdüsterte sich.
„Zu diesem Thema hatte ich bereits oft Streit mit meinem Vater. Ich glaube, wir könnten den dreifachen Preis erzielen, wenn wir sie schleifen lassen und sie auf diese Weise veredeln würden. Aber mein Vater lässt nicht mit sich reden. Schon mein Großvater hat diese Ware ungeschliffen weiterverkauft, weshalb er nicht davon abweichen will. Keine Ahnung, warum. Ich glaube, wir könnten uns völlig neue

Märkte erschließen, wenn wir nur ein wenig Zeit, Geld und Wissen einbringen würden. Aber meinen Vater schreckt ab, dass wir dieses Handwerk nicht beherrschen. Er fürchtet, darauf sitzen zu bleiben und im Schuldturm zu enden."
Sigurd streckte die Hände aus.
„Diese Angst treibt wohl viele Kaufleute um. Gerade wenn sie älter werden und etwas zu verlieren haben. Ich aber bin jung und bereit, etwas Neues zu wagen. Ich sehe Möglichkeiten, wo er nur Risiken ausmacht. Seine zaudernde Art kann ich oft nur schwer ertragen."
Er lächelte verschmitzt und blickte Torben fragend an, ob dieser ihn verstehen konnte. Und wie Torben das konnte. Die gleichen Kämpfe hatte er schon oft mit seinem Vater ausgefochten und war dabei ebenfalls gegen Mauern gerannt.
Heute hatte er viel gehört, über das sich nachzudenken lohnte. Sie schenkten sich noch einmal Bier nach und redeten über andere Dinge. Doch in Torbens Kopf hatte sich etwas in Bewegung gesetzt. Noch war sein ganzes Tun darauf ausgerichtet, seine Familie auslösen zu können. Aber irgendwann gab es hoffentlich wieder friedliche Zeiten, in denen sie dem Handel nachgehen konnten. Da war es hilfreich, sich beizeiten Gedanken zu machen, wie genau er sich seine Zukunft vorstellte.

Sie verbrachten eine ruhige Nacht und schlenderten am nächsten Morgen zum Hafen, um die Festung in Augenschein zu nehmen. Dort stand bereits ihr Kapitän und ließ das Bollwerk nicht aus den Augen.
„Haben sie sich endlich ergeben?", fragte Torben ihn, während sie zu ihm traten.
„Sie denken nicht daran. Warendorp hat ihnen gestern ein Ultimatum gestellt. Das läuft in drei Tagen ab. Wollen wir doch mal sehen, was er dann macht, denn die Festung ist schwer anzugreifen. Nur eine kleine Brücke verbindet die Insel mit dem Festland. Sie sehen uns anrücken und können sofort den Beschuss auf uns eröffnen. Und die Insel selbst ist karg, da kann man sich nicht verstecken."
Torben nickte nachdenklich.
„Aber wir haben schweres Kriegsgerät an Bord. Hoffentlich kommen sie rechtzeitig zu Verstand."
Die nächsten zwei Tage verbrachten sie damit, durch Kopenhagen zu streifen und sich den Hafen näher anzuschauen. Torben nahm sich viel Zeit, die Fischerboote zu begutachten. Doch diese waren klein und meist so offen, dass man Wind und Regen ungeschützt ausgesetzt war.

Marco bemerkte sein Interesse.
„Willst du unter die Fischer gehen?", fragte er ihn schließlich. „Zu viel mehr taugen die Boote nicht. Damit würde ich mich auf jeden Fall nicht weiter aufs Meer hinauswagen. Ein ordentlicher Sturm und man hört nie wieder etwas von dir."
Torben schüttelte den Kopf.
„Ich habe überlegt, ob es möglich wäre, damit bis Gotland zu segeln. Aber das wäre zu gewagt, das sehe ich ein. Es nützt nichts, beim Versuch meine Familie zu retten, noch mehr Menschenleben zu gefährden. Ich werde mir etwas anderes einfallen lassen."

Schließlich war die Frist abgelaufen, ohne dass die belagerte Besatzung der Festung Anstalten machte, die Tore zu öffnen. Als sich drei Mann der Festung näherten, wurden sie mit Pfeilschüssen und Beleidigungen empfangen.
Warendorp wurde von kalter Wut erfasst. Er hatte ehrenhafte Bedingungen angeboten. Mit Milde kam er nun nicht weiter. Daher scharte er seine Hauptleute um sich und erteilte ihnen Befehle.
„Bringt die Katapulte in Stellung. Wofür haben wir sie sonst den ganzen Weg übers Meer mitgebracht!
Ich will, dass unsere Maschinen die Festung Tag und Nacht mit Balken und Steinen beschießen. Jede Nacht sollen Armbrustschützen Brandsätze über die Zinnen schießen. Wir dürfen den Verteidigern keine Ruhepause mehr gönnen."
Seine Gefolgsleute standen nachdenklich um ihn herum.
„Wir sollten auch den Burggraben auffüllen lassen, damit wir die Festung irgendwann im Sturm erobern können, falls sie nicht nachgeben", schlug Hendrik Körner vor.
Bruno Warendorp verzog das Gesicht.
„Ich befürchte, dass unsere Männer von den Verteidigern von den Zinnen herab wie die Hasen abgeknallt werden."
Der Rostocker grinste listig.
„Wir werden das im Schutz der Nacht bewerkstelligen. Außerdem lassen wir Pavesen anfertigen, große Schilde, die mit Leder überzogen sind und guten Schutz gegen Pfeile bieten. Auf diese Weise sollte es gehen. Außerdem wollen wir die Festung ja nicht wirklich stürmen. Diese Vorbereitungen sollen ihnen Angst machen und Zweifel in ihren Reihen säen."
Warendorp stimmte sofort zu.
„Der Gedanke gefällt mir. Veranlasst alles, wie besprochen."

Die nächsten sechs Wochen belagerten sie die Festung. Anfangs

wurden ihre Mauern eifrig beschossen. Doch schon bald erlahmte die Angriffslust der hanseatischen Streitkräfte. Warum sollte man unnötig Verluste riskieren, wenn man die Festung auch einfach aushungern konnte?
Noch immer hatte Bruno Warendorp nichts vom Dänenkönig gehört. Zwar hatte er ihm Kopenhagen entrissen. Doch Waldemar IV. machte keine Anstalten zu kapitulieren und ihm den Frieden anzutragen. Daher sah sich Warendorp allmählich zu härteren Maßnahmen gezwungen.
„Ich mache es nicht gern“, ließ er seine Hauptleute bei der morgendlichen Besprechung wissen. „Denn darunter leiden vor allem die einfachen Menschen der Stadt. Aber ich habe einen Auftrag zu erfüllen. Und das werde ich – koste es, was es wolle.“
Er sah seinen Hauptleuten nacheinander fest in die Augen. „Zerstört die Stadt! Lasst Feuer legen! Die Dänen sollen am eigenen Leib zu spüren bekommen, was es heißt, sich unseren Bedingungen zu verweigern.“
Das ließen sich die Söldnertrupps nicht zweimal sagen. Schon in den Tagen zuvor waren sie in Häuser eingedrungen und hatten unter Feuerstellen nach vergrabenen Schätzen gesucht. Sie kannten sich aus in ihrem Geschäft und fanden so manch klingende Münze. Sobald sie mit ihrem Raubzug fertig waren, zündeten sie die Häuser an, die größtenteils aus Holz gebaut worden waren. Die Wohnhäuser, Werkstätten, Ställe und Läden der Kopenhagener Bevölkerung gingen in Flammen auf.
Schon bald flackerten Brände an unterschiedlichen Stellen der Stadt und Rauchwolken stiegen empor. Die Einwohner wurden erbarmungslos ins Hinterland getrieben. Gegen Mittag war die ganze Stadt von schwarzem Rauch umhüllt. Noch tagelang lag der Geruch von Feuer und Ruß in der Luft.
Torben und seine Freunde hatten sich nicht an den Plünderungen beteiligt. Während die Söldner sich mit ihrer Beute brüsteten, zogen sie es vor, in der Nähe von Warendorp und der Festung zu bleiben. Schließlich würde hier die Entscheidung fallen. Je schneller die Dänen aufgaben, umso eher war dieser Krieg vorbei.
Doch am späten Nachmittag wurden sie doch noch in das grausige Treiben hineingezogen. Unweit ihres Lagerplatzes zog ein kleiner Trupp dänischer Stadtbewohner an ihnen vorbei. Es waren vielleicht zwanzig Menschen, die sich verängstigt zusammengedrängt hatten und einige wenige Besitztümer auf einem Karren hinter sich herzogen. Ein Rudel Söldner folgte ihnen johlend. Sie hatten den ganzen Tag lang gebrandschatzt und gute Beute gemacht. Einige hatten sich die

wertvollsten Gegenstände der dänischen Bewohner hinter ihre Gürtel geschoben oder mit einem Tuch verschnürt. Jetzt waren sie auf der Jagd nach einer weiteren Gelegenheit, sich an ihren hilflosen Opfern schadlos zu halten. Die Stimmung war aufgeladen. Bisher hatte es bereits einige Tote gegeben. Wer nicht schnell genug den Forderungen der Söldner nachkam, setzte sein Leben aufs Spiel. Diese harten Männer zögerten nicht, ihre Klingen zu ziehen und auch einzusetzen. Torben verzog das Gesicht, als er das Treiben bemerkte. Sascha lief bereits rot an vor Zorn. Sie sahen, wie sich drei Söldner vor den Trupp der Dänen stellten und diesen zum Anhalten zwangen. An der Spitze liefen zwei Dänen, die sich furchtsam nach den übrigen Söldnern umsahen. Den beiden Männern folgten einige Frauen, die sich Tücher um den Leib gebunden hatten. Eine trug einen Säugling auf dem Arm. Der Anführer der Söldner trat vor und streckte die Hand nach einer der Frauen aus. Der größere der beiden Dänen stellte sich ihm mutig in den Weg. Doch der schwarzbärtige Söldner verzog wütend das Gesicht und schlug den Mann mit einem gewaltigen Faustschlag zu Boden. Als der zweite Däne Anstalten machte, aufzubegehren, zog der Söldner sein Schwert aus der Scheide. Seine Kameraden grinsten und folgten ihm.
Noch ehe ihr Anführer zum Schlag ausholen konnte, drängte sich Fisker zwischen den Dänen hindurch und trat dem Kerl entgegen. Er war einen halben Kopf kleiner, doch dafür ein ganzes Stück breiter in den Schultern. Sein Gesicht wirkte wie aus Stein gemeißelt. Er sprach kein Wort, doch sein Blick bohrte sich tief in die dunklen Augen des Angreifers.
Dieser zögerte plötzlich.
„Du stehst auf der falschen Seite, Kamerad!“, fuhr der Schwarzbärtige Fisker an. „Mach mit und greif dir eine von den Frauen. Du kannst dir auch eine aussuchen. Sieh sie dir an! Sie sind Schönheiten mit weizenblondem Haar. So eine Gelegenheit darf sich unsereins doch nicht entgehen lassen.“
Noch immer sprach Fisker kein Wort. Seine Antwort bestand darin, dass er mit einer geschmeidigen Bewegung sein Schwert zog und die drei Söldner nicht aus den Augen ließ.
Hinter ihm begann eine Frau zu schluchzen, gleich darauf heulte ein Kind.
„Du bist ganz allein“, erinnerte der Schwarze ihn. „Es wäre besser, du gehst einfach weg. Das hier geht dich nichts an. Sonst ergeht es dir schlimmer als diesem Pack. Glaub mir lieber.“
Torben und seine Freunde waren schon bei den ersten Worten aufgesprungen. Ranulf stand neben ihnen und auch Sigurd und einige

andere schlossen sich ihnen an, als sie Fisker zu Hilfe eilten.
„Ich glaube, es wird längst nicht so leicht, wie du dir das vorstellst“, rief er dem großgewachsenen Mann zu. „Vielleicht geht ihr besser zurück in die Stadt und brennt noch ein paar Häuser nieder. Diesen Menschen aber werdet ihr kein Haar krümmen.“
Um die verängstigten Dänen hatte sich ein dichtes Knäuel von Söldnern gebildet. Der Schwarzbärtige erkannte, dass seine Gegner ihm an Zahl ebenbürtig waren. Er spie zu Boden und trat knurrend den Rückzug an.
Ranulf zog Fisker mit sich fort zu ihrem Lagerplatz. Torben und ein Dutzend anderer Bewaffneter begleiteten die Dänen, bis sie genügend Abstand gewonnen hatten. Dann setzten diese ihren Weg in eine ungewisse Zukunft allein fort. Der Däne an der Spitze des Zuges rief ihnen zum Abschied einige Worte zu und hob dankend die Hand. Torben erwiderte den Gruß, auch wenn er kein Wort verstanden hatte. Dann kehrten sie zu Ranulf und Fisker zurück.
Allmählich legte sich ihre Anspannung. Es fühlte sich gut an, diesen Menschen geholfen zu haben.
„Das hätte böse enden können“, bemerkte Tobias, der immer noch aufgekratzt wirkte.
„Mehr als du denkst“, murmelte Ranulf.
Torben hob misstrauisch den Kopf.
„Warum?“
Ranulf tauschte einen Blick mit Fisker. Dass er schwieg, überraschte niemanden. Doch auch Ranulf schüttelte den Kopf und brütete vor sich hin.
Torben drängte ihn nicht weiter. Er würde auf einen passenderen Moment warten. Dieser kam, als die Nacht heranbrach und immer mehr Männer sich auf ihr Lager zurückzogen. Seine Freunde schliefen bereits, als er sich neben Ranulf zu Boden sinken ließ.
„Ich bin ganz schlecht darin, von etwas zu lassen, wenn ich mich erst einmal darin verbissen habe“, gab er von sich. „Also nochmal: Warum hätte das böse enden können? Und was ist in Fisker gefahren, dass er sich gegen einen ganzen Trupp Söldner stellt? Ich fand es zwar richtig und würde ihm jederzeit wieder zur Seite stehen. Aber von einem Söldner hätte ich das nicht erwartet.“
Ranulf schwieg und starrte lange ins Feuer. Irgendwann sah er sich aufmerksam um, doch niemand war in der Nähe, um ihrem Gespräch zu lauschen.
„Das ist eine lange Geschichte“, hob er an.
Torben breitete die Arme aus.
„Umso besser! Raus damit.“

„Wo fange ich da an?", grübelte Ranulf leise.
„Wie hast du Fisker eigentlich kennengelernt?", half ihm Torben auf die Sprünge.
Ranulf ergriff den Strohhalm dankbar.
„Fisker ist das siebte Kind einer Bauernfamilie, die schon ohne ihn nicht genug zu beißen hatte. Leicht hat er es nie gehabt. Sobald er auf eigenen Füßen stehen konnte, hat er sich auf und davon gemacht."
„Aus welcher Ecke kommt er denn? Seiner Mundart nach hätte ich auf die Küste getippt."
Ranulf sah ihn anerkennend an.
„Nicht schlecht geraten. Er stammt aus irgendeinem abgelegenen Dorf in Mecklenburg. Ein Handwerk hat er nie gelernt. Aber er hat ein Geschick, was Waffen angeht. Selten habe ich einen Mann so kunstfertig mit Schwert oder Messer umgehen sehen. Wenn dieser Schwarzbärtige ihn wirklich angegriffen hätte, hätte er sein blaues Wunder erlebt."
Er lachte leise.
„Fisker ist ein guter Kamerad. Furcht kennt er nicht und Entbehrungen erträgt er leichter als der ganze Rest dieses Haufens, mich eingeschlossen. Er hält zu dir, auch wenn alle anderen längst den Glauben an die Sache verloren haben. Von solchen Leuten gibt es leider viel zu wenige. Wenn Fisker dir erst einmal zugetan ist, dann ist er treu wie Gold. Wir haben uns vor einigen Jahren im Baltikum kennengelernt, als wir uns für gutes Geld als Söldner des Deutschen Ordens anwerben ließen."
Er machte eine Pause und blickte Torben forschend an.
„Kennst du dich mit der Geschichte des Deutschen Ordens im Baltikum aus?"
Torben legte den Kopf schief.
„Ich hatte ja schon mal erzählt, dass es uns letztes Jahr nach Nowgorod verschlagen hat. Dort habe ich einiges aufgeschnappt. Aber vom Deutschen Orden selbst weiß ich nur wenig. Ich kenne ihre besten Handelsgüter wie Bernstein, Holz und Wachs. Aber aus der Politik habe ich mich immer herausgehalten."
Ranulf verzog das Gesicht.
„Ihr Kaufleute seid schon ein besonderer Menschenschlag. Ich mach es kurz: Der Deutsche Orden verfügt über einige hundert Ritter und wenige tausend Waffenknechte. Dazu kommt jedes Jahr eine Menge Ritter samt Gefolge, die auf Kreuzzug gehen, um gegen die Heiden zu kämpfen. Das Problem ist nur: Seit die einheimischen Pruzzen niedergeworfen wurden und der Deutsche Orden sein Hoheitsgebiet immer mehr ausgeweitet hat, stößt er nun an die Grenzen der Polen

und Litauer. Dies sind aber christliche Königreiche, deren Könige dem Kreuz huldigen. Der Papst ist nicht davon angetan, dass der Deutsche Orden Krieg gegen Polen und Litauer führt, die nun genauso zu seinen Schäfchen zählen und nach jedem Gebet das Kreuz küssen. Daher machen sich immer weniger Adlige auf den Weg, dem Deutschen Orden im Kampf zur Seite zu stehen. Also muss der Orden für viel Geld noch mehr Söldner anheuern, die für ihn kämpfen. Darunter waren wie gesagt sowohl Fisker als auch ich. Unser Auftrag lautete, Kaunas, eine litauische Burg an der Mündung der Neris in die Memel, zu zerstören. Von dort griffen die Litauer immer wieder an und verheerten das Ordensgebiet. Also schlugen wir zurück. Im Morgengrauen eines nebelverhangenen Apriltages kletterte Fisker todesmutig an einem Seil, das mit einem Widerhaken versehen war, an einem unbeobachteten Mauerstück hinauf. Dann hat er einen Posten getötet und unsere Männer eingelassen. In Windeseile gehörte die Burg uns. Dabei ließen mehr als fünfzig Litauer ihr Leben. Der Deutsche Orden hat sich das eine Menge Silbermünzen kosten lassen. Nach diesem Kriegszug beschlossen Fisker und ich zusammenzubleiben und uns gemeinsam zu verdingen. Wir sind Waffenbrüder, die sich auch ohne Worte verstehen."
Ranulf sah ins Feuer, als könnte er in der rotleuchtenden Glut die Vergangenheit wiederauferstehen lassen. Das Schweigen zwischen ihnen wurde länger, Torben empfand es aber nicht als unangenehm. Irgendwann sprach Ranulf weiter.
„Vor vielleicht vier oder fünf Jahren hat Fisker einem älteren Kaufmann das Leben gerettet. Dieser war ihm so dankbar, dass er ihn mit zu sich nach Ulm nahm und ihm eine Arbeit versprach. Fisker war damals noch ein hübscher Kerl, der viel lachte und Menschen leicht für sich einnehmen konnte."
Er bemerkte Torbens ungläubigen Blick und nickte nachdrücklich.
„Glaub mir, ich weiß es besser. Er hat sich dann um die zwei Wagengespanne des Kaufmanns und die Ochsen gekümmert. Es war wenig Arbeit und ein gutes Leben. In dieser Zeit hat er sich in die junge Witwe eines Tischlers verliebt. Sie haben geheiratet und eine Tochter bekommen."
Torben konnte es nicht glauben.
„Sicher, dass du wirklich von Fisker redest?"
Ranulf bestätigte dies mit einem kräftigen Nicken.
„Die Pest hat ihm kein Jahr später beide genommen. Er hat sie selbst gewaschen und begraben. Wahrscheinlich hat er gehofft, dass es auch ihn erwischt, aber der Schwarze Tod wollte nichts von ihm wissen. Da ist irgendetwas in ihm zerbrochen. Von diesem Tag an verdingte er

sich wieder als Söldner und unternahm keinen Versuch mehr, sesshaft zu werden. Wenig später kreuzten sich unsere Wege wieder und wir blieben beieinander. In der ganzen Zeit habe ich ihn vielleicht dreimal lachen hören und nur jeden zweiten Tag sprechen. Aber tue uns beiden den Gefallen und sprich ihn nicht darauf an."
Torben nickte nachdenklich.
Ranulf versuchte die richtigen Worte zu finden.
„Seitdem wirkt er unnahbarer und härter. Aber vielleicht ist auch das Gegenteil der Fall, denn Ungerechtigkeit kann er nicht ausstehen. Wenn er sieht, dass Menschen sinnlos Leid zugefügt wird, greift er ein, egal wen er sich zum Feind macht. Es ist, als hätte er genug gelitten und wollte anderen dieses Los ersparen."
Ranulf hob die schweren Schultern.
„Anders kann ich es nicht erklären."
Torben verstand ihn.
„Und was hat es mit diesem schwarzbärtigen Großmaul auf sich?"
„Das ist Roland, ein Söldner aus Württemberg. Er ist für sein grausames Wesen berüchtigt. Ich kenne ihn schon eine ganze Weile. Einmal habe ich gesehen, wie er einen unschuldigen Mann ausgeweidet hat. Das Blut seines Opfers lief ihm übers ganze Gesicht und er lachte dabei. Es war ein Bild, das einen Mann nachts nicht schlafen lässt. Solchen Irren geht man besser aus dem Weg."
Er starrte Torben an.
Dieser nickte knapp. Das schien ihm ebenfalls das Beste zu sein. Er ließ Ranulf ein wenig Zeit, seinen Gedanken nachzuhängen.
Irgendwann stieß Ranulf zwei Holzscheite tiefer ins Feuer, so dass die Funken in den Himmel stiegen.
„Wir sind alle Söldner", griff er den Faden wieder auf. „Wir verdingen uns um des Geldes willen. Ich bin wahrlich kein Stück besser als die meisten dieser Männer. Wie schon angedeutet, haben Fisker und ich uns manchmal von Kaufleuten anwerben lassen, die sich mit ihren Waren von Stadt zu Stadt bewegt haben. Diese Kaufleute erzielten gute Gewinne. Aber es gibt viele Menschen, die es auf deren Wohlstand abgesehen haben. Einige Gegenden sind berüchtigt, weil es dort vor Raubrittern und Wegelagerern nur so wimmelt. Wir haben mehrmals unsere Knochen hingehalten und uns unseren Sold schwer verdient. Doch das war immer ehrliche Arbeit gewesen. Diesem Roland aber ist es egal, wem er sein Schwert andient. Ihm ist nur wichtig, dass es in seinem Geldbeutel klimpert. Dieser Kerl würde sich auch den Piraten anschließen, ohne mit der Wimper zu zucken. Hauptsache die Beute stimmt. Es geht das Gerücht um, dass er sich von Kaufleuten anwerben ließ und sie dann eines Nachts mit eigener

Hand im Schlaf getötet hat, um ihren Besitz an sich zu bringen. Er war schlau genug, sich dabei nicht erwischen zu lassen. Aber ich traue ihm das ohne weiteres zu. Dieser Kerl ist eiskalt."
Er spuckte ins Feuer, dass es kurz aufzischte.
„Und was ist mit dir? Wie bist du zu diesem Geschäft gekommen?", fragte Torben nach einer ganzen Weile.
Ranulf verzog das Gesicht.
„Du lässt wirklich nicht locker, was? Töten ist ein Handwerk wie jedes andere auch. Und ich beherrsche dieses Handwerk. Es macht mir keine Freude. Aber ich bin wirklich gut darin. Mein Vater war Böttcher. Er hat die Fässer hergestellt, in die ihr Kaufleute eure Waren packt. Er hätte es gern gesehen, wenn ich in seine Fußstapfen getreten wäre. Aber ich habe seine Leidenschaft für diesen Beruf nie verstanden. Den ganzen Tag hat er geschuftet und gerade genug verdient, um sich und seine Familie am Leben zu halten. Das war nichts für mich. Ich habe mich nie freier gefühlt, als wenn ich einen neuen Auftrag angenommen habe. Aber das ist eine Frage des Gemüts. Dir würde ich davon abraten."
„Warum?", Torben sah ihn überrascht an.
„Du hast ein Gewissen. Halte daran fest. Als Kaufmann kannst du es zu etwas bringen. Du hast Ideen und bist ein schlauer Bursche. Mach dich nicht unglücklich, indem du an dem da festhältst."
Dabei deutete er auf Torbens Schwert. Mit diesen Worten beendeten sie ihr Gespräch und legten sich schlafen.

In den nächsten Tagen zogen noch immer schwarze Rauchwolken über den Sund und zeugten von der kompromisslosen Härte der Hansestreitkräfte. Angelockt vom Geruch der Verwüstung erschienen eines Morgens drei Segel am Horizont. Die Wachen waren aufmerksam und schlugen sogleich Alarm. Bruno Warendorp ging hinunter zum Hafen und versuchte, die Flaggen zu erkennen.
„Sind das Dänen?", fragte einer seiner Hauptleute. „Ich dachte, die würden aufgeben, nachdem ihre wichtigsten Stützpunkte gefallen sind."
„Vielleicht haben sie endlich ihren Mut gefunden und wollen im Handstreich ihre Hauptstadt zurückerobern", sagte ein Stralsunder Hanseführer.
Hendrik Körner spuckte einen Klumpen Rotz zu Boden.
„Da kommen sie mit drei Schiffen voller Männer nicht weit. Seht euch mal die Kerle an, die dort auf den Decks herumlaufen. Das sind keine Dänen. Das sind nicht einmal Soldaten. Ich vermute, wir haben es hier mit Piraten zu tun, die auf eigene Rechnung Krieg führen."

Er blickte zu Warendorp hinüber.
„Wenn es nach mir ginge, sollten wir diese Schiffe mit Mann und Maus versenken. Oder die Kerle aufhängen, als Abschreckung für alle anderen, die glauben, auf See würden Recht und Ordnung nichts mehr gelten."
Gemeinsam warteten sie darauf, bis die Schiffe nähergesegelt kamen. Dann waren auch die letzten Zweifel zerstreut.
„Piraten", knurrte Bruno Warendorp. Es war nicht schwer, die Verachtung aus seiner Stimme herauszuhören.
„Sie müssen längst davon gehört haben, dass wir Kopenhagen erobert haben. Und jetzt wollen sie wie Geier, die ein totes Tier entdeckt haben, sich einen Teil von der Beute holen."
Die Piraten blieben außerhalb des Hafens und ließen ein Ruderboot zu Wasser. Wenig später hielten vier Männer auf die Küste zu. Zwei pullten kräftig, während die beiden anderen deutlich besser gekleidet waren. Neugierig beobachteten sie die hanseatischen Truppen, als trauten sie dem Frieden nicht so recht.
Bruno Warendorp rang kurz mit sich, dann winkte er den Wachen zu.
„Lasst sie anlegen und bringt sie zu mir. Ich werde mit ihnen sprechen, bevor sie sich hier umsehen können."
Sechs Soldaten hatten ihre Schwerter gezückt und stellten sich am Kai bereit, während das Ruderboot anlegte und die Piraten es mit einem Seil befestigten. Als erstes kletterten die beiden Anführer aus dem Boot. Sie klopften sich die Hände an ihrem farbenfrohen Wams ab und nickten den Soldaten zu.
„Ein netter Empfang. Schließlich sind wir ja so etwas wie Verbündete. Euer Anführer soll der Lübecker Bruno Warendorp sein. Wir würden gern ein Wort mit ihm wechseln. Wo finden wir ihn?"
Drei der sechs Soldaten setzten sich an die Spitze der kleinen Truppe. Die übrigen gaben den beiden Piraten zu verstehen, dass sie den Männern folgen sollten.
„Ihr bleibt im Boot", wiesen die beiden Piratenanführer ihre Männer an. Dann folgten sie der Aufforderung, während sich die übrigen drei Soldaten dicht hinter ihnen hielten.
„Sehr gesprächig seid ihr ja nicht gerade", murmelte einer der Piraten. Doch dann entdeckte er das Grüppchen gutgekleideter Männer, aus deren Mitte Bruno Warendorp herausragte. Sie hielten direkt auf ihn zu.
„Bruno Warendorp?", begrüßte ihn einer der beiden Piraten. „Wir sind Heinrich von Basthorst und Martin von Rundstedt und dürfen Euch gratulieren. Dänemark liegt am Boden. Waldemar IV. muss nur endlich die Kapitulation unterzeichnen. Dann habt Ihr auf ganzer

Linie gesiegt. Der Rat Lübecks wird voll des Lobes über Euren Triumph sein."
Bruno Warendorp sah ihnen mit verschränkten Armen entgegen.
„Ich wüsste nicht, was Euch das anginge. Ihr mögt einmal Adlige gewesen sein. Jetzt seid Ihr nichts weiter als blutsaugende Piraten", entgegnete er kalt.
Martin von Rundstedt hob mahnend den rechten Zeigefinger.
„Urteilt nicht vorschnell. Wir sind Landsleute. Die meisten unserer Männer sind Bauern und einfache Stadtbewohner aus den Fürstentümern Mecklenburg und Vorpommern, die von ihrer Hände Arbeit nicht mehr leben konnten. Nun bilden wir eine feste Gemeinschaft und sind wichtige Verbündete der Hanse. Schließlich haben uns die Fürsten Kaperbriefe ausgestellt, die uns das Recht verleihen, die dänischen Küsten zu überfallen und unserem gemeinsamen Feind Schaden zuzufügen. Sogar die Märkte in Mecklenburg und Vorpommern haben sie für uns geöffnet, so dass wir unsere Kriegsbeute dort verkaufen können. Davon profitieren schließlich alle."
Er hob die Schultern und blickte Bruno Warendorp fest in die Augen.
„Vielleicht erlaubt Ihr uns, unsere kleine Flotte in den Hafen einlaufen zu lassen. Wir teilen gern unsere Vorräte mit Euch und Euren Männern. Dann können wir über alles sprechen."
Bruno Warendorp schüttelte ganz langsam den Kopf.
„Eure Mannschaft besteht aus Dieben und Mördern. Ihr habt die Gestrandeten um Euch versammelt. Arbeitslose Seeleute, Fischer und Amtsknechte, die nicht arbeiten wollen. Sie alle ließen sich anheuern, um auf Kosten der armen dänischen Bauern reich zu werden. Ihr verbreitet nur Furcht und Schrecken. Euresgleichen tötet aus Vergnügen, das unterscheidet uns. Ihr seid keine Verbündeten. Die norddeutschen Fürsten werden noch erkennen, mit wem sie sich da ins Bett gelegt haben. Uns aber täuscht Ihr nicht. Ich verweigere Euch Euren Wunsch, den Hafen zu nutzen. Wir haben Kopenhagen erobert und wollen Euch hier nicht haben."
Heinrich von Basthorst blieb gelassen.
„Wenn ich mich hier so umsehe, habt Ihr auch nicht gerade Zurückhaltung geübt. Die Rauchwolken der brennenden Stadt waren schon aus zehn Seemeilen Entfernung zu sehen. Also verschont uns mit Eurer Menschenfreundlichkeit. So groß scheinen mir die Unterschiede nicht zu sein."
„Wir schlagen den Feind, so hart wir können, um ihn zum Frieden zu zwingen", entgegnete Warendorp erbost. „Doch dann hat das Leiden der Bevölkerung ein Ende. Bei Euch hört es nie auf. Euch geht es nur

um Beute, die Ihr den Schwächeren raubt."
Er wies zum Hafen hinunter.
„Macht, dass Ihr zu Euren Schiffen zurückkommt und verlasst diese Gewässer. Oder bei Gott, ich lasse Euch in den Kerker werfen. Und wenn Ihr noch so viele Kaperbriefe vorweisen könnt."
Die beiden Piratenkapitäne tauschten einen knappen Blick.
„Schätze, wir werden keine Freunde mehr", murmelte einer von ihnen. Dann wandten sie sich um und schritten gemächlich zum Kai zurück.
Torben hatte das Gespräch aus einiger Entfernung verfolgt. Die Gesten der Männer hatten ihm verraten, dass die Trennung nicht im Guten verlaufen war. Doch darauf konnte er keine Rücksicht nehmen. Was er dringend brauchte, waren Informationen. Wer wusste schon, ob er jemals wieder eine solche Chance bekommen würde. Also setzte er sich in Bewegung und fing die beiden Piraten ab, noch bevor diese den Bootssteg erreicht hatten.
„Auf ein Wort!", trat er ihnen entschlossen in den Weg.
Die Beiden musterten ihn aufmerksam.
„Was gibt's denn so Dringliches?", fragte Martin von Rundstedt.
Torben rieb sich das Kinn und suchte nach den richtigen Worten.
„Ich weiß, dass ihr Piraten seid. Dann habt ihr sicher euren Unterschlupf auf Gotland."
Die beiden zeigten keine Regung.
„Warum willst du das wissen?", forschte der Größere der beiden nach.
„Mein Vater und mein Bruder wurden von Piraten gefangen genommen. Die Besatzung ihrer Kogge wurde getötet. Man hat mir eine Lösegeldforderung durch den einzigen Überlebenden überbracht. Vielleicht habt ihr davon gehört oder meine Familie sogar gesehen. Ich bin nicht einmal sicher, ob sie noch am Leben sind."
Die beiden Piratenanführer starrten ihn an. Noch immer war ihren Mienen nichts zu entnehmen.
„Davon haben wir gehört. Wir haben unseren Unterschlupf auch in Visby, wie eine Menge Gleichgesinnter", sagte Heinrich von Basthorst schließlich. „Sei unbesorgt. Die Geiseln leben auf jeden Fall noch. Man gibt ihnen regelmäßig etwas zu essen. Das weiß ich genau."
Torben schnaufte erleichtert.
„Gott sei Dank. Ich plane nach Gotland zu segeln, sobald dieser Kriegszug es erlaubt. Falls ihr eher dort ankommen solltet, sagt den Männern, die dafür verantwortlich sind, sie sollen sie gut behandeln. Ich werde nicht ohne meine Familie nach Hause zurückkehren."
„Hast du das Lösegeld denn zusammenbekommen?", fragte Heinrich nach. „Ich meine, mich an eine Summe von sechshundert Mark erinnern zu können."

Torbens Gesicht verfinsterte sich.
„Das geht dich wohl kaum etwas an", wies er ihn ab.
Torben hatte ziemlich genau zweihundert Mark zur Verfügung. Dazu kam noch der Sold, aber das würde niemals reichen, um die geforderte Summe aufzubringen.
Er würde sich etwas einfallen lassen müssen.
Die Männer musterten ihn mit einem schiefen Grinsen. Unter ihren Blicken fühlte Torben sich plötzlich unbehaglich. Doch es gab keinen Grund sich kleinzumachen. Trotzig streckte er den Rücken durch und nahm das Kinn hoch.
„Unsere Fahrt ist abgeschlossen", nahm Heinrich den Faden wieder auf. „Wir haben die Küste verheert und gute Beute gemacht. Deshalb segeln wir in Kürze zurück nach Gotland. Wir werden deine Nachricht also weitergeben", versprach er ihm.
„Außerdem sagen wir dir freies Geleit zu. Also warte nicht zu lange. Es ist kein schönes Leben als Gefangener und auch wir sähen es gern, wenn diese Männer von ihren Leiden erlöst würden."
Torben musterte sie nachdenklich. Dann nickte er knapp und wandte sich ab. Ihm war, als spürte er die Blicke der Piraten auf seinem Rücken brennen. Irgendwie wurde er das Gefühl nicht los, dass er diese Männer wiedersehen würde. Auf ihn hatten sie nicht wie finstere Piraten gewirkt. Eher wie Männer, mit denen man vernünftig reden konnte. Trotzdem blieben es Piraten, mit denen er nichts gemein hatte. Er fragte sich, welche Umstände diese Männer dazu getrieben hatten, ihr Glück auf See außerhalb aller Gesetze zu suchen.

In den darauffolgenden Wochen eroberte Bruno Warendorp mit kleineren Kontingenten seiner Truppen einige Stützpunkte in Schonen und zog die Schlinge um den Hals des dänischen Königs immer enger. Regelmäßig kamen Koggen aus Lübeck über die Ostsee gesegelt, um für Nachschub und Truppen zu sorgen. Die Männer in Kopenhagen hatten nur wenige Pflichten zu erfüllen, die sich größtenteils auf Wachtätigkeiten beschränkten. Zwei Koggen kreuzten ständig im Sund, um sie rechtzeitig warnen zu können, sollte sich eine feindliche Streitmacht nähern. Ansonsten blieb viel Zeit für Waffenübungen, die Verwaltung des Nachschubs und den Austausch von Neuigkeiten aus der Heimat.
Jeden Abend saß das Kriegsvolk an den Lagerfeuern und trank den guten Wein, den ihnen die Hanse zur Verfügung stellte. Viele der angeworbenen Söldner waren nur billigen Fusel aus irgendwelchen Kaschemmen gewöhnt und wussten einen solchen Tropfen sehr wohl zu schätzen. Doch die Hauptleute waren wachsam und stellten sicher,

dass diese geselligen Runden nicht in Gelage ausarteten und ihre Einsatzbereitschaft gefährdeten.
Wenn Torben abends zur Ruhe fand, fing er an zu grübeln. Er dachte an sein Aufeinandertreffen mit den Piraten und suchte unentwegt nach einer Lösung, die geforderte Summe aufzubringen.
Eine dankbare Ablenkung bildeten da die Gespräche mit den Kaufleuten fremder Hansestädte, die dem Ruf ihrer Stadt gefolgt waren. Gerade zwischen Sigurd aus der Hansestadt Elbing und ihm hatte sich in den letzten Wochen eine echte Freundschaft entwickelt. So oft es ging, steckten sie die Köpfe zusammen und feilten an neuen Ideen. Während sich ihre Kameraden schon in ihre Decken gewickelt hatten, fanden sie kein Ende.
Eines Abends saßen sie alle gemeinsam an einem Wachfeuer. Doch die eingeschlossenen Dänen verhielten sich schon seit Tagen ruhig und schienen froh zu sein, wenn die Belagerer sie in Ruhe ließen.
Es war schon spät und Torben fielen allmählich die Augen zu. Den ganzen Tag hatten sie Nachschub entladen und leere Kisten zurück an Bord geschafft. Torben hatte bereitwillig mit angepackt. Das war ihm lieber, als den ganzen Tag mit Nichtstun zu verbringen und seinen Gedanken nachzuhängen. Doch jetzt kam ihm doch noch etwas in den Sinn, was er mit Sigurd besprechen wollte.
„Wie stellt ihr eigentlich sicher, dass ihr immer genug Bernstein findet, um die Nachfrage bedienen zu können?“, fragte er ihn.
Sigurd warf ein Scheit ins Feuer und sah den auffliegenden Funken nach.
„Bernstein wird bei uns an der gesamten Küste nach den großen Herbststürmen angespült. Manchmal so viel davon, dass wir nicht wissen wohin damit. Wir bezahlen eine Menge Fischer dafür, dass sie uns ihren gesammelten Fang überlassen. Über den Herbst und Winter kommen so recht große Bestände zusammen. Die Fischer sind für diese zusätzlichen Einnahmen dankbar. Es ist leicht verdientes Geld. Selbst wenn sich in ihren Netzen mal keine Fische tummeln, können sie immer noch den Bernstein aufsammeln und ihre Familien durch die kalten Monate bringen.“
Torben schüttelte ungläubig den Kopf.
„Ist es tatsächlich so leicht?“
Sigurd schmunzelte.
„Natürlich nicht immer. Deshalb schwankt das Angebot stark. Meist reicht es aus, einfach am Strand die angespülten Bernsteine aufzusammeln. Aber etliche Fischer haben es zu einiger Gewandtheit gebracht, was die Beschaffung des Bernsteins angeht. Sie stellen sich mit einem Netz in die Brandung, das an einer langen Stange befestigt

wird. Dieses Netz halten sie in die auflaufenden Wellen und sammeln dabei eine Menge Seetang und Treibholz ein. Dazwischen befindet sich aber oft auch Bernstein, so dass sie die gesamte Ladung an den Strand bringen und dort durchsuchen. Uns wurden schon Steine verkauft, die größer sind als der Schädel eines ausgewachsenen Mannes. Und Bernstein birgt halt eine gewisse Faszination. Nicht umsonst nennt man ihn das Gold der Küste. Frisch aus dem Netz gefischt ist Bernstein völlig unscheinbar. Wer diese Steine aber mal geschliffen und poliert gesehen hat, um den ist es geschehen. Sie weisen die schönsten Schattierungen auf. Die meisten sind von honiggelber Farbe, andere sind gelb-weiß, orange oder sogar grünlich schimmernd."

Torben war bei diesen Schilderungen in Gedanken versunken. Dann griff er in seine Tasche und zog einen kleinen, stumpf-matten Bernstein heraus und hielt ihn ins flackernde Licht des Lagerfeuers.

„Den habe ich heute Morgen am Strand dort hinten gefunden."

Sigurd lachte und schlug sich auf die Schenkel.

„Ein schönes Stück. Vielleicht solltest du ihn immer bei dir tragen. Als Glücksbringer!"

Torben dachte darüber nach. „Warum eigentlich nicht?"

Sigurd nickte bekräftigend.

„Siehst du, Bernstein gibt es an vielen Küsten. Aber nirgendwo so zahlreich wie an der Küste des Baltikums. Besonders angetan haben es mir Stücke, die einen Einschluss enthalten."

Torben runzelte die Stirn.

„Was meinst du damit?"

„Wenn man Glück hat, gerät einem ein Stein in die Finger, der ein Insekt zeigt. Es muss in den Harz gefallen sein und ist vollständig erhalten geblieben. Dafür kann man besonders gute Preise verlangen. Aber dieses Geheimnis kommt erst zum Vorschein, wenn der Bernstein geschliffen und poliert worden ist."

„Was machen die Käufer mit dem Bernstein eigentlich?", fragte Torben.

Sigurd grinste wissend.

„Die Italiener, die uns den Bernstein meist abkaufen, schleifen ihn und fertigen daraus Gebetsketten für die Priester und Kirchenleute. Da diese ihr Leben in endlosen Gebeten verbringen, haben sie Gefallen daran gefunden, sich ihren Rosenkranz aus Bernstein fertigen zu lassen. Das fühlt sich nicht nur besser an, sondern sieht zudem noch viel schöner aus als farb- und glanzlose Kugeln. Aber Beweggründe für den Kauf von Bernstein gibt es viele. Eine Menge Menschen glaubt, dass Bernstein gegen eine Reihe von Krankheiten hilft."

Torben zog die Augenbrauen in die Höhe.
„Ist da etwas dran?"
Sigurd zuckte die Schultern.
„Um ehrlich zu sein, weiß ich es nicht. Aber es gibt Stimmen, die Bernstein eine heilende Wirkung zusprechen. Er soll gegen Magen- und Blasenbeschwerden helfen. Im Baltikum herrscht der Deutsche Orden. Seine Kirchenleute glauben daran, dass dieser Stein sogar gegen die Pest helfen kann. Andere behaupten, er hilft gegen Rheuma, Krämpfe und bietet sogar Schutz vor bösem Zauber. Damit könne man Hexen und Dämonen vertreiben. Ich habe da so meine Zweifel. Aber wer bin ich, dass ich Menschen widerspreche, die ihre Hoffnung in die Kraft der Steine setzen?"
Dabei zwinkerte er Torben zu, der Mühe hatte, ein Lachen zu unterdrücken.
Sie starrten in die Flammen und hingen ihren Gedanken nach. Nur das Knacken der Scheite durchdrang zwischendurch die Nacht. Nach einer langen Pause meldete sich Sigurd mit nachdenklicher Stimme zu Wort.
„Weißt du, mein Vater zählt schon fast sechzig Jahre. Er leidet unter Gicht, daher fällt es ihm jedes Jahr schwerer, die Strapazen der Seereise auf sich zu nehmen. Ich glaube nicht, dass er mich im nächsten Jahr noch begleiten kann."
Torben dachte lange darüber nach.
„Das Alter macht vor niemandem halt. Vielleicht wäre es an der Zeit, die Geschäfte an dich zu übergeben. Du warst doch schon zweimal in Brügge und kennst das Geschäft und bestimmt auch einige der Handelspartner."
Sigurd nickte bedächtig.
„Das schon. Aber loslassen fällt ihm schwer. Am liebsten würde er alles selbst machen, das kann ich dir sagen."
„Mein Vater ist genauso", murmelte Torben. „Es wird schwer, sich von ihm abzunabeln, wenn ich ihn tatsächlich freibekommen sollte. Aber vielleicht birgt das auch neue Möglichkeiten für uns. Bist du noch wach genug für einen geschäftlichen Vorschlag? Ich grübele jeden Tag darüber nach, wie es nach diesem Kriegszug weitergehen könnte."
Sigurd blickte ihn neugierig an.
„Kommt darauf an. Wenn er spannend ist, lohnt sich das Wachbleiben. Sobald du mich langweilst, wird dir mein lautes Schnarchen verraten, dass ich nicht interessiert bin."
Dabei lachte er sein ansteckendes, offenes Lachen.
Torben schmunzelte und richtete sich auf.

„Ich habe dir doch von unseren Abenteuern im letzten Winter erzählt."
Sigurd nickte knapp.
„Von denen ihr steif und fest behauptet, euch mit Bären und Wölfen gemessen zu haben. Ja, klar", grinste er vielsagend.
Torben ignorierte den spöttischen Unterton.
„Ich habe dem Bojaren in Nowgorod zusammen mit dem Geld für die Bezahlung der Felle auch gleich mitgeteilt, dass ich ihm im nächsten Jahr eine weitere große Lieferung abnehmen möchte. Beim Preis bin ich sogar noch etwas höher gegangen, um ihm die Entscheidung zu erleichtern."
Sigurds Augen blitzten neugierig.
„Wohin soll er dir die Felle denn schicken? Euer Haus ist verloren. Nicht, dass die Ladung diesem Huntenberg in die Hände fällt?"
Torben schüttelte grinsend den Kopf.
„So dusselig bin ich nun auch wieder nicht. Diese Kerle haben mich doch schon vor meinem Aufbruch nach Nowgorod aus dem Haus geworfen. Daher habe ich dem Bojaren meinen Freund Karl Strache als Kontakt genannt. Karl ist hochanständig, ein Kaufmann auf Treu und Glauben, mit meiner Schwester verbandelt und außerdem mein Freund."
Sigurd seufzte erleichtert. „Das hört sich vielversprechend an. Also, weiter im Plan. Was hast du damit vor?"
Torben atmete tief ein.
„Wir sind uns recht ähnlich, was Wagemut und neue Ideen angeht. Ich verfüge im nächsten Jahr aller Voraussicht nach über eine hübsche Menge Felle, die ich verkaufen möchte. Warum schließen wir nicht eine Partnerschaft und du steuerst eine Warenlieferung voll Bernstein bei. Dann haben wir zwei begehrte Güter, um mit den Italienern in Brügge zu verhandeln. Natürlich vermag ich nicht zu sagen, was dieses und das nächste Jahr noch alles bringen wird und ob der Kriegszug dann zu Ende ist. Ob und wie ich meine Familie befreien kann, steht auch noch in den Sternen. Aber ich bin Kaufmann und als solcher muss man immer einen Plan haben, sagte meine Oma früher."
Sigurd funkelte ihn an.
„Das könnte mir gefallen", murmelte er.
Torbens Stimme vibrierte vor Leidenschaft.
„Außerdem sollten wir den Versuch unternehmen, einige besonders schöne Steine schleifen zu lassen. Ich bin es leid, von anderen zu hören, was alles nicht geht. Außerdem bin ich sicher, dass sich der Aufwand lohnt und wir höhere Gewinne erzielen können."
Sigurd rückte näher heran und rüttelte den Freund an der Schulter.

„Mich musst du nicht überzeugen. Davon träume ich schon länger, wie du weißt. Vielleicht ist die Zeit einfach reif dafür. Und wo wir schon von Plänen sprechen. Diese Venezianer zahlen nicht schlecht. Aber sie selbst machen mit ihren Gewürzen und Südfrüchten das große Geld. Dagegen ist unser Handel Kleinkram. Die Preise, die sie in Brügge aufrufen sind unverschämt. Aber sie sind die einzigen Händler und können die Preise diktieren.“
Torben starrte ihn verblüfft an.
„Das würdest du sicher nicht erwähnen, wenn du dir nicht bereits Gedanken dazu gemacht hättest.“
Sigurd nickte. „Wenn ich eines Tages mein eigener Herr bin, könnte ich mir vorstellen, meine Waren über Mittelsleute direkt in Venedig zu verkaufen.“
Er strahlte Torben an. „Überlege doch mal! Es würde bedeuten, dass wir nur wenig Konkurrenz ausgesetzt wären. Wir könnten dort ganz andere Preise verlangen.“
Torben lächelte glücklich, weil er etwas von sich in Sigurd wiederfand. „Lass uns im nächsten Jahr unsere Geschäfte in Brügge abwickeln und einmal testen, ob wir jemanden finden, der den Bernstein schleifen kann. Dann haben wir hoffentlich genug Gewinn gemacht, um weitere Schritte zu planen.“
Die beiden schüttelten einander kräftig die Hand. Am liebsten hätten sie sofort losgelegt. Nach diesem Gespräch verfielen sie in Schweigen. Irgendwann gähnte Torben und reckte sich. Dann kam er auf die Beine und rieb sich müde die Augen.
„Ich werde mich schlafen legen. Gute Nacht, Sigurd.“
„Gute Nacht, Torben.“
Torben wandte sich ab und ließ seinen Blick über das Lager schweifen. Plötzlich erstarrte er inmitten der Bewegung.
„Was hast du?“, fragte Sigurd ihn, während er sich gähnend über die Stirn rieb.
Torben blinzelte die Müdigkeit weg und vergewisserte sich, ehe er Sigurd zu sich heranzog.
„Schau mal, da drüben! Gute fünfzig Schritte unterhalb der Festung.“
Jetzt starrten auch einige der übrigen Kameraden in die gezeigte Richtung.
„Mir fällt nichts auf“, flüsterte Sigurd. „Was willst du denn da gesehen haben?“
Torben ließ die Stelle nicht aus den Augen.
„Ich könnte schwören, dass ich dort einen Lichtschein entdeckt habe, der gleich darauf wieder erloschen ist.“
Tobias schreckte hoch und verzog skeptisch das Gesicht. Er fühlte

sich wohl am Feuer und hatte keine Lust, so spät in der Nacht noch seine müden Knochen zu bewegen.
„Da hinten ist bestimmt nichts! Die dänischen Wachen auf den Mauern haben die letzten Tage so schön Ruhe gegeben. Es wäre nicht klug, sie jetzt aufzuschrecken. Da fängst du dir höchstens einen Armbrustbolzen ein. Also ich könnte darauf verzichten."
Doch bei den anderen war das Interesse erwacht. Ranulf blickte zum Himmel empor.
„Wenn wir noch einen Augenblick warten, wird der Mond von dichten Wolken verdeckt. Dann können wir uns herüberschleichen und nachschauen."
Torben war plötzlich hellwach.
„Lasst uns das Feuer auseinanderziehen. Der Schein darf nicht bis zur Festung reichen. Sonst entdecken sie uns."
Die Freunde beobachteten lauernd ihre Umgebung. Seit Wochen war ihr Alltag eintönig verlaufen. Jetzt waren sie begierig, Torbens Entdeckung auf den Grund zu gehen. In Torbens Magen kribbelte es, als sie sich kurz darauf in Bewegung setzten. Selbst Tobias schloss sich ihnen seufzend an. Auch Don erhob sich erwartungsvoll, doch Torben schüttelte den Kopf.
„Du bleibst hier, mein Freund. Das ist nichts für dich."
Torben zog seinen Mantel aus und legte ihn vor Don auf den Boden.
„Du bewachst so lange meinen Mantel."
Der Wolf scharrte unruhig mit den Pfoten, legte sich dann aber auf das Kleidungsstück, bereit, einen möglichen Dieb umgehend in die Flucht zu schlagen.
Die Männer brachen auf und näherten sich vorsichtig der Festung. Als sie sich über die kleine Brücke schlichen, war auf den Zinnen keine Bewegung auszumachen. Der Beschuss durch die schweren Kriegsmaschinen der Hanse erfolgte nur noch sporadisch. Beide Seiten legten keinen Wert darauf, für sinnlose Angriffe einen hohen Blutzoll zu leisten. Die Dänen wiederum hofften noch immer darauf, dass ihr König endlich erschien und die Belagerung ihrer Festung aufhob, bevor ihnen die Verpflegung ausging.
Torben schlich vorsichtig vorweg und hielt sich dabei im Schatten einer kleinen Anhöhe, die sie notdürftig vor unliebsamen Blicken schützte. Auf der Anhöhe kam Tobias kurz ins Straucheln und hätte beinahe das Gleichgewicht verloren. Ein dumpfes Geräusch erklang, als seine Schwertscheide gegen einen Stein schlug.
„Leise, verdammt", raunte Torben ihm von der Spitze zu.
Zusammengekauert warteten sie ab, ob sie entdeckt worden waren, doch alles blieb ruhig. Leise setzten sie ihren Weg fort. Wenig später

ließ Torben sich zu Boden sinken und versuchte die Dunkelheit mit seinen Augen zu durchdringen.
„Hier irgendwo muss es gewesen sein. Ich schwöre es!"
Bis hierhin reichte der Schein der Feuer nicht, so dass sie kaum die Hand vor Augen sahen. Das Gelände war flach und trotzdem ein wenig zerklüftet. Torben tastete sich mit den Händen voran. Doch es war Ranulf, der als erstes eine Entdeckung machte.
„Hier ist etwas", raunte er.
Sie verharrten auf der Stelle und blickten in seine Richtung, auch wenn sie ihn kaum erkennen konnten.
Eine ganze Weile hörten sie Ranulf angestrengt keuchen, bevor er ausrief. „Diese raffinierten Hunde! Hier ist ein Felsbrocken, der sich bewegen lässt."
Sofort robbten seine Kameraden zu ihm herüber.
„Als ich ihn bewegt habe, klaffte mir eine dunkle Öffnung entgegen. Aber sie ist so eng, dass man nur auf allen Vieren hineinkriechen kann. Ob es ein Geheimgang ist?"
„Der direkt in die Festung führt?", fragte Tobias.
„Ganz sicher", erwiderte Marco. „Diesen Schleichweg werden sie nutzen, wenn sie Nachrichten herausschmuggeln wollen oder vielleicht auch Verpflegung hinein. Denn wenn sich das große Tor öffnet, sieht man das schon aus weiter Entfernung und kann jeden Mann abfangen."
Torben blickte zum Lager der hanseatischen Wachen hinüber, die von hier aus nur undeutlich zu erkennen waren.
„Ein mühevolles Unterfangen, wenn sie hier tatsächlich Essen in die Burg schmuggeln wollten."
„Wenn du Kohldampf schieben würdest, wäre es dir den Aufwand sicher wert", schaltete sich Ranulf ein.
Torben spürte Tatendrang in sich aufsteigen.
„Lasst uns nachsehen, ob dieser Tunnel wirklich in die Festung führt. Falls ja, sollten wir Warendorp benachrichtigen. Dann wäre das eine gute Gelegenheit, die Festung im Handstreich und ohne großes Blutvergießen zu erobern."
Während Tobias und Sascha noch verwunderte Blicke austauschten, ließ Torben sich bereits auf die Knie nieder und robbte in den dunklen Eingang hinein. Schnell war er wie vom Erdboden verschluckt. Sascha stieß die angehaltene Luft aus und kroch ihm nach, dicht gefolgt von ihren Kameraden.
Trotz der Enge kam Torben gut voran. Es war anstrengend, sich auf allen vieren vorwärtszubewegen. Schon nach kurzer Zeit hämmerte sein Herz laut in seiner Brust. Immer wieder blieb er mit seinem

Schwert an Wurzeln oder Erdreich hängen und musste erst umständlich daran herumfummeln, bevor er wieder vorankam. Der Tunnel war ziemlich lang. Das Keuchen seiner Kameraden kam ihm erschreckend laut vor. Als er den Kopf hob, spürte er Spinnweben auf seinem Gesicht und wischte diese hektisch weg. Die Luft hier drin kam ihm irgendwie modrig und abgestanden vor. An einigen Stellen rückten die Wände so eng zusammen, dass er sich nur mühsam hindurchschieben konnte. Doch dann weitete sich der Gang plötzlich und er konnte sich aufsetzen. Als seine Freunde zu ihm aufgeschlossen hatten, raunte er Sascha zu:
„Keinen Laut! Dahinten höre ich Männer reden. Bleibt hier, das sehe ich mir allein an."
Während die übrigen zurückblieben, schlich Torben tief geduckt weiter und erkannte in der Ferne den Lichtschein einer Fackel. Vorsichtig tastete er sich weiter vor und bemerkte zwei Wachen, die an einem winzigen Tisch saßen und sich müde auf ihren Armen abstützten. Torben hatte genug gesehen. Die beiden Männer waren Soldaten und mussten zur Festung gehören. Leise ging er zurück und wies seine Freunde an, den Rückzug anzutreten. Als sie den Tunnelausgang erreicht hatten und wieder im Freien standen, atmeten sie erleichtert die kühle Nachtluft ein. Fisker war so umsichtig, den Felsbrocken wieder vor den Eingang zu rollen. Spuren würden sie auf diesem Untergrund keine hinterlassen, so dass nichts auf ihre Anwesenheit hindeuten würde. Natürlich waren sie aufgekratzt, doch die Gefahr einer Entdeckung war noch nicht vorbei. Also schwiegen sie, bis sie ihr Lager erreicht hatten. Dann fiel die Anspannung allmählich von ihnen ab.
„Unser Oberbefehlshaber wird Augen machen, wenn er von unserer Entdeckung hört", murmelte Sascha. Fisker, der nie viel sprach, knetete voller Vorfreude die Hände. Sie liefen zu einem kleinen Lagerfeuer, an dem ihr Kommandeur mit zwei Hauptleuten ins Gespräch vertieft saß.
„Drei, vielleicht noch vier Wochen höchstens", murmelte Hendrik Körner gerade beschwörend. „Dann haben sie nichts mehr zu beißen und werden hoffentlich aufgeben."
Bruno Warendorp starrte missmutig ins Feuer. Das ewige Herumsitzen zerrte an seinen Nerven. Als er Schritte vernahm, hob er den Kopf.
„Kommt näher, Männer!", forderte er die Handvoll Gestalten auf. „Was gibt es denn?"
Torben trat zwei Schritte vor, so dass der Lichtschein des Feuers sein Gesicht erhellte.

„Vielleicht müssen wir keine vier Wochen mehr warten“, hob er an. Sofort wandten sich ihm die Köpfe der Hauptleute zu.
„Wir haben gerade einen Geheimgang entdeckt, der in die Festung führt“, platzte er mit der Neuigkeit heraus.
Einer der Hauptleute schüttelte zweifelnd den Kopf.
„Das ist eine felsige Insel, vom Meer umschlossen. Da gibt es keinen Geheimgang.“
„Erzählt das dem Dänen, der vor unseren Augen was zu essen in die Festung geschmuggelt hat“, erwiderte er selbstbewusst.
Warendorp fuhr hoch. „Was erzählst du da? Wo soll dieser Gang genau sein? Seid ihr euch sicher?“
„Sonst wären wir nicht hier“, erwiderte Torben.
„Der Gang ist von hier nicht zu sehen. Hätte ich nicht für einen winzigen Moment ein flackerndes Licht gesehen, wäre er mir nie aufgefallen. Wir haben uns eben hingeschlichen. Der Eingang ist mit einem Felsbrocken getarnt, der sich zur Seite schieben lässt. Wir sind auf allen Vieren hineingerobbt und haben uns weitergeschlichen, bis wir Stimmen hörten. Zwei Wachen saßen dort und haben wohl Wein getrunken. Sie sahen aus, als kämpften sie mit dem Schlaf. Da sind wir lieber umgekehrt, bevor sie uns entdeckt hätten.“
Bruno Warendorp richtete sich zu seiner vollen Größe auf und hatte den Mund weit aufgesperrt.
„Also, das ist ja….“, er brach mitten im Satz ab und schlug Torben und seinen Freunden nacheinander kräftig auf die Schulter.
„Teufelskerle, ihr!“
Er blickte zu seinen Hauptleuten, die ebenfalls aufgesprungen waren.
„Dann bringen wir es heute Nacht zu Ende. Stellt eine Truppe von euren besten Kämpfern zusammen. Nicht mehr als hundert Mann. Wir schleichen uns in die Festung und noch bevor sich im Osten der Tag ankündigt, sind wir die neuen Herren. Aber sammelt eure Männer leise. Wir wollen keinen Verdacht wecken.“
Er wandte sich Torben zu.
„Und ihr Kerle werdet uns führen. Schließlich kennt ihr die Gegebenheiten vor Ort am besten.“
Torben schluckte kurz. Der Gedanke, sich noch einmal in diesen engen Tunnel zu begeben, raubte ihm für einen Moment den Atem. Doch dann nickte er fest entschlossen.
Die Hauptleute eilten zu ihren Truppen und setzten die Befehle Warendorps um. Gegen drei Uhr in der Nacht standen hundert gutbewaffnete Soldaten bereit.
„Vorwärts!“, gab Warendorp den Befehl zum Losschlagen.
Torben und seine Freunde führten die lange Kolonne der Kämpfer an.

Die Wachfeuer waren heruntergebrannt und glühten in der Nacht wie die Augen eines Drachens. Eine tiefe Stille lag über dem Land. Ohne Zwischenfälle erreichten sie den Felsbrocken und schoben ihn ein Stück zur Seite. Hier sah man nicht einmal die Hand vor Augen. Allein die muffige Luft ließ erahnen, dass vor ihnen der Eingang zu einem Stollen lag. Torben atmete noch einmal tief ein und machte sich dann daran, in die dunkle Öffnung zu kriechen. Nach und nach folgten ihm die übrigen Männer.
Der Rostocker Hauptmann, der den Vorstoß anführte, ließ fünf Soldaten als Wachen zurück. Diese sollten verhindern, dass sich hinter ihnen Dänen heranschlichen und den Eingang versperrten.
Diesmal kam Torben der Weg einfacher vor. Angespannt lauschte er, um mögliche Gefahren rechtzeitig zu erkennen. Doch vor ihm regte sich nichts. Als er die Stelle erreichte, an der er sich halbwegs aufrichten konnte, atmete er tief durch und wartete auf seine Kameraden. Bevor sie weiter voraneilen konnten, hielt Ranulf ihn an der Schulter zurück.
„Macht euch bereit, Kameraden. Wenn wir entdeckt werden, ist eine Flucht unmöglich. Dann bleibt uns nur der Kampf. Besser, ihr seid darauf vorbereitet."
Torben nickte zerknirscht. Natürlich hatte Ranulf Recht. In solchen Momenten wurde seine Unerfahrenheit deutlich. So leise wie möglich zog er sein Schwert und hielt es vor der Brust. Platz zum Ausholen gab es hier unten nicht. Also konnte er die Klinge nur wie eine Lanze vor sich halten, die Spitze dem Feind entgegengestreckt.
Mit aller Vorsicht lugte er um die Ecke. Genau an dieser Stelle stand er vor einer Stunde schon mal. Noch immer saßen zwei Gestalten im flackernden Schein einer rußenden Öllampe beisammen. Einer wandte ihm den Rücken zu und hatte den Kopf auf den Armen abgestützt. Der zweite Soldat war ein junger Kerl mit strohblondem Haar. Er summte eine Melodie vor sich hin und war in Gedanken versunken. Torben überlegte, ob es ihnen gelingen könnte die beiden zu überraschen und ohne große Gegenwehr gefangen zu nehmen. Noch ehe er den Gedanken zu Ende bringen konnte, ertönte hinter ihm ein lautes Klirren. Zwei Männer waren einander bei dem Versuch, ihre Schwerter aus den Scheiden zu ziehen, zu nahegekommen. Das Geräusch hing unheilvoll drohend in der Luft. Der junge dänische Soldat fuhr so schwungvoll hoch, dass der Hocker, auf dem er gesessen hatte, hinter ihm umfiel. Sofort tasteten seine Hände nach dem Schwert, das neben ihm an der Wand lehnte. Mit einem schnellen Satz sprang er auf Torben zu, der vor Schreck wie gelähmt war. Im letzten Moment streckte er dem Jüngling seine eigene Waffe entgegen.

Der Däne erkannte die Gefahr zu spät und rammte sich den Stahl tief in die Brust. Mit einem Schmerzenslaut brach er zusammen und riss Torben mit seinem Gewicht beinahe das Schwert aus der Hand. Mit weitaufgerissenen Augen starrte Torben in das Gesicht des Dänen und bekam keinen Ton heraus. Nie zuvor hatte er einen Menschen getötet und auch diesem jungen Kerl hatte er kein Leid zufügen wollen. Schuldgefühle überkamen ihn. Es fehlte nicht viel und er hätte sich übergeben.
Sascha und Ranulf schalteten blitzschnell. Sie sprangen auf den zweiten Wachposten zu. Noch ehe dieser einen Warnruf ausstoßen konnte, zog Ranulf ihm den Griff seiner Waffe über den Kopf. Der Däne brach zusammen und wurde von Sascha aufgefangen, so dass kaum ein Geräusch zu hören war.
Hinter Torben, der ungläubig auf seine blutverschmierten Hände starrte, drängten sich die nachfolgenden Männer zusammen.
„Er ist tot", murmelte Tobias und legte seinem Freund die Hand auf die Schulter. „Du kannst ihm jetzt nicht mehr helfen."
Torben schüttelte die Starre ab und befreite vorsichtig seine Klinge. Längst hatte sich ein Dutzend seiner Kameraden an ihm vorbeigeschoben. Gemeinsam rückten sie weiter vor. Ihre Sicht betrug kaum mehr als ein paar Schritte, bevor alles im Dunkeln verschwand. Vor ihnen befand sich eine schwere Eichentür, die Ranulf vorsichtig aufzog. Er lugte in einen kleinen Flur, der leer vor ihnen lag. Auch hier spendete eine Fackel notdürftiges Licht. Nach wenigen Schritten hob Ranulf warnend die linke Hand.
Vor ihnen befand sich ein Schlafsaal, aus dem das Schnarchen einiger Männer zu ihnen herüberdrang. Der Rostocker Anführer sammelte einige seiner Soldaten um sich und deutete in den dunklen Raum. Einer seiner Männer griff sich eine Fackel und gleich darauf schlichen sie hinein. Sie verteilten sich im Raum und rissen die Schläfer rüde aus ihren Träumen. Die verdutzten Dänen trauten ihren Augen nicht, als sie sich plötzlich umstellt sahen. Einer von ihnen versuchte nach seinem Waffengurt zu greifen, doch ein Söldner legte ihm seine Klinge an den Hals und schüttelte vielsagend den Kopf.
„Das würde ich lassen, wenn ich du wäre. Euer Kampf ist vorbei. Es wäre doch schade, sein Leben für eine verlorene Sache hinzugeben."
Auch wenn der Däne die Worte nicht verstanden hatte, überzeugte ihn der kalte Stahl auf seiner Haut, die Hände gut sichtbar neben sich abzulegen.
Sogleich wurden er und seine Kameraden von dem Söldner gefesselt. Diese rissen einige Hemden auseinander, um sie als Knebel zu benutzen. Zwei von ihnen blieben zurück, um die knapp zwanzig

Dänen zu bewachen. Die Gefangenen musterten ihre Bezwinger mit bösen Blicken.
Das gleiche Spiel wiederholte sich wenig später, als sie auf einen weiteren Schlafsaal stießen, der mit rund dreißig Soldaten belegt war. Hier versuchte einer der Dänen den Helden zu spielen. Doch Sascha hatte aufgepasst und ihn rechtzeitig mit einem harten Schwinger zu Boden geschickt, bevor dieser die ganze Festung in Alarmbereitschaft versetzen konnte. Nachdem sie auch diese Soldaten gefesselt und geknebelt hatten, stiegen sie mit vorgereckten Schwertern die schmalen Stufen einer Wendeltreppe hinauf und sickerten in die Festung ein. Hendrik Körner stellte kurzentschlossen kleine Trupps zusammen und wies ihnen einzelne Ziele innerhalb der Burg zu. Er selbst nahm sich das Burgtor vor. Es gelang ihm, die verschlafenen Wachen zu überrumpeln. Kurz darauf waren die wichtigsten Punkte der Anlage fest in der Hand der Hanse.
Torben und seine Freunde hatten sich weiter vorangeschlichen. Bisher hatten sie keine weiteren Dänen entdeckt und Torben hoffte, dass es dabei blieb. Er wollte nicht schon wieder in einen Kampf verwickelt werden. Sie durchsuchten einige karg möblierte Räume und näherten sich einer massiven Tür. Obwohl sie mit aller Kraft daran rüttelten, gab sie kein Stück nach. Enttäuscht gingen sie weiter.
Danach folgte eine unscheinbare Kammer, in die Sascha nur einen kurzen Blick hineinwarf. Doch dann wuchtete er die Tür erneut auf und schubste einen dänischen Soldaten hervor, der sie ängstlich anstarrte.
„Den hätte ich fast übersehen“, murmelte er gutgelaunt. „Er hatte sich hinter einem Vorhang versteckt. Aber seine Stiefel haben ihn verraten.“
Der Däne hatte einen rundlichen Bauch und trug keinerlei Waffen bei sich. Sein Doppelkinn zitterte vor Anspannung. Ein runder Eisenring, an dem ein Dutzend Schlüssel klirrte, hing schwer an seinem Gürtel. Torben besah sich diesen nachdenklich und wies in Richtung der verschlossenen Eichentür, die bereits zwanzig Schritte hinter ihnen lag.
„Lasst uns doch mal einen Blick dort hineinwerfen.“
Seine Freunde grinsten zustimmend, während der Dicke ablehnend mit der feisten Hand in der Luft herumwedelte. Fisker zeigte vielsagend mit der Schwertklinge auf seinen beeindruckenden Bauch. Sofort brach der Widerstand des Dänen in sich zusammen.
Schwer atmend trottete er zu der Tür und nestelte umständlich an seinem Schlüsselring. Dabei ließ er sich viel Zeit und horchte immer wieder angestrengt, was sich im Burghof tat. Von dort drangen laute Schreie zu ihnen herauf, die jedoch schnell wieder erstarben. Wenig

später war nur noch eine befehlsgewohnte Stimme zu hören.
„Schneller!“, knurrte Sascha den Dänen an.
Dieser nickte schnaufend und wischte sich den Schweiß von der Stirn.
Fisker hatte genug vom Warten und hob auffordernd die Klinge. Der Däne riss die Augen auf. Plötzlich ging alles ganz schnell. Schon der nächste Schlüssel war der richtige und die Tür schwang auf.
Während Tobias den Dänen bewachte, drängten sich Torben und Sascha durch die Tür.
Einige Augenblicke herrschte Stille.
„Alles in Ordnung bei euch?“, fragte Marco misstrauisch. „Seid ihr auf ein paar Jungfrauen gestoßen, oder warum lasst ihr nichts von euch hören?“
„Kommt rein!“, erwiderte Torben.
Seine Kameraden tauschten einen fragenden Blick. Dann folgten sie der Aufforderung. Sie hatten kaum zwei Schritte hinter sich gebracht, als Marco abrupt stehen blieb.
Die Kammer war recht klein. In einer Ecke stand eine schmale Bank. Direkt davor standen drei Truhen aufgereiht nebeneinander. Eine von ihnen hatte Torben bereits geöffnet und sah seinen Freunden grinsend entgegen.
„Da soll mich doch der Blitz beim Scheißen treffen“, murmelte Marco.
Ranulf rieb sich mit der schwieligen Hand über den kurzgeschorenen Kopf. Seine Augen blickten ungläubig auf die glitzernden Münzen.
„Ist das Silber?“, fragte er mit rauer Stimme.
Torben nickte und klappte eine zweite Kiste auf. Auch diese war bis zum Rand mit Münzen gefüllt.
„Ich vermute, das sind Steuergelder, mit denen Waldemar den Krieg gegen uns finanzieren wollte.“
Er grinste verschmitzt.
„Vielleicht fällt uns ja eine bessere Verwendung dafür ein.“
Er wog einige Münzen in der Hand. Sie fühlten sich schwer an. Ihr Klimpern zog sie alle in den Bann. Sigurd ließ sich auf die Knie nieder und begutachtete ihren Fund genauer.
„Das sind nicht alles Silbermünzen. In der zweiten Truhe befinden sich auch viele kleinere Kupfermünzen, die nur einen geringen Silberanteil haben. Einige haben sich verfärbt und sind dunkel angelaufen.“ Er blickte zu den anderen hinauf.
„Aber schaut mal! In der dritten Kiste sind neben zahlreichen Münzen auch viele glitzernde Ringe.“
Er hielt einige davon in die Höhe. Im dämmrigen Licht funkelten diese geheimnisvoll. Sie konnten kaum den Blick davon abwenden.

„Die sind mit wertvollen Steinen besetzt. Jeder von ihnen ist mehr wert als der Sold, den wir bisher verdient haben“, raunte Sigurd andächtig.
„Das ist Kriegsbeute“, stellte Ranulf fest. „Schätze, wir haben uns eine Belohnung verdient. Torben, du hast uns doch erzählt, dass dir noch ein beträchtlicher Anteil zum Lösegeld für deine Familie fehlt. Eine solche Gelegenheit bietet sich vielleicht nie wieder. Ich wüsste keinen besseren Grund, sich einen Teil zu sichern. Warendorp wird nichts davon vermissen.“
Torben nickte entschlossen. Das war die Möglichkeit, auf die er so lange gewartet hatte.
„Allerdings können wir keine dieser kleinen Truhen hier raustragen, ohne Verdacht zu erregen.“
„Ich habe eine Idee“, rief Sigurd und lief aus der Kammer. Sie hörten seine schnellen Schritte auf dem steinernen Boden.
Kurz darauf stand er wieder vor ihnen und warf ihnen etliche Tücher vor die Füße.
„Einiges können wir in unseren Lederbeuteln transportieren, doch davon haben wir zu wenige. Wickelt die Münzen in den Stoff. Dann können wir uns die Tücher um den Leib binden und spazieren hier raus, ohne dass jemand uns mit verräterischen Bündeln umherlaufen sieht.“
Torben nickte ihm anerkennend zu. „Ein guter Einfall!“
Sie machten sich an die Arbeit und jeder wickelte sich einige der Tücher mit einer stattlichen Anzahl Münzen unter seinem Wams um den Körper.
Torben drückte auch dem Dänen eine erkleckliche Anzahl der Silbermünzen in die Hand, die dieser nach kurzem Zögern auf die gleiche Weise unter seiner Kleidung versteckte.
„Warum gibst du diesem Nichtsnutz von unserer Beute ab?“, wollte Ranulf wissen.
Torben beschwichtigte ihn.
„Er ist der Einzige, der weiß, wieviel Geld hier versteckt lag. Wenn wir ihn als Mitwisser einbinden, hält er hoffentlich die Klappe und verrät uns nicht. Bevor wir hier verschwinden, zerstören wir das Schloss. Dann trifft ihn keine Schuld. Schließlich kann jeder die Tür aufgebrochen haben. Sowohl Dänen als auch unsere Leute. Außerdem weiß ja sonst niemand, wieviel Geld hier tatsächlich herumlag. Vielleicht vermissen sie den Inhalt der einen Kiste überhaupt nicht.“
Die Gesichter seiner Freunde hellten sich auf.
Plötzlich griff Torben nach Tobias‘ Hand. Dieser hatte sich einen Ring mit einem funkelnden Edelstein an den Finger gesteckt. Torben

schüttelte missbilligend den Kopf.
„Lass die Hände von dem Schmuck! Das gilt übrigens für euch alle. Diese Sachen sind viel zu auffällig. Jeder will gute Beute machen, aber wenn man uns mit solchen Klunkern an den Fingern erwischt, nützt uns kein leugnen und man wird uns hängen. Also denkt nach, bevor ihr euch von eurer Gier hinreißen lasst."
Zögerlich griff Tobias in seine Tasche und legte zwei weitere Ringe zurück in die Kiste. Torben nickte ihm wohlwollend zu.
„Aber was machen wir mit der leeren Kiste?", machte Marco sie auf das nächste Problem aufmerksam.
Nun, da der Däne wusste, dass ihm kein Leid widerfuhr und er vielleicht eine Menge gutes Silber erbeuten würde, bückte er sich und ergriff die Truhe. Dabei murmelte er etwas und wollte die Kammer verlassen.
Torben stoppte ihn, doch der Däne deutete auf die Kiste und gab ihnen ein Zeichen, ihm zu folgen.
Während Ranulf und Fisker mit ihren Schwertern das Türschloss zerstörten, folgte Torben mit seinen übrigen Gefährten dem Dänen den Gang hinab. Am Ende trafen sie auf eine winzige Kammer, deren Sinn sich Torben sofort erschloss.
„Das ist ein Aborterker", rief er seinen Freunden zu. „So einen Raum haben viele Burgen. Sobald ihr euer Geschäft verrichtet habt, wird es über einen Schacht in den Burggraben geführt. In diesem Fall führt der Schacht bestimmt ins offene Meer. Das wäre günstig für unser Vorhaben."
Er nahm dem Dänen die Kiste ab und stellte sie auf den Boden. Dann zog er seine Klinge, machte Kleinholz daraus und trat es in den Schacht. Nachdem sie sich vergewissert hatten, dass sie keine verräterischen Spuren hinterließen, rückten sie ab.
Den Dänen brachten sie in den Burghof, wo Hendrik Körner auch die übrigen Gefangenen sammeln ließ. Der Kerl war nervös und seine Augen huschten hellwach umher. Trotzdem schien er mit seiner Lage recht zufrieden zu sein.
Torben und seine Kameraden stellten mit Erleichterung fest, dass die Eroberung der Festung ohne weiteres Blutvergießen abgelaufen war. Die restlichen Dänen hatten zähneknirschend die Waffen gestreckt und sich ihrem Schicksal ergeben. Das gewaltige Burgtor stand weit offen und Bruno Warendorp war schon auf dem Weg in den Innenhof. Dort erwartete ihn der Rostocker Anführer mit einem breiten Lächeln.
„Da ist uns ein wahrer Handstreich gelungen", rief Warendorp schon von weitem. Sie schüttelten einander ausdauernd die Hände und

genossen ihren Triumph.
„Vierundsiebzig Mann Besatzung hatte die Festung. Es gab nur einen Toten auf dänischer Seite. Wir haben keine Verluste erlitten. Die Unternehmung war ein voller Erfolg“, berichtete der Rostocker.
„An dieser Nachricht wird Waldemar IV. hoffentlich lange zu kauen haben“, erwiderte Bruno Warendorp. „Vielleicht schließt er nun endlich Frieden.“
Er musterte die schmalen Gesichter der dänischen Soldaten.
„Lange hätten sie sowieso nicht mehr durchgehalten“, berichtete der Rostocker.
„Ihre Vorratskammern waren so gut wie leer. Noch zwei Wochen und sie hätten uns die Tore von allein öffnen müssen. Ohne den geheimen Stollen hätten sie aber wohl schon die Waffen gestreckt.“
Bruno Warendorp blickte sich suchend um.
„Wo ist denn der Lübecker Kaufmann, der uns diesen Erfolg ermöglicht hat? Voigtherr lautet sein Name, wenn ich mich recht erinnere.“
Der Rostocker winkte Torben und seine Freunde näher heran.
„Kommt schon her und versteckt euch nicht dahinten.“
Folgsam kamen sie dichter.
Bruno Warendorp reichte jedem von ihnen mit einem offenen Lächeln die Hand.
„Ihr habt uns heute dabei geholfen, viel Blut zu sparen. Solch selbstloser Einsatz muss belohnt werden. Der Rat Lübecks wird von Euren Taten hören, das verspreche ich Euch.“
Gutmütig musterten Warendorp und einige seiner Hauptleute die jungen Männer.
Torben und seine Freunde bedankten sich mit knappen Worten, waren aber mehr als erleichtert, als sich die Aufmerksamkeit wieder auf die Gefangenen und die Festung richtete.
„Die Gefangenen werden gut behandelt“, ordnete Warendorp schließlich an. „Die Festung bekommt eine kleine Besatzung“, wandte er sich seinen Hauptleuten zu. „Damit ist einer der wichtigsten Stützpunkte im dänischen Reich fest in unserer Hand.“

In den nächsten Wochen verspürte Bruno Warendorp Rückenwind. Die Einnahme der Festung hatte nicht nur ihn beflügelt. Alles, was er bisher angepackt hatte, war gut geplant gewesen und hatte zum Erfolg geführt. Mittlerweile war der Herbst angebrochen und die guten Nachrichten rissen nicht ab. Der norwegische König, Waldemars Schwiegersohn, war mittlerweile von den Angriffen niederländischer Schiffe auf seine Küstenstädte zermürbt worden. Er sah keinen

Ausweg mehr und kapitulierte. Zudem gelang es den mit der Hanse verbündeten norddeutschen Fürsten und schwedischen Truppen, große Teile Dänemarks zu erobern.
Im Spätherbst des Jahres 1368 war der Krieg so gut wie gewonnen. Die wichtigsten Bollwerke entlang des Öresunds waren von Truppen der Hanse besetzt worden.
Die morgendlichen Besprechungen, die Bruno Warendorp regelmäßig mit seinen Hauptleuten abhielt, fielen daher meist knapp aus. Mittlerweile wurde nur noch die große Festung Helsingborg von dänischen Truppen gehalten, auch wenn sie längst von der Hanse blockiert wurde.
In den letzten Wochen hatte Torben sich jeden Tag mit seinen Freunden beraten und einen wagemutigen Entschluss gefasst. Eines Morgens wartete er ungeduldig das Ende der Besprechung ab, bevor er sich bei Warendorp anmelden ließ. Nachdem der letzte Hauptmann den Raum verlassen hatte, wurde Torben hereingerufen.
„Was kann ich für dich tun, Torben? Du bist in der verteufelt guten Lage, dass ich dir kaum einen Wunsch abschlagen kann."
Gewinnend grinste er dem jungen Mann zu.
Dieser sammelte sich kurz. „Ihr wisst, dass meine Familie von Piraten auf Visby gefangen gehalten wird?"
Das Lächeln, das bis eben auf Bruno Warendorps Gesicht gelegen hatte, verschwand und machte einem schmerzlichen Ausdruck Platz.
„Das weiß ich, mein Junge."
Seine dunklen Augen ruhten auf Torben.
„Ich erbitte mir für das Frühjahr eine der Koggen, die seit Monaten ungenutzt im Hafen liegen, sowie eine kleine Anzahl Freiwilliger, die mich auf dem Weg nach Visby begleitet. Ich habe all mein Geld zusammengetragen und hoffe, damit meine Familie aus der Gefangenschaft der Piraten auslösen zu können. Ohne Eure Hilfe wüsste ich nicht, wie ich dieses Vorhaben umsetzen könnte."
Bruno Warendorp war bester Stimmung. Es gab nur noch die Festung Helsingborg, um die er sich kümmern musste. Dafür würde er aber nicht sein gesamtes Heer brauchen. Deshalb gab es wenig, was gegen den Wunsch dieses jungen Mannes sprach.
„Eigentlich wäre es durchaus im Interesse der Hanse, wenn wir unter den Piraten mal richtig aufräumen würden", entgegnete er.
Während er sich durch seinen Bart fuhr, hatte er den Blick aufs glitzernde Meer gerichtet, dass hinter der Festung im Sonnenlicht lag.
„In den letzten Jahren haben sie dem freien Handel immer wieder gefährlich zugesetzt. Oftmals mussten die Kaufleute in Konvois über die Ostsee fahren, um halbwegs sicher zu sein. Wenn ich den Befehl

bekäme, diese Piratennester auszuräuchern, würde ich nicht zögern, das sage ich dir. Es juckt mich mächtig in den Fingern. Zumal wir hier eine große Anzahl Kriegsvolk versammelt haben."
Er schnaufte angestrengt und sah plötzlich alt aus.
„Aber ich habe bereits einen Krieg zu führen, den ich siegreich beenden will. Außerdem sind die Piraten schlau. Die wichtigsten von ihnen sind längst eine eigene Kriegspartei, die von Mecklenburgischen Herzögen mit Kaperbriefen ausgerüstet wurde, um die dänischen Küsten zu verheeren. Du hast ja schon einige von diesen eingebildeten Kerlen getroffen. Die wissen, dass sie sich für viel Geld an den Höchstbietenden verkaufen können. Dann plündern sie im Namen eines Adligen und machen zudem noch reiche Beute. Elendiges Pack!"
Er klatschte entschlossen in die Hände.
„Du sollst deine Kogge haben, meine Junge", eröffnete er ihm. „Das ist das Mindeste, was ich für dich tun kann. Anfang nächsten Jahres werde ich sowieso einen Teil der Söldner entlassen müssen. Sie sind kostspielig und die Ratsherren in Lübeck sind nur am Geld interessiert. Ständig schicken sie mir Anfragen, warum der Krieg so teuer ist und wie hoch die Ausgaben für jeden weiteren Tag sind, den dieser Kriegszug noch andauert. Am liebsten würden sie sofort die Hälfte meiner Truppen abmustern lassen. Daher frag gern unter meinen Leuten nach Freiwilligen. Wer dich begleiten will, darf das tun. Dieser Feldzug ist so gut wie vorbei. Um die letzte Festung der Dänen zu belagern, reicht ein kleiner Teil meiner Truppen."
Sie drückten einander fest die Hand und Torben dankte ihm mit belegter Stimme.

„Und? Was hat der alte Warendorp dazu gesagt?", empfingen ihn Sascha und die übrigen neugierig.
Torben lachte ihn befreit an. „Warst du schon mal in Visby?"
„Da soll mich doch der Teufel holen. Heißt das, er hat zugestimmt?"
Torben nickte glücklich.
„Im Frühjahr geht es los! Marco, du wirst eine der kleineren Koggen nach Gotland steuern. Ich habe Warendorps Erlaubnis, einige Freiwillige anzuwerben, die mich begleiten wollen."
Vielsagend klopfte er sich auf die Brust, wo noch immer festverschnürt die Tücher mit den umwickelten Münzen seinen Oberkörper umspannten.
„Unser Befehlshaber ist wahrscheinlich ganz froh darüber, wenn er einigen Männern nicht länger den Sold zahlen muss. Schließlich ist dieser Kriegszug so gut wie entschieden. Die Bezahlung der Freiwilligen bliebe dann nämlich für die Zeit unserer Reise an mir

hängen."
Sascha grinste ihn an.
„Das ist anständig von ihm. Und ein paar Freiwillige hast du ja schon. Vielleicht kommen ja noch einige brauchbare Seeleute und Söldner dazu. Die meisten wissen nämlich noch nicht, was sie unternehmen sollen, wenn sie hier nicht mehr gebraucht werden."
Torben sah zu Ranulf und Fisker hinüber, die einen knappen Blick tauschten und dann träge zurückgrinsten.
„Wir werden euch begleiten. Bisher haben wir uns unseren Sold redlich verdient und für fremde Herren den Kopf hingehalten", bemerkte Ranulf. „Aber wenn wir euch allein in dieses Piratennest segeln lassen, ist das so, als würden Schafe folgsam zur Schlachtbank trotten. Zähl also auf uns. Deine Familie hat schon viel zu viel Zeit in Gefangenschaft verbracht."
Er rüttelte an dem Geldbeutel, der schwer an seinem Gürtel hing, so dass es hell klimperte.
„Außerdem hat uns unsere gemeinsame Zeit bisher Glück gebracht. Vielleicht hält diese Strähne ja noch eine Weile an."
Fisker nickte dazu und damit war es beschlossen.
Marco verzog das Gesicht. „Hoffentlich geht mir das endlose Gequatsche von Fisker nicht irgendwann auf den Geist. Der Mann findet einfach kein Ende, wenn er erst mal loslegt."
Sie brachen in gutmütiges Gelächter aus. Einzig Fisker verzog keine Miene. Er war nun mal kein Mann, der sein Herz auf der Zunge trug. Dafür hatte er sich als guter Kamerad erwiesen und das war alles, was zählte.
An diesem Abend ging es im Lager der Hansetruppen hoch her. Zwei Koggen waren mit Nachschub eingetroffen. Ihr Oberbefehlshaber sah keinen Grund zu warten, bis dieser durch eine lange Lagerung verdorben wäre. Also ließ er einige Schweine schlachten und über dem Feuer an Spießen braten. Dazu gab er Fässer voll frischgebrautem Bier aus, die aus Hamburg angeliefert worden waren.
„Esst und trinkt, Männer! Nur zu, ihr habt es euch redlich verdient!", feuerte er seine Soldaten an.
Diese ließen sich nicht lange bitten und feierten ausgelassen. Als Söldner hatte man gelernt zu feiern. Wer wusste schon, wie lange es dazu noch Gelegenheit geben würde. Johlende Gesänge erfüllten die Nacht. Kaufleute aus Wismar, Stralsund und Hamburg lagen sich bierselig in den Armen und tranken Brüderschaft. Viele vereinbarten, dass sie auch nach diesem Kriegszug den Kontakt nicht abreißen lassen wollten, schließlich hatten sie zusammen gekämpft und Vertrauen zueinander gefasst.

Einige Söldner hatten sich so volllaufen lassen, dass sie einfach zur Seite kippten und laut schnarchend ihren Rausch ausschliefen. Doch viele Feierwillige hatten noch lange nicht genug. Immer wieder liefen wildfremde Männer an den Lagerfeuern entlang, die Torben noch nie zuvor gesehen hatte. Die Streitmacht, die die Hanse zusammengezogen hatte, umfasste mehr als 2.000 Bewaffnete. Dazu kamen Knappen, Köche, Handwerker und Seeleute. Es war unmöglich, sich jedes Gesicht zu merken. Doch einige dieser Männer schienen Torben zu kennen. Sie kamen auf ihn zu und schüttelten ihm und seinen Freunden die Hand. Anfangs war Torben vollkommen irritiert davon. Doch Ranulf sorgte für Aufklärung.
„Du hast durch die Entdeckung des geheimen Tunnels für den schnellen Fall der Festung gesorgt. Das hätte auch ganz anders ausgehen können. Außerdem haben sie dabei gute Beute gemacht. So etwas vergessen die Männer nicht so schnell."
Torben starrte ihn verblüfft an. Daran hatte er noch keinen Gedanken verschwendet. Ein Grüppchen Söldner näherte sich.
„Du bist also dieser Torben aus Lübeck", begrüßten sie ihn. „Und du bist wirklich Kaufmann?"
Torben nickte knapp. Es war ihm ein wenig unangenehm, so plötzlich im Mittelpunkt zu stehen.
„Du hast dich wacker geschlagen, als es darauf ankam. Bestimmt würdest du auch einen guten Soldaten abgeben, sage ich dir", fuhr einer der Männer ungerührt fort.
„Ach was, du könntest es glatt zum Kommandeur bringen", schaltete sich ein untersetzter Kerl mit einem breitflächigen Gesicht und gebrochener Nase ein. „Das würde dir doch bestimmt gefallen, oder?"
Torben schüttelte den Kopf.
„Ich bin Kaufmann. Ich feilsche lieber mit Menschen um Waren, als dass ich sie erschlage. Außerdem wären mir als Kriegsmann die Tage zu lang und das Schicksal zu ungewiss."
Die Männer lachten schallend.
„Weise gesprochen für einen so jungen Kerl. Auf dich, Torben!"
Sie prosteten ihm zu und gingen dann weiter. Noch ehe Torben die Überraschung verdaut hatte, kam erneut ein Söldner auf ihn zu, den er noch nie zuvor gesehen hatte. Sie stießen an und leerten ihre Becher. Dabei klopfte der Kerl ihm so kräftig auf die Schulter, dass Torben Mühe hatte, das Gleichgewicht zu bewahren. Währenddessen sprach dieser unaufhörlich auf ihn ein. Als der Mann endlich weiterlief, fragte Torben leise.
„Hat einer von euch verstanden, was er wollte? Diese Mundart habe ich noch nie gehört."

Seine Freunde schüttelten lachend den Kopf.
„Kein einziges Wort", grinste Tobias. „Aber er sah glücklich aus, also lass ihn."
Allmählich hatte das wilde Gelage seinen Höhepunkt überschritten. Einige Unverwüstliche sangen noch ein versautes Lied, in denen sie lauthals die Offenherzigkeit einer Stralsunder Wirtshausdame namens Marie priesen, die sich wohl immer besonders fürsorglich um ihre männlichen Gäste gekümmert hatte. Doch allmählich kehrte Ruhe ein und auch Torben sackte neben einem heruntergebrannten Feuer zur Seite und schlief endlich ein.

Der nächste Morgen war grausam. Torben fühlte sich, als hätte er eine Filzdecke im Mund. Als er erwachte, dröhnte sein Kopf, als wäre er zwischen Hammer und Amboss geraten. Es war noch recht früh und die Vögel zwitscherten viel zu laut. Neben ihm hockte sein Wolf und leckte ihm erwartungsvoll das Gesicht. Torben versuchte sich wegzudrehen, doch jede Bewegung verursachte ihm Schmerzen.
Die meisten Soldaten schliefen noch ihren Rausch aus. Sascha lag direkt neben ihm, kratzte sich ausgiebig, drehte sich dann auf die andere Seite und schlief weiter.
Torben verströmte einen Geruch, von dem ihm selbst schlecht wurde. Mühsam rappelte er sich auf und lief ein paar Schritte. Anfangs hatte er Mühe, sich auf den Beinen zu halten. Er schleppte sich zum Brunnen und trank eiskaltes frisches Wasser aus einem Eimer. Dabei spürte er, wie seine Lebensgeister erwachten. Allmählich verschwand der Nebel, der seinen Kopf bisher umwabert hatte. Erneut trank er und erhob sich dann vorsichtig. Don sah ihn mit schräggelegtem Kopf an. So hatte er seinen Herrn noch nicht erlebt. Torben wollte ihm etwas zurufen, doch er konnte keinen klaren Gedanken fassen. Seine Zunge fühlte sich unheimlich schwer an. Also ließ er es bleiben und lief weiter, um sich in einer abgelegenen Ecke zu erleichtern. Dabei wäre er beinahe erneut eingeschlafen. Er hatte grinsen müssen, als es ihm auffiel. Ausgiebig rieb er sich über den Kopf, um endlich richtig wach zu werden. Als er sich umwandte, ließ sein Wolf ein heiseres Knurren ertönen. Torben blickte ihn verärgert an. Er hatte viel Zeit dafür aufgewendet, dem Tier zu erklären, dass die Männer der hanseatischen Streitmacht keine Gefahr darstellten und er sie in Ruhe lassen sollte. Eigentlich ließ Don äußerst selten etwas von sich hören. Meist blieb er sogar vollkommen still. Als er nun erneut gefährlich knurrte, wurde Torben stutzig. Erst jetzt bemerkte er zwei Gestalten, die ihn in die Zange genommen hatten. Noch immer wähnte er sich nicht in Gefahr, doch dann sah er den Stahl in ihren Händen und wich

unwillkürlich einen Schritt zurück. Instinktiv zog er sein Schwert und streckte es ihnen entgegen.
„Wer seid ihr?"
Die Gestalt zu seiner Linken stieß ein gehässiges Lachen aus.
„Einmal hätten wir dich fast gehabt, damals in Nowgorod", rief er mit rauer Stimme.
„Da bist du dem Tod im letzten Moment von der Schippe gesprungen. Aber heute hast du nicht so viel Glück."
Torben wurde schlagartig nüchtern. Er erkannte diese Männer wieder. Als er sich damals mit Mathias in dem winzigen Schuppen versteckt hatte, waren es diese Kerle gewesen, die er auf der Straße hatte herumlaufen sehen. Dann hatten diese Spießgesellen Michael Winkler aus Reval in den Gassen Nowgorods ermordet. Die Erkenntnis traf ihn wie ein Fausthieb. Wenn es ihm nicht gelang, sich seiner Haut zu wehren, würden diese finsteren Gestalten ihn abstechen und einfach liegenlassen. Sein Magen krampfte sich zusammen. Beinahe hätte er sich übergeben. Jetzt verfluchte er sich dafür, dass er die halbe Nacht dem Bier zugesprochen hatte. Gehetzt sah er sich um, doch nirgends konnte er jemanden entdecken, der ihm helfen würde. Diese beiden Halunken hatten sich einen guten Zeitpunkt ausgesucht, um ihn zu überfallen, das musste er ihnen lassen. Er atmete tief durch und suchte fieberhaft nach einem Ausweg.
Die Männer musterten ihn ohne einen Funken Mitgefühl.
„Brauchst dich nicht länger umzusehen. Niemand kann dir helfen und dein Schwert, das du die ganze Zeit so geckenhaft mit dir herumgetragen hast, wird dich auch nicht retten. Also stirb wie ein Mann!"
Die beiden Kerle tauschten einen knappen Blick und sprangen zeitgleich vorwärts. Die eine Klinge konnte er abwehren, doch obwohl er instinktiv den Kopf zurückriss, traf ihn die zweite Klinge im Gesicht und verpasste ihm einen tiefen Schnitt an der Stirn.
Torben taumelte zurück. Blut lief ihm in die Augen. Es war weniger der Schmerz, der ihm zusetzte. Aber hier und jetzt wollte er nicht sterben!
Der junge Wolf, der sich still hinter Torben an den Boden gekauert hatte, hatten seine Angreifer längst vergessen. Doch als die Männer vorpreschten, schnellte er hoch und biss dem rechten Mann ins Handgelenk. Gepeinigt ließ er seine Waffe fallen und schrie auf.
„Verflucht, was ist das für eine Misttöle!"
Sein Kamerad ließ sich davon nicht aus der Ruhe bringen und stach auf Torben ein.
Doch dieser riss sein Schwert hoch, so dass ihre Klingen mit lautem

Krachen aufeinandertrafen. Plötzlich wurde Torben von rasendem Zorn überwältigt. Diese feigen Hunde hatten ihm hier aufgelauert und wollten ihn einfach aus dem Weg schaffen. Aber er hatte nicht vor, es ihnen leicht zu machen. Mit aller Kraft bäumte er sich gegen sein Schicksal auf und wehrte zwei weitere Angriffe ab. Dann hatte er genug davon, auf den nächsten Hieb zu warten. Stattdessen rückte er vor und begann seinen Gegner unter Druck zu setzen. Immer wieder ließ er seine Klinge vorschnellen und fügte seinem Kontrahenten einige oberflächliche Stiche zu. Je länger der Kampf dauerte, umso mehr zeigte sich die Überlegenheit des jungen Kaufmanns.

Sein Gegner fluchte lautstark. Die Leichtigkeit, mit der Torben sein Schwert handhabte, machte ihn wütend. Hatte er diesen unerfahrenen Jungspund etwa unterschätzt? Ein Blick zur Seite zeigte ihm, dass sein Kumpan ihm nicht helfen würde, denn dieser hatte genug damit zu tun, den Wolf abzuwehren, der sich wie toll gebärdete. Obwohl es ihm einmal kurz gelang, das wildgewordene Tier abzuschütteln und ihm einen harten Tritt zu verpassen, kam der Wolf sofort wieder auf die Beine und griff erneut an.

Also konzentrierte er sich wieder auf Torben. Mit wuchtigen Hieben machte er seiner Wut Luft. Doch Torben ließ seine Klinge abgleiten, drehte sein Handgelenk und traf ihn an der Hüfte. Er knirschte vor Schmerz mit den Zähnen, während Torben die blutbefleckte Klinge vor seinen Augen tanzen ließ. Erneut schlug er zu und riss ihm die Schulter auf. Den Gegenschlag wehrte er mit Leichtigkeit ab, nutzte dessen Schwung aus und stieß ihn in den Sand. Sein Gegner schlug lang hin und krallte seine linke Hand in den Boden. Als er sich aufrappelte, warf er Torben eine Handvoll Dreck in die Augen. Dieser blinzelte hilflos. Es war nur ein winziger Moment, doch dieser entschied den Kampf. Sein Angreifer hatte seinen Vorteil sofort ausgenutzt und schlug ihm mit einem bösen Grinsen die Beine weg. Nun war es Torben, der hilflos im Sand lag. Sein Gegner hielt ihm mit rasselndem Atem seine schwere Klinge vor die Brust.

„Du kämpfst gut für einen von diesen Geldsäcken, das muss ich dir lassen. Ich habe schon viele Kämpfe ausgefochten und gebe mich nie geschlagen. Aber heute hat nicht viel gefehlt. Ohne schmutzige Tricks wirst du nicht alt. Aber diese Erkenntnis wird dir nun auch nichts mehr nützen. Du hast dir in Lübeck mächtige Feinde gemacht. Dafür bezahlst du jetzt mit deinem Leben."

Torben keuchte angestrengt und wusste nichts zu erwidern. Er hätte sich ohrfeigen können, dass er sich so leicht hatte übertölpeln lassen.

„Nur ein Narr urteilt vorschnell!", erklang plötzlich eine laute Stimme. Dann ertönte ein Schmerzensschrei, der die beiden herumfahren ließ.

Hinter dem zweiten Angreifer tauchte ein Schatten auf und stach diesem eine blitzende Klinge in den Rücken. Er war tot, noch bevor er zu Boden fiel.
Sein Kumpan zögerte nicht länger und stieß zu. Seine Klinge durchbohrte Torbens lederne Weste und das Wams. Doch dann wurde sie aufgehalten. Obwohl er den Druck erhöhte, war die Klinge wie von Zauberhand zum Stillstand gekommen. Torben reagierte blitzschnell. Er ergriff sein Schwert, das direkt neben ihm lag, und bohrte es seinem Feind tief in die Seite. Dieser starrte ihn überrascht an und brach ächzend in die Knie.
Torben rollte sich zur Seite, um aus der Reichweite des Angreifers zu kommen. Erst dann erhob er sich und fuhr sich ungläubig über die Brust. Sollte er nicht tot sein? Warum war da kein Blut? Mit weit aufgerissenen Augen beobachtete er die Gestalt, die sich ihnen genähert hatte und dem Verletzten nun die Klinge an den Hals legte.
„Sigurd", hauchte Torben atemlos.
„Dich schickt der Himmel! Du hast mir gerade das Leben gerettet, du Himmelhund!"
Sigurd ließ den Verwundeten nicht aus den Augen, obwohl keinerlei Gefahr mehr von ihm ausging. Sein Körper hatte alle Anspannung verloren. Die linke Seite war blutgetränkt und sein Gesicht wirkte furchtbar bleich.
„Als du vorhin weggegangen bist, wollte ich mich einfach auf die andere Seite rollen und weiterschlafen. Aber dann sah ich, dass dir diese zwei Kerle hinterhergeschlichen sind. Ich habe mir im ersten Moment nichts dabei gedacht. Doch als diese Gestalten sich mehrfach misstrauisch umsahen und dabei ihre Hand auf den Schwertknauf legten, schlug mein umnebelter Kopf Alarm."
Er hob die schweren Schultern.
„Es war leicht ihnen zu folgen. Sie hatten nur Augen für dich."
Torben starrte ihn an. Er konnte noch immer nicht glauben, dass er mit dem Leben davongekommen war. Mühsam rappelte er sich auf.
„Diese Halunken hätten mich hier still und leise aus dem Weg geräumt. Mir blieb fast das Herz stehen, als ich deine Stimme hörte."
Er schnaufte angestrengt und schüttelte den Kopf. Das war einfach zu viel für ihn.
Sigurd deutete mit dem Kinn auf den Verletzten. „Was machen wir mit diesem Kerl? Er hat den Tod auf jeden Fall verdient."
Dieser verzog verächtlich das Gesicht. Seine Stimme brach kurz ab, während er Kraft schöpfte. Aber dann flüsterte er:
„Auch wenn wir tot sind, wird dich das nicht retten. Auf dich ist ein Mann angesetzt, vor dem es kein Entkommen gibt."

Torben räusperte sich.
„Wenn meine Pläne aufgehen, ist mein Vater schon bald ein freier Mann und das Komplott gegen uns wird aufgedeckt. Dann gibt es keinen Grund mehr, mich beseitigen zu lassen."
Doch der Mann schüttelte angestrengt den Kopf. Jede Bewegung kostete ihn große Kraft. Schweiß stand auf seiner Stirn.
„Du kennst ihn nicht. Wenn er einen Auftrag angenommen hat und dafür bezahlt wurde, dann führt er ihn auch aus. Alles andere verstößt gegen seinen Stolz."
„Wer ist dieser Mann?", bohrte Torben nach.
Doch statt einer Antwort lächelte der Kerl gequält. Er schien noch etwas sagen zu wollen, doch dann entschied er sich anders. Kurz begutachtete er Torbens Klinge, die tief in seiner Seite steckte und ließ sich dann einfach darauf fallen. Röchelnd starb er vor ihren Augen, während Torben und Sigurd dem Schauspiel ungläubig zusahen. Während Torben wie erstarrt wirkte, zog Sigurd dem Toten die schwere Klinge aus dem Leib. Dann packte er ihn unter den Armen und sah Torben auffordernd an. Torben seufzte und griff nach seinen Beinen. Gemeinsam trugen sie die beiden Toten in einen leerstehenden Schuppen. Sie hatten keine Lust, irgendwelche Fragen beantworten zu müssen. Es würde hoffentlich eine Weile dauern, bis man sie hier fand.
Obwohl ihm noch immer Blut übers Gesicht lief, kümmerte Torben sich als erstes um seinen Wolf. Dieser lag noch immer ausgestreckt neben ihnen und hechelte angestrengt. Torben fuhr ihm vorsichtig übers Fell. Er entdeckte eine Verletzung am Ohr und eine blutende Stelle an der Schnauze. Aber es schien nichts Ernstes zu sein. Doch als er die Rippen entlangfuhr, zuckte das Tier schmerzhaft zusammen.
„Das wird schon wieder", beruhigte er den Wolf. Obwohl ihm der ganze Körper wehtat, hob er Don auf und trug ihn auf seinen Armen zu ihrem Lagerplatz.
Seine Freunde waren erschüttert, als Torben ihnen von dem Vorfall berichtete. Doch Sigurds bestätigendes Nicken ließ keine Zweifel aufkommen. Als Torben sein zerschlissenes Wams beiseite zerrte, erblickte er eine blutunterlaufene Stelle auf seiner Brust. Genau dort kreuzten sich die beiden Tücher, die dicht an dicht mit dicken Silbermünzen gefüllt waren.
Ranulf konnte kaum den Blick davon abwenden.
„Du hast unvorstellbares Glück gehabt. Das Geld hat dir das Leben gerettet. Die dicht aneinander liegenden Münzen haben fast so gut gewirkt, wie ein Kettenhemd. Ich würde es nicht glauben, wenn ich es nicht selbst gesehen hätte."

Torben nickte knapp. Ein Seemann kam zu ihm und besah sich die Stirnwunde. Er war einer der wenigen, die sich in der Kunst der Heilkunde auskannten. Mit erfahrenen Handgriffen säuberte er die Verletzung und nähte die Ränder der Wunde mit wenigen Stichen zusammen. Dabei ging er nicht gerade zimperlich vor. Doch das Ergebnis konnte sich sehen lassen.
„Mach dir nichts daraus", tröstete ihn Marco. „Du warst zuvor fast zu hübsch für einen Mann", erklärte er rundheraus. „Jetzt trägst du endlich eine Narbe mit dir herum. Das ist richtig so. Ein Makel erzählt der Welt, wer du bist. Männer, die wie Frauen aussehen, haben es schwer. Du willst doch nicht ein eitler Gockel werden, der täglich in den Spiegel schaut."
Torben reagierte nicht darauf. Er konnte den Moment nicht vergessen, als die Klinge auf ihn zuschoss und sich in seine Haut bohrte. Unwillkürlich schüttelte er sich.
„Glaubst du, er ist schwer verletzt?", fragte er stattdessen den Seemann, nachdem dieser die Wunde genäht hatte. Der ältere Mann folgte Torbens Kopfbewegung und musterte den jungen Wolf. Vorsichtig begutachtete er die Verletzungen. Während Torben Don sanft über den Kopf strich, säuberte er dessen Wunden. Dann befühlte er die Rippen und schüttelte den Kopf.
„Nichts Ernstes, denke ich. Vielleicht sind eine oder zwei Rippen angebrochen. Aber das Tier ist jung und zäh. Er wird wieder gesund, da bin ich mir sicher."
Dann band er dem Wolf ein sauberes Tuch fest um den Leib, um die Rippen zu schützen und ihnen Halt zu geben. Torben kam es vor, als würde der Mann sich bei dem Wolf deutlich mehr Mühe geben, diesem keine Schmerzen zu bereiten, als vorher bei ihm. Doch er verkniff sich eine Bemerkung, schließlich wollte er nicht undankbar erscheinen. Erstaunlicherweise ließ Don die Behandlung still über sich ergehen. Irgendwie schien er zu spüren, dass der Fremde ihm nichts Böses wollte.
Als sie versorgt waren, drückte Torben dem Mann eine Münze in die Hand, woraufhin dieser sich mit einem knappen Kopfnicken bedankte. Als sie wieder unter sich waren, machte Torben sich auf einem Mantel lang und atmete geräuschvoll aus.
„Dass diese Mistkerle uns sogar bis nach Dänemark folgen, hätte ich niemals für möglich gehalten."
Ranulf und Fisker musterten die Freunde stumm.
„Eines muss man euch lassen. Langweilig wird es mit euch nie."
„Eigentlich hätten wir mit einer solchen Teufelei rechnen müssen", stellte Sascha nüchtern fest. „Sie haben uns in den russischen Landen

gejagt und sich nun sogar unter das Kriegsvolk der Hanse gemischt. Ein Grund mehr, die Drohung dieses Kerls ernst zunehmen. Ihr Anführer scheint ein wirklich gefährlicher Mann zu sein."
Torben sah ihm lange in die Augen. Sascha hatte Recht. Es nützte nichts, wenn sie sich etwas vormachten.
„Was unternehmen wir als Nächstes?", unterbrach Tobias die Stille.
Torben unterdrückte den Drang, die frische Naht an seiner Stirn zu berühren. Auch wenn die Stelle kribbelte und pulsierte. Eine Weile sammelte er seine Gedanken.
„Wir bleiben bei unserem Plan. Schließlich habe ich den ganzen Sold nur für ein Ziel gespart: Endlich meine Familie auszulösen. Dass wir jetzt auch noch Kriegsbeute eingefahren haben, ist endlich mal eine gute Nachricht. Ich will diesen elenden Piraten das Lösegeld vor die Füße werfen und schleunigst mit meinem Vater und meinem Bruder nach Hause zurückkehren."
Seine Freunde nickten ihm zu.
„Eine Kogge hat mir Warendorp bereits zugesagt" fuhr Torben fort. „Und soweit ich mich an unser Gelage gestern Abend noch erinnere, haben uns einige Kameraden ihre Hilfe angeboten."
Marco blickte zuversichtlich drein.
„Auch wenn sich der eine oder andere heute bei Tageslicht und mit schmerzendem Schädel bestimmt nicht mehr an sein Versprechen erinnern wird, sollten wir trotzdem genug Leute zusammenbekommen, um die Kogge mit einer guten Besatzung auszurüsten. Einige finden es bestimmt spannender, sich uns anzuschließen, als sich hier ein weiteres Jahr den Hintern plattzusitzen."
Als hätten ein paar ihrer Kameraden nur darauf gewartet, näherte sich bereits ein Trupp von drei Kämpfern und fragte, wann es denn losgehen würde. Erstmals an diesem Tag schlich sich ein kleines Lächeln in Torbens Mundwinkel. Vielleicht meinte das Schicksal es ab jetzt ja wieder ein wenig besser mit ihnen.
Er erklärte, dass sie aufbrechen würden, sobald das Eis der Ostsee geschmolzen wäre. Die Männer gaben sich damit zufrieden und erklärten, dass sie dann bereit wären.
Tobias musterte Torben prüfend.
„Was bleibt uns in den nächsten Wochen noch zu tun?"
Torben hob beruhigend die Hände.
„Mehr als du denkst. Erinnerst du dich an unseren Aufbruch ins Land der Russ? Wir waren so gut ausgerüstet, wie es unsere finanziellen Möglichkeiten hergaben. Auch jetzt brauchen wir Verpflegung, Fässer mit frischem Wasser und Ausrüstung, damit wir die Strecke ohne

weitere zeitraubende Anlegemanöver hinter uns bringen können. Ich will, dass wir gut vorbereitet sind. Schließlich bin ich für euer aller Leben verantwortlich.“
Marco schmunzelte. Erst wollte er etwas entgegnen. Doch dann zwängte er sich an Torben vorbei und schlug ihm wortlos anerkennend auf den Rücken. Das war Torben mehr wert als jedes weitere Wort.

Ilka hatte sich eng an ihre Stute geschmiegt und feuerte sie noch einmal zu einem schnellen Galopp an. Ihr Haar wehte im Wind und beinahe hätte sie vor Glück ein Jauchzen ausgestoßen. Die Luft war frisch und belebend. Sie roch bereits nach Winter. In wildem Tempo durchquerte Ilka ein lichtes Wäldchen und erreichte eine grasbewachsene Ebene, von der aus sie bereits das weitläufige Anwesen ihres Vaters sehen konnte. Zwei Jäger des Bojaren begleiteten sie. Auch wenn sie Mühe hatten, dem schnellen Tempo zu folgen. Ilka bremste ihre Stute schließlich, die am liebsten noch weitergaloppiert wäre, und ließ ihre Begleiter Sergej und Mischa aufholen.
„Du kannst jetzt schon schneller reiten als es Mischa je konnte, Ilka“, rief ihr Sergej mit einem anerkennenden Lächeln zu. „Und du sitzt auch viel besser im Sattel als er“, fügte er hinzu.
Mischa rang nach Atem. Sein Pferd tänzelte störrisch zur Seite und hatte wie immer seinen eigenen Kopf.
„Ich habe keine Ahnung, warum mich der Bojar bestraft und auf den Rücken dieses Pferdes zwingt. Der Gaul hasst mich. Am liebsten würde er nach mir beißen. Seine Augen sind tückisch, das sehe ich genau.“
Ilka sprang geschmeidig von ihrer Stute, die sie nach Männerart geritten hatte und lief zu ihm herüber. Prüfend glitten ihre Hände über den Kopf des Tieres. Dann begann sie das Reithalfter anders einzustellen.
„Du schnürst dem Pferd die Luft ab. Es braucht zwei Finger Platz auf dem Nasenrücken, sonst gerät es leicht in Panik. Da ist es nur natürlich, dass es sich wehrt.“
Beruhigend strich sie dem Tier über die Nüstern. Das Pferd schnaubte und ließ sich die Liebkosung gern gefallen. Sogleich kam es zur Ruhe und Mischa beobachtete es misstrauisch. So recht traute er dem Frieden noch nicht.
„Du kennst dich gut aus mit Pferden“, gab er zu.
Ilka ging zu ihrer Stute zurück und kletterte gewandt in den Sattel.
„Vielleicht nimmt mich mein Vater ja in der nächsten Jagdsaison mit?

Ich möchte auch durch die Wälder streifen und auf die Jagd gehen. Was glaubt ihr?“
Ihre Augen blitzten dabei voller Freude.
Sergej und Mischa lächelten sich kurz an. Ilka war der ganze Stolz des Bojaren. Sie konnten sich nicht vorstellen, dass er seine geliebte Tochter solchen Gefahren aussetzen würde.
„Du schießt bestimmt auch besser als Mischa“, setzte Sergej an. „Daher wäre das durchaus sinnvoll.“
Mischa drohte ihm mit dem Zeigefinger. Jetzt, da sich sein Pferd entspannt hatte, fühlte er sich schon merklich sicherer.
„Vielleicht ist ihm das noch zu früh“, gab er zu bedenken. „Die Nächte in der Wildnis sind rau. Wir wurden von Wölfen und Bären angegriffen. Da wird ihm eine solche Entscheidung nicht leichtfallen.“
Ilka hatte die Augenbrauen in die Höhe gezogen. Erst wollte sie ihm widersprechen. Doch dann erkannte sie, dass Mischa die Situation richtig eingeschätzt hatte.
„Wäre ich doch bloß ein Junge geworden. Dann hätte mein Vater bestimmt nichts dagegen gehabt, wenn ich euch begleite.“
Sergej lächelte sanft. Ilka konnte hart um ihre Interessen ringen und es fiel dem Bojaren schwer, wenn er ihr mal einen Wunsch abschlagen musste. Der Mann, der sie einmal zur Frau bekam, würde es nicht leicht mit ihr haben. Eine folgsame Frau, die gefügig jede Anweisung ihres Mannes entgegennahm, würde sie sicher niemals werden. Doch sie war auch verständig und guten Argumenten gegenüber offen. Dazu wurde sie mit jedem Jahr hübscher, wie nicht nur er feststellte. Immer wenn sie durch die Straßen Nowgorods ritten, verdrehten sich die Männer den Hals, um einen Blick auf sie zu erhaschen.
„Lass uns weiterreiten“, schlug er vor und sogleich setzten sie sich wieder in Bewegung.
Als sie aufs große Gehöft trabten, kamen ihnen zwei Knechte entgegen, um ihnen die Pferde abzunehmen.
„Reibt sie gut ab und gebt ihnen etwas zu fressen“, gab Ilka ihnen mit auf den Weg, bevor sie sich mit einem liebevollen Klaps von ihrer Stute verabschiedete.
Als sie die Halle betrat, duftete es nach Teigtaschen, die mit frischem Lachs gefüllt waren. Erst jetzt bemerkte sie, wie hungrig sie der morgendliche Ausritt gemacht hatte.
Ihr Vater Jaroslav saß an der Stirnseite des langen Tisches und langte tüchtig zu. Dabei trank er verdünntes Bier und lachte über einen Scherz, den Viktor, sein Verwalter, soeben gemacht hatte. Dann stopfte Jaroslav sich den letzten Bissen Lachs in den Mund und kaute zufrieden.

„Setz dich zu uns, meine Hübsche“, forderte er Ilka auf. „Du könntest einen kräftigen Happen vertragen. Du bist viel zu mager. Russische Frauen müssen was auf den Rippen haben, sonst weht sie der kräftige Ostwind davon.“
Ilka und die beiden Jäger nahmen am Tisch Platz. Sogleich eilten zwei junge Mägde herbei und brachten ihnen eine dampfende Portion Teigtaschen. Während Ilka noch ein wenig wartete, damit sich das Essen abkühlte, fielen Sergej und Mischa wie die Wölfe über ihre Teller her.
„Wir hatten kaum das letzte Haus hinter uns gelassen, da haben wir bereits einige Rehe gesehen. Auch auf frische Wildschweinspuren sind wir gestoßen“, berichtete Sergej. „Wenn wir Pfeil und Bogen dabeigehabt hätten, wäre das bestimmt unser Mittagsschmaus geworden.“
Der Bojar verzog entzückt das Gesicht.
„Es wird Zeit, dass der erste Schnee fällt. Nichts macht mir mehr Freude, als mit meinen Jägern durch die Wälder zu streifen und Wild aufzuspüren. Viktor hat mir schon berichtet, dass alles für den Winter vorbereitet ist. Die Jagdhütte wartet auf uns.“
Viktor nickte bestätigend.
„Vor zwei Wochen hat ein Braunbär gegen Abend durch die Fenster ins Haus geguckt. Er muss die Wurst gerochen haben. Ich habe ihm gesagt, er soll später wiederkommen, wenn der Bojar zu Hause ist. Daraufhin hat er sich auch brav getrollt.“
Die Männer lachten schallend und auch Ilka stimmte mit ihrem glockenhellen Lachen ein.
„Sein Pelz wäre ein prima Bettvorleger für mich“, schmunzelte der Bojar voller Vorfreude.
„Man soll das Fell des Bären nicht verteilen, bevor er erlegt ist“, meldete sich Mischa zu Wort.
Jaroslav nickte zustimmend. Schließlich hatten sie bereits ihre Erfahrungen mit diesem gefährlichen Tier gemacht. Sergej wirkte plötzlich in sich gekehrt. Er trug tiefe Narben auf seiner Schulter, die ihn immer an einen Kampf auf Leben und Tod mit einer solchen Bestie erinnern würden.
Eine Weile schwiegen sie gedankenverloren. Dann stand Viktor auf und zog ein prallgefülltes Säcklein sowie ein versiegeltes Schreiben hervor. Beides legte er vor dem Bojaren auf den Tisch.
„Einer der Hansekaufleute, die aus dem Westen gekommen sind, um in den nächsten Monaten im Kontor der Hanse Handel zu treiben, hat diese Lieferung abgegeben, Herr.“
Jaroslav hob neugierig die Augenbrauen. Dann wischte er sich die

fettigen Hände an seinem Wams ab und beäugte beides genauer.
„Ich werde zwar langsam alt und vergesse manchmal Dinge, aber was das sein soll, wüsste ich wirklich nicht. Habe ich vielleicht etwas verpasst und wir haben schon Weihnachten?“
Sergej und Mischa schüttelten lachend den Kopf, während Ilka daran dachte, wie sie diesen wichtigen russischen Feiertag in den zurückliegenden Jahren verbracht hatten. Manchmal war ihr Vater zu dieser Zeit mit seinen Gefolgsleuten in den Wäldern gewesen. Dann hatte sie mit einigen Knechten das Fest vorbereitet. Doch wenn der Bojar zu Hause war, hatten sie immer groß gefeiert. Das russische Weihnachtsfest, der Tag der „Erscheinung des Herrn“, fand am 6. Januar statt und nicht am 24. Dezember, wie es bei den Kaufleuten der Hanse Brauch war.
Ilka erinnerte sich daran, wie sie an diesem Tag viele Stunden im Gottesdienst verbracht hatten. Sie hatten in den großen Kirchen Nowgorods mit christlichen Liedern und großen Lichtprozessionen gefeiert. Als sie dann endlich wieder nach Hause ins Warme kam, merkte sie erst, wie verfroren sie gewesen war. An diesem Tag endete auch die vierzig Tage währende Fastenzeit, so dass alle Menschen dem reichlich gedeckten Tisch entgegenfieberten. Der Bojar war immer großzügig gewesen und hatte sich das Fest einiges kosten lassen. Es gab ein großes gemeinsames Essen, bei dem sich der ganze Haushalt zusammenfand. Die leckersten Speisen wurden gereicht, darunter viele in Honig gekochte Köstlichkeiten, viel Fleisch, Fisch, Käse aber auch Trockenfrüchte und Nüsse, so dass alle satt wurden. Aber am besten hatten ihr immer die gemeinsamen Gesänge, das Lachen und das Leuchten in den Augen der Kinder gefallen.
Der Bojar nahm den prallen Ledersack in die Hand und wog ihn abschätzend. Dann löste er die Schnur und holte einige Silbermünzen heraus.
„Das Geld stammt aus Lübeck!“
Sofort machte er sich daran, das Siegel des Schreibens aufzubrechen. Eine ganze Weile las er konzentriert. Dann hellten sich seine Gesichtszüge auf. „Torben Voigtherr“, rief er aus.
Er wandte sich zum Tisch um und musterte seine Männer erstaunt.
„Das hätte ich beinahe vergessen! Dieser junge Hansekaufmann hat mir das restliche Geld für die Felle zukommen lassen. Ich habe es ja immer gesagt, auf diesen Mann ist Verlass.“
Noch einmal las er die Zeilen und lächelte dann vergnügt.
„Der Kerl hat Mumm. Das gefällt mir. Er bittet mich darum, langfristig mit ihm zusammenzuarbeiten und ihm jedes Jahr meine Felle zu verkaufen. Er zahlt den Transport nach Lübeck und einen

Aufschlag auf den Preis, den ich im Kontor erhalten würde. Das ist anständig von ihm."
Viktor schürzte die Lippen. „Das würde bedeuten, dass wir ihm die Felle zuschicken und darauf vertrauen müssen, dass er uns das Geld im Anschluss zukommen lässt."
Der Bojar zog nachdenklich die Augenbrauen in die Höhe.
„Zweifelst du daran, dass er seinen Verpflichtungen nachkommen wird, Viktor?"
Dieser wägte kurz ab und schüttelte dann nachdrücklich den Kopf.
„Über die Monate, in denen er mit uns durch die Wälder gezogen ist, haben wir ihn alle gut kennengelernt. Er ist ein ehrlicher Mann. Das hat er mit dieser Zahlung gerade wieder bewiesen."
Der Bojar nickte zufrieden.
„So sehe ich das auch. Er hat mehr für meine Familie getan, als ich ihm jemals vergelten kann. Es ist eine Adresse in Lübeck notiert, an die wir die Felle schicken sollen. Ein Freund von ihm nimmt die Ware entgegen. Ich werde ihn gern dabei unterstützen, als Kaufmann wieder Fuß zu fassen."
Ilka hatte sich nicht am Gespräch der Männer beteiligt. Doch als der Name des jungen Hansekaufmanns fiel, war sie zusammengezuckt. Instinktiv wanderte ihre Hand zu dem Anhänger, der seit Torbens Abschied um ihren Hals hing. Sie hatte noch genau seine Worte im Ohr, dass dieser Anhänger das Abbild der Jungfrau Maria zeigte und Ilka auf all ihren Wegen beschützen würde.
Bei dem Gedanken an Torben stahl sich eine feine Röte in ihr Gesicht. Vorsichtshalber senkte sie den Kopf, um ihre Gefühle vor den anderen zu verbergen. Doch diese waren ins Gespräch vertieft und bemerkten nichts davon.

Eines Abends nahm Torben seine Gefährten zur Seite und wies zur Festung hinüber. Die letzten Sonnenstrahlen tauchten die Zinnen in ein goldenes Licht.
„Wir waren zwar schon einmal in der Festung, aber auskennen tue ich mich in diesem kalten, zugigen Gemäuer nicht. Ranulf und Fisker, wisst ihr vielleicht, wo sich die Waffenkammer befindet?"
Seine Freunde starrten ihn überrascht an. Wie auf Kommando richteten sie alle ihren Blick auf die Festung, als würde ihnen das bei der Beantwortung der Frage helfen. Fisker kratzte sich nachdenklich am Kinn, während Ranulf in brütendes Schweigen verfiel.
„Ich ahne, was du vorhast", murmelte Sascha mit einem breiten Lächeln.
„Es geht dir um die Schwerter, die du dem Bojaren versprochen hast,

richtig?“
Torben lächelte ertappt.
„Das hatte ich längst vergessen, wenn ich ehrlich bin. Vor einigen Tagen fiel es mir wieder ein. Seitdem grübele ich darüber, wie ich mein Wort halten kann. Es lässt mir einfach keine Ruhe. Vielleicht bietet sich hier eine Möglichkeit, die wir nutzen können. Unsere Streitmacht hat doch alle gefangenen Dänen entwaffnet. Es müssen Unmengen an Schwertern, Piken, Äxten und Rüstungen zusammengekommen sein. Das sind große Werte und bestimmt macht die Hanse nach Beendigung des Krieges alles zu Geld, um den Kriegszug zu finanzieren und einen ordentlichen Gewinn zu erzielen.“
Er zwinkerte seinen Kameraden zu.
„Es sind Kaufleute, die können einfach nicht anders. Aber die Männer, die ihre Siege ausfechten müssen, sind Krieger und Söldner. Sie wollen zwar Beute machen, aber sie führen keine Bücher oder kontrollieren Bestände. Ich bezweifle, dass die meisten von ihnen schreiben können.“
Er blickte der Reihe nach in die Gesichter seiner Freunde, die sich allmählich aufhellten.
„Also weiß niemand, wie viele Waffen es in der Waffenkammer überhaupt gibt“, schloss Ranulf, was ihm ein anerkennendes Nicken von Torben einbrachte.
„Deine Bauernschläue ist manchmal ganz hilfreich“, kommentierte Marco grinsend in Torbens Richtung.
„Da wir die Wendeltreppe bis ganz nach oben genommen hatten, sind wir nicht an der Waffenkammer vorbeigekommen“, bemerkte Ranulf schließlich. „Ich vermute diese eher in der Nähe der Mannschaftsunterkünfte, damit die Soldaten sich im Verteidigungsfall schnell rüsten können.“
„Das ergibt Sinn“, murmelte Sigurd.
„Aber wie wollen wir an den Wachen vorbeikommen?“
„Wir könnten sie bestechen“, schlug Marco vor. „Für einige Silbermünzen schauen sie weg und haben uns nie gesehen.“
„Dann gibt es Zeugen, das würde ich gern vermeiden“, erwiderte Torben.
Ranulf verdrehte die Augen. „Also die Ochsentour.“
Tobias blickte ihn verständnislos an.
„Ochsentour?“
„Durch den Tunnel natürlich“, erklärte Ranulf. „Das wird eine elendige Plackerei, die Kisten durch diesen engen Gang hindurchzuschieben. Aber ich sehe sonst keinen Ausweg.“
„Angenommen, dein Plan geht auf – wo willst du die Waffen lagern?“,

fragte Marco, der einen Sinn fürs Praktische hatte.
„Im Frachtraum unserer Kogge“, erwiderte Torben. „Wir stellen Kisten und Fässer mit Verpflegung davor, um sie zu tarnen. Das sollte genügen.“
Ranulf blickte gen Westen, wo die Sonne soeben untergegangen war. „Lasst uns bis Mitternacht warten, dann haben sich längst alle schlafen gelegt.“
Ungeduldig warteten sie auf den richtigen Zeitpunkt, um aufzubrechen. Als Torben seine Freunde anwies, ihre Schwerter und sonstigen sperrigen Ausrüstungsgegenstände zurückzulassen, zögerten sie kurz, taten dann aber wie geheißen.
Marco hielt sich dicht hinter Torben, der ihren kleinen Trupp schließlich durch die Nacht führte.
„Jetzt stell‘ dir mal vor, du würdest den ganzen Tag nur in deiner kleinen staubigen Schreibstube verbringen. Das wäre doch kein Leben für einen Kerl wie dich! Du liebst doch das Abenteuer viel zu sehr, als dass du über einem Stapel Pergament versauern wolltest, habe ich Recht?“
Torben stutzte kurz. Er war gern Kaufmann, aber an den Bemerkungen seines Freundes war durchaus etwas dran.
„Ich sag es ungern, aber vielleicht besitzt du ja doch einen Funken Menschenkenntnis. Aber jetzt halt die Klappe, sonst darfst du den Wachen gleich erklären, warum wir hier durchs Mondlicht schleichen.“
Sie hatten sich der Festung bereits genähert, als Marco das geöffnete Tor erblickte. Dort, wo sonst die Wachen standen, war alles leer. Überrascht ergriff er Torbens Arm.
„Sieh doch! Das Tor steht offen und kein Mensch bewacht es. Die haben genug davon, sich die Beine in den Bauch zu stehen. Wozu auch! Der Krieg ist doch schon so gut wie vorüber.“
Torben zögerte kurz, dann gab er sich einen Ruck.
„Das sehen wir uns an.“
Sie schlichen hinüber und bemühten sich, den tiefen Schatten der Festungsmauern auszunutzen. Die schmale Sichel des Mondes zeichnete sich fahl am Himmel ab. Torben erreichte das Tor zuerst und trat lauernd hindurch. Nachdem er sich aufmerksam umgesehen hatte, winkte er seine Kameraden herbei.
„Umso besser für uns. Dann sind wir schneller wieder raus.“
Sie eilten über den Burghof und betraten den Bergfried. Hier gingen einige Gänge ab, die von wenigen rußenden Fackeln erhellt wurden.
„Dort entlang“, murmelte Ranulf. „Das sieht mir wie eine Mannschaftsunterkunft aus. Dann vermute ich die Waffenkammer

ganz in der Nähe."
Sie kamen an zwei Unterkünften vorbei aus denen ihnen Schnarchen entgegendrang. Doch sonst war alles ruhig. Als ein weiterer Gang abzweigte, hob Torben die Hand.
Gleich um die Ecke war neben einer dicken Bohlentür ein großer Schild angebracht worden. Dieser schimmerte in blauen und weißen Farben. Auf dem Schild war ein Wappen angebracht: Ein wehrhafter Eber, der trotzig seine Hauer in die Luft reckte. Darunter zwei Lanzen, die sich kreuzten. Da die nächste Fackel im Windzug flackerte, wirkte der Eber im Schattenspiel beinahe lebendig. Torben wandte den Blick ab und konzentrierte sich auf ihre Aufgabe. Vorsichtig rüttelte er an der Tür, die sich leicht öffnen ließ. Erleichtert atmete er aus. Tobias hatte sich eine Fackel gegriffen und war zu Torben geeilt. Dann betraten sie die Waffenkammer und sahen sich staunend um. Im Feuerschein funkelte es geradezu um sie herum. Die Waffenkammer war in einzelne Bereiche unterteilt. Gleich links der Tür trafen sie auf Harnische, Panzerhandschuhe sowie Eisenschuhe. Wenige Schritte weiter begann ein Abschnitt, in dem sich zahlreiche Waffen für den Nahkampf fein säuberlich aufgereiht fanden. Staunend erblickten sie Hellebarden, Spieße, Lanzen, Schwerter und jede Menge Dolche in den unterschiedlichsten Längen. Rechts davon hingen dutzende Armbrüste an der Wand, direkt daneben kleine lederne Köcher, dicht gefüllt mit Armbrustbolzen.
„Die Kerle hätten uns die Hölle heißgemacht, wenn wir sie nicht überrascht hätten", murmelte Marco, dem erst jetzt aufging, wieviel Glück sie gehabt hatten.
Ranulf strich andächtig über einen Harnisch. Dieser wies feinste Gravuren auf, die im Licht der Fackel geheimnisvoll leuchteten.
„Das alles muss ein Vermögen wert sein", raunte er beeindruckt.
„Wenn ich einen solchen Panzer tragen würde, könntet ihr den ganzen Tag mit Schwertern auf mich einschlagen und ich würde nur ein paar blaue Flecken davontragen. Solange ihr mir nicht mit Messern in die Sehschlitze des Helms oder unter die Achseln stechen würdet, wäre ich beinahe unverwundbar."
Sascha grinste ihn breit an.
„Gern! Lass uns das gleich morgen früh ausprobieren", witzelte er.
Torben lief in eine der hinteren Ecken. Dort lagen zahllose Waffen achtlos übereinander.
„Habe ich es mir doch gedacht", rief er erleichtert.
„Unsere Leute haben den Dänen ihre Schwerter und Ausrüstungen abgenommen und hier einfach auf einem großen Stapel gelagert. Kein Mensch weiß, wie viele das sein mögen."

Vorsichtig begann er, einige Schwerter daraus hervorzuziehen. Keine der Klingen war blutbefleckt. Die meisten steckten noch in den Scheiden und waren allesamt in einem hervorragenden Zustand.
„Wenn die hier noch monatelang herumliegen, fangen sie an zu rosten. Wäre doch schade drum. Folglich tun wir ein gutes Werk“, versuchte er den Diebstahl zu rechtfertigen.
Ranulf schnaufte belustigt, während er Torben zur Hand ging.
„Das ist Kriegsbeute. Davon steht sowieso jedem von uns ein Anteil zu. Also hör auf, dein Gewissen zu belasten. Im Krieg schafft jeder beiseite, was er nur kann. Genau deshalb setzen die meisten von uns ihr Leben aufs Spiel.“
Torben nickte zögerlich. An derartige Gedanken musste er sich erst gewöhnen.
Innerhalb kürzester Zeit hatten sie zwanzig Schwerter samt Scheiden aufgesammelt. Sascha schleppte eine Kiste herbei, in der Eisen klirrte. Als er sie öffnete, wich er erschrocken zurück.
„Was ist denn das für ein Teufelszeug? Damit möchte ich keine Bekanntschaft machen.“
Ranulf warf einen flüchtigen Blick hinein.
„Morgensterne. Eine unbarmherzige Waffe. Da hat man eine eiserne Kugel mit langen Dornen besetzt und diese mit einer Kette an einem Holzgriff befestigt. Eigentlich ist diese Waffe geächtet, weil sie als unritterlich gilt. Aber das war den Soldaten wohl egal. Auf jeden Fall erfordert sie viel Kraft und auch einiges Geschick.“
Sascha sah beeindruckt aus. Dann kippte er die Kiste kurzentschlossen aus.
„Die wäre doch geeignet, um die Schwerter hier herauszutragen, oder?“
„Gute Idee!“, rief Torben. „Stell sie ab. Dann legen wir die Schwerter hinein.“
Wenig später war die Kiste mit zwanzig Schwertern gefüllt. Da noch Platz darin war, legte Torben kurz entschlossen vier Kettenhemden dazu.
„Jetzt reicht es aber! Wir müssen das ganze Zeug auch noch tragen können“, erinnerte Marco ihn.
Nachdem sie den Deckel geschlossen hatten, griffen Torben und Marco nach der Kiste.
„Schafft ihr das?“, fragte Sascha.
„Sollte gehen“, erwiderte Torben. „Ist ja nicht weit. Zur Not wechseln wir uns unterwegs ab.“
Währenddessen hatte Tobias aufmerksam die Waffen gemustert. Einer Eingebung folgend griff er schließlich nach zwei Armbrüsten und

hängte sich auch noch einige Köcher mit gefiederten Bolzen über die Schulter. Auf Torbens fragenden Blick rechtfertigte er sich.
„Du kannst leidlich mit einem Schwert umgehen. Ich hingegen weiß kaum, wo bei einem Schwert vorne und hinten ist. Wenn wir uns mal wieder in Gefahr begeben, will ich anständig gerüstet sein. Den Seeräuber will ich sehen, der sich unserem Schiff nähert, wenn einige von diesen Armbrüsten auf ihn gerichtet sind. Ich habe gesehen, wie die Söldner sie bedient haben. Das ist kinderleicht und auch das Laden ist kein Hexenwerk."
Wie um seine Worte zu bekräftigen, klopfte er auf eine Armbrust und setzte sich dann an die Spitze ihrer kleinen Gruppe.
Hinter ihm zögerte Sascha kurz. Dann hob er kurzentschlossen drei weitere Armbrüste auf und schnappte sich ein halbes Dutzend Köcher mit den dazugehörigen Bolzen.
„Also mich hat er überzeugt", bemerkte er beiläufig und machte, dass er fortkam.
Tobias schlich vorneweg und überzeugte sich davon, dass das Tor weiterhin unbesetzt war. Der Rückweg verlief ohne irgendwelche Vorkommnisse. An zwei kleinen Wachfeuern standen schläfrige Posten herum, die aber so dicht an die Flammen gerückt waren, dass sie von ihrer Umgebung kaum etwas mitbekamen.
Torben führte seine kleine Truppe zum Hafen und enterte die Kogge, die er sich für seine Fahrt ausgesucht hatte. Sie war etwas kleiner als die Schiffe, mit denen sie von Lübeck losgesegelt waren. Aber für seine Zwecke würde sie reichen. Nachdem sie die Kiste im Frachtraum verstaut und unter ihren sonstigen Ausrüstungsgegenständen gut getarnt hatten, liefen sie ins Lager zurück und sanken müde auf ihre Decken. Auch wenn es im Osten schon bald hell würde, war Torben zufrieden mit sich. Niemals hätte er gedacht, dass er die Forderung des Bojaren so schnell würde erfüllen können. Doch gleich darauf gingen seine Gedanken mit ihm durch, was bei seiner geplanten Fahrt alles schiefgehen konnte. Hätte ihm damals jemand erzählt, dass er schon bald mit blutrünstigen Piraten um das Leben seiner Familie feilschen müsste, hätte er diesen nur mitleidig angesehen und an seinem Geisteszustand gezweifelt.
Er drehte sich auf die andere Seite und schnaufte angestrengt. Zwar war er todmüde, doch bei solchen Überlegungen war an Schlaf nicht zu denken. Vielleicht war es ja wirklich so, dass die Gedanken im Laufe der Nacht immer dunkler wurden. Schließlich tastete er nach dem kleinen Kreuz, das an einer silbernen Kette um seinen Hals hing. Mit der Kirche konnte er nur wenig anfangen. Schon als Halbwüchsiger hatte er den Spruch gehört: „Hilf dir selbst, dann hilft

dir Gott“ – für ihn bedeutete dies nichts anderes, als dass er sein Schicksal auch gleich selbst in die Hand nehmen konnte. Dafür musste er nicht auf das zweifelhafte Wirken eines Mannes vertrauen, der an ein Kreuz genagelt worden war. Trotzdem bedeutete ihm diese Kette mehr, als er sich eingestehen wollte. Es war ein Geschenk von Ilka, der jungen Tochter des Bojaren aus Nowgorod. Seine Freunde hatten ihn manchmal belächelt, weil er die Kette trug, obwohl er nie in die Kirche ging. Doch sobald er das schlanke Kreuz berührt hatte, kam sein Gedankenkarussell endlich zum Stillstand. Mit einem Lächeln auf den Lippen schlief er ein.

Ein eisiger Januar und Februar zogen an ihnen vorüber. Sie hatten es sich in ihren Unterkünften in Kopenhagen gemütlich gemacht und verließen diese in der Regel nur noch, um Verpflegung zu holen oder Anweisungen ihres Befehlshabers entgegenzunehmen.
Abends hingegen trafen sich die Männer gern in den Schenken der Stadt, denn dieser Zeitvertreib war das Einzige, was ein wenig Abwechslung versprach. Zu fortgeschrittener Stunde kam es dann oft zu Raufereien. Einige Söldner legten es regelrecht darauf an, einen Streit vom Zaun zu brechen. Sie waren wie abgerichtete Hunde, wenn man sie nicht fest genug an der Leine hielt, gingen sie schon bald auf die eigenen Leute los.
An einem dieser Abende wurde Fisker von einem schlanken Kerl so hart angerempelt, dass dieser seinen Krug mit Bier fallen ließ. Er tauschte einen blitzschnellen Blick mit Ranulf, der seinen Freund keinen Moment aus den Augen gelassen hatte.
Torben hatte den Zwischenfall ebenfalls bemerkt und sah besorgt aus. Er machte sich bereit, jeden Augenblick aufzuspringen, um dem Freund beizustehen. Doch Ranulf wirkte unbekümmert.
„Gerade unter solchem Kriegsvolk gibt es immer wieder Männer, die sich beweisen wollen. Sie suchen bei jeder Gelegenheit Streit. Gerade wenn es reichlich Bier gibt und sie sich für unbesiegbar halten. Meist hören sie erst auf, wenn Blut fließt und ihr Gegner am Boden liegt. Damit es nicht dein Blut ist, was vergossen wird, kannst du Einiges tun.“
Torben sah ihn mit gerunzelter Stirn an. „Ich habe schon mehr als einmal meinen Mann gestanden. Bisher bin ich ganz gut zurechtgekommen. Aber nur zu, vielleicht lerne ich ja noch was.“
„Schau genau hin!“, forderte Ranulf Torben auf.
Dann geschah etwas Merkwürdiges, das sich Torben nicht so recht erklären konnte.
Fisker winkte lächelnd ab und wollte dem Streit aus dem Weg gehen.

Doch Torben sah, dass dies dem schlanken Kerl überhaupt nicht recht war. Er lockerte die Schultern und seine langen Arme schwangen vor und zurück. Angespannt, beinahe erwartungsvoll. In seinem Gesicht war Vorfreude zu lesen. Nun schob er sich Fisker in den Weg und legte spöttisch den Kopf schräg.
Fisker zuckte gleichgültig mit den Schultern. Er schien sich noch immer keine Sorgen zu machen. Dann murmelte er dem Raufbold, der beinahe einen Kopf größer war als er, etwas zu. Dieser blinzelte irritiert, als traute er seinen Ohren nicht. Dann starrte er Fisker an, als zweifelte er an dessen Verstand. Ohne Warnung ging er auf ihn los, sodass dieser seinem blitzschnellen Schwinger erst im letzten Moment ausweichen konnte. Noch bevor der Angreifer erneut zuschlagen konnte, riss Fisker dessen rechte Hand zu sich heran und klemmte sie sich unter den Arm.
Ranulf verzog das Gesicht zu einem gefährlichen Lächeln.
„Jetzt hat er den Kerl blockiert und gleichzeitig den Abstand verkürzt. Seine langen Arme nützen ihm nun nichts mehr. Gleich ist es vorbei."
Wie zur Bestätigung seiner Worte hieb Fisker dem Störenfried nun seine rechte Faust in den Bauch. Dieser klappte mit schmerzverzerrtem Gesicht vornüber. Dann schlug Fisker ihm den Ellenbogen auf den Kopf und gab seinen Arm frei. Der Mann verdrehte die Augen, brach zusammen und fiel krachend auf die staubigen Bretterdielen. Fisker sah sich kurz um, doch niemand schien für den Kerl Partei ergreifen zu wollen. Also holte er sich ein neues Bier und schlenderte dann, als wäre nichts gewesen, an seinen Platz zurück.
Torben sah ihn mit großen Augen an. Fisker hatte sich längst wieder seinem Bier gewidmet, als wäre der Vorfall nicht der Rede wert.
„Was hast du ihm zugeraunt?", wollte Marco wissen.
Fisker winkte ab.
„Der Kerl prügelt sich jeden zweiten Abend. Meistens gewinnt er, denn er hat eine Menge Erfahrung. Also ist es keine gute Idee, sich auf einen offenen Kampf mit ihm einzulassen."
Torben, Sascha und Tobias beugten sich noch weiter vor, um ja kein Wort zu verpassen. Jeder von ihnen war bereits in ein paar wüste Schlägereien verwickelt worden. Das gehörte einfach dazu. Aber noch nie waren sie einen Kampf mit so kühlem Kopf angegangen, wie es Fisker soeben vorgeführt hatte. Außerdem konnten sie sich nicht erinnern, dass Fisker schon einmal so viele Worte am Stück geredet hätte.
„Du hast ihn gereizt, richtig?", überlegte Torben.
Ranulf lachte Fisker an. „Ein schlauer Bursche, dieser Torben."

Fisker nickte lächelnd.
„Auf die übelste Weise“, bestätigte er. „Das ist meine oberste Regel, wenn ich einem Streit nicht mehr aus dem Weg gehen kann: Mach deinen Gegner rasend vor Zorn. Wütende Männer denken nicht nach. Sie bekommen einen starren Blick und blenden alles andere aus. Je mehr du sie reizt, umso eher gehen sie ohne Umwege auf dich los.“
„Und das soll gut sein, wenn sie voller Wut auf mich losgehen?“, fragte Torben zweifelnd.
Ranulf schaltete sich schmunzelnd ein.
„Ein Gegner ist gefährlich, wenn er Erfahrung hat und Finten beherrscht. Wer sich nur auf seine Kraft verlässt, aber zu träge ist, um schnell reagieren zu können, wird den Kampf nicht überstehen. Solche Gegner sind leicht zu besiegen.“
Fisker nickte bestätigend. „Ich habe mich über ihn lustig gemacht und einige unschöne Dinge über seine Mutter gesagt. Daraufhin hat er seine Beherrschung verloren und ist wie ein Stier auf mich losgegangen. Damit war sein Können nichts mehr wert.“
Geduldig musterte er seine Freunde. „Dieser Kerl wäre mir bestimmt überlegen gewesen, wenn wir uns nach seinen Regeln geprügelt hätten. Aber warum sollte ich das zulassen?“
Er grinste sie gewinnend an.
„Der hat so lange Arme, dass ich nicht einmal in seine Nähe gekommen wäre. Dazu ist er ungeheuer flink und wechselt ständig die Stellung. Also habe ich seinen Arm eingeklemmt und ihm gezeigt, was Schmerzen sind. Da er in seinen Rangeleien in der Regel nichts abbekommt, hat er immer einen klaren Kopf. Aber wenn du einmal schwer getroffen wirst, nützt dir der beste Plan nichts mehr. Dann kämpfst du bereits auf verlorenem Posten. Als meine Faust ihn traf, klappte er fast zusammen und beugte den Kopf vor. Dieser Einladung konnte ich nicht widerstehen. Dann musste ich nur noch meinen Ellenbogen, den härtesten Punkt meines Körpers, nutzen. Viele Wirtshausschläger prügeln sich mit der blanken Faust. Aber wenn sie auf Knochen treffen, verletzten sie sich schwer und fügen sich in der Regel mehr Schmerzen zu als ihrem Gegner.“
Torben zwinkerte Marco zu. Er wusste noch genau, dass ihm nach ihrem Aufeinandertreffen im Wirtshaus eine Woche lang die Fingerknöchel geschmerzt hatten.
Ranulf strahlte vor Stolz.
„Unser Fisker! Sieht aus, als brächte ihn nichts aus der Ruhe und schaltet dann mit einem Lächeln die übelsten Kerle aus. Ich hoffe, ihr habt gut aufgepasst. Das könnte euch helfen, wenn ihr mal in eine ähnliche Lage geratet.“

Die Freunde nickten beeindruckt. Den Rest des Abends wurde Fisker von fremden Männern immer wieder zum Bier eingeladen. Viele waren froh darüber, dass diesem Schläger endlich mal seine Grenzen aufgezeigt worden waren.
Es wurde eine lange Nacht. Trotzdem war Torben am nächsten Morgen bereits vor Tagesanbruch auf den Beinen. In der frostigen Luft griff er nach einer robusten Axt, die er sich aus den Beständen des Lagers geholt hatte. Sein Weg führte ihn zum Hafen hinunter. Dabei wurde er misstrauisch von zwei Wachposten beäugt, die sich sein Vorhaben nicht so recht erklären konnten. Wer war schon so verrückt, zu derart früher Stunde freiwillig das warme Lager zu verlassen und sich dem eisigen Wind auszusetzen?
Doch Torben störte das nicht. Er betrat das Eis und suchte sich nach wenigen Schritten eine geeignete Stelle aus. Dann begann er mit wuchtigen Schlägen ein Loch hineinzuschlagen. Dabei wurde ihm schnell warm, so dass er Gefallen an dieser körperlichen Arbeit fand. Endlich hatte er seine Ruhe und konnte einfach mal seinen Gedanken nachhängen. Eigentlich wollte er auf diese Weise bloß prüfen, wie dick die Eisdecke noch war. Aber dann bog er sich irgendwann ein Stück Eisen zu einem kleinen Haken und knüpfte diesen an eine Sehne, die er an ein langes Stück Holz knotete.
Don saß geduldig neben ihm im Schnee und beobachtete ihn wachsam. Seine Verletzungen waren längst verheilt. Anfangs hatte der Wolf immer wieder mit der Zunge über die verletzte Stelle an seinen Rippen geleckt. Doch mittlerweile störte ihn diese nicht mehr. Er hatte in den letzten Monaten deutlich an Größe und Gewicht zugelegt und bot nun einen respekteinflößenden Anblick. Hatten ihm einige der Männer anfangs noch gutmütig den Kopf tätscheln wollen, musste er jetzt nicht mehr ausweichen, um ihren Händen zu entgehen. Ein wilder Blick reichte oft, um für einen gebührenden Abstand zu sorgen. Wer es dennoch versuchte, wurde mit einem leisen Grollen begrüßt, das ganz hinten aus seiner Kehle kam. Das reichte in der Regel, damit derjenige sein Vorhaben schnell wieder vergaß. Es hatte sich nämlich herumgesprochen, wie wild dieser junge Wolf auf einen der Angreifer losgegangen war, um das Leben seines Herrn zu schützen.
Torben zwinkerte dem Tier zu. Die Verletzungen am Ohr und an der Schnauze waren kaum noch zu erkennen. Nur winzige blasse Narben zeugten von der Auseinandersetzung. Don sah ihn aufmerksam an, bevor er den Kopf wieder auf den Vorderpfoten ablegte und misstrauisch ins Eisloch äugte.
Wenig später fing Torben einige Heringe, die er Don hinwarf. Der Wolf schnupperte kurz daran und machte sich dann über die

zappelnden Fische her. Schon bald kamen die Wachen neugierig näher heran.
„Heringe sind ja gut und schön. Aber besser wäre es, wenn du Stücke davon als Köder verwenden würdest, um einen großen Dorsch zu fangen."
Der bärtige Mann leckte sich begierig die Lippen.
„In Hamburg habe ich mal eine riesige Portion fangfrischen Dorsch verspeist. Das war ein wahrer Genuss, sage ich euch. Nur zu, versuch dein Glück!"
Torben spürte das Jagdfieber. Längst war es hell geworden, während er unentwegt ins Eisloch starrte. Doch ein weiterer Fang gelang ihm an diesem Morgen nicht. Der Wachposten war längst abgelöst worden, wich ihm aber nicht von der Seite.
„Die beste Zeit, um Dorsche zu fangen, ist die Abenddämmerung. Dann kommen sie näher ans Ufer. Glaub mir! Ich komme aus Warnemünde. Einem kleinen Dorf nördlich von Rostock, direkt an der Ostsee. Ich habe schon etliche gefangen."
In den nächsten Tagen angelte Torben immer mal wieder morgens und abends, so oft es seine Zeit erlaubte. Irgendwann in der Abenddämmerung eines Märztages gelang es ihm erstmals einen Dorsch zu fangen. Es war ein schwerer Kampf, bis er den großen Fisch aus dem Wasser gezogen hatte. Dabei wurde er von einer Menge Zuschauer lautstark angefeuert, die sich schnell um ihn versammelt hatte. Don schnüffelte schon aufgeregt an dem großen Fang herum, doch Torben drängte ihn zurück.
„Du hattest deinen Festschmaus schon. Jetzt sind wir an der Reihe."
Don gähnte herzhaft und streckte sich wieder neben seinem Herrn aus. Wenig später ließ es Torben sich nicht nehmen, seinen Fang selbst zuzubereiten und seine Freunde zu diesem schmackhaften Mahl einzuladen. Das war schon etwas anderes, als das halbgefrorene Brot und der schimmelige Käse, der ihnen als Tagesration überlassen worden war.
Längst hatte er Nachahmer gefunden, so dass selbst morgens nun schon ein Dutzend Männer gemeinsam mit ihm auf dem Eis ausharrte. Auf diese Weise gelang es ihnen, den eintönigen Speisezettel ein wenig zu bereichern und die Männer bei Laune zu halten.
Eines Morgens kam Ranulf ins Haus und rieb fröstelnd die Hände aneinander.
„Das Eis schmilzt. Der Sund ist schon bald wieder befahrbar. Es kann nicht mehr lange dauern und wir können endlich aufbrechen."
In den nächsten Tagen wurde das Wetter besser und die Strahlen der Sonne gewannen allmählich an Kraft. Torben und seine Freunde

schlossen die letzten Vorbereitungen ab und stachen eines kalten, nebligen Morgens Ende März des Jahres 1369 endlich wieder in See. Viele Kameraden wünschten ihnen Glück auf ihrer Reise. Torben freute sich, dass sich fünf Söldner sowie drei der Seeleute bereit erklärt hatten, sie auf ihrer Fahrt zu begleiten. Einige der Männer kannten sie bereits, waren diese doch im letzten Jahr von Lübeck aus mit ihnen losgesegelt.
Auch ihr Kommandeur, Bruno Warendorp, ließ es sich nicht nehmen, sie persönlich zu verabschieden. Er stapfte auf Torben zu. Seine buschigen Augenbrauen hoben sich, als er ihm fest in die Augen blickte.
„Viel Erfolg bei deinem Unternehmen. Hoffentlich geht dein Plan auf. Deine Familie hat lange genug gelitten. Kommt gesund in die Heimat zurück. Übergib die Kogge bei deiner Rückkehr dem Rat der Stadt. Sie werden sie bestimmt schnell mit Nachschubgütern beladen und wieder über die Ostsee zu uns schicken. Vielleicht wird das aber auch nicht mehr nötig sein. Einige ausgewählte Truppen meines Heeres belagern seit Monaten die letzte dänische Festung Helsingborg. So Gott will, wird sie uns bald die Tore öffnen. Dann haben die vereinten Hansestreitkräfte endgültig gesiegt."
„Seid Ihr sicher, dass Ihr uns dafür nicht braucht?", fragte Torben noch einmal vorsichtig nach.
Bruno Warendorp lachte dröhnend und auch der Rostocker Hauptmann fiel in sein Lachen mit ein.
„Diese Festung zu bezwingen, wird eine harte Nuss, keine Frage", rief Warendorp. „Sie hat dicke, hohe Mauern und ist zudem durch einen Burggraben gesichert, über den nur eine Zugbrücke führt. Diesmal wird es wohl keinen geheimen Eingang geben, der uns die Sache erleichtert."
Er schlug Torben schwer auf den Rücken.
„Aber auch diese Festung wird fallen. Du wirst davon hören, glaub es mir!"
Als sie ablegten, rief ihnen Hendrik Körner hinterher:
„Sagt Bescheid, wenn ihr Hilfe braucht. Es ist sowieso an der Zeit, mit diesem Piratenpack aufzuräumen, sobald dieser Feldzug vorbei ist. Dann können anständige Leute endlich wieder in Frieden ihren Geschäften nachgehen."
Torben und seine Freunde winkten ihren Kameraden zum Abschied. Doch Torben wusste, dass die politische Lage längst nicht so einfach zu durchschauen war und die Piraten einige hohe Herren in ihrem Rücken wussten, die schützend ihre Hand über sie hielten.

~ 2. Kapitel ~

Sobald sie den Sund durchquert und das offene Meer erreicht hatten, war Marco noch besser gelaunt als ohnehin schon. Wann immer es ging, stand er am Steuer, die Augen fest auf den Horizont gerichtet und hielt die Nase in den Wind.

„Wir segeln vielleicht in den Tod. Also wisch dir endlich dein Grinsen aus dem Gesicht!", neckte Torben ihn, als er mal wieder zu ihm trat, um sich von seinen düsteren Gedanken abzulenken.

Marco winkte ab.

„Nun übertreibe mal nicht! Wir bringen ihnen das Lösegeld. Was wollen sie mehr? Und mit dem Grinsen ist das so eine Sache. Die Seefahrt liegt mir halt im Blut. Viele Männer gehen ihr ganzes Leben lang irgendeiner Tätigkeit nach, für die sie sich weder interessieren noch gut darin sind. Ich aber habe mein Handwerk gefunden und will in meinem Leben nichts anderes mehr machen. Das ist ein gutes Gefühl!"

Torben nickte säuerlich.

„In Ordnung, ich habe es begriffen. Kannst weitergrinsen. Solange du nur den Kurs hältst. Was glaubst du, wie lange werden wir unterwegs sein?"

Marco blickte über die Schulter. Doch auch hinter ihnen war der Himmel von einem tiefen Blau. Keine einzige Wolke zeigte sich. Trotzdem blies der Wind anständig, so dass ihr Segel gut gefüllt war.

„Die Entfernung von Kopenhagen nach Visby schätze ich auf knappe dreihundert Seemeilen. Bei dem Wind schaffen wir spielend fünf bis sechs Seemeilen in der Stunde. Wenn dieser nichtsnutzige Hamburger, der mich manchmal ablöst, den Kurs hält, dann kommen wir auch nachts gut voran. Allerdings schläft gegen Abend meist der Wind ein. Ich schätze, wir werden drei, vielleicht vier Tage unterwegs sein."

Nachdenklich blickte er Torben an.

„Hör auf damit, dir so viele Gedanken zu machen. Schließlich bist du nicht allein. Die Piraten werden einen Teufel tun, sich mit uns anzulegen. Dieses beutegierige Pack!"

Marco verzog den Mund. „Wir haben das Geld doch, oder?"

Torben schreckte hoch.

„Natürlich! Ich habe es gerade erst gezählt. Knapp zweihundert Mark hatte ich aus Lübeck mitgebracht. Durch meinen Sold ist der Betrag ein wenig angewachsen. Denn ich habe diesen zum größten Teil gespart. Dazu kommt noch die Beute, die wir in der Festung gemacht haben. Das waren allein schon mehr als eintausend Mark in Silber.

Davon gehört euch natürlich auch ein ansehnlicher Anteil. Trotzdem sollte das Geld reichen, um meine Familie auszulösen und sogar noch etwas übrigzubehalten. Vielleicht kann ich damit einen ersten Warenbestand aufbauen und wieder als Kaufmann arbeiten."
„Vergiss nicht die Bezahlung deiner Besatzung", erinnerte Marco ihn.
Torben blies die Backen auf und nickte. Obwohl er gerade keine Geldsorgen hatte, was ungewohnt für ihn war, hatte er das Gefühl, dass ihm das Geld nur so durch die Finger rann. Und es würde wohl lange dauern, bis er wieder eigene Geschäfte tätigen konnte und auf diese Weise sein Auskommen fand.
Eine Weile schwiegen sie.
„Ich muss jede Nacht an meinen Vater und Werner denken", meldete sich Torben schließlich wieder zu Wort. Seine Stimme war so leise, dass sie im Rauschen der Wellen beinahe unterging.
„Sie müssen Furchtbares ausgestanden haben. Bestimmt haben sie längst alle Hoffnung aufgegeben. Ich wäre nicht stark genug, um so lange durchzuhalten."
Marco steuerte die Kogge in ein Wellental und die Gischt spritzte ihnen ins Gesicht.
„Du grübelst zu viel. Hab ein wenig Vertrauen in deine Fähigkeiten. Weißt du, was mir auffällt, wenn ich diese ganzen Kerle hier an Deck herumschleichen sehe?"
Er wartete gar nicht erst, bis Torben zu einer Antwort ansetzen konnte.
„Die leben alle für das Heute – für sie ist nur das Hier und Jetzt entscheidend. Du aber denkst an die Zukunft und schmiedest Pläne. Damit hast du ihnen eine Menge voraus. Schätze, das liegt an der Verantwortung, die dir in so jungen Jahren aufgebürdet worden ist. Aber du schlägst dich weiß Gott nicht schlecht."
Torben nickte dankbar. Dann atmete er tief durch und ließ Marco allein am Steuer zurück. Als nächstes entdeckte er seinen Wolf, der sich einen ruhigen Platz an Deck gesucht hatte und von dort das Geschehen an Bord verfolgte. Unwillkürlich musste Torben lächeln. Don sah aus, als hätte er großen Spaß daran, sich den Wind um die Nase wehen zu lassen. Die übrigen Besatzungsmitglieder hatten sich daran gewöhnt, dass ein junger Wolf zwischen ihnen herumlief und sich meist nicht im Geringsten um sie scherte. Wenn mal einer von ihnen den Versuch unternahm, ihm das Fell zu kraulen, tauchte Don geschmeidig unter dessen Hand weg. Doch die Männer nahmen es ihm nicht krumm. Im Gegenteil – sie waren stolz, dass dieser Wolf kein kleiner Schoßhund war, der schwanzwedelnd angelaufen kam und um ein Stück Wurst bettelte. Schon bald war er so etwas wie ihr

Maskottchen geworden. Welches Schiff konnte sich schon rühmen, einen Wolf an Bord zu haben?
Tobias, der Don schon eine ganze Weile beobachtet hatte, setzte sich Torben gegenüber.
„Dieses Tier ist blitzgescheit und es ist eine Freude, ihm zuzusehen. Du musst dir allein mal die Mühe machen und beobachten, wie Don auf die Männer an Bord reagiert."
Torben streckte den Rücken durch und lockerte seinen Schultern.
„Was genau meinst du?", fragte er verständnislos.
„Na, achte mal darauf, wie er dich ansieht, wenn du dich ihm näherst. Ich habe das Gefühl, seine Augen beginnen dann zu leuchten. Für eine Berührung von dir würde er sich glatt verbiegen. Und wenn du ihn am Hals kraulst, schließt er versonnen die Augen. Aber sobald das ein anderer versucht, legt er die Ohren an und weicht der Hand aus. Manchmal knurrt er dann sogar laut. Das sind die Momente, wo man ihm seine Wildheit ansieht. Aber was ich spannend finde, ist, wie er seine Umgebung beobachtet. Er weiß genau, wer dir nahesteht. Das erkennt er am Klang deiner Stimme und den feinen Schwankungen. So wie du zu den Männern stehst, so begegnet auch er ihnen. Wer dir wichtig ist, den verehrt und beschützt auch Don. Das kenne ich aus meiner Zeit in Köln, als ich mit einer ganzen Meute von Hunden zu tun hatte. Aber bei dem Wolf ist das Verhalten noch stärker ausgeprägt. Deine Freunde dürfen Don sogar streicheln. Das lässt er zu, weil wir dir nahestehen. Trotzdem macht er einen Unterschied zwischen uns und dir. So wie er sich manchmal an dich herankuschelt, würde er keinem anderen begegnen. Er zeigt dir dabei seinen schutzlosen Bauch und die freie Kehle. Dafür muss er uneingeschränktes Vertrauen in dich haben."
Torben betrachtete Don aufmerksam. Instinktiv spürte er vieles von dem, worauf Tobias ihn aufmerksam gemacht hatte. Aber er hätte es nicht in Worte fassen können.
Vorsichtig strich er Don durchs Fell. Seinen Rippen schien es jeden Tag besser zu gehen. Den Verband hatte er ihm bereits abgenommen. Die Nähe des Wolfs tat ihm gut. Endlich ließ er die Schultern sinken und entspannte sich. Auch der Anblick des weiten Meeres wirkte beruhigend auf ihn.
„Wenn ich mal alt bin, setzte ich mich irgendwo am Meer zur Ruhe und starre den ganzen Tag auf die Wellen."
Tobias schmunzelte.
„Das glaub ich erst, wenn ich es sehe. Die Ruhe hast du nicht. Bestimmt würdest du dich dann auch schnell langweilen."
„Warte es ab! Vielleicht überrasche ich dich ja. Ich verstehe die Leute

sowieso nicht, die das Meer als eintönig empfinden. Dabei ist es jeden Tag anders. Mal schimmert es grün und friedlich in der Sonne. Dann wieder ist es grau, aufgewühlt und kalt. Es fasziniert mich jedes Mal aufs Neue. Irgendwie kann ich Marco schon verstehen."
Sie nickten Sascha zu, der sich neben ihnen auf den Planken niederließ und den Kopf in den Nacken legte. Tobias entgegnete nichts auf Torbens Worte. Er war Tagelöhner und oft schon froh, wenn er den Winter überstand, ohne Hunger zu leiden. Da erschien es ihm nicht angebracht, von einem Ruhesitz am Meer zu träumen. In den kalten Monaten wurden keine Arbeiter gebraucht. Erst wenn die neue Handelssaison begann und die ersten Koggen im Hafen festmachten, gab es für ihn wieder etwas zu tun. Dann wurden auch die Bautätigkeiten in Lübeck wieder aufgenommen, wo es großen Bedarf an fleißigen Händen gab. Doch vielleicht lag diese Ungewissheit ja nun hinter ihm. Unwillkürlich griff er sich an den Gürtel, wo er den Großteil seiner Münzen mit sich herumtrug, die er sich in der Festung um den Leib gebunden hatte. Das er ihren Wert noch nicht einschätzen konnte, hatte ihn ganz kribbelig gemacht. Doch in den letzten Tagen war er niemals allein gewesen. So dass es kaum einen Moment gab, an dem er wirklich unbeobachtet war. Aber am frühen Abend hatte er sich ganz allein in den Frachtraum gesetzt, um seinen Besitz zu prüfen.
„Ich habe dreißig Silbermünzen", raunte er seinen Freunden zu. So viel habe ich noch nie besessen. Mir wird ganz schwindelig bei den Möglichkeiten, die sich mir damit auftun."
Sascha nickte nachdenklich.
„Ich habe auch so viele. Mein Geldbeutel hat sich noch nie so schwer angefühlt. Mit ehrlicher Arbeit hätten wir es niemals so weit gebracht. Wenigstens müssen wir im nächsten Winter keinen Hunger leiden. Einige Tage des letzten Winters habe ich in schlechter Erinnerung. Die Auftragslage in der Bootswerft war zwar recht gut, aber einige Kunden zahlten reichlich spät."
„Erinnere mich bloß nicht daran", rief Tobias. „Ich fühlte mich manchmal so schwach, dass ich mich kaum von meinem Lager rühren konnte. Und warum auch? Es gab ja doch nichts zu tun."
Er winkte ab und klopfte auf seinen Geldbeutel.
„Aber jetzt kann ich mir einen ganzen Ochsen kaufen, wenn ich Hunger habe", lachte er. Dann sah er Torben verdutzt an.
„Was kostet eigentlich ein Ochse?", fragte er neugierig.
„Ich schätze gute vier Mark lübisch", erwiderte dieser. „Ein Schwein bekommst du schon für fünfzehn Schillinge. Aber davon würde ich die Finger lassen. Kauf dir lieber ein Paar gute neue Stiefel. Die kosten

so um die elf Schillinge, aber davon hast du viele Jahre was. Und Hunger haben wir nun schon eine ganze Weile nicht mehr leiden müssen."
Tobias starrte auf seine löchrigen Schuhe, von denen sich die Sohle immer wieder löste und nickte kräftig.
„Sobald wir dieses Abenteuer hinter uns haben, mache ich das."
Marco unterbrach ihr Gespräch mit einem lauten Zwischenruf.
„Seht ihr dort hinten das Fischerboot? Die Fischer haben sich weit aufs Meer hinausgewagt. Bei unserem Anblick haben sie sofort Reißaus genommen. Vermutlich trauen sie uns nicht oder halten uns für Piraten?"
Sie starrten dem fernen Boot nach, das schon bald außer Sicht geriet. Marco hielt die Kogge weiterhin auf Kurs und sie kamen gut voran. Die Freiwilligen waren umgänglich und packten willig mit an. So kamen sie gut miteinander aus. Einer der Seeleute hatte eine wunderschöne Stimme und sang abends gern einige Lieder für sie, die er im Laufe einiger Jahre auf anderen Schiffen gelernt hatte. Das machte er so großartig, dass die übrige Besatzung nie genug davon bekam. Zusätzlich prangte über ihnen ein prachtvoller Nachthimmel, der mit unzähligen Sternen übersät war. In solchen Momenten vergaß sogar Torben für eine Weile, was eigentlich das Ziel ihrer Reise war.
Am vierten Tag tauchten in der Ferne die Umrisse einer Insel vor ihnen auf.
„Gotland", brummte Marco unnötigerweise, was niemanden überraschte. Schließlich hatten sie diesem Augenblick entgegengefiebert. Sie segelten die Küste entlang und kamen an einer Reihe kleiner Fischerdörfer vorbei. Nach zwei weiteren Stunden tauchte endlich eine größere Stadt an der Westseite der Insel auf.
„Visby", bestätigte Marco, der Torbens fragenden Blick bemerkt hatte.
„Ich selbst war zwar nie hier, aber ich habe einen alten Seebären von diesem Ort sprechen hören. Er war vor etlichen Jahren hier, als sich noch keine Piraten hier herumtrieben. Das Ufer der Stadt wird durch Sandbänke geschützt. Doch der Hafen ist auch für schwerbeladene Koggen zugänglich. Von dieser Seite droht uns also keine Gefahr."
Gemächlich segelten sie näher heran. Längst waren sie entdeckt worden. Doch eine einzelne kleine Kogge rief keine Unruhe hervor. Sie konnten an Land etliche Menschen umherlaufen sehen, die aber keine Notiz von ihnen nahmen. Marco nahm Kurs auf einen Bootssteg im linken hinteren Bereich des Hafens, an dem bereits zwei kleinere Fischerboote vertäut waren.
Als sie anlegten, warteten Torben und Marco am Bug darauf, was als nächstes geschah. Schließlich näherten sich ihnen gemächlichen

Schrittes drei Gestalten. Zwei von ihnen trugen Entermesser am Gürtel. Der dritte Mann hatte sich ein großes Schwert umgebunden. Ihre Kleidung war bunt, ziemlich verdreckt und wirkte abgenutzt. Einer von ihnen trug teure Lederstiefel, die nicht recht zu seiner sonstigen Aufmachung passen wollten.
„Seid ihr sicher, dass ihr euch nicht verfahren habt?", rief ihnen der Pirat mit dem Schwert zu, eine hagere Gestalt mit einem verschlagenen Gesicht und einem großen Feuermal auf der rechten Wange. „Natürlich seid ihr uns herzlich willkommen. Wir sind hervorragende Gastgeber. Aber das hat alles seinen Preis. Wir sind noch nicht überzeugt, ob ihr euch eine so zuvorkommende Behandlung auch leisten könnt. Was habt ihr denn an Bord? Lasst uns doch mal einen Blick riskieren."
Ein untersetzter Kerl, der sich den Schädel kahlrasiert hatte, machte Anstalten sich ihrer Kogge zu nähern. Er trug eine speckige Lederweste, aus der zwei muskelbepackte Arme hervorschauten. Er sah aus wie ein Hauklotz. Ein überhebliches Lächeln lag auf seinem Gesicht, als könnte er es kaum erwarten, sich zu nehmen, was immer ihm gefiel.
Neben Torben tauchten Sigurd, Tobias und Sascha auf. Jeder von ihnen war mit einer Armbrust bewaffnet, die genau auf die Brust des Piraten zeigte.
„Wir haben euch nicht eingeladen, an Bord zu kommen. Also bleibt besser, wo ihr seid."
„So behandelt man aber keine Freunde!", beschwerte sich der mittlere der drei Halunken.
„Wenn ihr kein Entgegenkommen zeigt, können euch bei uns schlimme Dinge passieren. Hier verschwinden häufiger Menschen und tauchen nie wieder auf."
Der Kerl hatte breite Schultern und eine tiefgebräunte Haut. Seine kurzgeschorenen rabenschwarzen Haare standen wie die Stachel eines Igels von seinem Kopf ab. Sein Gesicht war mit Pockennarben übersät und seine Augen funkelten wie glühende Kohlen. Bei seinem Anblick lief ein Frösteln über Torbens Rücken.
Der kahlrasierte Kerl starrte sie unschlüssig an, ob er seinen Weg fortsetzen sollte. Doch so recht traute er dem Frieden nicht.
Sascha fletschte die Zähne.
„Wenn du weiter gehst, Lockenköpfchen, dann jage ich dir diesen gefiederten Bolzen mit größter Freude in die Brust. Und wenn du von der Wucht des Aufpralls herumgerissen wirst, verpasst dir einer meiner Freunde noch einen weiteren Bolzen in deinen fetten Arsch. Anschließend stoße ich dich mit einem Fußtritt ins Meer und kein

Mensch auf dieser Welt wird dir auch nur eine Träne nachweinen. Da bin ich mir ziemlich sicher."
Seine Stimme klang so fröhlich und beschwingt, als würde er mit einem Freund sprechen. Doch der Pirat erkannte die klirrende Härte darin und verharrte an Ort und Stelle.
„Ich muss nur mit den Fingern schnippen und ihr seid Fischfutter", entgegnete der Pockennarbige.
„Ein letztes Mal: Warum seid ihr hier? Ihr seht nicht aus, als wolltet ihr euch uns anschließen."
„Ihr haltet hier zwei Männer gefangen und wir sind hier, um sie auszulösen", rief Torben ihm zu.
Auf dem Gesicht des hageren Piraten erschien ein breites Grinsen.
„Warum sagt ihr das nicht gleich? Wir waren kurz davor, euch über die Klinge springen zu lassen. Aber in diesem Fall lassen wir euch eure Frechheiten noch einmal durchgehen. Schließlich bringt ihr uns gutes Geld. Da wollen wir mal nicht nachtragend sein."
Er wies einladend zu den ersten Hütten hinauf.
Torben nickte seinen Kameraden zu.
„Marco und Ranulf, ihr begleitet mich. Fisker, Sigurd, Tobias und Sascha – ihr sorgt dafür, dass keiner von diesen Kerlen einen Fuß an Bord unseres Schiffes setzt."
Während Marco und Ranulf zu ihm aufschlossen, nickten die übrigen ihm zu und legten die Armbrüste bereit. Sie wollten sich wenigstens wehren können, wenn es brenzlig wurde.
Don sah seinen Herrn mit schräggelegtem Kopf an. Dann erhob er sich lautlos und sprang mit einem gewaltigen Satz an Land. Gleich darauf lief er an Torbens Seite in die Stadt hinein.
Zwischen den Häusern erschien nun ein ganzer Trupp Piraten. Sie trugen leuchtende Hemden und hatten sich bunte Tücher als Gürtel um die Hüften gebunden. Es war ein wilder Haufen, der in jeder Stadt für Aufsehen gesorgt hätte. Brüllendes Gelächter drang zu ihnen herüber, als einer der drei Piraten ihnen zurief, weshalb sie hergekommen waren.
Aus der Menge löste sich ein großer Hund und sprang auf die Neuankömmlinge zu. Aufs äußerste erregt ging er sofort auf Don los und schnappte bösartig nach ihm. Dieser wich im letzten Moment aus, legte die Ohren an und beobachtete das aggressive Tier. Der Hund verharrte kurz und griff dann erneut an. Doch wieder hatte Don seinen Platz blitzschnell gewechselt und der Hund schnappte krachend ins Leere. Mit einem lauten Knurren wandte er sich dem Wolf zu.
„Astor! Komm her, du schwarze Bestie", donnerte der Pockennarbige den Hund an.

Dieser geiferte vor Kampfeslust. Am liebsten hätte er sich sofort auf den Eindringling gestürzt. Doch die Stimme seines Herrn hielt ihn zurück. Dieser packte den Hund und zog ihn ein Stück von Torben und seinen Freunden fort.
Die Piraten stießen enttäuschte Rufe aus. Sie hatten sich auf einen Kampf der beiden Tiere gefreut und sahen sich nun um ihr Vergnügen gebracht. Aus der Menge schälten sich nun zwei hochgewachsene Gestalten hervor. Als Torben sie erkannte, hielt er überrascht inne.
„So sieht man sich also wieder", begrüßte Heinrich von Basthorst die drei Männer.
„Kommt ruhig näher, hier geschieht euch nichts. Es überrascht ein wenig, dass ihr jetzt schon die Fahrt angetreten habt. Der Krieg gegen Dänemark ist doch noch nicht mal offiziell beendet, wie man so hört."
Torben hatte sich schnell wieder gefasst und starrte den Piraten entgegen.
„Bruno Warendorp hat uns für diese Fahrt freigestellt. Er erwartet unsere baldige Rückkehr. Ihr hattet mir ja freies Geleit zugesagt, wenn ich euch das Lösegeld bringe. Ich hoffe, ihr steht zu eurem Wort."
Heinrich und Martin tauschten ein vielsagendes Grinsen.
„Du wirst es dir nur schwer vorstellen können, aber auch wenn wir als Piraten außerhalb der Gesellschaft stehen, sind wir noch immer Männer von Ehre. Unser Wort gilt."
„Dann bringt mir meine Familie. Im Anschluss erhaltet ihr das Lösegeld."
Martin blickte sich um und nickte zwei Piraten zu, die gleich darauf hinter einigen Hütten verschwanden. Es dauerte nur wenige Minuten, bis sie zurückkehrten. Vor sich her trieben sie zwei elendige Gestalten mit gefesselten Händen. Torben starrte zu ihnen hinüber, doch es fiel ihm schwer, in diesen stolpernden, hilflos wirkenden Figuren seinen Vater und Werner zu erkennen. Doch dann hoben sie wie auf Kommando den Kopf. Ihre Gesichter wirkten verhärmt und abgezehrt. Ihre Körper kraftlos. Sie trugen ausgeblichene, zerschlissene Kleidung, die ihren schlechten Zustand kaum verhüllte. Als Torben ihre Verwahrlosung erkannte, schossen ihm die Tränen in die Augen. Unwillkürlich ballte er die Hände zu Fäusten.
„Männer von Ehre, sagt ihr? So behandelt man keine Menschen. Eines Tages werdet ihr für eure Taten zur Rechenschaft gezogen."
„Sie haben zu fliehen versucht. Nur darum mussten wir sie ein wenig härter anpacken. Aber dass sie noch am Leben sind, haben sie allein uns zu verdanken."
Torben war nicht in der Stimmung, dies als Geste der Versöhnung zu deuten. Er stürzte auf seinen Vater zu und legte sich dessen rechten

Arm um die Schulter. Marco sprang herbei und stützte Werner. Als sie sich ihrer Kogge bis auf wenige Schritte genähert hatten, wurde das Raunen hinter ihnen lauter.
„Warum lasst ihr diesem Kerl seine Frechheiten durchgehen? Warum legen wir sie nicht allesamt in Ketten und fordern für alle zusammen ein dreimal so hohes Lösegeld?“
Torben blickte über die Schulter zurück. Er hatte die Stimme des pockennarbigen Kerls herausgehört, der noch immer seine kampfbereite Töle am Hals umklammert hielt.
Martin und Heinrich wandten sich beschwörend an ihre Leute.
„Wir haben ihnen unser Wort gegeben. Dabei bleibt es. Wer sich gegen uns stellt, soll zum Schwert greifen.“
Torben hatte seinen Vater an Ranulf übergeben, der ihn die letzten Schritte zu ihrem Schiff führte. Mittlerweile trug er ihn mehr, als dass er selbst lief. Auch Werner wirkte apathisch und am Ende seiner Kräfte. Die beiden blinzelten hilflos in die Sonne und mussten sich erst wieder ans Tageslicht gewöhnen. Erst jetzt fiel Torben auf, wie bleich die beiden wirkten. Er musste diesen Eindruck erst verarbeiten und stand einen Moment hilflos herum. Als Marco und Ranulf seinen Vater und Werner an Bord brachten, reckten sich ihnen viele helfende Hände entgegen.
Plötzlich ertönte ein gewaltiges Knurren.
„Hol sie dir, Junge!“, schrie der Pockennarbige und gab sein gewaltiges Tier frei. Der Hund sprang sofort los und warf sich auf Don, der seinen Kontrahenten nicht aus den Augen gelassen hatte. Dieser bellte wild und seine Kiefer schlugen laut krachend aufeinander, als er zuschnappte. Doch dort, wo Don eben noch gestanden hatte, befand er sich nicht mehr. Mit einem wilden Sprung hatte er sich in die Höhe geschraubt und landete sicher hinter dem angreifenden Hund. Rasend vor Zorn machte dieser kehrt und warf sich Don erneut entgegen. Er wollte ihn zu Boden zwingen, damit es ihm ein Leichtes wäre, ihm die Kehle durchzubeißen.
Der Pockennarbige lachte laut und begeisterte sich am Anblick seines wildgewordenen Hundes, der niemals freiwillig von seinem Opfer ablassen würde.
„Pfeif diese Bestie zurück!“, schrie Torben wütend, der endlich aus seiner Starre erwacht war.
Der Pirat verzog den Mund zu einem höhnischen Grinsen.
„Dein Köter ist genauso feige wie sein Besitzer. Er sieht wie ein Wolf aus, aber er verhält sich wie ein Schoßhündchen.“
Feixend sah er zu, wie sein Hund erneut angriff. Doch Don bewegte sich blitzschnell und bot ihm kein festes Ziel. Noch immer zögerte

Don, sich zu wehren und beschränkte sich darauf, den Attacken leichtfüßig auszuweichen. Doch dann schnalzte Torben mit der Zunge, woraufhin Don sich seinem Gegner zuwandte. Er zeigte keinerlei Drohgebärden, während der Hund lauthals bellte und ihn mit einem heiseren Grollen unbarmherzig verfolgte.
Blitzschnell griff der Wolf jetzt an und biss ihm in die Schulter. Der Hund schnappte zurück, doch erneut stieß er ins Leere. Don warf sich herum und tauchte auf der anderen Seite wieder auf. Er stieß vor und zerfetzte ihm das Ohr. Der große Hund jaulte vor Schmerz. Seine Augen waren blutunterlaufen. Rasend vor Zorn griff er an, doch Don wich erneut spielerisch aus, fuhr ihm in die Flanke und brachte das große Tier aus dem Gleichgewicht. Dann schnappte er nach seiner Kehle und biss zu. Blut sprudelte hervor. Der Hund versuchte auf die Beine zu kommen, um erneut anzugreifen. Es war alles so schnell gegangen, dass er noch nicht begriffen hatte, dass er nie wieder kämpfen würde. Ein Raunen ging durch die Menge der Piraten. Einen solchen Kampf hatten sie noch nicht gesehen. Don stand mit blutverschmierter Schnauze neben seinem Gegner, der mit den Läufen um sich schlug, während sein Leben verrann. Dann starb er mit einem letzten Röcheln.
Torbens Freunde hatten den Kampf mit angehaltenem Atem verfolgt.
„Was ist da bitte gerade passiert?“, fragte Marco, der dem Geschehen kaum hatte folgen können.
„Don hat diesem Straßenköter gezeigt, dass seine Vorfahren Jäger waren“, erwiderte Tobias.
„Was bedeutet das?“, wollte Sigurd wissen.
„Don weiß instinktiv, dass er niemals den Halt verlieren darf. Er hat eine Wildheit in sich, die diesen Hunden fremd ist, da sie bereits seit Generationen den Menschen dienen. Sie kennen das gefährliche Leben in der freien Natur nicht, wo man um jeden Bissen Nahrung kämpfen muss. Don hat dieses Wissen mit der Muttermilch aufgesogen.“
Sascha und Marco konnten ihre Blicke nicht von Don lösen, der nun wie unbeteiligt dasaß und sich die blutige Schnauze leckte.
„Er hat nicht einmal geknurrt, als ihn der wesentlich größere Hund ansprang“, murmelte Marco nachdenklich.
Tobias nickte.
„Hunde bellen viel und drohen normalerweise lange, bevor sie sich entschließen anzugreifen. Sie knurren unentwegt, ihr Fell sträubt sich und ihr Gang wird steif. Don hingegen kann sich das nicht leisten, seine Gegner lange zu warnen. Er ist viel jünger und kleiner, deshalb greift er überraschend an und zieht sich sofort wieder zurück. Auch die Köter in Kopenhagen haben es ihm anfangs nicht leichtgemacht.

Aber schon nach wenigen Tagen gingen sie ihm lieber aus dem Weg."
Er nestelte an seinen zerfallenen Schuhen, von denen sich schon wieder die Sohlen lösten, war in Gedanken aber noch bei dem jungen Wolf.
„Alle Achtung", murmelte Tobias abschließend. „Noch nie habe ich ein Tier so kämpfen sehen. Der Wolf wird mal gefährlich, wenn er erst richtig ausgewachsen ist."
„Nicht für uns", schmunzelte Sascha.
Dann verging ihm das Grinsen, denn der Besitzer des Hundes, der eine Weile bei seinem toten Tier gekniet hatte, lief mit zornrotem Gesicht auf Torben zu.
„Du hast meinen Hund gemeuchelt. Das wirst du mit deinem Blut bezahlen, du feiges Schwein!"
Martins Gesicht verfinsterte sich.
„Er kam aus freien Stücken hierher, um über die Freilassung seiner Familie zu verhandeln. Was kann er dafür, wenn du deine Töle nicht im Griff hast? Lass den Mann in Ruhe. Er beweist eine Menge Mut, indem er sich hierher begeben hat."
Der Pockennarbige fuhr sich durch sein stacheliges Haar und spuckte verächtlich zu Boden.
„Er ist ein Kaufmann. Da gibt es noch mehr Geld zu holen. Ich sage, wir werfen ihn in den Keller. Und zwar mitsamt seiner Familie. Dann sind sie endlich wieder vereint."
Etliche Piraten lachten zu diesen Worten. Doch einige wenige schüttelten ablehnend den Kopf. Immer mehr Männer strömten herbei, denn Ärger lag in der Luft. Das versprach eine willkommene Abwechslung vom Alltag, die sie sich nicht entgehen lassen wollten.
Der Pockennarbige stemmte die kräftigen Arme in die Hüften und starrte Torben hasserfüllt an.
„Seht ihn euch an, diesen piekfeinen Herrn! Er trägt ein kostbares Schwert mit sich herum. Ich wette, damit kann er genauso wenig umgehen wie sein Vater und sein Bruder."
Er vollführte einige hilflose Bewegungen und stocherte wild in der Luft herum, als würde er ein schweres Schwert halten. Die meisten seiner Kumpane lachten. Viele von ihnen waren bei dem Überfall dabei gewesen und hatten die hilflosen Bemühungen der Verteidiger noch gut in Erinnerung. Diese wilden Männer waren stolz auf ihre Kühnheit und Waffengewandtheit. Nichts verabscheuten sie mehr als die Schwäche ihrer Opfer.
Der grobschlächtige Mann mit dem borstigen Haar sah sich triumphierend um und fühlte sich von den Reaktionen der Menge bestätigt.

„Für seine Familie mag er vielleicht bezahlen. Aber für den Tod meines Hundes muss er ebenfalls löhnen. Ich sage euch, das wird teuer. Ich hing nämlich an meinem guten Astor. Daher verlange ich für ihn noch einmal sechshundert Mark!", schrie er in die Runde. „Wenn er allerdings nicht zahlen will oder kann, soll er in einem Zweikampf seinen Mann stehen. Das schuldet er mir!"
Der Jubel seiner Kameraden wurde immer lauter. Das war genau in ihrem Sinne. Nun blickten die Männer auf Torben, der nachdrücklich den Kopf schüttelte.
„Dein Hund hat seine gerechte Strafe bekommen. Dafür siehst du von mir keinen Schilling."
Erneut brach unter den Männern wildes Gejohle aus.
„Sie sollen kämpfen!", schrien die ersten. „Lasst das Schwert entscheiden!"
Martin und Heinrich tauschten einen Blick aus. Sie konnten diesen vorlauten Kerl nicht ausstehen, doch er hatte eine Menge Freunde in ihren Reihen. Die Situation konnte ihnen schnell entgleiten. Sie wären nicht die ersten Piratenkapitäne, die von einer unzufriedenen Mannschaft davongejagt würden.
Martin winkte Torben näher zu sich heran.
„Üble Lage, in die du dich da manövriert hast. Wir wollen dir helfen, aber in dieser aufgeheizten Stimmung kann alles passieren. Dieser Kerl dort war früher Henker im Dienst des holsteinischen Grafen. Doch der Graf zahlte nie genug, als dass es für seine ständigen Spielschulden gereicht hätte. Sonderlich angesehen war sein Beruf auch nie. Da hat sich dieser Hundsfott gedacht, für seine Fähigkeiten müsste es doch noch weitere Verwendungen geben. Und jetzt sieh ihn dir an! Hier bei uns kann er seine finsteren Neigungen ausleben. Die meisten gehen ihm lieber aus dem Weg, weil er immer Ärger sucht. Aber das sind alles keine Unschuldslämmer. Dieser Kerl hat eine Menge auf dem Kerbholz, für das er gehängt gehört. Außerdem liebt er es, mit seinen Opfern zu spielen. Dabei ist er hitzköpfig, grausam und stark wie ein Ochse. Ich wäre nicht traurig, wenn er diesen Kampf nicht überleben würde."
Er blickte Torben skeptisch an. Dann zeigte er auf das Schwert an seiner Seite.
„Kannst du damit umgehen?"
Torben umfasste das Heft des Schwertes und zögerte einen winzigen Augenblick. Doch dann nickte er entschlossen.
Heinrich verzog die Mundwinkel und Martin seufzte leise.
„Also gut. Soll das Schwert entscheiden. Egal wie der Kampf endet, der Sieger bleibt ungeschoren. Dies ist allein eine Sache zwischen euch

beiden. Habt ihr das alle verstanden?"
Lauter Jubel zeigte ihm, dass die Meute dem Kampf entgegenfieberte. Mittlerweile hatten sich mehr als zweihundert Piraten um sie herum versammelt und noch immer drängten weitere heran.
Torben strich Don über den Kopf. Dann legte er seinen Umhang ab. Bedächtig zog er sein Schwert aus der Scheide und ließ den Gürtel zu Boden fallen. Der stiernackige Pirat hatte seine Waffe ebenfalls gezückt und küsste die breite Klinge. Die Vorfreude aufs Blutvergießen ließ sein Gesicht zu einer grinsenden Fratze werden.
„Gleich wird sie dein Blut trinken, Jüngelchen. Im Anschluss stirbt deine Familie. Du hättest nie herkommen sollen."
Torben schwieg. Bis zum letzten Moment hatte er gehofft, glimpflich aus dieser Situation herauszukommen. In seinen durchgrübelten Nächten auf der Fahrt nach Gotland hatte er sich viele Schrecken ausgemalt, die dort auf ihn lauern könnten. Doch dass es zu einem Duell kommen würde, wäre ihm nicht mal im Traum eingefallen.
Er hatte gehofft, er würde das Geld bezahlen und seine Familie zurückbekommen. Ein ganz normales Geschäft, nur dass es um Menschen ging und nicht um leblose Waren.
Eine Menge Gedanken schossen gleichzeitig durch seinen Kopf. Niemals hatte er einen Menschen töten wollen. Doch in dem Tunnel, der sie in die dänische Festung in Kopenhagen geführt hatte, hatte er einem jungen Dänen das Leben genommen. Das tat ihm noch heute leid. Oft hatte er in den darauffolgenden Nächten das Gesicht dieses jungen Kerls vor Augen gehabt. Der zweite Mann, den er mit eigener Hand getötet hatte, war einer der Auftragsmörder gewesen, die ihn aus dem Weg schaffen sollten. Diesem Kerl hatte er keine Träne nachgeweint. Sein Tod hatte ihn nicht sonderlich belastet. Sollte er das Glück haben, aus diesem Zweikampf als Sieger hervorzugehen, würde er seinen Gegner vergessen haben, noch bevor er das Schiff wieder betreten hatte!
Misstrauisch musterte er den massigen Kerl. Dieser verfügte über eine Menge roher, ungebändigter Kraft. Wahrscheinlich konnte er einen Ochsen mit einem einzigen Fausthieb zu Boden schicken. Wenn Torben nur ein einziger Schwerthieb traf, war es um ihn geschehen. Selbst wenn er einen Schild zu seinem Schutz gehabt hätte, würde dieser Kerl es sicherlich mühelos spalten. Aber ob sein Gegner auch schnell war? Torben bezweifelte es. Die Beine des Piraten wirkten wie Säulen, die fest in der Erde verankert waren. Seine riesigen Pranken umklammerten das wuchtige Schwert und ließen es mit furchteinflößender Leichtigkeit durch die Luft sausen. Noch immer wirkte er wütend und sehr von sich überzeugt. Er schien es kaum

erwarten zu können, dass der Kampf endlich begann.
Torben erinnerte sich an eine Lektion, die ihm Frank, sein Ausbilder der Lübecker Stadtwache, nach einem ihrer vielen Übungskämpfe mitgegeben hatte. Ihm war, als könnte er wieder dessen dunkle, knarrende Stimme hören.
„Wer rasend vor Zorn in einen Kampf geht, hört auf, seinen Kopf zu benutzen. Und wer aufhört zu denken, wird den Kampfplatz nicht lebend verlassen. Schlimmer ist nur noch Überheblichkeit. Egal wie gut du mit dem Schwert umgehen kannst, unterschätze niemals deinen Gegner. Die Friedhöfe sind voll von jungen Männern, die sich für unbesiegbar gehalten haben."
Torben fasste neuen Mut und atmete kräftig durch. Es gab keinen Ausweg. Jetzt würde er sich auf seine Fähigkeiten verlassen müssen. Es war die einzige Möglichkeit, dieses Piratennest lebend zu verlassen. Als er sich seinem Gegner näherte, breitete sich eine einzige große Leere in seinem Kopf aus. Statt sich noch weiter verrückt zu machen, wandte er sich mit unbewegtem Gesicht dem Kontrahenten zu.
Dieser reckte sich zu seiner vollen Größe und stieß ein Brüllen aus. Gleich darauf stampfte er mit großen Schritten heran. Unaufhaltsam, wie der Bug einer riesigen Kogge.
Torben versuchte sich davon nicht einschüchtern zu lassen. Als das Schwert seines Gegners auf ihn zuraste, sprang er zur Seite und entging dem tödlichen Hieb. Sofort schwenkte der Pirat das Schwert in seine Richtung. Auch in diesem Schlag steckte enorme Kraft. Torben streckte ihm die Klinge entgegen. Der Aufprall erschütterte ihn, so dass sein rechter Arm bis hoch in seine Schulter schmerzte. Funkensprühend fuhren die Schwerter auseinander. Der Kerl setzte sofort mit einem Schlaghagel nach, den Torben nur mit Glück überlebte. Ein schneller Hieb traf seine Brust und zerfetzte sein Wams.
Die wilden Anfeuerungsrufe der Piraten, die lauthals Torbens Blut forderten, hallten in seinen Ohren.
Sein Gegner hatte das Gesicht zu einer siegessicheren Grimasse verzogen und setzte sofort nach.
Torben atmete schwer. Seine Brust schmerzte von dem Schlag, den er hatte hinnehmen müssen. Er war sich bewusst, dass er sich auf keinen offenen Schlagabtausch mehr einlassen durfte. Da er den Kampf auf diese Weise nicht gewinnen konnte, würde er sich auf seine Schnelligkeit verlassen. Als der Pockennarbige erneut wutschnaubend auf ihn einhieb, wich er leichtfüßig aus, drehte sich um seine Achse und bohrte ihm sein langes Schwert von der Seite tief in den ungeschützten Hals. Es war einer dieser Angriffe, die ihm durch seine

regelmäßigen Übungen längst in Fleisch und Blut übergegangen waren. Wieder und wieder hatte er den Ablauf verinnerlicht, so dass er sich den Schlag fast mit verbundenen Augen zugetraut hätte.
Abrupt brach der Jubel der Piraten ab, die in einem großen Halbkreis um sie herumstanden. Sie waren fassungslos. Schweigend sahen sie mit an, wie ihr Kumpan sein Schwert fallen ließ und die Hände um seine aufgeschlitzte Kehle legte, als könnte er so das herausströmende Blut zurückhalten. Er versuchte etwas zu sagen, doch nur das Blut gurgelte in seinem Rachen. Dann brach er schwer in die Knie und fiel mit voller Wucht auf sein Gesicht.
Torben stellte schwer atmend das Schwert neben sich ab, obwohl der Kampf kaum länger als zwei Minuten gedauert hatte. Angestrengt hob er die linke Hand und gab Sascha und Sigurd ein Zeichen.
„Das Geld!“, krächzte er.
Seine Kehle fühlte sich wie ausgedörrt an. Als wäre er stundenlang durch eine karge sonnendurchflutete Landschaft gelaufen. Am liebsten hätte er einen ganzen Krug Wasser getrunken. Seine beiden Freunde kamen wieder an Land, dicht gefolgt von Marco. Jeder von ihnen trug zwei Lederbeutel, die prall gefüllt waren. Sie legten ihre Bündel vor Torben ab, der zu Martin und Heinrich hinübersah.
Die beiden musterten ihn wohlwollend. Erstmals glaubte er Anerkennung in ihren Blicken zu lesen.
Sie deuteten eine Verbeugung an.
„Gute Reise!“, gaben sie ihm mit auf den Weg.
Torben blinzelte irritiert. „Wollt ihr nicht nachzählen?“
„Das mag sich in deinen Ohren merkwürdig anhören, aber wir vertrauen dir.“
Torben runzelte die Stirn. Diese beiden Anführer überraschten ihn immer wieder. Irgendwie konnte er sie noch nicht so recht einordnen. Er beschloss einen Vorstoß zu wagen.
„Was ist mit den Waren, die mein Vater an Bord hatte?“
Die beiden Piratenanführer grinsten gutgelaunt.
„Die haben wir letzten Sommer in Rostock auf dem Markt verkauft und einen anständigen Preis dafür erzielt. Es war unsere Beute, nimm es also nicht persönlich.“
Torben zuckte die Schultern und wandte sich ab. Einen Versuch war es wert gewesen. Nun war nur noch wichtig, endlich von hier wegzukommen. Mit dem blutigen Schwert in der Hand lief er zu seiner Kogge hinüber. Seine Beine zitterten so sehr, dass er fürchtete, das Gleichgewicht zu verlieren. Doch Sascha hatte sein Straucheln bemerkt und stützte ihn. Dann war er endlich wieder an Bord und seine Freunde rissen ihn in ihre Arme.

„Gut gemacht!“, rief Sascha mit großer Erleichterung in der Stimme. Er klopfte ihm kräftig auf den Rücken und nahm ihm das Schwert ab. Während er es mit einem Stofffetzen reinigte, drückten Torben auch die anderen so fest an sich, als wäre er gerade von den Toten auferstanden. Schließlich hatte er genug davon.
„Bring uns hier weg so schnell du kannst, Marco!“
Dieser nickte knapp.
„Verlass dich darauf!“
Unter den Augen der Piratentruppe lösten sie die Taue und legten ab. Gemächlich entfernten sie sich von der Pier, während die Parteien einander nicht aus den Augen ließen. Erst jetzt wurde Torben bewusst, was für ein riskantes Spiel er hier gewagt hatte. Als sie den Hafen verließen, kamen sie an vier gutausgerüsteten Koggen vorbei, die den Vergleich mit der ihren nicht zu scheuen brauchten. Doch außerdem lagen dort eine Menge Boote, die kaum mehr als bessere Fischerboote waren. Vor denen hatten sie mit ihrer Kogge wenig zu befürchten. Denn Angreifer würden bei einem Überfall auf See erst einmal anlegen und den Höhenunterschied überwinden müssen. Trotzdem betete er darum, diesen Horden niemals zu begegnen. Allmählich fiel die Anspannung von ihm ab und Erschöpfung machte sich breit. Plötzlich wollten ihn seine Beine nicht mehr tragen und er sackte auf den Planken zusammen.
„Trink einen Schluck!“, rief Tobias und reichte ihm einen Becher Wasser. Dankbar griff Torben zu und ließ sich das kühle Nass durch die Kehle laufen.
Dann stemmte er sich in die Höhe und lief zu seiner Familie hinüber, die auf einigen Tauen und Kisten am Heck der Kogge saß. Werner und sein Vater hatten den Blick zu Boden gerichtet und wirkten vollkommen ausgelaugt.
Tobias drückte beiden eine Holzschale mit Haferbrei in die Hände und legte ein Stück Brot dazu. Außerdem stellte er ihnen je einen Becher mit verdünntem Bier hin. Die beiden machten sich ausgehungert über das Essen her. Als ihre Schüsseln leer waren, lehnten sie sich aufatmend zurück.
„Diesen Fraß, den sie uns vorgesetzt haben, konnte man kaum essen“, murmelte Werner. „Die Schweine haben besseres Zeug bekommen als wir.“
Er blinzelte zu Boden. Noch immer hatten sich seine Augen nicht an die Helligkeit gewöhnt.
„Das liegt nun hinter euch“, beruhigte Torben sie und ergriff die Hand seines Vaters.
Dieser wich zurück.

„Alles, was ich jemals besaß, gehört jetzt dem alten Torgensen", stieß er heftig hervor. „Der schlitzohrige Bastard hat ein gutes Geschäft gemacht, will mir scheinen."
Torben blickte ihm offen in die Augen.
„Es war kein Zufall, dass eure Kogge überfallen wurde."
Siegfried Voigtherr riss die Augen auf und starrte ihn an.
„Was redest du da?"
Torben erkannte, wie alt sein Vater geworden war. In der Gefangenschaft hatte er viel Gewicht verloren. Auch wenn die Gefangenen sich hatten waschen dürfen, um für die Übergabe einigermaßen vorzeigbar zu sein, fiel ihm das graue, stumpfe Haar seines Vaters auf, das in Büscheln von seinem Schädel abstand.
„Der Lübecker Kaufmann Ralf Huntenberg hat sich gegen uns verschworen. Er war es, der diese Piraten angeheuert hat, euch aus dem Weg zu schaffen. Dann wollte er sich mit Torgensen unser Haus und das Lager am Hafen unter den Nagel reißen."
„Dieser schwindsüchtige Arsch!", schrie Werner hasserfüllt.
Siegfried runzelte die Stirn.
„Jetzt wird mir so einiges klar. Wer hätte das gedacht? Sein Vater war ein ehrbarer Kaufmann, aber der Junge taugt nichts. Das kommt in den besten Familien vor."
Er blickte Torben mit strengem Blick an.
„Und was hat dich so lange aufgehalten? Warum hast du nicht den Rat der Stadt unterrichtet und bist uns zu Hilfe gekommen? Es müssen anderthalb Jahre gewesen sein, die wir hilflos in diesem Rattenloch saßen. Dort gab es nur eine kleine Luke, durch die das Licht fiel. Beinahe hätten wir den Verstand verloren."
Torben blickte ihn erschrocken an. Er hatte ein wenig Dankbarkeit erwartet, keine Vorwürfe. Einen Moment lang verschlug es ihm tatsächlich die Sprache.
Also fuhr sein Vater unwirsch weiter fort.
„Darüber reden wir später, wenn wir allein sind. Jetzt ist nur wichtig, dass wir schnellstmöglich Lübeck erreichen. Ich will meinen Besitz zurück. Und dieser Ralf Huntenberg soll mich kennenlernen."
Er schüttelte seine dürre Faust, bevor er entkräftet zurücksank.
Torben blieb still. Seine Gedanken rasten. Eigentlich sollte er sich freuen, dass es ihm geglückt war, seine Familie den Klauen der Piraten zu entreißen. Was für Entbehrungen und wieviel Kraft hatte es ihn gekostet, so weit zu kommen. Als er jetzt diese beiden Männer vor sich sitzen sah, kamen sie ihm wie Fremde vor.
„Legt euch in die Kajüte, um zu schlafen. Dort könnt ihr zu Kräften kommen", war alles, was er erwiderte.

Die beiden verhärmten Gestalten erhoben sich ächzend und verschwanden ohne ein weiteres Wort in der kleinen Kammer unter dem Kastell. Eine Weile sahen sich die Männer um Torben herum schweigend an. Dann zwinkerte Sascha ihm aufmunternd zu.
„Mach dir nichts daraus. Wenn sie erst wieder zu sich gefunden haben, werden sie schon erkennen, wem sie ihre Rettung zu verdanken haben.“
Torben winkte ab.
„Mir würde schon reichen, wenn sie mir keine Vorwürfe machten. Allmählich bin ich zu alt dafür, um ihre Launen zu ertragen.“
Eine Zeitlang wussten sie nichts zu sagen und ließen sich den Fahrtwind ins Gesicht wehen.
„Was sind eigentlich unsere nächsten Pläne?“, lenkte Marco ihre Gedanken schließlich in die Zukunft.
„Ausschlafen“, meldete sich Sascha zu Wort.
„Ich weiß ja nicht wie es euch geht, aber mir ist dieser Haufen Halsabschneider ziemlich auf den Magen geschlagen. Ich bin heilfroh, dass wir da raus sind und glücklich über jede Seemeile, die zwischen uns und diesen Gesetzlosen liegt.“
Torben steckte sich ein Stück Brot in den Mund und kaute sorgfältig. Dann blickte er zu seinen Freunden.
„Es wird Zeit, dass wir wieder nach Hause kommen und unserem normalen Leben nachgehen. Ich möchte endlich als Kaufmann arbeiten und mir meinen Lebensunterhalt verdienen. Ideen habe ich genug. Ob sie allerdings etwas taugen, wird sich zeigen.“
Sigurd nickte kräftig.
„So sehe ich das auch. Meine Schuld gegenüber meiner Heimatstadt ist getilgt. Nun wird es Zeit, dass ich mich um Dinge kümmere, die mir am Herzen liegen.“
„Deinen Vater kenne ich nicht, Sigurd“, hob Tobias an. „Aber Torbens Vater kann ein richtiger Dickschädel sein. Ich glaube nicht, Torben, dass dein Vater begeistert sein wird, wenn er von deinen eigenen Plänen erfährt. Bisher hat er euer Handelshaus doch immer mit harter Hand geführt und nie auf die Ideen seiner Söhne gehört. Darüber hast du dich in der Vergangenheit immer wieder beklagt.“
Torben nickte schwermütig.
„Aber ich werde bald zwanzig Jahre alt, da möchte ich mein Leben selbst in die Hand nehmen. Wie soll ich Erfahrungen sammeln, wenn mein Vater mich ständig bevormundet? Das werden bestimmt noch hitzige Auseinandersetzungen. Aber alles zu seiner Zeit.“
Er tauschte einen festen Blick mit Sigurd. Auch ohne dass sie bisher konkrete Pläne gemacht hatten, war klar, dass ihre Lebenswege

miteinander verbunden bleiben würden.
Die nächsten Stunden kamen sie bei kräftigem Wind gut voran. Die schaumbedeckten Wellen rollten unermüdlich heran und wurden vom Bug durchschnitten. Gegen Abend gab es frischen Fisch mit Kohl und wenig später begaben sich die Männer unter ihren Decken zur Ruhe.
Die Rückfahrt nach Lübeck dauerte noch vier weitere Tage. Unterwegs begegneten ihnen zwei Koggen aus Wismar, die Nachschub nach Kopenhagen brachten, um die Truppen Warendorps zu unterstützen.
Siegfried und Werner besahen sich die Schiffe mit leuchtenden Augen. Es war das erste Mal seit langer Zeit, dass sie Gelegenheit bekamen, eine ihrer geliebten Koggen an sich vorbeisegeln zu sehen. Mittlerweile hatten die beiden sich von den gröbsten Strapazen erholt. Sie wirkten ausgeschlafen und hatten jeder für zwei gegessen. Man hatte ihnen die Haare geschnitten und Gelegenheit gegeben, sich zu rasieren. Selbst an neue Kleidung hatte Torben gedacht. All dies trug dazu bei, dass die Schrecken der Vergangenheit allmählich in den Hintergrund traten.
Nur in ihren Augen konnte Torben erkennen, dass sie noch nicht wieder die Alten waren. Manchmal, wenn das Segel unter starkem Wind umherpeitschte und laut knallte, zuckten sie zusammen und sahen sich schreckhaft um.
„Sobald die Geschäfte wieder in Schwung gekommen sind, brauchen wir eine eigene Kogge“, brummte Siegfried sehnsüchtig, während er den beiden Schiffen hinterher sah.
Werners Blick blieb an Sascha hängen.
„Du da, du bist doch Bootsbauer, oder?“
Sascha nickte bedächtig. „In der kleinen Werft, kaum dreihundert Schritte vom Hafen entfernt.“
Werners Blick wurde stechend.
„Vielleicht kannst du uns ja helfen, wenn wir eine neue Kogge in Auftrag geben. So ein Schiff kostet doch ungefähr sechshundert Mark, habe ich gehört.“
„Wenn der Kunde, meist ein Adliger oder ein Hansekaufmann, keine Sonderwünsche hat, kommt der Preis in der Regel hin“, entgegnete Sascha.
„Vielleicht kannst du uns ja entgegenkommen?“
Sascha schüttelte den Kopf.
„Ich bin nur ein einfacher Bootsbauer. Mir gehört diese Werft nicht. Und der Besitzer ist ein harter Hund, der nicht mit sich feilschen lässt. Dazu hat er auch keinen Grund, schließlich laufen die Geschäfte gut. Alle Welt gibt neue Koggen in Auftrag. Der Handel blüht. Gerade

jetzt, wo es den Anschein hat, als wäre die dänische Gefahr endlich gebannt."
Werner verzog schnaubend das Gesicht und wandte sich ab.
Torben ärgerte sich über seinen Bruder. Diese Männer hatten so viel für ihn riskiert und selbst jetzt hielt er es nicht für nötig, sich ihre Namen zu merken. Stattdessen war er nur auf seinen Vorteil bedacht.
Torben stieß die Luft aus und wandte sich Don zu. Dieser hatte den Kopf hochgereckt und schien Gefallen an der frischen Brise gefunden zu haben, die ihm sanft durch das Fell fuhr. Als er Torben mit seinen dunklen Augen ansah, kam es ihm so vor, als wüsste der Wolf, wie es um seine Gefühle stand.
Nachdem sie endlich in die Trave eingebogen waren und das letzte Teilstück ihrer Reise vor ihnen lag, winkte Siegfried Torben zu sich herüber.
„Sobald wir im Hafen festgemacht haben, gehen wir zum Rathaus. Ich will, dass man diesen Ralf Huntenberg und seine Bande von Helfershelfern auf der Stelle unschädlich macht. Diesmal wird es keiner der Ratsherren wagen, unserer Familie seine Hilfe zu verweigern, das sage ich dir!"
Werner bekundete sofort seine Zustimmung.
„Zwei Punkte sollten wir dabei bedenken", warf Torben ein, was ihm einen unwilligen Blick seines Vaters einbrachte. Dieser hatte es nicht gern, wenn man ihn in seinen Ausführungen unterbrach.
„Dieser Huntenberg mag der Auftraggeber sein. Aber viel gefährlicher ist dieser Kerl, der mir nun schon zweimal nach dem Leben getrachtet hat. Wäre es ihm geglückt, würdet ihr noch immer in Gefangenschaft weilen. Es ist nicht auszuschließen, dass dieser Mann sein Ziel noch vor Augen hat."
„Ach was!" Siegfried Voigtherr machte eine wegwerfende Handbewegung. „Hör auf, den Teufel an die Wand zu malen. Wenn der Auftraggeber seine gerechte Strafe erhält, wird sein Handlanger die Segel streichen. Schließlich bekommt er dann kein Geld mehr und sucht sich lukrativere Tätigkeiten."
Torben wollte es gern glauben, hatte aber ernste Zweifel.
„Was ist mit dem alten Torgensen?", warf er einen neuen Gedanken ein. „Der war am Komplott beteiligt. Auch er muss bestraft werden."
Siegfried musterte seinen jüngeren Sohn nachdenklich. Sie hatten sich eineinhalb Jahre lang nicht mehr gesehen. Diese Zeit hatte nicht nur die Männer in Gefangenschaft verändert. Torben wirkte härter, zielstrebiger, irgendwie zupackender als zuvor. Es war noch nicht lange her, da hatte er sich ziellos die Nächte um die Ohren geschlagen und jede Menge Flausen im Kopf gehabt. Er hatte ihnen knapp

geschildert, was er in dieser Zeit alles unternommen hatte, um sie zu befreien. Siegfried hatte dazu nur ein einsilbiges Brummen von sich gegeben. Es fiel ihm schwer, Lob zu äußern und Gefühle zu zeigen. Außerdem tobte in ihm die Wut über die verlorene Zeit in Gefangenschaft. Das machte es ihm schwer, über seinen Schatten zu springen und zu sich zu finden.
Jetzt atmete er tief durch und richtete sich mühsam auf. Zwar tat ihm die frische Luft gut, schließlich war die feuchte Kellerluft Gift für ihn gewesen. Doch gleichzeitig schmerzte sein Rücken und so verzog er gepeinigt das Gesicht.
„Den alten Torgensen lass meine Sorge sein. Ich kenne ihn schon lange und weiß genau, wie ich ihn zu nehmen habe. Vielleicht kann ich seine Verstrickung für unsere Zwecke nutzen."
Torben blickte ihn verwundert an, doch sein Vater hob gebieterisch die Hand.
„Ich will nichts dazu hören. Ihr beide wisst, worauf es ankommt, sobald wir in den Hafen einlaufen."
Den Abend verbrachten Siegfried und Werner abseits von den restlichen Männern der Bootsbesatzung. Torben war es lieber so, denn in ihrer Gesellschaft fühlte er sich irgendwie angespannt.
„Dann begebt ihr euch als erstes zum Rathaus, sobald wir an Land gehen?", fragte Sigurd seinen Freund, während sie mit einem Becher Bier in der Hand beisammensaßen und aufs Wasser starrten.
Torben nickte.
„Mit dieser ungeheuerlichen Anklage dürfen wir keinen Moment länger warten. Wann gab es das schon mal, dass ein Hansekaufmann einem anderen offen nach dem Leben trachtet? Vielleicht versucht er ja zu fliehen, wenn er Wind von unserer Rückkehr bekommt? Außerdem will ich nicht wieder zur Zielscheibe für diesen Jagehorn werden. Es wird Zeit, dass wir es öffentlich machen und endlich die Unterstützung des Rats bekommen."
Sigurd zog die Stirn kraus.
„Ich wünsche euch viel Glück dabei. Hoffentlich könnt ihr dieses Kapitel bald abschließen. Ich für meinen Teil will endlich nach Hause kommen. Jetzt haben wir Ende März und das gute Wetter hält sich. Da sollte es ein Leichtes für mich sein, eine Kogge zu finden, die gen Osten unterwegs ist."
Sie blickten einander fest in die Augen.
„Es bleibt dabei, wie wir es besprochen haben, Torben. Schon im Sommer kehre ich zurück. Dann werden wir sehen, was das Schicksal noch alles für uns bereithält."
Torben nickte kräftig. „Ich kann es kaum erwarten, mein Freund."

Er zögerte kurz. „Allerdings habe ich noch eine Bitte."
„Heraus damit", forderte Sigurd ihn auf.
„Ich würde dir gern die Kiste mit den Schwertern und den vier Kettenhemden mitgeben. Außerdem auch das Geld, das ich dem Bojaren noch für die zweite Ladung Felle schulde, die ich bei ihm in Auftrag gegeben habe. Dabei handelt es sich um einhundertfünfzig Mark lübisch. Eine stattliche Summe."
Sigurd pfiff anerkennend durch die Zähne.
„Bist du dir so sicher, dass der Bojar die Lieferung tatsächlich schon auf den Weg gebracht hat? Du warst nicht in Lübeck und kannst das nicht wissen", gab er zu bedenken.
Torben nickte selbstsicher, auch wenn er sich die Frage in einem schwachen Moment auch schon mal gestellt hatte. Dennoch antwortete er:
„Kein Zweifel. Ich vertraue ihm. Und wenn ich ihm die Waffen und das Geld zukommen lasse, habe ich auch mein Wort gehalten, wie es sich für einen Kaufmann der Hanse gehört."
Sigurd bedachte ihn mit einem nachdenklichen Blick.
„Ist dir eigentlich klar, wie wertvoll die Dinge sind, die du dem Bojaren da schickst? Meine Heimatstadt Elbing befindet sich im Gebiet des Deutschen Ordens. Mehr als einmal habe ich mit dessen Verwaltern zu tun gehabt, die sich mit diesen Dingen gut auskennen. Die Schwerter sind in einem hervorragenden Zustand. Ich schätze, du würdest für jede Waffe mindestens sieben oder acht Rinder bekommen. Und die kleine Dreingabe der vier Kettenhemden ist wahrlich auch nicht zu verachten. Ein gutes Kettenhemd entspricht dem Wert eines Dutzend Ochsen oder dem Jahreseinkommen eines wohlhabenden Dorfes. Da sind allein die vier Kettenhemden ein Vermögen wert!"
Bei diesen Worten rollte er vielsagend mit den Augen.
„Ich erinnere mich noch gut daran, dass diese Verwalter oft darüber geklagt haben, wie pflegeintensiv diese Waffen und Ausrüstungen sind. In feuchter Umgebung rosten sie rasend schnell. Um ein Kettenhemd von Schmutz und Rost zu befreien, legt man es am besten in ein mit Kleie und Sand gefülltes Fass und rollt es darin hin und her. Anschließend ölt man es sorgfältig ein. Sonst verliert es seine Geschmeidigkeit und zerfällt nach und nach."
Er bemerkte, dass Torben ihm zwar zuhörte, aber noch immer auf die Antwort auf seine Frage wartete.
„Natürlich helfe ich dir. Ehrensache! Bis nach Elbing werde ich förmlich auf der Kiste sitzen. Und ab da übergebe ich die Fracht einem vertrauenswürdigen Hansekaufmann. Es wird ihm dabei helfen,

in Nowgorod Fuß zu fassen. Verlass dich auf mich!“
Torben dankte ihm erleichtert.
Sigurds Blick blieb an einem kleinen Stein hängen, den Torben zwischen den Fingern drehte.
„Sehe ich da ein Stück Bernstein?“, fragte er lächelnd.
Torben schmunzelte ertappt.
„Du warst es doch, der mich auf die Idee gebracht hat. Ich glaube weniger an irgendwelche Heilkräfte. Aber als Zeichen für unsere gemeinsamen Pläne ist mir dieser Stein sehr willkommen.“
Sigurd nickte stolz.
„Gefällt mir! Sehr sogar.“
Er sah sich um.
„Wie geht es für euch weiter?“, fragte er dann in die Runde.
Ranulf blickte Fisker an und räusperte sich.
„Schätze, wir werden uns erst einmal die Schankstuben Lübecks ansehen. Wir wollen uns die Bäuche vollschlagen, ausschlafen und vor Langeweile beinahe umkommen. Erst dann werden wir uns mal umsehen, ob es jemanden gibt, der sich unsere Dienste leisten kann.“
Er schmunzelte selbstsicher.
„Für unsereinen gibt es nach dem strengen Winter immer etwas zu tun. Kaufleute gehen auf Reisen und brauchen Schutz. In einigen Städten gab es Aufstände der Handwerker, die für mehr Rechte stritten. Da wird es eine Menge Adlige geben, die um ihr Leben fürchten und bereit sind, für eine Eskorte zu zahlen. Und wenn alles nichts hilft, gibt es ja auch noch die Osmanen, die immer weiter in Richtung Donau und Ungarn vordringen. Der ungarische König zahlt in Gold für jeden christlichen Streiter, der sein Heer verstärkt. Aber das hat noch Zeit“, wiegelte er ab. „Bis dahin lassen wir es ruhig angehen. Leisten können wir uns das ja jetzt erst einmal.“
Torben blickte die beiden dankbar an.
„Lübeck ist ein guter Ort, um zur Ruhe zu kommen, wenn man genug Münzen in der Tasche hat. Aber verlasst die Stadt nicht zu früh. Vielleicht kommen Sigurd und ich noch auf euch zu, wenn wir zum Aufbruch bereit sind. Gute Kameraden, auf die man sich jederzeit verlassen kann, sind rar gesät.“
Ranulf nickte ernst.
„Das wäre ganz nach unserem Geschmack. Denn nicht immer können wir uns unsere Auftraggeber aussuchen. Oft sind echte Mistkerle darunter, denen man lieber aus dem Weg geht. Wenn du uns finden willst, frag am besten im Rathaus nach. Dort werden wir die Adresse unserer Unterkunft hinterlegen, falls die Stadt Bedarf an Söldnern hat.“

Torben nickte bekräftigend.
„Und was werdet ihr tun?", fragte Sigurd an Sascha und Tobias gewandt. Diese überlegten kurz.
„Da gibt es nicht viel zu erzählen", erwiderte Sascha. „Ich werde wieder auf der Werft arbeiten. Gute Bootsbauer werden immer gesucht. Und Tobias wird bestimmt ein Auskommen als Tagelöhner am Hafen finden. Da wird spätestens in ein oder zwei Wochen die Handelssaison beginnen. Dann wird händeringend jede helfende Hand gebraucht."
Tobias nickte zu diesen Worten.
„Bis zum 11. November werde ich die Kisten und Fässer der Kaufleute auf- und abladen. Bevor am Martinstag wieder die Winterruhe anbricht."
Marco kniff die Augen zusammen.
„Für Hamburg mag das gelten, mein Freund. Dort ist es sogar im Hamburger Stadtrecht als Datum zwingend festgeschrieben. In Lübeck aber kann bei gegenseitigem Einvernehmen von Kaufmann und Kapitän der Schiffsverkehr fortgesetzt werden. Wenn das Schiff dann endlich für den Winter festmacht, bekommt die Mannschaft noch für acht Tage Lohn. Ihr könnt euch vorstellen, was anschließend in den Kneipen und Bordellen der Stadt los ist."
Sie grinsten sich an. In dieser Zeit, kurz vor dem Jahresende, waren sie oft durch die Kaschemmen gezogen. Zwar war es draußen schon kalt und nass, doch in den finsteren Schänken ging es dann einige Tage lang hoch her. Seeleute verstanden es zu feiern, solange sie gutes Silber in den Händen hatten.
Passend dazu schlug Tobias sich auf seine Geldbörse, in der es hell klimperte.
„Auf jeden Fall haben wir unserer Heimatstadt wacker gedient und unsere Knochen nicht umsonst riskiert. Der Sold hat mir mehr eingebracht, als es meine Arbeit als Tagelöhner je könnte. Außerdem haben wir ja auch noch eine Menge Münzen aus der Festung in Sicherheit gebracht. Wir werden also schon nicht darben. Als Erstes leiste ich mir ein Paar Stiefel. Schätze, das habe ich mir verdient."
„Das hast du, Tobias", bekräftigte Torben. „Außerdem bin ich heilfroh, dass ihr mich auf diesem Kriegszug begleitet habt und wir das Abenteuer heil überstanden haben. Dafür danke ich euch allen von Herzen!"
Sie streckten ihre Becher in die Luft und stießen miteinander an. Torben kam es vor, als wäre in diesen letzten Tagen eine schwere Last von seinen Schultern gefallen.

Am letzten Märztag erreichten sie gegen Mittag endlich Lübeck. Kurz zuvor hatte es noch genieselt, so dass die Planken an Deck rutschig waren. Der vertraute Anblick des Lübecker Hafens ließ die Männer für einen Moment andächtig verstummen. So früh im Jahr lagen nur wenige Schiffe an den Kais und sie konnten sich einen Ankerplatz aussuchen.
Als sie an Land gingen, blieb Siegfried kurz mit zitternden Beinen stehen. Er blickte sich um, als müsste er diesen Anblick für immer in sich aufnehmen. Nach einer Weile nickte er unmerklich, räusperte sich kräftig und lief los. Torben und Werner blieben an seiner Seite. Als sie die Kleine Burgstraße entlanggingen und die St. Jakobikirche vor sich aufragen sahen, reckte Torben den Kopf in die Höhe.
„Die Kirche der Seefahrer“, murmelte er andächtig. „Vielleicht hat ihr Patron, der Heilige Jakobus, letztlich doch noch die Hand über uns gehalten.“
Werner schnaufte verächtlich.
„Dir hat er vielleicht Glück gebracht. Mich hat er ganz sicher nicht beschützt. Alles, was ich erfahren habe, waren Gefangenschaft in Ketten, Elend und Hunger.“
Torben entgegnete nichts darauf. Er hatte keine Lust, sich mit seinem Bruder zu streiten. Vielleicht wäre auch er verbittert, wenn er eine solch dunkle Zeit durchlebt hätte. Es würde sicher nicht lange dauern, bis er sich wieder an seine Freiheit gewöhnt hatte.
Während Torben seinen Gedanken nachhing, hörte er Schritte hinter sich. Sofort fuhr er herum. In einiger Entfernung folgten ihnen Fisker und Ranulf, die sie nicht aus den Augen ließen.
„Was macht ihr hier? Warum folgt ihr uns? Die besten Schankstuben findet ihr am Hafen“, rief Torben ihnen zu.
Doch Ranulf winkte ab.
„Das wissen wir. Aber du hast uns genug Geschichten von diesem schwarzgekleideten Kerl erzählt, der Jagd auf dich gemacht hat. Uns werdet ihr erst los, wenn ihr unbeschadet ins Rathaus eingebogen seid.“
Torben deutete eine Verbeugung an.
„Ich gestehe, dass ich bei jedem Schritt ein mulmiges Gefühl habe. Ihr seid Gold wert. Danke für eure Rückendeckung.“
Sie liefen weiter und folgten der Breiten Straße. Rechts zweigten die Fischergrube, Beckergrube und die Mengstraße ab. Siegfried und Werner blickten sich immer wieder misstrauisch um. Doch es waren nur wenige Menschen auf den Straßen unterwegs, so dass sie ungehindert ihren Weg fortsetzen konnten. Längst ragte vor ihnen die Marienkirche auf, das weithin sichtbare Symbol Lübecks für Macht

und Wohlstand seiner Bürger. Dahinter lag das Rathaus, auf das sie nun zuhielten. Als sie schwungvoll eintraten, kam ihnen sofort ein Bediensteter entgegen.
„Was wünschen die Herren?"
„Ich will sofort den Bürgermeister sprechen!", blaffte Siegfried los. Der junge Mann starrte ihn verblüfft an.
„Die hohen Herren befinden sich nicht in ihren Amtszimmern. Sie sind in Hamburg und beraten sich mit ihren Kollegen über den Fortgang des Kriegszugs gegen Dänemark."
Siegfried Voigtherr lief rot an. Nur mit Mühe beherrschte er sich.
„Wer führt in der Zwischenzeit die Amtsgeschäfte?"
Der Bedienstete sammelte sich kurz.
„Da sprecht ihr am besten mit dem Ratssekretär. Er heißt Johannes Vritze und spricht in der Abwesenheit des Bürgermeisters in dessen Namen."
„Bring mich zu ihm. Auf der Stelle!"
Verdattert lief der Mann mit den drei Besuchern im Schlepptau los. Vor einer schweren Eichentür blieb er stehen und klopfte vorsichtig an. Als er eine Stimme vernahm, trat er ein und bedeutete den drei Besuchern, kurz zu warten. Nur wenig später öffnete sich die Tür wieder und er trat hinaus.
„Der Ratssekretär hat fünf Minuten Zeit für euch. Bitte tretet ein."
Als Torben und Werner Anstalten machten, ihrem Vater zu folgen, drehte dieser sich um.
„Ihr wartet beide hier. Das kläre ich."
Mit großen Augen blieben sie zurück, während sich die Tür vor ihnen krachend schloss.
Doch zuvor hatte Torben noch einen kurzen Blick in den Raum werfen können. Ein schmaler Läufer bedeckte den Boden. An der Wand hing ein Gemälde, das zwei Kaufleute beim Geschäftsabschluss zeigte. Die beiden Händler schüttelten einander mit einem zufriedenen Lächeln die Hände, während hinter ihnen Tagelöhner Säcke heranschleppten. In der Mitte stand ein ebenholzfarbiger Schreibtisch, an dem ein hagerer Mann von vielleicht fünfundvierzig Jahren saß. Vor ihm lag ein Stapel Pergament. Einen der Bogen hielt er sich dicht vor die Augen. Bestimmt sah er nicht mehr sonderlich gut.
Nun stieß Torben die angehaltene Luft aus.
„Das geht uns ebenso etwas an wie Vater! Warum sperrt er uns aus? Wir sind keine kleinen Kinder mehr!"
Werner zuckte mit den Schultern.
„Du kennst ihn doch. Wenn er nicht alles alleine macht, wird er ungehalten. So richtig vertrauen tut er niemandem."

„Wir sind seine Söhne. Wann will er damit anfangen, uns als vollwertige Kaufleute anzusehen? Wie will er uns eines Tages seine Geschäfte übergeben, wenn er uns wie bessere Tagelöhner behandelt?“

Werner wandte sich ab. Er hatte keine Lust, sich mit dem jüngeren Bruder abzugeben.

Um wieder zur Ruhe zu finden, atmete Torben mehrfach tief durch. Es würde ihn kein Stück weiterbringen, wenn er seinem Zorn Luft verschaffte.

Als sich die Tür endlich wieder öffnete, schreckten sie beide auf und blickten ihrem Vater erwartungsvoll entgegen. Dieser verabschiedete sich mit einem kräftigen Händedruck von dem Ratssekretär. Ein Bediensteter lief los und kehrte mit zwei Bütteln zurück, mit denen er ein paar Worte wechselte und ihnen dann ein amtliches Schreiben in die Hand drückte. Während die beiden Büttel sich entfernten, kam ihr Vater endlich auf sie zu.

„Jetzt obsiegt die Gerechtigkeit! Dieser elendige Ralf Huntenberg und seine Helfershelfer werden im Gefängnis landen, bis ihnen der Prozess gemacht wird. Die Beweise sind erdrückend und lassen keinen Raum für Ausreden.“

„Dann können wir endlich in unser Haus zurückkehren“, entgegnete Werner.

Zum ersten Mal seit Jahren sah Torben seinen Vater befreit auflachen. Für einen winzigen Moment war er wieder der unbeschwerte Mann, den Torben nur noch aus längst vergangenen Tagen kannte.

Als sie das Rathaus verließen, sahen sie, dass sich den beiden Bütteln sechs Soldaten der Stadtwache angeschlossen hatten. Unter ihnen erkannte Torben Harald, mit dem er sich in seinem letzten Übungskampf gemessen hatte. In schnellem Marsch setzte sich der kleine Trupp in Bewegung.

„Wir sollen uns unter keinen Umständen einmischen“, brummte Siegfried. „Auch wenn es mich gewaltig in den Fingern juckt. Zu gern wäre ich dabei, wenn sie diesen Ränkeschmied festnehmen und ins Loch werfen.“

„Lasst uns doch bei Karl Strache vorbeisehen. Dort haben auch Maik und die Lehrlinge Unterschlupf gefunden. Sie haben es verdient, die gute Nachricht zu hören.“

Siegfried überlegte kurz, schüttelte dann aber den Kopf.

„Damit warten wir noch. Ich will mich erst vergewissern, dass wir alles so vorfinden, wie wir es verlassen haben. Außerdem will ich in der ersten Nacht meine Ruhe haben. Morgen können die übrigen von mir aus gern zurückkehren.“

Torben widersprach nicht. Er ahnte, dass die Gefangenschaft hart gewesen sein musste und gestand es den beiden Männern zu, erst einmal wieder zu sich zu finden.
Als sie sich ihrem Haus näherten, begegneten ihnen zwei Männer der Stadtwache, die je einen Mann mit gefesselten Händen vor sich hertrieben.
„Das Haus gehört wieder euch“, berichtete einer von ihnen. „Dort trieben sich drei zwielichtige Gestalten herum. Zwei haben wir erwischt. Der dritte ist uns entkommen. Aber den kriegen wir schon zu fassen. Die Büttel sind zum Haus von diesem Huntenberg unterwegs. Er wird die Nacht in einem dunklen Verlies verbringen.“
Siegfried dankte ihnen knapp und dann trennten sich ihre Wege. Wenig später liefen sie die Johannisstraße hinunter und dann ragte auch schon ihr Kaufmannshaus vor ihnen auf. Die kleinen Fensteröffnungen, die mit gepflegten Holzläden versehen waren, lugten ihnen einladend entgegen. Sie gingen durch das eiserne Tor, das genauso offenstand wie die wuchtige Eingangstür, die in die hallenartige Diele im Erdgeschoss führte. Schweigend liefen sie durch die Räume und sahen sich aufmerksam um. Sie fanden Essensreste, dreckige Kleidung und allerlei andere Spuren, die darauf hindeuteten, dass hier eine Zeit lang fremde Personen gelebt hatten. Sie stopften alles in einen Jutesack und schufen schnell Ordnung. Den Rest des Tages ließ sich Siegfried nicht mehr blicken, während Torben zum Steg hinunterging und lange Zeit aufs Wasser starrte. Er brauchte einfach etwas Zeit für sich, um seine Gedanken zu ordnen. Die Strapazen der zurückliegenden Ereignisse forderten bei allen ihren Tribut und so gingen sie früh schlafen.

Tom Jagehorn streifte sich seine Kapuze über den Kopf und eilte schnellen Schrittes durch die Gassen. Er hasste es, am helllichten Tag herumzulaufen. Auch wenn der Himmel grau und wolkenverhangen war, wurde er das Gefühl nicht los, den Augen der Menschen schutzlos ausgeliefert zu sein. Eine dicke Matrone querte seinen Weg und er wich ihr behände aus. Ihr erschrockener Blick folgte ihm, während er weiterlief. Unablässig beobachtete er seine Umgebung. Dabei horchte er immer wieder hinter sich, doch vorerst drohte ihm keine Gefahr.
Er konnte es immer noch nicht glauben. Vor wenigen Minuten erst waren einige Büttel der Stadt ins ehemalige Haus des alten Voigtherrs eingerückt, in dem er sich mit zwei Handlangern versteckt hielt. Es war ein bequemes Haus. Gern hätte er den Winter dort verbracht. Doch die unverhofft aufgetauchten Bewaffneten hatten ihm mal

wieder vor Augen geführt, dass er in seiner Wachsamkeit niemals nachlassen durfte. Allein seiner blitzschnellen Reaktion hatte er es zu verdanken, dass er sich im letzten Moment absetzen konnte. Die beiden anderen Kerle im Haus, deren Namen er nicht einmal kannte, hatten nur verdattert hochgesehen und waren vor Schreck wie erstarrt. Die Stadtwachen waren ihrer habhaft geworden, bevor sie auch nur an Gegenwehr denken konnten.
Er jedoch war aus einem anderen Holz geschnitzt. Als die Tür aufgerissen wurde, hatte er sich bereits erhoben und war zum Hinterausgang geeilt. Seine Verfolger sahen nur noch den Saum seines Mantels wehen, als er sich mit einem kühnen Sprung über die seitliche Begrenzungsmauer ihrem Zugriff entzog. Zwar tauchten wenig später zwei Köpfe über der Mauer auf, doch da saß er bereits hinter Büschen verborgen und beobachtete seine Jäger. Diese hatten nach einer fliehenden Gestalt Ausschau gehalten, der sie hinterherjagen konnten. Doch er war kein Narr. Dieses Spiel beherrschte er besser als sie. Deshalb verharrte er regungslos und wartete ab, bis er unentdeckt verschwinden konnte. Kurz überlegte er, ob er im Haus verräterische Spuren hinterlassen haben könnte, die seine Verfolger auf seine Fährte führten. Doch er hatte es sich schon vor langer Zeit zur Gewohnheit gemacht, sich an nichts zu binden, was er nicht innerhalb weniger Augenblicke für immer hinter sich lassen konnte. So hatte er es auch diesmal gehalten. Außer seinem Mantel und zwei Messern, die in seinem Gürtel steckten, besaß er so gut wie nichts. Sicher, für seine Aufträge wurde er fürstlich bezahlt. Doch das ganze Geld hatte er längst in abgelegenen Geheimverstecken in Sicherheit gebracht. Einige Münzen hatte er in den Saum seines Mantels eingenäht. Das war alles, was er zum Leben brauchte.
Während er seinem Instinkt folgte, bahnten sich seine Füße wie von selbst den Weg durch die Menschenmengen, die sich in den Gassen zusammendrängten. Was hatte er falschgemacht, dass er das nicht hatte kommen sehen? Wenn die Stadtwachen gegen sie vorgingen, konnte das nur eines bedeuten: Huntenbergs Komplott war aufgeflogen! Das wiederum bedeutete, dass es dem Jüngsten der Voigtherrs tatsächlich gelungen war, seine Familie aus der Hand der Piraten zu befreien. Jagehorn strich sich über die glattrasierte Wange. Hatte dieser Kerl es wirklich fertiggebracht, das komplette Lösegeld zusammenzubekommen? Das hätte er ihm vielleicht noch zugetraut. Aber wie war es ihm gelungen, sich gegen seine zwei besten Männer, die er auf ihn angesetzt hatte, zu behaupten? So sehr er auch darüber nachgrübelte, weigerte sich sein Verstand, das zu glauben. Hatte er irgendetwas übersehen?

Hinter ihm erklang ein lauter Ruf und sogleich versteifte sich seine Haltung. Er fuhr herum, doch es war nur ein Händler, der einen Bengel anschrie, weil dieser ihm und seinem Karren den Weg versperrt hatte.
Wenige Gassen weiter hielt Tom Jagehorn an und blickte sich lauernd um. Vor ihm ragte das hübsche Haus von Ralf Huntenberg empor. Der Weg war menschenleer. Mittlerweile war es Nachmittag. Es würde nicht mehr lange dauern, bis die Dämmerung einsetzte. Er ließ die Umgebung auf sich wirken und legte sich einen Plan zurecht. Sein Leben hatte ihn gelehrt, dass er schnell reagieren musste, wenn sich die Bedingungen veränderten. Er war immer stolz darauf gewesen, dass ihm dies leichtfiel. Nur aus diesem Grund war er nach all den Jahren noch im Geschäft.
Die Äste einer Buche fielen ihm ins Auge. Sie ragten kahl in den Himmel und einer der Äste reichte bis ans obere Stockwerk des Kaufmannshauses heran. Tom Jagehorn musste an die Kirche denken, auf deren Dach er es als Halbwüchsiger geschafft hatte. Kurzentschlossen nahm er Anlauf und erreichte schwungvoll den untersten Ast. Seine rechte Hand krallte sich in das Holz und ein Lächeln umspielte seine Mundwinkel. Der Rest war ein Kinderspiel. Wenig später hatte er sich in die luftige Höhe emporgearbeitet. Vorsichtig schob er sich ans obere Fenster heran, stemmte es mithilfe seines Messers auf und rollte sich hinein. Das Kunststück gelang ihm beinahe lautlos. Trotzdem verweilte er einen Augenblick, um sicherzugehen, dass er nicht gehört worden war.
Als alles ruhig blieb, schlich er sich einen kleinen Flur entlang. Er kam an einigen Bündeln verschnürter Waren vorbei, die hoch aufgeschichtet waren. Als er schon fast daran vorbeigelaufen war, hielt er inne und grinste boshaft. Dann kehrte er zurück, löste ein langes Stück des Stricks und band es sich unter seinem Mantel um den Leib. Leise schlich er weiter.
Ein Bediensteter schlurfte an der Treppe vorbei. Doch er hielt den Blick gesenkt und schenkte seiner Umgebung keine Beachtung. Tom Jagehorn wartete, bis die Geräusche erstarben. Dann wandte er sich dem Arbeitszimmer zu, das er von seinen letzten Besuchen kannte. Geschmeidig wich er einem Dielenbrett aus, von dem er wusste, dass es ihn durch ein Knarren verraten würde. Dann hatte er die Tür erreicht und öffnete sie.
Ralf Huntenberg saß an seinem Schreibtisch und war in ein Manuskript vertieft. Mit der rechten Hand knetete er währenddessen seine Stirn, als plagten ihn Kopfschmerzen.
Erst als die schwarzgekleidete Gestalt bereits eingetreten war und die

Tür wieder hinter sich schloss, fuhr der Kaufmann aus seinen Gedanken hoch.
„Um Gottes Willen! Du hast mich fast zu Tode erschreckt."
Mit weitaufgerissenen Augen starrte er seinen Besucher an.
„Was willst du hier? Waren wir verabredet?"
Tom Jagehorn nahm die Kapuze ab. Seine dunklen Augen waren fest auf den Kaufmann gerichtet, der sich unter dem harten Blick zunehmend unwohl fühlte.
„Nun rede schon! Ich finde es unheimlich, wenn du einfach nur so dastehst. Denk immer daran, wer dich bezahlt!"
Tom Jagehorn trat dichter und der Kaufmann wich unwillkürlich auf seinem Stuhl zurück. Er hasste sich dafür, seine Angst zu zeigen. Aber dieser dunkelgekleidete Schatten hatte schon immer diese Wirkung auf ihn gehabt.
„Büttel der Stadt sind in das Haus der Voigtherrs eingedrungen und haben Eure Handlanger in Gewahrsam genommen."
Er ließ dem Kaufmann etwas Zeit, bis dieser die Bedeutung der Nachricht durchdrungen hatte.
„Du meinst…", stammelte er. Jagehorn deutete ein Nicken an.
„Das heißt, dass die Voigtherrs am Leben sind und man bereits Jagd auf uns macht. Ich bin ihnen im letzten Augenblick entkommen. Als nächstes werden sie auf dem Weg zu Euch sein."
Ralf Huntenberg sprang so heftig auf, dass sein Stuhl umfiel. Angestrengt atmend ballte er seine Hände zu Fäusten und öffnete sie wieder.
„Wie konnte das geschehen?", fuhr er seinen Besucher an. Seine Angst hatte er vergessen. Jetzt beherrschte ihn ungezügelte Wut. Doch gleichzeitig spürte er noch etwas anderes. Etwas, das er sich nicht eingestehen wollte. Nackte Panik tobte in seiner Brust und schnürte ihm die Kehle zu. Sein ganzes Leben lang hatte er seine Probleme mit Geld aus der Welt schaffen können. Nun war er an seine Grenzen geraten und wusste nicht mehr weiter.
„Ich habe dir eine Menge Geld gezahlt, damit diese Familie nie wiederauftaucht. Es ist deine Schuld, dass wir nun in einer solchen Situation sind. Was machen wir denn jetzt, zum Teufel?"
Er wandte sich von Jagehorn ab und begann im Zimmer umherzulaufen.
„Diese Piratenbrut hat alles verdorben. Ihre Gier nach Lösegeld bringt mich noch an den Galgen. Wenn sie den Alten und seinen Sohn einfach getötet hätten, würde kein Hahn mehr nach ihnen krähen. Jetzt weiß ganz Lübeck, dass ich dahinterstecke."
Seine Stimme wurde immer schriller, als ihm seine Ausweglosigkeit

bewusst wurde.
„Ich muss fliehen", stieß er heftig hervor. „Vielleicht nach Köln, Brügge oder London. Irgendwohin, wo man mich nicht kennt."
Er starrte Tom Jagehorn an, der die Unterlippe vorwölbte und ihn interessiert betrachtete.
„Warum bist du so ruhig?", fuhr er ihn an.
„Es ist auch dein Kopf, der auf dem Spiel steht."
Der schwarzgekleidete Mann ließ ein kehliges Lachen ertönen, dass ganz tief aus seinem Bauch zu kommen schien.
„Meinen Kopf werde ich auch weiterhin tragen. Bei Euch bin ich mir da nicht so sicher."
„Was soll das heißen?"
„Ihr seid der einzige Mensch, der weiß, welche Rolle ich in diesem Spiel gespielt habe. Ihr wisst zu viel, als dass ich Euch in den Händen der Büttel wissen wollte. Nachher plaudert Ihr noch etwas aus, was mir nicht gefallen würde."
Das Gesicht des Kaufmanns wurde plötzlich bleich wie der Tod.
„Ich zahle dir das Doppelte der Summe, die du bisher eingestrichen hast, wenn du mir hilfst aus Lübeck zu fliehen."
Seine Stimme klang flehend, doch Jagehorn seufzte nur und schüttelte leicht den Kopf.
„Ich denke, über diesen Punkt sind wir hinaus."
Unvermittelt trat er dem Kaufmann kraftvoll in den Bauch und sah zu, wie dieser vor ihm zusammensackte. Huntenberg öffnete den Mund, doch Jagehorn unterband der Schrei, indem er ihm seine Faust fest in die Rippen drosch. Er hörte Knochen brechen. Der Kaufmann wimmerte hilflos.
Dann griff Jagehorn ihm ins Haar und zog ihn fest zu sich heran.
„Es wird nicht lange dauern, bis die Häscher vor Eurer Tür stehen. Sie werden Euch tot vorfinden. Ihr wurdet von der Last Eurer Schuld überwältigt, saht keinen Ausweg mehr und habt Euch erhängt. Nur darum zerschlage ich Euch nicht das Gesicht."
In den Augen des Kaufmanns spiegelte sich nackte Verzweiflung. Er versuchte sich aufzurichten, doch erneut prasselten Schläge auf ihn ein. Er nahm kaum mehr wahr, wie sein Besucher einen Strick über den Dachbalken warf und ihm anschließend fest um den Hals legte. Seine Hände fuhren kraftlos herum, doch er bekam seinen Gegner nicht zu packen. Ein weiterer Hieb raubte ihm die letzte Kraft. Er versuchte gegen die Schleier vor seinen Augen anzukämpfen, doch es war vergeblich. Eine starke Hand zwang ihn in die Höhe. Tom Jagehorn wuchtete ihn auf einen Stuhl, den er direkt unter den Dachbalken gezogen hatte und zog das Seil straff.

Ralf Huntenberg röchelte, als ihm die Luft knapp wurde.
„Es ist nichts Persönliches“, raunte Jagehorn dem Kaufmann ins Ohr. Dieser versuchte etwas zu sagen, doch bevor es ihm gelang, erhielt er einen kräftigen Stoß und fiel ins Nichts. Ein heftiger Ruck beendete sein Leiden.
Tom Jagehorn vergewisserte sich, dass der Kaufmann wirklich tot war. Nicht zum ersten Mal stellte er fest, dass ein Erhängter kein schönes Bild abgab. Aber der Anblick belastete ihn nicht weiter. Dafür hatte er zu viele ähnliche Situationen durchlebt, die ihn längst für das Leid seiner Opfer unempfindlich gemacht hatten. Der Geist dieses Kaufmanns würde ihm auf jeden Fall nicht den Schlaf rauben. Sorgfältig verwischte er seine Spuren, so dass alles auf die Tat eines verzweifelten Mannes hindeutete, der keinen anderen Ausweg mehr gesehen hatte. Dann verließ er das Haus auf dem gleichen Weg, auf dem er hineingekommen war. Gemessenen Schrittes entfernte er sich schließlich. Sein Rücken prickelte anfangs und die Anspannung hielt ihn gefangen. Jeden Augenblick rechnete er damit, eilige Schritte hinter sich zu vernehmen. Doch sobald er in der nächsten Gasse untertauchte, wusste er, dass er es wieder einmal geschafft hatte.

Mitten in der Nacht klopfte es laut an ihre Tür. Siegfried und Werner schliefen wie Tote, so dass Torben benommen öffnete. Trotzdem war er vorsichtig genug, vorher sein Schwert zu ziehen und es stoßbereit vor der Brust zu halten. Er hatte nicht vor, sich einer unnötigen Gefahr auszusetzen. Doch sein Argwohn war unbegründet. Vor ihm stand Karl Strache und tippelte aufgeregt von einem Fuß auf den anderen.
„Steck das Brotmesser weg oder willst du mich aufspießen? Seit wann ersticht man denn den Boten, der gute Nachrichten bringt?“
Torben senkte das Schwert und steckte es zurück in die Scheide. Dann gab er die Tür frei und winkte Karl hinein.
„Um diese Zeit schlafen die ehrbaren Bürger. Da treiben sich nur noch lichtscheues Gesindel und der Sohn des alten Strache auf den dunklen Straßen herum“, lachte er heiser.
„Was machst du hier zu solch später Stunde? Und woher weißt du überhaupt, dass wir wieder in Lübeck sind? Der Hafen war fast ausgestorben. Uns kann kaum jemand gesehen haben.“
„Nachrichten verbreiten sich schnell in dieser Stadt. Das solltest du eigentlich wissen. Vor allem, wenn sie so einschlagen“, murmelte Karl bedeutungsschwer, während er sich auf einen Stuhl plumpsen ließ.
„Was meinst du?“, fragte Torben mit hochgezogenen Brauen.
„Wo soll ich da anfangen?“, fragte Karl zurück.

„Erst einmal meinen Glückwunsch zur gesunden Heimkehr aus diesem Kriegszug. Du hast dein Leben für die Interessen Lübecks eingesetzt und bist jetzt bestimmt ein Held. Das wird dir zukünftig sicher noch nützlich sein und dir den einen oder anderen Fürsprecher im Rat der Stadt verschaffen."
Torben winkte ab.
„Deshalb habe ich es nicht getan. Außerdem würde ich nicht darauf wetten. Nichts ist so vergänglich wie Ruhm. Was gibt es sonst noch?"
Karl tat, als müsste er angestrengt nachdenken.
„Ich versuche es mal damit: Mich hat eine riesige Lieferung von dreitausend Fellen erreicht, verpackt in mehr als sechzig Fässer. Einige Koggen aus Nowgorod hatten sie verladen und meine Adresse als Bestimmungsort angegeben. Glücklicherweise war die Lieferung bereits bezahlt, so dass ich mich nur noch um einen Lagerplatz kümmern musste. Gut, dass du mir bei deiner Abreise gesagt hast, dass sowas passieren könnte. Sonst hätte ich ziemlich verdattert aus der Wäsche geguckt."
Torben ballte die Hände zu Fäusten.
„Das ist die Nachricht, auf die ich gehofft hatte. Damit kann ich meine Pläne umsetzen. Ich wusste doch, dass ich mich auf den Bojaren verlassen kann."
Er schnaufte erleichtert.
„Du ahnst nicht, wie mich diese Nachricht freut."
Karl strahlte ihn an.
„Es kommt noch besser! Die Büttel haben Ralf Huntenberg verhaften wollen", berichtete er. „Aber er ist wohl gewarnt worden. Jedenfalls hat er keinen Ausweg mehr gesehen und sich kurzerhand am nächstbesten Deckenbalken erhängt."
Torben stieß überrascht die Luft aus.
„Dieser Feigling! Damit ist er fast zu billig davongekommen. Lieber wäre es mir gewesen, er hätte für seine Taten länger gelitten und viele Jahre im Loch verbracht."
Er hob die Schultern.
„Trotzdem ist das eine gute Nachricht. Es wird zwar keinen Prozess geben, aber damit hat sein unheilvolles Treiben endlich ein Ende. Wer weiß, was dieser Schuft noch so alles im Schilde geführt hat."
Hoffnungsvoll blickte er Karl an.
„Haben die Büttel noch mehr erzählt? Haben sie vielleicht einen Mann namens Jagehorn dingfest gemacht?"
Karl schüttelte den Kopf.
„Davon weiß ich nichts. Das hätten sie bestimmt berichtet. Aber nun bist du dran. Wie geht es deiner Familie? Haben sich Siegfried und

Werner schon an ihre Freiheit gewöhnt?"
„Eine solch lange Zeit lässt du nicht so einfach hinter dir", murmelte Torben beklommen. „Sie müssen Furchtbares durchgemacht haben und werden noch viel Ruhe brauchen. Auch wenn mein Vater sich das kaum eingestehen will."
Karl blies die Backen auf.
„Das wird schon wieder. Aber damit hat sich schlussendlich alles zum Guten gewendet. Deine Familie ist befreit und wohlauf und du hast den Kriegszug gesund überstanden."
Er musterte seinen Freund und bemerkte die Narbe auf seiner Stirn.
„Aber du kannst mir nicht erzählen, dass dieses Wagnis spurlos an dir vorübergegangen ist. Also sag schon, was in den letzten Monaten wirklich geschehen ist?"
Torben stand auf, trank einen Schluck Wasser und bot Karl ebenfalls einen Becher Wasser an. Ihre Biervorräte im Keller waren von diesen Halunken restlos geplündert worden. Dann setzte er sich neben seinen Freund und begann von den Erlebnissen auf ihrem Feldzug zu berichten. Anfangs stockte er immer wieder und suchte nach den richtigen Worten. Einiges wollte er für sich behalten, weil er nicht stolz auf seine Taten war. Doch Karls Blick gab ihm Mut. Das Reden half Torben dabei, einen klaren Kopf zu bekommen. Es war, als würde er sich einer Last entledigen. Schließlich erzählte er Karl sogar davon, wie er hatte töten müssen, um selbst am Leben zu bleiben. Als er versuchte seine Gefühle zu beschreiben, liefen ihm irgendwann die Tränen über das Gesicht. Verwundert wischte er sie weg. Er konnte sich nicht daran erinnern, wann er das letzte Mal welche vergossen hatte. Es musste wohl beim Tod seiner Oma gewesen sein, die ihm unheimlich viel bedeutet hatte. Karl legte ihm den Arm um die Schulter und hörte ihm zu.
Als Torben fertig war, begann Karl ihm zu erzählen, wie er den Schergen Huntenbergs in die Hände gefallen war und wie elend und hilflos er sich dabei gefühlt hatte. Noch immer war sein Selbstvertrauen angeschlagen. Nie hatte er sich jemandem so ausgeliefert gefühlt. Als er gestand, dass er ihnen schließlich Torbens Plan verraten hatte, weil sie damit drohten Sandra etwas anzutun, brach auch ihm die Stimme.
„Es tut mir unendlich leid, dass ich dich da mit hineingezogen habe. Nur wegen mir hast du so etwas durchstehen müssen."
Karl winkte ab.
„Das hast du nicht ahnen können."
Torben schnaufte verbittert.
„Aber du warst stark, Karl. Viele andere wären daran zerbrochen. Du

aber hast durchgehalten und mir die Flucht ermöglicht. Du hast erst geredet, als sie Sandra bedrohten. Ich weiß nicht, woher du die Kraft genommen hast, so lange Widerstand zu leisten."
Ein Lächeln schlich erstmals wieder über Torbens Züge.
„Ich glaube, ich hätte ihnen schon am ersten Abend alles erzählt, was sie wissen wollten. Ich hätte gar nicht mehr aufgehört zu reden. Die hätten erfahren, was ich zum Mittag verspeist habe und an wen ich denke, bevor ich nachts einschlafe. Ich schwöre dir, ich hätte längst geredet. Also mach dir keine Vorwürfe. Du warst Sandra und mir ein echter Freund."
Karl wischte verstohlen eine Träne aus dem Augenwinkel und drückte den Oberkörper durch. Dann atmete er einige Male tief ein, bis er seiner Stimme wieder traute.
„Danke, Torben! Aber jetzt bin ich neugierig. Also erzähl schon: An wen denkst du, bevor du abends einschläfst?"
Torben starrte ihn an.
„Ist das dein Ernst? Wir offenbaren uns unsere tiefsten Gedanken und du merkst dir ausgerechnet das? Vergiss es schnell wieder, aus mir bekommst du nichts raus."
Sie grinsten einander verschwörerisch an.
„Das ist der Torben, den ich kenne. Willkommen zu Hause, mein Freund."

Gegen Mittag des nächsten Tages kehrte Karl mit Sandra an seiner Seite zurück. Ihnen folgten Maik, die Lehrlinge Roman und Stefan sowie die alte Küchenmagd Lisbeth. Sandra warf sich Torben in die Arme und herzte ihn, dass ihm ganz schwindlig wurde. Siegfried und Werner gaben sich zwar ein wenig reserviert. Trotzdem war ihnen die Freude anzumerken, so viele vertraute Gesichter zu sehen. Mit Fragen an den Hausherrn hielten sich alle wohlweislich zurück. Aber es herrschte eine ausgelassene Stimmung, die noch besser wurde, als zwei Knechte von Karl einen großen Kessel Eintopf ins Haus trugen. Normalerweise aß die Familie für sich. Doch jetzt versammelten sich alle um den großen Esstisch und Sandra füllte jedem den Teller bis zum Rand mit dem Gemüseeintopf voll.
„Den habe ich gestern für euch gekocht", sagte Sandra. „Heute müsste er genau richtig sein. Wehe, ihr lasst davon etwas übrig."
Torben wollte ihr gerade seinen Holzteller reichen, damit sie ihm seine Portion auffüllen konnte, als er ihn grinsend wieder zurückriss.
„Sei mir nicht böse, Schwesterherz. Aber seit wann kannst du denn kochen? Ich erinnere mich an einige Mahlzeiten, die wir lieber weggeworfen haben, als den angebrannten, ungenießbaren Klumpen

zu verschlingen. Was hat sich also geändert?"
Sandra schenkte ihm einen nachsichtigen Blick.
„Du hattest es nicht leicht in letzter Zeit, deshalb will ich noch mal Gnade vor Recht ergehen lassen. Probiere erst mal, dann kannst du gern weitermeckern."
Zögerlich tat Torben, wie ihm geheißen. Aber nachdem er sich den ersten Löffel in den Mund geschoben hatte, schloss er genießerisch die Augen.
„Da brat mir doch einer nen Storch! Das hast du gekocht? Davon kann ich überhaupt nicht genug bekommen. Was auch immer du anders gemacht hast, bitte bleib dabei."
Er zwinkerte Karl zu.
„Vielleicht hast du mir ja ganz umsonst leidgetan."
Ganz gegen ihre Gewohnheit warf Sandra keinen Holzlöffel nach ihrem Bruder. Stattdessen blinzelte sie Lisbeth geheimnisvoll zu. Kochen war noch nie ihre Stärke gewesen. Doch in den letzten Monaten hatte sie von der alten Küchenmagd vieles gelernt. Karl hatte dies natürlich bemerkt und lobte sie bei jedem Gericht überschwänglich.
Ihre Mahlzeit verlief in harmonischer Stimmung. Nach dem Essen erhob sich Siegfried schließlich, um sich in seine Kammer zurückzuziehen. Auch Werner verschwand bald darauf, was der guten Stimmung keinen Abbruch tat. Im Gegenteil. Die Anwesenheit der beiden wortkargen Männer hatte sie alle ein wenig bedrückt. Jetzt löste sich ihre Anspannung und sie verbrachten mehrere Stunden damit, sich gegenseitig von ihren Erlebnissen zu erzählen. Karl wurde nicht müde, Maik Respekt zu zollen, der ihm in den letzten Monaten eine echte Unterstützung gewesen war. Aber auch für die zwei Lehrlinge fand er lobende Worte, so dass die beiden mit roten Ohren am Tisch saßen und verlegen auf ihre Teller starrten.
„Bist du sicher, dass du von diesen beiden Jungs redest?", fragte Torben mit gutmütigem Spott in der Stimme. „Du musst wissen, dass ich sie recht gut einschätzen kann und sie in deinen Ausschmückungen kaum wiedererkenne. Was hast du mit ihnen während meiner Abwesenheit angestellt?"
Sie lachten schallend und auch die Lehrlinge konnten sich ein Grinsen nicht verkneifen.
„Anfangs waren sie mir leider kaum eine Hilfe. Doch dann habe ich mich ihrer gern angenommen und sie zu echten Kaufleuten ausgebildet. Was soll ich sagen, sie haben eine Menge gelernt und müssen sich wahrlich nicht verstecken. Natürlich hatten sie in mir auch einen guten Lehrmeister", gab Karl grinsend zurück.

„Ganz bestimmt", nickte Torben übertrieben. „Dann werde ich bei Gelegenheit mal testen, ob sie endlich sicherer sind, was das Umrechnen der verschiedenen Währungen angeht. Als ich ihnen das letzte Mal eine Predigt gehalten habe, worauf sie bei den Wechselkursen von Pfund, Mark und Gulden zu achten haben, rauchten ihnen gehörig die Köpfe und sie haben kaum etwas behalten."
Karl nickte kräftig.
„Fürwahr eine wichtige Lektion. Aber erst vor wenigen Wochen haben sie ungarische in rheinische Gulden umgetauscht und sich dabei wacker geschlagen. Allmählich sind sie bereit für größere Aufgaben."
Torben grinste die beiden Lehrlinge an.
„Dann war die Hoffnung eurer Väter, aus euch anständige Kaufleute zu machen, ja vielleicht doch kein so hoffnungsloses Unterfangen, wie sie anfangs dachten."
Sandra schlug ihm tadelnd auf den Oberarm. Doch die Lehrlinge konnten ein wenig Spott vertragen und lächelten tapfer. Sie wussten, dass Torben ihnen wohlgesonnen war.
Sandra zeigte auf Don, der sich wegen der vielen fremden Menschen in eine Ecke zurückgezogen hatte.
„Dein Wolf ist gehörig gewachsen. Bist du sicher, dass er nicht gefährlich ist?"
Torben hob beruhigend die Hände und lächelte verstohlen.
„Nicht für euch. Aber im Ernst. Am besten lasst ihr ihn anfangs ein wenig in Ruhe, bis er sich an euch gewöhnt hat. Er wird niemandem etwas tun, das verspreche ich."
Viele neugierige Blicke wanderten jetzt zu Don hinüber, der so tat, als ginge ihn das alles nichts an, und seine Schnauze auf den Vorderpfoten ablegte.
Sandra schüttelte ungläubig den Kopf, während Karl kurz den Arm um sie legte. Torben bemerkte mit großer Freude, wie harmonisch die beiden miteinander umgingen. Immer wieder lächelten sie sich an und strichen sich über den Arm. Man konnte fast ein wenig neidisch werden.
„Morgen schicke ich sie dir zurück", holte Karl den Freund aus seinen Gedanken. „Ihr werdet tatkräftige Unterstützung gebrauchen können, wenn eure Geschäfte erst wieder anlaufen."
Auf Torbens Stirn bildete sich eine steile Falte. Karl kannte seinen Freund gut genug, um zu diesem Thema keine weiteren Fragen zu stellen. Das würde er sich für später aufheben.

In den ersten Wochen taten sich Siegfried und Werner schwer damit, wieder in den Alltag zurückzufinden. Während die restlichen Mitglieder des Haushalts bereits wieder lachten und scherzten, lag doch eine leichte Spannung in der Luft, sobald die beiden im Raum waren. Werner war schon immer ein mürrischer, rechthaberischer und eigenbrötlerischer Kerl gewesen, mit dem Torben kein Wort mehr als nötig gesprochen hatte. Doch nun stellte er fest, dass auch Siegfried seinen Antrieb verloren hatte. Er schlief lange, nahm zwar an den Mahlzeiten teil, doch zog sich dann oft gleich wieder in sein Zimmer zurück. Häufig schlich er sich erst bei Anbruch der Dämmerung aufs Grundstück hinaus und trat auf den Steg, wo er stundenlang auf die Trave starrte.

Torben setzte der schleichende Verfall mehr zu, als wenn sein Vater ihn pausenlos beschimpft hätte. Anfangs ließ er ihm Zeit und hoffte darauf, dass die Tage der Ruhe zur Heilung seiner Seele beitragen würden. Doch irgendwann hatte er den Glauben daran verloren und wollte dem Trübsal seines Vaters nicht länger zusehen. Eines Abends, als alle anderen schon schliefen, näherte er sich ihm vorsichtig.

„Wie geht es dir, Vater?"

Siegfried zeigte mit keiner Geste, dass er die Worte seines Sohnes gehört hatte. Schließlich räusperte Torben sich laut und sein Vater zuckte zusammen. Er musste in Gedanken ganz weit weg gewesen sein.

„Vater, was ist mit dir? Möchtest du einen Becher Bier haben?"

Siegfried schüttelte den Kopf. Noch immer starrte er aufs Wasser. Als Torben schon glaubte, er würde wieder in seinen Gedanken versinken, hörte er ihn flüstern.

„Ich habe Angst, mich schlafen zu legen. Jede Nacht wache ich auf und wähne mich wieder in Gefangenschaft. Dann spüre ich die Fesseln, die mir das Blut abschnüren und hab den modrigen Geruch des Kellerlochs in der Nase."

Torben ließ eine Zeit verstreichen, ob er noch etwas hinzufügen wollte. Nach einer ganzen Weile brach er das Schweigen.

„In Dänemark habe ich einen jungen dänischen Soldaten töten müssen. Sein bartloses Gesicht sehe ich beinahe jede Nacht in meinen Träumen. Ich würde alles tun, um es ungeschehen zu machen."

Siegfried blickte seinen Sohn aufmerksam an. Zum ersten Mal kam es Torben so vor, als nähme dieser ihn wirklich wahr. Dann ließ sein Vater die Schultern hängen und blickte starr geradeaus. Der kalte Nachtwind schien ihm nichts auszumachen.

Torben nahm all seinen Mut zusammen.

„Vater, wenn du jetzt aufgibst, haben die Piraten gewonnen."

Siegfried blickte aufs Wasser, dass in der Dunkelheit leise gluckste.

Torbens Worte hatten ihn nicht erreicht. Der große bullige Mann wirkte gebrochen.
„Vater“, drängte er ihn. „Schon als ich ein kleiner Junge war, hast du mir gesagt, dass ein Voigtherr niemals aufgeben darf. Das werden wir auch jetzt nicht tun. Wir stehen wieder auf und kämpfen.“
Torben glaubte ein Seufzen zu vernehmen, als sein Vater sich ihm zuwandte.
„Das war in einem anderen Leben und ich war ein anderer Mann.“ Selbst seine Stimme klang alt und verdorrt. Torben stand noch eine Weile neben ihm.
„Versuche zu schlafen, Vater“, riet er ihm.
Dann ging er zurück ins Haus und legte sich selbst auf sein Lager. Auch wenn er anfangs glaubte, dass seine Worte vergebens gewesen waren, stellte er nach einigen Tagen eine Veränderung im Wesen seines Vaters fest. Dieser stand früher auf, sprach wieder mit Maik und den Lehrlingen und hielt sich immer öfter in der Schreibstube auf. Schon bald machte er es sich zur Gewohnheit, jeden Tag das Haus zu verlassen, um sich mit anderen Kaufleuten zu treffen und seine Kontakte zu pflegen. Manchmal nahm er Werner mit.
Torben war darüber sehr erleichtert. Sie verloren nie wieder ein Wort über ihr Gespräch, was Torben nicht wunderte. Reden war noch nie eine Stärke der Männer innerhalb der Familie Voigtherr gewesen.
Torben kümmerte sich um die Lehrlinge und feilte an seinen Zukunftsplänen. Beides machte großen Spaß, kostete aber eine Menge Zeit. Die Lehrlinge wuchsen zu jungen Männern heran, die ihr Handwerk verstanden und ihm immer mehr Tätigkeiten abnahmen. In weniger als einem Jahr würden sie zu ihren Familien zurückkehren und ins Geschäft ihrer Väter einsteigen.
Mittlerweile war es Mitte April geworden und die Sonne gewann jeden Tag an Kraft. Torben hatte es sich zur Gewohnheit gemacht, jeden Morgen mit einem Bad in der Trave zu beginnen. Er liebte die Momente, in denen es im ganzen Haus noch ruhig war und er Zeit für sich hatte. Don begleitete ihn zwar stets bis zum Ufer, lehnte es aber ab, ihm ins kühle Nass zu folgen. Stattdessen beobachtete er seinen Herrn dann immer mit schräg gelegtem Kopf, so dass Torben oft Mühe hatte ein Lachen zu unterdrücken.
Anfangs kostete es ihn echte Überwindung, ins eisige Wasser zu springen. Jeder Atemzug fiel ihm schwer. Seine Muskeln wurden schnell fest, so dass er nur wenige Schwimmzüge schaffte, bevor er an den Holzsteg zurückkehrte. Doch mit jedem Tag erschien ihm das Wasser wärmer und so verlängerte er immer wieder seine Schwimmstrecke.

Als Maik ihn einmal tropfnass vom Steg zurückkehren sah, schüttelte er den Kopf.
„Wenn dich der Kriegszug nach Dänemark schon nicht umbringen konnte, versuchst du es jetzt auf diese Weise?"
Dabei verzog er das Gesicht zu einem spöttischen Grinsen.
„Ich bin ja froh, dass bisher nichts passiert ist. So unbeholfen wie du da im Wasser herumplanschst, wäre es wahrscheinlich an mir, dich zu retten."
„Keine Sorge", erwiderte Torben. „Don hatte mich die ganze Zeit im Blick."
Sie grinsten einander an und Torben wurde gleich ein wenig leichter ums Herz.
„Wenn ich nur wüsste, was wir wegen deiner großen Klappe unternehmen", schüttelte Torben vorwurfsvoll den Kopf. „Außerdem ist das Wasser wirklich nicht kalt. Ich habe es dir noch nicht erzählt, weil ich Sandra nicht beunruhigen wollte. Aber letzten Winter in Nowgorod habe ich sogar die Tochter eines dortigen Fürsten aus dem See gerettet. Sie war eingebrochen und unter das Eis geraten. Es hätte nicht viel gefehlt, und ich wäre tatsächlich jämmerlich ersoffen. Da hättest du Grund gehabt, dir Sorgen zu machen!"
Maiks Augen wurden groß.
„Erzähle das Sandra bloß nicht. Dann macht sie sich noch im Nachhinein große Sorgen. Es war aber auch eine reichlich dumme Idee von dir, dich unter das Eis zu wagen. Erst im letzten Winter haben die zwei Bengel von Josef Birkner, dem Fassmacher, ihren Übermut mit dem Leben bezahlt. Sie haben sich zu früh aufs Eis begeben und sind eingebrochen. Noch bevor ihnen jemand helfen konnte, waren sie schon versunken. Ihre Mutter ist kurz darauf von einer Krankheit dahingerafft worden. Sie hatte sich nach diesem Schicksalsschlag aufgegeben."
Torben starrte ihn erschrocken an.
„Das ist ja furchtbar!"
Maik nickte.
„Der Josef trinkt seitdem mehr als ihm guttut. Jeden Abend sitzt er in einer der Schankstuben. Wenn er nicht aufpasst, sieht er seine Familie schneller wieder, als ihm lieb ist. Denn dann wird Gott ihn schon bald zu sich holen, ob er will oder nicht."
Einen Moment schwiegen sie in Gedanken versunken und starrten aufs Wasser.
„So wie ich dich kenne, Torben, hast du doch bestimmt schon ganz konkrete Pläne für diese Handelssaison, oder?"
Torben schnaubte missbilligend.

„Ein Söldner in Kopenhagen hat mir mal gesagt: Wer Pläne hat, der soll Gott von ihnen erzählen. Und wenn er ganz genau lauscht, kann er ihn dann laut lachen hören."
Maik seufzte schwer. Er wusste, dass Torben sich mit dem Glauben schwertat.
„Pläne habe ich reichlich. Die Frage ist vielmehr, was ich davon tatsächlich umsetzen kann. Wir sind nicht auf Rosen gebettet. Uns fehlt das Geld, um teure Waren erwerben zu können. Deshalb ist mein Vater ja so angespannt, dass ihm jeder aus dem Weg geht. Zugleich ist er aber auch ein furchtbarer Dickkopf und wird seinen Weg gehen, ganz egal, was ich davon halte. Ich habe schon mehrfach mit ihm über seine Vorhaben reden wollen. Aber bisher hat er mir immer die kalte Schulter gezeigt. Ich weiß nicht einmal, wohin er unterwegs ist, wenn er das Haus verlässt."
Maik kratzte sich nachdenklich am Kinn.
„Gib ihm Zeit", riet er dem Jüngeren. „Auf seine Art ist er genau so ein Dickschädel wie du. Nur dass er eine furchtbare Zeit durchgemacht hat, weshalb er noch härter und unerbittlicher geworden ist. Sobald ihm einige Vorhaben gelingen, wird er zu sich finden und umgänglicher werden."
Torben lachte bitter.
„Das würde ich gern glauben."
Er starrte zum Fluss, als warteten dort die Antworten auf seine Fragen. Hinter ihnen öffnete sich die Tür und sein Vater trat ins Freie. Eine Weile beobachtete er mit unbewegtem Gesicht das Gespräch der beiden, bevor er herrisch den Arm hob und Torben herbeiwinkte. Torben seufzte und setzte sich in Bewegung. Siegfried drehte sich wortlos um und Torben folgte ihm
in die kleine Schreibkammer. Er war nicht überrascht, dass dort bereits Werner auf sie wartete. Dieser hatte sich in einige Listen vertieft und schüttelte immer wieder unwillig den Kopf.
Torben atmete tief ein, auch wenn die Luft in der kleinen Kammer abgestanden war. Trotzdem war er froh, dass sie endlich miteinander sprachen. Das hätten sie schon viel früher tun sollen. Durch das kleine Fenster fiel fahles Licht hinein. Siegfried ließ sich ächzend auf den Stuhl sinken und starrte seinen jüngsten Sohn an.
„Ich will nicht lange um den heißen Brei herumreden. Unser Rettungsversuch im letzten Jahr war ein Albtraum. Wir haben alles verloren und stehen vor dem Bankrott. Gott sei Dank ist der alte Torgensen der einzige, bei dem ich Schulden aufgenommen habe. Sonst würden mir jetzt auch noch die Gläubiger die Türen einrennen. Doch uns fehlt jegliches Kapital, um im Frühjahr neue Geschäfte

abschließen zu können."
Werner stieß angewidert die Papiere von sich. Torben hielt dem Blick seines Vaters stand. Diese Informationen waren nichts Neues für ihn. Schließlich hatte er die Bücher seines Vaters genauestens durchforstet, bevor er nach Nowgorod aufgebrochen war.
„Wir sind noch nicht am Ende", entgegnete er in ruhigem Tonfall.
Jetzt hob auch Werner den Kopf und blickte ihn skeptisch an.
„Was meinst du damit? Hast du einen Dukatenesel im Keller, von dem wir nichts wissen? Wieso warst du eigentlich mit auf diesem Kriegszug? Wir sind Kaufleute, keine Söldner. Und wo hattest du überhaupt das Geld für unsere Freilassung her? Ich denke, wir waren pleite?"
Torben schüttelte den Kopf.
„Ich hatte euch schon einmal erklärt, dass Huntenberg gefährliche Männer beschäftigt hat, die mir nach dem Leben trachteten. Deshalb musste ich Lübeck verlassen. Da erschien mir der Kriegszug als einziger Ausweg, denn er führte mich zugleich gen Norden. Da hatte ich bereits geplant, euch irgendwann auszulösen. Ich wusste nur noch nicht, wie genau ich das anstellen sollte."
Werner lachte höhnisch.
„Die beiden Ganoven, die sie in unserem Haus dingfest gemacht haben, waren gewöhnliche Straßenräuber. Beim Anblick eines Schwertes wären die bestimmt davongerannt. Solch ein Pack würde ich kaum als gefährlich bezeichnen."
Torben ignorierte seinen Bruder und starrte seinem Vater direkt in die Augen.
„Das waren nur Helfershelfer. Die anderen Verbrecher sind Mörder, ich habe es selbst gesehen. Sie haben drei Anschläge auf mich verübt, um zu verhindern, dass ich euch vielleicht doch noch retten könnte. Mehrmals kam ich nur knapp mit dem Leben davon. Die Narben dieser Angriffe trage ich für den Rest meines Lebens als Andenken mit mir herum, also erzähl mir nichts!"
Werner wollte aufbegehren, doch Torben starrte ihn so wütend an, dass dieser sich zurückhielt.
Merkwürdig, dachte Torben. Normalerweise ging sein Sturkopf von Bruder keinem Streit mit ihm aus dem Weg. Torben war noch immer aufgebracht. Doch sich seiner Wut hinzugeben, würde ihm nicht weiterhelfen. Also zählte er langsam bis zehn. Dann hatte er sich beruhigt und seine Stimme wieder im Griff.
„Und was das Geld angeht, habe ich nichts zu verbergen. Auf dem Kriegszug stand ich im Dienste Lübecks und habe mir meinen Sold redlich verdient. Außerdem habe ich bei der Eroberung der Festung in

Kopenhagen eine hübsche Anzahl Silbermünzen erbeutet."
Er hob die schweren Schultern.
„Natürlich musste ich den Männern, die mich auf der Fahrt nach Gotland begleitet haben, noch ihren Sold ausbezahlen und auch für die Verpflegung aufkommen. Aber selbst nach Abzug all dieser Kosten habe ich noch etwas Geld übrig, damit ihr wieder auf die Füße kommt. Es besteht also noch Hoffnung, es aus eigener Kraft zu schaffen."
Siegfried und Werner starrten sich verblüfft an. Dann schlich sich ein gieriges Funkeln in Werners Augen.
„Wieviel?", flüsterte er atemlos.
„Fast zweihundert Mark", erwiderte Torben.
Damit gab er den Großteil seines verbliebenen Schatzes ab, um den beiden einen Neustart zu ermöglichen. Für sich selbst behielt er weniger als vierzig Mark zurück. Doch das störte ihn nicht, denn mit der Bezahlung der Fellieferung, die Sigurd für ihn in die Wege geleitet hatte, hatte er seinen wichtigsten Kauf bereits getätigt.
Statt sich zu freuen, stieß Werner enttäuscht die Luft aus.
„Das reicht nicht einmal, um einen ordentlichen Warenbestand aufzubauen. Wir haben nichts mehr. Außerdem brauchen wir ein Schiff. Ohne frisches Geld ist die gesamte Handelssaison für uns verloren."
„Was hast du erwartet?", gab Torben bissig zurück. „Dass ich euer Lösegeld zusammenbekomme und nebenbei ein Vermögen mache? Ich gebe euch mein ganzes Geld. Damit lässt sich etwas anfangen, wenn man es klug anstellt."
Siegfried setzte sich auf und hob den Kopf.
„Du hilfst deiner Familie. Das ist wohlgetan. Und doch hat Werner recht. Das reicht für mein Vorhaben nicht aus. Deshalb war ich in den letzten Wochen dreimal bei dem alten Torgensen."
Torben schnaufte überrascht, hielt aber den Mund, als er sich einen bösen Blick seines Vaters einfing.
„Dein Geld reicht uns nicht, Torben. Es ist kaum mehr als eine Geste. Was bleibt mir denn sonst übrig? Natürlich könnte ich es noch mal bei den Lombarden versuchen."
Werner grunzte abfällig.
„Diesen norditalienischen Halsabschneidern kann man nicht trauen. Dann stehen wir schon mit einem Bein im Schuldturm."
„Ganz recht", bestätigte Siegfried. „Diese Lumpen würden mir vielleicht das gewünschte Geld vorstrecken. Aber zu welchem Preis? Sie werden nicht umsonst als Wucherer beschimpft. Ich kenne einen Kaufmann aus Köln, der sich in Notzeiten einmal vierhundert Gulden

von einem Bankier geliehen hat. Im Vertrag wurde eine Laufzeit von drei Monaten verzeichnet, bei einem Zinssatz von zwanzig Prozent!" Er spie die Zahl voller Abscheu heraus.
„Hat er die Summe zurückzahlen können?", fragte Torben.
Sein Vater nickte düster.
„Die drei Monate reichten gerade eben aus, um seinen Engpass zu überbrücken. Aber es hat nicht viel gefehlt und er hätte alles verloren. Deshalb ist das für mich keine Lösung. Es mag sein, dass der alte Torgensen sich mit dem Huntenberg verschworen hat, um mich in den Abgrund zu stoßen", fuhr ihr Vater fort. „Aber er behauptet steif und fest, dass er von diesem Komplott nichts wusste. Ihm sei es nur darum gegangen, mir mit Geld auszuhelfen und an den Zinsen zu verdienen. Es gibt niemanden, der ihn belasten kann, denn Huntenberg ist tot und wir können nichts beweisen. Statt also unsere Zeit mit Anklagen vor dem Rat der Stadt zu verschwenden, habe ich mich mit ihm zusammengesetzt und nach einem Ausweg gesucht. Er ist bereit, mir noch einmal Geld zu leihen. Noch immer ist er Besitzer unserer Lager am Hafen, als Sicherheit für die erste Summe, die er mir geliehen hat. Diesmal werde ich ihn am Erfolg meiner nächsten Handelsfahrt beteiligen müssen. Das ist der einzige Weg, um wieder auf die Beine zu kommen. Wenn die Fahrt erfolgreich ist, zahle ich die Schulden zurück und kann auch wieder über unsere Lager verfügen. Erst dann stehe ich wieder auf eigenen Beinen."
Er starrte seine Söhne kampfeslustig an.
Werner zuckte teilnahmslos mit den Schultern. Er sah selbst keinen besseren Ausweg und würde seinem Vater nicht widersprechen.
Aber Torben war aus anderem Holz geschnitzt.
„Wer sagt dir, dass dieser Mann nicht schon bei nächster Gelegenheit erneut versuchen wird, dich übers Ohr zu hauen. Du kannst ihm nicht vertrauen", redete er mit eindringlicher Stimme auf Siegfried ein.
Doch der winkte erbost ab.
„Lass das meine Sorge sein! Außerdem kann ich mir Skrupel in meiner Lage nicht leisten."
Torben schüttelte ganz langsam den Kopf. Dann wagte er einen letzten Einwand.
„Mit Torgensen zusammenzuarbeiten, ist ein Pakt mit dem Teufel!"
Siegfried hatte den Blick starr zu Boden gerichtet, als er antwortete:
„Alle Engel sind weg, Torben. Es gibt nur noch Teufel. Wenigstens gibt er zu, einer zu sein."
Torben starrte ihn betroffen an.
„Du wirst uns nicht begleiten, wenn wir im Frühjahr aufbrechen", fuhr sein Bruder ihn mit gehässigem Grinsen an. „Das habe ich mit

Vater bereits abgesprochen. Also was kümmert es dich, wenn wir unsere Haut zu Markte tragen?“
Torben sah Werner ins Gesicht. Tiefe Falten hatten sich in seine fahle Haut gegraben. Die Entbehrungen der Gefangenschaft hatten deutliche Spuren hinterlassen. Trotzdem fragte er sich, warum sein Bruder ihn so hasste. Er hatte ihm nie einen Anlass dazu gegeben. Mit einem Mal fühlte er sich sehr allein.
„Ich habe nie einen Funken Dankbarkeit von euch erfahren, obwohl ich mein Leben für euch riskiert habe. Es wird wirklich besser sein, wenn in Zukunft jeder seinen Weg geht und auf eigene Rechnung Geschäfte macht.“
Siegfried hob den Kopf. Seine Augenbrauen zogen sich unheilvoll in die Höhe.
„Willst du Beifall?“, fuhr er ihn an.
„Sänger und Gaukler verlangen Beifall. Du bist ein Voigtherr. So etwas wird von dir erwartet. Du tust, was du tun musst. Glaubst du, ich bin nach jeder geglückten Handelsfahrt zu deiner Großmutter gelaufen und habe darauf gewartet, dass sie mich mit Rosenblättern überschüttet?“
Torben fiel es plötzlich schwer, seinen Vater anzusehen.
„Du hast mich nie gefragt, was ich will, Vater. Dich nie für meine Träume interessiert. In deinen Augen war ich immer nur ein besserer Knecht, der sich für dich den Rücken krumm macht, ohne ein Mitspracherecht zu haben. So kann und will ich nicht mehr weitermachen. Leb du dein Leben! Ich lebe meins. Ich habe sowieso vor, mit Sigurd Johannsen eine Handelspartnerschaft einzugehen. Wir sind uns einig, zukünftig ein Geschäft mit Fellen und Bernsteinen zu betreiben.“
Siegfried Voigtherr war aufgesprungen. Er schien mit sich zu ringen, doch dann überwog sein Starrsinn. Ein Sturm tobte in seinen Augen.
„Dann soll es so sein! Auf diese Weise beschreitet jeder seinen eigenen Pfad und wir werden uns lange Zeit nicht sehen. Aber ich sage dir gleich, mit Bernsteinen und Fellen als Handelsgüter werdet ihr nicht weit kommen. Mit guten Tuchen macht man Gewinn. Davon verstehen wir Voigtherrs eine Menge. Auch das ist etwas, was du wohl erst auf die harte Tour lernen musst, bevor jemals ein guter Kaufmann aus dir werden kann.“
Torben kämpfte kurz mit sich. Er wollte sich schon abwenden, doch dann konnte er einfach nicht anders.
„Dieses Handelsgut ist seit etlichen Jahren das Einzige, was dir einfällt, Vater. Sicher, es kann gutgehen. Aber mittlerweile machen hunderte Hansekaufleute das gleiche. Die Profite werden mit jedem Jahr

geringer. Stattdessen könntest du auch englisches Tuch in Hamburg oder Lübeck veredeln lassen, statt es für teures Geld in Brügge oder Antwerpen zu kaufen. Wenn du dir hier Kontakte zu Färbern aufbauen würdest, die das englische Tuch färben und veredeln, wären die Gewinne ungleich höher."
Siegfrieds Gesicht wurde hochrot vor Zorn. Er hob die Hand und winkte erbost ab.
„Du immer mit deinen neumodischen Ideen. Ständig willst du die Welt verändern. Damit wirst du noch mal fürchterlich Schiffbruch erleiden. Das sag ich dir!"
Zuletzt schrie er die Worte heraus, so dass der Speichel aus seinem Mund flog.
Torben schwieg und so gingen sie auseinander. An diesem Abend wechselten sie kein Wort mehr. Natürlich bemerkten Maik und die Lehrlinge, dass der Haussegen mal wieder schief hing. Aber es war nicht das erste Mal, dass sich die Kaufmannsfamilie uneins war. Also hatten sie gelernt, damit umzugehen.
Am nächsten Tag brachte Torben seinem Vater ein dickes Bündel, in dem zwei Lederbeutel eingeschnürt waren. Als er es auf den Tisch warf, ertönte ein sattes Klimpern. Siegfried hob überrascht den Kopf.
„Ich stehe zu meinem Wort und wünsche euch viel Glück bei eurer Unternehmung."
Noch ehe sein Vater etwas erwidern konnte, hatte Torben ihm bereits den Rücken zugekehrt und die Kammer verlassen.
Irgendwie fühlte er sich erleichtert. Er hatte sich mit aller Kraft für seine Familie eingesetzt, sie gerettet und unterstützt. Was sie nun damit anfingen, lag nicht mehr in seinen Händen. Es war an der Zeit loszulassen und sich um seine eigenen Pläne zu kümmern.

In den nächsten Wochen verbrachte er gemeinsam mit seinen Freunden mehrere Abende in dunklen Kaschemmen, in denen das Bier billig war und die Kundschaft aus Tagelöhnern und Seeleuten bestand. Auf diese Weise hatte Torben früher viel Zeit verbracht. Ein wenig vermisste er diese sorglosen Tage.
Marco saß ihm gegenüber und starrte in seinen leeren Becher.
„Jeden Tag, den ich nicht auf See verbringe, sterbe ich ein wenig mehr. Keine Ahnung, wie ihr Landratten das aushaltet. Ich will endlich wieder Planken unter meinen Füßen haben und das Auf und Ab der Wellen spüren. Naja, ich werde es schon aushalten. Nächste Woche habe ich nämlich einen Auftrag für eine Fahrt nach Rostock angenommen."
„Herzlichen Glückwunsch", meldeten sich seine Freunde zu Wort.

Nur Mathias, der sich ihnen nach ihrer Rückkehr freudig wieder angeschlossen hatte, schüttelte sich kräftig.
„Schon der Gedanke daran treibt mir den Schweiß auf die Stirn. Wenn es nach mir geht, kann das noch warten."
Endlich fand die Bedienung, ein magerer Kerl mit einem Gesicht wie ein Frettchen, mal wieder den Weg zu ihrem Tisch. Er trug ein Tablett, auf dem sich fünf Becher Bier aneinanderdrängten. Die lang ersehnte zweite Runde. Marco rieb erwartungsvoll die Hände aneinander. Dann sah er bestürzt dabei zu, wie der Mann ins Straucheln geriet und ein wenig Bier verschüttete.
„Kerl! Was machst du da? Du darfst alles tun, aber doch kein Bier verschütten!"
Die Bedienung hatte das Unglück gerade noch verhindern können, stellte das Tablett auf dem Tisch ab und verteidigte sich.
„Hier ist es voll! In dem Gedränge das Gleichgewicht zu halten ist schwerer, als es aussieht."
Erbost starrte er Marco an.
„Hast du überhaupt schon mal in einer Schankstube gestanden?"
Marco grinste. Jetzt, da sein Bier vor ihm stand, hatte sich seine Aufregung schnell gelegt und er nickte dem dürren Kerl verständnisvoll zu.
„Aber sicher doch, mein Junge. Jahrelang!"
Er grinste seinen Freunden zu, während er weitersprach.
„Gestanden, gekniet, gelegen – nur immer auf der anderen Seite des Ausschanks."
Sascha hätte beinahe den Schluck Bier über den Tisch geprustet, den er gerade im Mund hatte. Auch Tobias lachte in seinen Becher. Die Bedienung wollte noch etwas erwidern, gab es dann aber auf und verschwand wieder hinter dem Tresen.
Torben wischte sich eine Träne aus dem Auge.
„Gelegen, das glaube ich dir sofort."
Sie stießen an und tranken durstig.
Die ein wenig schief in den Angeln hängende Tür öffnete sich erneut und eine vermummte Gestalt tauchte auf. Ihr folgte ein Schwall regenfeuchter Luft, der die übrigen Gäste herumfahren ließ.
„Tür zu, verdammt!"
Der Mann schloss mit einem kräftigen Ruck die Tür und streifte sich dann die Kapuze vom Kopf.
„Karl!", rief Torben und eilte auf seinen Freund zu.
„Hat Sandra dich bei diesem Wetter gehen lassen? Sieht ihr gar nicht ähnlich", lächelte er.
Karl wischte sich das Regenwasser aus dem Gesicht und sah sich um.

„Die Luft hier drin ist ja zum Schneiden. Dass ihr hier atmen könnt! Wir sollten mal alle Fenster öffnen."
Torben lachte.
„Das letzte Mal haben die hier im Sommer gelüftet. Deshalb haben dich auch alle so entrüstet angesehen. Aber besser im strengen Geruch dieser Halunken hier im Warmen sitzen, als sich draußen vom Blitz treffen lassen. Es hat heute den ganzen Tag Gewitter gegeben."
Er zeigte auf den Stuhl neben sich.
„Leg den Fellmantel ab und nimm Platz. Dein Bier kommt gleich."
Karl rieb sich die kalten Hände und nickte Marco, Sascha, Tobias und Mathias freundlich zu.
Mathias erzählte ihnen gerade von einer hübschen Bäckerin, auf die er ein Auge geworfen hatte. Während er unter Zuhilfenahme seiner Hände ihre Kurven beschrieb, stichelte Marco:
„Und du bist dir sicher, dass du ihr nicht nur deshalb zugetan bist, weil sie zufällig Backwaren herstellt und du immer Hunger hast?"
Mathias lächelte ertappt und wurde rot.
„In meinem Leben habe ich genug Hunger gelitten. Das ist kein Spaß, kann ich dir sagen. Ich hätte nichts dagegen, wenn mir das zukünftig erspart bliebe. Ein wenig Vorsorge schadet da bestimmt nicht."
Tobias nickte beifällig.
„Klingt für mich nach einem guten Plan."
„Da wir gerade von Plänen sprechen", wandte sich Torben an Karl. „Hattest du mir nicht erzählt, dass du letzten Sommer nach Lüneburg fahren wolltest, um Salz zu kaufen? Wie ist es dir ergangen?"
Karl lachte kehlig. Gerade als er antworten wollte, kam der dürre Kerl vom Tresen heran und stellte einen großen Krug Bier vor ihm ab. Dabei gab er sich größte Mühe, bloß nichts zu verschütten. Marco grinste gutmütig, sagte aber nichts.
Karl nickte dankend und wandte sich wieder der Runde zu.
„Das war vielleicht ein Sommer, kann ich euch sagen. Während ihr in der Ferne tapfer für die Rechte der Hanse gestritten habt, habe ich fünfunddreißig Zentner Salz aus den Salinen Lüneburgs gekauft."
Mathias wusste wenig über das Geschäft mit Salz. Neugierig beugte er sich vor.
„Warum gibt es denn in Lüneburg so große Vorräte an Salz? Sollte es das nicht eher in der Nähe der Meere geben?"
Karl musterte ihn interessiert.
„Damit hast du im Prinzip recht, Mathias", pflichtete er ihm bei. „Da muss ich ein wenig ausholen. Die größten Salzgewinnungsstätten für Meersalz liegen bei Bourgneuf an der französischen Atlantikküste und an der Küste Portugals, bei Lissabon. Das liegt daran, dass der

Atlantik einen hohen Salzgehalt aufweist. Wer einmal einen Schluck Meerwasser gekostet hat, vergisst das so schnell nicht. Das Wasser frisst sich in die Haut und wenn dir die Gischt in die Augen spritzt, brennt es ziemlich. Dagegen ist die Ostsee harmlos. Sie weist so wenig Salz auf, dass sich der Abbau nicht lohnt. Jedenfalls leitet man in Frankreich das Meerwasser in Bassins ein. Dann unterbricht man den Zufluss zum Meer und durch die Kraft der Sonne und den Wind beginnt das Bassin auszutrocknen. Irgendwann kann der Salzbauer die an der Wasseroberfläche schwimmenden Kristalle mit großen Haken abschöpfen. Das Salz muss dann noch getrocknet werden und wird schließlich verpackt. Das ist ein Prozess, der wenig Arbeit erfordert. Daher sind die Preise recht niedrig. Man muss aber wissen, dass das Salz aus dem Atlantik grobkörniger ist als das Salinensalz aus Lüneburg. Das Meersalz ist stärker verunreinigt, ein wenig bitter im Geschmack und soll Nahrungsmittel weniger gut haltbar machen. Allerdings muss man die weite Reise auf sich nehmen, was den Preisvorteil meist wieder zunichtemacht. Das Salz aus Lüneburg hingegen ist von hoher Reinheit. Die Kaufleute in Bergen schwören auf das Lüneburger Salz. Sie wollen ihre Heringe in den Fässern so gut haltbar machen wie nur möglich, damit ihre Abnehmer zufrieden sind und auch im nächsten Jahr wieder bei ihnen kaufen."
Er blickte Mathias forschend an, ob dieser ihm noch folgte. Doch Mathias nickte eifrig. Karl trank einen Schluck und fuhr fort.
„Wie schön, mal einen von Torbens Freunden kennenzulernen, der wissbegierig ist. Torben hat mir noch nie so lange zugehört. Manchmal habe ich das Gefühl ihn schon nach wenigen Sätzen verloren zu haben."
Torben breitete entschuldigend die Arme aus.
„Da ist durchaus etwas dran", gab er zu. „Allerdings gebe ich zu bedenken, dass deine einschläfernde Erzählweise es mir auch verdammt schwer macht."
Jetzt mussten sie alle lachen und es dauerte eine Weile, bis wieder Ruhe eingekehrt war.
Karl setzte erneut den Becher an und nahm einen großen Schluck. Nachdem er sich den Schaum von der Oberlippe gewischt hatte, stutzte er und versuchte den Geschmack zu ergründen.
„Ganz frisch ist das Bier hier aber nicht, oder? Schmeckt recht muffig, finde ich."
Sascha winkte ab.
„Wirst dich schon noch daran gewöhnen. Ab dem zweiten Krug fällt dir das nicht mehr auf. Außerdem kostet das Bier hier nur zwei Pfennig pro Becher und damit halb so viel wie ein Pfund Butter."

Karl verzog kurz das Gesicht.
„Das ist in meinen Augen immer noch zu viel."
Sie grinsten einander an und Karl fuhr mit seinen Erklärungen fort.
„Jetzt zu deiner eigentlichen Frage, Mathias. In Lüneburg ist man irgendwann zufällig auf riesige Salzvorkommen gestoßen. Der Legende nach wurden die Lagerstätten von Jägern entdeckt, als sie den Spuren einer Wildsau folgten, die durch das sumpfige Gelände der Ilmenau Niederung führten. Die Jäger erlegten das Tier schließlich. Als sie ihre Beute näher untersuchten, sahen sie mit Erstaunen, dass Fell und Borsten der Wildsau mit weißen Körnchen bedeckt waren. Neugierig probierten die Jäger den Borstenbelag und stellten fest, dass es sich um kostbares Salz handelte. Sogleich machten sie sich voller Eifer auf die Suche nach der Suhle und entdeckten bald darauf die Quelle. Auf diesem Fund gründet der Reichtum Lüneburgs. Die Saline liegt innerhalb der Stadtmauer am südwestlichen Stadtrand. Trotzdem wird sie durch eine hohe Mauer gesichert, um ein Übergreifen von Bränden auf die Stadt zu verhindern. Rund um die Solequelle stehen mehr als dreißig Siedehütten, in denen mehrere Siedepfannen stehen. In diesen Pfannen wird durch Erhitzen pausenlos Salz gewonnen. Das ist jedoch nicht ganz ungefährlich, denn diese Siedehütten bestehen aus Holz und haben Strohdächer. Es gibt zwar einige Löschteiche in der Nähe, aber so ein Brand greift schnell um sich."
Er beugte sich ein Stück vor und fing den Blick von Mathias auf.
„Einer der Salzbauern hat mir verraten, dass dort in guten Zeiten an einem Tag bis zu siebzig Zentner Salz produziert werden."
Die Männer starrten ihn verblüfft an. Es fiel ihnen schwer, sich eine solche Größenordnung vorzustellen.
„Dann hast du ja die Hälfte der Salzmenge eines guten Tages aufgekauft", flüsterte Mathias.
Karl nickte zufrieden. „Du bist ein heller Kopf. Ich verstehe noch immer nicht, warum du dich mit Torben abgibst."
Mathias lächelte verschmitzt.
„Vielleicht sollte ich Salzbauer werden. Klingt für mich, als hätten die ein auskömmliches Leben und immer was zu tun."
Karl schüttelte den Kopf.
„Wenn du dich da mal nicht irrst. Das Salzgeschäft hat auch seine Schattenseiten. Die Salzbauern sind arme Schweine, die jeden Tag zwölf Stunden arbeiten müssen und nur fünf Tage frei haben im Jahr. Einer der Männer sah aus wie mein Vater, war aber gerade mal so alt wie ich. Er hat mir gesagt, dass die Arbeiter im Schnitt nur fünfunddreißig Jahre alt werden. Klingt für mich nicht erstrebenswert."

Mathias verzog das Gesicht.
„Dann wäre das doch nichts für mich. Aber wie hast du die ganze Ladung denn nach Lübeck gebracht? Doch wohl kaum mit Ochsenkarren, oder?"
„Mit Lastkähnen", erklärte Karl. „Erst wird die Ware mit Salzfuhrwerken zum Hafen gefahren. Das ist ein endloser Strom an Fahrzeugen, kann ich euch sagen. In der Gegenrichtung sind die vielen Holzkarren unterwegs, die Brennholz in die Saline schaffen, damit die Salzpfannen Tag und Nacht befeuert werden können. Das macht alles einen riesigen Lärm. Die Stadt kommt kaum zur Ruhe. Aber die Ratsherren Lüneburgs schlafen friedlich dabei, denn mit jedem Tag wächst ihr Reichtum. Sie würden erst nervös werden, wenn es mal eine Nacht ruhig bliebe, denn das würde bedeuten, dass ihr Geldstrom ins Stocken geriete. Jedenfalls wurde meine Ladung im Hafen auf Lastkähne verladen. Lüneburg besitzt allein siebzig davon, mit denen die Salzmengen für die Händler über die Ilmenau und die Elbe verschifft werden."
„Gehört die Saline eigentlich der Stadt oder den Bürgern?", fragte Torben neugierig.
„Der Kirche", erwiderte Karl. „Und dem Landesherrn. Sie verpachten die Siederechte einzelner Pfannen an ausgewählte Bürger, die Sülfmeister. Diese wiederum stellen Arbeiter ein, die sich den Rücken krumm arbeiten, um die Pfannen Tag und Nacht zu betreiben. Schließlich ist Salz ein kostbares Gut. Wusstest ihr, dass man ein Fass Salz braucht, um vier bis fünf Fässer Heringe haltbar zu machen? Deshalb überschreitet der Bedarf in der Regel das Angebot."
Karl leerte seinen Becher und knallte ihn wieder auf den Tisch.
„Das Gerede macht mich durstig. Mittlerweile schmeckt mir die Plörre sogar."
Marco lächelte matt.
„Das Geheimnis besteht darin, schnell zu trinken."
Sie stießen erneut an und ließen sich dann auf ihren harten Stühlen zurücksinken.
„Also darf ich deinen weitschweifigen Ausführungen entnehmen, dass sich das Jahr für dich gelohnt hat?", fasste Torben das Gerede schmunzelnd zusammen.
Karl sah sich am Tisch um und schlug mit der flachen Hand auf die Platte, dass es laut schepperte.
„Ich weiß doch genau, was ihr hören wollt. Bestellt nur ordentlich. Der Abend geht auf mich!"
Lautes Johlen unterbrach ihn. Marco und Sascha trommelten mit den Fäusten auf dem Tisch herum und beeilten sich, ihre Becher zu leeren.

Dann gaben sie der Bedienung ein Zeichen, dass ihr Durst dringend nach Nachschub verlangte.
Karl blickte Torben an.
„Ich hatte die gesamte Ladung bereits vorher zu einem festen Preis an einen Abnehmer in Bergen verkauft. Deshalb war mein Wagnis recht gering. Allerdings hat dieser Schurke doch tatsächlich versucht nachzuverhandeln, als ich die Ware geliefert hatte. Er behauptete, dass just in dieser Woche gleich zwei Schiffe von der französischen Atlantikküste eingetroffen wären und der Preis aufgrund des Angebots gesunken wäre."
„Und was hast du gemacht?", fragte Torben argwöhnisch.
Karl stieß entrüstet die Luft aus.
„Ich habe diesen Ganoven daran erinnert, dass dies die Gefahr ist, wenn man seine Verträge mit einem solchen zeitlichen Vorlauf abschließt. Zum Zeichen meines guten Willens habe ich ihm dann einen Zentner geschenkt. Damit war er einverstanden. Ich vermute, es ging ihm mehr um die Geste als ums Geld."
Er grinste spöttisch.
„Nebenbei bemerkt. Natürlich habe ich vorab geprüft, ob ich die Menge nicht bereits in Lübeck hätte losschlagen können. Das hätte mir viel Geld gespart. Wenn ich allein an die Heuer für die Matrosen denke."
Er schlug die Hände über dem Kopf zusammen.
„Fünf Seeleute habe ich für diese Fahrt an mich gebunden. Jeder von ihnen hat eine Heuer von zwölf Schillingen bekommen."
Marco nickte anerkennend.
„Du zahlst nicht schlecht. Vielleicht sollte ich bei dir an Bord gehen. Ich kenne genug Geizkragen, die ihre Mannschaft mit weniger abspeisen."
Karl sah ihn offen an.
„Als Kaufmann kann ich Kosten nicht leiden, weil sie meinen Gewinn schmälern. Aber ich bin auch kein Hundsfott, der andere um ihren gerechten Lohn bringen will. Schließlich arbeiten diese Männer hart und haben sich jeden Schilling verdient."
Sie tranken durstig. Karl wischte sich den Schaum vom Mund und schnippte mit den Fingern.
„Wo war ich stehengeblieben?", fragte er in die Runde.
„Du hast den Versuch unternommen, dein Salz bereits in Lübeck loszuschlagen", erinnerte Mathias ihn.
Karl strahlte ihn an.
„Du spielst dein Interesse nicht nur – du hörst ja richtig zu."
Er wandte sich an Torben.

„Irgendwie mag ich den Kerl. Was findet er bloß an dir? Aber zurück zum Geschäft. Jedenfalls habe ich Kontakt mit einem Haushofmeister aufgenommen, der für den Haushalt des Fürsten von Holstein verantwortlich ist. Aus Erfahrung weiß ich, dass dort am Hofe regelmäßig große Mengen Salz abgenommen werden. Dieser Haushofmeister kommt in Begleitung von einem seiner Köche einmal im Monat auf den Lübecker Markt, um sich mit allem zu versorgen, was den Gaumen des Fürsten erfreuen könnte. Ich dachte, ich hätte bei ihm leichtes Spiel. Aber weit gefehlt. Stattdessen erwiderte er mir…"
Er suchte nach den richtigen Worten. Dann sprang er voller Elan auf.
„Das kann man nicht erzählen! Das muss ich euch vorspielen."
Während er damit begann auf- und abzustolzieren, wedelte er ungeduldig mit der Hand in der Luft herum.
„Salz, Salz, immer nur Salz. Wie gewöhnlich! Salz kann ich zurzeit an jeder Straßenecke kaufen und zudem noch billiger als bei Euch. Die Gäste meines Fürsten sind verwöhnt. Sie wollen etwas Besonderes erleben, wenn sie an der Tafel meines Herrn speisen. Die Martinsgans soll ihnen so munden, dass sie noch Wochen später davon sprechen und meinen Herrn für seine Großzügigkeit loben. Danach suche ich! Ich brauche Gewürze! Je ferner und seltener, umso besser. Bringt mir Muskat, Zimt und Safran. Alles, was den Gaumen vor Wonne explodieren lässt. Dafür bin ich bereit, tief in die Taschen zu greifen. Das rechtfertigt beinahe jeden Preis!"
Er blickte seine Zuschauer mit erhobenen Händen an.
„Dann drehte der eitle Geck mir den Rücken zu und stiefelte davon."
Sascha wischte sich eine Lachträne aus dem Augenwinkel.
„Damit könntest du auf dem Markt auftreten. Du bist besser als viele dieser Schausteller, die von Stadt zu Stadt ziehen."
Karl deutete eine Verbeugung an.
„Dieses Geschäft wäre mir sehr gelegen gekommen", fuhr er fort.
„Denn die Kaufleute in Lüneburg wissen um den Wert ihrer Saline. Sie sind sehr selbstbewusst, wenn es ans Verhandeln geht. Deshalb ist mein Gewinn nicht sonderlich hoch. Aber ich bin zufrieden. Ein Kaufmann sollte nicht jedes Jahr seinen Kopf aufs Spiel setzen."
Dabei sah er Torben prüfend an.
„Wenn er die Wahl hat", ergänzte dieser und nickte bedeutungsschwer.
Karl blickte ihn misstrauisch an und zupfte an seiner Unterlippe herum.
„Du brütest doch was aus. Erzähle schon! Woran denkst du gerade?"
Torben zog irritiert eine Augenbraue in die Höhe.

„Du bist schon wie Sandra!“, fuhr er entrüstet auf. „Meine Schwester braucht mich auch immer nur anzusehen und weiß sofort, wenn mich etwas beschäftigt. Ist das so offensichtlich?“
Karl grinste begütigend.
„Deshalb mögen wir dich ja auch alle so. Du kannst uns einfach nichts vormachen.“
Torben sah sich am Tisch um und alle erwiderten grinsend seinen Blick. Schnaufend stieß er die Luft aus und machte eine wegwerfende Handbewegung.
„Sag mir doch bitte mal, wo ich diesen Haushofmeister treffen kann, sollte ich ihm ein Geschäft vorschlagen wollen.“
Karl blinzelte überrascht.
„Das ist nicht schwer. Er steigt einmal im Monat in der großen Pension unten an der Krähenstraße ab. Dort bleibt er einige Tage und kauft die erlesensten Gaumenfreuden für seinen Fürsten. Was für ein Geschäft willst du ihm denn vorschlagen? Du hast doch nichts, was ihn interessieren könnte.“
Torben zwinkerte ihm zu.
„Zurzeit noch nicht. Aber das mag sich ja ändern.“
Torben ließ die Schultern kreisen.
„Dieser Haushofmeister mag ein eitler Pfau sein. Aber sein Fürst und dessen Hofstaat haben einen erlesenen Geschmack und auch das Geld, um ihn sich leisten zu können. Das hat er mit vielen reichen Bürgern gemein. Salz ist gut und schön. Aber das kann man längst überall kaufen. Wer aber einmal von den fernöstlichen Gewürzen gekostet hat, die die Italiener zu horrenden Preisen veräußern, hat Appetit auf mehr. Ich habe auf dem Kriegszug Gespräche mit den unterschiedlichsten Händlern aus vielen Hansestädten geführt. Einige verfolgen schon seit Jahren, wie sich die Italiener mit ihren vorzüglichen Handelsbeziehungen wie eine Spinne ihr Netz weben und riesige Gewinne erwirtschaften. Sie kaufen den arabischen Händlern die Gewürze ab und beliefern dann sämtliche Märkte in den westlichen Königsländern. Gewürze eignen sich dafür vorzüglich. Ihr Preis wird in Gold aufgewogen. Einige Gewürze machen Speisen und Getränke haltbar. Andere wiederum überdecken mit ihren intensiven, gefälligen Aromen zumindest den verdorbenen Geschmack.“
Er blickte sich um und bemerkte ein Lächeln im Gesicht von Mathias.
„Als wenn ich so etwas brauchen würde. Ich esse doch sowieso alles, was in meine Nähe kommt.“
Marco schüttelte den Kopf.
„Als Seemann bin ich wahrlich nicht wählerisch. Aber du, Mathias, würdest auch ein gutes Hausschwein abgeben.“

Sie alle hatten Torben aufmerksam gelauscht. Karl gab ihm mit einer Handbewegung zu verstehen, dass er fortfahren sollte.
„Diesen Gewürzen und Kräutern werden oft heilende Eigenschaften zugeschrieben. Pfeffer soll zum Beispiel gegen Verdauungsbeschwerden helfen, gegen die Pest, ja selbst gegen ungewollte Schwangerschaft. Muskatnuss wiederum fördert angeblich Lust und Fruchtbarkeit, wird aber auch verwendet, um Bier zu würzen. Außerdem dürft ihr nicht vergessen, dass der Einsatz dieser exotischen Produkte das Ansehen des Gastgebers steigert. Neben dem besonderen Geschmackserlebnis verschaffen die exklusiven Körner, Rinden und Pulver jedem, der sie üppig verwendet, den Ruf, ein reicher, großzügiger Mann zu sein."
Karl verzog schmunzelnd den Mund.
„Dann schmeckt also bei ausgewählten Festen der Rotkohl nach Ingwer und der Rotwein vor allem nach Nelken, Zimt und Kardamom. Daran könnte ich mich bestimmt gewöhnen. Ich kann mir schon vorstellen, dass diese große Nachfrage zu riesigen Gewinnen führt."
Torben nahm einen Schluck aus seinem Becher und wandte sich an Karl.
„Im Sommer, wenn Sigurd aus Elbing zurück ist, fahre ich mit ihm nach Brügge, um den Italienern auf den Zahn zu fühlen. Wer weiß, vielleicht kommen wir ja mit einigen Gewürzen zurück. Auf jeden Fall fühlt es sich gut an, wieder Pläne zu schmieden."
Karl nickte nachdenklich.
„Man kann dir nicht nachsagen, dass du ein ängstlicher Mensch bist. Bei deinen Plänen und den Unwägbarkeiten, die damit einhergehen, würde ich nachts keinen Schlaf mehr finden."
Das brachte ihn auch gleich zu seinem nächsten Gedanken.
„Hast du jemals wieder etwas von diesem Finsterling gehört, der dir damals nach dem Leben getrachtet hat?"
Torben schüttelte düster den Kopf.
„Der Kerl hat sich in Luft aufgelöst. Er ist wie ein Schatten. Es fröstelt mich, wenn ich nur an ihn denke. Ich habe ihm einmal in die Augen gesehen, damals, als er mich in der Kaschemme angegriffen hat. Diesen bohrenden Blick werde ich wohl nie vergessen. Normalerweise sieht man es in den Augen, wenn dein Gegner angreift. Sie blitzen kurz auf, manche blinzeln dann auch. Doch bei ihm waren es einfach nur zwei unbarmherzige pechschwarze Augen.
„Wollen wir hoffen, dass wir ihn nie wiedersehen!", rief Mathias und reckte seinen Becher in die Luft. Darauf tranken sie.

In den nächsten Tagen waren Siegfried und Werner oft in der Stadt unterwegs. Sie wirkten geschäftig und kamen meist erst in den Abendstunden zurück. Torben war das nur recht, so hatte er mehr Zeit, sich um seine eigenen Dinge zu kümmern. Längst hatte er damit begonnen, Mathias wieder im Lesen, Schreiben und Rechnen zu unterrichten. Voller Freude stellte er fest, dass dieser in der Zeit seiner Abwesenheit fleißig gelernt hatte, um sein Wissen zu vertiefen. Oft gelang es ihm, noch vor den beiden Lehrlingen auf das richtige Ergebnis zu kommen, was ihn mit großem Stolz erfüllte.
Torbens Vater hatte vor zwei Wochen Henrike, eine neue Magd, angestellt. Sie sollte Lisbeth unterstützen, die allmählich zu alt für die täglichen Pflichten wurde. Anfangs wirkte Henrike ein wenig schüchtern. Doch sie war fleißig und packte kräftig mit an. Henrike war zwei Jahre jünger als Torben, hatte lange blonde Locken und eine kesse Stupsnase. Sie war durchaus hübsch, wie Torben feststellte. In Windeseile hatte sie den beiden Lehrlingen samt Mathias den Kopf verdreht. Plötzlich konnten sie die gemeinsamen Mahlzeiten kaum noch erwarten und taten alles, um ein wenig länger in ihrer Nähe zu verweilen.
Aber es war Torben, von dem sie kaum noch den Blick abwenden konnte. Immer wieder schaute sie ihn unauffällig unter ihren langen Wimpern hervor an und wurde ein wenig rot, wenn er in ihre Nähe kam. Torben fühlte sich geschmeichelt, bemühte sich aber, Abstand zu wahren. Der Ruf seiner Familie hatte bereits genug Schaden genommen.
Stattdessen trieb er sich lieber wieder in den düsteren Kneipen am Hafen herum. Dort war der Ton rau, es kam immer wieder mal zu Schlägereien und das Bier war eine Beleidigung – und doch fühlte er sich dort am wohlsten. Die dortige Stimmung kam ihm ehrlich und unverfälscht vor. Niemand musste sich für irgendetwas rechtfertigen. Wenn er lieber allein in sein Bier starren wollte, war das sein gutes Recht und niemand war beleidigt.
Eine der Kneipen hatte er seit über einem Jahr nicht mehr besucht. Er wusste nicht einmal mehr, warum das so war. Bestimmt hatte er sich dort einmal so volllaufen lassen, dass er beschlossen hatte, den Schuppen eine Weile zu meiden. Möglicherweise hatte man ihn dort auch rausgeworfen, weil er volltrunken in die Ecke pinkeln wollte. Es war ihm fast ein wenig unangenehm, aber er wusste es wirklich nicht mehr.
Vor der Kneipe lehnten links und rechts von der schiefen Tür zwei große verwitterte Treibhölzer an der Wand. An ihnen hing eine beeindruckende Anzahl Hühnergötter, auf dünnen Tauen wie an einer

Perlenkette aneinandergereiht. Hübsch, musste er zugeben. Irgendwie bestärkte ihn das in seinem Entschluss, dort einzukehren.
Er hatte sich einen Tisch ganz in der Ecke ausgesucht, an dem er seine Ruhe hatte und trotzdem das raue, herzliche Treiben der Seeleute auf sich wirken lassen konnte. Das hatte er schon immer gemocht. Die Bedienung, ein junges Mädchen, lachte viel mit den Gästen. Zudringlichen Umarmungen wich sie geschickt aus und schaffte es trotzdem, eine große Menge Bierkrüge an die Tische zu verteilen. Dabei hatte sie ihre Augen überall. Leider hatte sie beschlossen, Torben mit Nichtachtung zu strafen.
Vielleicht war das ihre Art, neue Gäste willkommen zu heißen. Torben war das gleichgültig. Er nutzte die Zeit, um die Leute zu beobachten und schmunzelte bei dem Seemannsgarn, welches einige Seemänner zum Besten gaben, still in sich hinein.
Irgendwann erbarmte sie sich seiner und brachte ihm ein Bier, welches sie ohne ein Wort vor ihm auf den Tisch knallte. Noch bevor er sich bedanken konnte, war sie verschwunden.
Torben lächelte verschmitzt. Diese trotzige Art, sich keinem Gast anzubiedern, gefiel ihm. Anscheinend musste man sich ihr Wohlwollen erst verdienen. Als sie ihm eine Stunde später den dritten Krug hinknallte, diesmal so schwungvoll, dass ein Teil des Schaums überschwappte, raunte er ihr zu:
„Stellst du den nächsten Krug vorsichtiger ab, wenn ich dich auf ein Bier einlade?“
Sie hatte sich bereits halb weggedreht, wandte nun aber den Kopf und musterte ihn zum ersten Mal genauer unter ihren halblangen dunklen Haaren hervor.
„Wir werden sehen“, erwiderte sie und trat den Rückzug an.
Torben sah ihr nach. Das Mädchen war keine Schönheit. Ihre Nase war ein wenig spitz und die Augen standen etwas zu weit auseinander. Aber sie hatte sehnige braune Beine und einen schönen Körper, den sie geschmeidig zu bewegen wusste. Sie trat entschlossen auf. Aber für jeden Besucher hatte sie einen netten Spruch und ein Lächeln. Wenn er sich umsah, entdeckte er glückliche Gäste, die nicht auf Streit aus waren. Kein schlechter Zug bei einer Frau.
Sie umrundete einen wankenden Mann, der zum Ausgang strebte. Ihr Gang hatte etwas Katzenartiges. Torben hätte sie stundenlang beobachten können.
Als sie den Tresen erreicht hatte, sah sie sich um. Ihr Blick streifte ihn. Es sah aus, als überlegte sie, was sie als nächstes tun wollte. Sie versorgte sechs laut lachende Seeleute mit frischem Bier, bevor sie sich zwei Krüge schnappte und auf Torbens Tisch zusteuerte.

„Steht dein Angebot noch?“
Torben wies auf den Stuhl ihm gegenüber.
Sie stellte seinen Krug vorsichtig vor ihm ab, ohne etwas zu verschütten.
„Besser so?“
„Viel!“
Er umfasste den Krug und stieß mit ihr an. Sie nippte nur, während er den halben Krug leerte.
„Ich habe dich hier noch nie zuvor gesehen. Du siehst nicht aus wie ein Tagelöhner oder Seemann. Sicher, dass du dich nicht verlaufen hast?“
Torben seufzte leise.
„Du hast Recht, ich bin Kaufmann. Aber meine besten Freunde sind Tagelöhner oder Seemänner. Ich fühle mich aber schon seit meiner Jugend in den Hafenkneipen am wohlsten. Ich glaube, ich kenne sie alle. Als ich das letzte Mal hier war, habe ich dich nicht gesehen.“
Sie musterte ihn prüfend.
„Ich habe vor einem halben Jahr hier angefangen.“
Sie sah ihn länger an und ihr Blick löste etwas bei ihm aus.
„Du bist gut in dem, was du tust“, murmelte er anerkennend.
Ein Lächeln huschte über ihr Gesicht.
„Mir blieb nichts anderes übrig. Mein Vater war Hafenarbeiter. Im Frühjahr wurde er von einem Fass überrollt. Kurz darauf starb er. Hinterlassen hat er mir kaum das Schwarze unter seinen Nägeln. Ein schmieriger Kerl wollte mich überreden, als Hure zu arbeiten. Aber ich suche mir meine Arbeit selbst aus.“
Sie sah zur Decke auf, die von dunklen Balken gestützt wurde.
„Der Wirt hier heißt Olaf. Er führt diesen Laden schon seit zwanzig Jahren. Wir haben eine Absprache, dass ich jederzeit gehen kann, wenn es mir nicht mehr gefällt.“
Sie strich sich eine Strähne hinters linke Ohr.
„Allerdings habe ich Lübeck noch nie verlassen. Aber der Gedanke, dass ich es tun könnte, beruhigt mich. Verstehst du das?“
Er nickte bedächtig. Ihre Stimme klang ein wenig rau. Außerdem schien sie ein kluger Kopf zu sein. Es fiel ihm leicht sie zu mögen. Als er sich nach dem gemeinsamen Bier von ihr verabschiedete, ließ er einige Münzen als Trinkgeld zurück und streifte sie mit einem letzten Blick.

Wenige Tage später traf er sich am Nachmittag mit Marco und Mathias am Hafen. Dieser war längst aus dem Winterschlaf erwacht. Überall eilten Tagelöhner umher und rollten Fässer auf hochbordige

Koggen. Kaufleute liefen dazwischen herum und überwachten den Transport ihrer kostbaren Güter. Ihre Stimmen hallten weit über den Fluss, wenn sie den Männern Anweisungen gaben.
Marco war in der letzten Woche von einem Kaufmann als Steuermann für eine Fahrt nach Rostock angeheuert worden. Sie hatten dort einige Fässer Wachs und Asche abgeholt, die deren Besitzer nun in Lübeck an einen Käufer weiterreichen wollten.
„Ich bin seit gestern zurück“, berichtete er seinen Freunden. „Es war eine ruhige Fahrt bei bestem Wetter und einer herrlichen Brise. Für die Fahrt habe ich eine Heuer von vierundzwanzig Schilling erhalten. Leicht verdientes Geld.“
Er wies mit dem Kopf zu zwei Seeleuten hinüber, die für die anfallenden Arbeiten an Bord zuständig waren.
„Diese armen Teufel haben wesentlich härter gearbeitet und dabei nur etwa ein Drittel dieser Summe verdient.“
Er schnalzte mit der Zunge.
„Jetzt könnte ich ein Bier vertragen, um den Geschmack von Salzwasser aus dem Mund zu bekommen.“
„Gehen wir doch *Zum wilden Keiler*, schlug Torben vor. „Da war ich in der letzten Woche zweimal. Man hat seine Ruhe und die Seeleute sind so herrlich verschroben, dass ich mich wie zu Hause fühle.“
„*Zum wilden Keiler*?“
Mathias sah ihn verblüfft an.
„Da soll das Bier ja noch schlimmer schmecken als in den übrigen Kaschemmen. Und das will wahrlich etwas heißen. Was hattest du denn in dieser Bruchbude verloren? Erst im letzten Monat haben sie da einen abgestochen, wie ich gehört habe. Zwei Seeleute waren wohl in Streit geraten und haben in Ermangelung vieler Worte gleich zu ihren Messern gegriffen.“
Er schüttelte vorwurfsvoll den Kopf.
„Du kennst ja diese schlichten Gemüter.“
Dabei sah er vielsagend zu Marco hinüber. Dieser rollte mit den Augen.
„Ich kann euch hören, verdammt.“
Torben sah Mathias ernst an, doch in seinen Augen nistete ein Lächeln.
„Belassen wir es lieber dabei, sonst zieht er noch sein Messer.“
Mathias gluckste laut, doch Marco winkte ab.
„Euch beiden ist wirklich nicht zu helfen. Dein Kneipenvorschlag klingt übrigens gut. In dem Schuppen bin ich, soweit ich mich erinnere, noch nie aufgewacht.“
Er wies zu Mathias hinüber.

„Hast du dieser verlorenen Seele wenigstens ein wenig Wissen einbläuen können, Torben?"
Dieser nickte überraschend kräftig.
„In den letzten Wochen war er eifrig bei der Sache. Wenn ich nicht aufpasse, wird er noch ein Gelehrter. Lass dich von seinem einfältigen Grinsen nicht in die Irre führen. Er versteht überraschend schnell. Jetzt muss er nur noch behalten, was ich ihm in mühevoller Arbeit beizubringen versuche."
Jetzt war es Marco, der lächelnd die Lippen kräuselte, während Mathias zu protestieren begann.
„Ich hole noch schnell meine Heuer ab und dann gehen wir."
Torben und Mathias nickten zu seinen Worten und Marco eilte mit schnellen Schritten zu einem kleinen Schuppen hinüber, in dem sein Auftraggeber saß und bereits damit begonnen hatte, den Seeleuten ihre Heuer auszuzahlen.
Während die beiden geduldig warteten, näherte sich ihnen mit federnden Schritten ein vornehm gekleideter Mann in den besten Jahren. Anfangs beachtete Torben ihn nicht weiter. Sein Blick war auf die Kogge gerichtet, die ihm mit ihrem Versprechen nach Weite und endlosem Meer ein Kribbeln auf die Haut zauberte. Doch dann fiel ihm auf, dass die Gestalt neben ihnen verharrte und ebenfalls aufs Wasser blickte.
Argwöhnisch beäugte er den Mann. Seine Erlebnisse hatten ihn gelehrt, dass es der Gesundheit zuträglich war, seine Umgebung niemals aus den Augen zu lassen. Doch nach einem weiteren Blick stellte er schnell fest, dass ihm keine unmittelbare Gefahr drohte.
Der Mann hatte ein scharf geschnittenes Gesicht und eine große Nase, die wie der Schnabel eines Habichts hervorstach. Torben schätzte ihn auf etwa fünfundvierzig Jahre. Sein üppiger Haarschopf war tiefschwarz, einzig an den Schläfen war er bereits ergraut. In der rechten Hand führte er einen Spazierstock, der kunstvoll geschnitzt war. Doch der Mann machte nicht den Eindruck, als bräuchte er diesen als Gehhilfe. Er hielt sich kerzengerade und wirkte unternehmungslustig. Obwohl das Frühjahr erst begonnen hatte, wies sein Gesicht bereits eine gesunde Bräune auf.
Er kannte diesen Herrn, da war er sich sicher, auch wenn sie noch nie ein Wort miteinander gewechselt hatten. Gleich darauf fiel ihm auch der Name ein. Es handelte sich um Johann Steinhoff, Fernhandelskaufmann Lübecks und Ratsmitglied der Stadt. Schon seine Kleidung verriet, dass es sich bei ihm um eine bedeutende Person handelte. Der Ratsherr trug einen Rock aus bestem flandrischen Tuch, der mit Pelz verbrämt war. Über sein weißes

Leinenhemd fiel ein eng geschnittenes Wams aus Wollstoff mit Ärmeln aus Seidenbrokat. Die Hose saß eng und war mit Nestelbändern am Wams befestigt. Am Gürtel, den er über dem Rock trug, hing eine kleine Tasche, aus der eine Schreibtafel und ein Griffel hervorlugten. Gleich daneben hing ein Dolch. Dieser hatte eine kunstvoll verzierte Scheide und war mit kleinen Edelsteinen verziert. Ein hübsches Stück.
Der Ratsherr lächelte mokant, während er noch einen Schritt dichter trat und seinen linken Fuß auf einem verwitterten Balken abstellte, der in den Grund des Hafenbeckens gerammt worden war.
Torben fielen seine Schuhe ins Auge. Sie hatten eine flache Sohle und waren sorgfältig aus bestem Leder gearbeitet. Allein diese Schuhe waren mehr wert als alles, was er selbst am Leibe trug.
Torben wandte sich dem Mann zu, der nun seine Kopfbedeckung, eine Kapuze mit langer, herabhängender Spitze, auch Chaperon genannt, abnahm und zu einer Kogge hinübersah, die in der Nähe ankerte. Auch dort waren Seeleute eifrig dabei, Fässer an Bord zu rollen.
„Torben Voigtherr, richtig?"
Es klang nicht wie eine Frage. Dieser Ratsherr wusste genau, mit wem er es zu tun hatte. Torben nickte überrascht. Da sein Vater, soweit er das beurteilen konnte, noch nie Geschäfte mit ihm getätigt hatte, war es ihm ein Rätsel, woher dieser hochgestellte Kaufmann seinen Namen kannte. Doch er war sich sicher, dass ihre Begegnung kein Zufall war.
Der Ratsherr deutete ein Lächeln an.
„Ihr wundert Euch, warum mir Euer Name geläufig ist? Nicht so bescheiden, mein junger Freund. Ich diene dieser Stadt schon viele Jahre. Daher sehe ich es als meine Aufgabe an, alles in Erfahrung zu bringen, was hier vor sich geht."
Er streckte ihm die Hand hin.
„Ich bin Johann Steinhoff. Vielleicht habt Ihr ja schon mal von mir gehört."
Torben ergriff die dargebotene Hand und drückte sie fest.
„Mir sind die Namen aller Ratsherren meiner Heimatstadt geläufig."
Johann musterte ihn interessiert.
„Auch sonst liegen Euch die Belange Lübecks am Herzen, wie man hört. Bruno Warendorp selbst hat Euch in einem seiner Berichte lobend erwähnt. Ihr habt Eurer Stadt tapfer gedient. Wenn ich mich recht entsinne, war in dem Schreiben sogar von einer Festung die Rede, die nur Dank Eurer Entschlusskraft in unsere Hände gefallen ist."

Torben legte die Stirn in Falten.
„Das war wohl Glück, nehme ich an", entgegnete er abwehrend.
„Nur nicht so bescheiden. Die aufstrebenden Söhne Lübecks sollte man im Auge behalten und ihre Talente fördern. Vielleicht könntet Ihr es einrichten, mich am nächsten Sonntag mit Eurem Besuch zu beehren? Ich wohne in der Mengstraße 17. Ihr erkennt mein Kaufmannshaus an dem schmiedeeisernen Tor und dem hohen Portal."
Torben deutete eine Verbeugung an.
„Das kann ich sicher einrichten. Vielen Dank für die Einladung."
Der Ratsherr nickte knapp.
„Sagen wir drei Uhr am Nachmittag? Ich freue mich darauf, dass wir uns besser kennenlernen."
Er ließ Torben stehen und näherte sich der zweiten Kogge, die die Hafenarbeiter mittlerweile komplett beladen hatten. Dann trat er zum Kapitän und redete in einem ruhigen Tonfall auf diesen ein, während dieser beflissen nickte.
Mathias hatte die Szene aus einigen Schritten Entfernung beobachtet.
„Was hast du denn mit diesem Kerl zu schaffen? Der wirkt auf mich, als gehörte ihm die halbe Stadt. Ich konnte sein Geld förmlich riechen. Es ist schon merkwürdig, wie ungerecht der Besitz verteilt ist."
Torben nickte abwesend. In Gedanken war er noch immer bei dem kurzen Wortwechsel. War er soeben im Vorbeigehen bei einem der wichtigsten Fernkaufleute Lübecks eingeladen worden? Warum gerade er? Darauf vermochte er sich keinen Reim zu machen.
„Ich weiß wirklich nicht, was der Mann von mir will. Bis heute bin ich ihm noch nie begegnet."
Sie starrten nachdenklich zu dem Ratsherrn hinüber, bis Marco endlich zu ihnen zurückkehrte.
„So, Freunde. Das Warten hat sich gelohnt. Zum Dank lade ich euch jetzt auf ein kühles Bier ein."
Diese Aussicht ließ Torben das Zusammentreffen schnell vergessen. Schon bald standen sie vor den beiden Treibhölzern, die den Eingang der Kneipe säumten.
„Ach so, diese Kneipe meinst du. Ja, die kenne ich natürlich. Mit dem alten Olaf, dem dieser Schuppen gehört, habe ich schon einige Nächte durchzecht."
Torben schüttelte nachsichtig den Kopf.
„Alles andere hätte mich ehrlich gesagt auch gewundert."
Sie suchten sich einen Tisch und winkten in Richtung Theke. Torben versuchte das Halbdunkel zu durchdringen, aber die Gestalt dahinter war von Balken und herunterhängenden Pfannen verborgen. Nach

einer ganzen Weile hielt sie auf ihren Tisch zu und Torben presste erleichtert die Luft aus. Diesen geschmeidigen Gang kannte er.
„Was führt dich wieder hier her?“, fragte sie Torben neugierig. „Das Bier kann es nicht sein.“
Torben lächelte sie an.
„Das mag stimmen, die Bedienung soll aber klasse sein“, erwiderte er.
Sie strich sich eine Strähne aus dem Gesicht und warf ihm einen funkelnden Blick zu.
„Wir wagen uns trotzdem mal ans Bier“, warf Marco ein. „Und falls Olaf da ist, grüß ihn bitte von Marco.“
Die junge Frau musterte ihn kurz, schien ihn aber noch nie zuvor gesehen zu haben. Schulterzuckend wandte sie sich um und kam wenig später mit ihrem Bier zurück.
Nach dem ersten kräftigen Schluck begann Marco von der spiegelglatten Ostsee zu schwärmen.
„Da habe ich sogar die Trave schon aufgewühlter erlebt als die Ostsee in den letzten Tagen. Selbst Mathias hätte diese Fahrt mit einem Lächeln überstanden.“
Der Genannte brachte nur ein vages Grinsen zustande.
„Da würde ich nicht drauf wetten.“
Torben wischte sich den Schaum von der Oberlippe.
„Von den Rostocker Kaufleuten sind aber nur wenige gen Nowgorod unterwegs, oder?“
Marco nickte.
„Nowgorod scheint sie nicht zu reizen. Brügge und England aber ebenso wenig. Stattdessen treiben sie sich häufig in Riga herum. Dort haben viele von ihnen gute Kontakte. Die meisten Kaufleute segeln mit ihren Schiffen aber nach Schonen und beteiligen sich am Heringshandel. Etliche treiben auch Handel in Norwegen. Im Gegensatz zu den Lübecker Kaufleuten steuern sie aber nicht das Kontor in Bergen an, sondern halten sich eher in den Niederlassungen in Oslo und Tonsberg auf. Ich schätze, so hat jede Stadt ihre Eigenheiten. Das einzige Produkt, das Rostock in beträchtlichem Umfang ausführt, ist übrigens Bier.“
Dabei grinste er seine Freunde an und hielt den Becher in die Höhe.
„Und was soll ich sagen – es schmeckt sogar! Glaubt mir, ich habe es reichlich getestet.“
Sie leerten ihre Becher und sahen sich schon bald nach einer zweiten Runde um. Diesmal kam die Bedienung sofort herbei und stellte jedem ein Bier hin.
„Vier Bier?“, fragte Mathias irritiert.
„Ich habe auch Durst“, erwiderte sie schnippisch, zog sich einen

abgewetzten Hocker heran und setzte sich neben Torben.
Mathias saß ihr gegenüber und starrte sie verblüfft an, während Marco beifällig nickte.
„Na dann, herzlich willkommen. Du verträgst bestimmt auch mehr als unser Freund Mathias hier."
Sie zwinkerten einander zu und verstanden sich auf Anhieb prächtig.
„Ich bin Silke", erwiderte sie mit einer samtig heiseren Stimme, die sogleich dafür sorgte, dass sich bei Torben die Haare an den Unterarmen aufrichteten.
„Und Olaf kommt erst morgen wieder rein", murmelte sie, während sie nach ihrem eigenen Bier griff.
„Dann weiß er den Schuppen bei dir in den besten Händen", erwiderte Marco anerkennend.
Silke bedankte sich mit der Andeutung eines Lächelns. Unter ihren langen Wimpern wanderte ihr Blick zu Torben hinüber, dem es dabei wohlig den Rücken hinunterlief.
Die Frauen, auf die er bisher ein Auge geworfen hatte, waren oft auf ihren Ruf bedacht und eher schüchtern und zurückhaltend gewesen. Das hatte anfangs durchaus seinen Reiz, doch dieser verflog schnell. Da war ihm die direkte, offene Art von Silke lieber. Sie machte keinen Hehl daraus, dass sie an ihm interessiert war.
Marco verstand dies schnell, während Mathias keinerlei Gespür dafür besaß. Daher trank er sein Bier aus, ließ einige Münzen auf den Tisch gleiten und verabschiedete sich von Torben und Silke. Ohne große Umschweife zog er Mathias mit sich hinaus, der es gerade noch schaffte, seinen Becher zu leeren.
„Es ist spät geworden. Schönen Abend noch euch beiden", zwinkerte Marco ihnen zu.
Torben hob seinen Becher.
„Willkommen zurück in Lübeck, mein aufmerksamer Freund."
Silke und Torben unterhielten sich angeregt. Zwischendurch brachte sie den letzten Gästen ihr Bier. Doch allmählich leerte sich die Kneipe. Torben hatte längst jedes Zeitgefühl verloren.
„Ich bin gleich wieder da", flüsterte sie ihm ins Ohr.
Dann erhob sie sich und tänzelte zur Tür. Sie zauberte einen schweren Schlüssel hervor und schloss die Tür ab. Dann legte sie ihn auf einem der Tische ab, sah zu ihm herüber und begann sich wie eine Katze auf ihn zuzubewegen. Torben musste schlucken. Heftiges Begehren stieg in ihm auf. Er erhob sich von seinem Platz und richtete sich zu seiner vollen Größe auf. Silke kam näher und küsste ihn wild. Dann bog sie den Kopf zurück, sah ihn an und fuhr sich mit der Zunge genussvoll über die vollen Lippen. Anschließend küsste sie ihn noch

leidenschaftlicher als zuvor.
Torben ließ seine Hände über ihren schmalen Rücken wandern und wurde mit einem wohligen Seufzen belohnt. Bisher hatte er immer die Richtung vorgegeben, wenn er sich mit einem Mädchen vergnügt hatte. Aber diesmal kam es ihm so vor, als wäre er die Beute.
Sie vergrub die Hände unter seinem Hemd und zog es ihm fordernd über den Kopf. Dann fuhr sie mit ihren schmalen Fingern über seinen Rücken. Ihre Fingernägel drangen leicht in seine Haut ein, doch er genoss den Schmerz. Ruckartig packte er sie, drehte sie herum und öffnete ihre Bluse. Sie lachte leise, während sie sich ihm wieder zuwandte und erfreut bemerkte, dass sein glänzender Blick über ihre festen kleinen Brüste wanderte. Er umschloss die dunklen Nippel mit seinen Lippen und umspielte sie mit der Zunge. Allmählich wurden ihre Atemzüge schneller. Sie nestelte an seiner Hose und schob sie in Richtung seiner Knöchel hinunter. Doch Torben ließ sich nicht ablenken. Während er ihre harten Nippel verwöhnte, knetete er ihren festen Po. Silke stieß ein Keuchen aus, das immer lauter wurde. Jetzt verstärkte Torben seinen Griff, setzte sich auf die Tischkante und zog sie auf sich. Langsam ließ sie sich auf ihn niedergleiten. Anfangs bewegte Silke sich ganz langsam. Sie hatte die Augen geschlossen und den Mund geöffnet. Dann wurden ihre Bewegungen immer schneller. Torben packte fest zu und ergötzte sich an ihren wohligen Lauten. Sie ritt ihn schamlos und er genoss ihre Leidenschaft. Längst hatte sie laut zu stöhnen begonnen. Er bremste sie ein wenig und legte sie vor sich auf dem Tisch ab. Anfangs wollte sie protestieren, aber dann erkannte sie, dass dies nur zu ihrem Besten war. Er stieß hart in sie hinein und ließ sie keuchend aufschreien. Immer schneller stieß er zu, bis sie sich unter ihm ungestüm zu winden begann. Irgendwann stieß sie einen lauten Schrei aus. Er kam wenig später und blieb benommen halb auf ihr liegen. Nur zu gern atmete er ihren Geruch ein.
Allmählich war er wieder zu Atem gekommen. Auch Silke hatte die Augen geöffnet und schenkte ihm einen wohligen Blick, der ihn erschaudern ließ. Er stützte sich neben ihr auf dem rechten Arm ab und strich ihr mit der linken Hand eine Strähne aus dem Gesicht, um sie besser anschauen zu können.
Sie ließ ihren Blick genießerisch an seinem Oberkörper hinabgleiten. Dann stutzte sie.
„Hast du mir nicht erzählt, du wärst ein Kaufmann?“
Torben nickte träge.
„Stimmt ja auch.“
Nachdenklich kräuselte sie die Lippen.
„Für einen langweiligen Kaufmann, der den ganzen Tag in seiner

Schreibstube sitzt, hast du aber schon ganz schön was abbekommen."
Er grinste sie verschmitzt an.
„Ich bin ein wenig tollpatschig und falle oft hin."
„Und da bleiben solche Narben zurück?"
Sanft strich sie über das Wundmal an seinem Bauch, das zwar bereits verblasst war, sich aber noch immer deutlich abzeichnete.
„Wo hast du die her?"
„Das möchte ich lieber vergessen."
Sie verzog das Gesicht.
„Das wird nicht funktionieren. Du trägst sie schließlich immer mit dir herum. Also, erzähl schon!"
„Da hatte es jemand auf mein Leben abgesehen."
„Lebt dieser jemand noch?"
Torben atmete tief ein. Das Thema war ihm sichtlich unangenehm. Dann schüttelte er kaum merklich den Kopf.
„Dann hast du ihn getötet?"
Torben rieb verlegen das Kinn an der Schulter.
„Ich habe mich nur meiner Haut gewehrt."
Ihr Blick ruhte schwer auf ihm. In ihren Augen glühte ein Feuer, als würde sie Gefallen an ihrem neuen Spielzeug finden.
Um sie auf andere Gedanken zu bringen, streichelte er ihre samtweiche Haut. Sie biss ihm spielerisch in den Finger. Dann wollte sie sich aufsetzen, doch er ergriff ihre Hände und drückte sie zu Boden. Erneut drang er in sie ein, langsam und spielerisch. Sie drängte sich ihm willig entgegen. Es wurde bereits hell, als sie endlich voneinander abließen.

An einem milden Maiabend klopfte es nachdrücklich an die Tür der Familie Voigtherr. Henrike, die neue Magd, öffnete umgehend und starrte die junge Frau davor neugierig an. Eigentlich bekamen die Voigtherrs nicht viel Besuch, so dass sie nun ein wenig überrascht war.
„Ist Torben da?", fragte eine hübsche, blonde Frau. „Ich bin Katja und möchte ihn gern sprechen."
Henrike zog die Tür ganz auf und bat sie in die schmale Diele.
„Bitte tretet ein. Ich sag ihm sogleich Bescheid."
Während sie davoneilte, nahm Katja auf einem Hocker Platz und sah sich neugierig um. Die Einrichtung war ein wenig nüchtern. Sie bemerkte sofort, dass die liebende Hand einer Frau in diesem Haushalt fehlte. Sie war ein bisschen aufgekratzt, auch wenn es dafür gar keinen Grund gab. Daher atmete sie ein paar Mal tief durch und allmählich wich ihre Nervosität.
Gleich darauf eilte Torben mit großen Schritten auf sie zu.

„Katja! Schön, dich zu sehen. Die Überraschung ist dir gelungen. Komm rein und iss etwas mit uns. Wir sitzen gerade beim Abendbrot."
Katja hob abwehrend die Hand und murmelte, dass sie nicht stören wollte. Doch Torben zog sie lächelnd mit sich in die Stube.
Dort blickten ihr die beiden Lehrlinge Roman und Stefan, Maik sowie Sandra und Karl neugierig entgegen.
Sandra sprang sofort auf.
„Du bist also Katja! Von dir haben wir schon viel gehört. Es freut mich sehr, dich endlich kennenzulernen. Mein Bruder ist nicht sonderlich geschickt, was Beschreibungen angeht, und leider ziemlich wortkarg, wenn es ans Erzählen geht, musst du wissen."
Sie zwinkerte ihr verschwörerisch zu und bugsierte ihren Gast zu einem leeren Stuhl neben sich. Katja ließ sich das nur zu gern gefallen.
Jetzt stellten sich auch die anderen mit knappen Worten vor, aber es waren zu viele Namen und Katja wusste bereits, dass sie sich nicht sofort alle würde merken können. Doch sie lächelte tapfer und freute sich sehr über den herzlichen Empfang.
Einer der Lehrlinge, Katja glaubte, dass es sich dabei um Roman handelte, war eilfertig aufgesprungen und hatte einen weiteren Holzteller geholt, auf den er zwei Kellen Suppe füllte. Währenddessen schob Stefan ihr ein Brett mit frischem Brot zu, das verführerisch duftete. Erst jetzt bemerkte Katja, wie hungrig sie war.
Sie kostete von der Suppe und verdrehte genießerisch die Augen.
„Die ist wunderbar", hauchte sie, während sie sich beinahe die Zunge verbrannte.
„Lass dir Zeit damit", rief Torben. „Und keine Angst! Die Lehrlinge essen dir nichts weg. Die Raubtiere haben wir schon gefüttert."
Katja sah das Lachen in den Gesichtern der großen Runde. Bisher kannte sie nur Torben und doch begann sie, sich allmählich wohl zu fühlen. Einen solch großen Haushalt hatte sie lange nicht mehr erlebt. Es gefiel ihr, wie sie feststellte.
„Meine Kiste!", stieß sie plötzlich hervor. „Sie steht noch vor der Tür und ist ziemlich schwer."
Noch bevor Torben in Richtung Tür zeigen konnte, sprangen die beiden Lehrlinge auf und schleppten die Kiste in die Stube.
„Würden sie doch immer so schnell gehorchen", murmelte Torben leise.
„Bist du gerade erst aus Wismar angereist?", fragte er Katja.
Sie nickte zwischen zwei Löffeln.
„Die Fahrt ist ja nicht weit", erwiderte sie. „Und bis auf diese Kiste habe ich kein Gepäck. Allerdings weiß ich noch nicht, wo ich heute

Nacht schlafen soll.“
Torben winkte ab.
„Da mach dir mal keine Sorgen. Dieses Haus ist groß genug. Henrike, bitte richte Katja die kleine Kammer hinter der Schreibstube ein.“
Henrike machte einen Knicks und entfernte sich sofort.
Torben wandte sich wieder Katja zu.
„Du kannst gern einige Tage bleiben.“
„Störe ich nicht?“, fragte sie leise.
„Keineswegs!“
Torben schüttelte kräftig den Kopf.
„Mein Vater ist zusammen mit meinem Bruder Werner vor einer Woche zu einer längeren Fahrt gen Brügge aufgebrochen. Sie wollen gutes flämisches Tuch kaufen und es dann im Osten an die reichen Fürsten weiterverkaufen. Bestimmt werden sie nicht vor dem Herbst zurückkehren. Bis dahin bin ich der Herr im Hause.“
Er grinste zufrieden.
Katja bedankte sich herzlich. Doch Torben bemerkte auch den Schatten, der sich auf ihrem Gesicht abzeichnete. Irgendetwas schien ihr auf der Seele zu liegen. Geduldig wartete er, bis sie aufgegessen hatte und die Runde sich allmählich auflöste. Dann führte er sie in ihre kleine Kammer.
„Es ist nicht besonders groß hier. Aber es ist ja nur vorübergehend“, entschuldigte er sich.
Katja winkte ab.
„Das ist mehr als ich brauche, Torben. Ich danke dir von Herzen.“
Sie sah ihn an und suchte nach den richtigen Worten. Plötzlich überfiel Torben eine Ahnung.
„Ist mit Inge und Hans Golzer alles in Ordnung?“, murmelte er beklommen.
Katjas Augen füllten sich schlagartig mit Tränen.
„Leider nein“, seufzte sie leise. „Hans wurde im letzten Herbst krank. Er bekam kaum noch Luft und hatte nicht mehr die Kraft, morgens aufzustehen. Er verfiel vor unseren Augen. Es war so traurig. Inge und ich litten mit ihm, konnten aber nicht helfen. Tag und Nacht saßen wir an seinem Bett und erzählten ihm belanglose Dinge, die sich in der Stadt ereignet hatten. Eines Nachts schlief er friedlich ein und wachte nicht mehr auf. Ingrid war seit diesem Tag nicht mehr dieselbe. Sie verlor all ihren Lebensmut. Ohne ihren Hans wollte sie nicht weiterleben, das habe ich gespürt. Sie ist gestorben, noch bevor der Winter zu Ende ging.“
Katja schluchzte und wischte sich die Tränen aus dem Gesicht.
Torben saß ruhig neben ihr und ließ ihr Zeit, sich wieder zu sammeln.

Nach einer Weile hob sie den Kopf. Ihre Augen waren gerötet und ihre Lippen bebten.
„Die beiden haben mich schon im letzten Jahr als ihre Alleinerbin eingesetzt. Davon wusste ich nichts. Nach dem Tod ihres Mannes gab Inge mir ein versiegeltes Pergament, das ich öffnen sollte, sollte sie den Winter nicht überleben. Ich dachte mir nichts dabei. Als ich dann verstand, dass das Haus und ihr sonstiger Besitz mir gehören sollte, hätte ich mich am liebsten geweigert. Schließlich wollte ich aus ihrem Tod keinen Vorteil ziehen. Es fühlte sich einfach falsch an und das tut es noch immer."
Torben beugte sich leicht vor und strich ihr sanft über den Arm.
„Hör bitte auf, dir Vorwürfe zu machen. Du hast den beiden gutgetan. Sie waren so froh, dass sie dich um sich hatten. Vor Krankheiten ist niemand gefeit. Die beiden standen sich so nahe, dass einer nicht ohne den anderen sein wollte. Jetzt konnten sie mit ihrem Besitz noch ein gutes Werk tun und dir finanzielle Sicherheit geben. Das wird ihnen eine große Freude gewesen sein. Nimm es hin und denke mit einem Lächeln an diese beiden herzensguten Menschen zurück."
Katja versuchte zu lächeln, aber so ganz glückte das noch nicht. Erneut rollten dicke Tränen über ihre Wangen.
„Das habe ich gar nicht verdient", schluchzte sie leise.
„Doch, das hast du. Mehr als alle anderen", widersprach Torben nachdrücklich.
Katja drückte fest seine Hand. Nach einer Weile hatte sie sich wieder gefasst.
„Kannst du dir denn vorstellen, dort wohnen zu bleiben?", fragte Torben vorsichtig. „Ich könnte mir denken, dass es sich merkwürdig anfühlen muss, so ganz allein in dem Haus."
Katja hob den Kopf und sah ihn an.
„Das habe ich einige Wochen lang versucht, weil ich mir genau darüber klar werden wollte. Aber immer, wenn ich morgens aufwachte, fehlte mir etwas. So wollte ich nicht weiterleben. Daher habe ich das Haus an einen Händler aus Wismar verkauft. Jetzt habe ich genug Geld, um in Lübeck neu anzufangen. Diese Stadt habe ich jeden Tag vermisst. Seit kurzem bin ich achtzehn Jahre alt. Und ich habe nicht vor, noch weitere Jahre woanders zu leben. Hier bin ich zu Hause."
Sie hatte entschlossen, beinahe trotzig geklungen. Torben hörte ihr weiter zu. Dann nickte er nachdrücklich.
„Lass dich durch nichts und niemanden davon abbringen, deinem Herzen zu folgen."
Eine ganze Weile schwiegen sie, jeder seinen Gedanken nachhängend.

„Unsere Idee mit dem Stadtwappen auf einer Jacke oder einem Wams habe ich nach langem Überlegen wieder verworfen."
Torben runzelte die Stirn.
„Ohne Hans wäre es auch schwerer geworden, damit Erfolg zu haben, vermute ich."
Katja nickte.
„Nicht nur das. Es hat sich auch als sehr viel schwieriger herausgestellt, dies zu bewerkstelligen. Wenn ich eine solche Arbeit verkaufen will, muss ich mit dem Ergebnis selbst zufrieden sein. Bis dahin hatte ich nur ein Geschenk für Hans angefertigt. Das war eine harmlose Arbeit, um in den Abendstunden beschäftigt zu sein. Doch um ein Auskommen damit zu haben, müsste ich die Dinge viel ernsthafter angehen. Aber um Geld dafür zu verlangen, war ich einfach nicht gut genug. Die vielen Details des Wappens haben es mir schwer gemacht. Außerdem sah jede Arbeit anders aus als die davor. Und die Augen der Möwe sind mir nie so recht gelungen."
Sie gluckste leise. „Meist schielte sie ein wenig."
Torben grinste sie an. Allmählich gewann ihre Lebensfreude wieder die Oberhand. So gefiel sie ihm schon besser.
„Außerdem verlor ich allmählich die Freude daran, mich jeden Abend ans Werk zu machen. Mein Herz schlug immer dafür, etwas mit meinen Händen zu gestalten. In mir steckt das Talent meines Vaters, auch wenn ich kein Goldschmied werden will. Jetzt lasse ich mir Zeit und werde einfach weitersuchen, bis ich ein neues spannendes Betätigungsfeld gefunden habe."
„Hört sich gut an."
Katja unterdrückte ein Gähnen. Torben schaltete schnell.
„Schlaf dich erst mal in Ruhe aus. Und keine Sorge. Du bist hier unter Freunden."
„Danke, Torben."

Als Torben am nächsten Morgen Seite an Seite mit Don in die Stube kam, saßen dort bereits Katja und Sandra angeregt ins Gespräch vertieft. Sie wirkten, als würden sie sich schon ewig kennen.
Torben winkte ihnen zu, während er die Tür zum Hof aufstieß und mit schnellen Schritten zum Steg eilte.
Katja sah ihm neugierig nach.
„Wo will er denn so eilig hin?"
Sandra winkte lachend ab.
„Daran habe ich mich schon gewöhnt. Sobald es draußen warm genug ist, beginnt mein Bruder jeden Tag mit einem Bad in der Trave. Er schwimmt für sein Leben gern."

Katja zog die Augenbrauen in die Höhe.
„Das wäre mir viel zu kalt. Um nichts auf der Welt würde ich da freiwillig reinspringen."
Sie schlenderten auf den Hof und sahen gerade noch mit an, wie Torben sich das Hemd über den Kopf zog, es achtlos auf den Steg fallen ließ und mit einem Hechtsprung in den Fluten versank. Gleich darauf kam er prustend an die Wasseroberfläche. Don stand noch immer auf dem Steg und blickte ihm mit schiefgelegtem Kopf hinterher, als würde er das Verhalten seines Herrn nicht gutheißen.
„Verdammt, ist das kalt!", keuchte Torben angestrengt.
Maik stand in der Nähe der Schuppen und tippte sich vielsagend an den Kopf. Dann hob er ratlos die schweren Schultern.
„Ich würde gern behaupten, diese Macke hätte er sich während des Kriegszugs zugezogen. Aber die hatte er vorher schon."
Sandra lachte herzlich.
„Das musst du mir wirklich nicht erzählen. Ich kenne ihn nicht anders."
Torben hatte nach wenigen Schwimmzügen wieder kehrtgemacht und sich kraftvoll auf den Steg geschwungen. Zitternd begann er sich abzutrocknen. Dann ergriff er sein Hemd und eilte an den jungen Frauen vorbei ins Haus zurück.
Nachdem er sich angezogen und die Haare trockengerieben hatte, stand er angestrengt atmend neben ihnen.
„Und das machst du jeden Tag?"
Torben reckte die Arme in die Luft und streckte sich ausgiebig. Damit ähnelte er dem Wolf, der just in diesem Moment das gleiche tat.
„Einen besseren Start gibt es nicht", erwiderte er im Brustton der Überzeugung. „Selbst wenn ich mit meinen Freunden die halbe Nacht durch die Kneipen gezogen bin, sorgt so ein Sprung ins kühle Nass dafür, dass ich mich anschließend hellwach fühle."
Don sah zu ihm auf und gähnte herzhaft, als wollte er die Worte seines Herrn Lügen strafen.
Bei seiner raumgreifenden Bewegung rutschte Torben die Kette unter dem Wams hervor. Er stopfte das kleine silberne Kreuz zwar sofort wieder zurück, doch seiner Schwester hatte er noch nie etwas verheimlichen können.
„Was trägst du da eigentlich für einen Anhänger um den Hals?", fragte sie mit kaum verholener Neugier.
Torben atmete tief ein.
„Ach das. Das ist nichts weiter."
Er fummelte an seinem Gürtel und fingerte mit dem Stück Bernstein herum, das er immer bei sich trug, seit er es am Strand von

Kopenhagen gefunden hatte. In dieser Zeit hatte er es sich angewöhnt, damit zu spielen, während er nachdachte. Irgendwie half ihm das dabei, sich zu konzentrieren. Auch jetzt ließ er das milchige, verwitterte Stück zwischen den Fingern hindurchgleiten. Wieder einmal hoffte er, dass Sigurds Ankunft in Lübeck nicht mehr allzu lange auf sich warten ließ.
Katja starrte das unansehnliche Stück neugierig an.
„Das ist ein Bernstein, stimmts?“, fragte sie nachdenklich.
Torben nickte knapp. Irgendwie war er froh, dem Gespräch damit eine andere Wendung geben zu können. Denn er wusste nur zu gut, dass Sandra bestimmt noch einmal nachgefragt hätte. Sie konnte hartnäckig sein, wenn sie sich erst in etwas verbissen hatte.
„Neben den Fellen aus Nowgorod wird das unser zweites Handelsgut, mit denen Sigurd und ich in diesem Sommer nach Brügge aufbrechen wollen.“
„Darf ich ihn mir mal ansehen?“, erwiderte Katja.
Torben warf ihr den Stein zu und Katja fing ihn geschickt auf. Nachdenklich betrachtete sie ihn von allen Seiten.
„Sieht irgendwie nach nichts aus. Aber wenn du ihn schleifen lassen würdest, käme bestimmt ein hübscher Stein zum Vorschein.“
Torben blickte sie an.
„Das glaube ich auch. Aber Sigurd sagt, das wäre nicht so einfach. Das Material ist ziemlich zerbrechlich. Ohne das richtige Gespür kann man da viel kaputtmachen.“
Katja drehte den stumpfen Stein in den Händen. An einer Stelle war ein kleines Stück abgesplittert. Dort war er hell und funkelte, wenn man ihn ins Licht hielt.
„Darf ich ihn mir mal ausleihen?“
Torben blickte sie überrascht an.
„Nur zu!“
Er wuschelte sich durchs feuchte Haar und machte sich dann daran, Don zu füttern.
Sandra und Katja gingen zur Vordertür.
„Wo wollt ihr denn hin?“, fragte er neugierig.
Katja rief ihm über die Schulter zu.
„Sandra hilft mir dabei, ein Zimmer in einer hübschen kleinen Herberge zu finden.“
Torben breitete die Arme aus.
„Das eilt nicht“, rief er. „Du kannst hier gern eine Zeitlang wohnen“, erinnerte er sie an seine Einladung.
Doch Katja winkte ab.
„Dafür bin ich dir auch sehr dankbar, Torben. Aber ich brauche ein

eigenes Heim, wenn ich mich in Lübeck wieder richtig wohlfühlen will."
Torben nickte verständnisvoll.
„Es gibt jede Menge Herbergen in der Stadt, die auf zahlende Kundschaft warten. Da findet ihr schon das Richtige für dich."
Er blickte Sandra an.
„Ich bin gleich mit Maik und den Lehrlingen bei Karl. Wir wollen die Felle zu uns herüberschaffen, die der Bojar aus Nowgorod geliefert hat."
Also verabschiedeten sie sich voneinander und gingen ihren Geschäften nach.
Als sie am späten Nachmittag wieder zusammenkamen, strahlten die beiden jungen Frauen über das ganze Gesicht.
„Wir haben eine heimelige kleine Herberge in der Alfstraße gefunden", berichtete Sandra. „Sie befindet sich in einem hübschen Giebelhaus und wird von einer älteren Frau geführt. Sie ist Witwe und kümmert sich rührend um ihre Gäste."
Katja lächelte matt.
„Sie ist vielleicht ein wenig neugierig und redet unheimlich viel. Aber das Zimmer ist toll und zudem recht preiswert. Ich habe bereits für den ganzen Monat bezahlt und werde morgen dort einziehen."
Torben nickte anerkennend.
„Du verlierst wirklich keine Zeit. Roman und Stefan werden dir zur Hand gehen."
„Danke, Torben. Du bist mir mal wieder eine große Hilfe. Ich weiß gar nicht, was ich ohne euch tun würde."
Sandra tätschelte ihre Hand.
„Lass mal gut sein. Wir sind froh, dass wir dir helfen können."
„Ich werde auch noch einige Dinge für meinen Hausstand brauchen, damit ich es dort gemütlich habe."
Sandra nickte begeistert.
„Bald ist Markttag, dann finden wir schon, was dir noch fehlt."
Während Torben in der Schreibstube verschwand, lief Katja auf den Hof, wo Stefan und Roman gerade dabei waren, einige Bretter zurechtzusägen.
„Könnt ihr mir verraten, wo ich Werkzeug finde?", fragte sie die beiden Lehrlinge.
Roman wischte sich den Schweiß von der Stirn und deutete auf eine Holzkiste in der Ecke.
„Da dürfte so ziemlich alles drin sein. Was genau suchst du denn?"
Katja legte den Kopf schief und dachte nach.
„Vielleicht eine kleine Feile oder auch einen Meißel. Aber so klein und

fein wie möglich."
Stefan ließ sich auf die Knie herab und durchwühlte die Kiste. Schnell wurde er fündig.
„Wir haben nur eine recht grobe Feile und diesen Meißel hier. Hilft dir das weiter?"
Katja griff dankbar danach.
„Es wird schon gehen", erwiderte sie.
Dann suchte sie selbst ein wenig herum und fand noch einiges, was sie brauchen konnte. Auch einen Lederlappen sowie abgenutzte Leinentücher, die sich als Putzlappen verwenden ließen.
Sie holte den kleinen Bernstein heraus und machte sich an die Arbeit. Jahrelang hatte sie ihrem Vater dabei zugesehen, wie er filigrane Schmuckstücke bearbeitet und wahre Meisterwerke erschaffen hatte. Sie konnte verstehen, was ihm daran solch große Freude gemacht hatte. Mit den eigenen Händen etwas Schönes zu erschaffen, war ein zutiefst befriedigendes Gefühl, das sie kaum als Arbeit empfand.
Für einen Moment überfiel sie die Erinnerung an ihren Vater mit solcher Macht, dass Tränen in ihren Augen schimmerten. Kurz ergab sie sich dieser Stimmung. Noch immer vermisste sie ihren Vater jeden Tag aufs Neue. Oft hatten sie sich ohne Worte verstanden. Wenn sie ihm einen Becher Wasser gebracht hatte, hatte er ihr immer so herzlich zugezwinkert, dass es ihr ein Lächeln aufs Gesicht zauberte. Sie atmete tief ein, blinzelte die Tränen weg und konzentrierte sich auf ihre Arbeit. Auch wenn das Werkzeug für diesen Zweck fast zu grob war, schaffte sie es, den Stein zum Leuchten zu bringen.
Als die Lehrlinge mit dem Sägen der Bretter fertig waren, standen sie staunend hinter Katja und sahen ihr dabei zu, wie sie geduldig den Stein bearbeitete. Schließlich hielt sie ihn prüfend ins Licht.
„Was meint ihr?", fragte sie die beiden.
„Der Stein strahlt ja mit dem Sonnenlicht um die Wette", staunte Roman. „Das hätte ich nicht gedacht."
Katja lächelte stolz.
„Mit dem richtigen Werkzeug würde er noch schöner aussehen."
Leider hatte sie die Utensilien ihres Vaters bei ihrer überstürzten Flucht im Haus zurücklassen müssen. Kurz fiel ein Schatten auf ihr Gesicht. Aber noch während sie über die viel zu grobe Feile strich, nahm ein Plan in ihrem Kopf Gestalt an.

Torben lief durch das schöne Haus der Familie Strache. Als er die oberen Stockwerke erreicht hatte, sah er sich aufmerksam um. In jeder Etage befand sich mittig eine türgroße Öffnung, durch die mittels einer Winde der Speicher des Hauses mit Waren befüllt werden

konnte. Dieser war zur Hälfte mit verschiedenen Gütern belegt. Den meisten Platz nahm seine Felllieferung ein. Er entdeckte aber auch etliche Säcke, einige aufeinandergestapelte Kisten sowie ein Dutzend Fässer.
Karl grinste ihn an.
„Das dort drüben ist Wein aus dem Rheinland. Den trinke ich mittlerweile lieber als das wässrige Bier in den Kneipen."
Torben schüttelte vorwurfsvoll den Kopf.
„Du übernimmst allmählich die Trinkgewohnheiten deines alten Herrn. Wir suchen die Spelunken ja nicht nur wegen dem Bier auf. Was den eigentlichen Reiz ausmacht, ist die Gesellschaft guter Freunde und das Zusammensitzen mit erfahrenen Seemännern, die von ihren aufregenden Fahrten erzählen. Auch wenn das meiste davon Seemannsgarn ist, kannst du wirklich noch etwas lernen."
Karl nickte übertrieben.
„Ganz bestimmt, Torben! Und nach dem billigen Fusel kotzt es sich auch viel weicher. Jetzt sieh dir endlich die Felle an, die meinen Dachboden verstopfen. Ich muss schon sagen, so gute Ware habe ich selten gesehen."
Sie traten an die dicht aufeinander gestapelten Felle heran.
„Wie viele sind es?", fragte Torben mit leuchtenden Augen.
Karl zog ein Blatt Pergament hervor, das neben der Tür auf einem kleinen Hocker lag.
„Dreitausend Felle insgesamt. Das meiste davon wunderschöne Eichhörnchenfelle, Wiesel-, Zobel-, aber auch einige Wolfs- und sogar drei Bärenfelle."
Torben legte ein paar kleinere Felle beiseite und strich andächtig über einen Zobelpelz. Seitdem er selbst auf der Jagd gewesen war und sich dem harten Winter in den Wäldern östlich Nowgorods gestellt hatte, wusste er ganz genau, worauf er bei einem Fell zu achten hatte. Das Winterfell des Zobels war fast schwarz. Seine langen, seidigen Haare fühlten sich toll an.
„Auf den Bojaren ist Verlass", brummte er.
„Es wird ein schweres Stück Arbeit werden, das alles zu mir zu schaffen. Aber Maik und die Lehrlinge können ruhig mal erfahren, was harte Arbeit bedeutet."
„Meine Knechte werden ihnen helfen. Dann ist das Ganze bis morgen Abend erledigt", bot Karl an.
Torben reichte ihm die Hand und drückte sie kräftig.
„So gefällt mir das!"

3. Kapitel

Der nächste Tag war der Sonntag, an dem Torben um drei Uhr bei dem Ratsherrn Johann Steinhoff eingeladen war. Bereits am Vortag spürte er ein leichtes Kribbeln in der Magengegend. Diese Aufregung kam ihm ein wenig lächerlich vor. Schließlich hatte er auf dem Kriegszug der Hanse sein Leben aufs Spiel gesetzt und war in den letzten Jahren mehr als einmal in gefährliche Situationen geraten. Es gab nun wirklich keinen Grund für eine solche Unruhe. Also schritt er beherzt aus. Nicht zum ersten Mal fragte er sich, was dieser Fernhandelskaufmann wohl von ihm wollte. Immerhin war Johann Steinhoff ein hochgeachtetes Ratsmitglied.

Torben bog von der Breiten Straße in die Mengstraße ein und lief in Richtung Trave weiter. Etliche Kaufleute wohnten hier in hübschen Häusern. Er kam am Haus eines Weinhändlers vorbei, der soeben eine Lieferung von vier Fässern bereitstellte. Einige Knechte liefen emsig umher. Wenige Schritte weiter sah er bereits das schmiedeeiserne Tor und das hohe Portal des Ratsherrn vor sich aufragen. Dieses Haus ließ die übrigen Unterkünfte verblassen. Es wirkte, als wäre es frisch gekalkt worden. Bei Sonnenschein musste es geradezu blenden.

Torben trat näher und sogleich stach ihm ein kunstvoll geschmiedeter Türklopfer ins Auge. Gerade wollte er danach greifen, um sich bemerkbar zu machen. Doch in diesem Augenblick hielt ihm ein Bediensteter bereits die Tür auf und bat ihn herein.

Kurz darauf kam ihm der Hausherr mit einem gewinnenden Lächeln entgegengeeilt.

„Willkommen, Torben. Du hast doch nichts dagegen, wenn wir zum *du* übergehen? Schließlich sind wir beide Kaufleute im Dienste Lübecks.“

Torben ergriff die dargebotene Hand und erklärte sich gern einverstanden.

„Nur nicht so zurückhaltend. Du starrst den Boden an, als könntest du darin versinken. Wir sind hier ja nicht in der Dankwarts- oder Hartengrube.“

Er lachte fröhlich, während er Torbens fragenden Blick bemerkte.

„Du musst entschuldigen, Torben. Manchmal gehe ich einfach davon aus, dass alle Menschen mit den Geheimnissen Lübecks so vertraut sind, wie ich es bin. Das wirft mir meine Frau häufiger vor. Lübeck wurde zu Beginn dieses Jahrhunderts dem Wasser regelrecht abgerungen. Um Platz für Siedler zu schaffen, versuchten die Bewohner Land zu gewinnen, indem sie Bereiche mit einem Damm

oder einer Spundwand absperrten. Dann haben sie das Areal trockenfallen lassen und mächtige Holzbalken in einer Kastenkonstruktion dort hineingepackt. Anschließend wurden tausende Karren voll Erde darauf geschüttet. Das muss eine elendige Plackerei gewesen sein. Aber es hat sich gelohnt. Nur durch diese Landgewinnung ist Lübeck um die Hälfte seiner heutigen Fläche gewachsen. Die Häuser, die heute dort stehen, haben meist mächtige Fundamente, um den Untergrund auszugleichen. Wenn man sich genau umsieht, erkennt man also noch immer, wo die Stadt ein Gebiet hinzugewonnen hat. Alle Straßen, die auf Grube enden, sind als Landgewinnungsmaßnahme entstanden."
Torben riss erstaunt die Augen auf.
„Davon wusste ich nichts."
Johann grinste listig. „Es ist schon etliche Jahrzehnte her und die Menschen vergessen schnell. Zudem gibt es keine Aufzeichnungen darüber, wie ich festgestellt habe."
Er verzog das Gesicht.
„Aber ich plaudere hier auf dich ein und vergesse meine Pflichten als Gastgeber. Nun komm erst einmal herein und folge mir."
Johann führte ihn durch eine große Diele. Dann betraten sie ein Wohnzimmer, das mit erlesenem Mobiliar ausgestattet war. Er bemerkte die schweren Vorhänge an den Fenstern und einige großformatige Bilder an den Wänden.
„Bitte nimm doch Platz", forderte Johann ihn auf und wies auf einen Esstisch, an dem einige wuchtige Stühle standen. Die Rückenlehnen waren mit Vergoldungen verziert. Ein Diener rückte ihm den Stuhl zurecht und Torben nahm dankend Platz. Er blickte nun einen kunstvoll gewebten Wandteppich an, der zwei Frauen dabei zeigte, wie sie Wasser aus einem Brunnen holten. Sie sahen beinahe lebendig aus. Der Ratsherr setzte sich zu ihm, goss ihm einen Becher Wein ein und musterte ihn schweigend.
„Ich habe mich sehr über die Einladung gefreut", ergriff Torben das Wort. „Wenn du mir die Offenheit erlaubst, Johann. Welchem Umstand habe ich sie zu verdanken? Es gibt sicher noch einige andere Lübecker Kaufleute, die sich auf dem Kriegszug für ihre Heimatstadt eingesetzt haben."
Ein Lächeln nistete sich in den Mundwinkeln des Ratsherrn ein.
„Mir gefällt deine offene Art, Torben. In der Tat habe ich bereits drei weitere junge Kaufleute, die nach Dänemark aufgebrochen sind, persönlich getroffen. Ich interessiere mich für die Söhne Lübecks, bei denen ich ein besonderes Talent vermute."
Torben setzte sich aufrecht hin.

„Mit welchem Ziel?“, fragte er argwöhnisch.
Johann legte die Hände auf den Tisch und lächelte freundlich.
„Informationen zu sammeln“, entgegnete er dann.
„Entschlussfreudigen und weltgewandten Kaufleuten sind kaum Grenzen gesetzt. Ich möchte mir gern ein Bild machen, wie es um den kaufmännischen Nachwuchs in Lübeck bestellt ist. Denn Männer wie du werden dafür verantwortlich sein, dass Lübeck auch in zwanzig Jahren noch die wichtigste Stadt der Hanse ist. Oder ob uns Stralsund oder Hamburg den Rang ablaufen.“
Er sah Torben mit leuchtenden Augen an. Das Thema schien ihm sehr am Herzen zu liegen.
„Weißt du, Torben. Es haben schon einige Söhne erfolgreicher Kaufleute vor dir auf diesem Stuhl gesessen. Viele von ihnen sind behäbig und lassen jegliches Feuer vermissen. Sie sind satt und zufrieden mit dem, was ihre Väter erreicht haben. Daher haben sie nicht den Wunsch in sich, auch mal ein Wagnis einzugehen. Stattdessen ziehen sie es vor, die Annehmlichkeiten Lübecks zu genießen. Das ist viel bequemer, als auf dem Meer oder in weit entfernten Städten Entbehrungen ausgesetzt zu sein oder sogar das eigene Leben aufs Spiel zu setzen. Allerdings ist es auch gefährlich für den Wohlstand Lübecks. Deshalb ermuntere ich jeden jungen Kaufmann, seinen eigenen Weg zu gehen. Also sei mutig und gräme dich nicht, wenn dir mal ein Fehler unterläuft. Du bist jung und tatkräftig. Du stehst wieder auf und machst den Fehler kein zweites Mal, da bin ich sicher.“
Johann hob seinen Becher und stieß mit seinem Gast an. Der Wein war tiefrot, schwer und jeder Tropfen ein Genuss. Torben nippte nur daran, während er nachdenklich nickte.
„Jeder Fehler kann auch schnell der letzte sein, das habe ich bereits am eigenen Leib erfahren müssen.“
Das Lächeln verschwand aus Johanns Gesicht.
„Ich weiß um die besonderen Umstände in deiner Familie, Torben. Es gab im Rat hitzige Diskussionen, als der Piratenüberfall bekannt wurde. Wir waren nicht alle einer Meinung, soviel kann ich dir sagen. Doch du hast dich in dieser Situation bewiesen und konntest deine Familie schließlich aus der Gewalt der Piraten befreien. Das hat einige Kaufleute im Rat sehr beeindruckt.“
Er starrte in seinen Becher.
„Mir ist das Amt des Ratsherrn nicht in den Schoß gefallen. In meinem Kaufmannsleben habe ich auch mal danebengelegen. Das kommt vor. Doch auch wenn mal eine meiner Reisen keinen Erfolg einbrachte, hat sie doch meinen Blick geschärft für Möglichkeiten, an

die ich vorher nicht gedacht habe. Das ist es, was einen erfolgreichen Kaufmann von den anderen unterscheidet."
Torben nickte nachdenklich, während Johann weitersprach.
„Wenn die Menschen an Lübeck denken, glauben sie, die Stadt ist mit erfolgreichen Kaufleuten gepflastert, die vom Nagel bis zum Eichenstamm alles nur Erdenkliche an Gütern verkaufen und dabei große Gewinne einheimsen. Doch dieses Bild trügt. In Lübeck gibt es hunderte Händler, aber kaum zwanzig von ihnen zählen zu den größten Kaufleuten. Und nur die wichtigsten von ihnen bilden den Rat der Stadt, der die Geschicke Lübecks lenkt. Damit sind diese Männer für das Schicksal von 40.000 Menschen verantwortlich."
Er atmete tief ein, um seine Worte wirken zu lassen.
„Der Rest der Kaufleute lebt von Jahr zu Jahr, immer mit der Gefahr, dass ein schlechter Handel sie in den Abgrund reißt. Vielen fehlt dann der Mut, das Ruder noch einmal herumzureißen und etwas Neues zu wagen. Stattdessen nehmen sie Schulden auf und machen das, was sie schon immer gemacht haben. Aber wenn sich der Markt verändert, muss man sich auch verändern. Sonst geht man unter. Glaub mir, ich habe schon so einige Kaufleute im Schuldturm enden sehen. Nehmen wir deinen Vater", schlug Johann den Bogen zu Torbens Familie.
„Vor zehn Jahren konnte er noch mit den besten Kaufleuten mithalten. Doch er hatte schon etliche Jahre keine einträglichen Unternehmungen mehr. Was ich damit sagen will, Torben: Ein Kaufmann muss sich immer wieder etwas Neues einfallen lassen."
Torben wischte sich über die Stirn. Plötzlich fühlte er sich müde. Es fiel ihm schwer, dem Ratsherrn in die Augen zu sehen.
„Seit Jahren habe ich meinem Vater immer wieder Vorschläge unterbreitet, was er noch ausprobieren könnte. Doch er hat sich jede Einmischung in seine Geschäfte verbeten."
Johann sah ihn aufmunternd an.
„Was planst du in diesem Jahr? Du wirst doch nicht herumsitzen und die Hände in den Schoß legen?"
Torben schüttelte den Kopf. „Mein Vater und Werner, mein älterer Bruder, werden ihre eigene Handelsfahrt unternehmen."
Johann schürzte schmunzelnd die Lippen.
„Darf ich raten? Sie wollen Tuche in Brügge kaufen", schlug er vor.
Torben seufzte leise.
„Erraten. Das war aber auch nicht schwer. Ich selbst war noch nie in Brügge. Aber wenn alles gut geht, werde ich dieses Jahr ebenfalls dorthin aufbrechen, um Felle und Bernstein an die Italiener zu verkaufen. Auch wenn ich dort noch keine Kontakte habe."
Johann trank einen Schluck Wein und fuhr sich genießerisch mit der

Zunge über die Lippen.
„Das klingt nach einem guten Plan. Nichts ist wichtiger, als persönliche Kontakte zu knüpfen. Nur wer seine Partner kennt und ein vertrauensvolles Verhältnis zu ihnen aufbaut, wird langfristig Erfolg haben. Aber gestatte mir an dieser Stelle eine Warnung! Diese Italiener sind sehr gute Kaufleute. Doch trauen würde ich nur den wenigsten unter ihnen. Die meisten sind jederzeit bereit, dich für einen winzigen Vorteil über den Tisch zu ziehen. Also wähle deine Geschäftspartner sorgfältig aus. Bedenke auch, dass die Italiener untereinander oftmals zerstritten, wenn nicht gar verfeindet sind."
Torben zog die Augenbrauen hoch. Erst jetzt stellte er fest, wie wenig er über seine zukünftigen Handelspartner wusste.
Johann nickte bekräftigend.
„Wir Hansekaufleute halten in der Ferne oftmals zusammen und werden daher als starke Gemeinschaft wahrgenommen, mit der man es sich besser nicht verscherzt. Die Italiener jedoch sind in einzelne, wenn auch mächtige Stadtstaaten zerfallen und haben untereinander Bündnisse geschlossen. Sie führen seit Jahrzehnten Kriege gegeneinander und verpflichten tausende Söldner, um ihre Kämpfe auszutragen. Mailand ist mit Florenz verfeindet. Venedig mit Genua spinnefeind. Da gilt es höllisch aufzupassen, nicht zwischen die Fronten zu geraten."
Torben verstand. Vielleicht hatte er sich das Ganze ein wenig zu einfach vorgestellt. Er beschloss, auf der Hut zu sein. Schließlich war es nicht nur sein Leben, das er in der Fremde aufs Spiel setzen würde.
Johann bemerkte, dass Torben seine Worte ernst nahm und diese ihn ins Grübeln gebracht hatten. Wohlwollend strich er sich übers Kinn, bevor er fortfuhr.
„Dann besorgt euch rechtzeitig genug Ochsenfuhrwerke, um nach Hamburg zu kommen. Aber ich warne dich schon mal vor. Die störrischen Viecher brauchen ewig für den überschaubaren Weg."
Torben schüttelte den Kopf.
„Ich habe mir überlegt, den längeren Weg um Dänemark herum zu wählen. Dann muss ich die Ware nicht erneut in Hamburg verladen. Und die Reise ist auch angenehmer. Meine Besatzung bekomme ich bis dahin bestimmt noch zusammen. Ich habe auch schon bei einigen Schiffseignern angefragt, was es kosten würde, ihr Schiff für die Fahrt nach Brügge und zurück anzumieten. Einige vermieten nur den Frachtraum ihrer Kogge für die Fahrt und stellen die Besatzung selbst. Das ist aber ein recht teures Unterfangen. Andere lassen sich darauf ein und haben mir bereits ein Angebot unterbreitet. Wir werden sehen."

Der Ratsherr breitete die Arme aus.
„Ich verfüge über eine kleine Flotte von vier Koggen. Drei davon sind gerade auf dem Weg nach England, darauf werde ich gleich noch zurückkommen. Aber die vierte Kogge liegt seit einer knappen Woche am Kai vertäut. Wie es aussieht, brauche ich sie dieses Jahr nicht mehr. Wenn du also willst, mache ich dir gern ein Angebot. Vielleicht werden wir uns ja einig. Denn ein Schiff, das nur vor Anker liegt, bringt mir nichts ein. Wir könnten uns also gegenseitig helfen. Was bieten dir die übrigen Schiffseigner denn an?"
Torben kratzte sich kurz am Kopf, während er nachdachte.
„Die Angebote liegen in ähnlicher Höhe. Beide verlangen einhundertfünfzig Mark lübisch für die Kogge bis zum diesjährigen Martinstag am 11. November, dem Tag, an dem die Handelsschifffahrt offiziell endet."
Johann schüttelte vorwurfsvoll den Kopf.
„Da haben wir es doch schon. Einhundertfünfzig Mark. Das ist gierig. Hier gilt es, einen jungen Kaufmann bei seinen ersten Unternehmungen zu unterstützen. Und wer weiß? Vielleicht bist eines Tages du es, der mir helfen kann? Ich jedenfalls biete dir meine Kogge zu den gleichen Bedingungen für nur hundert Mark an. Also, was sagst du zu meinem großzügigen Angebot?"
Torben musste nicht lange überlegen. Dieses Geschäft war verlockend. Er konnte fünfzig Mark sparen und der Ratsherr lastete seine Koggen aus. Selbst bei diesem Preis hätte Johann den Kaufpreis für seine Kogge innerhalb von sechs Jahren wieder hereingeholt. Es hatte schon seine Gründe, warum die Fernhandelskaufleute Lübecks so unsagbar reich waren. Zum ersten Mal kam ihm der Gedanke, sich ein eigenes Schiff zuzulegen, um künftig unabhängiger zu sein. Doch er war noch lange nicht so weit, eine solche Ausgabe tatsächlich stemmen zu können. Aber vielleicht war dieser Gedanke im Herbst längst nicht mehr so abwegig wie heute?
Torben reichte Johann wortlos die Hand und sie besiegelten ihre Absprache mit einem kräftigen Nicken. Damit hatte Torben eine Sorge weniger. Schon jetzt freute er sich darauf, Sigurd von seinen Vorbereitungen berichten zu können, wenn dieser endlich in Lübeck eintraf.
Johann war in aufgeräumter Stimmung.
„Das lässt sich doch gut an, Torben. Ich kann es kaum erwarten, wenn du mir von deiner Handelsfahrt im Herbst berichtest."
Er zwinkerte ihm vertraulich zu.
„Einen Rat möchte ich dir noch geben. Es ist wichtig in Erfahrung zu bringen, was auf den großen Märkten in Flandern, Italien oder auch

England vor sich geht. Natürlich kann ich nicht überall vor Ort sein, aber ich tausche mich mit anderen Kaufleuten aus und schreibe viele Briefe. Jede Information hat ihren Wert. Man muss sie nur zu nutzen wissen."

Torben fühlte sich beflügelt. Auch wenn er die meiste Zeit nur zugehört hatte, sprach Johann ihm in vielen Punkten aus der Seele. Von diesem Mann konnte er noch eine Menge lernen, davon war er fest überzeugt.

„Im letzten Jahr hat es in England zu viel geregnet, weshalb das Korn auf den Feldern verfault ist. Deshalb ist schon absehbar, dass es in diesem Jahr dort eine Hungersnot geben wird. Ich habe frühzeitig davon gewusst und so viel Korn aufgekauft, wie ich bekommen konnte, ohne Verdacht zu erregen. Deshalb sind meine drei genannten Koggen mit einer großen Ladung davon gen England unterwegs. Nach und nach bringe ich die Ware nun in den Verkauf. Der Preis steigt ständig, also werde ich ein Vermögen machen."

Torben verstand genau, worauf der Ratsherr hinauswollte. Um erfolgreich zu sein, musste man die Gelegenheiten erkennen und nutzen, um der Konkurrenz einen Schritt voraus zu sein. Trotzdem taten ihm die einfachen Menschen leid, die sich die höheren Preise wohl kaum würden leisten können. Aber da ein Kaufmann keine eigenen Waren herstellte, musste er durch den An- und Weiterverkauf Gewinne erzielen. Anderenfalls war er es, der hungerte.

Johann winkte zur Tür herüber, wo sich nun ein junges Mädchen hereinschob.

„Johanna! Tritt näher, meine Teure."

Ein blondes Mädchen kam schüchtern näher. Sie umrundete den Tisch und hatte den Blick zu Boden gesenkt. Sie drückte ihrem Vater einen Kuss auf die Wange und zögerte dann kurz.

„Das ist Torben Voigtherr, mein Engel. Ein vielversprechender junger Kaufmann unserer Stadt. Bestimmt werden wir noch viel von ihm hören."

Torben sprang auf, während sie nähertrat und ihm ihre Hand reichte. Er ergriff sie und drückte sie vorsichtig. Sie fühlte sich kalt an. Kurz blickten sie einander in die Augen, doch sogleich senkte sie den Blick wieder zu Boden. Johanna hatte langes blondes Haar, das ihr in weichen Locken auf die Schultern fiel. Ihre Haut war blass, als würde sie nur selten ans Tageslicht kommen. Ihre Wimpern waren so hell, dass sie kaum zu sehen waren. Nachdem sie zwei belanglose Sätze gewechselt hatten, nutzte sie den ersten Vorwand, um sich wieder zurückzuziehen.

Torben war das nur recht. Er fand die Unterhaltung mit ihrem Vater

sehr viel spannender. Johanna wirkte auf ihn lieb, nett, ausgesprochen höflich und so fade, dass er schon jetzt Mühe hatte, sich an ihr Gesicht zu erinnern. Sie war auf eine langweilige Weise hübsch, doch ihre Art behagte ihm nicht. Kurz stellte er sich vor, wie er Silke von ihr berichtete. Silke würde sich über seine Schilderung vermutlich köstlich amüsieren. Selbst wenn Torben in den höchsten Tönen von ihr schwärmen würde, hätte Silke dafür nur ein gelangweiltes Schulterzucken übrig. Sie neigte einfach nicht zur Eifersucht und hatte ihm bereits mehrfach zu verstehen gegeben, dass sie auf irgendwelche Konventionen nichts geben würde.
Johann sah seiner Tochter lächelnd hinterher.
„Sie ist ein wenig zurückhaltend. Ich glaube, ihre Mutter verhätschelt sie zu sehr. Dabei ist sie schon sechzehn Jahre alt. Es wird Zeit, dass sie ein wenig mehr unter die Leute kommt."
Sein Blick wurde nachdenklich, doch dann wandte er sich wieder Torben zu. Mit ruhiger Hand schenkte er seinem Gast und auch sich selbst Wein nach und prostete ihm zu.
„Der Wein ist teuer und wirklich gut. Du solltest ihn trinken, nicht nur nippen."
Torben trank einen Schluck und stellte den Becher dann vorsichtig wieder ab. Johann hatte die Beine ausgestreckt und den Blick zur Decke gehoben.
„Es gibt nur wenige Pfade, die zu Ruhm und Macht führen, wenn man nicht als Fürst oder Ritter geboren wurde", nahm Johann den Faden wieder auf.
„Wir haben uns wohl beide nicht berufen gefühlt, Gott in der Kirche oder im Kloster zu dienen. Stattdessen verfügen wir über Mut und Ehrgeiz und den festen Willen, unser Glück selbst in die Hand zu nehmen. Deshalb sind wir Kaufleute geworden."
Blitzschnell streckte er den Zeigefinger der rechten Hand in die Luft.
„Aber Macht und Reichtum muss man sich verdienen. Es ist nicht wie bei einem niedlichen Hündchen, das dir von ganz allein auf den Schoß springt. Du musst die Gelegenheit schon beim Schopfe packen. Sonst geht sie vorbei. In solchen Momenten zeigt sich, ob du das Zeug dazu hast. Ich werde verfolgen, wohin dein Weg dich führt. Du kannst dich gern an mich wenden, wenn du mal einen Rat brauchst."
Die dunklen Augen des Ratsherrn waren fest auf Torben gerichtet.
„Das will ich gerne tun."

In den nächsten Wochen freundeten Katja und Sandra sich zunehmend miteinander an. Sie trafen sich beinahe jeden Tag, um gemeinsam Zeit zu verbringen. Während Sandra Katja allmählich das

Kochen beibrachte, half diese ihr im Gegenzug mit ihrem Geschick beim Handarbeiten weiter. Oft besuchten sie auch Torben, denn in seinem Haus war jede Menge Platz. Außerdem fühlten sie sich dort wohl.
Sascha und Tobias waren immer hocherfreut, wenn sie auf die beiden Freundinnen trafen, denn die jungen Frauen waren nicht nur ein hübscher Anblick, sondern auch eine sehr angenehme Gesellschaft. Manchmal saßen sie abends beieinander und tauschten Geschichten aus. Doch dann war Sascha seltsam schweigsam und wirkte fast ein wenig unsicher, was ihm überhaupt nicht ähnlich sah. Trotzdem verstanden Katja und Sascha sich gut. In ihrer Nähe war dieser große Kerl so fürsorglich, dass es Torben fast die Sprache verschlug. Was war nur in seinen Freund gefahren?
Normalerweise ging Sascha mit breiter Brust durchs Leben und kannte keinerlei Selbstzweifel. Wenn es Ärger gab, stand er seinen Mann und wich seinen Freunden niemals von der Seite. Doch in der Regel war er umgänglich, entspannt und immer zu einem Scherz aufgelegt. Es kam nicht selten vor, dass sie in einer Spelunke mit wildfremden Männern ins Gespräch kamen. Stunden später traten sie dann oft gemeinsam ins Freie, während sie einander den Arm um die Schulter legten und aus voller Kehle ein fröhliches Lied schmetterten. Ihn jetzt so unsicher zu erleben, irritierte Torben. Er hatte seinen Freund noch nie verliebt gesehen.
Irgendwann nahm er Sascha zur Seite.
„Was ist los mit dir? Ich sehe, dass dir Katja gefällt. Aber warum benimmst du dich dann so komisch? So kenne ich dich gar nicht."
Sascha lief rot an.
„Natürlich mag ich sie. Sie ist eine Schönheit. Aber es ist wie verhext! Sobald sie mich anlächelt, vergesse ich sofort, was ich sagen wollte."
Aufgebracht ballte er die Hände zu Fäusten. Unsicher sah er seinen Freund an und verdrehte die Augen.
„Sie ist die Tochter eines Goldschmieds. Ich war noch nie mit einer Frau aus besserem Hause zusammen.
Meine Erfahrungen beschränken sich auf Mägde, Bäckerinnen und die ein oder andere Händlerin auf dem Markt."
Mathias trat zu ihnen.
„Vergiss die Huren am Hafen nicht, davon kennst du auch so einige."
Sascha schüttelte erbost den Kopf.
„Danke, Mathias. Das hilft mir wirklich sehr. Ich weiß einfach nicht, wie ich mich ihr gegenüber verhalten soll, ohne aufdringlich zu erscheinen oder wie ein kompletter Idiot dazustehen."
„Du musst mit ihr reden", versicherte Mathias ihm im Brustton der

Überzeugung. Er selbst hatte allerdings auch nur wenige Erfahrungen vorzuweisen. Doch das wollte er lieber nicht zur Sprache bringen.
„Reden? Worüber denn?“, fragte Sascha hilflos.
Tobias gesellte sich zu ihnen und kratzte sich nachdenklich am Kinn.
„Was du mit ihr redest, ist eigentlich gleichgültig. Es kommt allein auf den Tonfall an. Es ist ungefähr so, als wenn du einen Sattel auf ein widerspenstiges Pferd legst.“
Sascha verzog das Gesicht und schüttelte den Kopf.
„Bist du sicher? Hast du das jemals ausprobiert? Vielleicht hast du auch nur zu viel Zeit mit Hunden verbracht? Die hören ja wenigstens auf dich. Wenn ich so darüber nachdenke, habe ich dich schon lange mit keinem Mädchen mehr gesehen. Das wird schon seinen Grund haben, da bin ich sicher.“
Er blickte seine Freunde der Reihe nach an.
„Fällt euch sonst noch was ein?“
„Tja, was denn noch?“, murmelte Tobias.
Torben stand stumm da und verkniff sich nur mit größter Mühe ein Lachen.
Tobias schnipste mit den Fingern.
„Vergiss, was ich eben gesagt habe. Sag ihr, dass sie schön ist und das am besten immer wieder!“
Saschas Gesicht hellte sich auf. „Das klingt schon besser.“
Torben hob mahnend die Hand.
„Katja ist eine unabhängige Frau. Sie weiß, was sie will und vor allem, was sie nicht will. Nimm dir Zeit. Wenn sie dich auch mag, wird sie dir das schon zeigen. Höre ihr einfach zu und schenke ihr Aufmerksamkeit. Ich glaube, das ist der Schlüssel zu ihrem Herzen. Aber am wichtigsten ist, dass du dich nicht verrückt machst! Sie hat bestimmt längst erkannt, was für ein toller Kerl du bist!“
Er zwinkerte ihm aufmunternd zu, woraufhin Sascha erleichtert die Luft ausstieß.
„Wir werden sehen“, murmelte er. „Ich danke euch!“

Am nächsten Tag kam Katja gegen Mittag in Torbens Haus. Als er die Tür öffnete, trat sie mit einem geheimnisvollen Lächeln ein.
„Na, du scheinst dich ja gut eingewöhnt zu haben“, begrüßte er sie.
Katja nickte zufrieden.
„Meine Unterkunft ist ruhig und sauber. Dort wohne ich gern. Es ist schön, wieder so etwas wie ein Zuhause zu haben. Aber ich bin aus einem anderen Grund hier.“
Sie zauberte etwas aus ihrem Gürtel hervor und warf es Torben in hohem Bogen zu. Dieser fing es geschickt auf und staunte.

„Mein Bernstein“, murmelte er. „Den hätte ich fast nicht wiedererkannt. Wie hast du es geschafft, ihn so zum Leuchten zu bringen?“
Katja lächelte erfreut. „Mein Vater war Goldschmied. Schon vergessen? Ich habe ihm jahrelang dabei zugesehen, wie er filigrane Schmuckstücke gefertigt hat. Dabei konnte ich mir vieles abgucken. Zum Schluss habe ich den Stein mit Kreideschlamm bearbeitet, bis er glänzte. Leider verfüge ich nicht über das richtige Werkzeug, um den Stein noch besser bearbeiten zu können. Aber es reicht aus, um dir den Unterschied zu zeigen.“
Torben nickte beeindruckt. Er drehte den Bernstein in der offenen Hand hin und her und ergötzte sich an seinem Funkeln. Dann hielt er ihn ins Licht. Der Stein schimmerte goldgelb, an einigen Stellen sogar rötlich wie ein Sonnenuntergang.
„Großartig! Das verdoppelt seinen Wert.“
Er sah sie ungläubig an. „Ich habe dir doch von unseren Plänen erzählt, Bernstein in Brügge an die Italiener zu verkaufen.“
Katja nickte.
„Genau darum bin ich hier. Ich möchte euch helfen, die Bernsteine zu schleifen und zu polieren. Außerdem möchte ich besonders schöne Stücke zu Ringen oder Kettenanhängern verarbeiten.“
Sie schmunzelte leicht.
„Wir müssen uns nur über die Bezahlung einig werden.“
Torben zog Katja in seine Arme.
„Genau das wollte ich dir vorschlagen. Sigurd und ich haben schon darüber nachgedacht, wussten aber nicht, wie wir das Problem lösen sollen. Du würdest uns sehr helfen. Und wenn sich der Wert des Bernsteins verdoppelt, gewinnen wir alle dabei. Lass uns mit Sigurd über die Einzelheiten sprechen. Er ist mein Geschäftspartner und sollte ein Wort mitreden.“
Katja wirkte erleichtert.
„Damit hätte ich auch endlich eine Tätigkeit gefunden, die mir Freude macht.“
„Kannst du auch Gebetsketten aus Bernsteinkugeln fertigen?“, fragte Torben neugierig.
Katja schürzte die Lippen.
„Torben, mit dem richtigen Werkzeug kann ich auch das. Allerdings wirst du dich dann nur mit Gewalt von ihrem Anblick losreißen können. Das verspreche ich dir.“
„Also sollten wir dir alles besorgen, was du zur Ausübung deines Handwerks benötigst“, schlussfolgerte Torben. „Was genau brauchst du denn?“

Katjas Augen leuchteten.
„Bernstein ist ziemlich weich und lässt sich gut verarbeiten. Mein Vater hat sich mit den Jahren eine große Zahl an Gerätschaften zugelegt, mit denen er auch die filigransten Arbeiten durchführen konnte. Einige davon hat er sogar selbst angefertigt. Am besten wäre es, wenn ich sein Werkzeug nutzen könnte. Mein Onkel Torsten, der sich Vaters gesamten Besitz angeeignet hat, ist kein Handwerker. Daher wird er auch keine Verwendung dafür haben. Bestimmt liegt noch alles in der Werkstatt herum, wie ich es zurückgelassen habe."
Torben fuhr sich mit dem Daumen über die Unterlippe.
„Was glaubst du? Kann man mit deinem Onkel reden?"
Katja schüttelte den Kopf.
„Ich nicht", stieß sie heftig atmend hervor. „Nie wieder möchte ich mit diesem Kerl etwas zu schaffen haben!"
„Wie wäre es, wenn wir ihn beobachten? Sobald er das Haus verlässt, schleichst du dich hinein und holst dir, was du brauchst."
Katja starrte ihn mit weit aufgerissenen Augen an.
„Das traue ich mich nicht."
Torben lächelte ihr zu.
„Das Werkzeug gehört dir. Dein Onkel kann damit nichts anfangen. Bestimmt merkt er nicht einmal, wenn es fehlt."
„Und wenn er mich dabei erwischt?"
Ihre Stimme begann zu zittern.
„Mach dir keine Sorgen, Katja. Ich weihe Sascha in unser Vorhaben ein. Er wird deinen Onkel genau im Auge behalten. Sobald er uns ein Zeichen gibt, komme ich mit dir und wir schleichen uns hinein."
„Das würdest du für mich tun?", fragte sie erstaunt.
„Wir sind jetzt Geschäftspartner", erinnerte er sie. „Da würde ich noch viel mehr anstellen, um dir zu helfen."
Dankbar drückte sie seinen Arm und wischte sich eine Träne aus dem Augenwinkel.
Als Torben wenig später Sascha von ihrem Plan erzählte, war dieser sofort Feuer und Flamme.
„Das versteht sich doch von selbst, dass ich euch dabei helfe! Dieser Hundsfott wird sich nie wieder an ihr vergreifen, das schwöre ich. Sie lässt sich nicht unterkriegen, das imponiert mir."
„Dann ist es abgemacht", hielt Torben fest.
„Als erstes müssen wir mehr über ihn in Erfahrung bringen. Lass uns sein Haus morgen mal unauffällig beobachten. Wo geht er hin? Wie lange bleibt er weg? Solche Sachen halt."
„Das klingt aufregend. Wir müssen ihm dann aber auch folgen und dürfen ihn keinesfalls im Gewimmel verlieren. Ob wir das

hinbekommen?“
Sie sahen sich an und platzten gleichzeitig mit einem Namen heraus.
„Mathias!“
Dann lachten sie laut.
„Wenn jemand gut darin ist, unauffällig in der Menge unterzutauchen, dann ist das ja wohl Mathias“, rief Sascha erleichtert.
„Ich schnappe ihn mir gleich morgen und erzähle ihm alles. Wo wohnt Katjas Onkel eigentlich?“
Torben überlegte kurz.
„Es ist ein zweistöckiges Haus mit gelben Fensterläden, am oberen Ende der Wahmstraße. Davor steht ein kleiner Apfelbaum. Wir können das Haus also nicht verfehlen. Die Werkstatt befindet sich oben. Dort müsste auch das Werkzeug liegen. Allerdings sind in der Straße auch einige Bierbrauer ansässig. Nicht, dass dies Mathias von seinem Auftrag ablenkt.“
Sascha lachte trocken.
„Ein Metzger wäre schlimmer. Für eine gut geräucherte Wurst lässt Mathias alles stehen und liegen.“
Torben schlug seinem Freund dankbar auf die Schulter und dieser entfernte sich mit großen Schritten.

Vier Tage später standen Mathias und Sascha zum wiederholten Male in der Wahmstraße und lugten vorsichtig zu Katjas Elternhaus hinüber. Sascha lehnte sich an eine Mauer und gähnte ausgiebig. Dann rieb er sich müde die Augen.
„Wir treiben uns heute nun schon wieder seit drei Stunden hier herum. Allmählich könnte sich dieser Kerl mal aus dem Haus bewegen.“
Er starrte seinen Freund an, der die Eingangstür keinen Moment aus den Augen gelassen hatte.
„Das macht dir Spaß, stimmt‘s?“
Mathias nickte knapp, ließ sich aber nicht ablenken.
Sascha seufzte leise. Er könnte längst bei einem Bier in einer Spelunke am Hafen sitzen. Doch er tat es für Katja, rief er sich in Erinnerung. Hoffentlich lohnte sich dieser ganze Aufwand.
„Da!“, rief Mathias aufgeregt. „Jetzt verlässt er das Haus. Ich bin gespannt, wohin er geht.“
Sascha knurrte ungeduldig.
„Wo soll er schon hingehen? Einem geregelten Tagewerk geht er bestimmt nicht nach, so vergnügt, wie er sich durch den Tag treiben lässt. Das Erbe von Katjas Vater muss ihm zu einem sorgenfreien Leben verholfen haben. Da könnte man direkt neidisch werden.“

Er stieß sich von der Wand ab.
„Was glaubst du, wo er hingeht?“
Mathias verzog das Gesicht.
„Wenn ich raten sollte, würde ich sagen, es zieht ihn in eine der feineren Schenken in der Nähe des Rathauses. Eine von denen, wo ich keinen Zutritt bekommen würde. Bis dahin ist es ja nur ein kurzer Weg.“
Sascha schüttelte verärgert den Kopf.
„Das wäre das dritte Mal in vier Tagen. Dem sitzt das Geld wirklich locker.“
Mathias bog um die Ecke.
„Folgen wir ihm, dann wissen wir mehr.“
Mit weitem Abstand hielten sie den Anschluss. Große Mühe mussten sie sich nicht geben. Katjas Onkel war sorglos und achtete nicht auf seine Umgebung. Doch noch bevor er das Rathaus erreichte, bog er rechts in die Breite Straße ein. Dieser folgte er ein ganzes Stück, bis sie fast schon in die Kleine Burgstraße überging.
„Wo will er denn hin?“, murmelte Sascha neugierig.
Mathias sparte sich den Atem. Stattdessen behielt er den Weg genau im Blick. Als Torsten plötzlich vor einem zweistöckigen Haus stehenblieb, lachte Mathias freudlos.
„Dort drüben ist ein sündhaft teures Bordell. Dieser Kerl lässt wirklich nichts aus. Wenn er dort Stammgast ist, muss er tatsächlich wohlhabend sein. Ich habe schon eine Menge Gerede über diese Adresse gehört. Dort sollen einem Mann alle Wünsche erfüllt werden. Man muss sie sich nur leisten können.“
Woher weißt du so etwas?“, staunte Sascha. „Ein solcher Laden ist ja nun wirklich nicht unsere Kragenweite.“
Mathias winkte ab.
„Man hört so viel, wenn man sich still verhält und die Ohren aufsperrt. Dieser Abend wird ihn ein Vermögen kosten. Aber ganz sicher wird er die nächsten zwei Stunden beschäftigt sein. Lauf zu Torben und Katja zurück und sag ihnen, jetzt sei der richtige Zeitpunkt gekommen. Diese Gelegenheit ist zu günstig, um sie ungenutzt verstreichen zu lassen.“
Sascha blickte zögerlich zur Tür, die sich hinter Torsten geschlossen hatte.
Mathias beruhigte ihn. „Sollte er wider Erwarten eher zurückkommen, warne ich euch rechtzeitig.“
Sascha nickte entschlossen und setzte sich in Bewegung. So schnell er konnte, lief er durch die abendlichen Straßen, auf denen nur noch wenige Menschen unterwegs waren. Als ihm allmählich die Luft

ausging, wurde er etwas langsamer, doch er trieb sich unerbittlich voran.
Endlich erreichte er Torbens Haus und öffnete schnaufend das Tor. Dann lief er zur Tür und hämmerte laut dagegen. Als hätte Torben nur darauf gewartet, riss er sie sogleich auf und blickte ihm erwartungsvoll entgegen.
„Katja!“, keuchte Sascha.
„Katja, was?“, fragte Torben verständnislos zurück. „Sie sitzt mit Sandra in der Küche.“
Sascha wollte weiterreden, doch sein Atem reichte nicht. Ausgepumpt stützte er sich auf den Oberschenkeln ab und sog rasselnd die Luft ein.
„Du musst schon ein wenig deutlicher werden, Sascha. Ich bin ziemlich schlecht im Raten“, zog ihn Torben schmunzelnd auf.
Sascha drohte ihm mit der Faust, brauchte aber noch einen Moment, bis er sich endlich erholt hatte.
„Wir haben ihren Onkel verfolgt. Er ist gerade in ein edles Bordell eingekehrt. Mathias beobachtet das Haus und warnt uns, sollte er eher zurückkommen. Jetzt ist der beste Zeitpunkt um Katjas Werkzeug zu holen.“
Torben nickte beeindruckt. „Na, siehst du! War doch gar nicht so schwer. Damit kann ich was anfangen.“
Er lief ins Haus und kam gleich darauf mit Katja im Schlepptau zurück. Sie trug einen Mantel mit Kapuze und wirkte angespannt. Auf ihren fragenden Blick nickte Sascha vorsichtig. Dann setzten sie sich zu dritt in Bewegung. Sascha blieb ihre Aufregung nicht verborgen. Ihre Hände zitterten leicht und sie schluckte beklommen. Plötzlich war seine Befangenheit ihr gegenüber verschwunden. Leise sprach er ihr Mut zu.
„Es wird alles gutgehen, Katja. Torben und ich passen auf dich auf, das versprechen wir dir.“
Sie schenkte ihm ein unsicheres Lächeln und sofort wurde ihm warm ums Herz.
Anfangs liefen sie, doch je näher sie ihrem Ziel kamen, um so vorsichtiger wurden sie. Als sie in die Wahmstraße einbogen, blickten sie sich argwöhnisch um. Auf keinen Fall wollten sie Verdacht erregen. Längst hatte Katja sich die Kapuze über den Kopf gezogen, um nicht von anderen Passanten erkannt zu werden. Es war lange her, dass sie ihr Zuhause überstürzt aufgeben musste. Umso zwiespältiger waren die Gefühle, die nun auf sie einstürzten. Wäre sie allein gewesen, hätten diese sie bestimmt überwältigt. Ganz sicher hätte sie sich keinen Schritt näher herangewagt. Doch mit Sascha und Torben an ihrer Seite

fühlte sie sich für die Herausforderung gerüstet.
Kurzentschlossen wandte sie sich um.
„Ich gehe allein hinein. Zu dritt fallen wir nur auf. Hier achten die Leute aufeinander."
Torben nickte überrascht. Während sich die beiden Männer ein Stück zurückzogen, lief Katja allein weiter. Schon bald erreichte sie das so vertraute Haus, zog die Tür auf und schlüpfte hinein. Einen kurzen Augenblick hatte sie Angst gehabt, dass von innen der Riegel vorgeschoben und ihr Onkel doch zu Hause wäre. Aufmerksam horchte sie in den schmalen Flur, doch kein Geräusch drang an ihre Ohren. Sie fragte sich, ob Berta noch hier arbeitete. Aber sie sah keinerlei Anzeichen dafür. Das Haus machte einen ungepflegten Eindruck. Überall lagen Gegenstände herum. Das konnte sie selbst in der Dämmerung gut erkennen. Es wirkte geradezu kalt und leblos auf sie und erinnerte kaum noch an das warme Heim, das ihr mal so viel bedeutet hatte.
Vorsichtig schlich sie die Treppe in den zweiten Stock hinauf. Noch immer wusste sie genau, welche Stufe knarrte und übersprang diese. Sie wagte es kaum zu atmen. Ihr Herzschlag donnerte laut in ihrer Brust. Doch dann schalt sie sich eine Närrin. Hier war niemand. Und ihre Freunde wachten über sie, folglich konnte ihr nichts passieren. Außerdem war es kein Diebstahl, was sie hier vorhatte, rief sie sich immer wieder in Erinnerung. Schließlich hatte ihr Vater das Werkzeug nach seinen Anforderungen selbst gefertigt. Ihr Onkel hatte kein Recht dazu, es ihr vorzuenthalten. Und da sie schon darüber nachdachte: Dies hier war auch ihr Haus. Sie war hier aufgewachsen, während es ihrem Onkel einfach nur in den Schoß gefallen war. Beinahe trotzig stieg sie die letzten Stufen hinauf. Rechts zweigte die Arbeitskammer ihres verstorbenen Vaters ab. Als sie diese betrat, sah sie sich aufmerksam um. Mehrmals atmete sie ganz tief ein, um zur Ruhe zu kommen. Ein Teil von ihr hoffte, den vertrauten Geruch ihres Vaters wahrzunehmen. Doch dieser war schon lange verflogen. Alles in diesem Raum war ihr so wohl bekannt, dass sie sich hier auch mit geschlossenen Augen zurechtgefunden hätte. Sie lief an der kleinen Arbeitsplatte vorbei, an der ihr Vater die filigranen Tätigkeiten seines Handwerks ausgeübt hatte. Einige seiner Gerätschaften lagen noch genau so da, wie sie es in Erinnerung hatte. Dieser Umstand überraschte sie nicht. Bestimmt hatte sich ihr Onkel nur für die Bücher, nicht aber für die Ausrüstung interessiert. Schließlich wollte er sich nicht die Hände schmutzig machen.
Aus einem kleinen Regal zu ihrer Linken nahm sie einen Lappen und begann, die wichtigsten Werkzeuge ihres Vaters darin einzuwickeln.

Mit flinken Fingern ergriff sie eine Rennspindel, mit der man einen Bohrer antreiben konnte. Sie hatte ihren Vater oft genug dabei beobachtet und traute sich durchaus zu, dieses Gerät auch allein benutzen zu können.
Außerdem packte sie einige Ahlen dazu, mit deren Hilfe Löcher in die unterschiedlichsten Materialien gestochen oder vorhandene ausgeweitet werden konnten. Dabei handelte es sich um einen spitz zulaufenden, dünnen Metallstift, der sichelförmig gebogen und mit einem Griff ausgestattet war. Ihr Vater hatte Dutzende davon selbst hergestellt, um seine ganz besonderen Anforderungen erfüllen zu können. So etwas konnte sie nicht so einfach auf dem Markt kaufen. Auch wenn sie dank des Hausverkaufs in Wismar über ein ansehnliches Sümmchen verfügte.
Auf einem kleinen Beistelltisch direkt vor dem Fenster lagen zwei verschieden große Nagelbohrer neben einem Holzteller. Diese bestanden aus einem am Ende wendelförmig geformten Stahldraht mit einer Schlaufe als Handgriff. Katja wusste, dass sich damit Löcher vorbohren ließen.
Noch eine ganze Reihe weiterer Utensilien verschwand in dem Lappen. Katja ergriff einige Treibhämmer, Sticheln, Punzen, Meißel, Feilen sowie Schmelztiegel. Am liebsten hätte sie noch eine Feinwaage, den Schraubstock und sogar einen kleinen Amboss mitgenommen. Aber allmählich wurde ihr Päckchen ziemlich schwer. Sie legte noch einige Feuersteine hinzu, die ihr Vater immer zum Schleifen verwendet hatte, da sich deren raue Oberfläche hervorragend dafür eignete. Schließlich band sie die Enden des Lappens fest zusammen und wuchtete sich die Last auf die schmalen Schultern. Ein letztes Mal sah sie sich um, ob sie auch nichts Wichtiges vergessen hatte. Dann gab sie sich einen Ruck und bewegte sich zögerlich in Richtung Flur. Schon auf der Treppe tat es ihr leid, dass sie einige Dinge zurücklassen musste.
Auf dem Weg nach oben hatte sie noch darüber nachgedacht, ihrem ehemaligen Zimmer einen Besuch abzustatten. Vielleicht fand sie dort noch etwas, das ihr am Herzen lag? Doch daran war nun nicht mehr zu denken. Sie war jetzt so lange ohne ihren alten Besitz ausgekommen und hatte nichts vermisst, dann würde ihr auch weiterhin nichts fehlen.
Allmählich schnürte die Angst ihr die Kehle zu. Sie räusperte sich, während sie, so schnell sie es mit der schweren Last vermochte, die Treppe hinabeilte und ihr Bündel aus dem Haus schleppte. Erst als sie Torben und Sascha vor sich sah, erlaubte sie sich tief durchzuatmen. Am liebsten wäre sie den beiden um den Hals gefallen. So froh war

sie, dass sie das alles nicht allein durchstehen musste.
Die beiden Männer befreiten sie von dem Bündel und sahen sie besorgt an.
„War das alles?", wollte Sascha wissen.
Katja wollte gerade nicken, da blickte sie sich auch schon unsicher um. „Da oben steht noch was, was ich unbedingt brauche. Aber für mich ist es zu schwer."
Sascha zögerte keine Sekunde.
„Das haben wir gleich", war alles, was er dazu zu sagen hatte.
Katja lief vorweg. Diesmal war es ihr egal, dass ihre Schritte laut durchs Haus hallten. Sie ergriff die Feinwaage und zeigte auf den kleinen Amboss und den Schraubstock, der in der Ecke stand und von einer dicken Staubschicht überzogen war. Sascha schnaufte angestrengt, während er sich beides auf den Arm lud. Dann machte er kehrt und lief vorsichtig die Treppe hinunter.
Katja fiel ein Stein vom Herzen. Spätestens heute Abend hätte sie sich maßlos geärgert, wenn sie diese teure Ausstattung hier zurückgelassen hätte. Noch einmal blickte sie sich um und nahm Abschied. Plötzlich wurde ihr die Luft knapp. Alles in ihr drängte zur Eile. Hatte sie sich nicht schon viel zu lange hier oben aufgehalten? Was würde passieren, wenn ihr Onkel unverhofft zurückkäme? Vielleicht auf einem anderen Weg als dem, den er zuvor genommen hatte? Ihre Gedanken machten sie fast verrückt.
Wie vom Teufel gehetzt lief sie hinter Sascha her, der bereits ungeduldig an der Tür auf sie wartete.
„Katja!", drängte er leise.
Katja lief, so schnell sie konnte. Mit jedem weiteren Schritt fiel die Anspannung von ihr ab.
Torben blickte ihnen wachsam entgegen.
„Wir sollten langsam zusehen, dass wir hier wegkommen", mahnte er.
Katja nickte hastig. „Wir können los. Jetzt haben wir alles mitgenommen, was ich für meine Arbeit brauche. Somit steht unseren Plänen nichts mehr im Wege."
Sie funkelte ihre beiden Helfer glücklich an und Sascha lief beinahe das Herz über. Er hätte wesentlich mehr für sie getan, als sie nur bei einer solchen Kleinigkeit zu unterstützen.
Mittlerweile war die Dunkelheit hereingebrochen.
„Lasst uns unsere Beute in Sicherheit bringen", raunte Torben.
Sie liefen den Weg zurück und folgten ihm ins Haus. Dort wurden sie von Sandra mit Fragen überschüttet.
Katja beruhigte sie und endlich machte sich eine große Freude in ihr breit. Wenig später setzten sie sich alle gemeinsam vor das Herdfeuer

und gönnten sich einen Krug Bier.
Katja wirkte unheimlich erleichtert und hatte bereits den zweiten Becher in der Hand. Sie saß neben Sascha und lachte immer wieder über seine launigen Bemerkungen. Sandra lächelte Torben bereits vielsagend zu. Auch ihr war nicht verborgen geblieben, dass die beiden sich sehr gut verstanden.
Torben ging noch einmal alles in Ruhe durch.
„Wird deinem Onkel dieser Verlust nicht bald auffallen?", fragte er nachdenklich.
Katja schüttelte entschieden den Kopf.
„Das glaube ich nicht. Du hättest sehen sollen, wie es darin aussah. In der Arbeitsstube meines Vaters ist er schon lange nicht mehr gewesen. Da hat er sich schon im letzten Jahr nur die Bücher angesehen. Jetzt war bereits alles dick mit Staub überzogen. Dort wäre mit den Jahren alles verrostet."
„Umso besser", raunte Sascha. „Wo willst du dieses ganze Zeug denn hinhaben?", fragte er Katja. „Hast du in deiner Kammer so viel Platz, dass du dort arbeiten könntest?"
Katja zögerte kurz. Doch dann schüttelte sie den Kopf.
„Dafür ist sie leider nicht groß genug", entgegnete sie traurig.
Saschas Augen funkelten.
„Habt ihr schon mal an einen der Schuppen gedacht?"
Torben schlug sich gegen die Stirn.
„Ich Esel. Da hätte ich auch allein draufkommen können. In den letzten Wochen habe ich mit den Lehrlingen die Schuppen mit dicken Balken verkleidet und das Dach abgedichtet. Wenn du Lust hast, könntest du dir dort eine kleine Werkstatt einrichten. Der Platz wäre denkbar geeignet."
Katjas Augen leuchteten voller Freude.
„Die Idee gefällt mir. Das sehe ich mir gern einmal an."
Sie strich Sascha für seinen Einfall dankbar über die Schulter. Torben hätte schwören können, dass sein Freund dabei sogar ein wenig rot anlief. Nur mit Mühe verbarg er ein Schmunzeln.

In den nächsten Wochen kehrte der Sommer ein. Tagelang trübte keine Wolke den Himmel und die Sonne schien verschwenderisch. Torben konnte jeder Jahreszeit etwas abgewinnen. Wenn die Tage kurz, dunkel und klirrend kalt waren, freute er sich darauf, vor dem Herdfeuer zu sitzen, warmes Bier zu trinken und den Erzählungen seiner Freunde zu lauschen. Doch wenn es warm wurde, so dass man viele Stunden draußen verbringen konnte, fühlte er sich erst so richtig wohl in seiner Haut. Wenn er längere Zeit in der Schreibstube

verbracht hatte, sehnte er sich danach, den schmerzenden Rücken zu strecken und sich so lange mit anstrengenden Tätigkeiten abzulenken, bis er ganz außer Atem und verschwitzt war.
Noch immer übte er sich jeden Morgen im Schwertkampf. Jetzt, wo die Trave warm genug war, sprang er anschließend ins kühle Nass und schwamm noch eine Runde. Danach war er bereit und widmete sich seinen Aufgaben als Kaufmann und Herr des Hauses.
In früheren Tagen war es bei ihnen lebhafter zugegangen. Oft wurden schon morgens Fässer oder Säcke angeliefert und eigene Fuhren aus einem der Lager zusammengestellt, um von den Tagelöhnern zum Hafen gebracht zu werden. In letzter Zeit war ihr Speicher hingegen komplett leer gewesen. Ein ungewohnter Anblick, bei dem sich ihm mehr als einmal der Magen zusammengezogen hatte. Ein Kaufmann ohne Waren war kein Kaufmann. Aber nun lagen im oberen Stockwerk des Hauses dreitausend wunderschöne Felle, so dass ihm schon leichter ums Herz war.
Torben hatte sich erst kürzlich die Zeit genommen, die komplette Lieferung sorgfältig zu prüfen. Mit Hilfe von Maik und seinen Lehrlingen hatten sie jedes einzelne Fell hin- und hergewendet und genauestens begutachtet.
Dabei stieß Maik mehr als einmal verblüffte Laute aus.
„Donnerwetter! Das sind die besten Felle, die ich jemals auf einem Haufen gesehen habe. Und ich habe schon jede Menge Felle in den Händen gehabt. Diese hier sind es wert, den Mantel eines Adligen zu verzieren. Ach was sage ich: Selbst der König von England würde sich die Finger danach lecken, einen solchen Hermelinpelz sein Eigen zu nennen."
Torben nickte zufrieden.
„Jedes einzelne Tier haben die Jäger des Bojaren mit eigener Hand getötet. Ich kann mir erst heute eine richtige Vorstellung von all den Entbehrungen machen, die diese Männer erlitten haben. Der Träger dieser Pelze wird den Aufwand aber wohl nie zu schätzen wissen."
„Woher sollen die Reichen das auch wissen", murmelte Maik und wandte sich dem nächsten Fell zu.
„Wie kommt Katja mit dem umgebauten Schuppen zurecht?", fragte er neugierig.
„Bestens", schaltete sich Roman ein. „Wir haben ihr kleine Regale gebaut, in denen sie ihr Werkzeug aufbewahren kann. Sie hat jedes einzelne Stück in fettige Lappen gewickelt, damit es nicht rostet. Der Schuppen am Wasser hat jetzt sogar ein Fenster", berichtete er stolz. „Damit hat sie Tageslicht und kann auf die Trave schauen, wenn sie mal ihren Blick schweifen lassen will."

Torben legte ihm die Hand auf den Oberarm.
„Eine prächtige Idee. Schließlich soll sie sich bei uns wohlfühlen. Hat sie sonst alles, was sie braucht?“
„Sicher!“, bestätigte Roman. „Einzig, wenn es Herbst wird, müssen wir uns etwas einfallen lassen. Dann wird es schnell zu kalt werden, wenn sie stundenlang über ihrer Arbeit sitzt.“
Maik klopfte ihm auf den Rücken.
„Dann stellen wir ihr ein Kohlebecken in den Schuppen. Da wird ihr schon warm werden.“
Torben blickte voller Tatendrang in die Zukunft. Am liebsten hätte er dem Hafen jeden Tag einen Besuch abgestattet. Dort drängelten sich die Koggen an den Kaimauern eng aneinander. Sobald eine fertig beladen war, setzte die Mannschaft die Segel und steuerte das Schiff aus dem Hafen. Meist waren in der Ferne in Gegenrichtung auf der Trave dann bereits die Segel von einlaufenden Koggen zu erkennen. Das Geschäft der Kaufleute brummte und Torben wollte endlich wieder mitmischen.
Vor zwei Tagen erst hatte er eine Nachricht von Sigurd erhalten, dass dieser bereits Anfang Juli aufbrechen und wenige Tage später mit seiner Fracht Lübeck erreichen wollte. Seitdem zählte er die Tage und ging in seinem Kopf all die Dinge durch, die er unbedingt bedenken musste, um ihnen einen schnellen Aufbruch zu ermöglichen.
Maik musste ihm angesehen haben, wo er mit seinen Gedanken war.
„Im Juli will Sigurd eintreffen, oder?“
Torben nickte und hatte dabei die Arme verschränkt.
„Dann wollen wir hoffen, dass seine Ware so gut ist, wie er glaubt. Und welche Rolle wird Katja dabei spielen?
Torben musterte ihn abwägend.
„Es ist schon erstaunlich, wie gut du meine Gedanken lesen kannst, Maik. In der Tat bereitet mir das noch ein wenig Kopfzerbrechen. Aber Sigurd wird seine Funde am besten kennen. Wenn er nur die besonderen Steine hervorholt und Katja sie bearbeiten kann, sollte uns das schon gehörig Rückenwind geben bei unseren Verhandlungen mit den Italienern in Brügge.“
Maik nickte zustimmend. „Willst du einen der Lehrlinge mitnehmen? Arbeit dürfte schließlich genug anfallen. So lernen sie etwas über das Geschäft und fallen mir hier nicht beide zur Last.“
Roman und Stefan wollten aufbegehren, waren aber viel zu aufgeregt, was Torben erwidern würde. Dieser sah sie grüblerisch an.
„Die Idee ist nicht schlecht. Aber wie jede Reise birgt auch diese eine gewisse Gefahr. Ihr wisst ja, wie es meinem Vater ergangen ist.“
Die beiden jungen Männer nickten eifrig.

„Das macht uns aber keine Angst!", entgegneten sie. „Wenn wir Hansekaufleute werden wollen, müssen wir lernen, damit umzugehen."
Maik und Torben tauschten ein beeindrucktes Lächeln.
„Na, da kann ich ja kaum noch nein sagen", murmelte Torben. Nachdenklich musterte er seine Schützlinge.
„Also gut. Fragt eure Väter, ob sie einverstanden wären. Dann müsst ihr nur noch auslosen, wer mitkommen darf. Ich kann bloß einen von euch auf dieser Fahrt gebrauchen. Der andere bleibt hier und geht Maik zur Hand. Aber ich verspreche, dass ich ihm beim nächsten Mal den Vorzug gebe."
Die Augen der Lehrlinge leuchteten auf. Sie konnten es kaum erwarten, ihren Vätern die Neuigkeit zu überbringen.
Roman räusperte sich verlegen.
„Torben, du weißt bestimmt noch, dass mein Vater mich mit zwölf Jahren für je ein halbes Jahr in Antwerpen und Brügge bei den dortigen Hansekaufleuten untergebracht hat, damit ich Flämisch lerne und etwas über sein Geschäft erfahre? Vielleicht wäre es daher ganz hilfreich, wenn die Wahl auf mich fiele?"
Torben starrte ihn verblüfft an. „Da soll mich doch der Teufel holen. Das habe ich längst vergessen. Es wäre natürlich ein großer Vorteil, wenn einer von uns die Sprache spricht."
Er breitete entschuldigend die Arme aus und wandte sich an Stefan.
„Es tut mir leid, Stefan. Aber unter diesen Umständen gebe ich Roman den Vorzug. Das verstehst du hoffentlich."
Während Roman strahlte, als wäre ihm die Jungfrau Maria im Traum erschienen, nickte Stefan zerknirscht. Er hatte sich das schon gedacht.
Maik runzelte die Stirn.
„Hast du deine Mannschaft damit zusammen? Oder suchst du dir noch ein paar Söldner zum Schutz vor Überfällen? Du weißt ja aus eigener Erfahrung, dass es nicht schaden kann, auf alles vorbereitet zu sein."
Torben sah Maik nachdenklich an. Mal wieder hatte ihm der Knecht aus der Seele gesprochen. Schon länger trug er sich mit dem Gedanken, Ranulf und Fisker zu dieser Unternehmung hinzuzuziehen. Die beiden Söldner hatten sich als bewährte Kameraden erwiesen, die immer einen kühlen Kopf behalten hatten. Solche Gefährten konnte er gut gebrauchen. Wer wusste schon, was für Abenteuer sie in Flandern erwarten würden?
„Ich werde mich mal umhören, ob Ranulf und Fisker noch in der Stadt sind. Zwei kampferprobte Männer hätte ich gern an meiner Seite."

Mit einem knappen Kopfnicken verabschiedete er sich von Maik und den Lehrlingen und zog durch die Straßen in Richtung Hafen. Einige Mägde kamen ihm entgegen und warfen ihm kecke Blicke zu. Eine lächelte ihn offen an. Umgehend wurde seine Laune noch besser. Beschwingt lief er weiter und näherte sich dem Hafenbecken. Hier liefen kleinere Trupps von Hafenarbeitern durcheinander, die alle Hände voll zu tun hatten. Zwei stämmige Männer luden sich Fässer auf den Rücken und trugen sie keuchend zum Kai hinüber, an dem eine stattliche Kogge vertäut lag.
Torben genoss das Gefühl von Weite und Freiheit und steuerte dann auf einen gutgekleideten Kaufmann zu, der das Beladen der Kogge aufmerksam verfolgte.
„Richard! Sei gegrüßt. Ich sehe, du hast vor, in Kürze in See zu stechen?"
Die Gesichtszüge des Angesprochenen hellten sich auf.
„Torben! Dich habe ich ja lange nicht gesehen."
Nachdenklich legte er die Stirn in Falten.
„Wenn ich es recht bedenke, haben wir uns seit der sechsjährigen Kaufmannsausbildung an der St. Jakobi-Stadtschule nicht mehr getroffen. So groß ist Lübeck nun wirklich nicht. Wo in aller Welt hast du dich herumgetrieben?"
Doch sogleich hob Richard die Hand. „Da fällt mir doch sofort was zu ein", unterbrach er sich selbst. „Man erzählt sich, dass du in Dänemark gekämpft hast und unsere Stadt stolz auf dich sein kann."
Torben winkte ab.
„Mit Kriegsgeschichten verhält es sich wie mit der Erzählung eines alten Seebären. Kaum jedes dritte Wort entspricht der Wahrheit", lächelte er verschmitzt. „Wohin bist du unterwegs?"
Richard deutete auf die Fässer und Säcke.
„Nach England. Ich habe rheinischen Wein, Korn und Tuchballen geladen. Wie ich hörte, soll es in England schlecht um die Versorgung mit Getreide stehen. Da komme ich vielleicht gerade zur rechten Zeit. Aber mein größter Anteil an der Ware ist der Wein. Die Engländer trinken unglaubliche Mengen davon, zumindest die, die sich diesen edlen Trunk leisten können. Mir wurde auch mal englischer Wein angeboten, aber da ziehen sich einem die Löcher in den Schuhen zusammen. Der ist wie Essig! Trinken kann man das Zeug auf jeden Fall nicht. Warst du schon mal in England?"
Torben schüttelte bedauernd den Kopf.
„Bisher leider noch nicht. Aber ich drücke dir die Daumen, dass deine Geschäfte dort zufriedenstellend verlaufen."
Richard nickte dankbar.

„Das will ich doch hoffen. Wofür traue ich mich sonst aus meiner gemütlichen Schreibstube. Die Niederlassung der Hansekaufleute in London nennt sich Stalhof und umfasst ein großes Gelände am Nordufer der Themse. Eigentlich kann man es da gut aushalten. Wenn nur nicht die vielen Kölner Kaufleute wären, die meist die Mehrheit bilden. Da es so viele von ihnen gibt, stellen sie natürlich auch immer den Ältermann, der den Stalhof repräsentiert und das Sagen hat. Dabei stellen sich mir bei diesem rheinischen Dialekt immer die Haare auf. Ich werde Mühe haben, es mir nicht anmerken zu lassen."
Belustigt musterte er Torben.
„Aber du bist doch nicht hier, um mir eine gute Fahrt zu wünschen. Sag an, was treibt dich wirklich um?"
Torben grinste ertappt.
„Ich bin einfach gern am Hafen. Zudem will ich mich mal nach einigen Seeleuten und vielleicht noch dem einen oder anderen Söldner umsehen. Denn ich breche in einigen Wochen nach Brügge auf und bin noch dabei, mir eine gute Mannschaft zusammenzustellen."
Richard nickte.
„Mit den Söldnern ist das so eine Sache", erwiderte er. „Ohne sie hätte Lübeck in diesem Kriegszug wohl kaum so schnell die Oberhand gewonnen. Auch wenn der dänische König die Kapitulation wohl noch immer nicht unterzeichnet hat. Andererseits sind Söldner wie Geister, die man in der Not ruft und später nicht mehr los wird. Sobald Frieden herrscht, wird der Rat der Stadt sich Gedanken machen müssen, wie er diese Unruhestifter wieder aus der Stadt vertreibt. Aber vielleicht bricht ja bald wieder irgendwo ein anderer Konflikt aus und das Problem erledigt sich von selbst."
Er winkte einen hochgewachsenen Mann mit wettergegerbtem Gesicht zu sich heran.
„Das ist mein Steuermann. Er kann alles steuern, was einen Kiel und ein Ruder hat. Ganz gleich bei welchem Wetter."
Der Seemann bleckte grinsend die Zähne. Man erkannte schnell, dass diese beiden Männer gut miteinander auskamen.
„Kennst du einen Sören?", fragte Torben ihn. „Er hat eine feuerrote Narbe auf der Wange. Ich würde ihn gern für meine nächste Fahrt anheuern."
Der Steuermann dachte kurz nach.
„Ich glaube schon. Wenn mich meine Erinnerungen nicht trügen, taugt der Kerl etwas. Vor einigen Jahren bin ich schon einmal mit ihm zusammen auf See gewesen und würde es wieder tun. Das will etwas heißen. Letzte Woche hat ihn einer meiner Leute in der Schankstube *Zum Klabautermann* gesehen. Versuch es am besten dort einmal."

Am liebsten hätte Torben sich selbst geohrfeigt. Erst jetzt ging ihm auf, dass er Sören dort schon einmal aufgestöbert hatte. Aber das war lange vor seinem Aufbruch zum Kriegszug gewesen. Daher hatte er es bereits wieder vergessen.
Torben bedankte sich herzlich und reichte sowohl dem Steuermann als auch Richard zum Abschied die Hand. Dann steuerte er direkt die Schankstube an.
Es war früher Nachmittag, daher hielt sich der Ansturm nach billigem Bier in Grenzen. Erst bei Anbruch der Dunkelheit würden die Tagelöhner und Seeleute in großer Zahl in die Spelunken am Hafen einkehren und ihren schwerverdienten Lohn auf den Kopf hauen, als gäbe es kein Morgen.
Doch Sören saß tatsächlich bereits dort. Neben ihm am Tisch saß ein Gefährte. Er schnarchte laut, während sein Kopf auf seinen Unterarmen ruhte. Das schien Sören nicht zu kümmern. Als Torben eintrat, bestellte er sich gerade einen weiteren Krug Bier.
Bei Torbens Anblick stutzte er kurz. Es war eine ganze Weile her, dass sie sich gesehen hatten. Doch sein Gedächtnis schien tadellos zu funktionieren.
„Hast du wieder Arbeit für mich?“, rief er ihm durch den fast leeren Schankraum zu.
Torben kam langsam näher. „Wärst du denn daran interessiert? Beim letzten Mal warst du nicht sonderlich erpicht darauf.“
Sören musterte ihn gründlich.
„Angenommen, ich hätte Interesse. Worum geht es?“
Torben deutete auf einen leeren Stuhl und Sören nickte knapp. Also ließ er sich darauf niedersinken und musterte sein Gegenüber nachdenklich.
„Ich habe eine Kogge gemietet, um meine Waren in Brügge an die Italiener zu verkaufen. Ende Juli, spätestens Anfang August geht es los.“
Sören schürzte die Lippen. „Was für Waren?“
„Dreitausend Felle und eine große Menge Bernstein.“
„Hast du schon einen Steuermann?“
„Den besten!“, erwiderte Torben.
„Was zahlst du an Heuer?“
„Wieviel hältst du für angemessen?“
Sören runzelte die Stirn. Eine solche Frage hatte er noch von keinem Kaufmann gestellt bekommen. Doch Torben schien es ernst zu meinen und auf seine Antwort zu warten.
„Das wird eine Reisedauer von fünf, vielleicht sechs Wochen, würde ich vermuten.“

Torben nickte bestätigend.
„Wenn alles glatt läuft und sich die Verkaufsverhandlungen nicht allzu sehr in die Länge ziehen“, ergänzte er.
„Dann verlange ich fünfzehn Schilling an Heuer.“
„Ich zahle dir zwanzig.“
Nun konnte Sören seine Verblüffung nicht länger verstecken.
„Warum tust du das?“
„Weil ich allen Seemännern in meiner Mannschaft das Gleiche zahle und du dein Geld wert bist. Was auch immer uns in Brügge erwartet, ich verlange vollen Einsatz von jedem von euch.“
Sören ließ seinen Blick erst zu Torben und dann zu seinem laut schnarchenden Saufkumpan wandern. Dann nickte er.
„Zähl auf mich!“
Torben lächelte zufrieden und stemmte sich wieder in die Höhe.
„Du hörst von mir.“

Katja war schon mit dem ersten Vogelgezwitscher erwacht. Es versprach ein herrlicher Morgen zu werden. In den letzten Tagen hatte sie Torbens Schuppen so hergerichtet, dass sie sich dort bereits rundum wohlfühlte. Jetzt gab es dort einige Kissen, warme Decken und zwei gemütliche Hocker, so dass auch Sandra jederzeit bei ihr vorbeischauen konnte, um mit ihr zu plaudern.
Um zehn Uhr war sie mit ihrer Freundin auf dem Marktplatz vor dem Rathaus verabredet. Sie wollten nur ein wenig durch die schmalen Gassen schlendern und sich die Marktstände ansehen. Katja konnte noch zwei Holzbretter für ihr Herbergszimmer gebrauchen. Ansonsten wollte sie einfach nur einige Eindrücke sammeln. Vielleicht halfen ihr diese, auf neue Ideen zu kommen.
Unternehmungslustig sprang sie aus dem Bett und aß ein kleines Stück Brot vom Vortag. Sie war nicht wählerisch und konnte abwarten, bis es auf dem Markt etwas Ordentliches zum Mittag gab.
Sandra erwartete sie bereits und winkte ihr aus der Menge heraus fröhlich zu.
„Da bist du ja endlich! Ich habe mich so darauf gefreut, den Tag mit dir zu verbringen, dass ich viel zu früh hier war“, lächelte sie ihre Freundin an.
„Und ich schleiche schon seit einer Stunde durch meine Unterkunft, bis es endlich Zeit wurde loszugehen“, rollte Katja vielsagend mit den Augen.
Sie lachten und liefen einfach los.
Die Marienkirche und das Rathaus lagen an der Nordseite des Marktplatzes. Hier schlug das Herz Lübecks. Natürlich befanden sich

hier auch die Häuser der reichsten Stadtbürger. Die besonders vermögenden Fernhändler, die zudem den Rat der Stadt stellten, wohnten wiederum auf den großen Eckgrundstücken am West- und Ostrand.
Katja und Sandra beobachteten, wie der riesige Markt allmählich zum Leben erwachte. Anfangs gingen nur einige Mägde und Knechte ihren Besorgungen nach. Eine Magd stand direkt vor ihnen und kaufte frische Milch, Eier und frisch gebackenes Brot, das verführerisch duftete. Sofort knurrte Sandra der Magen.
„Ich könnte jetzt schon bei etwas Herzhaftem zulangen", seufzte sie leise.
Katja tätschelte ihr den Arm.
„Wir sind doch noch gar nicht richtig angekommen. Am besten verschaffen wir uns erst einmal einen Überblick."
Zusehens füllten sich die Gänge mit Menschen, die neugierig die Stände umlagerten. Katja liebte dieses Gewusel. Sie schlenderten umher und ließen sich ohne ein festes Ziel vom Strom der Menschen mitziehen. An einem Stand links von ihnen roch es nach Schafswolle und feuchtem Leder. Gleich daneben schlug ein Bauer einem Hahn den Kopf ab und begann ihn zu rupfen. Sandra wandte schnell den Kopf ab.
„Sieh mal!", rief Katja. „Da vorn steht die Stadtwaage. Der Rat kontrolliert dort sämtliche Maße und Gewichte, auf dass niemand es wagt, seinen Geschäftspartner übers Ohr zu hauen. Wer betrügt, landet schnell am Pranger oder für eine längere Zeit im Kerker."
Katja sah zum Kaak, dem Pranger, hinüber, an dem zwei Büttel soeben einen Strolch festbanden. Dieser hatte bis zum Schluss flehend die Arme gen Himmel gestreckt. Doch es half ihm nichts. Er erhielt eine Prügelstrafe und sogleich war er von Passanten umringt, die sich dieses Schauspiel nicht entgehen lassen wollten. Sie spotteten lautstark und zeigten nicht einen Hauch von Mitgefühl.
Schnell zog Sandra Katja weiter. Sie kamen an Ständen vorbei, an denen Bauern aus dem Umland Geflügel, Bohnen und Kräuter zum Kauf anboten. Krämerinnen feilschten mit Mägden. An einigen Stellen war es so laut, dass sich die beiden Freundinnen nur mit Blicken verständigen konnten. Aber sie ließen sich von der Hektik nicht anstecken und schoben sich langsam von Stand zu Stand, auf der Suche nach den spannendsten Angeboten. Immer wieder kamen sie an Bettlern vorbei, die auf eine milde Gabe hofften. Doch die meisten von ihnen fanden nur wenig Beachtung.
Wenige Schritte weiter hatten Handwerker ihre Stände aufgebaut. Lautstark priesen sie ihre Erzeugnisse an. Sandra strich bewundernd

über eine große Auswahl an Töpfen und Kannen, mit und ohne Henkel. Nebenan sägten Knochenschnitzer Kämme aus Gebein, während ihnen zahllose Menschen bewundernd dabei zusahen.
Katja genoss das Treiben. Was hatte sie ihre Heimatstadt vermisst! Sie hatte ihre Augen überall und wollte am liebsten alles in sich aufsaugen. Ein Schreiber offerierte direkt vor ihr seine Dienste und erhob seine Stimme dabei so laut, dass sie unwillkürlich zusammenzuckte.
Einige weitere Händler priesen lautstark ihre Waren an. An ihren kräftigen Stimmen war zu erkennen, dass sie dies stundenlang durchhalten konnten. Etliche Händler wiederum hockten auf ihren Holzschemeln und gingen still ihrer Arbeit nach.
Katja beobachtete eine ältere Frau, die mit kundigen Händen Kerzen zog. Dabei tauchte sie einen langen Docht immer wieder in flüssiges Wachs, so dass allmählich lange, schmale Kerzen entstanden. Neben ihr standen die unterschiedlichsten Formen und Farben, so dass Katja wie gebannt das Angebot musterte. Sie entschied sich für zwei hübsche Stücke und zahlte den geforderten Preis, ohne zu feilschen.
„Die stelle ich links und rechts in mein Fenster. Das wird bestimmt hübsch aussehen“, freute sie sich.
Sandra war mit ihren Augen bereits beim nächsten Stand. Ein junger Mann mit schütterem Bart zeichnete mit höchster Konzentration ein Bauwerk, welches in einiger Entfernung vor ihnen aufragte, auf ein Blatt handgeschöpftes Papier. Vor ihm standen etliche Fläschchen mit verschiedenfarbiger Tinte. Er hatte eine Vielzahl an Farbflecken an den Händen und sogar im Gesicht. Selbst von den anerkennenden Rufen der umstehenden Zuschauer ließ er sich nicht aus der Ruhe bringen und zeichnete mit ruhiger Hand weiter.
Eine Weile sahen sie zu, wie das Bild Gestalt annahm, dann zog Katja ihre Freundin weiter. Es gab so viel zu sehen, da konnten sie unmöglich länger verweilen.
Auf der anderen Seite ließ sich ein Kaufmann den Bart abschaben. Der Barbier hatte mindestens eine so ruhige Hand wie der Maler, denn er blendete den Lärm vollkommen aus, während er mit genau bemessenen Bewegungen die Klinge aufblitzen ließ.
Hier, an der Nordseite von St. Marien, hatten einige Bäckerbuden ihren Platz. Wegen der Brandgefahr ihrer Öfen waren ihre Bäckereien über die ganze Stadt verteilt. Zumeist lagen sie an den Ecken der Häuserblocks.
Um eine von ihnen hatte sich eine dichte Menschentraube gebildet. Sandra beobachtete, wie ein beleibter Mann frische dunkle Brotlaibe aus dem Ofen hervorholte. Danach folgte ein großes Blech voller Pasteten, die er kunstvoll mit Honig beträufelte. Es roch

verführerisch. Erneut meldete sich ihr Magen zu Wort, drängender diesmal. Auch Katja hatte es gehört und musste lachen.
„Also gut, lass uns was essen. Du nagst mir sonst noch den Verkaufsstand an."
Sie reihten sich in die Schlange ein und warteten geduldig, bis sie an der Reihe waren. Dann ließen sie sich die warmen Pasteten und einen kleinen Laib Brot schmecken. Dazu gönnten sie sich einen Becher Fliederbeersaft, der den Gaumenschmaus vollkommen machte. Sandra lächelte glücklich.
„Jetzt bin ich gestärkt für weitere Erkundungen."
„Wollen wir dort entlang?", fragte Katja ihre Freundin.
Doch Sandra schüttelte den Kopf.
„Auf der großen Freifläche im Osten von St. Marien kommen nur noch die Fleischhauer", erwiderte sie bestimmt. „Ihre Fleischbänke stehen dort in mehreren Reihen. Ich habe das einmal gesehen, als ich meinen Vater begleitet habe. Das ist kein schöner Anblick und ich wurde dabei ziemlich blass im Gesicht. Dorthin bringen die Schlachter ihre Rinder- und Schweinehälften, um sie zerlegen und in Portionen hauen zu lassen. Bei jedem Schritt knackten die Knochensplitter unter meinen Füßen, so übersät war der Boden damit. Und dann dieser Gestank! Überall roch es nach Blut und Abfällen, was Unmengen an Fliegen sowie Ratten und Hunde anlockte."
Sie schüttelte sich voller Abscheu.
„Das ist nichts für uns. Lass uns einen Schwenk machen und uns dort hinten nochmal umsehen."
Katja war einverstanden und so tauchten sie wieder in das Getümmel ein. Von überall her roch es nach Gebratenem, Gesottenem und Geröstetem. Katja hätte sich sofort über die nächste Leckerei hermachen können. Stattdessen begnügten sie sich damit, das Angebot einiger Handwerker zu durchstöbern. Sie wanderten an den Ständen einiger Töpfer, Drechsler und Holzschindelmacher entlang. Prüfend nahm Katja das eine oder andere Werkzeug zur Hand, das vor ihr ausgebreitet lag. Doch schnell stellte sie fest, dass sie bereits bestens versorgt war.
Sandra war zum nächsten Stand weitergegangen. Hier begann ein Bereich, in dem einige Gerber und Färber hübsche Stoffe und Felle ausgelegt hatten. Gleich daneben priesen Spinnerinnen ihre Waren an und verwiesen auf die unvergleichlich hohe Qualität.
Sandra und Katja prüften sorgfältig, strichen hier über ein Kleid, befühlten dort ein Stück Filz, konnten sich aber nicht zum Kauf entschließen. Gerade wollte Katja ihre Freundin auf eine besonders hübsche Borte aufmerksam machen, als sie eine grobe Hand an der

Schulter zurückriss.
„Habe ich dich also doch noch aufgestöbert!"
Der Schreck traf sie wie ein Blitz. Unwillkürlich versteifte sich ihre Haltung. Diese Stimme kannte sie nur zu gut. Sie hatte gehofft, sie niemals wieder zu hören.
Als sie sich losreißen wollte, umklammerte die Hand sie nur noch stärker. Erst jetzt fand sie die Kraft und fuhr herum. Vor ihr stand ihr Onkel, der sie mit triumphierendem Blick verschlang.
„Wo hast du dich nur solange verkrochen, mein Täubchen? Ganz Lübeck habe ich nach dir abgesucht. Unter jedem Stein habe ich nachsehen lassen. Das hat mich ein hübsches Sümmchen gekostet."
Triumph und kalte Wut spiegelten sich in seinen Augen. Katja wurde schlecht. Fast hätte sie sich übergeben müssen.
„Jetzt wirst du mir nicht mehr abhauen! Du kommst mit mir, wie es sich für ein Mündel gehört, hast du mich verstanden?"
Er packte sie am Arm und riss sie mit sich fort. Sandra warf sich dazwischen, doch Torsten war einfach zu stark. Kalt lächelnd drängte er sie zurück.
„Misch dich nicht ein, sonst fängst du dir eine!", drohte er ihr, während er die Hand zum Schlag erhob.
Doch damit kam er nicht weit, denn plötzlich schob sich eine große Gestalt in seinen Weg. Erstaunt hob er den Blick, um den Störenfried zu mustern. Diesen jungen Mann hatte er noch nie zuvor gesehen. Erbost zischte er ihm zu:
„Aus dem Weg, du Bauerntölpel."
Der Satz war kaum heraus, da packte ihn der Kerl mit einer Kraft, der er nichts Vergleichbares entgegenzusetzen hatte. Seine starken Arme umschlangen ihn und hoben ihn in die Höhe, als wäre er nur ein Spielzeug. Jetzt tauchte eine weitere Gestalt auf, die diesem Störenfried auch noch beisprang und nach seinen Beinen griff. Sie packten ihn, als wäre er ein Tuchballen, mit dem man nach Belieben verfahren konnte. Dann stopften sie ihn Hals über Kopf in ein Fass Salzgurken, dass das Wasser nur so spritzte. Er versuchte sich zu wehren, aber es war aussichtslos. Den Kopf unter Wasser schrie er und stieß dabei eine Menge Luft aus, so dass die Oberfläche blubberte.
Sascha und Torben hielten ihn weiterhin fest. Sascha hatte vor Wut ein kalkweißes Gesicht. Am liebsten hätte er den Mann noch viel härter bestraft. Torben verfolgte genüsslich, wie der Kerl im Fass um sich schlug.
„Was meinst du?", fragte Torben vergnügt. „Hat er sich schon ein wenig abgekühlt? War ja etwas hitzig, der Gute."
Sascha knurrte, was man mit viel Wohlwollen für Zustimmung halten

mochte.
Gemeinsam stellten sie ihn wieder auf die Füße. Der Mann spuckte Wasser und keuchte erbärmlich. Sein Atem ging rasselnd, während sich sein Brustkorb in schneller Folge hob und senkte. Dann hatte er sich wieder in der Gewalt und starrte seine beiden Peiniger erbost an.
„Ihr wagt es, einen unbescholtenen Bürger auf offener Straße anzugreifen? Na, wartet nur ab! Man wird euch ins Verlies stecken und den Schlüssel wegwerfen. Dafür werde ich sorgen“, drohte er ihnen mit erhobener Faust. „Ich bin der Onkel dieses Mädchens. Sie kommt mit mir. Ihr habt kein Recht, euch in meine….“
Sascha verdrehte die Augen und schüttelte den Kopf.
„War doch zu früh“, murmelte er.
Torben hob die Schultern.
„Mein Fehler“, gab er zu.
Erneut ergriffen sie ihn und ein zweites Mal landete Katjas Onkel im Fass. Blasen stiegen auf und er strampelte wild mit den Füßen, doch das half ihm nicht aus seiner misslichen Lage.
„Ihr bringt ihn noch um“, gab Katja mit ängstlichem Blick zu bedenken.
„Wäre nicht schade um ihn“, rief Sascha gehässig.
Doch schließlich hatten sie ein Einsehen und stellten ihn wieder auf die Beine. Um Katjas Onkel bildete sich eine große Pfütze. Sein Haar stand ab und sein Mund war weit geöffnet, um soviel Atem wie möglich zu holen. Er war mit seinen Kräften am Ende und schlotterte mit den Knien.
Torben fasste ihn an den Schultern und zog ihn in die Höhe, bis er halbwegs sicher stand.
Eine Händlerin schaltete sich mit misstrauischen Blicken ein.
„Das ist mein Fass. Wenn der Kerl mir meine Ware verdirbt, zahlt ihr dafür. Wer weiß, ob er nicht heimlich eine isst, während er darin herumzappelt.“
Torben und Sascha sahen sich stirnrunzelnd an. Auf eine solche verrückte Idee wären nicht einmal sie gekommen.
Torben warf ihr eine kleine Münze zu und die geschäftstüchtige Händlerin wandte sich zufrieden ab.
Noch immer bebte der ganze Körper des Mannes, während er die Augen weit aufgerissen hatte.
„Das dürft ihr nicht“, keuchte er kaum hörbar, während noch immer prustend Wasser aus seinem Mund hervorquoll.
Sascha kam ihm so nah, dass sich ihre Nasen beinahe berührten. Er sprühte fast vor Zorn.
„Wir dürfen noch ganz andere Sachen“, drohte er ihm mit grollender

Stimme.
„Wenn du jemals wieder deine Hand gegen Katja erhebst, reiße ich dir den Arm ab und prügele dich damit aus der Stadt. Hast du mich verstanden, du Lump?"
Torsten starrte ihn an. Längst hatte ihn aller Mut verlassen. Sein Mund öffnete und schloss sich wieder, ohne dass er antworten konnte.
„Sag es, verdammt noch mal! Ich will es von dir hören, oder du landest wieder in diesem Fass. Aber diesmal hole ich dich nicht wieder raus. Das schwöre ich!"
Voller Angst nickte er und stotterte mit zittriger Stimme.
„Ich fass sie nicht an, das schwöre ich."
Torben tätschelte ihm klatschend das triefnasse Gesicht.
„Geht doch! Und jetzt mach, dass du wegkommst und lass dich nie wieder blicken. Sonst gnade dir Gott."
Mit breitem Grinsen sahen sie ihm hinterher, wie er eiligen Schrittes den Markt verließ und dabei eine Wasserspur hinter sich herzog.
Katja hatte sich die Hand auf die Brust gelegt, um sich zu beruhigen.
Rote Flecken zeichneten sich auf ihrem Gesicht ab.
„Ich habe keine Ahnung, was ich ohne euch gemacht hätte", stammelte sie hilflos.
Dann warf sie sich in Saschas Arme, der sie eine ganze Weile einfach nur festhielt und plötzlich sehr zufrieden mit sich und der Welt wirkte.
Er spürte, wie sich sein Wams feucht anfühlte, während Katja hemmungslos schluchzte. Er strich ihr beruhigend über den Rücken, während sie allmählich die Fassung zurückgewann.
„Wo kommt ihr eigentlich so schnell her?", fragte Sandra ihren Bruder. „Wir haben euch zuvor nicht bemerkt."
Torben wies in Richtung Süden.
„Wir wollten zur Sandstraße. Dort gibt es einige billige Herbergen, in denen viele Söldner absteigen. Wir hoffen dort Ranulf und Fisker zu finden, um ein paar Dinge mit ihnen zu besprechen."
Sandra strich sich eine Haarlocke aus dem Gesicht und lächelte ihren Bruder an.
„Das fiel euch im richtigen Moment ein. Danke für eure Hilfe."
Torben sah sie besorgt an. „Hat der Kerl dir weh getan?"
„Nur meinem Stolz", erwiderte seine Schwester zerknirscht.
„Manchmal wäre ich auch gern ein Mann und würde solch einem Halunken Manieren einbläuen."
Torben strich ihr sanft über den Arm.
„Sollen wir euch nach Hause bringen?"
Sandra blickte Katja an, die trotzig den Kopf schüttelte.
„Wir lassen uns doch davon nicht den schönen Tag verleiden.

Vielleicht war dieses Zusammentreffen sogar für etwas gut. Jetzt muss ich nicht jeden Tag daran denken, wie ein zufälliges Wiedersehen ablaufen würde. Mein Onkel weiß nun, dass er schleunigst umdrehen sollte, wenn er mich irgendwo sieht."
Sascha lächelte stolz. „Tapferes Mädchen!"
Sie schlenderten noch einige Schritte nebeneinander her. Dabei kamen sie an Ständen vorbei, an denen Händler Armbänder, Ketten und Talismane feilboten. Sandra begutachtete einige Ringe, die im Sonnenlicht funkelten. Einer gefiel ihr besonders gut, doch Katja warf nur einen kurzen Blick darauf und hatte ihr Urteil bereits gefällt.
„Das ist kein Gold, sondern Schund. Billiges Blech notdürftig gehämmert und mit einem abgesplitterten Stein besetzt, der nichts taugt und schlecht bearbeitet wurde. Daran schneidest du dich höchstens. Ich würde die Finger davonlassen."
Der Händler warf ihr einen bösen Blick zu, während Sandra den Ring zurücklegte. Doch er wurde sogleich wieder freundlich, als Katja stattdessen zu einigen Silberketten und einer abgeblätterten, leicht angelaufenen Brosche griff und die Stücke nachdenklich begutachtete.
„Wieviel willst du für die Ketten und die Brosche?", fragte sie ihn.
Er stemmte die Hände in die Seiten.
„Das sind schöne Stücke, die einer adligen Dame gehört haben. Ich verkaufe sie dir für eine Mark und sechs Schilling."
Katja zog die Augenbrauen in die Höhe.
„Das sind sie nicht wert. Ich zahle dir eine Mark dafür, wenn du noch die Spange dort hinten dazulegst. Das ist mein letztes Wort. Du machst noch immer ein gutes Geschäft, also lass das Feilschen sein."
Der Händler schwieg verblüfft. Kurz überschlug er das neue Angebot, dann legte er die Spange dazu und wickelte alles in ein angeschmutztes weißes Tuch.
Katja drückte ihm das Geld in die feiste Hand und ergriff das kleine Bündel.
„War das ein gutes Geschäft?", fragte Torben. „Ich kenne mich mit Schmuck nicht gut genug aus, um die Qualität beurteilen zu können", fügte er erklärend hinzu.
Katja lächelte zufrieden.
„Der Preis war durchaus in Ordnung. Mir ging es auch mehr um das Metall, als um die einzelnen Stücke. Ich habe da so einige Ideen, was ich daraus fertigen könnte. Warte es ab, du wirst noch Augen machen."
Torben nickte anerkennend. Katja schien in den letzten Jahren an Selbstvertrauen gewonnen zu haben. Heute war sie sich ihrer Fähigkeiten bewusst und hielt die Augen offen, um jede Gelegenheit

beim Schopfe zu packen. Das imponierte ihm.
Während er seinen Gedanken nachhing, fühlte er Vorfreude in sich aufsteigen. Schon bald würde er zu einer weiteren Handelsfahrt aufbrechen. Diesmal war er völlig frei in seinen Entscheidungen und unheimlich neugierig darauf, was ihn in Brügge alles erwarten würde. Sein Vater war zwar bereits mehrmals in dieser flämischen Stadt gewesen, hatte es aber nie für nötig gehalten, viel davon zu berichten.
Noch während er über die bevorstehende Reise nachgrübelte, drängten sich Menschen dicht an ihm vorbei und rissen ihn aus seinen Gedanken.
Er hatte kaum mitbekommen, dass sie schon beinahe auf Höhe der Wahmstraße angekommen waren. Kurz ließ er seinen Blick schweifen, um sich zu orientieren. Plötzlich wurde er stutzig. Hatte er da gerade einen Mann gesehen, der in einen schwarzen Umhang gehüllt war und zu ihm herüberstarrte? Doch sofort schüttelte er den Kopf. Hier waren so viele Menschen unterwegs. Das hatte sicher nichts zu bedeuten. Erneut warf er einen Blick in die Richtung, aus der er sich beobachtet gefühlt hatte. Doch der Platz, an dem soeben noch eine dunkelgekleidete Gestalt gestanden hatte, war leer.
Torben spürte eine tiefe Unruhe in sich aufsteigen. Bestimmt spielte ihm sein Verstand nur einen Streich. In diesem Gewimmel konnten sich dutzende Beobachter versteckt halten, ohne ihm jemals aufzufallen. Er atmete einmal tief durch und versuchte, sich seine Anspannung nicht anmerken zu lassen. Doch dann drängte er sich durch die Menge und lief auf die Stelle zu, an der er die Gestalt zuletzt entdeckt hatte. Dort angekommen, drehte er sich einmal um die eigene Achse und blickte in zahllose Gesichter, die ihn fragend, genervt oder auch gelangweilt ansahen. Schließlich gab er auf.
Es war nur eine Einbildung, beruhigte er sich.
Als er wieder zurückkehrte, sprach Sascha gerade mit Katja und beide lachten herzlich miteinander. Torben entdeckte sogar, dass Sascha dabei kurz ihre Hand in seinen großen Pranken hielt, als wäre sie das Kostbarste auf der ganzen Welt.
Unmerklich zwinkerte er seinem Freund zu, der vor Stolz beinahe platzte. Auch wenn Torben seinen Verdacht bei ihrem Anblick fast wieder vergessen hatte, wollte sich sein Argwohn nicht so schnell legen. Dieser schwarzgekleidete Kerl, der sich bis nach Nowgorod an seine Fersen geheftet hatte, hatte ihm übel zugesetzt und mehr als einmal in ärgste Bedrängnis gebracht. Dass er noch am Leben war, hatte er einzig einer Reihe glücklicher Umstände zu verdanken. Wenn sein Gefühl ihn vor diesem Schuft warnte, durfte er das nicht auf die leichte Schulter nehmen.

Angestrengt begann er zu grübeln. Hatte er sich in letzter Zeit schon einmal beobachtet gefühlt? Doch ihm fiel nichts vergleichbares ein. Jetzt aber spürte er die Gefahr. Ein merkwürdiges Prickeln zwischen seinen Schulterblättern raubte ihm fast den Atem.
Er strich sich über den Kopf und ließ mehrfach die Schultern kreisen. Er würde sich doch jetzt nicht verrückt machen lassen! Schließlich brauchte er all seinen Verstand, um sich auf die große Unternehmung vorzubereiten, die in Kürze starten würde. Davon hing seine Zukunft ab!
Das Gespräch zwischen Katja und Sascha war zum Stillstand gekommen. Beide sahen ihn mit fragenden Augen an.
„Torben? Du antwortest ja gar nicht. Außerdem bist du reichlich blass um die Nase. Alles in Ordnung mit dir?“, fragte Katja besorgt.
Torben winkte ab.
„Mir war gerade merkwürdig zumute. Aber es geht schon wieder. Entschuldige, ich war mit meinen Gedanken ganz woanders. Was hast du mich gefragt?“
„Ich wollte von dir wissen, wann du Sigurd in Lübeck zurückerwartest“, wiederholte sie.
Torben sammelte sich kurz. An seinen Freund und Handelspartner hatte er vorhin auch schon gedacht. Bestimmt waren die Schmuckstücke, die Katja gekauft hatte, dafür verantwortlich.
„Er wollte Anfang Juli aufbrechen. Sollte also vier, vielleicht fünf Tage später mit einem Frachtschiff in den Hafen einlaufen. Eigentlich kann er jeden Tag eintreffen.“
Katja nickte und zeigte Sascha etwas am benachbarten Stand.
Torben hatte den Blick in die Ferne gerichtet und sah plötzlich nachdenklich aus. So vieles hing davon ab, dass Sigurd seinen Plan in die Tat umsetzen konnte.
„Wo bleibst du, Sigurd?“, murmelte er leise.
Wenig später trennten sie sich von den beiden Frauen und machten sich auf die Suche nach Ranulf und Fisker.

Tom Jagehorn hielt sich keine fünfzig Schritte von Torben entfernt auf und war gerade reichlich verärgert. Er konnte sich nicht daran erinnern, wann ihn das letzte Mal eine Person, die er zur Beute auserkoren hatte, während seiner Verfolgung bemerkt hatte. Aber sein Ziel hatte sich so geschwind umgedreht und ihn dabei direkt angestarrt, als hielte er eine Laterne in der Hand. Die Instinkte dieses Mannes durfte er keinesfalls unterschätzen. Schließlich musste es einen Grund geben, warum dieser junge Kaufmann noch unter den Lebenden weilte.

Als dessen Blick auf ihn fiel, hatte er sich kein Stück bewegt, auch wenn ihm das schwergefallen war und ungeheure Selbstbeherrschung erfordert hatte. Er wusste genau, dass die kleinste Bewegung ihn nur noch mehr in den Mittelpunkt gerückt hätte. Doch sobald der Blick über ihn hinweggeglitten war, hatte er sich einfach in die Hocke sinken lassen und an seinem Schuhwerk herumgefummelt. Der Strom der Passanten floss über ihn hinweg, als gäbe es ihn nicht, wodurch er für sein Ziel unsichtbar wurde.
Als Torben gleich darauf auf ihn zuhielt, waren all seine Sinne geschärft. Doch so leicht ließ er sich nicht aus der Ruhe bringen. Er blieb einfach hocken und machte sich so klein wie möglich. Sein Ziel näherte sich ihm bis auf wenige Schritte, konnte ihn jedoch nicht entdecken. Sie kamen einander so dicht, dass Tom Jagehorn den jungen Kaufmann einmal fast hätte berühren können, wenn er es tatsächlich darauf angelegt hätte. Der Nervenkitzel war belebend. Trotzdem war er erleichtert, als dieser umkehrte und aufgab.
Erst jetzt erlaubte er sich ein schmales Lächeln.
Eigentlich wäre es an der Zeit gewesen, sich nach neuen Aufträgen umzusehen. Es gab immer jemanden, der bereit war dafür zu bezahlen, dass ein unliebsamer Konkurrent oder Nebenbuhler überraschend das Zeitliche segnete. Nur wenige beherrschten diese Arbeit so virtuos, wie er es über eine ganze Reihe von Jahren praktiziert hatte. Gerade deshalb ärgerte es ihn, wenn ein Auftrag unerledigt blieb. So etwas widersprach seinem Berufsethos. Längst hatte er alle Spuren beseitigt, die zu ihm führen könnten. Da drohte keine Gefahr. Aber in ihm flüsternde schon viel zu lange eine Stimme, die ihm zusetzte, warum er diese Aufgabe nicht längst erledigt hatte. Manchmal wurde diese Stimme so laut, dass er nachts aus dem Schlaf schreckte. Das war ihm noch nie passiert und er hatte auch nicht vor, sich damit abzufinden. Vor viel zu langer Zeit hatte er sein Wort gegeben, dass dieser Mann eines frühen Todes sterben würde. Nun wollte er alles dafür tun, dass er sein Versprechen auch einlöste. Auch wenn es niemanden mehr gab, der es hätte einfordern können. Für ihn war es längst zu einer persönlichen Angelegenheit geworden.

Sigurd war nach wenigen Tagen Überfahrt in Elbing angekommen. Torben hatte ihm eine schwere Kiste mit zwanzig Schwertern und den schweren Kettenhemden anvertraut. Diese Fracht hatte er zusammen mit einer Börse von einhundertfünfzig Mark lübisch einem seiner Familie bekannten Kaufmann aus der Hansestadt Stralsund mitgegeben. Dieser war mit vier anderen Kaufleuten unterwegs nach Nowgorod, um als Sommerfahrer die nächsten sechs Monate im

Peterhof, dem dortigen Kontor der Hanse, zu verbringen. Somit konnte Sigurd sicher sein, dass die Ware und das Geld ihren Empfänger erreichten.
Nun war er von aller Last befreit. Zudem trug er bis auf ein leichtes Bündel kaum Gepäck mit sich herum. Dafür aber einen prall gefüllten Beutel mit klingenden Münzen an seinem Gürtel und eine beschwingte Melodie im Sinn, während er fröhlich vor sich her pfiff. Er war ein gutes Jahr unterwegs gewesen. So viel Zeit hatte er noch nie zuvor in der Fremde verbracht. Kurz fragte er sich, ob ihn die Erlebnisse des Kriegszugs vielleicht verändert hatten. Doch dann schob er den Gedanken beiseite und fühlte echte Freude in sich aufsteigen. Wenn er nach längeren Fahrten im Heimathafen festmachte, hatte er dieses warme Gefühl des Nachhausekommens immer genossen.
Neugierig sah er sich um, ob sich etwas verändert hatte. Doch im ersten Moment stach ihm nichts ins Auge. Der Hafen seiner Heimatstadt sah wie immer beeindruckend aus. Gut zwei Dutzend große Koggen lagen vertäut am Kai. Eine von ihnen wurde gerade zum Ablegen bereit gemacht. Sie lag tief im Wasser und war schwer beladen. Der Anblick veranlasste ihn zu einem zufriedenen Nicken. Es war schließlich keine zwanzig Jahre her, dass in Elbing die Pest gewütet und eine große Zahl der Einwohner dahingerafft hatte. Da war ein florierender Handel die Grundlage dafür, wieder an Kraft zu gewinnen und neue Siedler anzulocken.
Elbing war noch immer der wichtigste Hafen des Deutschen Ordens, erinnerte sich Sigurd nicht ohne Stolz. Auch wenn ihr die drei Tagesritte entfernte Stadt Danzig allmählich den Rang ablief, wie er zugeben musste. Elbing lag nahe der Mündung des gleichnamigen Flusses in das Frische Haff. Es war eine günstige Stelle für einen Handelsposten, aus dem sich Elbing schnell zu einer Stadt entwickelt hatte. Hier verlief eine alte Bernsteinstraße, wusste Sigurd. Außerdem gab es uralte Handelsrouten zwischen Skandinavien und dem Mittelmeerraum. Er konnte schon verstehen, was die Händler früherer Zeiten dazu bewogen hatte, hier eine Siedlung zu gründen.
Direkt vor ihm erhob sich die Kirche zum Heiligen Jakob aus dem morgendlichen Dunst. Am Horizont zeichneten sich zudem die vierzehn Wehrtürme der Stadtbefestigung ab, die der Deutsche Orden zum Schutz der Stadt erbaut hatte. Der Einfluss des Ordens war überall zu bemerken. Mit seinem Geld wurde gebaut, investiert und neues Land erschlossen. Zudem gewährte er Schutz, was für die Kaufleute der Hanse entscheidend für die Ausübung ihres Berufes war.

Sigurd schlenderte die Gassen entlang, vorbei an einigen Fischhändlern, die ihren Fang an die Bürger der Stadt verkauften. Vor ihm ließ sich eine Magd zwei große Makrelen in den Korb packen und ging zufrieden davon. Sigurd pfiff noch immer eine flotte Melodie, die ihm einfach nicht aus dem Kopf gehen wollte. Dann bog er in eine kleine Seitenstraße ab, in der sich das Haus seines Vaters befand. Es war klein, aber in einem guten Zustand. Viel Platz brauchten sie auch nicht. Sigurd wohnte dort allein mit seinem Vater. Nur eine Magd lebte noch unter dem Dach, aber ihre kleine Kammer lag nach hinten raus, so dass Sigurd sie nur wahrnahm, wenn sie im Haus herumwuselte oder sich ums Essen kümmerte.
Hinter dem Haus gab es noch einen Stall sowie einige langgestreckte Schuppen, in denen zwei Knechte ihre Unterkunft hatten. Sie nahmen ihnen die meiste Arbeit ab, so dass sein Vater ein wenig entlastet wurde.
Jetzt öffnete er die knarrende Haustür, von der bereits ein wenig die Farbe abblätterte. Er nahm sich vor, die Knechte gleich morgen mit Ausbesserungsarbeiten zu beauftragen. Früher hatte sich sein Vater darum gekümmert. Doch die Entzündungen in seinen Handgelenken setzten ihm von Jahr zu Jahr mehr zu. Nachdem Sigurd die Tür wieder geschlossen hatte, trat er in die schmale Diele und lief weiter in die gemütliche Stube, wo sein Vater in einem Korbstuhl saß und ihn mit großen Augen anblickte.
„Sigurd, mein Junge! Warum hast du denn nicht geschrieben, dass du kommst? Ich hätte dich doch vom Hafen abgeholt."
Sigurd winkte ab, während er zu seinem Vater trat und ihn kräftig umarmte. Dann schob er ihn mit ausgestreckten Armen ein Stück von sich und musterte ihn gründlich. Sein Vater war noch immer von kräftiger Statur. Doch die Falten in seinem freundlichen Gesicht waren tiefer, als er sie in Erinnerung hatte. Sein ehemals braunes Haar wurde dünn und grau. Aber das Alter machte schließlich vor niemandem halt.
Die Magd war ebenfalls herbeigeeilt, denn die Geräusche waren nicht zu überhören gewesen. Sigurd begrüßte auch sie herzlich. Kurz darauf verschwand sie wieder mit dem Hinweis, ihm eine kräftige Mahlzeit zu kochen, weil er halbverhungert aussähe.
Sigurd lachte. In all den Jahren, die sie nun schon bei ihnen lebte, hatte sie niemals etwas anderes über ihn behauptet, als dass er viel zu dünn wäre.
Sein Vater setzte sich wieder, während Sigurd sich einen Schemel heranzog und ihm Gesellschaft leistete. Die Augen seines Vaters leuchteten vor Freunde. Seine buschigen Augenbrauen waren in

ständiger Bewegung.
„Dann ist der Kriegszug der Hanse endlich vorbei?", fragte er seinen Sohn.
Sigurd nickte träge.
„Der Friedensvertrag ist noch nicht unterzeichnet. Aber Dänemark ist besiegt und vollständig besetzt. Es ist nur noch eine Frage der Zeit, bis der störrische dänische König Waldemar IV. einlenken muss."
Sein Vater ließ seinen Blick langsam über ihn hinwegwandern.
„Gott sei es gedankt, dass du unverletzt bist. Erzähl schon! Wie ist es dir ergangen? Du wirkst recht zufrieden."
„Das bin ich, Vater. Und ich habe auch allen Grund dazu. Mir wurde in diesem Jahr kein Haar gekrümmt. Dafür habe ich gutes Geld verdient, etwas von der Welt gesehen und Freunde gefunden. Was kann ein Mann mehr erwarten?"
Sein Vater nickte nachdenklich. Die Wiedersehensfreude stand ihm noch immer ins Gesicht geschrieben. Zudem gefiel ihm, was er sah. Sein einziger Sohn hatte sich zu einem tatkräftigen jungen Mann entwickelt und wirkte reifer und selbstbewusster als früher. Insgeheim beglückwünschte er sich dazu, Sigurd zur Teilnahme am Kriegszug geraten zu haben. Schließlich schuldeten sie ihrer Heimatstadt ein wenig Dank. Hatte diese ihnen doch ermöglicht, all die Jahre Handel zu treiben und es somit zu einem auskömmlichen Wohlstand zu bringen.
Die Magd brachte Sigurd einen Teller mit dampfendem Hühnchenfleisch und ein Schälchen Suppe. Über beides machte Sigurd sich mit Heißhunger her. Dazu aß er ein großes Stück Brot und trank kräftiges Bier. Selten hatte ihm eine Mahlzeit besser geschmeckt. An diesem Abend legte er sich früh schlafen und wachte erst wieder auf, als die Sonne schon hoch am Himmel stand. Die nächsten Tage machte er es sich zur Angewohnheit, morgens einen langen Ausritt zu unternehmen. Anfangs fühlte er sich auf dem Pferderücken unsicher, doch schon bald feuerte er den braunen, trittsicheren Hengst mit lauten Rufen zu immer schnellerem Galopp an. Er richtete es dann so ein, dass ihn der Rückweg an der Küste entlangführte. Dabei genoss er es, durchs flache Wasser zu reiten, so dass die Gischt aufspritzte und ihn erfrischte. Wenn er das Pferd dann wieder den Knechten übergab, fühlte er sich bereit, den Rest des Tages über den Büchern zu sitzen. Sein Vater hatte die Eintragungen trotz seiner Schmerzen in den Händen regelmäßig vorgenommen. Sigurd überflog die langen Zahlenkolonnen aufmerksam. Sie verrieten ihm, dass auch in diesem Jahr zahlreiche Fischer ihre Bernsteinfunde an sie verkauft hatten und dafür bereits bezahlt worden waren. Nachdem er sich alles genau

angesehen hatte, führte ihn sein Weg regelmäßig ins Lager, um die Bestände mit großer Sorgfalt zu prüfen.
„Der Lagerbestand ist ja noch größer als im Vorjahr", wandte er sich beim gemeinsamen Abendbrot vor dem Herdfeuer an seinen Vater. Dieser nickte zufrieden.
„Es gab eine Menge Herbst- und Winterstürme im letzten Jahr. Die Fischer haben mir erzählt, dass sie manchmal kaum mit dem Aufsammeln hinterherkamen. Auch wenn uns der Bernstein nur wenig kostet, habe ich doch ziemlich viel Geld ausgegeben."
Sigurd strich sich übers Kinn.
„Ich habe gesehen, dass allein der alte Hinrichs für eine Kiste voller Bernsteine dreißig Schilling erhalten hat. Anfangs dachte ich, du wärst verrückt geworden, solche Preise zu bezahlen. Aber dann hat mir einer der Knechte die Stücke gezeigt. Ich habe es fast nicht glauben können. Einer dieser Steine ist so groß wie der Kopf eines Kindes. So etwas sehen auch wir nur alle paar Jahre. Ich bin gespannt, was wir dafür bekommen werden, wenn wir nach Brügge segeln."
Sein Vater blickte ihn stolz an. Doch es schlich sich auch ein wenig Wehmut in seine Stimme.
„Du wirst dich allein auf den Weg machen müssen, Sigurd. Für mich ist das feuchte Wetter auf See das reinste Gift."
Er hielt seine geschundenen Hände in die Höhe.
„Damit bin ich dir keine große Hilfe mehr. Aber ich habe dir alles beigebracht, was du wissen musst. Nun ist es an dir, unserem Namen Ehre zu machen."
Sigurd blickte ihn überrascht an. Bereits in den vergangenen Tagen war ihm aufgefallen, dass die Handgelenke seines Vaters rot und dick angeschwollen waren.
„Du hattest schon vor meinem Aufbruch diese Beschwerden. Ist es schlimmer geworden?"
Der alte Mann stieß gepeinigt die Luft aus und nickte langsam.
„Leider ja. Die Anfälle kommen immer in Schüben und können stundenlang andauern. Dann habe ich heftige Schmerzen und meine Hände sind furchtbar berührungsempfindlich. Ich kann dann nicht einmal ein Blatt Pergament anfassen."
Sigurd sah ihn betrübt an.
„Gibt es etwas, das dieses Leiden lindern könnte?"
Der alte Kaufmann schüttelte den Kopf. Dann zögerte er kurz.
„Was ist?", fragte Sigurd hoffnungsvoll.
„Ich erinnere mich gerade an etwas. Vor über zehn Jahren habe ich mal einen Genuesen in Köln getroffen. Er hat mir damals erzählt, dass Ingwer gegen zahllose Gebrechen helfen soll. Darunter auch solche

Entzündungen. Ich weiß nicht, ob das stimmt. Zudem ist Ingwer teuer und nur schwer zu bekommen. Am besten ich vergesse es gleich wieder."
Sigurd legte ihm die Hand auf die Schulter.
„Es ist an der Zeit, dass du dich schonst, Vater. Sei unbesorgt. Ich weiß, was ich tue. Zudem bin ich nicht allein. Ich werde mich mit meinem Freund, Torben Voigtherr, zusammentun und gen Brügge aufbrechen. Er steuert eine große Lieferung allerbester Felle bei. Die lassen sich die Italiener bestimmt eine schöne Stange Geld kosten."
Sie starrten eine Weile in die Flammen, während sie an ihrem Bier nippten.
„Ingwer ist, glaube ich, eine Wurzel und kommt aus dem fernen Osten, richtig?", fragte Sigurd.
Sein Vater legte die Stirn in Falten, bevor er vorsichtig nickte.
„Das dürfte stimmen. Aber die tatsächliche Herkunft kennt wohl niemand so ganz genau. Warum fragst du?"
„Mein Freund Torben hat sich irgendwann mal darüber aufgeregt, dass es nur die Italiener sind, die im Abendland mit solchen Gewürzen, Kräutern und Pflanzen aus fernen Ländern Handel treiben und damit unerhörte Gewinne erzielen."
Er hob die Schultern und lächelte verhalten.
„Vielleicht laufen die Geschäfte ja so gut, dass ich dir von dieser teuren Wurzel etwas mitbringen kann?"
Sein Vater verzog wehmütig das Gesicht. Schließlich wusste er, dass das Gewicht dieser exotischen Güter in Gold aufgewogen wurde.
„Das werden wir uns kaum leisten können. Außerdem gibt es wichtigeres", murmelte er abwinkend. „Die Knechte haben die Bernsteine bereits in Kisten verpackt. Weißt du schon, wann du aufbrechen willst?"
Sigurd lächelte schmal.
„Eigentlich hatte ich vor, mir noch einige weitere Tage Ruhe zu gönnen. Dieses süße Nichtstun hat durchaus seinen Reiz. Aber Torben wartet in Lübeck auf mich. Je eher ich aufbreche, umso schneller erreichen wir Brügge. Ein Schiff, das mir und meiner Ladung genug Platz bietet, habe ich bereits gefunden. Es wird nicht einmal sonderlich teuer. Der Kapitän legt nächste Woche gen England ab und macht vorher in Lübeck Halt, um dort weitere Waren an Bord zu nehmen. Ich sorge also für eine Auslastung seines Frachtraums, daher wurden wir uns schnell einig."
Er atmete tief ein.
„Diesmal ist mein Abschied ja nicht für lange. Spätestens vor Einsetzen der Herbststürme bin ich wieder zurück."

Bei diesem Gedanken seufzte er sehnsüchtig.
„Dann werde ich bis mittags schlafen und den lieben langen Tag nichts weiter tun, als auf der faulen Haut zu liegen und warmes Bier zu trinken."
Sein Vater lachte dröhnend.
„So siehst du aus! Das hältst du doch keine drei Tage durch, dann wirst du rastlos und treibst dich wieder überall in der Stadt herum, wo etwas los ist. Das kenne ich doch schon."
Sein Blick wurde plötzlich milde.
„Diese Unruhe hatte ich früher auch. Da konnte ich es gar nicht erwarten, mit einem guten Schiff abzulegen und zu sehen, was mich hinter dem Horizont erwartet. Aber mit dem Alter wirst du es zu schätzen wissen, wenn du bei heftigem Sturm und peitschendem Regen nicht mehr das Haus verlassen musst. Irgendwann reicht die Aussicht auf einen guten Handelsabschluss nicht mehr, um deinen Hintern erneut in die Höhe zu wuchten."
Sie lächelten sich an und nippten wieder an ihrem Bier. Früher hatte es häufiger die eine oder andere Reiberei zwischen ihnen gegeben. Doch mittlerweile wussten sie einander zu nehmen und waren froh über die Gesellschaft des anderen. Sigurd war fast versucht, seinem Vater von ihren Überlegungen zu berichten, die Bernsteine zu schleifen und zu polieren, bevor sie diese weiterverkaufen wollten. Doch er ahnte, dass sein Vater diese Idee noch immer nicht gutheißen würde. In diesen Dingen konnte er starrsinnig sein. Schließlich hatten sie immer gut vom Verkauf gelebt, auch ohne solche Versuche, von denen sie nichts verstanden.
Sigurd ließ sich von dieser Idee nicht abbringen und er wusste, dass Torben ebenfalls Feuer und Flamme war, sich daran zu versuchen. Sie waren jung, wollten ihrem eigenen Kopf folgen und etwas Neues ausprobieren. Notfalls müssten sie sich eingestehen, sich in eine fixe Idee verrannt zu haben.
Mit einem Schmunzeln erinnerte er sich daran, wie Torben und er sich unzählige Male die Köpfe heiß geredet hatten, wenn es um ihre zukünftigen Geschäfte ging. Jeder von ihnen hatte über die Geschäftspraktiken seines Vaters geschimpft und viele eigene Ideen vorzuweisen, wie sie es besser machen könnten. Nun war es an der Zeit, den Beweis dafür anzutreten. Allein hätte er vielleicht in manchen Stunden an sich gezweifelt, ob das Risiko zu groß wäre. Doch mit Torben an seiner Seite hatte er einen Freund gefunden, der so wagemutig war wie er.
Versonnen blickte er in die Flammen und träumte von aufregenden Zeiten.

In der ersten Nacht nach dem Marktbesuch lauschte Torben lange der Stille in seinem Haus. Immer wieder hatte er sich gefragt, ob ihm seine Fantasie nur einen Streich spielen wollte. Hatte er ernsthaft den Mann gesehen, der ihm bis nach Nowgorod gefolgt war, um ihn zu töten? Je länger er darüber nachdachte, umso überzeugter war er, seinem Todfeind begegnet zu sein.
Längst schliefen alle außer ihm. Daran sollte sich auch für den Rest der Nacht nichts mehr ändern.
Doch der nächste Tag brachte ihn schnell wieder auf andere Gedanken. Torben hatte den ganzen Vormittag kaum mehr getan, als nötig war, wie er sich selbst eingestand. Die Sonne brannte so heiß vom Himmel, dass er zweimal in die Trave gesprungen war, um sich ein wenig abzukühlen. Gegen Mittag hatte er einen Rundgang durch die Stadt gemacht. Dabei legte er wie gewohnt den obligatorischen Halt am Hafen ein, um sich über die ein- und auslaufenden Schiffe zu informieren. Dann hatte er sich eine weitere Stunde einigen Übungsaufgaben mit Mathias gewidmet, der erstaunlich eifrig bei der Sache gewesen war. Zufrieden mit sich hatte Torben sich dann für seine Anstrengungen mit einem ausgiebigen Nachmittagsschläfchen belohnt.
Als er am frühen Abend aus seiner Kammer kam und sich behaglich streckte, schüttelte Maik vorwurfsvoll den Kopf.
„Anstrengenden Tag gehabt, Torben?“
Dieser nickte sogleich.
„Du machst dir keinen Begriff. Keine Ahnung, wie ich das noch aushalten soll, bis Sigurd endlich eintrifft.“
Er zwinkerte dem Knecht zu. „Ist irgendetwas passiert, während ich, nun ja, sagen wir *beschäftigt* war?“
Maik schüttelte den kantigen Schädel.
„Die Sonne brennt allen die Kraft aus den Knochen. Kein Mensch macht bei dieser Hitze mehr als nötig.“
„Es kommen auch wieder andere Zeiten“, winkte Torben ab. „Bis dahin muss man auch mal innehalten, um neue Kraft zu schöpfen.“
Er ließ sich von Henrike einige Brote schmieren und verzog sich mit einem großen Stück Käse, einer geräucherten Wurst sowie einem gutgefüllten Becher Bier hinunter zum Steg. Dort rief er Don zu sich und ließ sich dann zufrieden auf einen kleinen Hocker fallen. Gemeinsam blickten sie aufs Wasser. Torben erfreute sich am Glitzern der Sonne auf den Wellen, während Don einige Enten am anderen Ufer ins Auge gefasst hatte.
Torben musste lächeln. Das Leben konnte so schön sein.

„Bis du drüben bist, sind die längst weg", murmelte er Don träge zu. Als hätte dieser ihn verstanden, ließ der Wolf den Kopf sinken und streckte seinen angespannten Körper. Torben belohnte ihn mit einem Stück Wurst, das dieser gierig verschlang.
In den nächsten beiden Stunden saßen sie einfach nur still da und genossen die Ruhe. Irgendwann versank die Sonne hinter den Häusergiebeln und unmerklich legte sich die Dunkelheit über die Stadt.
Torben konnte sich nicht erinnern, wann er mal einen Tag so voller Müßiggang verbracht hatte. Eine Amsel setzte sich auf das Dach eines Schuppens und sang ihr Abendlied. Aus der Ferne drang Lachen zu ihnen herüber. Längst war das Zwielicht der Schwärze der Nacht gewichen.
Don gähnte herzhaft, womit er Torben zum Schmunzeln brachte.
„Wovon bist du denn müde? Du warst doch heute genauso faul wie ich."
Don blickte ihn mit schräggestelltem Kopf an und hatte ein Ohr aufgestellt. Torben streckte sich und erhob sich von dem kleinen Hocker, der sich als erstaunlich bequem herausgestellt hatte.
„Lass uns schlafen gehen", rief er dem Wolf zu, der sich daraufhin sofort erhob und ihm wie ein Schatten folgte. Torben ging ins Haus hinüber. Dort war längst alles still. Maik und die Magd hatten sich bereits in ihre Kammern zurückgezogen.
Bevor Torben die Treppe zu seiner Schlafkammer hinaufstieg, wandte er sich noch mal zu dem Wolf um.
„Schlaf gut, Don."
Das Tier hatte sich in der Diele zusammengerollt und hob noch einmal kurz den Kopf. Gleich darauf klappte Torbens Tür zu und eine tiefe Ruhe legte sich über das Haus.

Tom Jagehorn hatte das stattliche Kaufmannshaus seit Anbruch der Dämmerung nicht mehr aus den Augen gelassen. Er war wieder auf der Jagd und das fühlte sich gut an. In seiner schwarzen Kleidung war er in der Dunkelheit nicht zu erkennen. Der fahle Mond warf sein kaltes Licht auf das Wasser der Trave. Doch am Himmel zogen die Wolken so schnell dahin, dass man oft keine drei Schritte weit sehen konnte. Schon immer hatte er sich nach Sonnenuntergang freier gefühlt. Keine Menschenmassen, die sich auf den engen Straßen drängelten. Höchstens mal ein Nachtwächter, der mit seiner Laterne und seinem Signalhorn jedoch keine Gefahr für ihn darstellte.
Geduldig wartete er darauf, bis seine Umgebung in tiefe Stille versank. Einmal hörte er, wie sich eine Tür öffnete und gleich wieder schloss.

Seine rechte Hand tastete nach dem Griff seines Messers. Diese Waffe begleitete ihn schon seit über zwanzig Jahren. Der Griff fühlte sich ein wenig spröde und rissig an. Er würde sich mal wieder die Zeit nehmen müssen, ihn sorgfältig zu ölen. Damit wäre die Waffe besser gegen Wasser geschützt und die Holzmaserung käme noch besser zur Geltung.

Die Klinge war aus bestem Stahl geschmiedet und so scharf, dass sie selbst ein Kettenhemd durchdringen konnte. Er wusste das so genau, weil er vor einer halben Ewigkeit in Regensburg einen Söldner damit getötet hatte, der eines dieser sündhaft teuren Kettenhemden getragen hatte. Doch auch diese eng aneinander geschmiedeten Ringe hatten den Mann nicht retten können. Tom Jagehorn wusste nicht einmal mehr, warum er den Auftrag erhalten hatte, diesen Kerl zu töten. Bestimmt ging es um die Verteilung der Beute, die diese Männer im Dienst eines Adligen während einer Fehde gemacht hatten, die schließlich in unversöhnlichen Hass ausartete.

Amüsiert verzog er das Gesicht. Es ging immer um Geld oder Macht. Dafür waren die Menschen jederzeit bereit, ihre Mitmenschen zu töten. Ihm war es gleichgültig, welcher Anlass seinen Auftraggeber dazu bewog, seine Dienste in Anspruch zu nehmen. Auch seine Opfer interessierten ihn nicht. Das Einzige was für ihn zählte, war, dass er für seine Arbeit fürstlich bezahlt wurde.

Allerdings tötete er nur Männer. Frauen und Kindern hatte er noch nie Schaden zugefügt, wenn es sich irgendwie vermeiden ließ. Schließlich war er kein Unhold. Nur ein Mann, der seine gottgegebenen Talente einsetzte, um seinen Lebensunterhalt zu verdienen. Einmal hatte er sogar einen Mann umgebracht, der ihn dafür bezahlen wollte, die eigene Frau zu ertränken. Es war ein Adliger gewesen, der sich von ihrem frühzeitigen Ableben ein reiches Erbe versprach. Selbstverständlich sagte Tom Jagehorn ihm ab. Doch der ignorante und von seiner Wichtigkeit überzeugte Adlige hatte dies nicht gelten lassen wollen. Noch nie hatte es jemand gewagt, ihm einen Wunsch abzuschlagen. Wiederholt drängte er ihn zur Tat und als das nicht half, drohte er ihm sogar.

Das war allerdings eine reichlich dumme und zudem seine letzte Idee gewesen. Jagehorn ertränkte erst ihn, wie dieser es eigentlich seiner Frau zugedacht hatte, und schlitzte dann auch noch zwei seiner Leibwächter auf, die ihm zur Hilfe geeilt waren.

Er hatte schon in so viele Abgründe geblickt, dass ihn kein Auftrag mehr aus der Fassung brachte. Es war immer seine große Stärke gewesen, seine Emotionen aus einem Auftrag herauszuhalten, sobald er diesen angenommen hatte. Dann kam es nur noch darauf an, die

Arbeit zu erledigen, ohne Spuren zu hinterlassen, und anschließend seines Weges zu gehen. So wollte er es auch weiterhin halten. Doch zuvor musste er diesen jungen Kaufmann ausschalten, der viel zu oft seinen Weg gekreuzt hatte.
Ein Blick zum Himmel verriet ihm, dass es bereits weit nach Mitternacht sein musste. Doch er hatte keine Eile. Aus Erfahrung wusste er, dass seine Opfer zwischen drei und vier Uhr morgens am tiefsten schliefen. Dieser Kaufmann war nicht das erste Opfer, das er in seinem Bett zu erstechen gedachte. Auch die vorherigen Ziele hatten ihn wegen seiner lautlosen Annäherung nicht bemerkt und waren aus ihren Träumen niemals mehr erwacht. Ein wenig beneidete Tom Jagehorn diese Menschen. Er konnte sich qualvollere Tode vorstellen.
Geduldig lehnte er sich mit dem Rücken an einen Baum und ließ noch eine weitere Stunde verstreichen. Dann sagte ihm sein Gefühl, dass es an der Zeit wäre, seine Arbeit zu erledigen. In absoluter Stille erhob er sich und näherte sich geschmeidig der Seitenmauer. Noch einmal atmete er tief durch. Seine Sinne waren hellwach. Sein ganzer Körper vibrierte vor Anspannung und ein zufriedenes Grinsen glitt über sein Gesicht. Dieses Gefühl war alles, was er vom Leben erwartete. Am liebsten würde er es wieder und wieder abrufen und bis zum letzten Atemzug auskosten.
Er machte einen Satz und bekam das Ende der Mauer zu packen. Mit stahlhartem Griff zog er sich hinauf, blickte auf die andere Seite, zog die Beine nach und ließ sich in den tiefen Schatten eines Schuppens gleiten. Gras und weiche Erde dämpften jedes Geräusch. Das Haus lag totenstill vor ihm. Und so würde er es auch wieder verlassen: Totenstill.
Mit einer geschmeidigen Bewegung zog er sein Messer aus der Scheide und bewegte sich auf das Haus zu.

Don wurde wach, als ihn seine scharfen Sinne warnten. Er stellte die Ohren auf und durchdrang die Finsternis mit seinen Augen. Hinter dem Haus näherten sich Schritte. Sie waren kaum hörbar, doch er war ein Tier der Wildnis. Seine Ohren nahmen Geräusche wahr, die anderen verborgen blieben. Jetzt registrierte er einen scharfen Geruch. In diesem Haus gingen viele Menschen ein und aus, die mit seinem Herrn freundschaftlich verbunden waren. Doch dieser Geruch war anders. Lautlos erhob er sich. Seine Augen funkelten in der Nacht. Die Schritte kamen immer näher und verharrten vor der Tür. Jemand machte sich daran zu schaffen und gleich darauf wurde die Tür einen winzigen Spalt weit geöffnet. Eine dunkle Gestalt schlüpfte hinein und

zog die Tür hinter sich zu. Eine Weile stand der Eindringling einfach nur da und ließ die Umgebung auf sich wirken. Dann war er sich sicher, dass sein Eindringen unbemerkt geblieben war. Trotz der Dunkelheit wandte er sich zielsicher der Treppe zu und stellte wenig später seinen Fuß auf die erste Stufe.
Don hatte das Fell aufgestellt. Schon lange hatte er gelernt, den Besitz seines Herrn zu schützen. Nachts hörte er schon am Schritt, wer sich näherte. Wer fest auftrat und direkt auf die Tür zusteuerte, hatte nichts vor ihm zu befürchten. Meistens erkannte er auch den Geruch der Person. Doch wer sich anschlich im Dunkel der Nacht und sich dabei besorgt umsah, wurde von ihm genau beäugt. War es ein Fremder, bereitete er ihm einen Empfang, den dieser nicht so schnell vergessen würde.
Längst hatte Don verstanden, dass dieser Eindringling kein Freund seines Herrn sein konnte. Ein Hund hätte laut kläffend Alarm geschlagen. Doch Don war ein Wolf. In ihm floss das Blut seiner Vorfahren, die in rauer Natur jeden Tag um ihr Überleben hatten kämpfen müssen. Er dachte nicht daran, sich mit lautem Bellen und Knurren zu verraten, das war nicht seine Art. Stattdessen folgte er dem Eindringling und wartete, bis dieser den nächsten Schritt setzte. Dann griff er ohne einen Laut an. Mit einem gewaltigen Satz sprang er dem Fremden auf den Rücken und biss sofort zu.
Bis eben hatte Tom Jagehorn sich sicher gefühlt. Er kannte dieses Haus. Daher wusste er, wo der Kaufmann seine Schlafstube hatte und welche Stufen er lieber ausließ, weil sie ihn durch lautes Knarren verraten hätten. Er hegte nicht den leisesten Verdacht, dass in dieser vollkommenen Dunkelheit etwas auf ihn lauern könnte. Als ihn das schwere Gewicht des unbekannten Angreifers am Rücken traf, fiel er auf die Treppenstufen und ein lautes Poltern durchdrang die nächtliche Stille. Trotz seiner Überraschung reagierte er blitzschnell. Wie eine Katze ließ er sich zur Seite fallen und versuchte das Tier mit seinem Messer zu erwischen. Irgendwie gelang es ihm, den Angreifer abzuschütteln.
In seinem Kopf hämmerte nur ein Gedanke: Was war das für ein Tier, das sich ohne einen Laut an ihn heranschlich, bis der Moment zum Angriff gekommen war? Eine solche Fähigkeit hätte er einem Hund niemals zugetraut. Erst jetzt drang ein gefährliches Knurren an seine Ohren, während sich dieses Biest mit ungeheurer Kraft vorwärts drängte und blitzschnell nach seiner Schulter schnappte. Sein Wams riss und die scharfen Zähne drangen in sein Fleisch ein. Der Schmerz tobte durch seinen Körper. Erneut stach er mit dem Messer zu. Es war schwierig, in diesem wilden Gemenge zu treffen, denn das Tier

zerrte wie wild an ihm und drängte ihn mit seinem Gewicht zu Boden. Doch dann bäumte er sich auf und warf es zur Seite. Wenn er auf dem Hund zu liegen kam, könnte er zum tödlichen Stich ansetzen. Dann war es noch nicht zu spät, diesen Kaufmann zu töten und das Weite zu suchen.
Doch das Tier gebärdete sich wie toll. Es kämpfte mit einer solchen Wildheit, dass er es einfach nicht zu packen bekam. In der Dunkelheit leuchteten seine Augen gelb auf und starrten ihn mitleidlos an. War das ein Wolf?
Blitzschnell biss Don ihm ins Bein und zerrte ihn von den Treppenstufen weg, als wollte er verhindern, dass Jagehorn sein Vorhaben in die Tat umsetzen konnte. Seine gewaltigen Zähne verletzten ihn so schwer, dass Tom Jagehorn den Kiefer zusammenpressen musste, um nicht loszuschreien.
Doch er gab nicht auf. Erneut versuchte er auf die Beine zu kommen. Doch wieder sprang ihn diese ungezähmte Kreatur an und brachte ihn zu Fall. Ein Hocker krachte unter seinem Gewicht zusammen. Mit der Schulter prallte er gegen einen Tisch und schob ihn mit einem lauten Scharren zur Seite. Die Schnauze war so dicht vor seinem Gesicht, dass er den heißen Atem der Bestie spürte. Mit aller Kraft stemmte er sich dagegen.
„Misttöle“, knurrte er ihm zu.
Er riss seinen rechten Arm los und stach zu. Doch die Klinge traf ins Leere. Sofort fuhr er herum, erkannte einen Schatten und ließ die Klinge erneut vorschnellen. Der Stahl traf auf Widerstand. Mit aller Kraft bohrte er das Messer tiefer in den Körper hinein. Ein heiseres Knurren erklang. Dann verschwand das Tier in der Dunkelheit.
Tom Jagehorn keuchte angestrengt, während er das bluttriefende Messer in der Hand hielt. Er hatte das Tier schwer getroffen. Da war er sich sicher. Das musste doch genügen, um diese Bestie zu töten, oder? Noch während er sich dieser Hoffnung hingab, tauchte der dunkle Schatten rechts von ihm erneut auf. Sogleich warf er sich herum, um der Gefahr zu begegnen. Doch das Tier war bereits heran und biss ihm in den Unterarm. Mit einem trockenen Knacken brach der Knochen. Kraftlos sank sein Arm zu Boden.
Tom Jagehorn spürte nackte Verzweiflung in sich aufsteigen. Was war das für ein wildes Biest, das ihm so zusetzte? Erstmals verlor er die Fassung und schrie seinen Schmerz erbittert hinaus. Jetzt ging es nur noch darum, sein Leben zu retten und von hier zu entkommen. Er stemmte sich auf die Knie, doch erneut sprang ihn der Wolf an. Diesmal fehlte ihm die Kraft, um ihn von sich fernzuhalten. Die kräftigen Kiefer des Wolfs erreichten seine Kehle und bissen

gnadenlos zu.
Tom Jagehorn hörte schon nicht mehr, dass sich oben die Tür von Torbens Schlafkammer öffnete.
„Was ist da unten los, zum Teufel?“
Torben hielt einen Knüppel in der Hand und starrte alarmiert nach unten. Dort war der ohrenbetäubende Lärm zur Ruhe gekommen. Torben lief in seine Kammer und kehrte wenig später mit einer halb heruntergebrannten Kerze in der Hand zurück.
Ihr flackernder Schein enthüllte ein Blutbad. Die unteren Treppenstufen waren mit Blut bedeckt. Die wenigen Möbel waren umgeworfen worden und teilweise zerbrochen. Halb unter einem umgestürzten Tisch verborgen lag eine Gestalt, die in dunkle Kleidung gehüllt war. Das Gesicht konnte er nicht erkennen, aber in der Hand des Mannes sah er blutbefleckten Stahl aufblitzen. Irgendetwas an diesem Mann erkannte er wieder. Sofort stellten sich ihm die Nackenhaare auf. Sein Albtraum war wahrgeworden.
Nur wenige Schritte daneben lag Don und sah zu ihm hoch. Der Wolf versuchte auf die Beine zu kommen, doch seine Vorderläufe knickten immer wieder ein und so blieb er liegen. Noch immer gab das Tier keinen Laut von sich.
Torben vergaß vor Schreck zu atmen. Dieser Eindringling hatte nur ein Ziel verfolgt: Ihn zu töten! Don musste ihn überrascht und gestellt haben.
Torben lief die Treppe hinunter und stellte das Licht auf dem Boden ab. Zögerlich blickte er seinem Todfeind in die Augen. Doch dieser hatte längst sein Leben ausgehaucht. Das Grauen schnürte Torben die Kehle zu. Er eilte zu Don hinüber, der die Augen geschlossen hatte. Sein Wolf versuchte ihm die Hand zu lecken. Torben strich ihm hilflos über den Kopf.
„Ruhig, mein Junge. Du bist verletzt und verlierst viel Blut. Beweg dich nicht, hörst du?“
Er lief in die Diele und holte einige Tücher herbei, die er ihm ungeschickt um den Körper wickelte, um die Blutung zu stillen. Sofort färbten sich diese tiefrot. Torben war völlig verzweifelt. Hinter ihm wurde die Tür zum Hof aufgerissen und Maik stürmte hinein. Mit weit offenem Mund besah er sich das Durcheinander.
„Don ist schwerverletzt!“, rief Torben ihm zu. „Wir müssen ihn zu einem Wundarzt bringen. Nicht weit von hier in der Hüxstraße wohnt doch dieser Cornelius.“
Maik blickte sich verstört um. „Was ist mit dem Toten?“
„Er ist tot. Was soll mit ihm sein?“, erwiderte Torben.
„Er wird schon noch da sein, wenn wir zurückkommen. Jetzt ist mir

nur wichtig, dass wir Don helfen. Er hat mir heute Nacht das Leben gerettet. Und jetzt lauf endlich und nimm den kürzesten Weg. Ich folge dir, so schnell ich kann."
Während er Maik die Anweisungen zurief, schob er seine Arme unter den Wolf und hob ihn vorsichtig hoch. Maik setzte sich an die Spitze und mit jagendem Atem liefen sie durch die nächtlichen Straßen. Der Morgen konnte nicht mehr allzu weit entfernt sein. Ganz weit im Osten war bereits die Helligkeit eines neuen Tages auszumachen.
„Halte durch, Don, hörst du?"
Torben lief Blut über sein Hemd, doch das war ihm egal. Wie von Sinnen rannte er die lange Königstraße hinunter, die menschenleer vor ihnen lag. Zwei Querstraßen weiter bog Maik erneut links ab.
„Hier muss es sein", schnaufte er, während er schweratmend die Hände in die Seiten stützte.
„Bist du sicher?", murmelte Torben. Nachts sahen die Häuser alle gleich aus. Doch Maik gab sich selbstsicher.
„Dort vorn, die kleine Treppe hinauf. Da wohnt der alte Cornelius."
Sie klopften fest an die Tür. Es dröhnte laut durch die Nacht. Wenig später öffnete sich über ihnen ein Fenster.
„Was soll der Lärm?", rief ein dürrer, älterer Mann mit verärgerter Stimme. Auf seinem Kopf saß eine Zipfelmütze, die er sich nun weiter aus der Stirn schob.
„Wir haben ein verletztes Tier und bitten dringend um Eure Hilfe", bat Torben höflich aber drängend.
Das Fenster schloss sich und schon bald war ein leises Poltern zu hören, als das Männlein die Treppenstufen hinuntereilte. Kurz darauf wurde die Tür aufgerissen und der Wundarzt drängte hinaus. Er hielt eine Laterne in der linken Hand, die er ihnen mit ausgestrecktem Arm entgegenhielt.
„So spät in der Nacht. Ihr solltet euch was schämen. Was fehlt dem Tier denn?"
„Ein Einbrecher ist in unser Haus eingedrungen. Dieser Wolf hat ihn gestellt und wurde dabei mit einem Messer schwer verletzt", berichtete Torben.
„Einbrecher? So, so. Wollen doch mal sehen. Bringt ihn näher zum Licht, damit ich was erkennen kann."
Der Wundarzt stellte die Laterne ab und ließ seine Hände über den Körper des Tiers wandern. Als er die Einstiche erkannte, schüttelte er betrübt den Kopf.
„Das Tier hat zu viel Blut verloren und die Verletzungen sind viel zu tief. Ich kann nichts mehr tun. Selbst meine vielgepriesene Wundersalbe kann hier nichts mehr bewirken. Sein Schicksal liegt jetzt

allein in Gottes Hand."
Dann wandte er sich ab und ging wieder zu seiner Haustür.
„Findet euch besser damit ab. Und jetzt nehmt ihn wieder mit, bevor ihr hier alles vollblutet."
Die Tür wurde geschlossen und Maik und Torben blieben mit Don in der Dunkelheit zurück.
„Ich weiß mir keinen Rat mehr", murmelte Torben. Seine Stimme klang erschöpft und hilflos.
Maik schüttelte den Kopf, während sich seine Gedanken jagten. Endlich fiel ihm etwas ein.
„Imke", murmelte er nachdenklich. Dann lauter: „Natürlich! Imke! Wenn uns jemand weiterhelfen kann, dann ist es diese alte Kräuterhexe. Sie wohnt in der Dankwartsgrube."
Torben blickte ihn misstrauisch an. „Sicher?"
„Vertrau mir!", erwiderte Maik. „Die bringt selbst Tote wieder zum Gehen. Außerdem hast du keine Wahl, oder? Wenn wir noch länger warten, stirbt er gleich hier."
Torben hatte genug gehört und setzte sich sogleich in Bewegung. Sie liefen zurück zur Königstraße und folgten dieser, bis sie endlich in die Dankwartsgrube einbogen. Mittlerweile keuchte Torben angestrengt.
„Soll ich ihn dir mal abnehmen?", fragte Maik.
Torben runzelte die Stirn. „Wieso? Wie weit ist es denn noch?"
„Wir müssen die Dankwartsgrube ganz hinunter, bis kurz vor die Dankwartsbrücke."
Torben schnaufte angestrengt. Die Angst brodelte in ihm und trieb ihn unnachgiebig weiter voran.
„Das schaff ich schon. Lauf los, verdammt!"
Sie jagten weiter. Zum Schluss taumelte Torben kurz, fing sich aber gerade noch rechtzeitig. Die Sorge um Don quälte ihn bei jedem seiner Schritte. Er vermochte nicht zu sagen, ob noch Leben in dem Tier steckte.
In der Dankwartsgrube gab es keine schicken Kaufmannshäuser wie im Stadtzentrum. Das war selbst bei Finsternis leicht zu erkennen. Vor ihm hämmerte Maik gegen eine windschiefe Kate, die nicht einmal ein Fenster aufwies.
Beschwörend starrte Torben Don an, doch der Wolf hatte die Augen geschlossen und lag reglos in seinen Armen. Zu spät, dröhnte es durch Torbens Schädel. Er schickte einen gequälten Blick in Richtung Nachthimmel und schloss hilflos die Augen.
Endlich öffnete sich vor ihnen die Tür einen winzigen Spalt. Ein altes Mütterchen mit runzligem Gesicht blickte ihnen furchtlos entgegen.
„Es ist mitten in der Nacht. Kommt morgen wieder!", rief sie ihnen

zu.
„Dann ist mein Freund tot“, entgegnete Torben verzweifelt.
Die alte Frau streifte ihn und das Tier mit einem forschenden Blick.
„Es ist nur ein Hund“, murmelte sie und wollte die Tür wieder zufallen lassen.
„Ein Wolf“, verbesserte Torben, „der mir gerade das Leben gerettet hat.“
Sie runzelte die Stirn und sah fragend zu Maik hinüber, der sich beeilte, die Worte mit einem kräftigen Nicken zu bestätigen.
„Wir haben es erst bei dem Wundarzt Cornelius in der Hüxstraße versucht“, rief Torben ihr zu.
„Was hat er gesagt?“, fragte sie neugierig nach.
„Dass er nichts mehr für ihn tun kann“, antwortete Torben.
„Warum sollte ich es dann versuchen?“, raunte sie ihnen zu, während sie kurz davorstand, die Tür wieder zuzuwerfen.
Maik gab nicht auf.
„Er rief uns noch hinterher, selbst seine Wundersalbe könne hier nichts mehr ausrichten.“
Die Alte lachte keckernd, so dass ihr dürrer Körper bebte. Dann zog sie die Tür ganz auf.
„An seiner sogenannten Wundersalbe wundert mich nur, dass nicht noch viel mehr Menschen unter seinen Händen gestorben sind. Diese Salbe besteht aus Bärenfett, Eberschmalz, Pisse und ein wenig Moos vom Schädel eines Gehenkten. Vielleicht ist auch noch ein wenig Knochenstaub einer Fledermaus darin zu finden. Nichts davon trägt zur Heilung bei.“
Sie lachte in sich hinein. Als sie sich beruhigt hatte, wies sie zur Tür.
„Tragt ihn schon rein. Ich sehe ihn mir mal an. Sonst landet ihr doch noch bei einem dieser Kurpfuscher, die mehr Schaden anrichten, als dem armen Tier zu helfen. Es wundert mich, dass Cornelius ihn nicht gleich nochmal zur Ader gelassen hat. Das ist oft das Einzige, was ihm einfällt. Selbst wenn seine Opfer schon bleich sind wie ein Laken.“
Torben und Maik blickten einander irritiert an. Diese Kräuterhexe schien auf den Wundarzt nicht gut zu sprechen zu sein. Doch das kümmerte Torben nicht. Stattdessen seufzte er erleichtert und drängte sich sogleich an ihr vorbei, bevor sie es sich anders überlegen konnte.
Das Dach der Hütte war so niedrig, dass er den Kopf einziehen musste, um nicht gegen einen dicken Dachbalken zu stoßen.
„Leg ihn dort drüben ab“, wies ihn die alte Frau an.
Torben tat, wie ihm geheißen. Selbst bei diesem flackernden Licht vermochte er nicht zu sagen, ob der Wolf noch lebte. Die Kräuterhexe drängte ihn zur Seite und beugte sich über das Tier.

„Wer hat ihn verbunden?“, fragte sie leise.
„Das war ich“, murmelte Torben.
„Damit hast du ihm vielleicht das Leben gerettet“, raunte sie ihm zu.
Torben schöpfte Hoffnung. Gespannt sah er zu, wie sie sich an Don zu schaffen machte.
„Steh nicht faul herum“, wies sie Torben an. „Gieß Wasser in den Kessel und hänge ihn über das Herdfeuer. Ich muss seine Wunden reinigen, sonst stirbt er noch heute Nacht.“
Torben beeilte sich, ihren Worten nachzukommen.
Die alte Frau legte dem Wolf eine Hand auf den Kopf und schloss die Augen. Eine ganze Weile verharrte sie reglos. Dann nickte sie bedächtig.
„Er ist stark. Ich glaube, er wird es schaffen.“
Sie musterte Torben mit einem Seitenblick.
„Wie kommt es, dass ein Wolf auf dich hört?“
„Ich habe ihn als Welpen gefunden und aufgezogen. Seitdem weicht er mir nicht mehr von der Seite.“
Erneut wanderte ihr Blick aufmerksam an Torben herab.
„Schließ die Augen!“, forderte sie ihn auf.
Torben runzelte misstrauisch die Stirn, folgte der Aufforderung jedoch. Die alte Frau legte ihm ihre runzelige und federleichte Hand auf den Kopf. Erneut verging eine längere Zeitspanne, in der nur ihr Atem und das Knistern der Flammen zu hören waren. Anfangs tobte ein Sturm in Torbens Kopf. Er war angespannt, aufgewühlt und voller Unruhe. Doch als er die kühle Hand auf sich spürte, beruhigte er sich allmählich. Es war, als würde eine höhere Macht auf ihn einwirken. Seine Schultern sanken herab und sein Atem wurde tiefer. Plötzlich wurden seine Gedanken klarer und er fühlte sich zum ersten Mal seit Stunden wieder ein wenig besser.
Als die Hand auf seinem Kopf verschwand, schlug Torben die Augen auf und fühlte den bohrenden Blick der alten Frau auf sich gerichtet.
„In dir steckt mehr, als du glaubst. Jetzt verstehe ich, warum der Wolf auf dich hört.“
Sie hielt ihm ihre rechte Hand hin, die zuvor auf seinem Kopf gelegen hatte. Die Finger wiesen eine bläuliche Färbung auf und unterschieden sich deutlich von der an ihrer linken Hand.
„Ich habe dir deine Zweifel genommen und für Klarheit in deinem Kopf gesorgt. Komm zur Ruhe und folge deinem Weg. Du hast die Kraft dazu.“
Torben fiel nichts ein, was er hätte erwidern können. Daher beschränkte er sich auf ein dankbares Nicken.
Die alte Frau wandte sich wieder dem Wolf zu. Nachdem sie seine

Wunden mit heißem Wasser gereinigt hatte, griff sie zu Nadel und Faden und begann, diese zu schließen. Dabei murmelte sie unentwegt Worte vor sich her, die nur sie allein verstand.
Torben sah ihr über die Schulter, traute sich aber nicht, die alte Frau zu stören. Mit der Stimme eines jungen Mädchens flüsterte sie Torben und Maik zu:
„Die Wunden sind zu groß, um allein zu heilen. Darum muss ich sie nähen. Ich verwende Seidenfäden. Sie sind dünn, aber nicht ganz glatt. Deshalb verhaken sie sich gelegentlich, wenn man sie herauszieht. Aber wenn er das hier überlebt, sollte das die kleinste Sorge sein."
Maik blickte Torben vielsagend an und wies zur Decke hinauf. Dort hingen Bündel von Heilpflanzen zum Trocknen. An den Wänden entdeckten sie einige Tierschädel. Torben ließ den Blick neugierig umherwandern. Er kam sich vor, als wäre er in eine andere Welt eingetaucht. Erst jetzt bemerkte er, dass auf dem Boden Felle ausgebreitet waren. Daneben lagen ein paar Schlangenhäute. Unwillkürlich lief ein Schauer über seinen Rücken. Maik musste es ähnlich gehen, denn er hielt die Arme verschränkt, als fröstelte er.
In einer Ecke standen einige irdene Gefäße mit geheimnisvollen Markierungen. Daneben eine bauchige Flasche, die mit einer grünlichen Flüssigkeit gefüllt war. Allmählich verstand Torben, warum Maik diese Frau Kräuterhexe genannt hatte.
Es fiel ihm schwer zu glauben, dass sie sich noch immer innerhalb Lübecks befanden.
Zwischenzeitlich stand sie ächzend auf, griff zu den Kräutern und warf einige davon in die Flammen. Sofort waberte ein angenehmer Duft durch den Raum. Nach einer Weile wandte sie sich ihnen zu.
„Das alles wird deinem Wolf bei der Heilung helfen. Jetzt hängt es davon ab, wie stark sein Wille ist. Ihr solltet jetzt nach Hause gehen. Kommt morgen wieder, wenn ich geschlafen habe."
Mit diesen Worten schob sie die beiden hinaus. Während sie durch das nächtliche Lübeck liefen, musterte Maik Torben besorgt.
„Du bist sicher, dass du nichts abbekommen hast?"
Torben schüttelte den Kopf.
„Als ich von dem Lärm wach geworden bin, war schon alles vorbei. Es muss furchtbar gewesen sein. Du hast ja gesehen, wie es bei uns aussah. Wenn Don nicht gewesen wäre, hätte der Kerl mich eiskalt über die Klinge springen lassen."
Er sog die Luft ein und ließ seine Schultern kreisen, um die Anspannung loszuwerden.
„Ich habe dir doch erzählt, dass mich in Kopenhagen zwei seiner Gefolgsleute angegriffen haben."

Maik lachte freudlos.
„Erzählen wäre zu viel gesagt. Wir haben es uns zusammengereimt. Du behältst solche Dinge ja gern für dich, damit sich niemand sorgt."
Torben verzog das Gesicht, konnte aber nicht widersprechen.
„Jedenfalls hat einer der beiden mir vor seinem Tod noch angekündigt, dass dieser Auftragsmörder nicht von mir ablassen würde. Ich habe ihm damals nicht geglaubt. Doch nun hat nicht viel gefehlt und er hätte Recht behalten."
„Ab sofort kannst du wieder ruhig schlafen und musst nicht ständig über deine Schulter schauen, ob du dort einen schwarzgewandeten Finsterling entdeckst", beruhigte Maik ihn.
Torben nickte zögerlich. Sie erreichten ihr Zuhause und betrachteten kopfschüttelnd das heillose Durcheinander, das sich nun im hereinbrechenden Morgengrauen abzeichnete. Gemeinsam trugen sie den blutigen Körper des Eindringlings nach draußen und ließen ihn dort achtlos zu Boden fallen. Schweratmend richtete Maik sich auf.
„Ich hole den Totengräber. Soll der sich um alles weitere kümmern. Hauptsache, wir werden den Leichnam los und müssen den Anblick dieses Kerls nicht länger ertragen."
Torben legte ihm dankbar die Hand auf den Rücken. Mittlerweile war auch Henrike mit ängstlich aufgerissenen Augen im Türrahmen erschienen. Als sie das Blut sah, wurde sie blass und schlug die Hände vor dem Gesicht zusammen.
„Keine Angst, Henrike. Die Gefahr ist vorüber. Bitte kümmere dich darum, dass die Spuren dieser Nacht beseitigt werden."
Sie nickte beklommen und machte sich ans Werk. Wenig später kam Maik mit dem Totengräber und dessen Gehilfen, der einen Karren mit sich führte. Der Totengräber war ein älterer Mann mit grauen Strähnen im dunklen Haar. Eine beeindruckende Hakennase schmückte sein Gesicht, die sich in ständiger Bewegung befand. Unablässig schnüffelte er, als wollte er die Stimmung der Betroffenen in sich aufsaugen. Sein gewaltiger Riechkolben schien gute Arbeit zu leisten, denn er sparte sich sämtliche Worte des Mitgefühls. Die blutbesudelte Kleidung des Hausherrn und die verschlossenen Gesichter der Umstehenden verrieten ihm, dass hier alle weiteren Anstrengungen vergeblich sein würden. Daher packten sie den Leichnam an Armen und Beinen und verluden diesen auf den Karren. Torben nickte ihm zum Abschied stumm zu, bevor er sich abwandte und im Haus verschwand.
Mittlerweile waren die Spuren des nächtlichen Kampfes fast völlig verschwunden. Torben nickte Henrike dankbar zu, zog sich einen Hocker heran und ließ sich darauf fallen. Sein Kopf war wie leergefegt.

Tief im Herzen war er erleichtert, dass diese Bedrohung nicht länger sein Leben verdunkelte. Doch gleichzeitig brachte der Zustand seines geliebten Wolfs sein Blut zum Kochen. Schon bald hielt er es auf dem Hocker nicht mehr aus. Den Rest des Tages lief er rastlos im Haus hin und her.

In den nächsten Wochen sah Torben jeden Tag nach seinem schwerverletzten Wolf. Die heilkundige alte Frau ließ ihn dabei zusehen, wenn sie sich um ihn kümmerte. Immer wieder schnupperte sie mit ihrer runzligen kleinen Nase an den genähten Wunden. Dann wackelte sie nachdenklich mit dem Kopf und holte einige Kräuter hervor. Oft stand ein ganzer Korb voll frisch gesammelter Pflanzen neben dem Herdfeuer.
Missmutig durchsuchte sie ihn, zupfte ein Kraut heraus und legte gleich darauf ein weiteres dazu. Dann schnalzte sie mit der Zunge und verließ die Hütte. Nach einer Weile kehrte sie mit einigen Blättern Spitzwegerich zurück, die sie dazulegte und alle gemeinsam in einem kleinen tönernen Gefäß zerstampfte. Anschließend roch sie daran und nickte zufrieden. Diesen Sud träufelte sie auf die Wunden, bevor sie diese sorgfältig verband. Dabei murmelte sie unentwegt unverständliche Sprüche vor sich hin. Es schien, als hätte sie ganz vergessen, dass Torben neben ihr hockte.
Manchmal rührte sie ein derart stinkendes Gebräu zusammen, das Torben unwillkürlich das Gesicht verzog. Davon träufelte sie Don einige Tropfen in das geöffnete Maul. Sie zwang ihn zu schlucken und ließ erst von ihm ab, als sie zufrieden war. Torben hatte Mitleid mit Don, doch die Mixturen schienen zu helfen, denn nach drei bis vier Tagen blickte er Torben mit wachen Augen entgegen, wenn dieser vorbeikam. Am liebsten wäre er ihm entgegengelaufen. Doch das ließ die alte Frau nicht zu.
„Woher weißt du so viel von Heilpflanzen und Kräutern?“, fasste Torben sich schließlich ein Herz.
„Ohne deine Hilfe wäre Don gestorben. Das weiß ich ganz sicher.“
Die alte Frau stieß ein keckerndes Lachen aus.
„Lass das nicht diese hochnäsigen Wundärzte hören, die den Reichen der Stadt viel Geld abknöpfen, um sie zu behandeln.“
Sie wischte sich eine graue Strähne aus dem Gesicht.
„Ich habe immer schon gewusst, welche Kräuter den Menschen und den Tieren guttun. Bauern fragen mich, wenn ihr Vieh nicht frisst. Dann gebe ich ihnen etwas gegen die Blähungen ihrer Kälber. Es ist eigentlich ganz leicht. Man muss nur die Augen offenhalten und sich in der Natur genau umsehen, dann lässt sich eine Menge lernen und

Gutes tun."
Sie öffnete ein kleines Gefäß und tunkte den Zeigefinger in eine Salbe. Bei dem Geruch wurde Torben beinahe schlecht.
„Was ist das?", würgte er hervor.
Die Kräuterhexe keckerte wieder ihr merkwürdiges Lachen.
„Stinkt furchtbar, nicht wahr? Aber es gibt nichts Besseres, um den Wundbrand zu verhindern und das Fleisch heilen zu lassen. Seit fünfzig Jahren verbessere ich diese Tinktur immer weiter."
Aus einer ihrer Taschen zog sie einen Stein hervor und legte ihn auf den Leib des Wolfs. Unter seinen ruhigen Atemzügen hob und senkte er sich.
„Das ist ein Bernstein!", stieß Torben verblüfft hervor.
Die Alte hielt ihren unergründlichen Blick weiterhin auf Don gerichtet.
„Natürlich ist das ein Bernstein. Das ist ein Kraft spendender Talisman. Zusammen mit dem Rauch, der bitteren Suppe und meiner Wundsalbe wird er dazu beitragen, dass dein Tier wieder zu Kräften kommt. Es geht ihm schon viel besser. Wenn die Wunden sich nicht entzünden, kannst du ihn in zwei bis drei Tagen mit nach Hause nehmen."
Torben lächelte glücklich.
„Ich danke dir von Herzen. Was bekommst du für deine Mühen?"
Die Kräuterhexe winkte ab.
„Zahl mir, was du für richtig hältst."
Torben nickte nachdrücklich. Das wollte er gerne tun.
Als er den Wolf wenige Tage später abholte, bedankte er sich erneut, ließ auf einem wackligen Tisch zwei Mark lübisch zurück und verabschiedete sich höflich. Als die Heilerin dieses kleine Vermögen in Augenschein nahm, schickte sie dem jungen Kaufmann einen verwunderten Blick hinterher. Dann ließ sie die schweren Münzen in den Falten ihres unförmigen Kleides verschwinden.
Torben brachte Don nach Hause, baute ihm aus weichen Decken ein bequemes Lager und verwöhnte ihn mit leckerem Hühnchenfleisch. Don aß nur wenig und schlief viel. Doch sein Zustand besserte sich täglich und Torben fiel eine schwere Last von den Schultern.
Er war so erleichtert, dass er diese gute Nachricht mit Sascha und Mathias feiern wollte. Diese ließen sich leicht zu einem Umtrunk überreden, solange Torben die Rechnung zahlte. Es wurde eine lange Nacht und Torben konnte nicht mehr mit Sicherheit sagen, wie er zu später Stunde nach Hause gekommen war.
Am nächsten Morgen bereute er den ungezügelten Abend. Sein Kopf dröhnte wie ein Amboss, als er die viel zu warme Decke von sich

wegstrampelte. Es war gleißend hell in seiner Kammer. Die letzten Tage waren so heiß gewesen, dass es sich in den Nächten kaum noch abgekühlt hatte. Sein Vater hätte ihn sicher gerügt, dass er sich die Nächte um die Ohren schlug und seine Pflichten vernachlässigte. Aber er war gerade irgendwo gen Osten unterwegs, um die guten Tuche aus Brügge an die Edelleute der Rus zu verscherbeln.
Torben war deutlich milder mit sich. Er hatte einen guten Grund gehabt, das Leben zu feiern. Außerdem hatte er die notwendigen Vorbereitungen für seinen Aufbruch längst getroffen. Jetzt blieb ihm nur, auf Sigurd mit der Bernsteinlieferung zu warten. Da konnte es nicht schaden, einige Zeit mit seinen Freunden beim Bier zu verbringen. Dabei kamen ihnen schließlich oft die besten Ideen. Allerdings konnte er sich an kaum etwas erinnern, außer dass sie viel zusammen gelacht hatten.
Irgendwo in seinem Kopf hämmerte es ausdauernd. Sein bierumnebelter Verstand versuchte sich zu sammeln. Kam dieses Klopfen etwa von der Tür? Jetzt sprang er doch auf und bereute es sogleich. Einen Moment kämpfte er mit dem Gleichgewicht und gewann. Dann hörte er laute Stimmen von unten und die junge Magd eilte auf ihn zu.
Bei seinem Anblick verharrte sie kurz. Das konnte er nachempfinden. Er musste furchtbar aussehen, denn genau so fühlte er sich. Doch dann bemerkte er ihr Grinsen und stellte fest, dass er nicht mehr als eine fadenscheinige kurze Hose trug. Übertrieben vorwurfsvoll schüttelte er den Kopf.
„Was ist denn an der Tür los? Sind es Gläubiger? Die Mongolen? Meine Freunde? Egal! Schick sie alle weg. Ich will schlafen."
Er drehte sich wieder um. Doch es war zu spät. Tobias drängelte sich an der jungen Magd vorbei und eilte auf ihn zu.
„Kaum bin ich mal einen Abend nicht dabei, schon lasst ihr es krachen", schleuderte er Torben entgegen.
„Aber deshalb bin ich nicht hier. Sigurd ist gerade im Hafen angekommen. Ich habe geholfen, seine Fracht an Land zu schaffen. Nun will er wissen, wohin damit?"
Er blickte Torben erwartungsvoll entgegen.
Dem ging das viel zu schnell. In seinem Kopf drehte sich alles. Vielleicht sollte er sich angewöhnen, vor dem Schlafengehen ein Glas Wasser zu trinken. Sascha schwor darauf, um keinen Kater zu bekommen.
Verständnislos starrte er seinen Freund an. Dann breitete er die Arme aus.
„Tobias!", rief er.

Sein Freund schnaufte ungehalten.
„Du versoffener Kerl hast kein Wort mitbekommen von dem, was ich dir gerade erzählt habe, stimmt's?"
Torben versuchte sich an einem Grinsen, das gänzlich misslang.
„Sigurd!", schmetterte Tobias ihm entgegen.
Mit einem Mal wurde Torben hellwach und schnippte mit den Fingern.
„Auf den warte ich. Sigurd!"
Tobias musste lachen.
„Musst du nicht. Der steht unten am Hafen."
Torben verzog das Gesicht.
„Warum sagst du das nicht gleich? Kannst du bitte dafür Sorge tragen, dass seine ganze Ladung hergeschafft wird? Ich habe genug Platz im Speicher."
Er dachte angestrengt nach.
„Ich muss unbedingt Katja Bescheid sagen."
Tobias war schon auf dem Weg zur Tür.
„Versuche nüchtern zu werden", riet er seinem Freund. „Auf dich wartet Arbeit."
Als die ganze Fracht samt Sigurd zwei Stunden später vor Torbens Haus stand, war dieser wieder halbwegs bei Sinnen und zudem vorzeigbar gekleidet. Frohgemut strahlte er seinem Freund entgegen, der mit langen Schritten auf ihn zuhielt.
„Willkommen zurück in Lübeck, Sigurd."
Sie umarmten sich fest und musterten einander.
„Lange Nacht?", schmunzelte Sigurd.
Torben schüttelte vorsichtig den Kopf.
„Ich habe nur versucht, die Zeit bis zu deiner Rückkehr zu überbrücken. Dafür habe ich gute Nachrichten für dich."
Er wandte sich an Tobias, der bereits abwinkte.
„Wir bringen alles im Speicher unter. Geht ihr mal ruhig in den Hof."
Torben zählte ihm einige Münzen für die übrigen Tagelöhner in die Hand, klopfte ihm auf die Schulter und ergriff Sigurds Arm.
„Komm mal mit, ich möchte dir jemanden vorstellen."
Sigurd folgte ihm neugierig.
Torben führte ihn zum Schuppen hinüber, aus dem leises Klopfen und Hämmern erklang. Er trat in die offene Tür und pochte leise an den Rahmen.
„Hast du einen Moment Zeit, Katja?"
Die junge Frau sah von ihrer Arbeit auf und nickte.
„Sicher! Was gibt es?"
„Ich möchte dir meinen Freund Sigurd vorstellen. Er ist soeben mit

einer großen Ladung Bernstein aus Elbing eingetroffen. Da wäre es doch an der Zeit, ihm mal zu zeigen, was wir damit vorhaben. Was meinst du?"

Katja lächelte erst Torben und dann Sigurd an. Anschließend nahm sie einen Stein, der vor ihr auf der Werkbank lag und säuberte diesen mit einem Lederlappen. Sie warf Sigurd den Stein zu, der ihn geschickt auffing. Nachdem er ihn ausgiebig gemustert hatte, sah er sich Katja und die kleine Werkstatt genauer an.

„Das ist unglaublich. So gut geschliffene Steine habe ich noch nicht zu Gesicht bekommen. Wo hast du dieses Handwerk gelernt?"

„Mein Vater war Goldschmied. Er hat mir alles beigebracht, was ich dafür wissen muss. Außerdem habe ich ein gutes Auge und kann aus jedem Stein etwas ganz Besonderes fertigen."

Sigurd war sprachlos.

„Wo hast du diesen Schatz aufgetrieben?", fragte er Torben, während er auf Katja deutete.

Dieser lächelte verlegen.

„Das ist eine längere Geschichte. Manchmal ist es schon erstaunlich, wie sich alles fügt. Aber mit Hilfe von Katja können wir nun die vielversprechendsten Steine vorab schleifen und in Brügge zu einem höheren Preis verkaufen. Darüber haben wir doch letztes Jahr schon gesprochen."

Sigurd nickte. Er wusste nicht, was er sagen sollte. Ihm wurde mal wieder bewusst, dass er sich keinen besseren Partner an seiner Seite wünschen konnte. Statt einer Antwort trat er auf Katja zu und breitete die Arme aus.

„Herzlich willkommen, Katja."

Es war bereits Mittag, als die Ladung Bernsteine sicher im Speicher verwahrt war. Sigurd und Torben liefen noch immer aufgeregt zwischen den gestapelten Waren umher. Torben zeigte seinem Freund voller Stolz die schönsten Felle und Sigurd wies ihn auf einige besonders große Bernsteine hin, so dass sie immer wieder ins Staunen gerieten.

Am nächsten Tag nahmen sie sich die prachtvollsten Bernsteine vor und brachten sie in einer großen Kiste zu Katja in die Werkstatt.

„Was hältst du von dieser Auswahl?", fragten sie neugierig.

Bei dem Anblick begannen Katjas Augen zu leuchten.

„Damit müsste ich etwas anfangen können", entgegnete sie verschmitzt.

„Steht schon fest, wann ihr nach Brügge aufbrecht?"

„Wir haben jetzt Mitte Juli", entgegnete Sigurd. „Torben und ich haben abgemacht, dass wir spätestens Ende des Monats in See stechen

wollen. Dann haben wir fast den ganzen August Zeit, um in Brügge unseren Geschäften nachzugehen."
Katja ließ ihren Blick über die Steine gleiten und überlegte angestrengt.
„Ich will euch nicht zu viel versprechen. Aber in zwei Wochen sollte ich schon eine ganze Menge davon veredelt haben."
Die beiden Männer wirkten erleichtert.
„Bernstein lässt sich gut verarbeiten", erklärte Katja ihnen. „Wenn ihr Lust habt, zeige ich euch, wie es geht."
Sigurd und Torben rückten dichter.
„Was genau hat dein Vater eigentlich für Schmuckstücke gefertigt?", fragte Sigurd leise. „Ich habe noch nie einem Goldschmied bei der Arbeit zugesehen", gestand er ihr.
Katja lächelte, während sie einen Bernstein aussuchte und diesen mit geschickten Händen in einen Schraubstock einspannte.
„In der Regel hat er Auftragsarbeiten für Schmucklieferanten übernommen. Darunter waren kostbare Broschen, Ringe und Ketten. Also alles, was das Herz einer edlen Dame höherschlagen lässt."
Sie überlegte kurz.
„Manchmal war auch die Kirche sein Auftraggeber. Für die St. Jacobi Kirche hat er einige liturgische Gegenstände gefertigt."
Sie bemerkte Sigurds fragenden Blick und fuhr erklärend fort.
„Dazu gehören kostbare Kreuze und veredelte Hostienteller. Davon konnten die Kirchenleute gar nicht genug bekommen. Als die Äbte der Petrikirche dies sahen, haben sie meinen Vater ebenfalls mit Aufträgen überhäuft. An Geld kann es den Kirchen wahrlich nicht mangeln. Sie bestellten einige dreiarmige Kerzenleuchter, die wohl an die dreischiffige Kirchenhalle erinnern sollten. Außerdem erinnere ich mich an kostbare Kelche, von denen man kaum den Blick abwenden konnte. Aber auch einen Altarvorsatz hat mein Vater gefertigt, um den Glanz der Kirche während der Andacht zur Geltung zu bringen."
Torben schüttelte den Kopf.
„Diese Pfaffen predigen Demut und Entbehrungen auf Erden. Dabei behängen sie sich mit kostbaren Gewändern und goldenem Schmuck, um auf ihre Schäfchen tüchtig Eindruck zu machen. Mit all diesem Geld könnte man die Armen Lübecks durch so manch harten Winter bringen."
Sigurd schmunzelte amüsiert. Schon auf dem Kriegszug war ihm aufgefallen, dass Torben auf die Kirche nicht gut zu sprechen war. Sollte er ruhig! Sigurd hingegen ging regelmäßig in die Kirche und ließ sich dort von der feierlichen Stimmung und der Vertrautheit innerhalb der Gemeinde einlullen.
Katja allerdings starrte ihn verblüfft an. Solch gotteslästerliches

Gerede war neu und ungewohnt für sie. Beinahe hätte sie das Kreuzzeichen geschlagen. Doch dann fiel ihr auf, dass auch ihre Erfahrungen mit der Kirche durchwachsen waren. Niemals würde sie den Priester vergessen, der ihr bei ihrer Beichte unterstellt hatte, sie selbst wäre schuld daran, dass ihr Onkel sich an ihr vergriff. Plötzlich war sie sich nicht mehr so sicher, ob sie Torbens Worte verurteilen sollte.
Kurz verlor sie sich in ihren Gedanken, bis ihr auffiel, dass Torben und Sigurd sie erwartungsvoll anblickten. Erst da fiel ihr wieder ein, dass sie den beiden zeigen wollte, wie sie den Bernstein zu verarbeiten gedachte. Sie blies sich eine Locke aus dem Gesicht und widmete sich dem Bernstein, der noch völlig glanzlos wirkte.
„Sprünge und Risse im Stein mindern seine Qualität", erklärte sie den beiden, die aufmerksam zuhörten.
„Als erstes werde ich diese Steine mit der Feile bearbeiten und polieren. Seht mal! Mit kreisenden Bewegungen schleife ich die Verwitterungskruste ab. Dabei kommt es auf große Sorgfalt an. Andernfalls bekommt der Stein tiefe Kratzer. Mein Vater hat viel ausprobiert, um beim Schleifen das beste Ergebnis zu erzielen. Wusstet ihr, dass man die Haut eines Hais zum Schmirgeln verwenden kann?"
Sigurd und Torben schüttelten den Kopf.
„Natürlich ist so etwas nicht ganz leicht zu bekommen. Daher behalf mein Vater sich oft mit Muscheln."
„Warum gerade Muscheln?", fragte Torben.
„Sie sind rau und sehr fest", entgegnete Katja. „Wenn man sie geduldig zerstoßen hat, kann man damit immer wieder die unterschiedlichsten Materialien abschleifen. Gut eignet sich auch Sand. Am Meer findet ihr grobkörnigen Sand, der im ersten Schritt den gröbsten Dreck wegschmirgelt. Im nächsten Durchgang nimmt man dann ganz feinen weißen Strandsand und entfernt den Rest. Etwa so, seht ihr?"
Sie hielt ihnen den Stein hin, den sie während ihrer Erklärungen unermüdlich bearbeitet hatte.
„Warum tauchst du ihn währenddessen immer wieder ins Wasser?", fragte Sigurd nach einer ganzen Weile.
„Damit der Stein nicht überhitzt", entgegnete sie. „So vermeide ich Kratzer. Deshalb ist die Oberfläche jetzt vollkommen eben. Fühlt mal."
Torben und Sigurd strichen mit den Fingern darüber und nickten beeindruckt.
„Das ist ja großartig, Katja. Ist der Stein jetzt fertig?"

Katja schüttelte den Kopf.
„Noch lange nicht. Jetzt erfolgt die Politur. Dazu verwende ich Kreideschlamm, den ich auf ein Leinentuch auftrage. Zum Schluss poliere ich den Stein mit einem Lederlappen."
Sigurd blies die Wangen auf.
„Es hat schon seinen Grund, warum mein Vater sich nie damit beschäftigt hat. Dafür fehlte ihm einfach die Geduld und vor allem eine ruhige Hand. Vielen Dank, dass du uns die Augen geöffnet hast, Katja. Wir sind sehr froh, dich bei uns zu haben."
Er nickte ihr respektvoll zu.
„Dann leg mal los. Wir werden dich nicht länger von der Arbeit abhalten."
Katja wusste nicht, wo sie anfangen sollte. Es waren so viele Steine und jeder davon hatte etwas Einzigartiges an sich. Bei einigen Stücken wusste sie sofort, wie sie es angehen wollte. Bei dem einen oder anderen war sie ein wenig ratlos. Aber sie hatte ja auch noch Zeit. Einige legte sie sich zur Seite, um etwas ganz Besonderes daraus zu machen. Voller Eifer stürzte sie sich in die Arbeit.

Die letzten Julitage vergingen wie im Flug. Manchmal wurde es so heiß, dass Torben sich mit Don in den Schatten zurückzog und ihm eine Schüssel Wasser hinstellte. Der Wolf schien genau zu wissen, dass etwas Großes bevorstand. Er wirkte unruhiger als sonst und blickte ihn immer wieder lange an. Allerdings hatte Torben keine Ahnung, woher sein Tier das wissen sollte.
Nachdem sich die brütende Hitze eines weiteren Sommertages gelegt hatte, tauchte Katja in der Tür ihrer Werkstatt auf und winkte Sigurd und Torben zu sich herüber.
„Wollt ihr euch mal ansehen, was ich mit euren kostbaren Steinen angestellt habe?"
Die beiden sprangen sofort von ihren Hockern auf und folgten ihr. Die Werkstatt stand mittlerweile im Schatten, so war es etwas erträglicher geworden. Vor der Fensteröffnung hatte Katja ein feuchtes Tuch gespannt, das ein wenig Abkühlung brachte.
Torben wischte sich den Schweiß von der Stirn.
„Jetzt bin ich aber gespannt", murmelte er.
Katja schmunzelte. Ihre Wangen waren mit einem leichten Rot überzogen. Sie sah hinreißend aus. Torben konnte schon verstehen, dass Sascha sich in sie verliebt hatte.
Dann zog sie eine hübsche Holzschatulle hervor und ließ die beiden einen Blick hineinwerfen. Torben und Sigurd sahen eine funkelnde Farbenpracht, die sie staunen ließ. Die Steine waren größer als die

meisten der gewöhnlichen Bernsteine. Jeder von ihnen leuchtete in ganz besonderen Farben. Sie griffen sich wahllos einige heraus und drehten sie in den Händen.
„Haltet sie gegen das Licht!“, forderte Katja sie auf.
Sigurd sprang auf, ging nach draußen, hielt den Stein hoch in die Luft und blinzelte in die Sonne. Torben tat es ihm gleich. Katja konnte hören, wie sie nach Luft schnappten.
„Das ist unglaublich, Katja“, rief Sigurd. „Du hast es geschafft, jeden Stein in ganz besonderen Farben leuchten zu lassen. Die meisten glitzern in bräunlichen oder beigen Farbtönen. Der hier wirkt grünlich und an einigen Stellen fast orange. Aber ich sehe auch weiße, schwarze sowie rötliche Steine. Dieses Funkeln raubt mir den Atem!“
Er ließ die Hände wieder sinken und kehrte in die Werkstatt zurück.
„Mein Vater handelt seit vielen Jahren mit dieser Ware. Aber so etwas hat er mit Sicherheit noch nie gesehen. Sonst würde er meine Entscheidung, die Steine zu bearbeiten und zu schleifen, nämlich nicht mehr anzweifeln.“
Ein bitterer Unterton hatte sich in seine letzten Worte geschlichen. Doch die Begeisterung über die hohe Qualität von Katjas Arbeit gewann schnell wieder die Oberhand.
Auch Torben sah sie beeindruckt an.
„Ich habe noch mehr für euch“, murmelte sie verlegen.
„Ich dachte mir, wenn eure Verhandlungen mal ins Stocken geraten, überredet ihr eure Geschäftspartner mit etwas Außergewöhnlichem. So hat mein Vater es gemacht und er hatte meistens Erfolg damit.“
Sie zog einige Ketten hervor, an denen sorgfältig geschliffene Bernsteine als Talisman hingen. Einige waren klein und federleicht. Andere wogen so viel wie ein kleiner Apfel und waren fast so breit wie ihre Hand.
„War es schwer, die Steine zu durchbohren, um so winzige Löcher entstehen zu lassen?“, fragte Torben neugierig.
Katja nickte und holte einige ihrer Werkzeuge hervor.
„Es gehört eine ruhige Hand und viel Übung dazu. Bernstein ist sehr druckempfindlich und die Gefahr, dass etwas absplittert, ist hoch. Aber ich habe sie mit aller Vorsicht behandelt und sie vorher mit einem Baumwolltuch und Schlämmkreide poliert, um jede Unreinheit oder Kante zu entfernen. Mit Flusswasser wird dann alles abgewaschen und anschließend funkeln sie mit der Sonne um die Wette. Aber das Besondere an diesen Steinen sind die Einschlüsse. Habt ihr sie euch schon genauer angesehen?“
Torben war vom Glitzern der Steine so angetan, dass er erst jetzt entdeckte, was Katja meinte.

„Wie kann so etwas Schönes entstehen?“, fragte er ungläubig.
„Das ist versteinertes Harz“, erwiderte Sigurd leise. „Daher kann es vorkommen, dass Pflanzenteile oder Insekten darin eingeschlossen wurden. Ich habe so etwas schon gesehen, aber noch nie so schön wie hier.“
Katja fühlte sich geschmeichelt. „Seht euch mal diesen hier an. Da ist ein Wassertropfen eingeschlossen, der sich im Innern bewegt.“
Sie starrten fasziniert auf das Kunstwerk.
„Aber ich habe noch mehr für euch“, riss sie die beiden aus ihrem Staunen. Sie wickelte eine Gebetskette aus einem Tuch. Sie bestand aus einer Reihe sorgfältig angepasster Bernsteine. Zwischen jeden Bernstein hatte sie einen feinen Knoten geknüpft, der verhinderte, dass bei einem Zerreißen alle Steine herausfielen.
„Jeder Priester wird uns seine komplette Kollekte in die Hand drücken, damit er bei seinen Gebeten diesen Rosenkranz durch seine Finger gleiten lassen kann“, murmelte Sigurd andächtig.
Torben nickte voller Überzeugung.
„Zumal dieser Bernstein auch heilende Eigenschaften hat. Laut der alten Frau, die Don das Leben gerettet hat, spendet dieser Stein seinem Träger Kraft.“
Sigurd verzog schmunzelnd die Mundwinkel.
„Das sollten wir auf keinen Fall zu erwähnen vergessen, wenn wir in Brügge mit unseren Abnehmern verhandeln.“
Katja zeigte ihnen noch eine kleine Auswahl an Ohrringen, Ringen und Broschen, die sie in den letzten Tagen angefertigt hatte.
„Hier habe ich das Silber verwendet, das ich neulich auf dem Markt gekauft habe. Es sieht jetzt viel besser aus als die Stücke, die ich dort erworben habe.“
Torben räusperte sich.
„Wie wir es besprochen haben, bekommst du, Katja, für jeden der bearbeiteten Bernsteine ein Drittel vom Verkaufserlös. Und wenn ihr mir die Bemerkung erlaubt: Es war eine unserer besten Entscheidungen, dich in unser Vorhaben einzubinden. Dein handwerkliches Geschick und dein Blick für die Besonderheiten der Materialien machen unsere Ware zu etwas Außergewöhnlichem. Danke, Katja!“

Zwei Tage vor ihrem Aufbruch stattete Torben noch einmal der Spelunke *Zum wilden Keiler* einen Besuch ab. In den letzten Monaten hatte er sich hin und wieder mit Silke getroffen. Er musste aber zugeben, dass er aus dieser Frau nicht schlau wurde. Ihre unbeteiligte Art war ihm noch immer ein Rätsel. Selbst wenn sie sich wochenlang nicht gesehen hatten, wollte sie nie mehr über ihn wissen und stellte auch keine Fragen. Es genügte ihr völlig, dass sie einige Stunden miteinander verbrachten. Dann hatte sie wieder genug von ihm und ging ihrer eigenen Wege.

An diesem Abend wollte er sich von ihr verabschieden, denn seine Handelsfahrt würde einige Monate dauern. Er betrat den großen Schankraum, der trotz der frühen Stunde bereits gut besucht war, und sah sich suchend um.

Silke hatte ihn jedes Mal auf eine andere Art und Weise begrüßt. Manchmal zwinkerte sie ihm im Vorbeilaufen neckisch zu. Einmal hatte sie ihn stundenlang ignoriert. Dann wiederum kam sie mit wiegenden Hüften auf ihn zu und küsste ihn schamlos. Beim letzten Mal hatte sie sich mit einem Jubelschrei auf ihn gestürzt und so fest mit ihren Beinen umklammert, dass ihm die Luft weggeblieben war. Er war gespannt, wie ihr Wiedersehen heute verlaufen würde. Noch während er darüber nachdachte, kam sie bereits direkt auf ihn zu. Ihr Blick verriet nichts Gutes.

„Du gehst besser wieder. Es ist zu gefährlich, wenn du bleibst."

„Warum?"

Sie stieß einen Zischlaut aus, wandte sich ab und kehrte zum Tresen zurück. Torben blickte sich irritiert um. So hatte er sich ihr Zusammentreffen nicht vorgestellt. Er wusste, dass Silke ein wenig launisch war und es liebte, Spielchen zu spielen. War das wieder eines ihrer Spiele?

Er beschloss ihre Warnung zu ignorieren und schob sich weiter in Richtung Theke. So einfach würde er sich nicht hinauswerfen lassen. Eine ganze Weile stand er am Tresen, bis sie ihm mit schwer zu deutender Miene einen Becher Bier entgegenschob. Dabei achtete sie darauf, ihm nicht zu nahe zu kommen. Flackerte da Angst in ihren Augen? Die ganze Situation kam Torben merkwürdig vor.

Von links schob sich ein massiger Kerl näher heran. Vor ihm stob die Schar der anderen Besucher auseinander, wie bei einem Schiff, das die Wellen teilte.

Torben hatte diesen Mann schon einmal gesehen. Wo war das bloß gewesen? Es war schwer sich zu erinnern, während der missgelaunte Bursche mit finsterem Gesicht unaufhaltsam auf ihn zusteuerte.

Jetzt fiel es ihm ein! Das war einer der Arbeiter, die er auf einem Baugerüst an der Marienkirche gesehen hatte. Der Rat der Stadt hatte an der Südost-Ecke des Chorumgangs eine eigene Kapelle in Auftrag gegeben. Torben hatte sich die Arbeiten einige Male näher angesehen. Obwohl diese noch lange nicht abgeschlossen waren, konnte man die Fortschritte im Mauerwerk am Wechsel der glasierten und unglasierten

Backsteine bereits deutlich erkennen.
Das war schwere körperliche Arbeit, wie Torben genau einzuschätzen wusste. Davor hatte er gehörigen Respekt. Auch wenn nicht sicher war, dass dieses Bauwerk zu seinen Lebzeiten fertiggestellt würde. Um seinen Lebensunterhalt musste sich dieser Kerl nicht sorgen. In Lübeck wurde an jeder Ecke gebaut. Und gute Handwerker wurden immer gesucht.
Der Kerl schob sich am Tresen entlang und hatte Torben nun fast erreicht. Direkt vor ihm blieb er stehen. Seine blutunterlaufenen Augen waren schwarz und drohend. Bestimmt hatte er dem Bier schon kräftig zugesprochen.
„Aus dem Weg, Bursche!"
Torben verzog verärgert das Gesicht. Hatte der Halunke ihn gerade *Bursche* genannt? Er hatte nun wirklich nichts getan, was eine solch rüde Ansprache rechtfertigte. Es irritierte ihn, dass ausgerechnet er es war, mit dem jemand Streit suchte. Das war ihm schon lange nicht mehr passiert. Schließlich war er mit seinen gut zwanzig Jahren groß, kräftig und breitschultrig. Zudem wusste er sich seiner Haut zu wehren, wenn es darauf ankam.
Als junger Kerl war er in etliche Schlägereien verwickelt worden und hatte dabei einiges gelernt. Doch am meisten hatte er sich von Ranulf und Fisker abgeguckt. Es hatte ihn beeindruckt, dass diese zwei erfahrenen Söldner sich niemals provozieren ließen. Außerdem verloren sie nie die Übersicht, egal wie hitzig die Auseinandersetzung auch wurde.
Der Störenfried schnaufte verächtlich und schob sich so dicht an Torben vorbei, dass dieser den kalten Schweiß des Mannes riechen konnte.
Torben rollte mit den Augen, ergriff sein Bier und blickte sich suchend um. Er entdeckte einen freien Tisch in der hintersten Ecke und setzte sich in Bewegung. Noch während er sich durch eine Gruppe Handwerker und Tagelöhner schob, tauchte der Kerl erneut vor ihm auf. Er rempelte Torben unsanft mit der Schulter an, so dass dieser ein wenig Bier verschüttete. Dabei grinste er gehässig.
Noch immer zügelte Torben seinen Zorn. Mittlerweile war ihm klar, dass dieser Kerl es darauf anlegte, einen Streit vom Zaun zu brechen.
„Hat man dir nicht beigebracht, sich zu entschuldigen?"
Der Kerl maß ihn mit einem abschätzigen Blick und fuhr ihn an: „Störenfriede wie dich können wir hier nicht brauchen. Pass bloß auf, sonst setzt es eine Tracht Prügel."
Torben blickte sich um. Ein Dutzend Seeleute beobachtete sie aufmerksam und witterte den Ärger, der unheilvoll in der Luft lag.

Torben blickte zu Silke, die damit beschäftigt war, weitere Becher mit Bier zu füllen. Sie hob leicht die Schultern und bedeutete ihm: *Ich habs dir ja gesagt.*
Nun bekam Torben endgültig schlechte Laune. Der Kerl war einen halben Kopf kleiner als er. Dafür etwas stämmiger. Zudem wog er bestimmt zwanzig Pfund mehr. Auf seinem kurzen Hals befand sich ein kahlrasierter Schädel, was ihn noch gefährlicher wirken ließ. Torben bemerkte seine großen, derben Hände, denen man ansah, dass er schwer für sein Auskommen arbeitete. Jetzt grinste dieser voller Vorfreude, während sich seine Hände erwartungsvoll schlossen und wieder öffneten.
Torben seufzte laut, während er den Störenfried musterte. Ihm kamen Fiskers Worte in den Sinn, der ihm einmal geraten hatte, seinen Gegner zu reizen, damit dieser so wütend wurde, dass er jegliche Vorsicht fahren ließ.
„Ein wenig ungeschickt, was? Kann ja mal passieren. Und jetzt troll dich und störe die Zecher dort hinten am Tresen. Einverstanden? Ich will in Ruhe den Rest von meinem Bier trinken. Außerdem hasse ich schlechte Gesellschaft. Noch dazu so ausgesprochen hässliche…"
Der Arbeiter starrte ihn verblüfft an. Sein Verstand brauchte einen Moment, um das Gesagte zu verarbeiten. Dann lief er rot an und schob sich drohend einen Schritt näher.
„Sag das noch mal!"
Torben stellte das Bier auf einem der angrenzenden Tische ab und wandte sich dem Mann zu.
„Nicht nur hässlich, sondern auch taub?" Er schüttelte mitleidig den Kopf. „Setz dich wieder hin, Lockenköpfchen. Sonst nimmt das noch ein böses Ende mit dir."
Seine Stimme klang ausgesprochen fröhlich. Man musste schon genau hinhören, um die Drohung herauszuhören.
„Dafür bezahlst du", knurrte der Arbeiter unbeherrscht und voller Zorn. „Komm mit raus, du Feigling! Ich ramme dich in den Boden. Du wirst jedes Wort bereuen, wenn ich mit dir fertig bin."
Torben musterte seine Umgebung. Unter den Gästen befanden sich weitere Arbeiter, die jedoch keine Anstalten machten, sich an der Auseinandersetzung zu beteiligen. Das gab ihm Hoffnung. Er rieb sich seine vom Bier bekleckerten Hände an der Hose trocken und erwiderte den Blick mit einem Lächeln, das seine Augen jedoch nicht erreichte.
„Du gibst ja doch keine Ruhe. Bringen wir es hinter uns. Viel kaputt machen kann ich in deinem Gesicht sowieso nicht."
Er folgte dem Kerl nach draußen. Während er die Ärmel

hochkrempelte, ließ er seinen Kontrahenten nicht aus den Augen. Dieser war einige Jahre älter. Sein Gesicht war breit. Die Nase wirkte, als wäre sie schon mal gebrochen worden. Alles in allem kein Mann, den man sich zum Gegner wünschte. Sascha hätte ihn vor diesem Kerl sicher gewarnt und sich selbst als freiwilligen Kämpfer angeboten. Er liebte es, seine Kräfte mit anderen zu messen. Aber Torben hatte keine Wahl. Nicht im Traum dachte er daran, klein beizugeben. Noch immer verstand er nicht, was der Kerl ausgerechnet von ihm wollte. Aber nun war es an der Zeit, diese Gedanken auszublenden. Denn er wollte dieses Handgemenge ohne größere Blessuren überstehen.
Sein Gegner zog den Rotz hoch und spuckte zu Boden. Voller Hass ballte er die Fäuste und schnaufte wie ein Stier, der ein rotes Tuch sah. Je wilder sich der Kerl gebärdete, desto ruhiger wurde Torben. Das fiel ihm keineswegs leicht. Um nichts auf der Welt wollte er in die Hände dieses Rohlings geraten. Doch der lange Kriegszug in Dänemark hatte ihn vieles gelehrt, was er hier anzuwenden gedachte. Angst half nur dem Feind. Deshalb verschwendete er nicht einen Gedanken an eine Niederlage. Stattdessen erinnerte er sich an Fiskers Worte, nachdem dieser einen Faustkampf gegen einen erfahrenen Söldner gewonnen hatte.
Einen Wimpernschlag später marschierte der Arbeiter direkt auf ihn zu, als wollte er durch ihn hindurchlaufen. Dabei hatte er die Fäuste hochgereckt und feuerte einen ersten Hieb auf ihn ab. Torben riss den Kopf zurück und sprang zur Seite. Die Faust streifte seinen Kopf und traf sein Ohr. Sofort durchzuckte ihn ein scharfer Schmerz. Der Kerl warf sich herum, marschierte weiter und schlug erneut zu. Es lag so viel Kraft in diesem Schlag, dass ein einziger Treffer ausreichen würde, um ihn in den Staub zu schicken. Torben ließ ihn an sich vorbeigleiten und trat ihm mit voller Wucht gegen das Knie. Der Kerl stieß einen Schmerzenslaut aus und ließ kurz die Deckung sinken. Sogleich war Torben heran und schlug ihm in den Magen. Doch das war keine gute Idee. Es war, als hätte er gegen eine Mauer geboxt. Es fehlte nicht viel und er hätte sich die Hand gebrochen. Sein Gegner lachte höhnisch und schlug ihm in die Rippen. Es knackte vernehmlich. Obwohl der Schlag nicht die volle Kraft gehabt hatte, wurde Torben kurz schwarz vor Augen. Mit aller Selbstbeherrschung versuchte er die Übelkeit zurückzudrängen, die über ihn hinwegspülte.
Erneut rollte der Arbeiter auf ihn zu. Einen Moment zögerte Torben. Seine Hand strahlte so heftige Schmerzen aus, dass er es für besser hielt, sie zu schonen. Erneut fielen ihm Fiskers Worte ein, dass der Ellenbogen im Zweikampf die bessere Wahl wäre.

Im letzten Augenblick tauchte Torben unter dem Schwinger des Bullen hindurch, verringerte die Distanz und schlug dem Kerl seinen Ellenbogen mit vollem Schwung auf den Kopf. Der Mann wankte kurz. Seine Augen wirkten mit einem Mal glasig. Doch dann schüttelte er sich kurz und pumpte seinen gewaltigen Brustkorb mit Luft voll. Torben wurde blass, doch er gab nicht auf. Blitzschnell schlug er ihm den rechten Ellenbogen an die Schläfe. Er hatte so fest zugeschlagen, wie er konnte. Wenn das nicht reichte, wusste er sich keinen Rat mehr. Sein Gegner ruderte mit den Fäusten durch die Luft. Seine Augen irrten umher. Dann geriet er in Schieflage und fiel wie ein gefällter Baum zu Boden.

Torben stieß angestrengt die Luft aus. Seine Hand schwoll bereits an. Das Atmen verursachte ihm Schmerzen. Einzig seinem Ellenbogen ging es hervorragend.

Misstrauisch blickte er zu dem Arbeiter, der sich nicht mehr regte. Hinter ihnen kam der Wirt aus der Spelunke und hatte einen Eimer Wasser in den Händen. Er goss den Inhalt über dem Arbeiter aus und wartete, bis dieser sich unbeholfen reckte.

„Ich dachte schon, du hättest ihn totgeschlagen“, brummte er leise. „Nicht, dass es schade um ihn wäre. Der Kerl macht nur Ärger.“

Zwei Tagelöhner zogen den Arbeiter an die Bretterwand der Spelunke. Dort saß er in sich zusammengesackt und versuchte wieder Herr seiner Sinne zu werden. Torben beobachtete, wie er sich über den schmerzenden Schädel fuhr. Er schien noch nicht so recht verstanden zu haben, was da gerade vorgefallen war.

Doch Torben hatte genug gesehen und ging wieder hinein. Einige Seemänner nickten ihm anerkennend zu. Ein hochgewachsener Tagelöhner schlug ihm krachend die Hand auf den Rücken und ließ ein raues Lachen ertönen.

„Das nächste Mal sucht er nicht so leichtfertig Streit. Vielleicht sieht er sich seinen Gegner genauer an, bevor er ihn provoziert.“

Torben nickte knapp und hielt sich unauffällig die linke Seite, wo ihn der Schlag getroffen hatte. Sie fühlte sich taub an. Aber wenigstens bekam er Luft. Sein Ohr hingegen brannte, als stünde es in Flammen. Erneut fühlte er Zorn in sich aufsteigen. Mit zusammengebissenen Zähnen drängte er sich durch die Menge zum Tresen.

Silke blickte kurz von ihrer Arbeit auf. Sie wirkte überrascht, ihn auf den Beinen zu sehen. Gleich darauf schenkte sie ihm ein verschmitztes Lächeln.

„Erklär mir doch mal, was es damit auf sich hatte?“, grollte er. „Ich werde das Gefühl nicht los, dass du hier deine Finger im Spiel hattest und genau wusstest, was mich erwarten würde.“

Nachdem sie den Becher vor sich gefüllt hatte, bedeutete sie ihm mit einem Augenaufschlag, ihr an den Rand des Tresens zu folgen.
„Dieser Grobian, mit dem du da aneinandergeraten bist, ist mein zukünftiger Mann."
Torben riss verblüfft die Augen auf. Beinahe hätte er gelacht, so komisch kam ihm diese überraschende Wendung vor.
„Ist das dein Ernst? Und wann hattest du vor, mir das zu sagen? Warum willst du ausgerechnet diesen Kerl heiraten?"
Sie musterte ihn distanziert und hob die Schultern.
„Er hat mich gefragt und ich habe ja gesagt. Sein Lohn reicht für uns beide. Schließlich will ich nicht mein ganzes Leben hinter diesem Tresen stehen."
Torben ließ sie nicht aus den Augen. Silke hatte sich bisher nie in die Karten schauen lassen, wie es um ihre Gefühle stand. Sie hatte immer den Eindruck gemacht, ganz gut allein zurechtzukommen.
„Das kommt ein wenig überraschend", gab er zu. „Bisher wolltest du frei sein."
Sie nickte und griff nach seiner Hand, die unter der Berührung schmerzte. „Ich weiß. Aber ich will wissen, wie sich das anfühlt, eine ehrenwerte Frau zu sein. Und wenn es nicht klappt, probiere ich was anderes. Du kennst mich doch", zwinkerte sie ihm zu.
Torben schüttelte lächelnd den Kopf. Diese Seite von Silke war ihm schon eher vertraut.
„Und warum ist der Kerl wie ein Stier auf mich losgegangen? Er hätte es doch erst mal mit Reden versuchen können."
Silke blickte ihm tief in die Augen.
„Mein Zukünftiger ist halt sehr eifersüchtig und wollte dich am liebsten tot sehen."
Torben gab sich damit nicht zufrieden.
„Aber warum? Da muss doch mehr dahinterstecken. Heraus damit!"
Silkes Lippen umspielte ein anzügliches Lächeln. „Also wenn du es genau wissen willst: Er ist furchtbar wütend, weil ich immer deinen Namen schreie, wenn wir uns auf seinem Nachtlager wälzen."
Torben starrte sie erschrocken an.
„Warum tust du so etwas?"
„Weil es Spaß macht."
Sie schmunzelte und Torben schüttelte den Kopf. Dass dieses Mädchen gefährlich verrückt war, hatte ihn eine ganze Weile gereizt. Doch nun war es an der Zeit, einen Schlussstrich zu ziehen.
„Ich bin eigentlich nur gekommen, um dir zu sagen, dass ich die Stadt für längere Zeit verlassen werde. Aber jetzt ist es ein Abschied für immer. Wir werden uns nicht wiedersehen. Ich wünsche dir, dass du

glücklich mit deinem Versprochenen wirst."
Silke lächelte ihn an.
„Danke für deine Worte und dass du es mir nicht übelnimmst. Es war wirklich eine schöne Zeit mit dir, Torben. Aber eines musst du noch lernen."
Er hob die Augenbrauen und blickte sie zweifelnd an. Er war sich nicht sicher, ob er hören wollte, was sie ihm zu sagen hatte.
„Du grübelst zu viel. Machst immerzu Pläne und bist mit deinen Gedanken ganz woanders. Das Leben ist schwer genug. Man muss nicht alles so ernst nehmen. Niemand kann sagen, was der morgige Tag bringt. Also hör auf zu grübeln und genieße den Moment."
Torben hatte eine gute Ausbildung genossen und war schon ein wenig in der Welt herumgekommen. Aber solche erhellenden und tiefgründigen Dinge sagte ihm ausgerechnet ein junges Mädchen, das noch nie die Nase außerhalb Lübecks gestreckt hatte. Fast musste er schmunzeln. Doch tief in seinem Innern wusste er, dass sie nicht ganz falsch lag.
Statt einer Antwort drückte er ihr die Hand und wandte sich ab. Ihren Blick spürte er noch in seinem Nacken, als er die Tür erreicht hatte. Schwungvoll stieß er sie auf und verschwand in der warmen Nacht.

Am nächsten Tag trafen schon am frühen Morgen Sascha, Tobias und Mathias bei Torben und Sigurd ein. Sie machten große Augen, als auch noch Ranulf, Fisker und Sören dazustießen.
Die Männer begrüßten einander lautstark. Sie freuten sich, ihre alten Kameraden wiederzutreffen. Auf dem Kriegszug nach Dänemark hatten sie manches Abenteuer zusammen erlebt. Sören hingegen musterten sie neugierig. Ihn kannten sie nicht näher. Er musste sich ihr Vertrauen erst verdienen.
Torben hieß die Neuankömmlinge willkommen. Er hatte nicht nur Sören einen Boten geschickt, um ihn über den Zeitpunkt ihres Aufbruchs zu informieren. Vor einigen Wochen hatte er auch beim Rat der Stadt nach dem Verbleib von Ranulf und Fisker geforscht. Dort hatte man ihm schnell weiterhelfen können, so dass einem Wiedersehen nichts im Wege stand.
Nachdem sich alle begrüßt hatten, gingen sie mit frischem Eifer ans Werk. Gemeinsam verluden sie die Waren und verbrachten Stunden damit, diese zum Hafen zu bringen und dort im Frachtraum einer geräumigen Kogge zu verstauen. Marco erwartete sie bereits an Bord und trieb sie unermüdlich zur Eile an.
Die Arbeit war schwer und sie vergossen einige Schweißtropfen dabei. Doch trotz der schweren Lasten tauschten sie so manchen derben

Scherz aus und hatten Spaß dabei. Sie alle waren von der Aufregung gepackt, die eine längere Reise mit sich brachte. Einige von ihnen waren noch nie zuvor in Brügge gewesen. Einen der größten Handelsplätze mit eigenen Augen zu sehen und sich dabei ein hübsches Sümmchen zu verdienen, war für sie ein großer Ansporn. Einzig Stefan schaute unglücklich drein. So ganz hatte er noch nicht verwunden, dass er mit Maik allein in Lübeck zurückbleiben musste und ein solches Abenteuer an ihm vorbeizog.
„Viel Glück", murmelte er seinem Freund Roman zerknirscht zu und hielt ihm die Hand hin. Roman strahlte voller Vorfreude. Vor Aufregung hatte er die letzte Nacht kaum geschlafen. Schwungvoll ergriff er die dargebotene Rechte und schüttelte sie kräftig.
„Mach dir nichts daraus. Beim nächsten Mal bist du an der Reihe. Bestimmt führt Torben seine nächste Reise in weit entlegene Länder. Dann wirst du über die Geschichten, die wir dir nach unserer Rückkehr erzählen, nur müde lächeln."
Er boxte ihm kameradschaftlich an die Schulter und erstmals stahl sich ein Lächeln in Stefans Gesicht.
„Wie weit sind wir?", fragte Marco, der kräftig mitangepackt hatte und nun einen prüfenden Blick zum Himmel warf.
„So gut wie fertig", erwiderte Torben. „Die Fässer mit den Fellen und die Bernsteinkisten liegen fest verzurrt im Frachtraum. Wir haben zwei Fässer mit Trinkwasser an Bord und soeben wurden auch Brot, Äpfel, Wurst und Käse verladen. Für euch Halunken habe ich sogar noch drei prallgefüllte Schläuche mit gutem Bier an Bord genommen. Das müsst ihr euch allerdings erst verdienen."
Seine Männer strahlten ihn an.
„Solche Aussichten lassen mein Herz höherschlagen", brummte Tobias zufrieden. „Ich habe in diesem Sommer schon eine Menge Koggen be- und entladen. Aber endlich wieder mit diesem verschworenen Haufen auf Fahrt zu gehen, ist doch eine ganz andere Sache. Manchmal kommt es mir überhaupt nicht wie Arbeit vor."
Marco lachte dreckig.
„Vielleicht hast du einfach nicht hart genug mitangepackt?"
Tobias schmunzelte anerkennend und fiel in das launige Lachen ein.
Sören kratzte sich nachdenklich am Kopf.
„Was genau haben wir eigentlich mit den fünf Armbrüsten vor, die da gut verpackt im Frachtraum liegen? Ihr habt mir erzählt, das wird eine einfache Handelsfahrt nach Brügge. An diesem Plan hat sich doch nichts geändert, oder? Nicht, dass ihr beschlossen habt, unterwegs dem Handwerk der Piraten nachzugehen. Ich habe nämlich selten ein so gut gerüstetes Schiff gesehen."

Torben sah ihn ernst an.
„Wir sind Händler. Aber solche, die sich ihrer Haut zu wehren wissen, wenn es irgendwelches Gesindel nach unserem Besitz gelüstet. Mein Vater hätte bestimmt auch gern ein paar Armbrüste an Bord gehabt, als es die Piraten auf sein Schiff abgesehen hatten. So etwas soll uns nicht passieren."
Sören nickte bedächtig.
„Sollte es hart auf hart kommen, will ich eine haben. Ich kann damit nämlich recht gut umgehen."
Torben schmunzelte leicht. „Versprochen!"
Er sah sich um, ob noch etwas zu tun war. Doch sie waren mit allem fertig, so dass er erleichtert die Hände in die Hüften stemmte.
„Wie geht es Don?", fragte Sascha mit gerunzelter Stirn.
Torbens Gesicht trübte sich ein wenig ein.
„Es hatte ihn richtig übel erwischt. Aber diese alte Heilerin vollbringt wahre Wunder. Er kann schon wieder ein wenig herumlaufen. Doch die meiste Zeit des Tages schläft er, um zu Kräften zu kommen. Ich würde am liebsten nicht von seiner Seite weichen, bis er wirklich über den Berg ist, aber das kann ich mir leider nicht erlauben."
Er schnaufte angestrengt.
Marco beruhigte ihn.
„Er braucht einfach Ruhe. Pass mal auf, sobald wir wieder in den Hafen einlaufen, wird dein Wolf dich schwanzwedelnd empfangen. Darauf wette ich."
Sigurd lächelte belustigt.
„Schwanzwedeln? Don? Niemals! Ich behaupte, er wird uns mit lautem Bellen und Jaulen empfangen, so dass wir es schon weit draußen auf der Trave hören."
Torben nickte seinen Freunden dankbar zu. Der Abschied von Don fiel ihm schwer. Wie oft saß er einfach nur neben ihm, kraulte gedankenverloren sein Fell und wurde dafür mit einem Blick belohnt, der ihn berührte? Er vermisste seinen treuen Begleiter schon jetzt.
„Maik und Stefan! Ich zähle auf euch. Kümmert euch gut um ihn."
Maik nickte kräftig.
„Das machen wir. Und jetzt hör endlich auf, dir Sorgen zu machen. Don ist der Zäheste von uns allen. Es liegt einfach nicht in seiner Natur, aufzugeben."
Torben gab sich einen Ruck.
„Also gut. Jetzt, da wir zur Abfahrt bereit sind, geht noch einmal zu euren Familien und Freunden und verabschiedet euch. Sie werden bis in den Herbst hinein ohne euch auskommen müssen."
Er blickte dabei vor allem Roman an, denn die anderen hatten keine

Familie mehr, um die sie sich kümmern mussten.
„Sobald morgen früh die Sonne im Osten über die Schuppen dort hinten gestiegen ist, will ich euch alle wieder hier an Bord sehen. Also haltet euch in den Schankstuben zurück“, bemerkte er mit einem vielsagenden Blick.
„Ich bleibe an Bord“, erwiderte Marco. „Endlich habe ich wieder knarrende Planken unter den Füßen. Da zieht mich nichts mehr an Land. Die Nacht vor einer Fahrt ist für mich etwas Besonderes. Da will ich die Ruhe genießen.“
Mathias hob feierlich die rechte Hand.
„Ich werde keinen Tropfen anrühren. Da darfst du sicher sein. Schließlich habe ich nicht vergessen, wie schwer mich die Seekrankheit bei unserer Fahrt nach Nowgorod gepeinigt hat. Da wäre es ziemlich dumm, sich zuvor noch einen Kater anzutrinken.“
Sascha schmunzelte ungerührt.
„Umso besser, bleibt mehr für uns. Was ist mit dir, Torben?“
„Ich werde die Nacht hier an Bord verbringen, wenn Marco einverstanden ist. Die Ladung ist zu kostbar, um sie auch nur einen Moment aus den Augen zu lassen. Außerdem habe ich keine große Lust, eine weitere Nacht in meinem Haus zu verbringen. Auch wenn die Gefahr, in der ich so lange schwebte, ein für alle Mal vorbei ist.“
Seine Gefährten nickten mitfühlend, während Marco eine einladende Geste machte.
„Leiste mir gern Gesellschaft. Du weißt wenigstens, wann man die Klappe halten muss.“
Dabei zwinkerte er Mathias zu, der sofort Luft holte, um lautstark zu protestieren. Doch Tobias zog ihn einfach mit sich von Bord.
„Komm mit! Du darfst uns in die Schankstube begleiten. Dann lernst du gleich mal Sigurd, Ranulf, Fisker und Sören besser kennen. Vielleicht vergisst du dann ja, dass du nichts trinken wolltest.“
Marco und Torben blieben allein auf der Kogge zurück. Während Marco über das Deck lief und jedes Detail ausgiebig in Augenschein nahm, lehnte Torben sich an die Bordwand und ließ sich den Abendwind um die Nase wehen. Schon jetzt fehlte ihm Don. Doch er spürte auch die Aufregung. Es gab so vieles, was nicht in seiner Hand lag. Trotzdem freute er sich darauf, endlich auf eigene Rechnung Geschäfte zu machen und niemandem Rechenschaft schuldig zu sein.
Als die Dämmerung anbrach, riss Marco ihn aus seinen Gedanken.
„Ich habe uns was zu Essen besorgt, du Tagträumer. Gewöhne dich besser gleich daran. Denn in nächster Zeit sind wir auf See unterwegs. Da wird es häufiger Fisch geben.“
Er wickelte zwei geräucherte Forellen aus einem Tuch und legte ihm

eine davon auf ein wackeliges Holzbrett. Als er ein großes Stück Graubrot dazulegte, blickte Torben ihn verschmitzt an.
„Das sieht besser aus als alles, was ich in letzter Zeit vorgesetzt bekommen habe. Außerdem habe ich einen Bärenhunger. Von mir aus könnte es jeden Tag Fisch geben."
Marco verzog genießerisch das Gesicht.
„Habe ich selbst gefangen. Sobald sie eine gewisse Größe haben, gebe ich sie Hans, dem krummbeinigen Alten von der kleinen Räucherei gleich neben Saschas Werft. In ihren Öfen ist Platz genug und meist hole ich sie mir dann am nächsten Tag wieder ab. Das Brot ist zwar schon zwei Tage alt, aber wir sind aus Dänemark ja nun wahrlich Schlimmeres gewöhnt."
Torben nickte ihm anerkennend zu. Nicht umsonst hatte er in Dänemark zu fischen begonnen, um den kargen Speisezettel aufzubessern.
„Ich hole uns zwei Becher Bier aus dem Frachtraum. Schätze, das haben wir uns verdient."
Schnell war er wieder zurück und sie prosteten einander fröhlich zu.
„Auf dass unsere Reise ein voller Erfolg wird!"
Marco wischte sich den Schaum von der Oberlippe und rülpste leise.
„Ist eure neue Magd immer noch so vernarrt in dich?", fragte er, während er mit viel Erfahrung die Gräten aus seinem Fisch entfernte.
„Keine Ahnung", gestand Torben ihm. „Aber so etwas könnte ich nun wirklich nicht gebrauchen."
Er blinzelte verlegen.
„Habe ich dir eigentlich von Silke erzählt?", fragte er.
Marco verschluckte sich fast an seinem Bier.
„Hast du. Aber von eurem Abschied musste mir Sascha erzählen. Da habe ich schon ein wenig gelacht. Ich glaube, die Frau war einfach zu verrückt für dich."
„Hat Sascha auch gesagt", seufzte Torben.
Sie verputzen ihr Abendbrot bis auf den letzten Krümel und wischten sich die fettigen Finger mit einem Lappen ab. Anschließend sahen sie gemeinsam zu, wie die Sonne im Westen versank und es allmählich dunkler wurde. Sie tranken ihr Bier aus und bald darauf begab sich Marco, von Unruhe getrieben, in den Frachtraum, um noch einmal zu prüfen, ob auch alles gut vertäut war.
Torben hingegen streckte die Beine aus, lehnte mit dem Kopf an der Bordwand und genoss das sanfte Schaukeln auf dem Wasser. Kurz darauf war er eingeschlafen.

4. Kapitel

Am nächsten Morgen weckte Marco seinen Freund, noch bevor die Sonne aufgegangen war. Torben schreckte hoch und blinzelte sich den Schlaf aus den Augen.
„Zu früh", murmelte er müde.
Marco lachte heiser.
„Die Sonne kommt gleich hinter dem Schuppen hervor. Du solltest wenigstens wach sein, wenn die Besatzung an Bord kommt."
„Hast ja Recht", erwiderte er versöhnlich. „Danke dir!"
Er ergriff einen Holzeimer, an dem ein Strick befestigt war und warf ihn klatschend ins Hafenbecken. Dann zog er diesen wieder herauf und wusch sich ausgiebig. Das half ihm dabei, endlich wachzuwerden. Nachdem er sein Gesicht mit seinem Ärmel trockengerieben hatte, blickte er sich unternehmungslustig um.
Der ganze Hafen lag still vor ihnen. Kein Mensch war zu sehen. Schon bald würden sich hier wieder die Seeleute und Tagelöhner gegenseitig auf die Füße treten und laute Anweisungen von Bord der Koggen erklingen. Marco sah ihn an und nickte zufrieden. Er schien genau den gleichen Gedanken gehabt zu haben.
„Na, endlich", knurrte er wenig später.
In einiger Entfernung tauchte ein Grüppchen von Männern auf, in dem sie ihre Kameraden erkannten. Sie näherten sich schweigend, als wollten sie die Ruhe nicht stören. Doch ihren fröhlichen Gesichtern war anzusehen, dass sie sich auf die vor ihnen liegende Fahrt freuten.
Marco blickte zum Schuppen hinüber, hinter dem die Sonne noch nicht emporgestiegen war.
„Sogar pünktlich", murmelte er anerkennend. „Können es wohl nicht abwarten. Mir soll es Recht sein."
Sie begrüßten sich lächelnd und gingen allesamt an Bord. Damit bestand ihre Besatzung aus insgesamt neun Mann. Das sollte ausreichen, um die Kogge sicher an ihr Ziel zu segeln.
Marco gab den Befehl, die Leinen zu lösen und das Segel zu setzen. Wenig später steuerte er sie mit all seiner Erfahrung aus dem Hafen. Es sah ganz leicht aus. Die Trave war zu dieser frühen Stunde noch wie leergefegt.
„Wie segelt sie sich?", fragte Torben neugierig.
Marco strich mit seiner schwieligen Hand über das Steuerrad, als könnte er die Seele des Schiffes erfühlen.
„Ein gutes Schiff. Es ist ein wenig träge. Aber das kann auch daran liegen, dass wir ziemlich schwer beladen sind. Lass uns den ersten

Sturm durchstehen, dann kann ich es dir genauer sagen. Auf jeden Fall sind wir auf diesen Planken sicherer als auf dem löchrigen Wrack, das uns vor knapp zwei Jahren irgendwo in der östlichen Ostsee fast in die Tiefe gezogen hätte."
Mathias schluckte beklommen. An ein Unwetter auf See wollte er lieber nicht denken. Aber vielleicht hatte Gott ja ein Einsehen und sie blieben diesmal verschont.
Auf der Trave gab es wenig Ablenkung. Marco steuerte die Kogge mit ruhiger Hand.
Die Mannschaft hielt sich den ganzen Tag an Deck auf. Die Männer tranken verdünntes Bier und aßen Schiffszwieback. Sören und Tobias spielten mit selbstgeschnitzten Steinen Mühle.
Als sie am Nachmittag in die Ostsee einliefen, sog Marco zufrieden die salzige Luft ein. Mit jeder Seemeile, die zwischen ihnen und dem Festland lag, schien er sich wohler zu fühlen. Gegen Abend schlief der Wind ein und die Kogge dümpelte ruhig auf dem Wasser. Torben hatte sich noch einmal im Frachtraum umgesehen, ob während der Fahrt ein Teil der Ladung verrutscht war. Schließlich durften die Felle nicht nass werden, weil das ihre Qualität gemindert hätte. Doch es stand alles zum Besten und so kam er gutgelaunt wieder an Deck.
Sascha und Tobias bereiteten für jeden eine kleine Mahlzeit vor, die aus Kohl, Fisch und frischem Brot bestand.
„Hat es Sinn, Mathias etwas davon abzugeben?", überlegte Marco laut. „Nicht, dass der es gleich wieder an die Fische weiterreicht."
Sascha schüttelte vorwurfsvoll den Kopf.
„Lass den Mann in Ruhe. Nicht jeder ist als Baby mit Meerwasser gesäugt worden, so wie du."
Er blickte zu Mathias hinüber, der ihm dankbar zunickte. Tatsächlich sah er ein wenig blass um die Nase aus. Aber bisher hatte er noch kein Zeichen von Übelkeit erkennen lassen.
Torben drängte sich zwischen ihnen hindurch und grinste.
„Bleibt friedlich, sonst geht gleich einer baden."
Er zwinkerte Marco zu.
„Wie lang ist eigentlich das Tau da neben dir?"
„Lang genug", erwiderte Marco. Dann blickte er argwöhnisch auf. „Was hast du vor?"
Torben hatte sein Hemd ausgezogen und die Schuhe abgestreift. Mit Anlauf rannte er auf die Bordwand zu und stieß sich kraftvoll ab. Dann segelte er durch die Luft ins offene Meer. Sein langgezogener Jubelschrei hing noch in der Luft, als er spritzend in die Wellen eintauchte.
Ranulf lachte schallend und auch Marco fiel mit ein.

„Der Kerl ist verrückt, aber auf eine gute Art."
Mathias schüttelte mit weitaufgerissenen Augen den Kopf.
„Da würden mich keine zehn Pferde reinbekommen. Wer weiß, was für Ungeheuer da unter ihm lauern."
Torben schwamm eine Weile im spiegelglatten Wasser herum und ließ sich dann von Sascha und Tobias mithilfe des Taus wieder an Bord hieven. Er schwang sich über die Bordwand und wechselte seine nasse Kleidung, bevor er sich zwischen seinen Freunden niederließ.
Die nächsten Seetage bescherten ihnen bestes Wetter. Einmal regnete es nachts, doch die morgendliche Sonne trocknete die Kleidung der Männer schnell wieder. Regelmäßig wechselten sie sich ab, den Horizont im Auge zu behalten. Torben wollte die Gefahr, auf Piraten zu stoßen, so gering wie möglich halten. Doch selbst nach einigen Tagen zeichnete sich nicht ein Segel in der Ferne ab. Als sie Skagerrak, die Nordspitze Dänemarks, umrundet hatten, hielten sie auf die holländische Küste zu.
Es war keine leichte Aufgabe, die Kogge durch Ost- und Nordsee zu steuern. Immer wieder erwischten sie große Wellen, die die Besatzung bis auf die Haut durchnässten. Zum Schlafen legten die Männer sich einfach auf die Planken, mit einem Mantel als Kopfkissen und einer löchrigen Decke zum Schutz vor der Kühle der Nacht.
Roman hatte sichtlich Spaß an diesem Abenteuer. Er war beinahe traurig, dass sie nicht in ein Unwetter gerieten. Gern hätte er erlebt, wie sich die Kogge bei peitschendem Wind aufgebäumt hätte und anschließend in ein Wellental abgetaucht wäre.
Marco hatte Gefallen an dem Kaufmannslehrling gefunden und gab immer wieder mit leuchtenden Augen Anekdoten zum Besten.
„Vor drei Jahren war ich Steuermann auf einem Seelenverkäufer auf dem Weg nach Bergen. Da schlug das Wetter so schnell um, dass wir kaum dazu kamen, die Ladung besser zu sichern. Schon als es losging, fegte es unseren Bootsjungen einfach von Deck."
Er klatschte in die Hände und warf Roman ein schiefes Grinsen zu.
„Er muss in deinem Alter gewesen sein, mein Junge."
Roman blickte ihm furchtlos entgegen.
„Weiter! Was ist dann passiert?", drängte er atemlos.
Marco zwinkerte Ranulf und Fisker zu, die breit grinsend bei ihnen standen.
„Obwohl er sich an ein Seil gekrallt hatte, erwischte ihn die gewaltige Woge. Ich hatte ihm noch geraten, sich am Mast festzubinden."
Er nickte abwesend, als sähe er die riesige Welle erneut über sich hereinbrechen.
„Das waren schwere Stunden, in denen wir uns beweisen mussten.

Einige Männer gaben den Kampf schon verloren. Sie jammerten und streckten die Hände gen Himmel, um göttlichen Beistand zu erflehen. Das war ausgesprochen dumm von ihnen, denn wer das dicke Tau losließ, war des Teufels. Das Meer prügelte so hart auf uns ein, dass einige Planken brachen. Doch je härter die Natur zuschlug, umso fester glaubte ich daran, das Schiff in seinen Zielhafen zu bringen. Mein Herz pochte ungestüm und ich schrie dem Meer meine Herausforderung entgegen, auch wenn der Sturm mir die Worte vom Mund riss."

Roman war aufgesprungen. Die Erzählung fesselte ihn so sehr, dass er mit den Händen vor seinem Gesicht herumfuchtelte.

Marco ließ den Blick über seine Freunde wandern. Die meisten lauschten neugierig, einzig Mathias war aschfahl geworden und fasste sich immer wieder an den Hals. Roman hingegen sprühte vor Aufregung.

„So etwas vergisst man sein ganzes Leben nicht", schloss Marco. „Am nächsten Tag hatte sich der Sturm beruhigt und wir liefen angeschlagen in den Hafen ein. Drei Männer haben wir in diesem Unwetter verloren. Es muss ein furchtbarer Tod gewesen sein."

Roman schüttelte mit leuchtenden Augen den Kopf.

„Also wenn ich einmal abtrete, dann genau so. Im Kampf gegen die Naturgewalten, gegen die ich mich bis zum Letzten auflehne. Das ist doch viel besser, als langweilig im Bett zu sterben wie ein alter Mann, oder?"

Marco sah ihn überrascht an.

„Bist du verrückt? Ich trinke lieber mit denen, die solche Stürme überlebt haben, gemeinsam ein Bier und rede darüber."

Roman starrte ihn verwundert an.

„Ist das nicht langweilig?"

Marco lachte und schüttelte dann nachdrücklich den Kopf.

„Ich hatte ein aufregendes Leben. Da will ich einen langweiligen Tod."

Roman kratzte sich am Kopf. Vielleicht war er einfach noch zu jung, um den Steuermann zu verstehen. Marco hingegen hatte schon so viel mitgemacht, dass es für zwei Leben reichte.

Roman gefiel es, dass die anderen ihn wie einen der ihren behandelten und nicht wie einen Lehrling, der nichts von der Welt verstand. Sie waren eine bunt zusammengewürfelte Truppe aus Hansekaufleuten, Tagelöhnern, Bootsbauern und Söldnern. Er hatte keine Ahnung, wie diese Besatzung zusammengefunden hatte. Dennoch waren sie alle durch ein unsichtbares Band miteinander verbunden. Natürlich trafen Sigurd und Torben als Kaufleute der Hanse die Entscheidungen. Aber sie waren sich nie zu schade, ihre Freunde um Rat zu fragen. Wenn sie

bei den Mahlzeiten beisammensaßen und sich über Gott und die Welt unterhielten, flogen oftmals lustige Sprüche umher, so dass sie immer wieder in lautes Gelächter ausbrachen. Hier wurde kein Blatt vor den Mund und jeder mal aufs Korn genommen. Doch alle nahmen es mit Humor und die Tage auf See verstrichen schnell. Außerdem nahmen sich Marco und Sascha, die am meisten vom Bootsbau und der Seefahrt verstanden, häufig Zeit, ihm viele Dinge zu erklären, so dass er ständig dazulernte und ihnen zur Hand gehen konnte. Er war wissbegierig und saugte alles in sich auf. Schließlich würde ihm dieses Wissen eines Tages dabei helfen, seinen eigenen Geschäften nachzugehen.
Tief im Westen begannen sich dichte Wolken am Himmel zu ballen. Einmal glaubte Tobias bereits ein Donnergrollen in der Ferne auszumachen. Doch Marco, der breitbeinig am Steuer stand, wirkte unerschütterlich. Mathias wurde blass um die Nase und auch Torben wirkte ein wenig besorgt. Als Marco ihre verunsicherten Blicke bemerkte, lächelte er entspannt. Dann streckte er die Arme aus und atmete tief ein.
„Schon bald hat euch der Gestank der Stadt wieder eingeholt. Also genießt die Salzluft und hört auf, euch ständig Sorgen zu machen. Bevor dieses Unwetter heran ist, liegen wir längst sicher im Hafen."
Torben entspannte sich augenblicklich. Marcos Worten vertraute er blind.
„Was hätten wir eigentlich gemacht, wenn Marco dieses Schiff auch noch versenkt hätte?", fragte Tobias mit unschuldiger Miene.
„Dann stünde ich mit einem Bein im Schuldturm", entgegnete Torben. „Aber kein hoher Gewinn ohne hohen Einsatz."
Marco rümpfte die Nase und drohte Tobias mit erhobener Faust.
„Wo ist nur der Respekt vor dem Steuermann geblieben?", beschwerte er sich mit einem wölfischen Grinsen. Dann streckte er die Hand aus und zeigte zum Horizont.
„Um euch Landratten die Angst um euer kümmerliches Leben zu nehmen: Irgendwo dort vorn liegt Sluis. Aber erwartet nicht zu viel von diesem Nest. Es ist eigentlich nur ein Vorhafen von Brügge."
„Wozu braucht Brügge denn einen Vorhafen?", fragte Roman neugierig.
Marco gab ihm einen Klaps in den Nacken.
„Damit man dort vorlaute Bengel versenken kann, die ungefragt ihren Steuermann unterbrechen. Das geht in Brügge nicht, da gäbe es zu viele Zeugen."
Er drohte ihm spielerisch mit dem Finger.
„Aber die Frage ist nicht dumm, deshalb hast du eine Antwort

verdient. Brügge hat eigentlich einen recht stattlichen Hafen. Doch der Zwin, der Fluss dorthin, drohte im Laufe der Jahrzehnte zu versanden. Mittlerweile können größere Koggen Brügge nicht mehr anlaufen, weil die Fahrrinne zu flach ist. Auch wir würden mit unserer Ladung jämmerlich auf Grund laufen. Deshalb werden wir in Sluis anlegen und unsere Kogge am Kai festmachen. Aber dort wird nicht gefaulenzt. Wir müssen die gesamte Ladung auf Frachtkähne umladen und mit diesen lächerlichen Booten nach Brügge weiterfahren. Auf jeden Fall solltet ihr die ganze Zeit die Augen offenhalten und keinen Fremden in unsere Nähe lassen. Die Flamen sind ein eigenwilliger Menschenschlag und gerade nicht gut auf die Hanse zu sprechen."
Torben nickte ernst.
„Das habe ich auch schon gehört. Es könnte mit den Einheimischen durchaus Ärger geben. Ich würde es gutheißen, wenn wir noch heute Abend in Brügge einlaufen könnten. Erst wenn unsere Handelswaren sicher in unserer Unterkunft verstaut sind, werde ich mich besser fühlen."
Sören kratzte sich misstrauisch die rechte Wange.
„Mit was für einer Art Ärger rechnet ihr denn? Es wäre schon gut, wenn wir wüssten, was da auf uns zukommt."
Sigurd trat einen Schritt vor.
„Das ist ein Konflikt, der schon längere Zeit schwelt. Mein Vater ist über Jahre im Frühling nach Brügge aufgebrochen und hat die Entwicklung genau verfolgt. Vor ungefähr zwanzig Jahren hat sich die Rivalität zwischen Brügge und dem Städtebund der Hanse immer mehr zugespitzt. Brügge weigerte sich, der Hanse besondere Rechte einzuräumen. Die Hanse wich aber nicht von ihren Forderungen ab. Schließlich gipfelte der Streit in einer Wirtschaftsblockade der Hanse gegen Brügge. Das hielten die Einwohner der Stadt nicht lange durch. Elend und Arbeitslosigkeit setzten den Menschen zu. Schließlich gingen die Stadtväter auf die Bedingungen der Hanse ein. Aber ihr könnt euch vorstellen, dass diese Auseinandersetzung die Beziehung zerrüttet hat und noch immer belastet. Schließlich galten die Bedingungen, die die Hanse Brügge abringen konnte, für ganz Flandern. Außerdem konnte die Hanse von da an bei wichtigen Entscheidungen am Handelsplatz Brügge ein Wörtchen mitreden, hatte also entscheidenden Einfluss auf die Geschicke der Stadt. So etwas sorgt immer für böses Blut. Ich habe selbst erlebt, wie Kaufleute der Hanse auf den Straßen angefeindet wurden. Trotzdem kommen sie jedes Jahr. Schließlich locken hier noch immer die besten Geschäfte."
Er hob die Schultern, als würde das alles erklären.

„Bisher gab es noch keine Toten, aber das kann ja noch kommen. Manchmal wird ein Hansekaufmann verprügelt, also bleiben wir besser zusammen.“
Die Männer tauschten nachdenkliche Blicke. Mittlerweile hatten sie sich Sluis genähert. Marco steuerte die Kogge zielsicher in den Hafen, was Sigurd zu einem anerkennenden Nicken veranlasste.
„Du bist nicht zum ersten Mal hier, oder?“
Marco grinste träge.
„Zuletzt vor drei Jahren. Aber wenn ich ein Schiff einmal in einen Hafen gesteuert habe, vergesse ich den Weg dahin nie mehr.“
An den Kaianlagen war bereits eine stattliche Anzahl an Koggen vertäut. Als sie näherkamen, wies ihnen ein beleibter Hafenarbeiter mit auffordernder Geste einen Platz im Innern des Hafens zu. Hier gab es noch einige freie Anlegestellen. Tobias und Sascha warfen zwei Tagelöhnern die Taue zu und diese vertäuten die Kogge mit kundigen Bewegungen.
Sören sprach aus, was ihnen allen auffiel.
„Die Blicke dieser Männer gefallen mir nicht. Durch uns haben sie zwar Arbeit und ein Einkommen, trotzdem glaube ich nicht, dass sie uns wohlgesonnen sind. Wir sollten ihnen lieber nicht den Rücken zudrehen.“
Torben schnaufte angestrengt. Ihn plagten ähnliche Befürchtungen.
„Bis die Waren auf den Lastkähnen verstaut sind, bleiben mindestens drei von uns an Bord.“
Die Tagelöhner kamen näher und Sigurd, der ein wenig Flämisch sprach, trat mit Roman zu ihnen, um die anstehenden Arbeiten zu besprechen. Gleich darauf winkten diese weitere Arbeiter heran, so dass sich sechs Männer an der Ladung zu schaffen machten. Da Torben und seine Freunde kräftig mitanpackten, war das Umladen der Felle und Bernsteine innerhalb von zwei Stunden bewältigt.
Unentwegt wurden Fässer, Kisten und Säcke heraufgeschafft und mit der nötigen Sorgfalt auf den flachen Lastkähnen verstaut.
Marco ließ die Männer nicht aus den Augen.
„Seid bloß vorsichtig“, knurrte er den flämischen Tagelöhnern zu. „Wenn etwas von unserer Ladung ins Wasser fällt, ziehen wir euch das vom Lohn ab.“
Für die Lastkähne hatte er nur ein abfälliges Naserümpfen übrig. Am liebsten hätte er die dicken Planken der Kogge nicht verlassen. Aber sie hatten keine Wahl. Also musterte er die flachbodigen, einfachen Boote mit ihrem geringen Tiefgang unverhohlen. Doch sie wiesen eine gute Wasserlage auf und schlugen nicht so schnell um, wie er auf den ersten Blick befürchtet hatte. Verächtlich spuckte er einen Klumpen

Rotz ins Wasser und machte sich dann daran, auf einen der drei Lastkähne zu klettern.
Sigurd nahm Torben beiseite.
„Die Fahrt mit den Lastkähnen dauert eine Zeit. Vielleicht sollte ich vorausreiten und schon mal Quartier anmelden. Außerdem könnte ich einige Männer anheuern, die uns in Empfang nehmen. Das würde die Abwicklung beschleunigen. Denn die Wolken dort hinten sehen aus, als würde uns das Unwetter heute noch erwischen."
Torben nickte. Das war ein guter Vorschlag.
„Nimm Fisker mit. Ich will nicht, dass du allein unterwegs bist."
Sigurd winkte Fisker zu sich, der ihm an Land folgte. Wenig später hatten sie sich zwei Pferde ausgeliehen und ritten in gemächlichem Trab den Weg entlang, der sich dicht an den Kanälen entlangschlängelte.
Marco und Roman hatten mittlerweile die Anlegegebühren für ihre Kogge bezahlt und dem beleibten Aufseher ein Handgeld zukommen lassen, das dieser grunzend einstrich.
Auf jeden der tief im Wasser liegenden Kähne sprang nun ein Tagelöhner und stakste das Boot mit einer langen Stange voran. Es ging nur langsam vorwärts, was ihre Geduld auf eine harte Probe stellte. Torben stand neben Ranulf im ersten Kahn und hatte den Blick auf das Wasser gerichtet.
Roman sah sich neugierig um und saugte alle Eindrücke in sich auf. Einiges erkannte er wieder und so freute er sich auf die Abenteuer, die in Brügge hoffentlich auf sie warten würden.
Es war bereits später Nachmittag, als sie endlich den Hafen von Brügge erreichten.
An einigen Stellen wurden flache Schiffe be- oder entladen. Rechts von ihnen entdeckte Torben ein Dutzend Hafenarbeiter, die seltsam gekrümmte weiße Balken auf den Schultern trugen. Einige Männer wankten unter dem Gewicht dieser Last.
„Elfenbein", murmelte Torben verzückt.
Er hatte es noch nie mit eigenen Augen gesehen, aber schon viel davon gehört.
Roman riss erstaunt den Mund auf. „Wo kommt Elfenbein eigentlich her? Von Sizilien?", fragte er unsicher.
Torben schüttelte den Kopf.
„Das Elfenbein kommt aus Afrika. Die Mauren holen es von dort und schaffen es nach Byzanz oder Sizilien. Von dort aus verschiffen die Italiener es dann in alle Länder, die sich diese teure Ware leisten können. Elfenbein sind die Zähne von riesigen Ungeheuern, die durch die Wälder Afrikas laufen."

Roman hatte Mühe, seinen Augen zu trauen. Er wollte sich lieber nicht vorstellen, wie ein Koloss mit diesen gewaltigen Hauern aussehen musste.
„Denen will ich niemals begegnen!“
Torben schürzte die Lippen.
„Dabei wäre das Elfenbein jedes Risiko wert. Es ist beinahe unbezahlbar. Gute Handwerker schnitzen daraus kunstvolle Amulette. Den Rest zerstampfen sie zu Pulver und verkaufen es als Mittel zur Steigerung der Manneskraft.“
Sein Lehrling sah ihn prüfend an. Er schien sich nicht sicher zu sein, ob er Torbens Worten Glauben schenken durfte. Doch dieser wirkte ernst und nickte bekräftigend.
Nach einer Weile brach Roman das Schweigen.
„Die Stadt dürfte dir gefallen, Torben“, riss er ihn aus seinen Gedanken. „Mich erinnert Brügge stark an Hamburg. Nur, dass die Häuser noch prächtiger sind und es noch weitläufiger und offener wirkt.“
Er wollte noch etwas sagen, doch dann erstarrte er und spähte voraus.
„Was hast du?“, fragte Torben alarmiert. Er wusste, dass Roman scharfe Augen besaß.
Sein Lehrling deutete zu zwei Lastkähnen hinüber, die in einer Entfernung von vielleicht sechshundert Schritten vor ihnen im Hafen am Ufer lagen.
„Dahinten sieht es nach Ärger aus“, murmelte er beklommen.
Torben kniff die Augen zusammen und blickte in die angegebene Richtung. Mittlerweile hatte es zu nieseln begonnen und die Wolken wirkten bedrohlich. Da braute sich ein Unwetter zusammen.
Am linken Ufer lagen zwei Lastkähne, auf denen sich eine Handvoll Hansekaufleute wild gestikulierend ein Wortgefecht mit einer Gruppe Flamen lieferte, die oben am Kai standen.
Erst sah es so aus, als würde es bei gegenseitigen Beschimpfungen bleiben. Doch dann kletterten einige Raufbolde angestachelt von der Menge zu ihnen herunter.
Torben verzog das Gesicht. „Die Stimmung ist aufgeheizt. Da fehlt nur ein Funke, damit es knallt.“
Er blickte über seine linke Schulter und gab Ranulf und Marco auf dem nachfolgenden Kahn ein Zeichen. Diese stutzten kurz und besahen sich dann das Schauspiel.
Noch immer flogen zwischen den wenigen Hansekaufleuten und der größer werdenden Menge Worte hin und her. Doch dann klaubten einige Burschen Steine auf und bewarfen die Kaufleute. Einer von ihnen brach getroffen zusammen. Sogleich johlte die Menge und

stachelte die Kerle noch weiter an.
Torben strich sich mit der Hand über den Kopf und knirschte vernehmlich mit den Zähnen. Sie waren noch nicht mal ganz in Brügge angekommen und standen bereits kurz davor, in eine brandgefährliche Auseinandersetzung verwickelt zu werden. Blitzschnell wog er ihre Möglichkeiten ab. Sie könnten sich einfach heraushalten und auf der anderen Seite vorbeimogeln. Aber das war nicht Torbens Art. Es waren Hansekaufleute, die hier vielleicht unverschuldet in Not geraten waren. Da war es ihre Pflicht, ihnen beizustehen.
Erneut blickte Torben zu Ranulf und Marco hinüber. Beide nickten beinahe unmerklich und bestätigten ihn in seiner Entscheidung.
„Sag dem Hafenarbeiter, er soll unseren Kahn zu den Lastkähnen dieser Hansekaufleute steuern", knurrte Torben seinem Lehrling zu. Dieser schluckte aufgeregt.
„Sicher?", erkundigte er sich noch einmal.
„Mach endlich!", erwiderte Torben.
Roman sprach eindringlich auf den Mann ein, der sie mit der Stocherstange voranbrachte. Er brummte vor sich hin, folgte der Anweisung aber und so hielten sie auf die beiden Lastkähne zu.
„Schneller!", brummte Torben missmutig. Die Anspannung machte ihm zu schaffen. Sein Herz pochte laut in der Brust und sein Atem beschleunigte sich.
Endlich erreichten sie die vor ihnen liegenden Boote. Schnell überzeugte er sich, dass die beiden übrigen Lastkähne dicht hinter ihm nachfolgten. Ein Stein flog an ihnen vorbei und ließ das Wasser aufspritzen. Allmählich wurde Torben wütend.
Mittlerweile hatten sich einige der jungen Burschen dem ersten Lastkahn der fremden Kaufleute genähert und sprangen an Bord. Sie stießen den vom Steinwurf verletzten Mann ins Wasser und machten sich dann über die Ladung her. Als sie die ersten Säcke schwungvoll ins Wasser beförderten, griff der zweite Kaufmann auf diesem Boot ein. Er griff nach der langen Floßstange und stieß zwei der Angreifer in die Fluten. Doch die Übermacht war zu groß. Weitere Gestalten kletterten an Bord und packten ihn an Armen und Beinen. Unter den anfeuernden Rufen der Zuschauer warfen sie ihn in hohem Bogen in den Fluss. Dann schubsten sie die restliche Ladung hinterher. Schon bald schwammen einige Holzfässer, Ballen mit Tuch sowie Mehlsäcke darin herum. Dabei lachten die Flamen und feuerten sich gegenseitig an. Mittlerweile hatte sich eine große Zahl an Zuschauern versammelt, die lautstark Beifall klatschte. Ein Sack fiel zu Boden und riss auf. Mehlstaub stieg auf und nahm ihnen kurz die Sicht.

Während die beiden übrigen Kaufleute versuchten, die Angreifer von ihrem Lastkahn fernzuhalten, legten Torben und seine Freunde neben ihnen an.
Sascha hatte sich kampfeslustig eine Stake gegriffen und ließ die lange Holzstange in der Luft herumwirbeln, als wäre sie federleicht. Zwei Kerle sprangen auf ihn zu. Noch ehe sie auch nur Anstalten machen konnten, zu ihm herabzuspringen, hatte er sie bereits von den Beinen geholt. Grinsend sah er zu, wie sie hilflos ins Wasser purzelten. Dort ruderten sie aufgeregt mit den Armen und hatten genug damit zu tun, ihre Köpfe über Wasser zu halten. Neben weiteren Steinen flogen ihnen auch Beschimpfungen entgegen, von denen Torben aber so gut wie nichts verstand. Ein alter Mann schob sich nach vorne durch und feuerte seine Mitstreiter an.
„Zeigt es diesen eingebildeten Kaufleuten, die glauben, ihnen gehöre unser schönes Brügge!“, geiferte er los. „Endlich wird die Stadt von ihren Feinden gereinigt. Diese selbstherrlichen Kaufleute aus Lübeck, Hamburg, Wismar, Rostock und wo sie alle herkommen, spielen sich seit Jahrzehnten in unseren Städten auf, als wären sie die Herren Flanderns! Sobald ihnen etwas nicht passt, sei es ein höherer Zoll auf eingeführte Waren oder eine fehlende Waage im Hafen, verhängen sie gleich Strafen und lassen keine Lebensmittel mehr in die Städte. Doch jetzt zeigen wir es ihnen.“
Beifall brandete auf.
„Na, die sind ja gut auf uns zu sprechen“, rief Marco sarkastisch zu Torben hinüber, nachdem Roman ihnen die Worte übersetzt hatte. „Dabei kennen sie dich doch noch gar nicht.“
Ein Pulk Angreifer drängte auf sie zu. Doch Ranulf, Torben, Marco und Sören stellten sich ihnen Schulter an Schulter entgegen. Vor dieser geschlossenen Reihe stoppte die Gruppe verunsichert. Einer wagte sich zu weit vor, fing sich eine krachende Rechte von Sören ein und schlug lang hin.
Sascha stand mit der Stake hinter seinen vier Freunden und nutzte jede aufblitzende Lücke, um den langen Stab zielsicher vorschnellen zu lassen. Er traf einen weiteren der Angreifer gegen die Brust und warf ihn einfach um. Das wiederholte er blitzschnell zwei weitere Male. Erst als einer der aufgeputschten Flamen am Boden liegen blieb und sich andere mit schmerzverzerrtem Gesicht am Boden kauerten, verrauchte die Wut der übrigen Angreifer.
Eben noch hatten sie wehrlose Männer angegriffen, ohne dabei Gefahr zu laufen, selbst einstecken zu müssen. Nun waren sie an Zahl zwar immer noch deutlich überlegen, doch diese Gruppe hielt fest zusammen und ließ sich nicht einschüchtern. Plötzlich verspürten sie

keine große Lust mehr, sich mit diesen Neuankömmlingen anzulegen. Aus der Menge heraus versuchten zwar noch einige Hitzköpfe, die jungen Männer zu einem weiteren Angriff zu überreden. Doch schließlich winkten sie kopfschüttelnd ab und begannen sich zu zerstreuen.
Währenddessen war es den beiden Kaufleuten aus dem anderen Lastkahn gelungen, sich vom Ufer abzustoßen und auf ihre im Wasser treibenden Gefährten zuzuhalten. Sie hielten ihnen die Stake hin, die sie mit letzter Kraft umklammerten. Dann zogen sie ihre schwer atmenden Kameraden ins Boot zurück, wo sie sich japsend auf den Rücken legten.
Allmählich waren die Lastkähne ein Stück weit abgetrieben, so dass sich der Abstand zum Ufer immer weiter vergrößerte.
„Ein schöner Empfang war das“, stellte Marco fest.
„Da fühlt man sich doch gleich wie zu Hause. Auf eine ordentliche Prügelei muss ich meist viel länger warten. Hoffentlich haben die Flamen was gelernt. Falls nicht, können wir diese Unterhaltung ja später fortsetzen. Ich wäre bereit!“
„Hat jemand von uns etwas abbekommen?“, fragte Torben in die Runde.
Als alle verneinten, wandte er sich den vier Kaufleuten zu, die sich noch immer neben ihnen hielten und keine Anstalten machten, diesen Schutz schneller als nötig aufzugeben.
„Wie steht‘s bei euch?“, rief er ihnen zu.
Ein schlaksiger Blondschopf hob die rechte Hand in die Höhe.
„Danke für eure Hilfe. Ihr seid wahrlich im richtigen Augenblick vorbeigekommen. Gegen diesen Mob hätten wir uns allein kaum wehren können.“
Er musterte seine Gefährten und als auch der Kaufmann, der den Stein abbekommen hatte, den Daumen hochhielt, wirkte er erleichtert.
„Sie haben uns eine ganze Menge Waren gestohlen oder zerstört. Aber bis auf einen Mordsschreck, den sie uns eingejagt haben, geht es uns soweit ganz gut. Baden mussten meine beiden Begleiter sowieso mal wieder. Das schadet also nicht.“
Erstmals versuchte er sich an einem Lächeln, auch wenn es gründlich misslang. Doch zumindest wich die Besorgnis aus seinen Zügen.
„Was habt ihr eigentlich angestellt, dass diese Menschen so aufgebracht auf euch losgegangen sind?“, fragte Marco neugierig.
Der Blondschopf sah zurück zu dem Ort, der ihnen beinahe zum Verhängnis geworden wäre, als läge dort die Antwort.
„Das wüsste ich auch gern“, gab er zurück. „Sie hörten wohl, dass wir Deutsch miteinander redeten. Da wurden schon erste Rufe laut. Dann

ging alles ganz schnell. Wir haben ihnen keinen Anlass geliefert."
„Das hat sich schon seit Wochen abgezeichnet", schaltete sich ein älterer Kaufmann mit einem dichten schwarzen Bart ein. „Die Stimmung wurde immer düsterer, als wenn in den Gassen und Kanälen der Stadt ein Fieber grassiert. Selbst unsere langjährigen Geschäftspartner haben uns eindringlich gewarnt, nicht länger als nötig hier zu verweilen. Das waren so ziemlich unsere letzten Waren, die wir schon verkauft hatten und nur noch ausliefern wollten. Dann werden wir Brügge den Rücken kehren. Und so wie es aussieht, kommen wir im nächsten Jahr nicht wieder."
Marco und Sascha warfen Torben vielsagende Blicke zu. Nachdem sich die vier Hansekaufleute noch einmal für die Hilfe bedankt hatten, wünschten sie einander viel Glück und verabschiedeten sich. Torben musterte misstrauisch die Böschungen.
Doch Romans Stimme vertrieb seine dunkle Stimmung.
„Dort hinten stehen Sigurd und Fisker am Ufer und winken uns."
Sie hielten direkt auf die beiden zu und legten an einer abseits gelegenen Stelle an.
„Das wird auch Zeit!", rief Sigurd ihnen zu. „Wir dachten schon, ihr wolltet die Nacht in diesen flachen Nussschalen verbringen."
Sie zogen die Kähne an Land und halfen ihren Freunden ans Ufer.
„Fisker und ich haben uns schon mal um eine Unterkunft gekümmert. Ich habe euch ja erzählt, dass die Hansekaufleute in Brügge nicht in einem Kontor untergebracht sind, sondern in einem Gasthaus unterkommen müssen. Der Betreiber vermietet auch Lagerräume für gutes Geld. Einen solchen Gauner haben wir aufgetrieben. Er hat mit sich handeln lassen, denn sonderlich viele Kaufleute sind nicht in der Stadt. Weiß der Teufel, warum."
Sigurd zog Roman mit einem kräftigen Ruck an Land und klopfte ihm auf die Schulter.
„Dort haben wir vorzeigbare Kammern für uns und jede Menge Platz für unsere Waren. Es sollte uns also an nichts fehlen. Der Wirt hat uns auch diese Fuhrwerke ausgeliehen, damit wir unsere Fracht ins Trockene bringen können, bevor dieses Unwetter dort hinten am Horizont uns erwischt."
Durch den Zwischenfall mit den Einheimischen hatten die Freunde kaum Zeit gefunden, sich genauer umzusehen. Erst jetzt fiel ihnen auf, dass der Wind zugenommen hatte und dunkle Wolken näher herantrieb.
Mit vereinten Kräften luden sie die Waren um und machten sich auf den Weg zur Herberge. Gepflasterte Straßen zogen sich entlang des Reie, dessen Lauf sie lange Zeit gefolgt waren. Auf den abgewetzten

Steinen kamen sie gut voran. Zu ihrer Linken konnten sie zahlreiche Windmühlen erkennen. Diese standen entlang der Stadtmauer. Ihre dunklen Silhouetten wirkten groß und wuchtig. In den Straßen erhoben sich prächtige Häuser. Dazwischen zogen sich immer wieder Wiesen entlang, auf denen ausufernde Weiden standen. Einige Häuser waren aus Ziegelsteinen erbaut. Je weiter sie sich der Stadtmitte näherten, desto dichter standen die Häuser.
Dieser Anblick trug dazu bei, dass die Männer den unangenehmen Vorfall vergaßen. Brügge war eine schöne Stadt. Sie wurde von Kanälen und Fleeten durchzogen, so dass man überall Wasser sehen konnte. Meist zogen sich kleine Kanäle direkt an der Straße entlang. Dann wieder blitzte es am Ende kleinerer Gänge zwischen den Häuserfronten silbrig auf.
„Ich habe doch erzählt, dass es hier noch schöner ist als in Hamburg", murmelte Roman stolz.
Torben stimmte ihm zu und strich ihm über den Kopf.
„Das muss eine reiche Stadt sein", brummte Tobias. „Kein Wunder, dass die Einwohner ihren Wohlstand verteidigen. Wenn ich an die dunklen Gassen bei uns in der Dankwartgrube denke, schüttelt es mich richtig."
„Selbst die Fleete stinken hier nicht so stark wie in Hamburg", warf Sigurd ein, der schon mehrfach in dieser Stadt seinen Geschäften nachgegangen war.
„Grachten, Sigurd. Hier heißt es Grachten", berichtigte Roman ihn, der stolz auf sein Wissen war. „Da sind die Flamen recht eigen."
Erste dicke Regentropfen klatschten auf die Pflastersteine. Der Wind zerrte an ihrer Kleidung und steigerte sich zu einem wilden Fauchen. Die matte Helligkeit des Abends war einer tiefen Schwärze gewichen. Außerdem war es deutlich kühler geworden.
„Wie weit ist es denn noch, Sigurd?", beschwerte sich Tobias.
„Es wäre doch reichlich ärgerlich, wenn wir mit der ganzen Ladung die Schiffsfahrt gut überstanden hätten, dann aber auf den letzten Schritten komplett durchnässt würden."
Sigurd winkte sie weiter. „Es ist nicht mehr weit. Dort vorn könnt ihr unser Ziel schon sehen. Na los, beeilt euch!"
Sie überquerten einen großen Platz, der an zwei Seiten von prachtvollen Kirchen flankiert wurde, und erreichten schließlich ein großes Ziegelhaus, vor dessen Tor sie stehen blieben. Ihr Pochen des Eisenrings an dessen Eichenplatten hallte weit.
„Das ist unsere Herberge", klärte Sigurd sie auf. „Hier bin ich schon zwei Mal zu Gast gewesen. Daher bin ich sicher, dass es auch euren Ansprüchen genügen wird. Der Wirt ist ein Geizkragen, wie es wohl

seinem gesamten Berufsstand eigen ist. Aber man kommt recht gut mit ihm zurecht."
Endlich öffnete sich das Tor und sie sahen einen großen dicken Mann im Eingang stehen. Er hielt ihnen eine Laterne entgegen, um bei der Dunkelheit etwas sehen zu können. Bei ihrem Anblick gab er bereitwillig den Weg frei.
„Nur herein, meine Herren! Ich habe euch bereits erwartet."
Der Wirt klang hocherfreut, schließlich kam eine größere Zahl Gäste, die ihm gute Einnahmen bescheren würde. Trotzdem entging Sigurd und Torben nicht, dass er misstrauisch nach links und rechts spähte, bevor er das Tor wieder sorgfältig verschloss.
Sie lenkten die Fuhrwerke in den großen Hof. Drei Knechte eilten herbei und begannen damit, die Fracht in einem großen Lager zu verstauen, so dass es vor dem wechselhaften Wetter in Sicherheit war. Torben und seine Freunde packten kräftig mit an und gönnten sich erst ein wenig Ruhe, als sie auch die letzte Kiste in sicherer Verwahrung wussten.
Der Wirt brachte jedem von ihnen eine große Schüssel mit dampfendem Hammeleintopf und einen Krug mit gutem Bier. Wenig später war nur noch das Klappern der Holzlöffel in den Schüsseln zu vernehmen. Als sie gesättigt und ihre Becher erneut gefüllt waren, fiel die Anspannung der Reise von ihnen ab.
„Warum sind so viele deiner Kammern leer?", fragte Sigurd den Wirt. „Das ist doch eines der besseren Häuser der Stadt. Hier herrscht in der Regel dichter Andrang. Ich kann mich erinnern, dass du mir vor zwei Jahren, als ich zur gleichen Zeit hier zu Gast war, nicht genug Lagerflächen vermieten konntest. Damals war ich gezwungen, mich bei weiteren Höfen nach Platz umzuschauen."
Der Wirt rang entschuldigend die Hände.
„Das waren andere und leider bessere Zeiten, mein Herr."
Er suchte nach Worten und kratzte sich peinlich berührt am Kopf.
„Vor einer Woche haben Rabauken ein Lager von Hansekaufleuten aus Stralsund überfallen und geplündert. Was sie nicht mitnehmen konnten, haben sie zerstört. Das hat in der Stadt für Aufruhr gesorgt."
Sigurd sah ihn alarmiert an.
„Was hat diesen Zwist ausgelöst? Ärger gab es ja immer mal wieder. Aber warum gerade jetzt?"
Der Wirt strich über seine fleckige Schürze, die er sich um den mächtigen Bauch gebunden hatte.
„Wie ihr vielleicht wisst, führen England und Flandern immer mal wieder Krieg gegeneinander. Meist tobt diese Auseinandersetzung auf See. Doch es hielten sich hartnäckige Gerüchte, dass ihr

Hansekaufleute Spione der Engländer wärt. Man sagt euch nach, dass ihr jede Information für klingende Münze an unsere Feinde verscherbelt."
Sigurd und Torben beugten sich jeweils ein Stück vor.
„So ein Unsinn", ereiferte sich Torben. „Wir Kaufleute im Bund der Hanse sind nur daran interessiert, den Frieden zu wahren. Krieg schadet dem Handel und kostet uns viel Geld. Erst recht mischen wir uns nicht in eure Angelegenheiten ein. Wir sind froh, unseren Krieg gegen Dänemark hinter uns gebracht zu haben."
Der Wirt verstand. „Das sagen auch einige Flamen, die besonnener an die Sache herangehen. Aber das einfache Volk ist sehr aufgebracht und schnell zu erzürnen. In den Straßen gab es bereits einige Zusammenstöße zwischen Hansekaufleuten und Einheimischen, die auf Ärger aus sind."
Torben nickte.
„Das haben wir auf der Herfahrt bereits mitansehen müssen. Das Schlimmste konnten wir gerade noch verhindern. Dabei sorgen wir Hansekaufleute für den Wohlstand eurer Stadt. Wenn ich mich recht erinnere, ist das Hansekontor in Brügge das wirtschaftlich erfolgreichste von allen. Das kann sich aber auch schnell wieder ändern. Es ist ein Spiel mit dem Feuer, das ihr da treibt."
Der Wirt nickte eifrig, schwieg aber. Seine Ratlosigkeit war ihm anzumerken.
Torben sah die Reihe seiner Freunde entlang. Sie erwiderten seinen Blick entschlossen.
„Davon werden wir uns nicht unterkriegen lassen. Zuviel steht auf dem Spiel. Als erstes werden wir Kontakt zu den Lombarden, Genuesen und Venezianern aufnehmen. Diese erfahrenen Händler lassen sich wegen einiger Unruhen ganz sicher keine Geschäfte entgehen."
„Das übernehme ich", rief Sigurd. „Die einzelnen italienischen Stadtstaaten sind sich nämlich spinnefeind. Das könnte heikel werden. Deshalb müssen wir darauf achten, dass deren Abgesandte nicht aufeinandertreffen."
Torben war erleichtert. „Lasst uns trotzdem versuchen nicht länger in Brügge zu bleiben, als unbedingt nötig ist. Wollen wir hoffen, dass wir schnell Fortschritte erzielen."
Er hob seinen Becher. Woraufhin sie einander verschwörerisch angrinsten und durstig tranken. Währenddessen ging draußen ein Platzregen nieder. Blitze zuckten vom Himmel und erhellten die Nacht. Das einsetzende Donnergrollen war so laut, dass Torben kurz die Ohren klingelten.

Stirnrunzelnd sah Ranulf in den Hof hinaus.
„Wenn wir da hineingeraten wären, sähe es finster aus. Heute Nacht schlafen wir erst mal auf guten Strohmatratzen. Besser, als sich auf harten Planken zu wälzen, während ein Sturm tobt. Ich bin sicher, Mathias hätte heute an Bord kein Auge zugemacht."
Die Freunde lachten und selbst Mathias fiel erleichtert mit ein. Wenigstens diese Sorge war ihm erspart geblieben.

Über Nacht zog das Unwetter gen Osten ab. Der nächste Morgen begrüßte sie mit einem blauen Himmel. Nur die nassen Straßen zeugten noch von den Wassermassen, die innerhalb kurzer Zeit vom Himmel geprasselt waren.
Sigurd und Torben verließen nach einem Frühstück, das nur aus Haferbrei und Brot vom Vortag bestand, zusammen mit Ranulf, Fisker und Roman das Wirtshaus. Sie wollten sich ein wenig umhören und mit anderen Hansekaufleuten sprechen.
Anfangs bewegten sie sich argwöhnisch voran und blieben dicht beieinander. So recht trauten sie dem Frieden nicht. Um diese Zeit waren nur wenige Menschen auf den Straßen unterwegs. Ihnen begegneten zwei Mägde, die sie ungeniert musterten. Auf Roman verweilte ihr Blick etwas länger. Sie tuschelten kurz miteinander und begannen dann zu lachen.
Sigurd musste grinsen.
„Roman, du Schwerenöter. Was hast du denn mit den beiden angestellt?"
Roman lief rot an und wusste nicht, was er darauf antworten sollte.
„Er zieht dich nur auf", beruhigte Torben ihn. „Freu dich, dass du Eindruck hinterlassen hast. Sigurd haben die beiden nicht einmal wahrgenommen."
Dieser protestierte lautstark, während seine Freunde weitergingen.
„Wir gehen zum Versammlungsort des Brügger Hansekontors am Osterlingenplein", erklärte Sigurd. „Wir Hansekaufleute werden von den Einwohnern übrigens als Osterlinge bezeichnet. Es bedeutet *die aus dem Osten kamen*. Die Handelsniederlassungen der italienischen Seestädte befinden sich am *Alten Börsenplatz*. Er befindet sich am Ende dieser Straße, ein Stück im Süden der Stadt. Dort treffen regelmäßig in- und ausländische Kaufleute zusammen, um ihre Geschäfte zu tätigen."
Torben sah ihn zufrieden an. „Gut, dass du dich hier auskennst. Ich würde mich bestimmt verlaufen."
Sigurd winkte ab.
„Nach ein paar Tagen fühlen wir uns hier bestimmt wie zu Hause.

Dort vorn erhebt sich übrigens die Heilig-Blut-Basilika. An ihr kann man sich gut orientieren. Sie soll die bedeutendste Reliquie des Abendlandes beherbergen – eine Ampulle mit dem Blut Christi."
Torben schaute skeptisch drein.
„Bei Reliquien bin ich immer vorsichtig. In jeder größeren Stadt behaupten die Kirchenoberen, dass ausgerechnet ihre Kirche es sei, die die Gebeine eines Heiligen verwahre. Dabei scheinen ihrer Fantasie keine Grenzen gesetzt zu sein. Einige schwören, sie hätten sogar einen Nagel, mit dem Jesus ans Kreuz geschlagen wurde. Manchmal ist es eine Locke der Jungfrau Maria, vielleicht aber auch ein Splitter vom wahren Kreuz. Sie behaupten auch gern, dass es Segen bringe, wenn man dort betet. Angeblich soll es Krankheiten heilen, Lahme wieder gehend machen und Blinde wieder sehend. Hauptsache, die Pilger spenden dort kräftig für ihr Seelenheil und ermöglichen den Priestern ein Leben in Saus und Braus."
Er winkte heftig ab. Das Thema Kirche brachte ihn jedes Mal in Rage. Sigurd wusste das längst, konnte sich aber ein Schmunzeln nicht verkneifen.
„Angeblich hat ein berühmter Kreuzritter, der aus Brügge stammte, diese Reliquie für seine tapferen Taten während des zweiten Kreuzzugs in Jerusalem erhalten. Auf jeden Fall gibt es die Tradition, sie jedes Jahr zu Christi Himmelfahrt durch die Straßen der Stadt zu tragen. Ich habe es selbst einmal gesehen. Es war sehr beeindruckend. Frauen haben vor Rührung geweint und sind mit zum Gebet gefalteten Händen auf die Knie gesunken. Mütter streckten der Prozession ihre Kinder entgegen und hofften, gesegnet zu werden. Ob es hilft oder nicht. Es bringt die Menschen näher zusammen und lässt sie gemeinsam an das Gute glauben. Allein das ist schon etwas wert, finde ich."
Torben enthielt sich einer weiteren Bemerkung, doch Ranulf bestärkte Sigurd mit einem kräftigen Nicken. Auch wenn er sich dabei nicht von Torben sehen ließ.
„Dort vorn sehe ich schon das Verwaltungsgebäude der Hanse. Lasst uns nachsehen, ob wir etwas in Erfahrung bringen, das uns weiterhilft."
Sie betraten den kantigen, zweistöckigen Bau und liefen einen schmalen Flur entlang.
„Woher seid ihr?", fragte ein älterer Mann, der ihnen entgegenkam und einen mächtigen Bauch vor sich herschob.
„Aus Lübeck und Elbing", erwiderte Sigurd.
„Elbing? Da habe ich den größten Bernstein meines Lebens gefunden", strahlte der Verwaltungsbeamte.

Er zog eine Kette unter seinem Wams hervor und zeigte ihnen einen Stein, der so groß war wie ein Hühnerei. Selbst Torben, der noch nicht viele Erfahrungen mit Bernsteinen aufzuweisen hatte, erkannte sofort, dass dieser Stein recht gewöhnlich war. Trotzdem tat er beeindruckt.
„Alle Achtung! So etwas findet man nur selten. Bernstein soll der Gesundheit zuträglich sein, wenn man ihn immer bei sich trägt."
Der ältere Mann nickte heftig, so dass die Spitze seines eisgrauen Bartes mitwippte.
„Genau! Das habe ich mir auch sagen lassen."
Er blickte sie nacheinander an.
„Was kann ich für euch tun?", fragte er gutmütig.
„Wir sind gerade erst in Brügge eingetroffen und wollen uns einen Überblick verschaffen, bevor wir auf andere Händler zugehen, um mit ihnen Geschäfte zu machen."
„Das ist das richtige Vorgehen. Um als Kaufmann erfolgreich zu sein, braucht man vor allem Informationen. Zurzeit ist in Brügge vieles im Wandel. In diesem Jahr haben einige Abordnungen die Stadt schon früh wieder verlassen. Die Schotten und Portugiesen haben wohl gespürt, dass die Handelssaison bereits zu Ende ist. Im Gegenzug sind die italienischen Abordnungen noch vollzählig vertreten. Und die sind für die Geschäfte der Stadt viel wichtiger."
Er musterte sie kurz. „Was habt ihr denn an Waren anzubieten?"
Torben trat einen Schritt näher.
„Beste Felle und eine Menge Bernstein, die wir gegen Gewürze und vielleicht auch Seide tauschen wollen."
„Das klingt nach einem guten Geschäft. Dann kann euch egal sein, dass einige Händler schon abgereist sind. Schotten kaufen keine Felle. Und Gewürze und Seide bekommt ihr sowieso nur von den Italienern." Er rieb sich das Ohrläppchen, während er überlegte, was er ihnen noch raten könnte. „Habt ihr schon Kontakt zu den Einheimischen aufgenommen?", fühlte er vorsichtig vor.
Sigurd stieß den angehaltenen Atem aus.
„Wir wurden schon freundlich begrüßt."
Sie schilderten kurz ihr Erlebnis und das Aufeinandertreffen mit den feindseligen Flamen, woraufhin der Kaufmann besorgt die Stirn runzelte.
„Ich würde euch gern beruhigen und sagen, dass dies nur ein bedauerlicher Einzelfall war. Aber das wäre gelogen. Leider sind die Flamen in diesem Jahr besonders schlecht auf uns zu sprechen. Dabei ist es völlig gleich, aus welcher Stadt man kommt. Es gehen Gerüchte um, dass sich immer wieder einige Abgesandte der Hanse beim Herzog Philipp von Burgund dafür stark machen, das Brügger Kontor

nach Antwerpen zu verlegen. Das macht die Menschen hier natürlich furchtbar wütend auf uns Händler. Sie leben schließlich davon, mit uns Geschäfte zu machen. Sollten wir nach Antwerpen weiterziehen, würden uns die Händler aus den italienischen Fürstentümern, die Franzosen, Engländer, Schotten, Spanier und was weiß ich wer noch alles, schon bald folgen. In kürzester Zeit wäre Brügge eine Geisterstadt, die dem Zerfall preisgegeben wäre."
Er breitete die Arme aus, um das drohende Ausmaß des Unheils zu untermalen.
„Ist an den Gerüchten denn etwas dran?", fragte Roman.
„Vermutlich schon. Schließlich wurde dieser Schritt vor wenigen Jahrzehnten schon einmal erwogen. Aber da hat Brügge rechtzeitig eingelenkt und die Hanse war zufrieden. Diesmal weiß ich zwar nichts von einer solchen Forderung, aber irgendeine Hansestadt beschwert sich doch immer beim Herzog. Das muss aber keine Folgen haben."
Er rieb sich konzentriert die Stirn.
„In der nächsten Woche soll hier ein Treffen von uns Hansekaufleuten einberufen werden. Vielleicht wird dort mehr verkündet, damit man diesen Gerüchten endlich etwas entgegenzusetzen hat. Bis dahin rate ich zur Vorsicht. Lasst euch von irgendwelchen Geschäftspartnern nicht unter Druck setzen, die unsere heikle Lage ausnutzen wollen. Wie man hört, gibt es davon so einige."
Die Männer sahen sich bedeutungsschwer an. Damit war ihnen die Sorge nicht genommen worden. Doch zumindest wussten sie, woran sie waren. Sie bedankten sich herzlich und schlenderten in einem großen Bogen zu ihrer Unterkunft zurück. Dabei zeigten ihnen Roman und Sigurd einige Besonderheiten der Stadt.
„Der Glockenturm dort vorn hat hunderte Stufen, die immer schmaler werden, so dass es oben ziemlich eng wird", begeisterte sich Roman. „Der Ausblick ist nichts für schwache Nerven. Aber sein Glockenspiel ist weithin berühmt."
Ranulf und Fisker liefen unbeeindruckt weiter. Wenig später blieben sie auf einer kleinen Anhöhe abrupt stehen. Sigurd verzog den Mund zu einem schmalen Lächeln. Die Aussicht hier war wirklich besonders. In der Ferne zeichneten sich die Wallanlagen Brügges ab. Der Anblick war beeindruckend. Einzigartig wurde dieser jedoch durch zwanzig Windmühlen, die auf den Wallanlagen standen und sich deutlich vom Horizont abzeichneten.
„So etwas sieht man auch nicht alle Tage", murmelte Ranulf, während Fisker vielsagend durch die Zähne pfiff. Roman lächelte stolz, als wäre Brügge seine Heimatstadt.

In den nächsten Tagen durchstreiften sie in kleinen Gruppen die Stadt und kamen mit Händlern aus Venedig, Mailand und Florenz ins Gespräch. Vorerst ging es ihnen nur darum, Kontakte zu knüpfen und vorzufühlen, ob Interesse bestand. Sie hatten nicht vor, sich zu übereilten Handlungen verleiten zu lassen.
Torben sprach nur wenige Brocken Italienisch und auch Sigurd war der Sprache nicht mächtig. Doch die Italiener handelten schon seit Jahrzehnten mit Hansekaufleuten und sprachen deren Sprache entweder selbst oder hatten Übersetzer.
Torben und Sigurd machten überall deutlich, dass sie beste Felle und das Gold der Küste, wie sie ihren Bernstein unter sich gern nannten, gegen Gewürze aus der Levante eintauschen wollten. Schnell wurden wichtige Kaufleute auf sie aufmerksam und so dauerte es nicht lange, bis sie die erste Gesprächseinladung erreichte. Ein Kaufmann aus Mailand namens Guiseppe della Torre bekundete Interesse und schlug ein Treffen am gleichen Abend in der Nähe seiner Unterkunft vor.
Als Torben und Sigurd zusagten, stieg die Vorfreude in ihnen auf. Für solche Momente hatten sie sich das ganze Jahr geschunden. Nun kam es darauf an, sich nicht unter Wert zu verkaufen und für ihre Interessen einzutreten.
Am Abend legten sie ihre beste Kleidung an und klemmten sich ein kleines Bündel mit Warenproben unter den Arm, die dem Mailänder Kaufmann die erlesene Qualität ihrer Güter beweisen sollte. Ranulf und Fisker schlossen sich ihnen an. Es konnte nicht schaden, wenn sie für ein wenig Schutz sorgten. Am vereinbarten Treffpunkt in der Nähe des *Alten Börsenplatzes* wurden sie von zwei Gestalten empfangen, die ihnen den Weg in das angrenzende Gebäude wiesen.
„Guiseppe della Torre erwartet Sie bereits", war alles, was einer der beiden Männer von sich gab.
Sie betraten eine unscheinbare Kammer, in der drei Herren saßen, die sich bei ihrem Anblick von ihren Plätzen erhoben und ein strahlendes Lächeln anknipsten.
Guiseppe della Torre, der Älteste unter ihnen, breitete die Arme aus. „Die jungen Hansekaufleute sind eingetroffen. Das freut uns sehr. Herzlich willkommen!"
Sein Haar und Bart waren kurz geschnitten und von weißen Strähnen durchzogen. Sein pelzbesetzter Mantel und seine bestickte Jacke ließen erkennen, dass es sich um einen Mann von Stand handelte.
Er wirkte selbstsicher und musterte sie ausgiebig und ungeniert.
Sie traten aufeinander zu und wechselten einen festen Händedruck. Auch die beiden jüngeren Männer lächelten wohlwollend. Sie waren dem Älteren wie aus dem Gesicht geschnitten.

„Das sind meine Söhne, Pagano und Martino. Sie haben sich ihre ersten Sporen in diesem Geschäft verdient und werden einmal in meine Fußstapfen treten."
Sigurd und Torben stellten sich ebenfalls vor und nahmen dann mit den Italienern an einem schmucklosen Tisch Platz. Ranulf und Fisker hielten sich, genau wie die zwei bullig wirkenden Begleiter der Mailänder, im Hintergrund. Ein Diener brachte Erfrischungen und zog sich sogleich wieder zurück.
„Bitte entschuldigt den wenig vorzeigbaren Ort. Aber wir möchten nicht, dass alle Welt von unseren Geschäften erfährt. Es gibt viel Neid unter den Kaufleuten. Da ist es besser, nicht alles in der Öffentlichkeit zu besprechen."
Sigurd und Torben neigten leicht den Kopf. An welchem Ort die Gespräche mit ihren Handelspartnern stattfanden, war ihnen egal. Allerdings ließ dieses Vorgehen auf Spannungen innerhalb der einzelnen Fürstentümer der Italiener schließen. Sie beschlossen auf der Hut zu sein.
„Unsere Familie handelt seit vielen Jahrzehnten mit den edelsten Gewürzen aus der Levante sowie mit Brokat, Damast und Seide. Die Webstühle in unseren Fabriken laufen Tag und Nacht, um der großen Nachfrage Herr zu werden."
Er lächelte selbstbewusst.
„Dort drüben stehen einige Proben. Vielleicht möchtet ihr einmal an unserem Muskat schnuppern? Er kommt aus Damaskus und ist von erlesener Qualität. Nur zu, erfreut euch an den Gerüchen des Orients. Auch einige Stücke Brokat liegen dort bereit."
Torben stand auf und ließ das Gewebe aus feiner Seide durch die Finger gleiten. Dabei bewunderte er die Gold- und Silberfäden, die kunstvoll hineingewebt worden waren.
Sigurd nickte lächelnd.
„Genau daran sind wir interessiert. Wir bieten im Gegenzug Bernsteine, das Gold der Ostsee, sowie Felle aus den Weiten Russlands, die ihresgleichen suchen."
Er nickte Ranulf zu, der ihre mitgebrachten Bündel auf dem Tisch ausbreitete. Nun war es an den Italienern, sich einen Eindruck von der Ware zu verschaffen. Guiseppe della Torre nahm die Felle ausgiebig in Augenschein.
Torben gefiel der Blick nicht, mit dem er sie musterte. Sein Lächeln wirkte aufgesetzt und kalt. Immer wieder wanderten seine stechenden Augen zwischen Sigurd, Torben und den Waren umher. Als er sich zu seinen Söhnen umsah, verzog Pagano verdrießlich den Mund.
„Die Felle mögen in Ordnung sein. Aber es sind Waren, die man in

Brügge an jeder Straßenecke kaufen kann. Dafür sind unsere Waren aus der Levante zu kostbar."
Er lächelte hochmütig.
„Außerdem könnte ich mir vorstellen, dass Brügge für euch Hansekaufleute in diesen Tagen ein heißes Pflaster ist. Mit jedem Tag, den ihr hier verweilt, nimmt der Druck auf euch zu. Vielleicht sinken die Preise ja noch deutlich, wenn wir ein wenig warten?"
Seine Augen funkelten bösartig. Sein Vater schürzte die Lippen, äußerte sich aber nicht zu dieser unverhohlenen Drohung. Seinem tiefdunklen Gesicht war keine Regung anzusehen.
Torbens Brust hob und senkte sich merklich. Solche Frechheiten konnte er nicht unerwidert hinnehmen. Zudem wurde ihm gerade bewusst, dass er diesen Pagano nicht zum ersten Mal sah.
Doch bevor es aus ihm herausplatzte, hob Sigurd die Schultern und wandte sich dem Familienoberhaupt zu. Seine Stimme klang beinahe gelangweilt, als er zu sprechen begann.
„Wenn das auch eure geschätzte Meinung ist, verschwenden wir hier unsere Zeit. Wir haben nicht vor, uns Beleidigungen von einem Jüngelchen anzuhören, dem der Respekt vor dem ehrbaren Beruf eines Kaufmanns fehlt."
Guiseppe della Torre breitete theatralisch die Arme aus und streckte die Handflächen gen Himmel.
„Bitte entschuldigt die unbedachte Äußerung meines Sohnes. Er ist manchmal etwas impulsiv. Wir sollten nicht vorschnell handeln, meine Freunde. Von wie vielen Fellen dieser Qualität reden wir eigentlich?"
Sigurd schürzte die Lippen. Allmählich verstand er, wie diese Italiener vorgingen.
„Es sind dreitausend Felle. Allesamt erstklassig. Ihr werdet in ganz Brügge nichts Besseres kaufen können. Das gleiche gilt für unseren Bernstein." Dabei sah er den drei Mailändern in die Augen.
„Sicher gibt es noch andere Kaufleute, die Bernstein feilbieten. Aber unsere schönsten Steine sind fein geschliffen. In ihnen spiegelt sich das Sonnenlicht. Sie lassen sich zu Ketten, Broschen oder Ringen weiterverarbeiten. Wenn euch die Qualität unserer Waren nicht zufriedenstellt, sagt es ruhig. Es gibt noch weitere Interessenten. Ihr werdet nicht die letzten Kaufleute sein, mit denen wir das Gespräch suchen."
Sein letzter Blick galt Pagano.
„Aber spielt keine Spielchen mit uns. Den Wert unserer Waren kennen wir sehr genau. Wir haben zwei Fässer, die bis zum Rand mit Bernstein gefüllt sind. Dazu noch zwei kleine Kisten mit ganz besonderen Steinen. Ein paar der Stücke habt ihr hier gesehen. Wir

wollen nicht wie die letzten Krämerseelen mit euch feilschen. Daher macht ein Angebot, über das es sich zu reden lohnt, oder lasst es bleiben. Sollte es uns zusagen, legen wir gern noch einen Stein dazu, der außergewöhnlich ist. Vielleicht so etwas wie diesen Fund hier."
Er holte einen kindskopfgroßen geschliffenen Bernstein hervor und legte ihn vor dem Familienoberhaupt ab. Dieser starrte den Stein an, als hätte er einen Geist gesehen. Erst wollte er sich vornehm zurückhalten, um seine Begeisterung nicht offensichtlich werden zu lassen. Doch dann brach es aus ihm heraus.
„Was für eine Größe!", staunte er ergriffen.
„Beachtet die Farbe!", pries Sigurd die Ware an. „In seinem Innern seht ihr ein kleines Eichenblatt, das dort für die Ewigkeit eingeschlossen ist."
In den Augen der Italiener schimmerte die Gier. Torben war sich sicher, dass sie alles dafür tun würden, diesen Stein in ihre Hände zu bekommen.
Das Familienoberhaupt lächelte sie gleich darauf übertrieben höflich an.
„Es ist nicht das erste Mal, dass wir mit Bernstein handeln. Mailand ist ein guter Platz für diese Ware. Aber wie können wir sicher sein, dass es sich wirklich um Bernstein handelt? Es hat schon Halunken gegeben, die versucht haben, uns geschliffenes Glas als Bernstein zu verkaufen."
Dabei lächelte er boshaft. „Natürlich haben sie es schnell bereut, dass sie uns hintergehen wollten."
Sigurd lachte rau. Natürlich verstand er die Warnung. Doch er hatte nicht vor, sich einschüchtern zu lassen.
„Vielleicht solltet ihr sorgfältiger auswählen, mit wem ihr eure Geschäfte tätigt. Dabei ist es ganz leicht, einen solchen Schwindel aufzudecken. Nehmt einfach zwei Becher und füllt einen mit Salzwasser und den anderen mit Flusswasser. Bernstein sinkt in Flusswasser, schwimmt jedoch in Salzwasser."
Er blickte Guiseppe della Torre an, der ihm mit zerfurchter Stirn aufmerksam lauschte.
„Steine und Glas versinken in beiden Bechern. Damit ist ein Betrug ausgeschlossen."
Dieser kniff die Augen zu schmalen Schlitzen zusammen und musterte sie erneut, diesmal noch gründlicher als zuvor.
„Ihr mögt beide noch jung sein. Doch ihr versteht euer Geschäft."
Sigurd sah ihn an, ohne das Lächeln zu erwidern.
„Vergesst das nicht", erwiderte er knapp und ließ dabei offen, ob er sich auf den Test oder seine Geschäftskenntnis bezog.

Guiseppe della Torre nickte einvernehmlich.
„Es war gut, dass wir uns kennengelernt haben. Unser Angebot wird euch in drei Tagen vorliegen. Vielleicht ist der heutige Tag ja der Beginn einer langen und vertrauensvollen Zusammenarbeit."
Sie verabschiedeten sich voneinander und gingen ihrer Wege.
Kaum waren sie um die nächste Ecke gebogen, fragte Torben seine Freunde, was sie von den Mailändern hielten.
„Aalglattes Pack", murmelte Ranulf. „Denen würde ich nie den Rücken zudrehen, aus Angst, dass sie mir ein Messer reinrammen."
Fisker nickte dazu.
„Wieselscheiße", war alles, was er sich entlocken ließ.
Sigurd grinste. Das mochte er an Fisker. Niemals unnötig viele Worte verlieren.
Torben sah sie bedeutungsschwer an.
„Selbst wenn uns diese Leute ein Angebot zukommen lassen, sollten wir uns fragen, ob wir wirklich Geschäfte mit ihnen machen wollen. Hinzu kommt noch etwas anderes. Ranulf, ist dir das Gesicht des jüngsten Sohnes, Pagano, auch bekannt vorgekommen?"
Ranulf legte die Stirn in Falten, während er angestrengt nachdachte.
„Nicht, dass ich wüsste", erwiderte er verdrossen. „Wieso? Habe ich was übersehen?"
„Sigurd und Fisker, ihr zwei seid nicht dabei gewesen, als wir den anderen Hansekaufleuten beigestanden haben. Sie wurden von einer großen Gruppe Einheimischer attackiert und haben die Hälfte ihrer Waren verloren. Ihnen ist nur deshalb nichts Schlimmeres widerfahren, weil wir gerade rechtzeitig kamen, um ihnen zu helfen. Einer der vier Kaufleute wurde von einem Stein am Kopf getroffen und wäre beinahe ertrunken. Und jetzt ratet mal, wer diesen Stein geworfen hat?"
Sigurd riss die Augen auf.
„Du meist, dieser verzogene Mistkerl war daran beteiligt?"
Torben nickte kräftig.
„Er stand mitten in der aufgeputschten Menge und hat sich diebisch über seine Tat gefreut. Dann hat er die jungen Kerle aufgehetzt, während er oben auf der Böschung stand. Ganz bewusst hat er es tunlichst vermieden, selbst gegen die Hansekaufleute vorzugehen. Dieses überhebliche Auftreten und den stechenden Blick habe ich sofort wiedererkannt."
Sigurds Gesicht verdüsterte sich. „Allmählich bekommen wir eine Vorstellung davon, mit wem wir es zu tun haben. Bei den Mailändern sollten wir mit dem Schlimmsten rechnen."

Der nächste Tag bot ihnen einen wolkenfreien Himmel. Schon vor der Mittagsstunde wurde es drückend heiß in den Straßen. Während Torben und Sigurd mit ein paar Freunden in der Stadt unterwegs waren, saßen Sascha, Tobias, Marco und Roman in ihrem Quartier und stöhnten über die Hitze.
„Dabei bringen die Grachten bereits ein wenig Kühlung“, murmelte Roman. „Ich will mir lieber nicht ausmalen, wie die Luft am Nachmittag sein wird.“
„Warum unternehmen wir vier nicht was zusammen?“, fragte Tobias und blickte die anderen erwartungsvoll an.
„Wir könnten uns einen Lastkahn ausborgen und ein wenig durch die Grachten schippern“, schlug er vor. „Hinterher gehen wir in eine der Schankstuben. Das flämische Bier ist natürlich nicht so gut wie das hamburgische Bier, aber nahe dran.“
Roman nickte begeistert und auch Sascha hob erwartungsvoll den Kopf.
„Was ist mit dir, Marco? Vielleicht lernen wir einige Frauen kennen. Das müsste dir doch gefallen.“
„Ich passe“, erwiderte Marco ungerührt.
Tobias musterte ihn erstaunt.
„Wo haben wir dich verloren? Bei dem Gedanken, mit uns Landratten aufs Wasser zu müssen, oder beim billigen flämischen Bier?“
Marco grinste ihn an.
„Eigentlich schon bei: *Lasst uns vier was zusammen unternehmen.*“
Sie brachen bei dieser Frechheit allesamt in lautes Gelächter aus. Marco freute sich selbst am meisten über seinen Scherz. Ihm liefen die Tränen über die Wangen und sein Kopf hatte bereits eine bedenklich purpurne Farbe angenommen. Allmählich bekam er wieder Luft und beruhigte sich.
Dann verschränkte er die Finger und ließ unternehmungslustig seine Knöchel knacken.
„Wartet in Lübeck eigentlich eine Freundin auf dich?“, wandte er sich an Roman.
Bei dieser direkten Frage lief Roman rot an.
„Eigentlich nicht“, stammelte er.
„Gut!“, erwiderte Marco. „Dann zeige ich dir mal etwas von der Stadt, was du bestimmt noch nicht kennst.“
Er sah Sascha und Tobias auffordernd an.
„Kommt ihr mit? Ich will ins Badehaus. Anderswo hält man es bei diesem Wetter sowieso nicht aus. Auf den Grachten herumzuschippern, könnt ihr mir als Seemann nicht ernsthaft vorschlagen.“
Die beiden bekundeten ihre Zustimmung und so machten sie sich auf

den Weg.
Roman druckste ein wenig herum, rückte dann aber doch mit der Sprache heraus.
„Wir sollten darauf achten, dass wir kein Deutsch reden, wenn wir uns unters Volk mischen“, schlug er vor.
„Vielleicht ersparen wir uns dadurch einigen Ärger.“
Marco schlug ihm anerkennend auf den Rücken.
„Guter Vorschlag. Falls was sein sollte, übernimmst du das Reden. Ansonsten mache ich mir da wenig Sorgen. Schließlich sehen Sascha, Tobias und ich nun wirklich nicht wie vornehme Hansekaufleute aus.“
Sie schlenderten die Straßen entlang, wobei sie möglichst im Schatten der Gebäude blieben. Irgendwann schmunzelte Marco.
„Ich war lange nicht mehr hier. Aber manches vergisst man nie.“
Er deutete quer über einen Platz, in dessen Mitte ein Springbrunnen für Abkühlung sorgte.
„Die rote Tür dort drüben ist unser Ziel. In diesem Badehaus war ich schon mehrfach zu Gast.“
Er schmunzelte leicht. „Hab es nie bereut.“
Vor ihnen schlüpften zwei Gäste hinein, denen sie sich anschlossen. Lautes Lachen hallte ihnen entgegen. Roman zögerte, doch Marco gab ihm einen sanften Schubs.
„Nun ziere dich doch nicht so. Bist ja schlimmer als eine Jungfrau. Dabei erwartet uns hier ein echtes Vergnügen.“
Seine Augen strahlten voller Vorfreude. Sie betraten eine kleine Kammer, in der eine alte Frau ihnen auffordernd die Hand entgegenstreckte. Marco zählte einige kleine Münzen hinein und winkte seine Freunde weiter.
Ein Bediensteter wies sie zu einem Raum, in dem sie sich entkleideten. Dann nahmen sie sich ein sauberes, weiches Handtuch vom Stapel und banden es sich um die Hüften. Gleich hinter dem Raum begann das Badehaus. Marco hatte die Führung übernommen und Roman folgte ihm zögerlich. Trotzdem war er furchtbar neugierig, was er wohl zu sehen bekommen würde. Erst einmal nicht viel, denn die Nebelschwaden vor ihm waren so dicht, dass er kaum die Hand vor Augen sah. Bedienstete führten sie in einen Raum, in dem ihnen aus großen Kübeln heißes Wasser über den Körper geschüttet wurde. Ein junger Bursche reichte ihnen duftende Öle, an denen sie prüfend schnupperten. Dann liefen sie weiter und tasteten sich vorsichtig mit den Füßen bis an den Rand eines Wasserbeckens vor. Marco prüfte die Temperatur, grunzte dann laut und glitt hinein. Er tauchte ganz unter und ließ sich von dem warmen Wasser umspülen. Die Wärme entspannte seine Muskeln und machte ihn träge.

Neben ihm tauchte prustend Sascha auf.
„Das werde ich ab sofort jeden Tag machen", verkündete er feierlich, während er seine breiten Schultern kreisen ließ.
„Wirklich?", erwiderte Tobias lachend. „Normalerweise bekommt man dich höchstens zwei- oder dreimal pro Jahr in einen Wasserbottich. Du willst doch nicht mit deinen Gewohnheiten brechen. Wenn da mal nicht eine Frau dahintersteckt."
Sascha grinste und streckte ertappt die Arme aus.
Marco unterbrach ihre Frotzeleien.
„Da hinten stehen noch einige Badebottiche, in denen ihr in richtig heißes oder eiskaltes Wasser eintauchen könnt. Sogar ein Schwitzbad haben sie, auch wenn es dafür heute zu heiß ist."
Tobias sah sich neugierig um. So etwas hatte er noch nie gesehen.
„Und was ist das da hinten?"
Er deutete zu einigen Liegen hinüber, auf denen Besucher lagen und sich entspannten.
„Da kannst du dir von einem Bader den Kopf waschen, aber auch dein Haar sowie den Bart schneiden lassen. Außerdem gibt es dort Speisen und Getränke und, wenn man möchte, auch Unterhaltung wie Spiel und Gesang."
Marco beugte sich zu Roman hinüber.
„Ihr kennt noch nicht alle Freuden dieses Hauses."
Dabei zeigte er auffordernd zu einigen kleinen Kammern hinüber, die mit weißen Tüchern vom Badebereich abgetrennt waren.
„Nur Mut! Ihr werdet es nicht bereuen."
Roman sah ihn unsicher an.
„Was genau erwartet mich da?"
Marco zwinkerte ihm zu.
„Kein Grund gleich die Flucht zu ergreifen, Roman. In den Kammern kann man sich massieren lassen. Das mag ungewöhnlich sein. Aber wer es mal versucht hat, kommt garantiert wieder. Wir haben in den letzten Wochen auf See hart gearbeitet. Lasst euch den Rücken massieren. Danach fühlt ihr euch wie neu geboren."
Roman kämpfte mit sich. Dann gab er sich einen Ruck und steuerte eine der Kammern an. Marco nickte zufrieden.
„Na, bitte. Der Junge hat Mumm. Das gefällt mir. Aus dem machen wir noch einen richtigen Mann."
Tobias schürzte die Lippen. „Hier kann man sich doch bestimmt auch andere Freuden kaufen, oder?"
Marco lächelte ertappt.
„Sicher doch. Aber das wollte ich Roman nicht so direkt auf die Nase binden. Er war schon nervös genug. Soll er sich entspannen. Dann

sorge ich dafür, dass er seinen Spaß hat."

Er blinzelte seinen Freunden zu, die sein Lächeln erwiderten.

„Wie steht es mit euch? Ihr könnt euch auch mit einer der Mägde vergnügen. Seht euch mal um. Einige von ihnen sind recht hübsch. Ich für meinen Teil sage nicht nein."

Sascha winkte lächelnd ab. Er dachte in jeder freien Minute an Katja und hatte nicht vor, ihr Vertrauen zu missbrauchen. Doch Tobias war frei und ungebunden. Deshalb rieb er unternehmungslustig die Hände aneinander und steuerte ebenfalls auf eine der Kammern zu.

„Man lebt nur einmal," murmelte er, während er hinter einem der Vorhänge verschwand.

Währenddessen hatte Roman neugierig die Kammer betreten. Ein kräftiger Mann erwartete ihn und deutete auf eine Liege. Romans erster Impuls war es zurückzuweichen. Der Mann stand mit freiem Oberkörper vor ihm und war stark behaart. Was würde dieser kräftige Kerl mit ihm anstellen? Allerdings wollte er sich keine Blöße geben und einen Rückzieher machen. Nicht, dass seine Kameraden sich über ihn lustig machten. Also legte er sich auf die Liege und wartete gespannt.

Der Mann ließ warmes Öl auf seinen Rücken fließen und begann, ihn mit kräftigen Griffen zu massieren. Anfangs erschien es Roman merkwürdig, von einem fremden Mann berührt zu werden. Aber schnell stellte er fest, dass dieser sein Handwerk verstand. Und so überließ er sich der wohltuenden Prozedur. Seine verspannten Muskeln lockerten sich allmählich. Irgendwann musste er eingeschlafen sein. Ein leichtes Räuspern drang an sein Ohr. Träge hob er den Kopf und blickte in ein Gesicht mit großen dunklen Augen, das von schwarzen Locken umrahmt war. Er rappelte sich auf und sah ein hübsches Mädchen, das noch einen weiteren Schritt auf ihn zutrat.

„Bist du Roman?"

Er nickte matt.

„Ich bin Mieke und werde dir deinen Aufenthalt versüßen, solange du in diesem Haus zu Gast bist."

Sie begann seine Schultern zu massieren.

Roman sah sie erstaunt an.

„Mieke?", fragte er nach. „Aber ich ..."

Mieke verstärkte den Druck auf einen Punkt zwischen seinen Schulterblättern und wurde mit einem zufriedenen Seufzen belohnt.

Roman wollte etwas sagen, doch Mieke legte ihm einen Finger auf die Lippen und zog ihm dabei das Handtuch weg.

Einen Moment lang sah er sie sprachlos an. Dann ließ sie mit einer

geschmeidigen Bewegung auch ihr Tuch fallen und genoss es, seinen Blick auf ihrem Körper zu spüren. Sie verteilte etwas von dem warmen Öl auf ihm und setzte sich auf seinen Bauch. Roman schluckte. Doch die spielerischen Bewegungen fühlten sich wunderbar an. Also gab er seinen Widerstand auf und schloss genießerisch die Augen. So etwas hatte er noch nie erlebt. Mieke nutze nun ihren gesamten Körper, um ihn zu massieren. Ihre üppigen Brüste fühlten sich weich an auf seiner Haut und es dauerte nicht lange, bis die Massage Wirkung zeigte. Mieke griff nach seinem Glied und massierte es mit geübten Bewegungen. Roman hielt es nicht länger auf der Liege. Er richtete sich auf und streichelte sie zaghaft.
Sie ermutigte ihn und schließlich vergnügten sie sich hemmungslos miteinander. Roman konnte hören, dass es seine Kameraden in den anderen Kammern ähnlich hielten. Später badeten sie gemeinsam, bevor sie sich in den dichten Nebelschwaden erneut dem Liebesspiel hingaben. Die Stunden vergingen wie im Rausch. Kurz fragte er sich, ob er das alles nur träumte. Erschöpft schlief er ein.
Irgendwann wich der süße Dämmerzustand und Roman fand in die Wirklichkeit zurück. Er trat aus der Kammer und blickte in die breit grinsenden Gesichter seiner Freunde.
„Er sieht aus wie ein richtiger Mann, findet ihr nicht?“
Marco lächelte stolz.
„Du hattest hoffentlich deinen Spaß. Zwischendurch hatte ich Angst, dein Mädchen schreit das ganze Badehaus zusammen.“
Romans Wangen färbten sich rot, doch er grinste und hielt dem Blick seiner Freunde stand.
Sie hielten auf den Raum zu, in dem sie ihre Kleidung zurückgelassen hatten. Tobias wollte gerade etwas sagen, als ein breitschultriger Kerl mitten in ihn hineinlief. Dabei verlor Tobias das Gleichgewicht und stürzte zu Boden. Der Kerl hielt sich auf den Beinen und wandte sich ihm zu.
„Du kommst mir besser nicht in die Quere“, zischte er ihm auf Flämisch zu.
Tobias hielt sich die schmerzenden Rippen und rappelte sich auf. Er verstand kein Wort von dem, was der Kerl zu ihm gesagt hatte.
„Was will dieser Arsch mit Ohren von mir?“, fragte er Roman und Marco.
Der Kerl stutzte kurz, dann zogen sich seine Augen zu schmalen Schlitzen zusammen.
„Deutsche“, raunte er seinen beiden Gefährten zu, die zu ihm aufgeschlossen hatten. Es war offensichtlich, dass sie Ärger suchten. Doch jetzt wirkten sie noch feindseliger.

„Ihr habt in Brügge nichts verloren. Bestimmt seid ihr nur einige von diesen Hansekaufleuten, die unsere Stadt ausplündern wollen. Euch werden wir eine Lektion erteilen."
Auch ohne dass Roman oder Marco die Worte übersetzten, war Sascha und Tobias klar, was sie bedeuteten. Schließlich waren sie in ihrem Leben in mehr als eine Auseinandersetzung verwickelt worden. Marco seufzte laut, als würde er ihre Lage zutiefst verabscheuen. Dann wirbelte er herum und trat dem Anführer der kleinen Gruppe in den Bauch. Als dieser sich vor Schmerzen krümmte, fällte er ihn mit einem brutalen Schlag gegen den Kopf. Sascha reagierte sofort und riss einen der beiden Begleiter zu sich heran. Er schmetterte ihm seine Stirn so fest ins Gesicht, dass die Nase des Mannes knackend brach. Blut schoss aus ihr hervor und der Flame schrie vor Schmerz. Während Roman mit dem dritten Mann rang, drängte sich Marco dazwischen.
„Ich darf mal, ja?"
Er schlug dem Flamen seine Faust gegen den Kopf, woraufhin dieser in die Knie brach. Doch das reichte Marco noch nicht.
„Euch werde ich lehren, mit harmlosen Gästen Streit anzufangen. Einen Rat habe ich noch für euch", fauchte er den wehrlosen Kerl an. „Schaut euch vorher genau an, mit wem ihr euch anlegt."
Dann stieß er ihm sein Knie an den Kopf, so dass dieser auf den Bretterboden knallte und sich nicht mehr rührte.
Marco atmete tief durch und ließ einmal den Kopf kreisen.
„Das hat Spaß gemacht. Vielleicht sollten wir sie wecken und gleich noch einmal vermöbeln."
Roman sah ihn mit weit aufgerissenen Augen an. Bei Marco war er sich nie sicher, ob dieser meinte, was er sagte.
„Nüchtern bin ich verdammt gut", erklärte Marco ihm. „Meistens bin ich allerdings betrunken, wenn es zum Streit kommt. Weil ich im Rausch viel zu langsam bin, habe ich bestimmt die Hälfte der Schlägereien verloren. Aber betrunken macht es mir halt auch doppelt so viel Spaß."
Er verzog das Gesicht zu einem matten Lächeln und sah sich nach Tobias um, dem Sascha gerade dabei half, sich wieder aufzurichten.
„Geht's wieder?", fragte Sascha ihn.
Tobias winkte ab.
„Der Kerl hat mir fast die Rippen gebrochen. Und ich bin nun wirklich kein Leichtgewicht. Am liebsten würde ich ihm eine verpassen. Aber das hat Marco ja schon für mich übernommen."
Marco musterte den bewusstlosen Anführer misstrauisch. Dabei entdeckte er, dass dieser ein verräterisches Mal um den Hals trug. Dann näherten sich schnelle Schritte. Ein Bader kam auf sie zugeeilt,

drei Knechte folgten dichtauf. Sie wirkten entschlossen, sich den Ärger nicht bieten zu lassen. Doch als sie die kleine Gruppe erreicht hatten, verharrten sie einen Moment und besahen sich die Gestalten auf dem Bretterboden genauer. Dann schnaufte der Bader abfällig.
„Da habt ihr ja noch mal Glück gehabt. Ich habe gesehen, wie die drei euch in einen Streit verwickeln wollten. Ist wohl nicht gut ausgegangen für sie."
Er lachte gehässig.
„Trotzdem verschwindet ihr besser von hier. Und zwar bevor dieser Kerl wieder aufwacht und auf Rache aus ist. Zufällig kenne ich den Mann. Er hat schon mehr als einmal für Ärger gesorgt und deshalb Hausverbot. Wenn man den Gerüchten Glauben schenken darf, stammt er ursprünglich aus Antwerpen, hat sich aber schon überall herumgetrieben."
Er beugte sich vor und musterte sein Gesicht. „Das ist er, ohne Zweifel. Ist euch das Mal an seinem Hals aufgefallen?"
Marco und Roman nickten, während die anderen beiden nur ahnen konnten, worum es in diesem Gespräch ging.
„Das hat er sich redlich verdient. Auf Gotland soll er zwei Männer getötet haben. Dafür wollten sie ihn hängen. Aber der Strick ist gerissen. Da haben sie ihn laufen lassen."
Er schüttelte den Kopf.
„Wenn ihr mich fragt, hätten sie den Strick flicken und es gleich noch einmal versuchen sollen. Und jetzt macht, dass ihr wegkommt."
Marco bedankte sich bei dem Bader und dann suchten sie das Weite. Anfangs sah Roman sich noch einige Male um, ob sie verfolgt wurden. Seine Knie waren von dem plötzlichen Schreck noch ein wenig weich. Am liebsten hätte er sich hingesetzt.
„Du musst mir bei Gelegenheit mal zeigen, wie man so kämpft. Das war hinterhältig, gemein und ungeheuer beeindruckend. Ein paar solcher Kniffe würde ich auch gern können."
Marco winkte ab. „Wir wurden schließlich angegriffen. Da ist es nur richtig, sich mit allen Mitteln zur Wehr zu setzen."
Er lächelte böse.
„Dafür musst du dich allerdings jahrelang in Tavernen herumgetrieben und ordentlich Ärger gesucht haben. Dabei lernt man nämlich am meisten. Gerade, wenn man auch mal an den Falschen gerät und ordentlich was einstecken muss."
Er verzog kurz den Mund. „Wenn ich mich recht entsinne, habe ich auf diese Weise sogar Torben kennengelernt."
Roman riss die Augen weit auf.
„Wer hat gewonnen?", fragte er atemlos.

Marco schüttelte den Kopf. „Das bleibt unser Geheimnis.“
Sie liefen eine ganze Weile schweigend nebeneinander her. Kurz bevor sie ihr Wirtshaus erreichten, wandte Roman sich noch einmal an Marco.
„Das Ende dieser Unternehmung war zwar nicht so ganz nach meinem Geschmack. Und dennoch: Danke, Marco!“
Marco fletschte die Zähne.
„Gern, mein Junge.“

Im August des Jahres 1369 hatten einige Kaufmannsdelegationen Brügge bereits verlassen. Auch die Zahl der Hansekaufleute war geringer als zu dieser Jahreszeit üblich. Trotzdem wurde weiterhin reger Handel betrieben. Die Straßen waren nicht mehr ganz so überfüllt, wie die Menschen es gewohnt waren. Doch Torben und Sigurd war das durchaus recht.
Noch immer war es problemlos möglich, Waren jeglicher Art zu erwerben. Englische Händler priesen unentwegt Wolle für die Tuchproduktion an. Mittlerweile hatten sie aber von ihren Preisen ein wenig heruntergehen müssen, weil in diesem Jahr ungewöhnlich viel Wolle den Weg aufs Festland gefunden hatte.
Der Wein aus Frankreich und Italien war gefragt wie eh und je. Ständig wechselten Fässer den Besitzer und wurden von Knechten auf dem Weg ins Lager durch die Straßen gefahren. Sigurd und Torben begutachteten aus Interesse eine Lieferung Lammfelle aus Spanien, waren sich aber einig, darin keine Gefahr für ihre Waren erkennen zu können.
Immer wieder führten sie Gespräche mit Kaufleuten aus italienischen Fürstentümern. Einige von ihnen kannten Sigurd bereits. Sie hatten in den Vorjahren Geschäfte mit seinem Vater abgeschlossen. Das erleichterte ihnen die Kontaktaufnahme.
Nach einem gemeinsamen Abend in einer Schänke verabschiedeten sie sich von einer Gruppe Kaufleute aus Florenz, verbunden mit dem Versprechen, die begonnenen Gespräche in Kürze fortzusetzen. Der schwere Wein und die anregenden Gesprächsthemen hatten dazu beigetragen, den Abend auf angenehmste Weise zu gestalten. Mittlerweile sprach Torben sogar einige Brocken Italienisch. Es reichte nicht aus, um eine Verhandlung zu führen. Doch immer öfter konnte er, auch ohne die Hilfe eines Übersetzers, einigen Sätzen die wichtigsten Informationen entnehmen. Seine Bemühungen wurden von den Italienern gern gesehen. Auch wenn er mehr als einmal für Erheiterung gesorgt hatte, als er sich an der Aussprache versuchte. Doch nun spürten sie, wie sie träge und ein wenig müde wurden.

Noch bevor sie sich von ihren Stühlen erheben konnten, schoben sich vier Männer an ihren Tisch. Sigurd hob erstaunt die Augenbrauen, als er Guiseppe della Torre, dessen jüngsten Sohn Pagano und zwei bullige Leibwächter erkannte, die ihm von ihrem ersten Aufeinandertreffen noch in Erinnerung geblieben waren.
„Sind wir verabredet?“, fragte Torben erstaunt. „Soweit wir wissen, haben wir euer Angebot dankend abgelehnt.“
Guiseppe stützte die Fäuste auf dem Tisch ab und beugte sich zu ihnen herunter.
„Es hat uns geschmerzt, davon zu hören. Wir hatten gehofft, dass wir uns noch einigen würden. Da haben wir uns gefragt, ob wir bei unserem Gespräch nicht deutlich genug geworden sind.“
Er musterte sie kalt, als wüsste er sich ihr Verhalten nicht zu erklären.
„Habt ihr vielleicht einmal vom Mailänder Oberhaupt, Bernabo Visconti, gehört?“
Eine Antwort wartete er gar nicht erst ab und fuhr stattdessen fort.
„Dieser Mann ähnelt den schrecklichsten römischen Imperatoren. Er würde alles tun, um seine Interessen durchzusetzen. Seine Lieblingsbeschäftigung ist die Eberjagd. Nur in diesen wilden Tieren sieht er ebenbürtige Gegner. Wer ihn dabei stört, wird seinen fünftausend Jagdhunden zum Fraß vorgeworfen. Sein Volk muss diese Hunde füttern und ist für die Gesundheit seiner Lieblinge verantwortlich. Steuern treibt er unter Androhung von Strafe gnadenlos ein, so dass das Volk zitternd bezahlt, was immer er verlangt.“
Torben erhob sich endgültig und starrte dem Familienoberhaupt der *della Torres* in die Augen.
„Warum erzählt ihr uns das alles?“, verlangte er zu wissen.
Der ältere Mann hob die Hand.
„Dazu komme ich gleich. Ich bin fast fertig. Besagter Bernabo hat fünfzehn eheliche und zehn uneheliche Kinder, wenn ich nicht den Überblick verloren habe. Allein drei davon hat er mit Wittelsbacher Herzögen aus Deutschland verheiratet. Eine Tochter mit einem Herzog aus Österreich und eine weitere, seine Lieblingstochter Donnina, mit einem gewissen Hawkwood, dem Anführer der *Weißen Kompanie*. Sagt euch dieser Begriff zufällig irgendetwas?“
Torben und Sigurd tauschten einen wissenden Blick. Doch Guiseppe hatte sich in Rage geredet.
„Solche Männer will man nicht zum Feind haben. Und das werdet ihr, wenn ihr bei eurer Absage bleibt. Also schlage ich vor, ihr überdenkt eure Lage noch einmal, bevor ihr euch euer eigenes Grab schaufelt.“
Torben schüttelte ganz langsam den Kopf, ließ Guiseppe dabei jedoch

nicht aus den Augen.
„Ja – wir haben schon von der *Weißen Kompanie* gehört. Auch die Hansestädte heuern manchmal Söldner an, wenn kein anderer Ausweg bleibt. Aber wir lassen uns von euch keine Angst einjagen. Leider hat eure Familie die unangenehme Eigenschaft, ihren Handelspartnern ständig zu drohen. Damit mögt ihr in euren Kreisen Erfolg haben. Mit uns allerdings werdet ihr keine Geschäfte machen. Wir handeln nach Treu und Glauben. Unser Handschlag zählt, genau wie unser einmal gegebenes Wort. Bei euch allerdings hätten wir immer das Gefühl, uns in eine Schlangengrube zu setzen. Deshalb bleibt es bei unserem Nein!“
Der jüngste Sohn Pagano stieß zischend die Luft aus. Sein Gesicht war rot angelaufen. Man sah ihm an, dass er sich am liebsten auf die beiden Kaufleute gestürzt hätte. Doch es waren so viele Leute anwesend, so dass er sich widerstrebend beherrschte.
Guiseppes Gesicht wirkte wie versteinert. Er stieß einen Fluch aus und spuckte vor ihnen auf den Tisch. Dann wandte er sich ab und lief hinaus. Seine Begleiter folgten ihm.
„Wir haben uns einen Feind gemacht“, murmelte Sigurd, bei dem die unverhüllten Drohungen nachhallten. „Aber wir hatten keine Wahl. Ich lasse mich nicht bedrohen!“
Torben nickte düster. „Ich genauso wenig. Die Mailänder haben uns behandelt, als wären wir ihre Leibeigenen und keine freien Hansekaufleute. Wir sollten unsere Freunde warnen und nie mehr allein unterwegs sein. Ab sofort müssen wir immer die Augen offenhalten und auf alles vorbereitet sein.“

Kaum hatten Guiseppe und Pagano die Taverne verlassen, steckten sie die Köpfe zusammen.
„Such dir ein paar erfahrene Männer zusammen, Pagano! Aber lass deinen Bruder da raus. Er kommt nach seiner Mutter und ist zu weich für solche Unternehmungen.“
Pagano nickte entschlossen. Vorfreude blitzte in seinen Augen auf. Guiseppe rüttelte ihn am Kragen. Sein Blut kochte noch immer vor Wut.
„Diese Hansekaufleute wissen nicht, wo ihr Platz ist. Ich will, dass du ihnen zeigst, was mit Männern passiert, die sich unserem Haus widersetzen. Meinetwegen töte sie, aber lass dich dabei nicht erwischen. Ich werde ihnen keine Träne nachweinen. Doch ich will ihre Waren. Wenn wir sie nicht kaufen können, nehmen wir sie uns. Hast du mich verstanden?“
„Verlass dich auf mich, Vater. Ich kenne da ein paar Männer, die wie

geschaffen sind für eine solche Aufgabe. Ich werde sie anführen." Pagano fletschte die Zähne. Jetzt sah er aus wie ein Wolf, der sich seiner Beute sicher war.

Torben und Sigurd hatten die Drohungen der Mailänder noch im Ohr. Doch das hielt sie nicht davon ab, weiterhin ihren Geschäften nachzugehen. Mittlerweile hatten sie sich mit einem Kaufmann aus Venedig angefreundet. Der Mann hieß Gian Pazzi, entstammte einer einflussreichen Kaufmannsfamilie und war zwei Jahre älter als sie. Seine Kleidung wies ihn als wohlhabenden Händler aus. Heute trug er eine edle Schecke, deren Kragen mit feinstem Fell besetzt war. Viele Italiener waren ihnen zu überheblich. Doch Gian war höflich, zuvorkommend und versuchte nicht, sie zu einem schnellen Abschluss zu drängen.

Sie hatten einige Abende in guten Wirtshäusern zusammen verbracht und ihre Gesellschaft genossen. Anfangs hatten sie viel über Geschäfte gesprochen, dann aber auch über ihre Familien bis hin zu Geschichten aus ihren Heimatländern. Sie waren jung und dies war eine Gelegenheit, etwas über ein Land zu erfahren, in dem sie noch nie gewesen waren. Gian freute sich über ihr Interesse an seiner Heimat und ließ sich nicht lange bitten, von ihr zu erzählen.

Sie saßen an einem großen Tisch mit Ranulf und Fisker an ihrer Seite. Es waren auch zwei Freunde von Gian dabei, die ihm bei seinen Geschäften zur Hand gingen.

„Stimmt es", begann Sigurd die bestimmt hundertste Frage an diesem Abend, „dass Deutsche in Venedig nur an Venezianer verkaufen dürfen?"

Gian breitete entschuldigend die Arme aus.

„Das ist richtig. Wir sind eine Handelsnation. Auf diese Weise sichern wir unsere Macht. Zudem befinden wir uns in einem lang andauernden Streit mit Genua. Dieser Stadtstaat will uns die Seeherrschaft streitig machen und uns unsere Kolonien und Außenposten abjagen. Doch Venedig ist stark. Wir werden uns zu verteidigen wissen. Auch wenn unser Doge, Marco Corner, bereits einige Besitzungen an Genua und die Osmanen abtreten musste."

Kurz verlor er seine fröhliche Art.

„Unser Doge ist ein guter Anführer, der zu einer der reichsten Familien Venedigs gehört. Sein Stammbaum reicht bis zu den Römern zurück. Seine Familie hat ihr Vermögen durch den Geldverleih gemacht. Ein Geschäft, das sonst nur die Juden beherrschen. Der Doge kennt die Welt des Handels sehr genau. Als junger Mann hat er sich erfolgreich am Handel mit Ägypten beteiligt. Doch in letzter Zeit

häuften sich die Rückschläge. Wir mussten Chios, Lesbos und Phokea, drei wichtige Inseln im westlichen Mittelmeer, an Genua abtreten. Auch die Osmanen bedrängen uns unentwegt."
Dann gewann wieder sein zupackendes Wesen die Oberhand und er schwärmte seinen neuen Freunden vor:
„Dafür sind wir die Herren auf Kreta. Von dort aus sind es kurze Wege an die Levante und nach Ägypten, wo es Gewürze, Früchte und all die Dinge gibt, nach denen sich die Menschen in Westeuropa sehnen. Wir Venezianer haben wichtige Stützpunkte im Heiligen Land. Akkon und Tyros zum Beispiel. Dank geschickt ausgehandelter Verträge genießen unsere Kaufleute vielerorts Vorteile."
Er zwinkerte Torben zu.
„Aber da ist uns die Hanse ja nicht unähnlich. Jedenfalls sind wir in großen Teilen des Oströmischen Reiches von jeglichen Zollabgaben befreit. Wir versorgen die Städte Westeuropas mit Seidenstoffen, Gewürzen, Perlen und Edelsteinen aus Afrika und Asien. Besonders die orientalischen Güter sind überall gefragt. In den Magazinen und Läden des Handelsviertels am Canal Grande findet ihr alles, was das Herz begehrt. Dort gibt es kostbares Geschmeide sowie Glas aus venezianischer Herstellung, Samt und schimmernden Goldbrokat. Außerdem ganze Ballen katalanischer und französischer Wolle neben Bündeln von Filetseide. Wir handeln mit Zinn, Silber und Eisen aus österreichischen Gruben. Unsere teuersten Waren sind jedoch die Gewürze, die wir aus der Levante heranschaffen: Safran, Ingwer, Muskatblüten, Kümmel, Pfeffer, Zimt. Feigen, Mandeln, Datteln und Rosinen verströmen in den Läden ihre feinen Noten. Es gibt nichts, was wir nicht liefern können, wenn der Preis stimmt."
Eine Bedienung kam und brachte eine hübsche Auswahl an Speisen an ihren Tisch. Es gab gebratene Hühner mit knackigem Gemüse, dazu frisches Weizenbrot, das noch warm war. Sogleich machten sie sich über das Essen her. Anschließend gab es ein Kompott aus Äpfeln mit Honig und auch ihre Becher wurden nachgefüllt. Sigurd grinste behaglich.
„Schon besser! Nur nicht so knauserig. Schließlich zahlen wir anständig."
Gian wischte sich das Fett vom Mund und lächelte schelmisch.
„Satt und zufrieden ist man doch gleich ein anderer Mensch."
Sigurd winkte ab.
„Feiert die Feste, wie sie fallen. Es kommen auch wieder andere Zeiten. Wenn du nach der Handelssaison in deine Heimat zurücksegelst, wirst du wochenlang nur fad schmeckendes Essen bekommen."

Gian rief sich ihr vorheriges Gesprächsthema in Erinnerung. Dann nahm er den Faden wieder auf.
„Brügge liegt nur auf einer unserer Handelsrouten, meine Freunde. Unsere Galeeren segeln immer im Verband von drei bis fünf Schiffen. Das hat sich der Senat Venedigs einfallen lassen, weil zu viele Einzelfahrer von Piraten gekapert oder von verfeindeten Städten aufgebracht wurden. Wir haben fünf Haupthandelslinien, steuern Griechenland und Konstantinopel und die Häfen im Süden des Schwarzen Meeres an. Aber unsere wichtigsten Geleitzüge gehen an die Levante, nach Alexandria und Beirut. Ein- bis zweimal im Jahr brechen wir dorthin auf. Nach einem ausgeklügelten Fahrplan, der vom Senat regelmäßig an die politischen Gegebenheiten angepasst wird. Und natürlich an Angebot und Nachfrage."
Er schmunzelte vielsagend.
„Schließlich sind wir Kaufleute und wissen, dass sich das Wagnis rechnen muss. Womit die einzelnen Kaufleute auf den Schiffen dann handeln, bleibt allerdings ihnen überlassen. Zu welchen Preisen, welche Mengen – alles auf eigene Gefahr. Natürlich gibt es nebenher unabhängig vom Senat weitere Einzelfahrer. Doch diese sind leicht bewaffnet und wagen es aus Furcht vor Piraten kaum, eine Bucht anzulaufen."
Torben strich sich über die Unterlippe.
„Dann muss ich mich als Venezianer also bloß einem dieser Verbände anschließen und schon kann mir nichts mehr passieren?", fragte er nachdenklich.
Gian lächelte entwaffnend.
„Ach, wenn es doch so einfach wäre, mein Freund! Leider hat dieser Schutz seine Grenzen. Erst im vergangenen Jahr ist einer meiner Kaufmannskollegen bankrott gegangen. Er hatte den Geleitzug in die Levante kommandiert. Ein verdienstvoller Posten, der zudem recht einträglich ist. Doch er traf eine der größten Fehlentscheidungen seines Lebens. Auf der Rückreise von Alexandria ließ er seine Schiffe auch nachts vor der felsenreichen dalmatinischen Küste segeln, obwohl es das Gesetz Venedigs wegen der großen Gefahr untersagt. Als eine der Galeeren in einem Sturm auf Grund lief, setzte er mit dem Rest seiner Schiffe die Fahrt fort, anstatt der Besatzung des aufgelaufenen Schiffes zur Hilfe zu eilen. Er sagte später, er hatte keine Zeit verlieren und den Rest des Verbands nach Venedig in Sicherheit bringen wollen. Doch ein Handelsgericht unserer Heimatstadt verurteilte ihn wegen Ungehorsam und unmenschlichen Verhaltens zu einer Geldstrafe von 10.000 Dukaten. Ein schwerer Schlag. Die Familie war finanziell am Ende, das Erbe der Söhne war

dahin. Er musste ganz neu und mit erbärmlichen Mitteln anfangen und wird noch viele Jahre brauchen, bis er sich davon erholt hat."
Er stutzte kurz.
„Ihr schmunzelt. Was ist so witzig an meiner Geschichte?"
Torben verzog keine Miene.
„Die Parallelen zu meiner eigenen Geschichte. Auch ich stand vor dem Nichts, als ich meine ersten Unternehmungen als Kaufmann begonnen hatte. Und um ehrlich zu sein: Jedes Geschäft ist eine Gratwanderung. Wir müssen unsere Kontakte erst aufbauen, um auch in einigen Jahren noch in diesem Geschäft tätig zu sein. Außerdem bräuchten wir solche Mengen an Gewürzen eigentlich jedes Jahr von dir. Allerdings zu anderen Preisen."
Der Venezianer hob entschuldigend die Hände.
„Die Gewürze sind nun einmal kostbar. Unsere Schiffe müssen wochenlange Seewege hinter sich bringen und unzähligen Gefahren trotzen, bis sie hoffentlich wohlbehalten in Brügge ankommen. Wenn du nach Venedig kommen würdest, könnte ich dir diese Mengen zu einem Preis anbieten, der ungefähr ein Drittel günstiger wäre."
Torbens Kopf fuhr hoch.
„Wie würde das ablaufen?", fragte er.
„Wir würden unsere Geschäfte im Fondaco dei Tedeschi abwickeln müssen", entgegnete Gian. „Dort werden alle deutschen Kaufleute untergebracht. Unser Senat hat diese deutsche Faktorei vor sechzig Jahren bauen lassen. Es ist ein großes, massives Gebäude direkt an der Rialtobrücke. Im Obergeschoss dienen den Kaufleuten 56 Kammern als Wohn- und Arbeitsstätten. Darunter lagern in etlichen Gewölben die Waren. Die Räumlichkeiten werden an die Deutschen vermietet. Selbst wenn ich es wollte, dürfte ich dich nicht bei mir aufnehmen. Das würde sofort von der Regierung mit schweren Strafen geahndet werden. Sie will den Handel kontrollieren. Daher ist die deutsche Faktorei meist völlig überfüllt. Ich war mehrmals dort und es ist kein schöner Anblick. Zwischen Truhen, Ballen und Säcken, die sich in den Gängen stapeln, eilen Kaufleute, Lastenträger, Ballenbinder, Diener und Beamte umher. Es ist wie in einem Ameisenhaufen. An den Eingängen wird jede Warenlieferung registriert und jeder Besucher kontrolliert. Nur Venezianer haben dort Zutritt, so dass die Deutschen nur mit uns Handel treiben dürfen.
Als erstes müsst ihr eure Waffen abgeben. Dann werdet ihr aufgefordert, die Zölle auf eure Waren zu entrichten. Anschließend wird euch ein staatlicher Makler zugelost. Dieser Sensal begleitet euch auf Schritt und Tritt und dient als Übersetzer. Er fädelt die Geschäfte mit den Einheimischen ein. Bei jedem Abschluss notiert er Menge,

Preise und Namen. Erst wenn alles von den Beamten bestätigt wurde, erhaltet ihr einen Zollschein für die Ausfuhr. Selbst beim Verpacken der Waren werdet ihr beaufsichtigt. Wie schnell würde sich sonst ein Säckchen Safran oder Pfeffer in einen Ballen Tuch verirren und gen Norden geschmuggelt."

Er seufzte und nahm einen großen Schluck aus seinem Becher.

„Gerade die großen Kaufleute, die überall gleichzeitig Geschäfte machen, segeln schon längst nicht mehr selbst an jeden Handelsplatz. Sie haben ihre Mittelsmänner, die vor Ort sitzen und den Markt kennen. Diese Männer arbeiten mit allen Tricks. Ich weiß von einigen, dass sie zwei Agenten gleichzeitig beschäftigen, die aber nichts voneinander wissen. Damit wollen die Kaufleute sicherstellen, dass sie nicht hintergangen werden. Was für ein Wahnsinn!

Andere geben ihre Anweisungen in Geheimschriften heraus. Trotzdem weiß man nie, ob man den Leuten vor Ort trauen kann, oder sie in die eigene Tasche wirtschaften. Für mich wäre das nichts. Um ehrlich zu sein: Mir fehlt auch das Geld, um an mehreren Orten gleichzeitig Handel treiben zu können."

Sigurd und Torben dachten eine Weile über das Gehörte nach. Währenddessen vertiefte Gian sich in den Anblick des Rotweins, als würde auf dem Grund des Bechers die Antwort auf all die Fragen liegen, die ihn beschäftigten.

„So leicht werden die Mailänder allerdings nicht aufgeben, solltet ihr in Erwägung ziehen, mit mir zu einem Geschäftsabschluss zu kommen", warnte er sie in erstem Tonfall.

„Es sind stolze Männer und in der Regel bekommen sie, was sie begehren."

Torben und Sigurd warfen ihm einen lauernden Blick zu.

„Sie haben uns mit den Söldnern der *Weißen Kompanie* gedroht, wenn ich mich recht erinnere", murmelte Torben.

Gian nickte schwermütig.

„Das machen sie gern. Sobald etwas nicht nach ihren Wünschen verläuft, holen sie die Keule raus. Was für Barbaren!"

Er schüttelte den Kopf.

„Die *Weiße Kompanie* terrorisiert ganz Norditalien. In dieser Söldnerarmee kämpfen überwiegend Engländer und Bretonen. Dreitausendfünfhundert Panzerreiter und zweitausend Bogenschützen. *Weiß* nennt man sie, weil ihre Plattenharnische hell in der Sonne funkeln, so dass ihre Gegner geblendet die Augen schließen müssen. Ihr Anführer nennt sich Hawkwood. Er ist ein wahrer Menschenschlächter und für seine Brutalität bekannt, die er sich zunutze macht, um Entsetzen unter den Bewohnern der italienischen

Städte zu verbreiten.
Er stand im Dienst des Papstes, dann wieder im Sold eines Stadtherrn oder einer Regierung. Männer, die ihn persönlich trafen, waren so verängstigt, dass sie von ihm nur als „fleischgewordenen Teufel“ sprachen. Seine Ritterhorden haben sogar Mailand angegriffen. Jedenfalls erachtete der Mailänder Bernabo, der Visconti von Mailand, der auch nicht gerade dafür bekannt ist, ein gottesfürchtiger Mann zu sein, es für besser, der *Weißen Kompanie* jährlich 250.000 Gulden zu zahlen und sie in seine Dienste zu nehmen. Außerdem gab er Hawkwood eine seiner unehelichen Töchter zur Frau.“
Er blickte die beiden vielsagend an.
„Was ich damit ausdrücken will: Die Mailänder Kaufleute haben mächtige Verbündete im Rücken. Wer sich mit Mailand anlegt, legt sich also auch mit der *Weißen Kompanie* an. Das solltet ihr niemals vergessen.“
Sigurd winkte ab.
„Das ist durchaus spannend zu hören. Doch von solchen Dingen lassen wir uns nicht einschüchtern. Und schon gar nicht werden wir uns zu Geschäften zwingen lassen.“
Gian zwinkerte ihm zu.
„Das hoffe ich doch sehr. Ich wollte euch bloß vor Augen führen, mit was für Mitteln diese Männer arbeiten. Es ist ratsam, mit dem Schlimmsten zu rechnen.“
Torben beugte sich ein Stück vor.
„Ein erstes Angebot der Mailänder haben wir schon ausgeschlagen. Wir sind nämlich keine großen Freunde der Familie *della Torre.*“
Gian legte zwei Finger an die Lippen und streckte sie kurz zur Decke aus.
„Wie mein Name schon sagt: Gott ist gnädig! Er gibt uns die Möglichkeit, ohne Arg eine langfristige Handelsbeziehung einzugehen, zu unserem gegenseitigen Nutzen. Das ist ein Zeichen, meine Freunde. Wir dürfen es nicht verspielen. Lasst uns also wieder über das Geschäft reden!“
In dieser Nacht tranken sie noch einige Krüge vom besten italienischen Rotwein, während sie die Einzelheiten besprachen. Eigentlich waren sie sich längst einig. Denn Anfang der Woche war Gian bei ihnen in der Unterkunft gewesen und hatte sich ausgiebig von der Qualität der angebotenen Waren überzeugt. Im Gegenzug hatte er Torben und Sigurd in seinen Lagerräumen herumgeführt und sie mit den erlesenen Gewürzen der Levante vertraut gemacht. Torben hatte noch am nächsten Tag den fremdartigen Geruch in der Nase gehabt.

Als sie spät in der Nacht auseinandergingen, standen sie kurz vor einer Einigung. Ihr Abschied war herzlich, als sie sich gegenseitig eine gute Nacht wünschten, gefolgt von dem Versprechen, morgen zum Abschluss zu kommen.
Als Torben und Sigurd, dicht gefolgt von Ranulf und Fisker, auf die Straße hinaustraten, sogen sie die frische Nachtluft ein. Sigurd stand nicht mehr ganz sicher auf den Beinen.
„Da habe ich dem Wein wohl tüchtig zugesprochen. Das war aber auch ein edler Tropfen. Er rann einem die Kehle hinab, als wäre es ein Trank der Götter. Mein Hals fühlt sich an, als hätte ich mit Seide gegurgelt."
Er wandte sich Torben zu. „Du solltest vielleicht deiner Kleinen aus der Kneipe einige Ellen von Gians Seide mitbringen. Sie würde bestimmt Mittel und Wege finden, sich dafür erkenntlich zu zeigen."
Torben verzog das Gesicht.
„Du hast mehr getrunken, als gut für dich ist. Andernfalls wüsstest du, dass Silke und ich uns nicht mehr sehen. Sie will doch diesen Handwerker heiraten, schon vergessen?"
Sigurd starrte ihn verdutzt an und legte sich dann beide Hände auf die Brust.
„Ich Tölpel! Entschuldige, Torben. Natürlich weiß ich das. Der Rotwein kreist in meinem Kopf und raubt mir den Verstand. Ich gehöre ins Bett. Schließlich ist morgen unser großer Tag."
Ranulf, der neben ihnen ging, hatte Mühe ein Grinsen zu unterdrücken. Er legte Sigurd einen Arm um die Hüfte und zog ihn mit sich.
„Na, komm schon! Sonst ist es hell, bevor wir endlich schlafen können."
Torben hatte der Wein weniger zugesetzt. Er war aber auch mehr gewöhnt als sein Freund. Außerdem hatte er sich aufgrund seiner einschlägigen Erfahrungen hin und wieder zurückgehalten und auch einmal einen Becher Wasser zwischendurch getrunken. Das hatte ihm schon oft geholfen, am nächsten Morgen nicht völlig verkatert aufzuwachen und den schönen Abend zu verfluchen.
Sie liefen durch die nächtlichen leeren Straßen, als Fisker sich plötzlich näher an sie heranschob und ihnen zuflüsterte.
„Seit wir die Taverne verlassen haben, folgt uns ein Mann. Geht ihr einfach weiter. Ich sehe ihn mir einmal an."
„Das ist vielleicht nur Zufall", versuchte Torben ihn zu beruhigen.
Fisker schüttelte den Kopf.
„Ich glaube nicht an Zufälle."
Er ließ sich zurückfallen und tauchte im Dunkel einer Mauer unter.

Gleich darauf war er wie vom Erdboden verschwunden.
Sigurds weinumnebelter Kopf brauchte eine Weile, um die Lage zu begreifen.
„Ist irgendetwas?“, murmelte er misstrauisch.
Ranulf zog ihn weiter. „Nicht der Rede wert. Aber wir sollten trotzdem machen, dass wir nach Hause kommen.“
Sie beschleunigten ihr Tempo und bogen auf den großen Platz ein. Vor ihnen ragte ihre Herberge auf. Ranulf pochte mit dem Eisenring an die schwere Eichenholztür. Gleich darauf öffnete sich ein eingelassenes Guckloch. Nachdem der Diener sich vergewissert hatte, dass es Gäste des Hauses waren, ließ er sie umgehend ein.
„Einer unserer Freunde folgt in Kürze nach. Bitte lass ihn ein.“
Der Diener deutete eine Verbeugung an.
Sie verschwanden im Haus und ließen sich auf ihre Betten fallen. Torben kam nicht einmal mehr dazu, die Stiefel auszuziehen, da schlief er bereits.
Als ihn jemand an der Schulter rüttelte, dauerte es eine ganze Weile, bis er wach wurde. Doch dann wehrte er sich schlaftrunken.
„Lass mich los. Ich will schlafen. Ich habe mich doch gerade erst hingelegt.“
„Das weiß ich doch, du Suffkopp! Ich bin es, Fisker. Und nun öffne endlich die Augen, oder ich stopfe dich ins Wasserfass.“
In Torbens Kopf wirbelten die Gedanken durcheinander. Bei dem Wort Wasserfass klingelte etwas bei ihm. Schlagartig hatte er die hilflos strampelnden Beine von Katjas Onkel vor Augen. Sofort riss er die Augen auf und war endlich ansprechbar.
„Alles, bloß das nicht!“, rief er entsetzt.
„Was gibt es denn so Dringendes? Hat das nicht Zeit bis morgen früh?“
Fisker schüttelte den Kopf.
„Sieht nicht danach aus“, murmelte er. „Steh auf und komm mit zu den anderen. Ranulf müsste die Übrigen auch schon geweckt haben.“
Torben gab nach und rappelte sich auf.
In einer gemütlichen Kammer, die ihnen als Stube diente, trafen sie alle aufeinander.
„Würde mir bitte jemand erklären, was hier los ist?“, fragte Sigurd und hielt sich den pochenden Schädel.
Fisker klang ernst, als seine Stimme den Raum durchdrang.
„Heute Abend wurden wir beobachtet. Ich habe es auf dem Rückmarsch bemerkt.“
„Und dafür weckst du uns alle?“, grummelte Tobias und gähnte herzhaft.

„Ruhe jetzt!“, donnerte Fisker. Sofort herrschte absolute Stille, denn er schien nicht zu Späßen aufgelegt zu sein.
„Wir sind in Gefahr. Begreift das endlich! Auf dem Rückweg habe ich einen Kerl dabei beobachtet, wie er uns hinterhergeschlichen ist.“
„Da war wirklich einer?“, fragte Torben alarmiert.
„Es waren sogar zwei. Dem zweiten wäre ich beinahe in die Arme gelaufen. Sie haben sich auf Italienisch unterhalten. Leider habe ich kein Wort verstanden. Und erkennen konnte ich mitten in der Nacht auch niemanden. Sie sind euch gefolgt, bis ihr hier Einlass begehrt habt. Dann sind sie über den Platz zurück und haben in einer Ecke hektisch aufeinander eingeredet. Wenn sie gewusst hätten, dass ich nur wenige Schritte neben ihnen in der Finsternis gelauert habe, hätten sie sich bestimmt zu Tode erschreckt. Einer von ihnen lief gleich darauf fort, während der andere an einer Mauer auf ihn wartete. Ich habe dann einfach noch ein wenig gewartet. Ich bin Söldner – ich traue Männern in der Dunkelheit eine Menge Schlechtes zu“, schob er als Erklärung hinterher.
Er rieb die Hände aneinander und suchte nach Worten. Noch nie hatte er so lange am Stück geredet. Schon jetzt wusste er nicht mehr, wohin mit seinen Händen. Doch es galt, keine Zeit zu verlieren.
„Schließlich sprang der dort kauernde Italiener ganz plötzlich auf die Beine und jagte mir einen riesigen Schreck ein. Dabei hat er nur seine Kameraden gehört. Es sind mindestens ein Dutzend Gestalten, die jetzt dort draußen in der Dunkelheit lauern. Sie sprachen kein Wort, starrten alle nur zur Eichentür hinüber.“
„Und dann? Nun erzähl schon, verdammt!“, rief Sascha angespannt.
„Sie flüsterten miteinander und liefen schließlich die Straße gen Süden hinunter. Da habe ich sie aus den Augen verloren und hielt es für besser, euch Schlafmützen zu warnen.“
„Sind sie bewaffnet?“, fragte Ranulf.
Fisker nickte. „Ich habe wenig gesehen, aber manchmal das leise Klirren von Metall vernommen.“
„Mist!“, raunte Tobias. „Dann sind sie runter zum Bachlauf und schleichen sich am Ufer entlang zur Rückseite des Hauses. Gibt es da auch einen Eingang?“
Sie blickten sich unsicher an, bis Ranulf zögerlich nickte.
„Einen Boteneingang, den die Diener benutzen. Die Pforte lässt sich bestimmt leichter aufbrechen, als das massive Tor am Haupteingang.“
Endlich war Torben hellwach. Das Blut schoss durch seinen Körper und sein Magen fühlte sich flau an.
„Sie haben es auf unsere Waren, vielleicht auch auf uns abgesehen. Bewaffnet euch, so schnell ihr könnt. Wir werden ihnen zeigen, wie

wir mit Halunken umgehen, die uns in der Nacht hinterrücks überfallen wollen."
Ranulf trat einen Schritt vor.
„Torben, du hast ein Schwert. Fisker und ich auch. Der Rest von uns besitzt höchstens ein Messer. Damit sollten wir uns nicht auf einen Schlagabtausch einlassen, denn die Hunde werden bis an die Zähne bewaffnet sein."
„Was schlägst du vor?", fragte Torben ratlos. „Du hast doch hoffentlich eine Idee, oder?"
Ranulf lächelte so kalt, dass Torben fast eine Gänsehaut bekam.
„Und ob! Holen wir uns die fünf Armbrüste. Wofür haben wir sie sonst mitgenommen. Und dann ab mit uns in den Hof. Hier drinnen dürfen wir nicht in ein Handgemenge geraten. Das wäre viel zu unübersichtlich. Da draußen finden wir Deckung und können sie herankommen lassen. Außerdem müssen wir die Waren schützen, die im Nebengebäude lagern. Wenn die ihnen in die Hände fallen, war alles umsonst."
Statt einer Antwort klopfte Torben ihm dankbar auf die breiten Schultern.
„Ohne Fisker und dich wären wir alle tot", murmelte er mit angespannter Stimme.
Ranulf und Fisker liefen los und verteilten die übrigen Armbrüste an Sascha, Marco und Sören. Dann spannten sie die Waffen und legten die Bolzen ein. Nun kamen sie sich nicht mehr ganz so hilflos vor.
Sie folgten Ranulf auf Zehenspitzen nach draußen. Als sie die Tür öffneten, lauschten sie angespannt. Links von ihnen, ein ganzes Stück entfernt, vernahmen sie ein Geräusch, als würde Holz brechen.
„Sie sind schon auf der Rückseite und verschaffen sich Zutritt. Es wird wohl nicht mehr lange dauern, bis sie hier sind. Beeilt euch!", zischte Ranulf ihnen zu.
Sie liefen zu den angrenzenden Lagergebäuden hinüber und kauerten sich dort in einer Ecke zusammen.
Marco stieß sich schmerzhaft das Knie, als er gegen einen langgestreckten Tisch stieß, der ihnen bei gutem Wetter als Esstisch diente.
„Das ist ja finster wie im Bärenarsch", fluchte er schmerzerfüllt. „Ich hätte Tobias vor Schreck fast einen Bolzen in den Hintern gejagt."
Tobias fuhr herum.
„Heb dir das für diese Verbrecher auf, die es auf uns abgesehen haben. Sonst kitzle ich dich mit meinem Messer."
Marco lachte trocken. Allmählich gefiel ihm dieses Abenteuer.
„Lasst uns den Tisch als Deckung nutzen. Falls die Italiener auch über

Armbrüste verfügen, haben wir Schutz und sie stehen frei vor uns."
Sofort packten alle mit an und kippten den schweren Tisch auf die Seite. Dieser war groß genug, damit sie sich alle hinter ihm verbergen konnten. Es gab ein lautes, dumpfes Geräusch und Roman zuckte heftig zusammen. Doch noch blieb es still. Erst eine ganze Weile später hörten sie leise Schritte, die sich vorsichtig näherten.
„Könnt ihr was sehen?", flüsterte Torben.
Romans Stimme klang angespannt, als er sich meldete.
„Ich erkenne zwei dunkle Schatten auf dem Hof zu unserer rechten Seite. Und dort drüben kommen auch gerade zwei aus dem Anbau."
„Sie durchsuchen in Zweiergruppen das ganze Gelände", vermutete Ranulf.
„Seht ihr sie jetzt?", fragte Roman. „Dort hinten bei dem Schuppen sammeln sie sich. Einer fuchtelt wild mit den Armen. Er scheint ziemlich wütend zu sein."
Torben war wie blind. Er wusste, dass Roman scharfe Augen besaß, aber dessen Sehvermögen bei Nacht grenzte fast an Zauberei.
Plötzlich gellte ein Todesschrei durch die Nacht und Roman fuhr zusammen.
„Sie haben einen Knecht abgestochen."
„Leiser, Junge. Sonst kannst du auch gleich eine Fackel anzünden und ihnen damit fröhlich zuwinken", raunte Fisker.
Torben tastete nach dem Schwertknauf und zog das Schwert so behutsam wie nur möglich aus der Scheide. Er hatte es nach jeder Übung sorgsam gepflegt, so dass es lautlos herausglitt. Vorsichtshalber presste er die Klinge ganz dicht an seinen Körper, weil er Angst hatte, dass ein Funkeln sie verriet. Kurz darauf fiel ihm ein, dass sie durch den großen Holztisch verdeckt waren und ihn niemand sehen konnte.
Italienische Wortfetzen drangen zu ihnen herüber. Sie klangen unbeherrscht und zunehmend zornig.
Torben wischte sich die schweißnasse Hand an seinem Wams ab und umklammerte den Schwertgriff, als hinge sein Leben davon ab. Sein Atem klang keuchend und gepresst, als hätte er eine große Anstrengung hinter sich gebracht. Dabei saß er seit geraumer Zeit untätig hier herum. Seine Gedanken rasten. Trotz seines jungen Alters hatte er schon einige Male um sein Leben fürchten müssen. Eigentlich sollte er genug Erfahrung haben, um mit dieser Anspannung besser umzugehen. Doch das Gegenteil war der Fall. Es würde ihn all seinen Mut kosten, diesen Angreifern entgegenzutreten. Am liebsten wäre er weggelaufen, so schnell ihn seine Beine trugen. Aber niemals würde er seine Kameraden und seinen Besitz im Stich lassen. In seinem Bauch rumorte es. Doch allmählich legte sich das Grummeln und machte

einem heißen Zorn Platz.
Er drückte sich ein kleines Stück nach oben, um über den Tisch spähen zu können. Mittlerweile hatten sich die Gestalten so weit genähert, dass Torben sie besser erkennen konnte. Es waren nun nicht länger konturlose Schatten in der Nacht, sondern Menschen, die mindestens so aufgeregt waren wie er. Da seine Augen sich endlich an die Dunkelheit gewöhnt hatten, wurde ihm mit einem bösen Grinsen bewusst, dass sie alle Vorteile auf ihrer Seite hatten.
Drei Männer schoben sich aus der Dunkelheit auf sie zu. Sie hatten soeben einen Schuppen rechts von ihnen durchsucht und wollten sich nun das Lagerhaus gleich daneben vornehmen. Sie näherten sich lauernd, als trauten sie der Ruhe nicht. Als der vorderste Mann die Umrisse des Tisches erkannte, stockte er und rief seinen Kameraden eine Warnung zu. Noch ehe diese reagieren konnten, kamen Ranulf und Fisker hinter dem Tisch hervor und hatten den ersten beiden Männern ihre Schwerter in die Brust gestoßen. Der dritte Kerl versuchte wegzulaufen. Doch Sören jagte ihm auf wenige Schritte Entfernung einen Bolzen in den Rücken.
Ranulf und Fisker hatten sich wieder hinter den Tisch zurückgezogen. „Gut gemacht", raunte Ranulf Sören leise zu, der gerade dabei war, seine Armbrust nachzuladen.
Zornige Stimmen wurden laut und hallten zu ihnen herüber. Gleich darauf brach ein ganzer Pulk von Gestalten aus einem Eingang hervor und griff an. Die ersten Schritte legten sie schweigend zurück. Doch dann schrien sie ihren Hass heraus. Torben sah Stahl aufblitzen und weitaufgerissene Münder.
„Sie hätten abhauen sollen, als sie es noch konnten. Nur Dummköpfe greifen einen Feind an, der sich auf den Angriff vorbereitet hat", sprach Ranulf seinen Kameraden Mut zu.
„Armbrüste anlegen!", knurrte Fisker, der geduldig auf den richtigen Moment wartete. Er war schon in viele gewalttätige Auseinandersetzungen verwickelt worden, dass ihn diese nicht aus der Ruhe brachte.
Die fünf Schützen erhoben sich hinter dem Tisch und brachten ihre Waffen in Anschlag.
„Feuer!", schrie er und das Sirren der Bolzen durchdrang die Nacht. Die Geschosse surrten wie riesige Hornissen und schlugen mit einem satten Klatschen in die Angreifer.
Vier Gestalten taumelten und wurden von den Füßen gerissen. Entsetzte Schreie ertönten. Ein Verwundeter schrie mit gequälter Stimme um Hilfe. Die restlichen Männer brachen den Angriff ab und liefen zurück in die Deckung der Gebäude.

Sascha erhob sich, um sie zu verfolgen. Doch Ranulf drückte ihn nieder.
„Warum folgen wir ihnen nicht, um ihnen den Rest zu geben?", fauchte Sascha kampfeslustig.
„Das hier ist kein Spiel", wies Ranulf ihn zurecht. „Wir sollten nicht das Wagnis eingehen, dass es einen oder mehrere von uns da draußen erwischt. In der Dunkelheit kann alles passieren."
Sascha nickte zögerlich. Er wusste, dass Ranulf Recht hatte, doch sein hitziges Blut war nur schwer zu zügeln.
Aus der Schwärze der Nacht bellte eine Stimme laute Befehle. Zwei wütende Stimmen antworteten ihr. Dann wurde es wieder ruhig. Noch immer huschten vor ihnen ein paar Schatten umher, aber es erfolgte kein weiterer Angriff. Torben und seine Freunde harrten unverdrossen in ihrer Deckung aus. Nachdem eine halbe Stunde vergangen war, ohne dass sie etwas gehört hatten, streckte Tobias den Kopf vor.
„Ob sie sich zurückgezogen haben?", fragte er leise.
„Geh ruhig nachsehen!", schlug Marco schmunzelnd vor. „Wenn sie noch auf der Lauer liegen, hören wir dich ja gleich schreien."
„Ihr bleibt alle hier", warf Ranulf ein. „Wir können warten. In einer halben Stunde wird es hell. Das wissen diese Hunde genau. Bestimmt sind sie längst auf dem Weg zurück in die Löcher, aus denen sie hervorgekrochen kamen."
„Was glaubt ihr? Wer waren diese Halsabschneider?", fragte Roman neugierig.
Torben hob den Kopf. Wenn er sich nicht irrte, begann es im Osten heller zu werden.
„Das waren die Mailänder, keine Frage. Sie haben uns oft genug gedroht, ohne damit Erfolg gehabt zu haben. Jetzt wollten sie sich holen, was sie auf andere Weise nicht bekommen konnten, und uns gleichzeitig eine Lektion erteilen, die wir niemals vergessen."
„Daraus wurde wohl nichts", rief Marco grimmig. „Am liebsten würde ich mich auf die Suche nach ihnen machen und sie mir mal richtig vorknöpfen."
Ranulf schüttelte den Kopf.
„Bleibt ruhig! Wir sollten alle froh sein, dass wir so glimpflich davongekommen sind. Wir haben nicht mal einen Kratzer davongetragen, während diese heimtückischen Halunken sieben Mann verloren und damit einen ordentlichen Blutzoll entrichtet haben. Jetzt werden sie stinksauer sein und auf Vergeltung sinnen. Ich kenne diese Italiener. Das werden sie nicht auf sich beruhen lassen. Hier sind wir jedenfalls nicht mehr sicher."
Torben war zu der gleichen Erkenntnis gekommen.

„Wenn es hell ist, schleichen Sigurd und ich uns zu Gian hinüber. Wir müssen unser Geschäft schnell abschließen und zusehen, dass wir die Stadt verlassen. Allmählich wird mir in Brügge der Boden unter den Füßen zu heiß."

Zwei Stunden später hatten sie Gian über die Geschehnisse der vergangenen Nacht informiert und ihn um Hilfe gebeten. Er war sofort dazu bereit und tauchte kurz darauf mit sechs Knechten und drei Fuhrwerken vor ihrem Gasthaus auf.
„Und euch ist wirklich nichts geschehen?", versicherte Gian sich bereits zum dritten Mal.
Torben und Sigurd blickten ihn ernst an.
„Wenn Fisker nicht so wachsam gewesen wäre, würden wir längst mit dem Teufel Karten spielen", murmelte Sigurd.
„Lass uns zum Abschluss kommen", schlugen sie ihm vor. „Schließlich sind wir uns im Wesentlichen einig und auch unsere Preisvorstellungen haben sich einander immer mehr angenähert."
Gian nickte.
„Ich bin einverstanden."
Sie tauschten einen kräftigen Händedruck.
„Dann können deine Knechte mit der Verladung der Felle und des Bernsteins beginnen. Wir helfen dabei natürlich."
Sie machten sich an die Arbeit und vergossen einige Schweißtropfen, bevor alles auf den Fuhrwerken untergebracht war.
„Eure Gewürze habe ich in weiser Voraussicht gleich mitgebracht", rief Gian. „Die Ladung ist ja nicht sonderlich groß und ich habe mir gedacht, dass wir heute Nägel mit Köpfen machen."
Er rieb die Handflächen aneinander.
„Dann ladet die Schätze mal aus!", forderte er zwei seiner Knechte auf.
Vor ihren Augen häuften sich handliche, kleine Gewürzsäcke zu einem flachen Hügel auf. Sie verströmten herrlich duftende Gerüche. Die Knechte lösten die Verschnürungen der Säcke, so dass die Hansekaufleute ihre Nasen hineinstecken konnten, um sich von der Qualität zu überzeugen.
Torben schüttelte bei dieser Pracht den Kopf. Der Inhalt der Säcke leuchtete ihm in verschiedenen Farben entgegen, als wäre die Sonne aufgegangen. Gian lief zwischen ihnen herum und erklärte ihnen jedes Gewürz.
„Hier", dabei zeigte er auf zwei Säcke, aus denen es aromatisch duftete, „das ist Zimt. Es ist auch als Heilmittel gegen Gicht bekannt. Aber als Gewürz ist es köstlich und entsprechend kostbar. Wir

Venezianer dominieren den Handel mit diesem Gewürz. Es besteht aus der getrockneten Rinde des Ceylon-Zimtbaums. Je dünner die Rinde, desto feiner ist das Aroma, das die Stange abgibt. Und das Beste daran: Diese Zimtrollen lassen sich lange verwenden, weil sie ihr Aroma nur langsam verlieren. Wie besprochen habe ich euch davon sogar zwei Säcke mitgebracht."
Er beschrieb mit seinen Händen einen Kreis, der die kleine, aber kostbare Lieferung mit einschloss.
„Jetzt besitzt ihr die Schätze des Orients."
Torben legte ihm dankbar die Hand auf den Arm.
„Alles, wie wir es besprochen haben. Mit dir machen wir gern Geschäfte."
Gian dankte ihm herzlich. „Eure Waren sind hervorragend. Die kann ich in Venedig leicht weiterverkaufen."
„Und doch haben wir sogar noch mehr für dich", schmunzelte Sigurd.
Gian blinzelte überrascht. Seine Gesichtszüge verzogen sich zu einem ungläubigen Staunen, als Sigurd ihm den kindskopfgroßen Bernstein übergab.
„Ist das euer Ernst? Ich wusste nicht einmal, dass es so große Bernsteine gibt. Ich danke euch!"
Er erfreute sich an den Farben und lächelte verzückt.
„Vielleicht werde ich diesen besonderen Stein als Geschenk an den Papst senden. Es kann niemals verkehrt sein, sich Gottes Beistand auf Erden zu sichern, auf dass er mit Wohlwollen auf meine Geschäfte herabblickt."
Er nickte einem Knecht zu, der nur auf sein Zeichen gewartet hatte und mit einer bauchigen Flasche und drei aus grünem Glas geschliffenen Kelchen zurückkam.
„Das ist ein Wein aus meiner Heimat. So etwas habt ihr noch nie getrunken, das verspreche ich euch. Auf unsere Geschäfte!"
Sie stießen die kostbaren Kelche aneinander, die prachtvoll in der Sonne funkelten, und tranken mit großem Genuss. Torben und Sigurd rollten gleichzeitig mit den Augen und starrten in ihre Kelche, in denen der blutrote Wein schwappte.
„Allein dieser Wein wäre ein guter Grund, deine Heimat zu besuchen", murmelte Torben verzückt.
Gian lächelte geschmeichelt. Er blinzelte seinem Knecht zu, der daraufhin ein kleines Fass herüberrollte und zu den Gewürzsäcken stellte.
„Dieses kleine Fass möchte ich euch gern schenken. Auf dass ihr jeden Tropfen unbeschwert genießen mögt."
Torben und Sigurd bedankten sich höflich und leerten ihre Kelche in

winzigen Schlucken. Gian zog währenddessen ein kleines Päckchen hervor und reichte es Sigurd. Dieser griff verblüfft danach.
„Verrätst du mir, was das ist?“, fragte er.
„Eines Abends im Wirtshaus hast du mir mal erzählt, dass dein Vater unter Gelenkschmerzen und Entzündungen leidet und kaum noch richtig zupacken kann.“
„Das weißt du noch?“, fragte Sigurd. „Da waren wir doch längst angetrunken.“
Gian nickte verlegen.
„Ich habe ein gutes Gedächtnis. Jedenfalls meintest du, dass Ingwer ihm helfen könnte. In diesem Päckchen findest du einige dicke Knollen Ingwer. Ich habe vor Jahren mal mit einem heilkundigen Mann gesprochen. Er hat mir davon berichtet, dass er kleine Stücke davon abschneidet, sie in Wasser aufkocht und ziehen lässt. Wenn man dieses Wasser trinkt, soll es die Entzündungen lindern, hat er behauptet. Vielleicht ist ja was dran.“
Sigurd wusste nichts darauf zu erwidern. Schließlich drückte er seinen Kelch einem Knecht in die Hand und umarmte Gian so kräftig, dass diesem die Luft wegblieb.
Torben trat zu ihnen.
„Bitte sei vorsichtig, Gian! Jetzt bist du der Besitzer unserer Waren. Wer weiß, ob damit nicht auch du in Gefahr bist und die Mailänder immer noch danach streben, sie in ihre Hände zu bekommen.“
Gian blickte ihn ernst an.
„Die *della Torres* werden es sich zweimal überlegen, bevor sie einen Händler aus Venedig attackieren. Außerdem sind sie nicht die einzigen Kaufleute, die Söldner beschäftigen. In Italien gibt es mehr Söldner als Jungfrauen. Sie wissen, dass sie damit einen Krieg anzetteln würden.“
Er rieb nachdenklich sein Ohrläppchen.
„Euch empfehle ich einen Ortswechsel. Ihr könnt nicht abwarten, bis diese Teufel erneut zuschlagen. Wollt ihr die Stadt verlassen oder sucht ihr eine neue Unterkunft? In dem Fall könnte ich euch helfen. Ich besitze ein altes Lagerhaus am Hafen. Dort wird euch niemand finden.“
Doch Torben und Sigurd hatten sich bereits entschieden.
„Wir werden noch heute aufbrechen. Hoffentlich gelingt es uns zu verschwinden, bevor die Mailänder das mitbekommen. Noch einmal möchten wir nicht mit ihnen aneinandergeraten“, berichtete Torben.
„Dann ist dies die Stunde des Abschieds“, entgegnete Gian.
Sie umarmten sich und drückten sich fest die Hand.
„In mir habt ihr immer einen Freund“, gab Gian ihnen mit auf den Weg. „Wenn ihr tatsächlich plant, im nächsten Jahr nach Venedig zu

reisen, dann schreibt mir rechtzeitig. Ich werde mich um euch kümmern."
„Wir sehen uns bestimmt wieder!", rief Torben ihm zu.
Sie sahen zu, wie ihr Freund auf den Bock des ersten Fuhrwerks sprang und sich neben den Kutscher setzte. Auf sein Zeichen trieb der Kutscher die Ochsen durch das große Tor hinaus auf die Straße.
Torben, Sigurd und ihre Freunde versammelten sich um ihre überschaubare Ladung an Wein und Gewürzen.
„Ohne euch hätten wir das niemals geschafft", bedankten sich Torben und Sigurd bei allen.
„Deshalb werden wir dieses Fass auch gemeinsam leeren. Wartet hier, ich bin gleich wieder da", rief Torben und kehrte wenig später mit einigen Bechern zurück.
Marco füllte den Wein vorsichtig in die Becher, ohne dass auch nur ein Tropfen verloren ging.
„Ich liebe es, einem Meister seines Fachs bei der Arbeit zuzusehen", grinste Sigurd.
„Auf uns!", rief er in die Runde und alle hoben ihren Becher. Tobias, Marco und Sascha tranken ihre Becher schnell leer, während die übrigen den Wein in kleinen Schlucken genossen.
„Ihr Barbaren!", rief Roman. „Trinkt gefälligst langsam und lasst dem Wein Zeit, sich zu entfalten."
Beim zweiten Becher hielten sie sich an seine Worte und standen in andächtiger Stille beieinander.
Es dauerte nicht lange, bis sie das Fass restlos geleert hatten.
„Das war genau der richtige Abschluss für unser Abenteuer", sagte Torben. „Jetzt packt eure Habseligkeiten zusammen. Dann bringen wir unsere Waren mit einem kleinen Karren zum Hafen und lassen uns von zwei Lastkähnen nach Sluis zurückbringen. Wenn alles gut geht, sind wir noch heute Abend auf unserer Kogge."
Erleichterung machte sich breit. Roman und Tobias liefen los, als es vernehmlich am Tor pochte. Gleich darauf stand der Wirt vor ihnen und knetete besorgt seine Mütze zwischen den Händen.
„Ein Beamter der Stadt steht vor dem Tor. Er hat ein offizielles Schreiben dabei, welches ihn dazu berechtigt, den Kaufmann Torben Voigtherr in Gewahrsam zu nehmen."
Torben glaubte sich verhört zu haben.
„Er hat was? Mit welcher Begründung?"
„Frag ihn selbst. Er hat sechs bewaffnete Büttel im Schlepptau und lässt sich nicht abweisen."
Sigurd sprang auf, doch Torben hielt ihn zurück.
„Dein Name ist nicht gefallen. Ich gehe. Mal sehen, worum es hier

wirklich geht."
Seine Freunde waren aufgesprungen und folgten ihm. Jeder wollte wissen, was da auf sie zukam. Torben fühlte ein schweres Gewicht auf seinen Schultern. Doch er ließ sich nichts anmerken, als er mit ausdrucksloser Miene ans Tor trat.
„Ich bin der Lübecker Hansekaufmann Torben Voigtherr. Was wirft man mir vor?"
Vor ihm stand ein schmaler Beamter, der mit einem Dokument vor seinem Gesicht herumwedelte. Sein Deutsch klang von seiner flämischen Zunge ein wenig verwaschen. Trotzdem verstand Torben jedes Wort.
„Man beschuldigt Euch, mit minderwertigen Waren gehandelt zu haben. Ein solches Vergehen schadet dem Ruf der Stadt Brügge und wird bestraft, sollten sich die Vorwürfe erhärten."
Mit herrischer Geste winkte er den Bütteln, die sogleich in Richtung der Herberge ausschwärmten, um die Räumlichkeiten zu durchsuchen."
Sie stießen auf die Gewürzsäcke, fanden aber keinerlei weitere Warenbestände. Nachdem sie dem Beamten davon berichtet hatten, bemühte sich Torben um Aufklärung.
„Hier muss ein Missverständnis vorliegen. Wer genau beschuldigt mich denn?"
Der Beamte hob abwehrend die Hand.
„Ich bin nicht befugt, Euch das wissen zu lassen. Wir sind verpflichtet, den Ruf des Klägers zu schützen."
Torben stand kurz davor, diesen Wichtigtuer am Kragen zu packen und kräftig durchzuschütteln. Natürlich würde das seine Lage kein Stück verbessern. Aber bestimmt würde es sich höllisch gut anfühlen.
„Und was wird aus meinem Ruf als ehrenwerter Hansekaufmann, wenn ich mich gegen solche Verleumdungen nicht zur Wehr setzen kann, weil ich nicht weiß, wer diese Lügen in die Welt gesetzt hat?"
Der Beamte sah ihn mit versteinerter Miene an, äußerte sich aber nicht dazu.
Torben versuchte es noch einmal im Guten.
„In Brügge haben wir nur ein einziges Geschäft abgewickelt. Und zwar mit dem venezianischen Kaufmann Gian Pazzi, der uns im Tausch gegen Felle und Bernstein diese Gewürzsäcke dort drüben überlassen hat. Sowohl seine als auch unsere Waren sind von hervorragender Qualität. Bitte fragt bei ihm nach. Er wird meine Worte bestätigen."
Doch der Beamte schüttelte hochmütig den Kopf.
„Wie wir in einer solchen Sache vorgehen, überlasst Ihr besser uns.

Wir werden dem nachgehen und herausfinden, welche Verfehlungen hier vorliegen."
Torben rieb sich die Stirn, um seine Hände beschäftigt zu halten. So stellte er sicher, dass er nicht handgreiflich wurde.
Der Beamte spürte die Anspannung der Lübecker und wandte sich nervös zu seiner Eskorte um. Der Anblick der bewaffneten Männer flößte ihm neues Selbstvertrauen ein.
„Bis in diesem Fall ein Urteil gesprochen wird, muss ich Euch auffordern, mich zu begleiten."
„Wo bringt man ihn hin?", fragte Marco, der bei diesen Worten nähergekommen war.
Der Beamte runzelte die Stirn.
„In den *Stein* natürlich", entgegnete er.
„Was soll das sein?", fragte Marco und trat noch einen Schritt dichter.
Der Beamte hatte Mühe, vor diesem bulligen Mann nicht zurückzuweichen.
„Der *Stein* ist das Schuldgefängnis von Brügge. Wer seine Schulden nicht begleichen kann, bei einem Betrug erwischt wird oder ähnliche Verbrechen begeht, wird dort verwahrt, bis neue Erkenntnisse vorliegen und ein abschließendes Urteil gefällt werden kann."
Marco rieb sich nachdenklich das Kinn.
„Ich werde mitkommen", beschloss er.
Der Beamte sah ihn unsicher an. Dann schüttelte er entschieden den Kopf. „Gegen dich liegt nichts vor."
Er wandte sich zu den Bütteln um und winkte sie herbei.
„Fesselt den Mann und bringt ihn in den *Stein*!"
Mit ausdruckslosem Gesicht traten sie näher. Torben reichte Sascha sein Schwert und streckte den Bütteln die Hände entgegen. Diese fesselten sie grob auf seinem Rücken.
Marco sah ihnen dabei zu. Als sie fertig waren, schnellte er auf sie zu und verpasste einem großgewachsenen Büttel einen gewaltigen Schwinger an den Kopf. Der Mann blinzelte überrascht und brach mit glasigem Blick zusammen.
„Nehmt ihr mich jetzt mit?", fragte er mit einem breiten Grinsen.
Der Beamte starrte ihn wütend an.
„Festnehmen!", schrie er mit schriller Stimme.
Die Büttel packten zu und verpassten ihm eine kräftige Abreibung. Marco wehrte sich nicht. Dann fesselten sie ihn und schleiften ihn zu Torben hinüber.
Dieser starrte ihn wütend an. „Was sollte das?"
Marco fuhr sich über die aufgeplatzte Lippe und spuckte Blut auf die festgestampfte Erde.

„Ich habe nicht vor, dich im Gefängnis alleinzulassen. Du hast noch nie in einem gesessen. Ich war schon häufiger dort zu Gast. Da ist es bestimmt hilfreich, nicht allein zu sein. Du sprichst ja nicht einmal ihre Sprache."
Torben schüttelte verblüfft den Kopf.
„Du doch auch nicht!"
Marco schmunzelte leicht. „Na und?"
Torben sah ihn ernst an. „Du bist verrückt. Und das war ziemlich unüberlegt von dir. Tu das nie wieder!"
„Gern geschehen!", erwiderte Marco und lachte rau.
Mit einem Blick verständigte Torben sich mit Sigurd. Er und die übrigen Freunde würden Ruhe bewahren. Ohne Widerstand ließen Marco und Torben sich abführen. Einige Passanten, die auf den Straßen unterwegs waren, sahen neugierig dabei zu, wie die beiden Männer wie Verbrecher an ihnen vorbeigetrieben wurden.
Torben hielt den Blick gesenkt und lief einfach weiter. Sein Kopf war wie leergefegt. Doch er musste zugeben, dass er sich noch schlechter gefühlt hätte, wenn er diesen Weg allein hätte antreten müssen.
„Gut, dass wir so ausgiebig gegessen haben", murmelte Marco und wirkte beinahe vergnügt.
Die beiden Büttel an der Spitze des Zuges wurden langsamer und blieben schließlich stehen. Torben hob den Kopf und beobachtete ihre Umgebung. Vor ihnen erhob sich ein zweigeschossiges Gebäude aus massivem Stein. Es sah kalt und abweisend aus. Ein fester, hoher Holzzaun umschloss das Gelände und ließ es wie eine kleine Festung wirken. Eine winzige, aus dicken Eichenbohlen bestehende Tür öffnete sich. Sie war mit Eisen beschlagen und wirkte unüberwindbar. Die Büttel gaben ihnen unmissverständlich zu verstehen, dass sie diese passieren sollten. Mittlerweile war auch Marco nicht mehr zu Scherzen aufgelegt.
Zwei bewaffnete Posten blickten den Neuankömmlingen gelangweilt entgegen. Einer murmelte etwas und sein Kamerad lachte rau.
Sie schlossen eine Tür auf und ließen die beiden Gefangenen hindurchgehen. Im Innern des Gebäudes wurden sie von zwei Wärtern erwartet.
„Nur weiter, Burschen", murmelte ein dicker Wärter in deutscher Sprache. Er trug eine fleckige Hose und einen Knüppel an seinem Gürtel. „Von euch Hansekaufleuten sitzen hier so einige in unserem Gewahrsam."
Als erstes bemerkte Torben den Geruch. Es roch abgestanden nach Fäulnis, Schweiß und ungewaschenen Körpern.
„An den Gestank werdet ihr euch schnell gewöhnen. Und jetzt kommt

her, damit wir euch die Fesseln abnehmen können."
Der zweite Wärter sah ihnen ernst entgegen. Er wirkte ausgemergelt. Seine Lippen waren schmal wie ein Strich. Sein Haar war dünn, seine Finger wirkten wie Krallen. Selbst seine Nase war lang und spitz wie der Schnabel eines Raubvogels. Sein fliehendes Kinn machte ihn nicht schöner. Er hatte einen stechenden Blick, der Torben schaudern ließ.
„Ich sehe schon. Zwei weitere Herren, die vollkommen unverschuldet in eine Notlage geraten sind, oder?"
Er lachte glucksend.
„Seit ich hier bin, habe ich noch keinen einzigen Mann getroffen, der schuldig ist. Sie alle lügen, dass sich die Balken biegen. Sie sind alle die reinsten Unschuldslämmer. Ich erkenne sofort, wenn einer von euch Burschen lügt. Es ist ganz einfach, dann bewegen sich nämlich eure Lippen."
Er lachte über seinen Scherz, während sein Kumpan sie nur gelangweilt anglotzte. Bestimmt hatte er die Sprüche des anderen schon zur Genüge gehört.
Nachdem sie ihnen umständlich die Fesseln gelöst hatten, wiesen sie ihnen den Weg tiefer ins Gebäude hinein. Sie stiegen eine steinerne Treppe hinauf und liefen dann einen Gang entlang, von dem zahlreiche kleine Kammern abgingen. Jede von diesen war mit zwei Gefangenen belegt.
Marco sah sich neugierig um.
„Jetzt weißt du, warum ich so gern an Deck meines Schiffes schlafe. Dort habe ich Platz und die Luft ist auch um einiges besser. Allerdings muss ich sagen, dass ich schon schlimmere Gefängnisse erlebt habe. Ich schätze mal, hier schneiden sie einem nicht gleich für einen Kanten schimmliges Brot die Kehle durch."
Er stoppte kurz, als der Wärter gelangweilt auf eine Kammer zu ihrer rechten Seite wies.
„Das ist euer Quartier. Benehmt euch, dann bekommt ihr auch keinen Ärger mit uns. Essen gibt es erst am Abend wieder."
Dann drehte er sich um und schlurfte zurück.
Marco und Torben betraten ihre kleine Kammer. Sie war eng und hatte weißgekalkte Wände. Darin fanden sie zwei Strohmatratzen, die einen muffigen Geruch verströmten, sowie zwei kleine Schemel, auf denen sie sitzen oder etwas ablegen konnten. In der Ecke stand ein winziger Tisch auf wackeligen Beinen.
Torben sah sich erstaunt um.
„Das ist ja ein merkwürdiges Gefängnis", rief er.
„Hast du gesehen? Sogar Vorhänge für die Kammern gibt es."
Sie ließen sich auf den Schemeln nieder und starrten gelangweilt vor

sich hin. Dann sprang Torben auf.
„Ich laufe ein wenig auf dem Gang umher. Stillsitzen fällt mir schwer."
Marco nickte ihm zu.
„Mach das. Und dann versuch ruhiger zu werden, Torben. Du kannst jetzt nichts unternehmen, um deine Lage zu verbessern. Unsere Freunde werden Gian finden, so dass sich die Anschuldigungen in Luft auflösen werden. Hab einfach ein wenig Geduld."
Torben versuchte sich an einem Lächeln, das kläglich misslang.
„Geduld ist eine meiner großen Stärken", murmelte er.
Dann zog er den Vorhang beiseite und trat auf den langen schmalen Gang hinaus. An seinem Ende war ein kleines Fenster eingelassen. Zu schmal, als dass ein Mensch sich hindurchzwängen konnte. Doch groß genug, um für ein wenig frische Luft zu sorgen und einen Blick hinauswerfen zu können. In der nächsten Stunde lief er den Gang auf und ab, als würde er dafür bezahlt. Immer wenn er das Fenster erreichte, nahm er einen tiefen Atemzug und versuchte ein Stück vom Himmel zu sehen, bevor er sich umdrehte und zurücklief. Mit der Zeit wurde er ein wenig ruhiger. Sie hatten es hier nicht sonderlich schlimm getroffen. Bestimmt gab es ganz andere Gefängnisse, wo sie auf Mörder und Lumpenpack gestoßen wären. Was ihm viel mehr zusetzte, war der Entzug der Freiheit und das Wissen, dass er aufgrund falscher Anschuldigungen hier festsaß. Ungerechtigkeit hatte er noch nie gut ertragen. Als er sich ihrer Kammer näherte, traten aus einer anderen Kammer zwei Männer heraus. Sie taxierten ihn schweigend, bevor sie den Blick abwandten. Dann stießen sie einen leisen Pfiff aus und aus der benachbarten Kammer schloss sich ihnen ein weiterer Gefangener an.
Torben nahm sich nicht viel Zeit, sie zu beobachten. Doch wie Kaufleute sahen diese Kerle nicht aus. Sie waren allesamt recht kräftig und wirkten wie Gesindel, das man in jeder größeren Stadt am Hafen antraf.
Wortlos bog er in seine Kammer ab, als sich die drei Gestalten langsam den Gang hinaufschoben.
Marco blickte ihn prüfend an. Er erkannte schon an Torbens Gesicht, dass etwas nicht stimmte.
„Ärger?", vermutete er.
„Vielleicht", gab Torben zurück.
„Drei Gefangene haben sich gerade auf dem Gang getroffen. Sie sahen nicht aus, als wollten sie sich nur die Beine vertreten."
Gemeinsam lauschten sie, wie die Schritte näherkamen. Dann wurde es still.

Torben und Marco waren aufgesprungen. Marco hatte sich den Schemel gegriffen, bereit, ihn dem ersten Eindringling über den Schädel zu ziehen. Dann hörten sie, wie nebenan ein Vorhang zur Seite gerissen wurde.
Marco runzelte die Stirn, doch Torben legte einen Finger auf die Lippen. Angestrengt horchten sie, was in der Kammer neben ihnen passierte. Ein lautes Poltern drang zu ihnen herüber, dann brüllte ein Mann zornig auf und klatschende Geräusche ertönten.
Ein kurzer Blick genügte den beiden Freunden und schon eilten sie hinaus und standen gleich darauf vor der benachbarten Kammer.
Ein bärbeißiger, stark behaarter Kerl versperrte ihnen den Weg. Mit verschränkten Armen stand er vor ihnen und maß sie mit einem herausfordernden Blick. Dann zischte er ihnen etwas zu und gab ihnen mit einer Handbewegung zu verstehen, dass sie verschwinden sollten.
Marco lächelte glücklich, was Torben Warnung genug war.
„War das französisch?“, fragte er ihn.
Dieser zuckte die Schultern.
„Das ist mir eigentlich egal.“
Der Kerl wollte seiner Aufforderung Nachdruck verleihen und stieß Marco seinen Zeigefinger in die Brust. Marco ergriff die Hand, bog den Finger zurück und entlockte seinem Gegenüber ein überraschtes Keuchen, das in ein Winseln überging, als er den Druck verstärkte.
„Ich mag es überhaupt nicht, wenn man mich anfasst“, raunte er Torben zu.
Dieser nickte bekräftigend.
„Das gehört sich wirklich nicht.“
Marco schlug den Kopf des Kerls kräftig gegen die Wand und sah ihm dabei zu, wie er langsam an ihr entlang zu Boden glitt.
Dann betraten sie schweigend die Kammer.
Die übrigen zwei Störenfriede sahen ihnen verärgert entgegen. Sie hatten sich vor einem dürren schwarzhaarigen Kaufmann aufgebaut und ihn in die Ecke gedrängt. Der zweite Gefangene saß eingeschüchtert auf seiner Strohmatte und wäre am liebsten geflüchtet.
Jetzt stemmten die Eindringlinge ihre Hände in die Hüften und blickten Marco und Torben herausfordernd an.
„Francois!“, rief einer von ihnen.
Doch Marco schüttelte den Kopf.
„Er kann dich nicht hören“, entgegnete er so leise, dass die beiden Männer genau hinhören mussten.
„Diese beiden Schläger sind Franzosen und verstehen kein Deutsch“, rief der Kaufmann, den sie in die Ecke gedrängt hatten.

Sofort fing er sich einen Faustschlag ein, der ihn an die Wand warf, und keuchte angestrengt, als der Schmerz ihn überrollte.
Torben hatte genug gesehen und wurde allmählich richtig wütend. Ohne weitere Worte hielt er auf die Männer zu. Der Franzose, der ihm am dichtesten stand, schlug nach ihm. Doch in der beengten Kammer konnte er nicht richtig ausholen, so dass kaum Kraft in seinem Hieb lag. Mit spielerischer Leichtigkeit wich Torben aus und jagte ihm seine rechte Faust in den Bauch. Der Kerl grunzte, zeigte aber sonst keine Regung.
Torbens Faust fühlte sich an, als hätte er gegen eine Steinmauer geschlagen. Sogleich erwischte ihn der nächste Hieb des Mannes am rechten Auge. Eine Menge Sterne tauchten vor ihm auf. Kurz schüttelte er den Kopf, während er einen halben Schritt zurückwich. Siegessicher rückte der Franzose nach. Doch Torben hatte sich wieder gefangen und griff seinerseits an. Der Abstand zwischen ihnen war geschrumpft, so dass es schwierig geworden war, Schläge auszuteilen. Da Torben seine rechte Faust nicht mehr benutzen konnte, beschloss er, seine Ellenbogen zu gebrauchen. Damit hatte er schließlich gute Erfahrungen gemacht. Also hieb er seinem Kontrahenten den rechten Ellenbogen gegen den Kopf. Dieser starrte ihn verdutzt an und versuchte ihn zu umklammern. Doch Torben wich aus und schlug erneut mit aller Kraft von oben herab. Der Treffer klang merkwürdig dumpf, zeigte aber Wirkung. Der Blick des Franzosen wurde glasig. Plötzlich trugen seine Beine ihn nicht mehr und er fiel halb auf die Strohmatte.
Der andere Franzose knurrte wütend und reckte sich kampfeslustig. Doch bevor er auf Torben losgehen konnte, schob Marco sich zwischen die beiden und trat dem Kerl zwischen die Beine. Der Mann brach jaulend zusammen und wand sich gepeinigt am Boden.
„Das muss doch höllisch wehtun“, verzog Torben das Gesicht.
Marco war das gleichgültig.
„Vielleicht hätte er sich das vorher überlegen sollen.“
Sie schleiften die Kerle nach draußen, wo auch der dritte Mann noch immer benommen herumlag. Dann kehrten sie in die Kammer zurück, in welcher der Kaufmann noch immer in der Ecke saß und sie ungläubig ansah.
„Na, ihr macht mir Spaß. Legt euch so nebenbei mit den gefährlichsten Schlägern im ganzen Gefängnis an. Habt Dank für eure Hilfe! Sie kam im rechten Moment. Aber wer seid ihr eigentlich? Und warum habt ihr euch eingemischt?“
Marco zeigte mit dem Daumen nach nebenan.
„Wir sind Nachbarn“, bemerkte er, als wäre das als Begründung

vollkommen ausreichend.
„Außerdem sehen die Kerle wie Spießgesellen aus, denen man nicht über den Weg trauen kann. Und als wir dumpfe Schläge hörten, dachten wir, das sehen wir uns mal an“, ergänzte Torben, während er sein rechtes Handgelenk betastete. Anscheinend war es nicht gebrochen, denn er konnte es noch bewegen. Doch es schmerzte höllisch.
„Danke nochmals!“, sagte der dünne Kaufmann und rieb sich die Brust, wo ihn der Schlag des Franzosen getroffen hatte.
„Diese drei Kerle machen schon seit Tagen Ärger. Sie erpressen von jedem Kaufmann Geld und persönliche Gegenstände. Und da hier Männer aus allen Herren Ländern sitzen, schließt sich niemand zusammen, um ihnen zu trotzen. Aber das scheint ja nun nicht mehr nötig zu sein.“
Er lachte heiser. Seine Stimme klang erstaunlich tief für seine Körpergröße.
„Eigentlich ist es ganz annehmbar hier drinnen“, berichtete er ihnen. „Dieses Gefängnis hat sogar eine Kapelle. Falls es euch nach einem Gebet verlangt.“
Torben und Marco winkten dankend ab.
„Aber wenn es auch Frauen und Bier gibt, ziehe ich hier vielleicht freiwillig ein“, erwiderte Marco.
„Da wärst du nicht der Einzige. Aber da muss ich euch leider enttäuschen“, schmunzelte der Mann.
Er hielt ihnen die Hand hin.
„Ich bin Nils, Hansekaufmann aus Bremen.“
Torben und Marco drückten ihm die Hand und stellten sich vor.
„Wir bekommen sogar einige Bögen Pergament und Schreibzeug“, fuhr Nils fort. „Dürfen also Briefe schreiben und auch empfangen. Schließlich sollen wir in die Lage versetzt werden, hier wieder herauszukommen und unsere Schuld zu begleichen.“
Er grinste sie an, als würden sie sich zufällig in einem Wirtshaus beim Bier begegnen.
„Ansonsten gibt es hier morgens und abends was zu Essen. Brot, verdünntes Bier, Suppe und Gemüse.“
Er strich sich über den nicht vorhandenen Bauch.
„Aber ich bin sowieso nicht der große Esser, der es sich an reichlich gedeckten Tafeln schmecken lässt.“
„Wollen wir hoffen, dass wir hier nicht allzu viel Zeit verbringen müssen“, erwiderte Torben.
Er wollte gerade fortfahren, doch Marco hob die Hand und blickte kurz auf den Gang hinaus. Die drei Franzosen waren endlich

verschwunden. Also ging er in ihre Kammer, griff sich die beiden Schemel und trug sie hinüber.
„Ein Mann, der mitdenkt“, schmunzelte Torben. „Danke!“
Dann berichteten sie Nils in knappen Worten, was ihnen zur Last gelegt wurde.
„Meine Lage ist der euren nicht ganz unähnlich“, murmelte dieser, nachdem sie geendet und eine ganze Weile nachdenklich geschwiegen hatten.
„Ich wollte in Brügge eine Ladung Weizen aus Preußen losschlagen. Einen Käufer hatte ich bereits gefunden. Einen Schotten aus Glasgow, ein kleines Kaff weit im Norden Schottlands. Leider bekamen ein paar englische Händler Wind davon und wollten meine zwanzig Säcke für sich haben. Nur waren sie nicht bereit, meinen Preis zu bezahlen.“
„Es herrscht eine Hungersnot in England, habe ich mir sagen lassen“, murmelte Torben.
Nils grinste.
„Du bist gut informiert. Jedenfalls haben diese verdammten Engländer nicht lockergelassen und beim Rat der Stadt einen gefälschten Schuldschein vorgelegt, nach dem ich ihnen einhundertfünfzig flämische Pfund schulden würde. Ein raffinierter Schachzug von diesen Ganoven, das muss ich ihnen lassen. Sie haben mir angeboten, dass sie meine Ware vergünstigt abnehmen würden und mir dann auch großzügig die hundertfünfzig Pfund erlassen würden. Aber ich mache mit Erpressern keine Geschäfte.“
Er wischte mit der Hand in der Luft herum.
„Ob die Entscheidung so schlau war, weiß ich nicht. Aber ein Mann ohne Überzeugungen wird es in dieser Welt nie zu etwas bringen. Darum bleibe ich unerschütterlich und vertraue darauf, dass der Schotte vorm Schiedsgericht für Aufklärung sorgt. Notfalls würde er mir die hundertfünfzig Pfund vorstrecken. Denn je schneller ich hier raus bin, umso eher bekommt er seinen Weizen.“
Er zögerte kurz.
„Es kann natürlich auch sein, dass das Schiedsgericht sich für nicht zuständig erklärt. Dann wäre ich gekniffen. Denn das würde bedeuten, dass ein gesondertes Gastgericht einberufen wird.“
Marco kniff die Augen zusammen.
„Was heißt das?“
Nils wandte sich ihm zu.
„Das würde bedeuten, dass ich mich an den Anblick dieser Wände noch eine Weile gewöhnen müsste. Ein Gastgericht dauert nämlich länger als ein schnelles Schiedsgericht, das dafür da ist, ein baldiges Urteil zu fällen, damit fremde Kaufleute nicht unnötig lange

festgehalten werden. Sollte auch das Gastgericht zu keinem Urteil kommen, kann nur noch der Hansetag für eine Entscheidung sorgen. Aber wer kann schon sagen, wann in diesen Zeiten der nächste Hansetag stattfindet? Darauf sollte man also lieber nicht hoffen."
Torben sog scharf die Luft ein.
„Dann setzen wir mal darauf, dass unsere beiden Fälle schnell verhandelt werden. Danach werden wir die Stadt umgehend verlassen. Denn wir vermuten, dass die Mailänder, von denen wir dir erzählt haben, es noch immer auf uns abgesehen haben."
Nils verstand. Sie wechselten noch einige Worte und gingen dann wieder in ihre Kammer zurück.
Die nächsten drei Tage verbrachten sie im immer gleichen Rhythmus. Gegen sieben Uhr morgens wurden sie geweckt. Es gab ein Schälchen mit Haferbrei und einen Krug abgestandenes Wasser. Dazu ein Stück Brot, was sie sich aber bis zum Abend einteilen mussten. Dann verbrachten sie den ganzen Tag in ihrer Kammer oder auf dem Gang. Hinter dem Gebäude gab es einen abgesperrten Bereich, in dem sie sich nach dem Frühstück eine Stunde frei bewegen durften. Die Wachen sorgten dafür, dass nie mehr als zwanzig Gefangene dort draußen waren. Außerdem hatten sie den Zwischenfall mit den Franzosen bemerkt und diese in den unteren Stock verlegt.
Abends gab es eine wässrige Suppe, altbackenes Brot und einen Krug verdünntes Bier für jeden. Torbens Hand ging es ein wenig besser. Doch sein rechtes Auge war nach der Auseinandersetzung zugeschwollen, so dass er kaum noch etwas sehen konnte. Mittlerweile war die Schwellung abgeklungen. Ihr folgte eine herrlich schillernde Färbung, dass Marco bei diesem Anblick mehr als einmal in Gelächter ausbrach.
Ihre einzige Abwechslung bestand darin, die Wärter zu beobachten, die ein- bis zweimal am Tag die Gänge auf- und abliefen und einige Männer aufriefen. In solchen Fällen gab es Neuigkeiten vom Schiedsgericht zu vermelden. Meist packten die Aufgerufenen ihre wenigen Habseligkeiten zusammen und eilten erleichtert zum Eingang hinunter.
Am nächsten Morgen wurden auch Torben und Marco von den Wärtern aus dem Schlaf gerissen und auf den Gang gerufen. Man wies ihnen den Weg zu einem Vorraum, in dem sie von zwei Amtspersonen des Schiedsgerichts erwartet wurden. Nach wenigen dürren Sätzen, von denen Torben nur die Hälfte verstand, waren sie frei und durften den *Stein* verlassen. Marco knuffte ihn in die Seite.
„Habe ich dir doch gesagt! Wird schon nicht so schlimm werden."
Torben lächelte zum ersten Mal seit vier Tagen erleichtert. Im Gang

kam ihnen Nils entgegen.
„Ihr habt es geschafft? Großartig! Bei mir wird es auch nicht mehr lange dauern. Ich habe gerade eine Nachricht vom Schotten bekommen."
Er runzelte die Stirn.
„Wisst ihr schon, wie ihr am besten aus der Stadt kommt, ohne von den Mailändern und ihren Helfershelfern aufgespürt zu werden?"
Torbens Blick verdüsterte sich. Er hatte sich so darauf gefreut, endlich hier herauszukommen, so dass er diese Sorge vollständig verdrängt hatte.
Nils erkannte, wie es um sie stand.
„Ihr habt mir geholfen, ohne dass ich etwas für euch tun konnte. Jetzt bin ich an der Reihe."
Die beiden musterten ihn überrascht.
„Kennt ihr die winzige Lagerhalle ganz am Nordende des Hafens?"
Torben nickte zögerlich. „Das ist ziemlich genau der Ort, wo unsere Lastkähne angelegt haben."
Nils schmunzelte. „Klopft dort bei Einbruch der Dämmerung an die Pforte. Euch wird ein Mann öffnen, den sie den Schweden nennen. Sagt ihm, dass ich euch geschickt habe. Er schuldet mir noch einen Gefallen. Der Mann ist gut in dem, was er tut. Allerdings hat er seinen Preis. Aber den besprecht ihr am besten mit ihm."
Marco runzelte die Stirn. Nickte dann aber bedächtig.
„Klingt vielversprechend. Das sehen wir uns an. Danke, Nils! Und dir wünschen wir viel Glück. Auf dass du hier auch bald rauskommst."
Nils drückte ihnen zum Abschied kräftig die Hand. Dann trennten sich ihre Wege.
Torben und Marco marschierten aus dem Gebäude. Draußen wurden sie von ihren Freunden empfangen, die die Nachricht ihrer Freilassung noch vor ihnen erhalten hatten. Sie umarmten sich schweigend und klopften sich kräftig auf den Rücken.
„Ihr riecht ein wenig streng. Vielleicht sollten wir euch mal kurz ins Wasser tauchen", lächelte Sascha und zwinkerte ihnen wohlwollend zu.
„Dazu musst du mich nicht zwingen. Das würde ich glatt freiwillig tun", erwiderte Torben.
„Hübsches Auge übrigens", rief Ranulf. „Marco, du wolltest doch auf ihn aufpassen!"
Marco lächelte vergnügt.
„Ich kann meine Augen nicht überall haben."
Sigurd führte sie in den Norden der Stadt.
„Nachdem sie euch geholt haben, hat Gian uns in einem seiner Lager

untergebracht. Dort sind wir vor den Mailändern sicher. Und jetzt beeilt euch. Nicht, dass wir hier noch Aufmerksamkeit erregen."
Sie liefen los und tauschten unterwegs die wenigen Neuigkeiten der letzten Tage aus.
„Gian hat sich sofort für euch eingesetzt, als er von dem ungeheuerlichen Vorwurf erfuhr", berichtete Sigurd. „Nur deshalb ging es so schnell. Sonst ist das Schiedsgericht dafür bekannt, die Dinge langsam angehen zu lassen."
„Dafür sind wir ihm auch sehr dankbar", rief Torben.
Dann sog er tief die Luft ein.
„Kommt es mir nur so vor, oder ist die Luft hier draußen besser als im Gefängnishof?", murmelte er zufrieden.
„Weder noch!", erwiderte Marco. „Frei atmen kann ich nur auf unserem Schiff mitten auf dem Meer. Dahin will ich auch schleunigst wieder zurück."
In diesem Punkt waren sich alle einig.
„Bleibt immer noch die Frage, wie wir es aus der Stadt schaffen", sprach Sigurd ihr Problem an.
„Die Mailänder haben ihre Leute überall. Immer wieder haben wir ihre Spione gesehen, die durch die Straßen schlichen, um unsere neue Unterkunft ausfindig zu machen. Die Grachten haben sie genau im Blick und sie sehen sich jeden Kaufmann und jedes Gespann an, die die Stadt auf einer der Straßen verlassen möchten. Wir haben Roman losgeschickt, um uns einige Bissen zu besorgen, aus Sorge, dass ihre Suchtrupps uns wiedererkennen. Es ist wie verhext. Sobald wir einen Frachtkahn oder ein Fuhrwerk mieten würden, würde dieses Mailänder Pack bestimmt davon erfahren."
Er kaute auf seiner Unterlippe herum.
„Ehrlich, Torben. Ich habe keine Ahnung, wie wir hier jemals herauskommen wollen, ohne entdeckt zu werden. Allein werden wir das kaum schaffen."
Torben beruhigte ihn.
„Du weißt ja, ich improvisiere gern."
Sigurd kniff misstrauisch die Augen zusammen. Aber dann schmunzelte er.
„Das erklärt zumindest dein blaues Auge."
Sascha und Tobias fielen in das Gelächter mit ein.
Torben musste ebenfalls lachen, sorgte aber schließlich mit erhobener Hand für Ruhe.
„Jetzt beruhigt euch mal wieder. Vielleicht haben wir eine Möglichkeit gefunden, diesen heimtückischen Kerlen ein Schnippchen zu schlagen."

In kurzen Worten schilderte er seinen Freunden, was Nils ihnen mit auf den Weg gegeben hatte.
„Dann wollen wir mal hoffen, dass sich das als gute Lösung erweist“, rief Sigurd unternehmungslustig.
„Und zwar noch heute Abend. Denn ich finde, wir sitzen hier schon viel zu lange fest.“
Damit war es abgemacht.
Kurz darauf erreichten sie auf verschlungenen Pfaden das Lager, das Gian ihnen zur Verfügung gestellt hatte. Dort verbrachten sie den Rest des Tages in aufgekratzter Stimmung. Marco und Torben wuschen sich gründlich und zogen sich neue Kleidung an. Obwohl sie nur wenige Tage im Gefängnis verbracht hatten, fühlten sie sich anschließend wie neu geboren. Der Tag war sonnig und mit jeder Stunde wurde es wärmer. Also zogen sich die Freunde in den Schatten zurück und tranken abgestandenes Wasser, was nicht dazu beitrug, ihre Laune zu verbessern. Allmählich wuchs ihre Anspannung. Die einzigen, denen man nichts davon anmerkte, waren Ranulf und Fisker.
Torben verdrehte ungläubig die Augen.
„Die beiden muss man ja schütteln, um zu erkennen, ob sie wach sind. Es ist mir unbegreiflich, wie sie das machen.“
Ranulfs Kopf war auf seine Brust gesackt. Jetzt fuhr er hoch und war sofort ansprechbar. Kurz strich er sich mit der Hand übers Gesicht, bevor er sich Torben zuwandte.
„Wir sind Söldner. Da kann man in jeder Lage schlafen. Das solltest du doch auf dem Kriegszug nach Dänemark gelernt haben.“
„Leider nicht“, schüttelte Torben den Kopf. „Dafür gehen mir so kurz vor dem Aufbruch viel zu viele Gedanken durch den Kopf, was alles schiefgehen könnte“, gab er zerknirscht zu.
„Das verstehe ich gut“, murmelte Ranulf. „Aber wir haben in den letzten Monaten einige Momente durchgestanden, in denen wir nur durch unser Geschick überlebt haben. Es ist immer gut ausgegangen. Daraus kannst du eine Lehre ziehen, die dich beruhigen sollte.“
Jetzt waren auch die anderen hellhörig geworden und versuchten, sich kein Wort entgehen zu lassen.
„Nämlich?“, fragte Torben gespannt, der keine Ahnung hatte, worauf Ranulf hinauswollte.
Ranulf lächelte Fisker an, der bis eben die Augen geschlossen hatte. Nun setzte dieser sich aufrecht hin und fuhr sich durch das kurzgeschorene Haar.
„Vertraue deinen Fähigkeiten!“, rief er. „Und wenn dir das schwerfällt, dann vertraue deinen Freunden. Beides zusammen hat uns bis hierhergebracht.“

Torben nickte anerkennend.
„Natürlich stellt sich die Situation für Fisker und mich ein wenig anders dar“, ergänzte Ranulf mit hartem Blick. „Wir haben schon so oft bis zum Hals in der Scheiße gesteckt und trotzdem einen Ausweg gefunden. Daher bringen uns ein paar mordlüsterne Italiener nicht wirklich aus der Ruhe. Es ist für uns nur ein weiteres Problem, das es zu lösen gilt.“
Nun setzte nachdenkliches Schweigen ein, während sich die Freunde die Worte der beiden Söldner durch den Kopf gehen ließen.
Irgendwann wurden die Schatten länger. Sigurd hatte sich an eine Wand gelehnt und schnippte kleine Steine in die Überreste eines zerbrochenen Fasses. Als sein Ziel im Schatten lag, musterte er den Himmel und bemerkte, dass die Sonne kurz davorstand, hinter einer Baumreihe zu versinken. Die Hitze des Tages ließ allmählich nach. Sogar ein laues Lüftchen kam auf und sorgte für ein wenig Abkühlung.
Endlich sprang Torben auf.
„Es ist so weit“, raunte er seinen Freunden zu.
Sie fuhren in die Höhe, als könnten sie es nicht abwarten, endlich aufzubrechen. Dann teilten sie die acht Säcke, von denen jeder um die zehn Pfund wog, untereinander auf. Einzig Roman blieb als Jüngstem der Gruppe diese zusätzliche Last erspart.
Sie öffneten die schmale Pforte, die auf einen festgestampften Weg hinausführte.
„Niemand zu sehen“, rief Sascha, nachdem er sich argwöhnisch umgesehen hatte.
In einer langgezogenen Reihe liefen sie los. Torben hatte sich an die Spitze gesetzt, während Ranulf darauf achtete, dass niemand zurückblieb. Zweimal gab Torben allen ein Zeichen, stehenzubleiben. Dann warteten sie geduldig, bis der Weg vor ihnen wieder frei war, bevor sie sich in der einsetzenden Dämmerung weiterschlichen.
Schon glaubte Roman, dass sie sich völlig umsonst Sorgen gemacht hatten. Für ihn war es nur ein weiteres aufregendes Abenteuer. Doch noch bevor er sich darüber klar wurde, ob er sich über die Ruhe freuen oder sie bedauern sollte, zischte Torben ihnen eine Warnung zu und ließ sich auf die Knie herabsinken. Die nachfolgenden Männer suchten Schutz in einem Gebüsch, das sie vor unliebsamen Blicken verbarg. Trotz der einsetzenden Dunkelheit erkannten sie drei Gestalten, die sich aufmerksam umsahen und lauthals auf Italienisch miteinander palaverten.
„Die suchen uns, da wette ich drauf“, murmelte Sascha Torben zu. Dieser nickte, ohne die drei Männer aus den Augen zu lassen. Als sie hinter einem Haus außer Sicht gerieten, schlichen sie weiter.

„Beeilung! Es ist nicht mehr weit“, feuerte Torben seine Freunde an. Sie schlugen nun ein schnelleres Tempo an, um die Gefahr hinter sich zu bringen. Eine halbe Meile weiter hatten sie ihr Ziel erreicht.
Torben erkannte die Umrisse des baufälligen Schuppens, der ihm schon bei ihrer Ankunft aufgefallen war, weil es das letzte Gebäude des Hafens in nördlicher Richtung war.
Entschlossen umrundeten sie den Bau und hielten auf eine kleine Pforte zu. Torben rüttelte vorsichtig daran, stellte aber fest, dass diese mit einem massiven Riegel gesichert war. Also klopfte er vernehmlich.
Doch nichts passierte.
Marco rückte auf.
„Der Schwede hat wohl einen festen Schlaf. Lass mich mal.“
Er hieb mit der Faust kräftig gegen die Pforte, so dass das Dröhnen seiner Schläge weithin zu hören war. Endlich vernahmen sie Schritte.
Gleich darauf wurde der Riegel zurückgeschoben.
Vor ihnen stand ein gedrungener Mann mit strohblondem Haar. Ein üppiger Vollbart zierte sein Gesicht. Sein Blick war wachsam. In seinen Händen schwang er eine Zaunlatte.
„Habt ihr euch verlaufen? Ich erwarte keinen Besuch. Besser, ihr verschwindet wieder, bevor ich die Geduld verliere.“
Als er die Tür zuschlagen wollte, rief Torben ihm zu:
„Wir sind Freunde von Nils. Falls du der bist, den man den *Schweden* nennt, hat er uns gesagt, dass du ihm noch einen Gefallen schuldest und uns wenigstens anhören würdest.“
Die Tür schwang wieder auf. Der kräftige Mann strich sich einige widerspenstige Locken aus dem Gesicht und musterte sie prüfend.
„Ich bin der *Schwede*! Wo genau willst du diesen Nils denn getroffen haben?“, brummte er misstrauisch.
Torben grinste verlegen.
„Spricht vielleicht nicht unbedingt für uns, aber das war im Gefängnis, dem *Stein*, wie sie es nennen.“
Der blondgelockte Mann nickte und verzog das Gesicht zu einem breiten Grinsen. Er stellte die Zaunlatte neben sich an die Wand und vollführte eine einladende Geste.
„Auf jeden Fall sagt ihr die Wahrheit. Dann kommt mal rein, bevor ihr noch die ganze Gegend auf uns aufmerksam macht. Das kann ich nämlich überhaupt nicht gebrauchen.“
Sie traten durch die Pforte und fanden sich in einem geräumigen Hof wieder, auf dem sich die Überreste einiger Lastkähne, ein baufälliger Karren und eine Menge weiteres nutzloses Zeug angesammelt hatten, deren Zweck sich Torben nicht gleich erschloss.
Doch als sie einige Schritte auf das Gelände gemacht hatten,

bemerkten sie, dass ihr Gastgeber sich hier eine Werkstatt eingerichtet hatte. Zurzeit arbeitete er an einem Frachtkahn, der aufgebockt vor ihnen lag.

„Was hast du damit vor?", fragte Sascha interessiert. „Ich bin übrigens auch Bootsbauer. Aber ich arbeite in der Regel an den großen Hansekoggen, mit denen die Kaufleute zu Ruhm und Reichtum segeln."

Er lächelte verschmitzt und der blonde Mann grinste erheitert.

„Ich schleife den Rumpf gründlich ab und streiche ihn mit einer dunkleren Farbe. Damit wird das Boot schneller, weil es besser durchs Wasser gleitet. Außerdem ist es bei Nacht nur noch schwer zu erkennen, weil es sich vom dunklen Wasser kaum abhebt. In meinem Geschäft bleibt man besser im Verborgenen."

Torben und seine Freunde hatten sich um ihn versammelt und lauschten interessiert.

„Ohne dir zu nahe treten zu wollen – du könntest auch einen guten Piraten abgeben", meldete sich Sigurd zu Wort.

Der Schwede blickte ihn entrüstet an.

„Ein Pirat? Wie taktlos. Ich bin weit davon entfernt, einer zu sein."

„Was bist du dann?", fragte Torben.

„Schmuggler!"

Torben kräuselte die Stirn.

„Wo ist der Unterschied?"

Der Schwede lachte lautlos in sich hinein.

„Wer als Schmuggler berühmt wird, hat den falschen Beruf!"

Torben sah Marco an, dem dieser Kerl ausnehmend gut zu gefallen schien. Dann wanderte sein Blick weiter zu Sigurd, der ihm mit einem Achselzucken antwortete.

„Bist du gut, in dem was du tust?", hakte Sigurd nach.

„Ich bin seit zehn Jahren im Geschäft. Wenn ich nicht gut wäre, würde ich längst in irgendeinem Verlies vermodern. Meist schmuggle ich Waren in die Stadt hinein und auch wieder hinaus."

Torben knetete sein Ohrläppchen.

„In unserem Fall müsstest du Menschen aus der Stadt schmuggeln. Wäre das das erste Mal für dich?"

Der Schwede lächelte matt.

„Ihr fragt ziemlich viel. Ein Schmuggler hat nur wenige Antworten, wenn er gut ist. Aber ihr seid nicht die ersten. Ich habe sogar mal einen Adligen zu seiner Liebsten geschmuggelt, ohne dass ihn jemand gesehen hat."

Er stieß ein kratziges Lachen aus, das tief aus seiner Kehle kam.

„Ich helfe halt gern, wenn der Preis stimmt."

Dann blickte er sich aufmerksam um und nahm sich Zeit, jeden Mann einzeln in Augenschein zu nehmen.
„Ihr wisst aber schon, dass ein Trupp Mailänder Kaufleute ein hohes Kopfgeld auf euch ausgesetzt hat, oder? Der, der euch ans Messer liefert, ist ein gemachter Mann. Ich habe was von zweihundert flämischen Pfund gehört, die es für den entscheidenden Hinweis geben soll."
Er pfiff leise durch die Zähne, als käme er bei dieser Summe ins Grübeln. Doch sein Lächeln war noch immer offen, während er zusah, wie Sigurd und Torben einander missmutig ansahen.
„Andererseits habt ihr Nils geholfen. Das gefällt mir. Und über euren Zwist mit den Mailändern muss ich nichts wissen. Sie haben den Ruf, ihre Interessen rücksichtslos zu verfolgen und dabei nicht gerade zimperlich zu sein. Außerdem glauben sie, sich mit ihrem Geld alles kaufen zu können. Es wird eine spannende Erfahrung für sie sein, dass dem diesmal nicht so ist."
Er blickte Torben an und breitete die Arme aus.
„Ich mache das hier schon recht lange. Auch mein Glück währt nicht ewig. Ich will nicht noch zehn weitere Jahre damit zubringen, mich bei Nacht und Nebel an den Stadtwachen vorbeizuschleichen. Meine alten Tage will ich mit einem Lächeln im Gesicht an einem warmen Ofen in einem hübschen kleinen Häuschen verbringen, während draußen ein übler Sturm tobt. Denn bei einem solchen Wetter ist ein Schmuggler wie ich in der Regel gezwungen zu arbeiten. Denn dann sind die Wachen nicht sonderlich erpicht darauf, ins Freie zu treten. Es muss schön sein, dann einen Krug warmes Bier in der Hand zu halten und an frühere Abenteuer zu denken."
Erneut verzog er das Gesicht zu einem Schmunzeln, was ihn sehr sympathisch wirken ließ.
„Da helfen wir natürlich gern", bekräftigte Torben inbrünstig.
„Auf jeden Fall gehst du ein hohes Risiko ein, wenn du uns hilfst", bemerkte Sigurd. „Wenn uns die Mailänder erwischen sollten, werden sie auch auf dich schlecht zu sprechen sein."
Der Schwede wirkte nicht sonderlich beeindruckt.
„Ich weiß mich schon zu wehren. Außerdem müssen sie uns erst einmal in die Finger bekommen. Zudem lasse ich mir meine Hilfe gut von euch bezahlen."
„Wir haben nur wenig Geld", murmelte Torben verlegen.
Der Schwede atmete ganz tief ein und sein Blick verklärte sich.
„Ihr habt etwas viel Besseres. Nämlich Gewürze, die sich bei den richtigen Käufern mit Gold aufwiegen lassen. Ich will das Säckchen Zimt, was dort vorne unter der Plane herauslugt. Das habe ich

nämlich schon gerochen, als ich die Pforte aufgemacht habe."
Torben und Sigurd berieten sich kurz.
„Wenn er uns hier heil herausschafft, ist er den Preis wert", warf Torben ein. Sigurd rieb sich die Schläfen, als plagten ihn Kopfschmerzen. Dann gab er sich einen Ruck.
„Abgemacht", rief er dem Schweden zu und streckte ihm zum Abschluss ihres Geschäfts die rechte Hand entgegen. Sie tauschten einen kräftigen Händedruck und der Schwede ließ ein Lächeln erkennen, bei dem zwei Reihen gesunder weißer Zähne aufblitzen. Sascha hielt ihm einen der Zimtsäcke hin, den der Schwede entgegennahm und ihn am Rumpf des Kahns abstellte.
„Wie geht es nun weiter?", fragte Torben mit einem letzten Blick auf die Ware, die sie soeben hergegeben hatten.
Der Schwede säuberte sich die Hände an einem Stück Stoff und musterte die Männer erneut.
„Mit neun Mann, eurem Gepäck und der Ladung habt ihr zu viel Gewicht für ein Boot. Wir werden zwei brauchen."
„Hast du ein zweites Boot?", fragte Torben besorgt.
Der Schwede grinste. „Ich hätte auch vier. Allerdings kann ich nur ein Boot zugleich durch die Grachten staken."
„Ich übernehme den zweiten Kahn", bot sich Marco an.
Der Schwede nickte zufrieden. Dann blickte er zum Himmel auf und deutete auf einige Baumstümpfe.
„Setzt euch. Wir brechen erst zwei Stunden vor Tagesanbruch auf."
Sigurd legte die Stirn in Falten.
„Wir wollten eigentlich so schnell wie möglich raus aus Brügge."
Der Schwede schüttelte den Kopf.
„Jetzt ist jeder eurer Häscher hellwach. Da können wir ihnen schwerlich entkommen. Der richtige Augenblick ist erst gekommen, wenn die Sterne allmählich verblassen und ihre Wachen von Müdigkeit übermannt werden. Also habt Geduld."
Torben nickte zögerlich.
„Du kennst dich damit aus. Wir vertrauen dir."
Sie lehnten sich an den Schuppen und unterhielten sich leise. Ranulf und Fisker schliefen, die Arme vor der Brust verschränkt. Irgendwann begann Torben zwischen den Lastkähnen umherzulaufen. Es hielt ihn nicht mehr auf seinem Platz.
Viel zu langsam verstrich die Zeit. Endlich hatte der Schwede ein Einsehen und ließ ein Schnalzen ertönen. Ranulf und Fisker schlugen die Augen auf und waren bereit. Auch die übrigen Männer versammelten sich um den Schmuggler.
Der Schwede sah zum Himmel empor und nickte dann.

„Halte dich immer eine Bootslänge hinter mir“, murmelte er Marco eindringlich zu. „Mach genau, was ich tue. Wenn uns einer anruft, werde ich ihm antworten. Sonst erkennt derjenige sofort, dass ihr Fremde seid.“
Marco signalisierte seine Zustimmung. Der Schwede lief langsam zum Ufer hinunter und Torben und seine Freunde nahmen ihr Gepäck auf und folgten ihm.
„Die Ladung könnt ihr schon mal in der Mitte des Bootes verstauen. Das zweite Boot hole ich gleich aus dem Schuppen.“
Sascha und Tobias folgten ihm. Gemeinsam trugen sie den Lastkahn heraus und setzten ihn leise ins Wasser.
„Vier Mann zu dem Kahn mit der Ladung, fünf Mann ins zweite Boot“, ordnete Torben an.
Schnell hatten die Männer sich verteilt und kletterten auf die Frachtkähne. Es plätscherte leise, bis endlich alle ihren Platz gefunden hatten.
„Es geht los“, raunte der Schwede ihnen zu. „Ab sofort kein Wort mehr. Bei Dunkelheit tragen Geräusche auf dem Wasser weit. Jeder Kahn, der jetzt noch unterwegs ist, ist ohnehin verdächtig. Ich würde euch gern zu eurem Ziel bringen, ohne angehalten zu werden.“
Torben hatte sich auf dem zweiten Kahn nur drei Schritte von Marco entfernt unter eine Decke gekauert. Er konnte hören, wie Marco die lange Stange ins Wasser tauchte und begann, sie durch die Kanäle zu staken. Es war so still, dass er das Gurgeln des Wassers vernahm, wenn Marco sich kraftvoll abstieß. Allmählich gewannen sie an Fahrt und glitten beinahe lautlos durch die Nacht.
Torben hatte sich ein wenig aufgerichtet, so dass er über die Bordwand hinwegblicken konnte. Der Mond warf sein silbriges Licht auf die Wasseroberfläche.
„Es ist verdammt hell im Mondlicht“, flüsterte Marco ihm zu.
Sie hielten sich in der Mitte des Kanals und kamen langsam, aber stetig voran. Immer mal wieder fuhren sie unter einer Brücke hindurch. An solchen Abschnitten ließ der Schwede es noch langsamer angehen. Er wollte ganz sicher sein, dass dort oben niemand saß, der nach ihnen Ausschau hielt. Die ersten Male passierte nichts. Auch zu beiden Uferseiten blieb alles ruhig. Die Männer unter den Decken entspannten sich allmählich. Das leise Glucksen des Wassers am Bootsrumpf wirkte einschläfernd. Einige begannen leise miteinander zu flüstern.
„Haltet den Mund, verdammt“, zischte der Schwede ihnen zu. „Ihr spielt mit unser aller Leben.“
Das Gemurmel erstarb. Erneut tauchte eine Brücke vor ihnen auf. Der

Schwede stakte weiter. Doch dann verharrte er plötzlich. Seine Augen durchdrangen unablässig die Nacht. Jeder dunkle Schatten konnte ein Italiener sein, der ihnen auflauerte. Er starrte zur Brücke hinauf und versuchte dort etwas zu erkennen. Doch je länger er hinsah, umso weniger konnte er erkennen. Auch wenn er noch keine Gefahr ausgemacht hatte, stellten sich ihm die Nackenhaare auf.
Er ließ den Kopf kreisen, atmete tief durch und blickte anschließend auf einen Punkt links von der Brücke. Sein Geschäft brachte es mit sich, dass er vorwiegend nachts unterwegs war. Daher hatte er schon vor langer Zeit erkannt, dass es hilfreich war, einen anderen Punkt in der Nähe des eigentlichen Ziels ins Visier zu nehmen. Dann sah er oft Bewegungen, die ihm sonst nicht aufgefallen wären. So war es auch dieses Mal. Eine dunkle Figur tauchte hinter der Brüstung auf und verschwand nach einer Weile wieder. Kurz darauf vernahm er Stimmen. Nun gab es kein Zögern mehr. Schnell lenkte er den Kahn ans rechte Ufer, während er lautlos einen Fluch zwischen den Zähnen zerbiss.
Verstohlen blickte er über seine linke Schulter zu Marco hinüber. Dieser hatte sein Manöver bemerkt und folgte ihm bereits, als wären ihre Kähne durch ein unsichtbares Tau miteinander verbunden. Der Schwede ließ den Kahn lautlos bis ans Ufer treiben. Dort standen einige Büsche, die ihnen hoffentlich genug Schutz vor unliebsamen Blicken boten. Dichte Wolken zogen vor dem Mond entlang und gaben ihm Zuversicht, dass niemand sie hier entdecken würde. Er flüsterte den vier Männern zu seinen Füßen leise zu:
„Vor uns ist eine Brücke. Wenn mich nicht alles täuscht, treiben sich dort ein paar Kerle herum. Wagt es also ja nicht, euch zu bewegen."
Dann kletterte er lautlos an Land. Einige Blätter raschelten leise, als er sich vorsichtig nach hinten zum zweiten Boot schlich. Marco blickte ihn forschend an. Doch statt etwas zu sagen, deutete der Schwede zur Brücke hinauf. Dann zeigte er auf Marco und forderte ihn auf, ihm zu folgen. Dieser reichte Torben die Stake und kletterte gewandt an Land. Als sie dicht nebeneinanderstanden, klärte der Schwede ihn auf.
„Ich habe Stimmen gehört und einen Schatten gesehen. Das kann falscher Alarm sein. Aber das wäre mir immer noch lieber, als entdeckt und von den Mailändern und ihren Helfern gejagt zu werden."
Marco nickte und folgte ihm die steile Böschung hinauf. Durch die Arbeit an der schweren Stake war ihm warm geworden. Ihr beider Atem ging schwerer, als sie sich hinaufgearbeitet hatten. Deshalb warteten sie kurz, bis sie sich wieder beruhigt hatten.
Der Schwede ging voran und Marco bewunderte ihn dafür, wie geschmeidig und trittsicher der Mann seine Schritte zu setzen

verstand. Er selbst hatte Mühe den Anschluss zu halten.
Endlich erreichten sie den festgestampften Weg, der zur Brücke führte. Nur wenige Schritte trennten sie noch von dem gepflasterten Weg, der auf die andere Seite hinüberführte. Erneut verharrte der Schwede. Marco bremste gerade noch rechtzeitig seinen Schritt. Obwohl es sich merklich abgekühlt hatte, stand ihm der Schweiß auf der Stirn. Sein Vordermann ließ sich auf die Knie herabsinken und tastete sich langsam voran. Dann erreichte er die steinerne Mauer und spähte vorsichtig um die Ecke. Zwei dunkle Figuren saßen dort an die Mauer gelehnt. Sie flüsterten miteinander und hatten mehr mit sich zu tun, als ihren Auftrag ernst zu nehmen. Immer mal wieder stemmte einer von ihnen sich mühsam hoch und blickte über die Mauer aufs Wasser herunter. Dann sank er wieder herab und palaverte weiter. Zwischen ihnen lag ein Weinschlauch. Der Gestank von billigem Fusel hing schwer in der Luft.
Der Schwede schüttelte den Kopf. Diese Männer hatten einen Auftrag. Er brachte kein Verständnis dafür auf, dass sie ihrer Aufgabe auf eine so leichtfertige Art nachgingen. Auch wenn ihm das in diesem Fall in die Hände spielte. Wenn er eine Arbeit übernahm, widmete er sich ihr mit aller Kraft und Leidenschaft, die er nur aufbringen konnte. Trotzdem stellten ihn diese beiden redseligen Kerle vor ein ernstes Problem. Niemals würde es ihnen gelingen, hier ungesehen vorbeizukommen.
Kurz überdachte er ihre Möglichkeiten und kam immer wieder zum gleichen Ergebnis.
Er wandte sich zu Marco um.
„Zwei Mann", flüsterte er ihm zu. „Wir schicken sie schlafen."
Marco verzog zweifelnd das Gesicht. Dann hob er schweigend die Schultern, um dem Schmuggler zu signalisieren, dass ihm nicht klar war, wie sie das bewerkstelligen sollten. Doch dieser hob beruhigend die Hand und klopfte ihm leise auf die Schulter. Die beiden Italiener saßen mindestens zehn Schritte von ihnen entfernt. Bis sie diese Entfernung überbrückt hatten, hätten diese längst alarmierende Schreie ausgestoßen und damit die ganze Gegend rebellisch gemacht. Das Risiko war einfach zu groß.
„Wir warten, bis sie ihr Wasser abschlagen müssen", raunte er Marco zu. „Bestimmt kommen sie dann zu den Büschen hier herüber."
Dieser blies die Backen auf.
„Das kann ewig dauern und es wird bald hell. So viel Zeit haben wir nicht. Außerdem könnten sie auch auf die andere Seite hinübergehen."
Der Schwede hielt dagegen.
„Diese Halunken lassen ständig den Schlauch umherwandern und

trinken ganz ordentlich. Das dauert bestimmt nicht mehr lange. Und auf der anderen Seite stehen keine Büsche, deshalb glaube ich, dass sie hierherkommen werden."
Marco knurrte nur.
„Ich habe eine bessere Idee. Ich spiele ihnen den betrunkenen Seemann vor. Diese Rolle ist mir auf den Leib geschrieben."
Gerade wollte er sich aus seiner kauernden Position erheben und auf die zwei Wachen zuwanken. Doch noch bevor er dazu kam, kam einer der beiden auf die Beine. Marco reagierte blitzschnell und tauchte wieder ab.
Der Schwede grinste.
„Sieht so aus, als hätten wir das Glück auf unserer Seite."
Sie verschmolzen mit der Dunkelheit und lauerten auf den richtigen Moment.
Der Mann näherte sich ihnen. Nur ein paar Schritte vor ihnen blieb er stehen, fummelte an seiner Hose herum und sandte seinen Strahl in die Büsche. Dabei seufzte er erleichtert.
Als er fertig war und seine Hose schloss, fuhr der Schwede neben ihm in die Höhe und ließ seine Fäuste auf ihn niederkrachen. Der Italiener brach zusammen und schlug dumpf auf. Sofort war es wieder still.
Eine ganze Weile verstrich. Gerade wollte Marco seinen Nebenmann fragen, was sie als nächstes unternehmen wollten. Da begann der Schwede plötzlich lautstark zu schnarchen. Marco starrte ihn irritiert an. Doch dann begriff er, dass dieser damit den zweiten Mann hervorlocken wollte und seine Mundwinkel verzogen sich zu einem bösen Lächeln. Gespannt wartete er darauf, wie der Italiener reagierte.
Anfangs geschah nichts. Der trunkene zweite Mann war zu sehr mit sich und dem Wein beschäftigt, als dass er das längere Ausbleiben seines Kameraden bemerkt hätte. Doch irgendwann wurde er stutzig und rief drängend seinen Namen.
„Alfredo!"
Dann lauschte er und vernahm das gleichmäßige Schnarchen. Er fluchte vernehmlich. Doch dann schien ihn das Ganze zu belustigen. Er taumelte in die Höhe und wankte auf das Ende der Brücke zu.
„Alfredo!", murmelte er lachend, gefolgt von einem Schwall an Worten, die Marco nicht verstand. Dann hatte er das Ende der Brücke erreicht und ging auf den vor ihm liegenden Schatten zu, der lautstark schnarchte. Als er seinen Kumpan an der Schulter wachrütteln wollte, raste eine Faust auf ihn zu. Gleich darauf lag er besinnungslos neben seinem Kameraden auf dem Boden.
Der Schwede schüttelte seine Hand.
„Was für ein Eisenschädel, verdammt noch mal. Lass uns die beiden

fesseln und knebeln. Sie dürfen erst bei Tagesanbruch gefunden werden, wenn wir längst in Sicherheit sind."
Sie ließen sich von Torben Stricke bringen und fesselten ihnen Arme und Beine. Dann stopften sie ihnen abgerissene Stofffetzen in den Rachen. Nachdem sie die beiden Männer tiefer ins Gebüsch gezogen hatten, sah sich der Schwede noch einmal um. Gleich darauf schlug er sich an den Kopf, eilte auf den zurückgelassenen Weinschlauch zu und warf diesen ebenfalls ins Gebüsch. Dann liefen sie zu den Lastkähnen zurück.
„Die beiden Wachen schlafen selig. In der Dunkelheit findet sie niemand. Wir haben also freie Fahrt", rief der Schwede den Männern zu.
Erleichterung machte sich breit. Gleich darauf lagen alle wieder versteckt unter den Decken. Es war unwahrscheinlich, dass die Italiener eine zweite Sperre errichtet hatten. Doch Torben und Sigurd wollten lieber auf alles gefasst sein. So leise wie möglich setzten sie ihre Fahrt fort und blieben von weiteren unliebsamen Überraschungen verschont.
Längst war die Sonne aufgegangen und die Männer saßen aufrecht an die Bordwand gelehnt, während sie miteinander sprachen. Immer wieder blickten sich einige misstrauisch um, ob sie in der Ferne vielleicht Verfolger ausmachen konnten.
„Zu Pferd könnten sie uns noch einholen", murmelte Sigurd. Doch der Schwede schüttelte den Kopf.
„Die beiden Italiener mögen mittlerweile befreit worden sein. Aber sie haben bestimmt nicht den Mumm ihrem Anführer zu beichten, dass sie nachts zu betrunken waren, um die Augen offenzuhalten. Lieber werden sie schweigen und so tun, als wüssten sie von nichts. Dort vorn kommt schon Sluis in Sicht. Am besten legt ihr ab, so schnell ihr könnt. Eure Ladung ist ja übersichtlich und wird euch nicht aufhalten. Auf dem Meer werden sie euch nichts anhaben können. Meinen Glückwunsch! Ihr habt es geschafft. Ich schlage vor, dass ihr den Mailändern zukünftig aus dem Weg geht."
Torben nickte kräftig.
„Das will ich meinen. Mit diesen hinterhältigen Bastarden wollen wir nichts zu tun haben. Wie kommst du eigentlich zurück?"
Der Schwede grinste listig.
„Ich fahre gleich mit meinem Boot zurück wie ein ganz gewöhnlicher Bürger. Schließlich habe ich mir nichts vorzuwerfen. Den zweiten Lastkahn kann dann morgen einer der Tagelöhner zurückbringen. Das eilt ja nicht."
Sie glitten weiter dahin und erreichten das Ende des Kanals. Dort

legten sie an und luden ihre Fracht an Land ab. Anschließend verabschiedeten sie sich herzlich vom Schweden und winkten ihm, bis er um die erste Biegung fuhr.
„Der Kerl hätte gut zu uns gepasst“, murmelte Sascha.
Marco war der gleichen Ansicht.
„Er verfügt über gewisse Fähigkeiten und hat uns damit viel Ärger erspart.“
Sie liefen zu den Kais hinüber und sahen in der Ferne die Umrisse ihrer Kogge auftauchen. Nachdem Torben bei einem beleibten Aufseher die Gebühren für die Liegezeit im Hafen bezahlt hatte, gingen sie an Bord, brachten die Säcke und ihr weniges Gepäck in den Frachtraum und lösten die Taue.
Als sie ablegten, suchten ihre Augen noch einmal das Ufer ab. Doch von dort drohte ihnen keine Gefahr. Erleichtert steuerte Marco die Kogge mit sicherer Hand aus dem Hafen. Als sie das offene Meer erreichten, nahm die Kogge Fahrt auf. Schon bald wehte ihnen ein kräftiger Wind um die Nase, der sie gut voranbrachte.
Die Nächte waren kühl, aber trocken und das sanfte Schaukeln auf den Wellen sorgte dafür, dass sie tief und fest schliefen. Hier draußen mussten sie keinen Überfall fürchten. Außerdem war bereits die Mitte des Septembers verstrichen, daher sahen sie nur selten ein fremdes Segel in der Ferne aufblitzen.
Als sie die Nordspitze Dänemarks umrundeten, wurde die See ein wenig rauer. Doch den besorgten Blicken seiner Freunde begegnete Marco mit einem kehligen Lachen, während ihnen die Gischt ins Gesicht schlug. Sie trugen zwar keinen trockenen Fetzen Kleidung mehr am Leib, doch schon am nächsten Tag hatte sich die See beruhigt und die Sonne trocknete sie schnell wieder.
„Wo genau sind wir eigentlich?“, fragte Sascha ihren Steuermann, während er mit verschränkten Armen eine kleine Insel beobachtete, die luvseits hinter ihnen zurückblieb.
„Mitten im Kattegat“, murmelte Marco konzentriert. „Hier gibt es zahlreiche Inseln und eine Menge Untiefen, die schon so manchem Schiff zum Verhängnis geworden sind.“
Sascha musterte ihn misstrauisch.
„Aber du scheinst nicht sonderlich besorgt zu sein.“
„Ich habe durchaus Respekt“, erwiderte Marco. „Aber ich bin schon etliche Male hier hindurchgefahren und kenne die Stellen, an denen ich mich orientieren kann. Natürlich muss man höllisch aufpassen. Einige Durchfahrten sind so eng wie ein Astloch. Deshalb sind wir bisher auch schon an zwei Wracks vorbeigesegelt. Dafür sind die Gewässer voller Fische und sogar Hummer gibt es hier. Ich habe

allerdings noch keinen gefangen, geschweige denn gegessen."
Nachdem sie die Inseln hinter sich gelassen hatten, bogen sie in die offene Ostsee ein. Zwei Tage später erreichten sie die Travemündung und segelten gen Lübeck.
Es war ein warmer Nachmittag, als sie im Hafen festmachten. Dort war wenig los. Nur drei weitere Koggen lagen an den Kais vertäut. Einige Tagelöhner näherten sich ihnen erwartungsvoll. Als Tobias ihnen signalisierte, dass es hier keine Arbeit für sie geben würde, zogen sie enttäuscht wieder ab.
Marco strich noch einmal über das Steuerrad und sah sich auf dem Schiff um, als wäre es ein Abschied für immer.
„Nun übertreib mal nicht", rief Torben ihm zu. „Das wird nicht deine letzte Fahrt gewesen sein."
„Für dieses Jahr bestimmt", entgegnete dieser und wirkte dabei fast ein wenig wehmütig.
Sigurd stellte sich neben Torben am Kai und wippte unternehmungslustig vor und zurück.
„Dann werden wir in den nächsten Tagen mal Angebote einholen. Aber vor allem bin ich sehr gespannt, was dieser Haushofmeister des Fürsten von Holstein zu unseren Schätzen zu sagen hat. Hoffentlich nimmt er uns alles auf einen Schlag ab. Dann wären wir sämtliche Sorgen los und hätten zum ersten Mal seit langer Zeit wieder einen prall gefüllten Geldbeutel an unserem Gürtel."
Torben reckte sich und streckte dabei die Arme in die Höhe.
„Lass uns gleich morgen damit beginnen, Erkundigungen einzuholen. Für heute haben wir uns ein wenig Ruhe verdient. Ich zeige dir erstmal deine Kammer bei uns, in der du dich in nächster Zeit wie zuhause fühlen kannst. Dann werde ich mich um Don kümmern und auch Maik auf den Zahn fühlen, was sonst noch so während unserer Abwesenheit vorgefallen ist."
Der gesamte Zug setzte sich in Richtung Torbens Haus in Bewegung. Schließlich mussten die Gewürzsäcke sicher verwahrt werden, bevor sie sich wieder den weltlichen Genüssen zuwenden konnten. Vor Torbens Haus verabschiedeten sich die Freunde fürs Erste voneinander, was einige Zeit in Anspruch nahm. Ständig flogen Sprüche umher und immer wieder brandete raues Gelächter auf. Dazwischen ertönte ein kehliges Heulen von Don, der seinen Herrn längst erkannt hatte und nicht mehr zu bändigen war. Er stürmte so geschwind aus dem Haus, dass ihm Torbens Freunde lieber schnell Platz machten. Sören, der den Wolf noch nie gesehen hatte, fielen fast die Augen aus dem Kopf.
„Das ist dein Wolf?", fragte er ungläubig.

„Ich dachte schon, der frisst mich mit Haut und Haaren."
„Mach dir keine Sorgen!", entgegnete Sigurd stattdessen.
„Jetzt hat Don erkannt, dass du zum Rudel gehörst. Daher hast du nichts zu befürchten. Im Gegenteil, ab jetzt wird er ein Auge auf dich haben."
Sören wirkte noch nicht recht überzeugt und hielt stattdessen lieber einen gehörigen Sicherheitsabstand ein.
Torben hatte sich auf ein Knie niedergelassen und tätschelte seinen Wolf, der noch einmal an Größe und Gewicht zugelegt hatte.
Allmählich beruhigte sich Don und ließ sich die Liebkosungen gern gefallen. Er wich seinem Herrn keinen Schritt mehr von der Seite.
Nachdem Torben auch Maik und Stefan begrüßt hatte, verabredete er sich mit seinen Freunden in zwei Tagen in Sörens Lieblingsschankstube *Zum Klabautermann.* Vielleicht würden sie ihre Freunde dann ja schon mit Neuigkeiten überraschen können, was den Verkauf der Gewürze anging.
Die Menge verteilte sich allmählich und jeder ging seines Weges.
Torben zog Sigurd und Roman mit ins Haus. Dort nahmen sie erst einmal auf einer Bank im Hof Platz, während Stefan und Maik vor ihnen standen.
„Ist mein Vater immer noch nicht zurück?", fragte Torben mit hochgezogenen Augenbrauen.
„Wir haben noch nichts von ihm gehört", gab Maik zurück. Stefan blickte immer mal wieder argwöhnisch zu Roman hinüber, der irgendwie erwachsener wirkte als vor ihrem Aufbruch.
Mittlerweile lagen die Gewürzsäcke sicher verstaut im Lager. Daher war es für Torben an der Zeit, sich von Maik die Neuigkeiten anzuhören. Doch dieser winkte beruhigend ab.
„Die zwei Monate waren heiß, trocken und eintönig. Stefan ist fast umgekommen vor Langeweile. Aber er hat sich gut mit Don verstanden."
Stefan nickte kräftig und lächelte verschmitzt.
„Also habt ihr es euch gutgehen lassen und jeden Tag ausgiebig gebadet", fasste Torben lächelnd zusammen. Sie lachten gemeinsam, während Torben seinen Wolf genauer musterte.
„Don geht es hervorragend", berichtete Maik. „Nach fünf Tagen schlich er bereits wieder über den Hof. Von da an ging es stetig bergauf. Er hat für zwei gefressen und jetzt sieh ihn dir an. Nie zuvor habe ich ein so prachtvolles Tier gesehen."
Torben strich Don über die Schnauze und dieser blickte ihn forschend an, als verstünde er genau, was da über ihn gesprochen wurde. Der Wolf legte vertrauensvoll seine Schnauze auf Torbens Knie und

schloss die Augen, während er sich die Streicheleinheiten seines Herrn gefallen ließ.
„Also hattet ihr Erfolg?", nahm Maik das Gespräch wieder auf.
Torben nickte zögerlich. „Jetzt müssen wir nur noch alles an den Mann bringen. Dann können wir endlich die Mannschaft bezahlen. Sie haben es sich mehr als verdient."
„Habt ihr schon einen Plan, wie ihr vorgehen wollt?"
Sigurd erzählte ihm von seiner Überlegung, auf den Haushofmeister des Fürsten von Holstein zuzugehen.
Maik nickte nachdenklich, während Stefan plötzlich ganz aufgeregt war.
„Redest du von Heinrich II., dem Grafen von Holstein-Rendsburg?"
Sigurd sah ihn überrascht an.
„Das Adelsgeschlecht der Schauenburger hat sich im Laufe der Zeit auf einige Stammlinien aufgeteilt. Daher gibt es wohl mehrere Grafen aus diesem Geschlecht. Aber ich meinte Heinrich II."
Stefan nickte zuversichtlich.
„Ich habe mich morgens manchmal mit einigen Bäckergesellen getroffen. Sie berichten übereinstimmend, dass bei ihren Bäckermeistern große Bestellungen eingetrudelt sind. Angeblich will Heinrich II. seine Tochter verheiraten und plant zu diesem Anlass ein großes Fest. Sein Haushofmeister gastiert bereits seit über einer Woche in Lübeck und ist bis über beide Ohren in die Vorbereitung der Feier verstrickt. Anscheinend gibt er riesige Bestellungen an Backwaren und allen möglichen Dingen in Auftrag."
Sigurd blickte Torben an und hatte dabei Mühe ein Grinsen zu verstecken. Torben strich sich über die stachelige Wange, während er darüber nachdachte.
„Das könnte uns vielleicht in die Hände spielen. Denn das wäre doch der richtige Anlass für den Grafen, um seinen hochgeschätzten Gästen seinen Reichtum zu präsentieren. Indem er sie mit Mahlzeiten verwöhnt, die durch die edelsten Gewürze verfeinert wurden."
Maik schmunzelte leicht.
„Kaufmann müsste man sein. Das klingt, als ließe sich dieser Umstand zu eurem Vorteil nutzen."
Torben lächelte zurück.
„Wir werden sehen. Am besten suchen wir gleich morgen diesen Herrn auf. Vielleicht kommen wir ja ins Geschäft."
Sie redeten noch bis tief in die Nacht miteinander, bevor sie müde schlafen gingen. Torben verbrachte seit langem mal wieder eine Nacht in seiner kleinen Kammer. Don war ihm die Treppenstufen hinaufgefolgt und hatte sich vor seiner Tür niedergelegt. Torben freute

sich darüber und musste zugeben, dass ihn dies ruhiger schlafen ließ.

Als am nächsten Morgen die Sonne durch das kleine Fenster schien, hielt es Torben nicht länger auf seiner Matratze.
Auch Sigurd lief schon ungeduldig im Haus umher. Wenig später waren sie gewaschen und in ihre feinste Kleidung gehüllt zum Aufbruch bereit. Dann liefen sie auf die Straße hinaus, auf der zu dieser frühen Stunde nur wenige Mägde, Diener und Händler zum Markt strebten.
Torben und Sigurd trugen kleine Proben der Gewürze bei sich, um nicht mit leeren Händen vor dem Haushofmeister zu stehen. Sie bogen in die Königsstraße ein und folgten ihr, bis es rechts zum Kohlmarkt abging. Sie liefen links hinunter zum südöstlichen Teil der Stadt. Dabei durchquerten sie die Wahmstraße, die bald darauf in die Krähenstraße überging. Torben wusste, dass diese keine zweihundert Schritte lang war und dann direkt auf die Rehderbrücke führte. Wenig später standen sie vor dem Gasthaus. Es war ein hübsches zweistöckiges Gebäude, dem man ansah, dass hier gut betuchte Gäste Quartier nahmen.
Sie traten ein und wurden von einem aufmerksamen Angestellten begrüßt.
„Was kann ich für die Herren tun?", fragte dieser höflich.
Sigurd räusperte sich. „Wir hatten gehofft, wir könnten hier…."
Er brach ab und musterte eine Gestalt, die sich rechts von ihnen, gefolgt von zwei Dienern, eine Treppe hinabbemühte. Dabei handelte es sich um einen beleibten Mann, der bereits nach wenigen Stufen keuchte. Sein feistes Gesicht war rot angelaufen. Doch sein Blick wirkte fest entschlossen. Nachdem er unten angekommen war, lief er mit hocherhobenem Kopf an den beiden Kaufleuten vorbei und wartete ungeduldig, bis einer der Diener Anstalten machte, ihm die Tür zu öffnen.
„Bitte entschuldigt die Störung", hob Torben an. „Seid Ihr vielleicht im Auftrag des Grafen von Holstein unterwegs?"
Der Angesprochene zog die Augenbrauen in die Höhe und streckte seine üppig beringte Hand aus.
„Wer möchte das bitte wissen?"
„Wir sind die Hansekaufleute Sigurd Johannsen aus Elbing und Torben Voigtherr aus Lübeck. Wir hörten, dass Ihr im Begriff seid, ein großes Fest für Euren Dienstherrn vorzubereiten. Nun…", er lächelte verschmitzt. „Vielleicht können wir Euch dabei ein wenig behilflich sein."
Der dickliche Mann betrachtete sie interessiert. Er war mindestens

einen Kopf kleiner als sie und stapfte jetzt auf seinen stämmigen kurzen Beinen auf sie zu.
„Wobei genau würden die Herren Kaufleute mir denn helfen können? Die meisten Einkäufe habe ich nämlich längst getätigt, müsst Ihr wissen. Ich befürchte, Eure Anfrage kommt ein wenig spät."
Sigurd nickte einfühlsam.
„Wir haben erst jetzt von den bevorstehenden Feierlichkeiten des Grafen von Holstein gehört, denn wir sind gestern von einer Handelsreise aus Brügge zurückgekehrt."
„Den Feierlichkeiten des Grafen von Holstein-Rendsburg bitte", ereiferte sich der Haushofmeister. „Die Familienbande meines Herrn sind breit verzweigt. Da ist es sinnvoll, sich der richtigen Ansprache zu befleißigen."
Sigurd und Torben nickten verständnisvoll. Leutselig trat der Haushofmeister auf sie zu.
„Ich bin Hans Plattner und stehe seit nunmehr zwanzig Jahren im Dienst des Grafen. Da könnt Ihr Euch sicher vorstellen, dass es nicht immer leicht ist, sich bei jedem Fest selbst zu übertreffen. Doch die Ansprüche der hohen Herren wachsen mit jedem Jahr."
Er stieß die Luft aus und streckte die Arme in die Höhe, was lustig aussah. Denn sie waren zwar stämmig, aber reichlich kurz geraten. Seine Schweinsäuglein blinzelten neugierig in ihre Richtung.
„Womit genau habt Ihr denn in Brügge Handel getrieben?"
Sigurd wischte mit der Hand in der Luft herum.
„Wir haben unsere Waren gegen die teuersten Gewürze der Levante eingetauscht. Zimt, Nelken, Pfeffer, Muskat. Selbst vom seltenen Safran haben wir ein Säckchen erworben. Ihr wisst nicht zufällig jemanden, der sich für derlei Dinge interessieren könnte?"
Hans Plattner lief rot an und riss die Augen auf.
„Aber das ist ja…, da soll mich doch…, das kann doch kein Zufall sein!", stammelte er vor sich hin.
„Meine Herren! Unser Zusammentreffen scheint mir ein Glücksfall zu sein. Darf ich darum bitten, dass Ihr mich in mein Zimmer begleitet? Ich glaube, wir haben Angelegenheiten zu besprechen, die nur für unsere Ohren bestimmt sind."
Sigurd und Torben deuteten eine Verbeugung an.
„Es wäre uns eine Ehre, dem Grafen von Holstein-Rendsburg zu Diensten sein zu dürfen."
Gemeinsam begaben sie sich in das Quartier des Haushofmeisters. Die beiden Diener schenkten ihnen Wein ein, der aufgrund der frühen Stunde mit Wasser versetzt war.
„Ein guter Tropfen", lobte Sigurd anerkennend.

„Und doch nicht zu vergleichen mit den Genüssen, die auf die Gäste meines Herrn warten, wenn er Ende des Monats die Vermählung seiner Tochter Sophia feiert", lenkte Hans Plattner zielstrebig das Gespräch auf die bevorstehenden Feierlichkeiten zurück.
„Wem wird der Graf seine Tochter denn anvertrauen?", fragte Torben. Er interessierte sich nicht sonderlich für die Belange der Adligen. Hier schien es aber hilfreich, wenigstens eine Spur von Neugier zu zeigen.
Hans Plattner sprang sofort darauf an.
„Seine jüngste Tochter Sophia entspringt der zweiten Ehe des Grafen. Sie wird Bogislaw VIII., den Herzog von Pommern-Stolp ehelichen. Zu dessen Herrschaftsgebiet gehört unter anderem auch die Stadt Wolgast jenseits der Swine. Es ist eine standesgemäße Hochzeit, zumal sich die beiden sehr zugetan sind. Das ist nicht selbstverständlich in diesen Kreisen. Die meisten Töchter heiraten, ohne ihren Ehemann zuvor gesehen zu haben."
Dann rieb er seine fleischigen Hände aneinander.
„Ich habe mir im Laufe der Zeit einen gewissen Ruf erarbeitet. Deshalb hat der Graf die Vorbereitungen für dieses wichtige Fest vertrauensvoll in meine Hände gelegt. Man sagt mir nach, dass es mir gelingt, ein unvergessliches kulinarisches Erlebnis zu zaubern, von dem selbst die hohen Herren noch lange sprechen. Doch dafür benötige ich mehr als frisches Weizenbrot, jede Menge Wildbret, ja selbst Fasane und Rebhühner. Denn was sind schon gewöhnliche Braten ohne die entsprechenden Gewürze? Diese hohen Familien haben verwöhnte Gaumen. Sie schmecken sofort, ob an dem Fasan Chili oder Safran ist und ob die Soßen üppig gewürzt worden sind. Diese Gewürze sind schwer zu bekommen. Jetzt ist die Handelssaison vorüber und der Markt ist wie leergefegt. Umso willkommener ist mir da Euer Angebot. Soviel darf ich schon vorab verraten: Der Graf ist nicht knauserig, wenn es um die Feierlichkeiten der Vermählung seiner jüngsten Tochter geht."
Sie tauschten ein einvernehmliches Lächeln.
„Wir haben eine kleine Kostprobe dabei, falls Ihr Euch einen Eindruck verschaffen möchtet", eröffnete ihm Torben.
Hans Plattner winkte ab.
„Hochverehrte Herren! Mit einer Kostprobe ist mir nicht gedient. Ich möchte ihren ganzen Bestand sehen und zwar am liebsten jetzt sofort, wenn es Ihnen keine allzu großen Umstände bereitet."
Sigurd trat zur Tür und hielt sie galant auf.
„Ja, wenn das so ist. Es wäre uns ein Vergnügen!"
Gemeinsam liefen sie durch Lübeck zu Torbens Haus, während der

Haushofmeister sie unentwegt mit seinen Erzählungen unterhielt.
„Ihr müsst wissen, dass auf diesem Fest alles eingeladen wurde, was in diesen Kreisen Rang und Namen hat. Eine Menge Adlige werden dort sein und meinem Herrn die Ehre erweisen. Darunter auch die Grafen Konrad II. von Oldenburg sowie Simon III. zur Lippe. Allerdings auch einige Herrschaften, die man nicht unbedingt an einer solch hohen Tafel vermuten würde."
Er stockte kurz. Doch Torben und Sigurd, die nur höflich zugehört hatten, waren hellhörig geworden.
„Das müsst Ihr uns genauer erklären", verlangten sie.
Hans Plattner wiegte den Kopf, während er unentwegt weiter voranschritt.
„Mein Herr wird auch *Heinrich der Eiserne* genannt. Denn dem höfischen Leben im Haushalt seines Vaters hat er nur wenig abgewinnen können. Stattdessen ist er als junger Mann aufgebrochen und hat sich als Söldner verdingt. Er kämpfte in vielen Ländern wie Italien, Russland und Frankreich. Lange stand er in schwedischen und auch englischen Diensten. Auch nach seiner Rückkehr war er tatkräftig und ging keinem Streit aus dem Weg. Seinem Bruder Nikolaus und ihm ist es zu verdanken, dass sie ihre Ansprüche in Holstein und Dänemark gegen die Nordfriesen tatkräftig durchsetzen konnten. Aus diesen Zeiten kennt er noch eine Menge Kriegsvolk, sowohl Ritter als auch Söldner. Bei einigen von ihnen werden die edlen Damen wohl pikiert wegsehen müssen. Denn solch groben Umgang sind sie nicht gewöhnt."
Er wollte fortfahren, auch wenn er längst kurzatmig nach Luft schnappte. Doch Torben legte ihm eine Hand auf den Arm.
„Wir sind da. Bitte folgt mir hinein. Wir gehen am besten gleich auf den Speicher."
Torben betrat die Diele seines Hauses und bemerkte die erstaunten Blicke von Stefan und Roman, die noch nicht mit ihrer Rückkehr gerechnet hatten.
„Bringt Erfrischungen herbei und folgt uns dann in den Speicher!", trug er ihnen auf. Dann schritt er der kleinen Gruppe voran und stieg die Treppen empor. Hinter ihm schnaufte der Haushofmeister angestrengt, blieb aber an ihm dran. Die Aussicht auf die Erfüllung seiner dringlichsten Wünsche schien ihm Kraft zu verleihen.
Sie betraten den Speicher und hielten direkt auf die sieben Säcke mit den Gewürzen zu, die ordentlich aufgereiht vor ihnen standen. Entschlossen hielt Hans Plattner darauf zu.
„Darf ich?", fragte er aufgeregt. Torben nickte lächelnd.
„Selbstverständlich."

Der Haushofmeister schlich um die Säcke herum, schnupperte mit geschlossenen Augen an den unterschiedlichsten Gewürzen. Manchmal ließ er sich ächzend auf die Knie herab, nahm eine kleine Probe heraus und ließ sie durch seine Finger rieseln, während seine Augen sich vor Entzücken weiteten. Zum Schluss nahm er eine Zimtstange zur Hand und besah sie sich von allen Seiten. Dann stemmte er sich umständlich in die Höhe und blickte erst Sigurd und dann Torben in die Augen.

„Meine Herren! Ich muss schon sagen, einen besseren Tagesbeginn hättet Ihr mir nicht bescheren können. Lasst mich nicht lange drum herumreden. Es ist meine feste Absicht, Euch diese Ladung abzukaufen. Deshalb unterbreite ich Euch jetzt ein derart gutes Angebot, das uns hoffentlich die elendige Feilscherei erspart, die vielen Kaufleuten leider zu eigen ist."

Torben und Sigurd stimmten gern zu, während sie versuchten, sich ihre Anspannung nicht anmerken zu lassen. Doch das fiel ihnen nicht leicht. Auf der langen Heimreise hatten sie jeden Tag kalkuliert, welchen Preis sie für die Gewürze verlangen mussten, um ihren Wareneinsatz zu erlösen. Doch das war natürlich bei weitem nicht alles. Hinzu kamen noch die Kosten für die Anmietung der Kogge, die Liegegebühren sowie die Bezahlung der Mannschaft. Auch die Verpflegung hatte sich in dieser Zeit zu ansehnlichen Beträgen summiert. Außerdem waren sie als gute Kaufleute bestrebt, so viel zu verdienen, dass sie auch im nächsten Jahr wieder in Handelsgüter investieren konnten. Nur dann wäre ihre Handelsfahrt tatsächlich ein Erfolg gewesen.

„Ich erkläre mich bereit, für sämtliche Gewürze eintausendfünfhundert Mark lübisch zu zahlen. Damit überschreite ich zwar das Budget des Grafen. Aber ich denke, der Zweck heiligt in diesem Fall die Mittel. Allerdings beinhaltet mein Angebot eine unabänderliche Bedingung."

Torben vergaß fast zu atmen, so aufgeregt war er. Er hatte gehofft, dass das Angebot über eintausend Mark liegen würde. Doch bei der nun angebotene Summe hätte er seine Freude am liebsten herausgeschrien. Äußerlich ungerührt rieb er sich mit dem Daumen über die Unterlippe.

„Von welcher Bedingung sprecht Ihr?"

Hans Plattner lächelte sie stolz an.

„Euch wird ein ungeheures Privileg zuteil. Ihr werdet hiermit offiziell im Namen meines Herrn zu dem bevorstehenden Fest eingeladen. Schließlich ist es allein Euch zu verdanken, dass diese Feier nun zu etwas ganz Besonderem werden kann."

Sigurd blinzelte irritiert.

„Das ist eine große Ehre. Aber seid Ihr sicher, dass dies tatsächlich der einzige Grund für die Einladung ist?"

Der Haushofmeister verzog schmunzelnd das Gesicht.

„Um ehrlich zu sein, gibt es sogar zwei weitere Gründe, die Eure Anwesenheit erforderlich machen. Als Erstes wäre zu nennen, dass der Graf erfahrungsgemäß wissen möchte, mit wem ich solche Geschäfte tätige. Da fragt er mir regelrecht Löcher in den Bauch. Dies erspare ich mir, indem ich Euch gleich mitbringe. Das hat zudem den unschätzbaren Vorteil, dass sich hier eine langfristige Geschäftsbeziehung anbahnen könnte, sollte der Graf Gefallen an Euch finden."

Er atmete tief ein.

„Der zweite Grund ist noch wichtiger. Mein Herr ist kein Mann, der mit den übrigen Adligen viel gemeinsam hat. Ihr werdet schnell feststellen, dass er nicht hochtrabend daherredet und versucht seine Gäste zu beeindrucken. Solche Dinge interessieren ihn nicht. Er ist beinahe sechzig Jahre alt und kann recht unleidlich werden, wenn man ihn langweilt. Umso wichtiger ist es, ihn mit Menschen zusammenzubringen, mit denen er etwas anzufangen weiß. Ihr seid solche Männer, das erkenne ich sofort. Erlesene Speisen allein werden nicht reichen, um die Launenhaftigkeit meines Herrn zu bändigen. Doch mit einer klugen Auswahl an Gästen ist viel zu gewinnen. Also, was sagen die Herren Hansekaufleute zu meinem Angebot?"

Eigentlich verspürte Torben wenig Lust, sich unter hochgestelltes Adelsvolk zu mischen. Er wusste kaum, was er mit solchen Menschen reden sollte. Doch die Aussicht auf eine langfristige Handelspartnerschaft mit dem Hof des Grafen reizte ihn ungemein. Daher zögerte er nur kurz.

„Einverstanden!", rief er dann, während Sigurd hinzufügte: „Es wäre uns eine große Freude!"

Sie besiegelten das Geschäft mit einem kräftigen Händedruck.

Der Haushofmeister lächelte verschmitzt.

„Noch heute Nachmittag schicke ich meine Männer mit dem Geld vorbei und lasse sie die Gewürze abholen. Auch die Einzelheiten zum Fest gehen Euch dann zu."

Er blickte ihnen in die Augen.

„Es war mir ein Vergnügen, Euch so unverhofft kennenzulernen. Wir sehen uns bei der Vermählung von Sophia wieder."

Erfreut klatschte er in die Hände.

„Bitte bemüht Euch nicht. Ich finde selbst hinaus", sprach er und stakste auf seinen kurzen Beinen die Treppe hinunter.

Torben fuhr sich mit den Händen übers Gesicht.
„Habe ich das alles geträumt?"
Sigurd schüttelte lachend den Kopf.
„Im Gegenteil, mein Bester. Wir sind aller Sorgen enthoben. Wenn ich richtig gerechnet habe, bleiben uns nach Abzug aller Kosten mehr als neunhundert Mark übrig. Wenn wir davon die Kosten für die Handelswaren des nächsten Jahres abziehen, sollte jeder von uns noch immer rund dreihundert Mark lübisch zur Verfügung haben. Damit lässt sich auskömmlich wirtschaften. Angenommen, wir hätten nächstes Jahr ähnlichen Erfolg, dann ist eine eigene Kogge kein Hirngespinst mehr", träumte er mit offenen Augen.
„Eine Schwalbe macht noch keinen Sommer", holte Torben ihn auf den Boden der Tatsachen zurück. „Mich zieht es nicht nach Brügge."
Sigurds Gesicht verfinsterte sich.
„Da gebe ich dir Recht, dorthin werde ich so schnell auch nicht mehr segeln. Vielleicht befassen wir uns ja mal ernsthaft mit Venedig als Ziel? Oder uns fällt noch etwas ganz anderes ein. Aber zum Pläne schmieden ist es noch zu früh. Lass uns das im Frühjahr entscheiden. Bis dahin haben wir hoffentlich wieder eine ansehnliche Menge an Fellen und Bernstein zusammen, um erneut aufzubrechen und unser Glück zu versuchen."
Torben nickte, während er über die Begegnung mit dem Haushofmeister nachdachte.
„Diese Verbindung ist Gold wert. Der Adel feiert in jedem Jahr ausufernde Feste. Zudem haben sie das Geld, um sich solche Ausschweifungen leisten zu können. Das sieht vielversprechend aus. Daher bleibt uns keine Wahl. Wir müssen auf dieses Fest!"
Sigurd schürzte die Lippen.
„Mir gingen ähnliche Gedanken durch den Kopf", gestand er seinem Freund.
Torben schüttelte noch immer den Kopf, als könnte er es kaum glauben.
„Kannst du hier sein, wenn die Diener des Haushofmeisters heute Nachmittag vorbeikommen? Es wäre mir recht, wenn du ein Auge darauf hast, dass alles wie besprochen abläuft und auch das Geld zählst."
„Natürlich!", stimmte Sigurd sofort zu. „Was hast du denn vor?"
„Ich habe gestern noch durch einen Boten einen Termin für heute Nachmittag bei dem Ratsherrn Johann Steinhoff abgemacht. Ich will ihm die einhundert Mark aushändigen, die für die Kogge fällig sind. Bestimmt ist er beruhigt, dass wir sein Schiff nicht versenkt haben."
Sie grinsten sich an.

„Dann sehen wir uns nach diesem Gespräch. Viel Glück!“

Am Nachmittag machte Torben sich auf den Weg, um beim Ratsherrn seine Schulden zu begleichen. Als er das ehrwürdige Kaufmannshaus betrat, kam ihm bereits Johanna, die Tochter des Ratsherrn, mit einem unsicheren Lächeln entgegen.
„Sei willkommen, Torben. Bitte folge mir in den Garten. Mein Vater kommt gleich.“
Torben verbeugte sich leicht und folgte ihr. Schon bei seinem ersten Besuch hatte er das Haus des Ratsherrn als sehr gediegen empfunden. Diesmal führte ihn Johanna durch das Haus in den dahinter liegenden Garten. Fast hätte Torben sich ungläubig die Augen gerieben. Hier gab es weder Viehställe, Gemüsebeete noch Schuppen für sonstige Zwecke. Stattdessen erwartete ihn ein riesiger blühender Garten. Er atmete unwillkürlich tief durch und konnte kaum glauben, dass sie sich mitten in der Stadt befanden. Der Lärm der Straße drang nur ganz gedämpft zu ihnen herüber. Der Duft von Blumen und Sträuchern stieg ihm betörend in die Nase und ließ ihn den Schmutz und Gestank der Gassen vergessen. Insgeheim dachte er sich, was für eine Verschwendung es doch war, diesen Platz ungenutzt zu lassen. Er war halt Kaufmann. Da konnte er nicht anders, als praktische Erwägungen anzustellen. Die Fläche hätte ausgereicht, um ein halbes Dutzend Mietwerkstätten an Handwerker zu verpachten. Eine solche Pracht hätte er bisher nur Adligen zugetraut. Vermutlich hatte Johann Steinhoff in seinem langen Kaufmannsleben schon mehr Geld verdient, als er jemals würde ausgeben können. Aber er war schließlich Kaufmann. Das war noch lange kein Grund damit aufzuhören!
Johanna blieb vor einer schattigen Sitzecke stehen und wies einladend auf ein paar Stühle.
„Nimm bitte Platz.“
Torben folgte ihrer Aufforderung und sah sich anerkennend um.
„Welch ein schöner Flecken Erde mitten in Lübeck. Hier hast du bestimmt den ganzen Sommer zugebracht, während dein Vater die meiste Zeit in England weilte, oder?“
Johanna freute sich sichtlich über das Kompliment. Trotzdem wirkte sie ein wenig verlegen. Aber dann überwand sie ihre Scheu und sah ihn kurz an.
„Hier ist es wirklich wunderschön. Und dass mein Vater viel unterwegs ist, kennen Mutter und ich ja schon. Aber wenn er dann von einer Reise zurückkommt, haben wir auch was von ihm. Hier widmet er sich zwar auch viele Stunden am Tag seinen Geschäften. Aber wenigstens zu den Mahlzeiten ist er dann da.“

Sie lächelte schüchtern. Dabei färbten sich ihre blassen Wangen, so dass sie lebendiger wirkte. Bevor Torben etwas erwidern konnte, betrat Johann Steinhoff den Garten und winkte ihnen aus der Entfernung grüßend zu.
„Ah, Torben. Wie gut, dich wiederzusehen. Seit unserem letzten Treffen ist eine lange Zeit vergangen.“ Dabei wirkte er erfreut, dass seine Tochter und Torben sich unterhielten.
„Danke, dass du meinem Gast die Zeit vertrieben hast, Johanna.“ Johanna senkte lächelnd den Kopf, nickte Torben noch einmal zu und entfernte sich dann. Umgehend trat ein Diener an den schmalen Tisch und stellte eine Karaffe gefüllt mit blutrotem Wein auf den Tisch. Dann schenkte er diesen in zwei edle Kelche, die ein Vermögen gekostet haben mussten.
„Ich denke, wir haben uns einen guten Tropfen verdient, nun, da die lange Handelssaison vorüber ist. Und jetzt erzähl schon. Wie ist es dir in Brügge ergangen?“
Torben berichtete kurz von seinen Handelsgeschäften, ließ den Konflikt mit den Mailändern jedoch unerwähnt. Johann hörte ihm interessiert zu, ohne ihn ein einziges Mal zu unterbrechen.
„Auch deine Kogge liegt wohlbehalten wieder im Hafen vertäut“, fuhr Torben fort, während er ihm einen prallgefüllten Beutel herüberschob. „Mein Steuermann war sehr angetan von dem Schiff und tat sich schwer damit, wieder von Bord zu gehen. Er ist Seemann durch und durch und baut eine ganz besondere Beziehung zu den Planken auf, die ihn durch den einen oder anderen Sturm getragen haben.“
Johann schmunzelte und wirkte dabei einige Jahre jünger.
„Ich bin sicher, dies war kaum die Hälfte dessen, was dich und deine Schiffsbesatzung in den letzten Monaten in Atem gehalten hat. Meine Quellen haben einhellig berichtet, dass Brügge in diesem Sommer ein heißes Pflaster für Hansekaufleute gewesen ist. Aber es klingt, als hätte sich alles zum Guten gefügt und ihr wart erfolgreich. Das freut mich zu hören. Eine so große Stadt wie Lübeck kann nur florieren, wenn viele ihrer Bürger das Wagnis auf sich nehmen und in die Welt hinausgehen, um ihr Glück zu versuchen. Denn wenn diese zu Wohlstand kommen, geschieht das auch zum Wohle Lübecks.“ Genießerisch trank er einen Schluck von dem köstlichen Wein.
„Wie liefen die Geschäfte in England?“, fragte Torben interessiert, nachdem Johann den Kelch wieder abgestellt hatte.
Dieser schürzte die Lippen.
„Um ehrlich zu sein, habe ich deswegen ein schlechtes Gewissen. Es war beinahe zu leicht. Meine Informationen waren leider zu genau. Das englische Volk leidet Hunger. Die Menschen darben und werden

von Krankheiten dahingerafft. Der Adel könnte helfen, schließt sich aber lieber in seine Schlösser und Burgen ein. Denen mangelt es an nichts. Sie haben das Geld, um sich mein Korn zu leisten, und haben die teuren Preise bezahlt, ohne auch nur mit der Wimper zu zucken. Daher liefen meine Geschäfte hervorragend. Auch wenn ich gestehe, dass es mir leidtut, all das Elend mitangesehen zu haben. Aber ich bin bloß Kaufmann. Die Geschicke eines ganzen Landes kann ich nicht ändern. Das ist die Sache des Königs, der von Gott für ein solch hohes Amt auserwählt wurde. Ich bin sicher, dass diese schlimmen Zeiten noch andauern werden und auch im nächsten Jahr jede Lieferung Korn, die englischen Boden erreicht, sehnlichst erwartet wird."
Er seufzte und zupfte sich eine kleine Feder vom Kragen, besah sie interessiert und schnippte sie dann zu Boden.
Die Pause zwischen ihnen zog sich in die Länge. Jeder hing seinen Gedanken nach und so tranken sie schweigend den guten Wein. Als ein Diener ihnen nachschenkte, strich sich Johann versonnen über die Nase.
„Wäre es nicht an der Zeit, Torben, dass du dir eine eigene Kogge zulegst? Du hast in diesem Jahr doch sicher gute Gewinne eingestrichen und denkst bestimmt längst darüber nach, was du im nächsten Jahr unternehmen willst, oder? Eine Kogge ist ein gutes Geschäft, wie du ja selbst festgestellt hast. Und wenn du sie ein oder zwei Jahre lang mal nicht brauchst, kannst du sie vermieten und Geld damit verdienen."
Torben blickte ertappt auf.
„Das ist mir tatsächlich bereits durch den Kopf gegangen. Damit könnte ich mir ein weiteres Standbein schaffen. Denn ich weiß sehr wohl, dass ich noch ganz am Anfang stehe. Jede meiner geschäftlichen Unternehmungen ist eine Gratwanderung. Sie kann mich um all meinen Besitz bringen, wenn meine Pläne nicht aufgehen oder etwas Unvorhergesehenes geschieht. Da war mir der Piratenüberfall auf meinen Vater eine Lehre."
Johann war ganz seiner Meinung.
„Eine gute Kogge kostet sechshundert Mark. Falls du über eine solche Anschaffung ernsthaft nachdenkst, lass dir von der Werft gleich ein Deck- und Bugkastell aufsetzen. Von dort oben hätten Bogen- oder Armbrustschützen freies Schussfeld. Das könnte bei einem Piratenangriff durchaus nützlich sein."
Torben nickte zustimmend.
„Ich werde es mir überlegen."
Er drehte den Kelch in seinen Händen, bevor er ihn zur Seite schob

und den Ratsherrn ansah.
„In Brügge hörte ich Gerüchte über den dänischen König. Angeblich hat sich Waldemar IV. nach Russland zurückgezogen und schmiedet neue Allianzen, um sein Reich zurückzugewinnen. Andere wiederum behaupten, er hätte längst aufgegeben und wäre als Priester in ein kleines Kloster gezogen, um seine letzten Jahre im Gebet zu verbringen und Buße zu tun."
Er hob die Schultern. „Ich halte das eine für so abwegig, wie das andere. Weiß der Rat Lübecks mehr über den Feind der Hanse?"
Johann lächelte belustigt.
„Sobald mehr als zwei Kaufleute aufeinandertreffen, fängt die Gerüchte keiner mehr ein. Ich habe auch schon gehört, dass er tot sein soll. Aber das ist alles falsch. Er verkriecht sich irgendwo im Ausland und weigert sich, seine Niederlage einzugestehen. Dazu wird es aber bald kommen, denn auch seine letzte große Festung, Helsingborg, ist endlich gefallen."
Torben schob den Kelch weg und blickte Johann aufgeregt in die Augen. „Hat Warendorp es also doch noch geschafft. Das muss ein hartes Stück Arbeit gewesen sein."
Johann nickte versonnen.
„Wir haben mit zwanzig anderen Hansestädten dazu beraten und Bruno Warendorp dann freie Hand gelassen, diese mächtige Festung zu belagern, und so Gott will, zu erobern. Warendorp hat nicht lange gefackelt und die Festung von der Außenwelt abgeschnitten. Seine Katapulte haben bald darauf das Feuer eröffnet. Doch die Mauern sind stark und haben standgehalten. Die Monate verstrichen, ohne dass es Fortschritte zu vermelden gab. Irgendwann hatte dieser Fuchs genug davon, sich den Hintern plattzusitzen und ließ sich einen raffinierten Trick einfallen."
Torben war gespannt, wie die Sehne einer Armbrust. Doch Johann genoss es, den jungen Kaufmann ein wenig warten zu lassen. Genießerisch trank er und schwenkte den Wein im Kelch umher.
„Warendorp ließ Gerüchte verbreiten", fuhr er schließlich fort, „dass eine gewaltige Übermacht von mehr als zweitausend Soldaten die Festung belagern würde. Die Belagerung sollte so lange aufrechterhalten werden, bis Helsingborg die Festungstore öffnete. Die Nachricht überraschte selbst uns Ratsherren. Denn wir sind alles Kaufleute. Daher haben wir immer ein Auge darauf, dass die Kosten für den Kriegszug, der ohnehin schon länger als geplant andauerte, nicht vollends aus dem Ruder laufen."
Torben kniff die Augen zusammen.
„Woher sollte Warendorp denn so viele Soldaten nehmen? Soweit ich

weiß, umfasste die gesamte Streitmacht der Hanse nur zweitausend Bewaffnete. Davon kann doch nur ein Bruchteil vor Helsingborg Stellung bezogen haben?"
Johann nickte anerkennend.
„Genau das ist der Punkt, Torben. Das hatten wir nur nicht erkannt. Im Rat der Stadt sind wir alle darauf hereingefallen und haben diese Meldung für bare Münze genommen. Wir hatten Angst um das Geld der Stadt und den anderen Hansestädten ging es genauso. Wie sollten so viele Bewaffnete verköstigt und bezahlt werden? Zumal eine solch hohe Zahl an Soldaten ja auch ein Heer von Köchen, Knappen und Handwerkern bedeuten würde. Uns wurde schon angst und bange, als wir uns die Kosten vorstellten."
Er lachte freudlos, während er die Hände vor sich auf dem Tisch ablegte.
„Also schrieben wir ihm dringliche Nachrichten, in denen wir ihm Vorwürfe machten, wie er sich den weiteren Krieg vorstellte und woher all die Mittel kommen sollten, um diesen zu führen. Doch Warendorp lachte nur und klärte unsere Abgesandten über sein Manöver auf. Die von ihm gemeldete Zahl war viel zu hoch gegriffen. In Wahrheit hätte er insgesamt nur die Hälfte an Männern vor der Festung versammelt, darunter die lächerlich geringe Zahl von zweihundertsechzig Soldaten. Mit den Gerüchten wollte er erreichen, dass diese ihren Weg in die eingeschlossene Stadt fanden und die Verteidiger demoralisierten. Das gelang ihm vortrefflich. Denn wenig später nahmen die dänischen Befehlshaber eingeschüchtert die Verhandlungen auf und im Juli dieses Jahres schlossen beide Seiten einen Vertrag."
Johann streckte den rechten Zeigefinger in die Höhe, um die Wichtigkeit seiner nun folgenden Worte zu unterstreichen.
„Der dänische Befehlshaber wollte die Burg bis Anfang September übergeben, sollte bis dahin nicht sein König vor der Stadt mit seiner Flotte kreuzen. Außerdem zahlte Warendorp den Verteidigern ordentliche Bestechungsgelder, damit sie nicht doch noch ihren Kampfgeist wiederfanden. Aber das war allemal billiger, als den Krieg noch weiter in die Länge zu ziehen. Jedenfalls verstrich die Frist, ohne dass der dänische König mit einer Flotte auftauchte. Somit fiel die mächtige Festung in unsere Hände. Ich habe es erst vor kurzem erfahren. Natürlich werden unsere Soldaten sie gründlich schleifen. Nie wieder sollen die Dänen von dort aus unseren Schiffsverkehr bedrohen."
Erleichterung durchströmte Torben. Jetzt konnte man endlich einen Schlussstrich unter diesen Krieg ziehen.

„Dann werden wir auch die ganzen Söldner wieder los, die unsere Straßen unsicher machen und zu später Stunde Händel suchen", murmelte Johann.
„Werden die Bedingungen der Kapitulation für Dänemark hart werden?", fragte Torben neugierig. „Was glaubst du? Bestimmt habt ihr euch im Rat längst auf ein gemeinsames Vorgehen geeinigt."
Johann nickte.
„So jung an Jahren und doch schon so gewieft. Aber du hast Recht. Die wichtigsten Forderungen der Hanse liegen dem dänischen Reichsrat vor und wurden anstandslos bewilligt. Uns Hansestädten ist es vor allem wichtig, dass wir wieder die Vorherrschaft in der Ostsee bestätigt bekommen. Dänemark garantiert uns den freien Handel. Außerdem schafft es die erhöhten Abgaben wieder ab, die seit 1361 von den deutschen Kaufleuten beim Heringshandel erhoben wurden. Dafür erhält Dänemark Schonen und Gotland zurück. Für die nächsten fünfzehn Jahre muss Dänemark uns die wichtigsten Sundschlösser abtreten. Das sind Skanör, Falsterbo, Malmö und eben Helsingborg. Nach Ablauf dieser Zeitspanne können uns die Dänen die Festungen gegen 12.000 Mark reines Silber wieder abkaufen. Damit fließt der Zoll am Sund erst einmal in die Kasse der Hanse. Außerdem darf der dänische Kronrat künftig keinen König ohne vorherige Zustimmung der Hanse wählen. Damit haben wir die Macht im Kerngebiet Dänemarks."
Er blickte Torben triumphierend an.
„Einige kleinere Probleme zeichnen sich natürlich trotzdem schon ab", gab er zu. „Denn nicht alle unsere Verbündeten sind mit unserem Vorgehen einverstanden. Gerade die Fürsten von Schleswig und Mecklenburg verstehen nicht, warum wir uns nicht große Gebiete des unterlegenen Dänemarks aneignen.
Doch uns geht es nur um die Handelsvorteile, schließlich sind wir ein Kaufmannsbund. Und dafür braucht es Frieden!"
Torben nickte nachdenklich. Die Forderungen der Hanse erschienen ihm angemessen. Mit etwas Glück lagen gute Jahre vor ihnen, die dem Handel und Wohlstand zugutekommen würden. Denn wenn kein Hansekaufmann mehr Gefahr lief, von beutegierigen Piraten oder dänischen Schiffen aufgebracht zu werden, würden sich auch wieder Einzelfahrer aufs Meer hinauswagen und die entferntesten Ziele ansteuern. Lübecks Macht würde also in den nächsten Jahren wachsen. Bei diesem Gedanken schweifte er kurz ab und fragte sich, was das für seine Pläne im nächsten Jahr bedeuten könnte. Dass er nicht nach Brügge segeln würde, stand für ihn fest. Somit war das Abenteuer Venedig schon sehr viel wahrscheinlicher geworden.

Er trank einen großen Schluck Wein und blickte Johann fest in die Augen.
„Ich bin gerne Kaufmann, aber mich reizt auch das Abenteuer. Fremde Länder zu sehen sowie andere Völker und Sprachen kennenzulernen, sind ein Privileg, das ich sehr zu schätzen weiß."
In Johanns Augen nistete sich ein Lächeln ein.
„So ging es mir als junger Mann auch, Torben. Mein Ziel konnte nicht weit genug entfernt sein. Am liebsten wäre ich einfach drauflosgefahren und hätte mich in unerforschte Gebiete gewagt. Wer weiß, vielleicht hätte es mich nach Indien oder zu den Pfefferinseln verschlagen. Irgendwo an den Rand der Welt und ich wäre mit kostbarsten Gewürzen, Seide und riesigen Elfenbeinzähnen zurückgekehrt, deren Gewicht in Gold aufgewogen wird."
Er seufzte leise und starrte in seinen Kelch.
„Meine weiteste Reise hat mich einmal nach Sizilien geführt. Das ist aber mehr als zwanzig Jahre her. Trotzdem erweisen mir die dortigen Kontakte heute noch so manchen Dienst."
Torben wartete einen Moment, doch Johann ließ sich nicht weiter in die Karten blicken.
„In Brügge waren die Verhandlungen mit den Italienern nicht immer einfach", lenkte Torben das Gespräch in eine andere Richtung.
Johann nickte wissend.
„Die Italiener sind sich ihrer Macht bewusst. Wie eine fette Spinne sitzen sie im Mittelmeer und lenken den Warenstrom der begehrtesten Güter nach ihrem Gutdünken", warf er ein. „Leider haben sie das alleinige Zugriffsrecht auf hochwertige Waren aus dem Osten wie Pfeffer und Safran. Doch diese tauschen sie nur zu unglaublich hohem Wert gegen andere Waren. Das grenzt an Räuberei."
Torben zupfte sich am Ohrläppchen.
„Wer weiß? Vielleicht führt mich mein Weg im nächsten Jahr nach Venedig. Leicht wird der Handel im eigenen Lagerhaus, dem Fondaco dei Tedeschi, bestimmt nicht werden. Doch es reizt mich, die ganzen Preisaufschläge zu umgehen, die der lange Weg nach Brügge für die italienischen Waren mit sich bringt. Mit Bernstein und Fellen müssten wir den Geschmack der einheimischen Händler treffen."
Johanns Augen funkelten vor Begeisterung. Selten hatte er mit einem Kaufmann zusammengesessen, der so von Ehrgeiz erfüllt war und sich jedes Jahr höhere Ziele auferlegte.
„Dort könntest du Gewürze zu viel günstigeren Preisen erwerben, das ist richtig. Dabei denke ich aber auch an hochwertige Textilien wie feine Leinen, die selbst ein König tragen würde. Außerdem beste Wolltuche und natürlich Seidenstoffe wie Brokat oder Damast. Die

Italiener beziehen ihre Rohstoffe dafür aus dem Heiligen Land oder aus ihren Kolonien im östlichen Mittelmeer. Du solltest zudem über den Ankauf von Metallerzeugnissen nachdenken. Waffen und Rüstungen aus Mailand sind überall begehrt und entsprechend teuer. Aber auch riesige Mengen an Stecknadeln, Nähnadeln, Nägeln, Silber- und Golddraht finden im Norden ihre Abnehmer. Dann gibt es noch vorzüglichen Wein sowie italienisches Papier aus den Papiermühlen der Lombardei."
Er rieb sich die Nase, als ihm noch etwas einfiel.
„Bernstein und Felle sind schon mal gut. Die gebräuchlichsten Waren sind Rohstoffe für Textilien, Metalle, Wachs und Heringe. Gerade Metalle sind gut geeignet, wenn du mit einer geräumigen Kogge aufbrichst. Ich weiß zum Beispiel, dass Kupfer dort sehr begehrt ist. Du könntest es in Form von Barren und Platten transportieren. Die Italiener prägen daraus ihr Geld."
Er stockte kurz und blickte überrascht auf.
„Dieses Gedankenspiel fesselt mich derart, dass ich mich gleich zehn Jahre jünger fühle. Sogar meinen Wein habe ich schon eine ganze Weile nicht mehr angerührt. Das will etwas heißen. Am liebsten würde ich dir für die nächste Handelssaison meine Begleitung anbieten, denn ich muss gestehen, es juckt mich gewaltig in den Fingern. Aber schon beim ersten Sturm würde ich diese Torheit bereuen und mich in meine warme Schreibstube zurücksehnen. Mittlerweile bin ich zu alt, um solche Wagnisse einzugehen. Sollen die jungen Männer sich diesen Gefahren aussetzen. Schließlich habe ich längst Leute, die in meinem Namen die Geschäfte vor Ort tätigen. Sollte dein Vorhaben von Erfolg gekrönt sein, wirst du gutes Geld verdient haben. Da bin ich mir sicher."
Torben zögerte kurz und biss die Zähne so fest zusammen, dass sich seine Wangenmuskeln abzeichneten. Dann gab er sich einen Ruck.
„Auch wenn ich eine solche Herausforderung suche, muss ich doch gestehen, dass ich manchmal Angst verspüre, wenn ich an diese gewaltige Anstrengung denke. Da kommen mit Sicherheit so viele Unwägbarkeiten auf mich zu, dass es mir in einigen Nächten den Schlaf raubt. Auch die Verantwortung für meine Schiffsbesatzung, die alle zu meinen Freunden geworden sind, wiegt schwer. Aber das wird mich nicht davon abhalten, es zu versuchen."
Johann atmete tief durch und seine Brust weitete sich.
„Kannst du dich an meine Worte bei unserem ersten Gespräch erinnern, Torben?"
Dieser nickte zögerlich.
„An so ziemlich jedes Wort", gab er leise zurück. „Ich wünschte, mein

Vater hätte mir mal eine solche Standpauke gehalten und mich aufgerüttelt."
Johann lächelte ihn an.
„Du hast dir meine Worte nicht nur gemerkt, sondern sie dir zu Herzen genommen, Torben. Das macht mich durchaus ein wenig stolz. Denkst du, mir ist mein Erfolg zugefallen? Auch ich habe Entscheidungen treffen müssen, die mir schlaflose Nächte bereitet haben. Ich bin Wagnisse eingegangen, die meinen Vater erzürnt haben, so dass er wochenlang nicht mit mir sprach. Aber irgendwann habe ich begriffen: Da, wo die Angst ist, muss ich lang. Der bequeme, sichere Weg ist nichts für mich."
Er lächelte ertappt.
„Heute ist das anders. Schließlich habe ich mein Vermögen bereits gemacht. Da lässt man sich auf keine unnötigen Gefahren mehr ein, sondern denkt bereits an die nachfolgende Generation."
Torben strich sich nachdenklich über die Stirn.
„Wie ist es eigentlich den anderen jungen Kaufleuten ergangen, mit denen du Gespräche geführt hast?", fragte er neugierig.
Johann schmunzelte leicht. „Natürlich werde ich keine Namen nennen, denn ich gehe äußerst diskret vor."
Torben nickte verständnisvoll, während Johann weitersprach.
„Es sind gute Männer darunter. Aber ob sie den richtigen Weg eingeschlagen haben, wird erst die Zeit zeigen. Ihre Entscheidungen haben mich manchmal überrascht. Einer von ihnen hat in Dänemark Geschmack am Kriegshandwerk gefunden und ist nun Söldner. Er hat sich nach unserem Kriegszug einen neuen Geldgeber in Frankreich gesucht. Dort wird er in den endlosen Scharmützeln gegen die Engländer seinen Mann stehen."
Er schüttelte den Kopf, als könnte er diese Entscheidung noch immer nicht verstehen.
„Ein weiterer junger Mann ist leider bereits einer Krankheit erlegen. Einem Dritten wiederum hatte ich besonders viel zugetraut. Aber wie sich herausstellte, reichte es ihm, nach Bergen zu fahren und Heringe über die Ostsee zu schippern. Manche Männer sind mit ihrem Leben zufrieden und verspüren nicht den Drang nach Veränderung oder gar nach Ansehen und Macht. Das betrübt mich, denn wir brauchen Männer, die sich nicht mit dem Erreichten zufriedengeben, sondern aufbrechen und neue Wege beschreiten. Es scheint so, als wärst du der Einzige unter ihnen, der in seinem Herzen den Wunsch verspürt, das Tor zur Welt zum Wohle seiner Heimatstadt noch etwas weiter aufzustoßen."
Er bedachte ihn mit einem durchdringenden Blick.

„Sei dir sicher, dass ich jeden deiner Schritte beobachte. Ich hoffe, wir werden noch viel von dir hören."
Torben runzelte die Stirn, während er unbehaglich die Schultern kreisen ließ. Mit Lob konnte er nur schwer umgehen. Das war er einfach nicht gewöhnt. „Wir werden sehen", wehrte er ab.
Sie besprachen noch einige Dinge und genossen den guten Wein. Erst als die Strahlen der Sonne allmählich an Kraft verloren, verabschiedeten sie sich herzlich voneinander.
Auf dem Rückweg spürte Torben die angenehme Wirkung des schweren Weins in seinem Körper. Vergnügt pfiff er eine Melodie vor sich hin. Doch die Blicke der wenigen Menschen auf den Straßen brachten ihn schnell wieder davon ab. Dabei klang es einfach nur fröhlich und melodisch in seinen Ohren.

Am Abend machten sich Sigurd und Torben auf den Weg, ihre Freunde im *Klabautermann* zu treffen. Als sie eintrafen, blickten ihnen ihre Gefährten erwartungsvoll entgegen.
„Ihr liegt bereits zwei Becher hinten. Aber das macht nichts", tröstete Sascha sie. „Hauptsache, ihr zahlt die ganze Zeche", ergänzte Marco mit einem breiten Lächeln.
„Verlass dich darauf", erwiderte Torben und schlug ihm auf die Schulter. Dann ließen sie sich schwer auf ihre Stühle sinken.
Mathias sah ihnen aufgeregt entgegen.
„Gibt es schon Neuigkeiten?", fragte er.
„Ja, Don hat heute Morgen fast meine Schuhe gefressen", erzählte Torben grinsend. „Oder willst du wissen, ob wir schon Fortschritte beim Verkauf der Gewürze erzielt haben, da ja schon zwei ganze Tage seit unserer Rückkehr verstrichen sind?"
Mathias hob entschuldigend die Schultern, während Sören und Tobias in Gelächter ausbrachen. Doch Torben zwinkerte ihm zu.
„Wir hatten unverschämtes Glück und haben alles an den Hof des Grafen von Holstein-Rendsburg verkauft. Der Graf feiert die Vermählung seiner Tochter. Und da wir es waren, die mit der Gewürzladung sein Fest gerettet haben, sind wir sogar eingeladen, daran teilzunehmen. In wenigen Tagen geht es los."
Jetzt war das Geraune groß.
„Auf ein Fest des Holsteiner Grafen? Ihr? Aber da kommt doch sicher der Adel des ganzen Landes zusammen?"
Sigurd nickte.
„Ganz bestimmt sogar. Aber da wir so etwas noch nie erlebt haben, sehen wir uns das gern einmal an. Schließlich sind wir das unserem Geschäftspartner schuldig. Denn ein guter Kontakt zu ihm wäre sicher

auch in der Zukunft sehr hilfreich."
Die Freunde nickten nachdenklich. Doch insgeheim waren sie froh darüber, dass sie niemals in solch eine Lage gerieten. Das war nicht ihre Welt.
Torben und Sigurd fummelten an ihrem Gürtel herum und lösten die Schlaufen von einigen kleineren Geldbeuteln. Dann schoben sie jedem ihrer Freunde einen davon zu.
„Viel Spaß damit! Ihr habt es euch redlich verdient."
Sascha wog das Säckchen konzentriert in der Hand.
„Das sind aber mehr als dreißig Schillinge", murmelte er überrascht.
Sigurd und Torben schmunzelten.
„Der Haushofmeister des Grafen hat einen unverschämten Preis für die Gewürze bezahlt. Unsere Reise war nicht ungefährlich. Trotzdem konnten wir uns dabei wie immer jederzeit auf euch verlassen. Deshalb ist es nur gerecht, wenn wir eure abgesprochene Heuer verdoppeln."
Sascha streckte abwehrend die Arme aus, während Marco entrüstet den Mund aufriss. Doch davon ließen sich Torben und Sigurd nicht abschrecken.
„Was mit dem Gewinn geschieht, ist unsere Entscheidung. Was ihr mit eurem Anteil macht, allein eure. Und jetzt wären wir euch dankbar, wenn wir über andere Dinge reden könnten."
„Ich glaube, ich brauche erst mal ein frisches Bier", murmelte Ranulf und gab dem Wirt ein Zeichen.
Dann sprachen sie über gemeinsame Bekannte und ihre Vorhaben in den nächsten Tagen. Als auch noch einige Tagelöhner sie lautstark begrüßten und sich zu ihnen setzten, kam es ihnen vor, als hätten sie Lübeck nie verlassen.

In den nächsten Tagen verbrachten Sigurd und Torben viel Zeit bei Sandra und Karl, die alles über ihre Fahrt nach Brügge erfahren wollten. Doch die beiden schienen ihren knappen Schilderungen nicht recht zu trauen.
„Ich habe immer das Gefühl, dass ihr uns die wirklich spannenden Dinge verschweigt", bemerkte Torbens Schwester vorwurfsvoll.
Er schenkte ihr einen aufrichtigen Blick, der sie noch misstrauischer machte.
Außerdem setzten sie sich mit Katja zusammen und zahlten ihr ihren Anteil am Gewinn aus. Auf den war sie durch das Erbe in Wismar zwar nicht angewiesen. Doch es war ein schönes Gefühl, sich den Lebensunterhalt durch die Arbeit der eigenen Hände verdient zu haben.

„Im nächsten Jahr hast du viel mehr Zeit, um die Bernsteine zu schleifen. Das wird sich bestimmt lohnen“, ließ Torben sie an seinen Überlegungen teilhaben.
„Ich habe auch schon eine Menge Ideen, was ich damit alles anstellen möchte“, gab sie lächelnd zurück.
Sie erzählten ihr von der Einladung des Grafen und sie schenkte ihnen einen verträumten Blick.
„All das würde ich auch gern einmal mit eigenen Augen sehen. Ich wünsche euch viel Spaß bei dieser Feier.“
Als es wenig später an der Tür klopfte, war Torben nicht sonderlich überrascht, auf Sascha zu treffen. Sie tauschten ein gutmütiges Grinsen und dann brachen Sigurd und Torben auch schon wieder auf.
„Wir reden ein anderes Mal weiter“, riefen sie ihr zu und winkten den beiden zum Abschied.
Am nächsten Tag liehen sie sich Pferde und unternahmen einen Ausritt durch die angrenzenden Wälder. Don lief neben ihnen her und schien dabei niemals müde zu werden. Das sonnige Herbstwetter zeigte sich von seiner besten Seite und ihnen wurde schnell warm. Als sie eine kleine Anhöhe hinaufgaloppierten, schnellte vor ihnen ein Hase in die Höhe. Sofort setzte Don dem Tier nach und hatte es nach wenigen Sprüngen eingeholt. Der Wolf hielt seine Beute zwischen den Zähnen und legte sie dann vor Torben ab. Dieser kraulte ihm anerkennend den Hals.
„Schätze, heute Abend gibt es Hasenbraten“, rief er gutgelaunt und trieb sein Pferd erneut an.
Als sie bei Einbruch der Dunkelheit wieder in die Stadt zurückkehrten, wies Maik auf ein Pergament, das in der Stube lag.
„Das wurde vor zwei Stunden für dich abgegeben“, rief er Torben zu. Dieser besah sich das Siegel und zog anerkennend eine Augenbraue in die Höhe.
„Vom Grafen von Holstein-Rendsburg“, raunte er Sigurd zu, der daraufhin hörbar die Luft einsog. „Dieses Schreiben ist unsere offizielle Einladung zur Feier. Wir werden gebeten, uns am 28. September am frühen Nachmittag in Rendsburg einzufinden. Das Fest dauert drei Tage. Für unsere Unterkunft ist gesorgt.“
„Drei Tage? Die Adligen verstehen es, zu feiern. Das wäre in neun Tagen. Wie lange dauert eine Reise bis Rendsburg?“, fragte Sigurd. Torben überlegte angestrengt.
„So wie du dich auf einem Pferd anstellst? Vielleicht sechs Tage?“
Er schmunzelte kurz.
„Ich schaffe es leicht in fünf Tagen. Aber ich sehe ja auch nicht aus, als müssten sie mich beim Reiten auf dem Pferd festbinden.“

Sigurd, der kaum schlechter ritt als sein Freund, brach in Gelächter aus.
„Lass uns in drei Tagen aufbrechen. Das Wetter ist gut, da sollten wir es in fünf Tagen schaffen. Dann haben wir genug Zeit, uns dort in Ruhe umzusehen, bevor die offizielle Feier beginnt."
„Warst du schon mal bei einem Adligen zu Gast?", fragte Torben.
„Nein", erwiderte Sigurd. „Aber die Gelegenheit lasse ich mir nicht entgehen."
Am vereinbarten Morgen suchten sie einen Pferdestallbetreiber in der Nähe der Rehderbrücke auf. Nachdem sie ihm erzählt hatten, für welche Zwecke sie sich zwei Pferde ausleihen wollten, bedachte der Stallbetreiber sie mit einem forschenden Blick. Anschließend schlug er ihnen passende Tiere vor. Sigurd empfahl er eine gutmütige Stute, die dieser anfangs zurückweisen wollte. Doch dann besann er sich und willigte ein. Torben hatte seinen eigenen Kopf und verlangte einen feurigen Hengst mit rötlichem Schweif, der ungeduldig tänzelte. Nachdem sie die Gebühr entrichtet hatten, befestigten sie jeder ein Bündel ihrer besten Kleidung hinter dem Sattel.
Darüber hinaus hatten sie nur etwas Wegzehrung sowie einen Wasserschlauch dabei, den sie über den Sattelknauf hängten. Dann konnte es auch schon losgehen.
Anfangs ritten sie im Schritt über die Rehderbrücke, um sich an ihre Reittiere zu gewöhnen. Doch kaum wurden die Häuser Lübecks allmählich weniger, beschleunigten sie das Tempo und preschten über die taubenetzten Wiesen. Schnell blieb die Stadtmauer hinter ihnen zurück.
Kurz darauf verfielen sie in einen leichten Trab. Schließlich wollten sie ihre Pferde nicht überanstrengen. Tagsüber legten sie ein paar Mal Rast ein und stärkten sich mit Brot und Käse. Noch vor Anbruch der Dunkelheit hielten sie an einem der Wirtshäuser entlang ihres Weges. Nach dem langen und ungewohnten Ritt konnten sie es kaum erwarten, die Beine auszustrecken.
Nur ein einziges Mal wurden sie von einem kräftigen Regenschauer überrascht, bei dem sie ihre Pferde unter das Blätterdach einer riesigen Eiche lenkten. Dort staunten sie über die Wassermengen, die gurgelnd an ihnen vorbeiflossen. Genauso schnell wie der Platzregen angefangen hatte, war er auch wieder vorüber und sie konnten ihre Reise fortsetzen.
Sie bewältigten die Wegstrecke in der geplanten Zeit. Je näher sie ihrem Ziel kamen, desto flacher und sandiger wurde die Umgebung. Die Wälder verschwanden und machten vereinzelten Kiefern Platz. Ansonsten umgab sie eine karge Heidelandschaft, die mit

Wacholderbüschen durchsetzt war.
Auf dem Weg nach Rendsburg überholten sie ein paar Grüppchen Reisender. Ihre vornehme Kleidung wies darauf hin, dass es sich bei ihnen ebenfalls um Gäste des Grafen handelte.
Endlich lag Rendsburg in der späten Nachmittagssonne vor ihnen. Zwar war die Stadt klein, wenn man den Trubel Lübecks gewöhnt war. Doch die Lage an der Eider gefiel Torben sehr. Aus der Ferne zeichnete sich der dreischiffige Turm der Kirche ab, die aus Backsteinen erbaut worden war. Nicht weit entfernt erhoben sich die Mauern der Rendsburg, in der der Graf seinen Sitz hatte.
Sie ritten durch das Tor und hielten neben einem großen Stall, bei dem bereits etliche Gäste ihre Reittiere abgegeben hatten. Ein junger Stallbursche eilte auf sie zu und blickte ihnen erwartungsvoll entgegen.
„Gib den Pferden frisches Heu und Wasser. Und reib sie tüchtig ab", beauftragte ihn Sigurd.
Der Junge nickte eifrig und Torben warf ihm eine Münze zu.
Kurz beobachtete er ihn, wie er mit den Pferden zurechtkam. Die lammfromme Stute folgte willig, doch sein feuriger Hengst machte Anstalten, nach dem Stalljungen zu beißen. Doch dieser wusste sich zu helfen. Er zog dem Tier die Zügel über und zwang diesem schnell seinen Willen auf.
Anerkennend wandte Torben sich Sigurd zu.
„Von dem Jungen kann ich noch was lernen. Ich habe Stunden gebraucht, bis das Tier endlich meinem Schenkeldruck gehorcht hat."
Sigurd rieb sich verstohlen den Hintern.
„Bist du immer noch der Meinung, dass deine lahme Stute eine gute Wahl war?", fragte Torben, während er sich streckte und dabei aufmerksam umsah.
Sigurd verzog das Gesicht.
„Auf das Tier lasse ich nichts kommen. Nur mein Hintern bringt mich um. Für ein Leben im Sattel bin ich einfach nicht gemacht. Lass uns dort vorn ins Wirtshaus gehen und die Strapazen der Reise vergessen."
Sie hielten auf die Eingangstür zu, über der ein fein geschnitztes Bild hing. Es zeigte einen roten Hahn, der auf einem Bierfass saß und mit einem glücklichen Lächeln aus einem Humpen frisch gezapftes Bier trank. Der Anblick ließ sie beide schmunzeln.
Die Eingangstür war aus massivem Holz und so stemmte Torben sich kräftig dagegen. Im Innern des Wirtshauses war es dunkler, als das Tageslicht vermuten ließ. Einige Kerzen verbreiteten eine anheimelnde Stimmung. Torben und Sigurd ließen sich auf eine Bank sinken und streckten erleichtert die Beine aus.
Wenig später kam der Wirt auf sie zu.

„Was gibt es zu essen?“, fragte Torben.
Der Wirt tätschelte seinen dicken Bauch.
„Schweinebraten, wenn es den Herren Recht ist. Den macht keiner besser als ich. Dazu vielleicht zwei Krüge kräftiges Bier?“
Sigurd und Torben nickten voller Vorfreude.
Der Wirt verschwand und kehrte kurz darauf mit zwei Krügen voll schäumendem Bier zurück. Torben und Sigurd stießen krachend an und tranken durstig. Allmählich ging der Tag in den Abend über. Anschließend ließen sie es sich schmecken und tranken jeder noch einen weiteren Krug, bevor sie ihr Essen bezahlten und zur Burg hinüberschlenderten. Das Tor stand weit offen und ständig liefen Leute hinein oder hinaus. In diesem Gewusel war es schwer, sich einen Überblick zu verschaffen. Sigurd hielt auf einen älteren Mann zu, der im flackernden Schein der Fackeln einige Mägde und Diener umherscheuchte.
„Könnt Ihr uns sagen, an wen wir uns wenden können? Wir sind zu den Feierlichkeiten eingeladen, wissen aber nicht, wo wir Quartier nehmen dürfen.“
Der Hofbeamte hob die Brauen und beäugte sie mit einem zweifelnden Blick. Doch Torben holte das Pergament hervor und reichte es ihm. Nachdem dieser sich vergewissert hatte, dass alles seine Ordnung hatte, bemühte er sich um ein freundliches Lächeln.
„Kaufleute seid Ihr?“
Er strich sich über den sorgfältig gestutzten Bart und dachte nach. Dann nickte er und wippte mit dem erhobenen Zeigefinger vor ihren Gesichtern herum.
„Eigentlich ist die Burg bis unter das Dach belegt. Aber bei den Knappen finden sich noch einige winzige Kammern. Eine davon dürft Ihr beziehen.“
Er winkte eine Magd herbei und erklärte ihr, wo sie die beiden Gäste hinführen sollte. Dann wandte er sich wieder den Kaufleuten zu.
„Ihr habt Glück, dass Ihr heute schon angereist seid. Den letzten Gästen bleibt nur noch die Halle als Schlafplatz. Morgen früh lädt der Graf alle interessierten Gäste zu einer Beizjagd ein. Ihr müsst wissen, dass die Jagd mit Raubvögeln seine große Leidenschaft ist. Findet Euch also um zehn Uhr im Hof ein.“
Torben und Sigurd signalisierten ihre Zustimmung und ließen sich dann von der Magd in ihre Unterkunft bringen. Sie führte sie durch lange, schmale Gänge, von denen immer wieder dunkle, zugige Kammern abgingen.
Torben sah sich das eine Weile an und zog dann unbehaglich die Schultern in die Höhe.

„Diesen steinernen Kasten bekommt man niemals richtig warm. Es ist überall feucht und es zieht, dass es mich fröstelt. Dabei haben wir erst Ende September. So eine Burg wäre nichts für mich."
Sigurd winkte ab.
„Es ist ja nur für ein paar Nächte. Spannend finde ich es allemal. Erinnert mich ein wenig an die Burg in Kopenhagen."
Endlich blieben sie vor einer winzigen Kammer stehen. Diese war mit Strohmatten und einem Schemel ausgestattet, verfügte allerdings über kein Fenster.
Dann ließ die Magd sie wieder allein.
Torben verzog grinsend das Gesicht.
„Wenn ich es mir recht überlege, hatten Marco und ich im Gefängnis in Brügge mehr Platz als hier. Aber sei es drum. Dafür wird das Essen bestimmt alles in den Schatten stellen, was wir sonst so gewöhnt sind."
Sigurd setzte sich auf die muffig riechende Strohmatte.
„Wir sind ja nicht zum Schlafen hergekommen. An einer Beizjagd habe ich noch nie teilgenommen. Bin gespannt, was uns da erwartet."
Auf den Gängen war es längst wieder still geworden. Torben und Sigurd spürten die Tage im Sattel in den Knochen. Die Magd kehrte noch einmal zurück und brachte ihnen eine Schüssel mit Wasser und zwei Krüge verdünntes Bier. Als nur noch weit entfernte Geräusche zu ihnen herüberdrangen, legten sie sich schlafen.

Am nächsten Tag wurden sie bereits früh vom Lärm im Innenhof und auf den Gängen geweckt. Überall liefen Mägde und Knechte umher, um die letzten Vorbereitungen für das Fest abzuschließen. Die beiden Kaufleute wuschen sich und gingen hinunter in die große Halle. Dort gab es für die bereits eingetroffenen Gäste ein karges Frühstück. Außer ihnen saßen sechs weitere Gäste auf ein paar Bänken und beobachteten das Durcheinander um sie herum. Schließlich informierte sie ein Diener, dass es an der Zeit wäre, sich im Burghof für die Beizjagd zu versammeln. Torben und Sigurd schlossen sich den anderen Gästen an. Diese waren Adlige, darunter zwei Frauen in vornehmen Kleidern, die es kaum erwarten konnten, Greifvögel bei der Jagd zu beobachten.
Der Jagdtrupp im Hof wurde immer größer. Schnell wuchs die Zahl der Teilnehmer auf über fünfzig Personen an. Torben und Sigurd kannten niemanden der übrigen Gäste, da es sich um Adlige mit Rang und Namen handelte. Auch wenn ihre Kleidung wesentlich schlichter aussah als die der adligen Herren, wurden sie zuvorkommend behandelt.
Mehrere Knechte führten gesattelte Pferde aus den Ställen und halfen

den Gästen in den Sattel. Endlich waren sie zum Aufbruch bereit. Gerade als Torben sich suchend umblickte, näherte sich eine Schar Reiter, die von einem Rudel kläffender Jagdhunde begleitet wurde. An der Spitze ritt ein Mann, der in derbes Leder gekleidet war. Sein Haarschopf war weiß und sein Gesicht wirkte kantig, hart und vom Wetter gegerbt. Er sah aus, als hätte er viel Zeit in der Natur verbracht und schon einige Entbehrungen erlebt. Torben schätzte sein Alter auf sechzig Jahre.
Der Mann deutete eine Verbeugung an und breitete dann mit großer Geste die Arme aus, die alle Anwesenden einschloss.
„Willkommen, meine verehrten Gäste. Für die, die mich noch nicht persönlich kennen – ich bin Heinrich II., der Graf von Holstein-Rendsburg. Bevor ab heute Nachmittag meine jüngste Tochter Sophia im Mittelpunkt steht, wollen wir uns einer ganz besonderen Jagd widmen. Ich bitte die Herrschaften sich uns anzuschließen. Es ist nur ein kurzer Ritt. Aber ich versichere Ihnen, dass es sich lohnen wird."
Er lenkte sein Pferd zum Burgtor und die Gruppe folgte ihm hinaus ins Freie.
Es war ein herrlicher Herbsttag. Die Sonne stand am wolkenlosen Himmel und der Blick reichte weit. Die Luft war klar und frisch. Nachdem sie eine knappe Meile zurückgelegt hatten, hielten sie an einem Bachlauf, der sich in Sichtweite der Burg entlang zog.
Sie konnten hören, wie das Wasser leise gurgelte, während es über die Steine im Flussbett floss. Am Ufer wiegte sich Schilfrohr im leichten Wind. Einige Männer des Grafen erwarteten sie hier bereits. Vor ihnen standen ein paar große Vogelkäfige, in denen Raubvögel würdevoll auf Stangen saßen.
Die Jagdgruppe versammelte sich vor den Käfigen und die Teilnehmer tauschten sich aufgeregt aus.
„Seht doch! Dort ganz rechts, ein Falke", murmelte ein adliger Herr. „Wie edel und wild das Tier aussieht. Als wäre es sich seiner tödlichen Fähigkeiten bewusst."
Heinrich II. stieg von seinem Pferd und lächelte zufrieden. Auf einen Wink von ihm öffnete einer seiner Falkner den Käfig und setzte sich das Tier behutsam auf den Arm. Der Mann trug ein erdfarbenes Wams und einen breitkrempigen Hut. Torben fiel auf, dass er nicht mehr ganz jung war. Vielleicht erforderte dieser Beruf neben viel Geschick im Umgang mit diesen Tieren auch eine Menge Erfahrung. Einige Männer des Grafen waren zum Fluss geritten und versuchten im Schilf Beute aufzustöbern. Der Falkner beobachtete ihr Treiben mit ruhigem Blick. Dabei hielt er den Falken auf seinem Arm und strich ihm beruhigend über das Gefieder.

Torben bemerkte, dass der Falke eine Haube aus karminroter Seide und Bänder mit silbernen Glocken trug. Der Graf trat näher und beobachtete neugierig das Geschehen.
„Warum haben wir eigentlich Hunde dabei?", fragte eine der Damen. „Ich dachte, dies ist eine Beizjagd."
Der Graf drehte sich zu einem seiner Männer um. Torben überlegte, ob er damit ein Grinsen verstecken wollte. Kurz glaubte er ein heiseres Lachen zu hören. Doch gleich darauf wandte der Graf sich der Dame galant zu.
„Hunde sind hierbei unerlässlich. Ein Falke apportiert niemals seine Beute. Er würde sie fressen. Daher müssen die Jagdhunde flink eingreifen und die Beute herbeischaffen. Außerdem hilft die Meute auch dabei, entsprechendes Jagdwild aufzustöbern. Seht nur!"
Er deutete zum Fluss hinab, wo die Hunde soeben einige Enten aufschreckten, die sich laut schnatternd in die Luft erhoben, um sich vor dem Störenfried in Sicherheit zu bringen.
Ohne auf ein weiteres Zeichen zu warten, löste der Falkner die Seidenhaube des Falken. Umgehend heftete der Raubvogel seinen Blick auf die Beute. Der Falkner hob den Arm und der Raubvogel schwang sich hoch in die Luft. Mit schnellen, kraftvollen Flügelschlägen gewann er an Höhe. Dann kreiste er einen Moment reglos in der Luft. Schließlich kippte er ab und stürzte sich auf seine Beute. Die Ente schnatterte klagend, dann stoben Federn umher und wenig später trudelte die tote Wildente zu Boden. Die Jagdhunde hatten genau aufgepasst und waren schnell zur Stelle. Schwanzwedelnd brachte einer der Hunde die Beute zum Grafen und legte ihm diese stolz vor die Füße. Anschließend wurde er mit einem anerkennenden Tätscheln belohnt.
Der Falke drehte noch eine Runde in der Luft, bevor der Falkner ihn wieder zu sich auf den Arm lockte.
Dabei schwenkte dieser zwei Flügel eines Reihers durch die Luft, die durch Riemen miteinander verbunden waren.
Staunende Blicke begleiteten sein Manöver.
„Was macht er da?", raunte einer der Zuschauer aufgeregt.
Der Graf beobachtete den Falken, der bereits auf das Federspiel zu reagieren begann.
„Jedem Falken wird bereits als Jungtier beigebracht, auf diese Weise zu seinem Herrn zurückzukehren. Es würde auch mit einer Lockspeise gehen. Je nachdem, woran man den Falken gewöhnt hat. Schaut nur hin. Er setzt gleich zur Landung an."
Noch während der Graf sprach, näherte sich der Falke lautlos und landete zielsicher auf dem Arm des Falkners. Dieser lobte das Tier

ausgiebig und stülpte ihm dann mit geübten Bewegungen die Haube über. Allmählich beruhigte sich der Vogel wieder.
„Was hat es mit der Haube auf sich?“, fragte einer der Adligen, den das Schauspiel in Entzücken versetzt hatte.
Der Graf antwortete ihm leidenschaftlich.
„Angeblich soll Kaiser Friedrich II. eine solche Haube erstmalig im Orient kennengelernt und dann in seinem Herrschaftsbereich eingeführt haben. Sie wird meist aus drei Lederstücken gearbeitet, um sie bestmöglich der Kopfform anzupassen. Dabei müssen Schnabel und Nasenlöcher freibleiben. Durch das Tragen dieser Haube wird vermieden, dass der Falke auf der Jagd zu früh durch seine Umgebung beunruhigt oder auf Flugwild aufmerksam wird.“
Während der Falkner sein Tier mit einer Langfessel an seinem Sitz anband, trat ein junger Mann an einen der Käfige. Er trug einen schwarzen Umhang und hatte sich bisher im Hintergrund gehalten. Mit ruhiger Bewegung setzte er sich einen weiteren Falken auf die Faust, der sich von dem anderen Raubvogel deutlich unterschied.
„Das ist ein gesprenkelter Würgfalke“, drang die stolze Stimme des Grafen durch die Stille. „Dieses prachtvolle Exemplar habe ich vor Jahren in Italien geschenkt bekommen für meine Verdienste als Condottiere. So nennt man in den großen Stadtstaaten Italiens die Söldnerführer.“
Er näherte sich dem Tier, das ruhig auf dem Arm des schlicht gekleideten Mannes neben ihm saß.
„Es ist mir eine Ehre, einen Mann unter meinen Gästen hervorzuheben, der seit einiger Zeit an meinem Hof weilt. Er kennt sich wie kein zweiter Mann unter Gottes Himmel mit Falken aus. Es handelt sich um Turan Al-Buri aus Outremer, den Sohn eines hohen Beamten aus der Stadt Homs im Heiligen Land.“
Dabei zeigte er auf den Mann, der den Würgfalken auf dem Arm hielt und sich durch die Rede des Grafen nicht ablenken ließ.
„Vor einigen Monaten hat sich dieser Falke beim Angriff auf einen Reiher den linken Flügel gebrochen. Zufällig hörte Turan Al-Buri davon und bot mir seine Hilfe an. Nur seinen besonderen Fähigkeiten ist es zu verdanken, dass er den Bruch richten und meinen kostbaren Falken retten konnte. Durch sein Training verbesserte sich der Zustand des Würgfalken schnell und heute ist der erste Tag, an dem er zu seiner wahren Bestimmung in die Lüfte steigen darf.“
Beifall brandete auf. Die freundlichen Züge des Mannes aus Outremer zeigten ein dankbares Lächeln. Doch noch immer ließ er den Falken nicht aus den Augen. Er schien jede Regung des Jägers erspüren zu können. Das Tier trug eine schwarze, seidig glänzende Kappe. Auf

jegliche Pracht, die in Form von Perlen, verzierten Schnüren und Schnörkeln am anderen Falken zu sehen war, hatte er bei diesem Exemplar verzichtet. Es war, als wollte sich dieser Falke durch nichts von seinem Daseinszweck ablenken lassen.

Torben und Sigurd hatten sich ein wenig im Hintergrund gehalten, um den Damen und hohen Herren nicht im Wege zu sein. Doch nun lenkte Torben sein Pferd einige Schritte zur Seite, um ungehindert Sicht zu haben.

Turan Al-Buri wandte Torben die Seite zu. Gerade strich er dem Falken über die Brust und dieser schien die Liebkosung zu genießen. Geschickt nahm er ihm die Haube ab und gestattete dem Falken einen Blick mit seinen stechenden, bernsteinfarbenen Augen in das helle Tageslicht.

Plötzlich kläfften die Jagdhunde heiser vor Jagdeifer. Ein Rebhuhn flog auf. Mit hastigen Flügelschlägen brachte es sich vor den Hunden in Sicherheit. Es flog niedrig über dem Boden, immer wieder unterbrochen von Gleitstrecken, bei denen die Flügel nach unten gebogen waren.

Der Araber reagierte instinktiv und hob den Arm mit dem Falken gegen den Wind an. Sofort schnellte das Tier in die Luft und glitt schnell höher. Dabei ließ es sein Ziel nicht mehr aus den Augen. Blitzschnell schwebte der Raubvogel heran. Torben versuchte den Angriff zu verfolgen, doch das Rebhuhn war grau und verschmolz in der geringen Höhe beinahe mit seiner Umgebung. Plötzlich stieß der Falke zu und ein Wirbel aus grauen Federn zeigte an, dass sein Angriff Erfolg gehabt hatte. Der Falke flog mit dem toten Rebhuhn zur Erde hinab. Schon setzten sich einige der Jagdhunde in Bewegung und brachten die Beute in Sicherheit.

Turan Al-Buri stand ruhig da und beobachtete das Geschehen ohne Anzeichen von Nervosität. Als der Falke noch einmal über der Stelle kreiste, an der das Rebhuhn längst von den Hunden aufgenommen worden war, begann er einige an einem langen Band zusammengeschnürte Fasanenfedern in der Luft kreisen zu lassen. Die kupferfarbenen Federn waren leicht zu erkennen und sofort zeigte der Falke Interesse. Wenig später landete dieser sicher auf dem Arm des Arabers und wurde mit einem Fleischstückchen belohnt. Der Araber setzte ihm die Haube auf den cremefarbenen Kopf und band ihn mit einer Langfessel an einem Sitz fest. Nachdem er noch einmal mit kundigen Fingern den linken Flügel des Würgfalken abgetastet hatte, eine Prozedur, die dieser stoisch über sich ergehen ließ, nickte er dem Grafen erleichtert zu.

Dieser war von den Vorführungen seiner Lieblingsvögel begeistert.

„Ich hoffe, die kurze Vorstellung hat allen gefallen. Meine Falkner haben mir berichtet, dass in den Steppen weit im Osten sogar weibliche Steinadler für die Jagd Verwendung finden. Wie gern hätte ich heute gezeigt, wie ein solch riesiger Vogel Jagd auf einen ausgesetzten Wolf macht. Aber es ließ sich kein Exemplar auftreiben." Er schüttelte betrübt den Kopf.
Ungläubiges Raunen war zu hören.
„Einen solchen Kampf hätte ich nur zu gern gesehen", rief ein Adliger auf einem braunen Hengst dicht vor Torben.
Ein junger Edelmann traute dem Gehörten nicht so recht.
„Soll es tatsächlich möglich sein, einem Steinadler den menschlichen Willen aufzuzwingen?", fragte er skeptisch.
Der Graf grinste listig und blickte zu Turan Al-Buri hinüber. Dieser nickte kaum wahrnehmbar und drehte sich zu dem jungen Mann herum.
„Ich habe es mit eigenen Augen gesehen. Der weibliche Steinadler hat eine Flügelspanne so breit wie die ausgestreckten Arme eines Mannes. Er sieht einen Wolf auf eine Entfernung von über einer Meile. Wenn es ihm gelingt, das Raubtier zu überraschen, kann er es mit seinen kräftigen Fängen schlagen."
Er lächelte sanftmütig.
„Allerdings ist nicht jeder Mann dazu bestimmt, sich einen Steinadler untertan zu machen. Es erfordert viel Erfahrung und die Bereitschaft, ständig dazuzulernen. Wichtig ist es auch, den richtigen Adler zu finden. Er muss kräftige Klauen besitzen und rote Augen haben. Nur dann ist er angriffslustig genug. Man darf ihn nie zu sehr füttern. Sonst fliegt er einfach weg und kommt niemals wieder. Die Kunst liegt darin, das Tier so an sich zu gewöhnen, dass es fast zur Familie gehört. Man muss jeden Tag mit ihm reden und es viel streicheln. Nur wer in ihm einen Freund findet, wird Erfolg haben."
Die Jagdgesellschaft lauschte seinen weittragenden Worten aufmerksam. Torben war noch immer zu weit entfernt, um die Gesichtszüge des Mannes genauer in Augenschein nehmen zu können. Doch dessen warme, volle Stimme drang mühelos bis zu ihm herüber.
„Kommt es häufig zu Unfällen bei dieser Form der Jagd?", fragte ein älterer Mann, dessen Gesicht selbst Ähnlichkeit mit einem Raubvogel hatte.
Der Graf stellte sich neben den Araber und nickte bedächtig.
„So etwas kann immer passieren. Gerade wenn die Tiere jung und unerfahren sind. Im letzten Jahr verlor ich einen jungen Falken, der sich bei seiner ersten Jagd auf einen Hasen stürzte. Es herrschte starker Wind, der dem Tier zu schaffen machte. Mein Falkner hatte

mir abgeraten, an diesem Tag zu jagen. Doch ich wollte das Tier unbedingt im Flug erleben. Als es sich auf den Hasen stürzte, schlug dieser einen blitzschnellen Haken. Der Falke wurde von einer Böe erfasst und krachte gegen einen Fels. Er war sofort tot. Wir haben ihn auf einem kleinen Gipfel unter einem Haufen Steine begraben, damit er dem Himmel so nahe wie möglich ist. Und ich habe etwas dabei gelernt: Meine Falkner sind allesamt erfahrene Männer, die sich seit Jahren mit den Tieren beschäftigen und alles über sie wissen. Wenn diese Männer mir raten, etwas nicht zu tun, sollte ich auf sie hören."
Wehmütig verzog er das Gesicht.
„Falkner sollten frei von Eitelkeit sein. Sie müssen genau beobachten können und eine starke Hand haben. Fürsorge und Willenskraft sind entscheidend. Das spürt der Greifvogel."
Während der Graf so ehrlich zu ihnen sprach, waren alle Augen auf ihn gerichtet. Der Araber hatte sich erstmals die Zeit genommen, die Teilnehmer der Jagdgruppe genauer in Augenschein zu nehmen. Plötzlich wurde sein Gesicht starr und er kniff die Augen zusammen. Dann drängte er sich durch die Reihen hindurch und blieb vor Torbens Pferd stehen.
Dieser war so auf den Grafen konzentriert, dass er den Araber nicht bemerkte. Sigurd, der noch immer neben ihm im Sattel saß, spürte, dass hier etwas Ungewöhnliches vor sich ging. Beharrlich zupfte er Torben am Ärmel und machte ihn auf den Araber aufmerksam, der nur wenige Schritte vor ihnen stand.
„Kennst du diesen Mann?", fragte Sigurd seinen Freund argwöhnisch.
Torben blickte den Falkner mit gerunzelter Stirn an. Einem ersten Impuls folgend wollte er den Kopf schütteln. Doch irgendetwas in den Augen des Arabers kam ihm vertraut vor. Vor seinem inneren Auge tauchten Bilder auf, wie er bei klirrender Kälte durch die verschneiten Pfade Nowgorods gelaufen und mitten in der Nacht über den blutenden Körper eines Mannes gestolpert war. Auf seinen eigenen Armen hatte er diesen Fremden zu einem Arzt getragen und ihn damit vor dem sicheren Tod bewahrt. Später einmal hatte er nach dem Schwerverwundeten gesehen. Obwohl dieser kaum bei Sinnen gewesen war, hatte er ihn nicht gehen lassen, bevor er ihm seinen Namen genannt hatte.
Nun flackerte Erkennen in seinem Blick. War das dieser Mann, dessen Gesicht er nur im funzeligen Licht eines schwelenden Herdfeuers gesehen hatte, als dieser mit dem Tode rang?
Der Araber verbeugte sich tief vor ihm.
„Du bist Torben Voigtherr. Der Mann, dem ich mein Leben verdanke."

Torben hatte es vor Überraschung die Sprache verschlagen. Er sprang vom Pferd, warf Sigurd die Zügel zu und musterte die Gesichtszüge des Mannes.
Dieser blickte seinem damaligen Retter fest in die Augen.
„Der Gnade Allahs habe ich es zu verdanken, dass sich unsere Wege erneut kreuzen. Ich stehe tief in deiner Schuld. Möge er mir die Kraft verleihen, mich eines Tages für deine Güte erkenntlich zu zeigen."
„Du schuldest mir nichts", stammelte Torben ein wenig unbeholfen. Doch der Araber lächelte sanft, während er nachdrücklich nickte.
Schnell hatte sich eine dichte Traube um sie gebildet und auch der Graf drängte sich zu ihnen durch, um sich erzählen zu lassen, was hier vor sich ging.
Turan Al-Buri berichtete in allen Einzelheiten von seiner Rettung und schmückte die Tat so blumig aus, dass Torben vor Verlegenheit am liebsten wieder in den Sattel gesprungen wäre und seinem Tier die Sporen gegeben hätte. Im Mittelpunkt des Interesses zu stehen, war gar nicht nach seinem Geschmack.
Nachdem der Graf einige Male interessiert nachgefragt hatte, schüttelte er verwundert den Kopf.
„Die Hochzeit meiner Tochter steht unter einem guten Stern", rief er aus. „Ihr habt Turan Al-Buri das Leben gerettet und werdet neben ihm an meiner Festtafel sitzen, ganz in meiner Nähe. Ich will mehr über Euch erfahren. Lasst uns heute Abend das Leben feiern und Gott für seine Führung danken."
Sigurd zwinkerte ihm zu.
„Gibt's noch mehr Überraschungen, von denen ich wissen sollte? Als dein Geschäftspartner könntest du mich beizeiten über deine Heldentaten informieren. Dann falle ich nicht aus allen Wolken, wenn wir plötzlich an der Ehrentafel sitzen. Aber wie Ranulf schon einmal festgestellt hat: Langweilig wird es mit dir nie!"
Torben sandte ihm einen hilflosen Blick zu. Dann musste er sich auch schon wieder dem Grafen zuwenden, der ihn noch immer ansah, als wartete er auf eine Antwort.
Also blieb Torben nichts anderes übrig, als zuzustimmen. Auf dem kurzen Ritt zurück zur Burg fragte er sich, was für verschlungene Pfade das Schicksal wohl noch für ihn bereithielt.

ENDE Teil 2

Teil 3 der großen Hansesaga ab 01. Dezember 2021 auf Amazon.de

Hansegold

Lockruf des Südens

Lübeck, im Jahre 1370. Die Hansekaufleute Torben und Sigurd stehen vor neuen Abenteuern. Der Weg nach Brügge ist ihnen verwehrt. Doch sie wollen nicht länger den italienischen Stadtstaaten das Monopol auf den Gewürzhandel überlassen. Daher beschließen sie den langen Weg nach Venedig auf sich zu nehmen, um dort die wertvollen Waren zu einem besseren Preis zu erwerben. Dazu schließen sie sich dem Grafen von Schleswig-Rendsburg an, der ihr Gastgeber bei der Hochzeit seiner jüngsten Tochter war. Gemeinsam mit den Söldnern des Grafen müssen sie sich gefährlichen Herausforderungen stellen, bevor sie ihr Ziel endlich erreichen.
Doch dann erhalten die jungen Fernhandelskaufleute eine Nachricht, die all ihre Pläne durchkreuzt. Sie stehen vor dem Nichts. Doch Aufgeben kommt für sie nicht in Frage. Gemeinsam mit ihrem venezianischen Freund Gian fassen sie einen waghalsigen Entschluss.

Liebe Leserin, lieber Leser,

an dieser Stelle dankt ein Autor normalerweise allen Personen, die ihm bei der Verwirklichung seines Romans geholfen haben. Da finden wir dann den Agenten, die Ansprechpartner im Verlag und den Lektor.
In diesem Buch ist das nicht der Fall – und der Grund dafür ist einfach: Bis auf die Hilfe einer befreundeten Grafikerin beim Titelbild habe ich dieses Buch selbst geschrieben und veröffentlicht. Hinter mir steht kein Verlag, der mich unterstützt und mir Hürden aus dem Weg räumt.
Mir geht es allein um das Erzählen von Geschichten. Dafür greife ich Themen auf, die mich interessieren und über die ich selbst gern ein Buch lesen würde.
Bedanken möchte ich mich deshalb allein bei Ihnen. Denn was wäre die schönste Geschichte ohne Sie, liebe Leserin oder lieber Leser. All die vielen Stunden, die ich in dieses Projekt gesteckt habe, sind vergessen, wenn eine positive Rezension auf Amazon.de meine Arbeit wertschätzt.
Deshalb meine Bitte an Sie:
Sagen Sie mir gern, ob Ihnen „Hansestolz" gefallen hat. Wenn ich Sie in dieser hektischen Zeit ein paar Stunden auf andere Gedanken bringen konnte, habe ich mein Ziel erreicht!
In diesem Sinne verbleibe ich bis zum nächsten Buch mit den besten Wünschen.

Herzlichst
Martin Ostheim

Bisher von Jan & Martin Ostheim bei Amazon erschienen:

Unter Gottes Kriegern
Auf Kreuzzug mit Richard Löwenherz
ISBN 978-1521169469

Bis zum letzten Mann
Wiens Verteidiger im Würgegriff der Türken
ISBN: 978-198056705

Die Garde des Kaisers
Als Waräger in Byzanz
ISBN: 978-1076125477

Erbarmungslos
Als Burgherr im Heiligen Land
ISBN: 978-1521280461

Die Faust Gottes
Der Kampf des Deutschen Ordens in Preussen
ISBN-13: 978-1517416614

Donnerhall
Ein Wikingerroman
ISBN-13: 978-1514840375

Der Tod aus dem Norden
Als Landsknecht im 30-jährigen Krieg
ISBN: 9781086819809

Printed in Germany
by Amazon Distribution
GmbH, Leipzig

24449869R00201